btb

Buch

In Schweden mehrfach preisgekrönt wurde *Geschehnisse am Wasser* zum weltweiten Überraschungserfolg, mit dem Kerstin Ekman endlich auch der internationale Durchbruch gelang.

Mittsommernacht 1974: Annie Raft kommt zusammen mit ihrer sechsjährigen Tochter in einen kleinen nordschwedischen Ort, um dort ihren Geliebten Dan zu suchen. Dan ist aber verschwunden. In einer Art Panik bricht Annie in die Wildnis auf, wo sie ihn vermutet. Nach langem Herumirren sieht sie im fahlen Licht der Mittsommernacht einen orientalisch aussehenden jungen Mann an sich vorbeistürzen. Gleich darauf stößt sie auf ein Zelt, in dem zwei grausam zugerichtete Leichen liegen. Achtzehn Jahre später lebt Annie wieder in dieser Gegend. Ihre Tochter Mia ist inzwischen erwachsen. Eines Morgens entdeckt sie Mia vor dem Haus in den Armen eines Fremden, jenes fremdländisch aussehenden Mannes, den sie für den Mörder hält…

Geschehnisse am Wasser – ein atemberaubender Roman zwischen Thriller und Psychostudie, der die literarische Welt verzaubert hat wie zuvor nur Peter Hoegs *Fräulein Smillas Gespür für Schnee.*

Autorin

Kerstin Ekman, 1933 geboren, arbeitete als Lehrerin, Drehbuchautorin und Literaturkritikerin, bevor sie zunächst mit Kriminalromanen Berühmtheit erlangte. Für ihre große schwedische Frauen-Saga, einen vierteiligen Romanzyklus, wurde sie mit zahlreichen Preisen ausgezeichnet.

Aus Protest gegen das mangelnde Engagement für Salman Rushdie verließ sie vor wenigen Jahren die Schwedische Akademie, der sie zu jener Zeit als einzige Frau angehörte.

Kerstin Ekman bei btb

Skord von Skuleskogen. Roman (72061) · Drei kleine Meister. Roman (72064) · Der brennende Ofen. Roman (72065) Winter der Lügen. Roman (72390) · Zum Leben erweckt. Roman (72391) · Die Nacht vor dem Mord. Roman (72714)

Die Schweden-Saga: Hexenringe (72056, Bd. 1) · Springquelle (72060, Bd. 2) · Das Engelhaus (72063, Bd. 3) · Stadt aus Licht (72059, Bd. 4)

Kerstin Ekman

Geschehnisse am Wasser

Roman

Aus dem Schwedischen
von Hedwig M. Binder

btb

Die schwedische Originalausgabe erschien 1993
unter dem Titel »Händelser vid vatten« bei
Albert Bonniers Förlag A. B., Stockholm

Umwelthinweis:
Alle bedruckten Materialien dieses Taschenbuches
sind chlorfrei und umweltschonend.

btb Taschenbücher erscheinen im Goldmann Verlag,
einem Unternehmen der Verlagsgruppe Random House GmbH.

Einmalige Sonderausgabe Oktober 2001

Umschlaggestaltung: Design Team München
Satz: IBV Satz- und Datentechnik GmbH, Berlin
MD · Herstellung: Ludwig Weidenbeck
Made in Germany
ISBN 3-442-72876-2
www.btb-verlag.de

Teil 1

Ein Geräusch. Sie wachte davon auf. Es war vier Uhr morgens. Auf der Digitalanzeige des Radioweckers 4:02. Im Zimmer war es dämmergrau. Regentropfen zeichneten ein Streifenmuster auf die Fensterscheiben, und draußen dampfte die Feuchtigkeit aus dem üppig wuchernden Gras.

Sie bekam keine Angst. Wurde aber wachsam. Jetzt hörte sie, was es war: ein Automotor auf niedrigen Touren. So früh konnte niemand zu ihr wollen. Saddie lag auf dem Schaffell vor dem Bett und schlief weiter. Die Hündin war dreizehn und ziemlich taub.

Eine Autotür knallte. Noch eine. Also mindestens zwei Leute. Und dann diese Stille. Keine Stimmen.

Sie schlief mit einer Schrotflinte neben sich. Das Bett stand ein Stück von der Wand entfernt, und in dem Zwischenraum befand sich das Gewehr. Eine recht hübsche Waffe, spanisch. Eine Sabela. Die Patronen lagen hinter dem Radiowecker. Sie brauchte genau zweiundzwanzig Sekunden, um das Gewehr aufzuklappen und die Patronen hineinzustecken. Das hatte sie geübt und dabei die Zeit gestoppt. Tatsächlich hatte sie es jedoch nie laden müssen.

Die Tür war abgeschlossen. Sie hatte noch nie vergessen, ihr Haus zuzusperren. Seit achtzehn Jahren nicht.

Jetzt lag sie da, hatte die Hand auf dem sauber gearbeiteten Kolben der Sabela und befühlte die mattfette Oberfläche. Steif und fröstelnd.

Sie wollte nicht in die Küche gehen und hinausschauen, denn da wäre sie selbst durchs Fenster zu sehen gewesen. Statt dessen stand sie auf, stellte sich an den Türpfosten und lauschte. Saddie kam mit, sackte aber auf dem Teppich unterm Couchtisch zusammen und fing wieder zu schnarchen an. Stimmen waren nicht zu hören.

Schließlich ging sie doch in die Küche. Ohne Gewehr. So macht man das nun mal. Man glaubt, daß es gutgehen wird.

Der Regen rann jetzt lautlos über die Fensterscheiben. Hinter dem Film aus Glas und Wasser stand Mia vor dem Auto.

Ihr Körper war mit einem anderen verschmolzen.

Die beiden waren ganz naß. Mias Jacke war auf den Schultern und am Rücken völlig durchnäßt. Das Haar klebte ihr strähnig am Kopf und wirkte dunkler, als es war. Er hatte richtig dunkles Haar, braunschwarz und glatt. Es steckte Laub darin. Zwergbirkenzweige und Farnblätter. Mia mußte sie hineingesteckt haben. Sie hatte mit ihm gespielt. Die beiden waren so eng miteinander verschlungen, daß es aussah, als wäre er dort draußen im Regen in sie eingedrungen. Dem war aber nicht so. Sie sah etwas ebenso Uraltes. So als ob sich in der Zeit eine Wunde öffnete. Und sich schlösse, verschwunden wäre. Als sich die Gesichter voneinander lösten, erkannte sie ihn.

Sie stützte sich auf die Spüle. Stand in ihrem alten Nachthemd da und vergaß ganz, daß sie sie entdecken konnten. Ihr Herz bewegte sich wie ein Tier in ihrem Brustkorb. Nach einer Weile verspürte sie einen Brechreiz, der sie zum Schlucken zwang. Der Speichel war ihr im Mund zusammengelaufen.

Dasselbe Gesicht. Fester und gröber nach achtzehn Jahren. Aber das war er. Der Regen rann wie über ein Fenster in der Zeit, und da war er, ein Körper, Fleisch.

Sie trat zurück, vom Fenster weg. Sie hatten sie nicht entdeckt. Als Mia den Schlüssel ins Schloß steckte, lag sie schon wieder im Bett. Sie hörte, wie Saddie in den Flur tappte und sich leise freute; sie schlug mit dem Schwanz gegen die Mäntel in der Diele, so daß die Kleiderbügel klapperten. Mia ging in die Küche, und der Automotor sprang an. Wahrscheinlich winkte sie ihm. Dann stieg sie, Saddie auf den Fersen, die Treppe hinauf. Sie ging sich nicht waschen. Und es war ja nicht schwer zu verstehen, weshalb.

Annie hatte kalte Füße bekommen, und die Kälte kroch nun nach oben. Sie traute sich jedoch nicht, in die Küche zu gehen und im Herd Feuer zu machen oder auch nur einen warmen Morgenrock zu suchen. Mia sollte nicht hören, daß sie wach war.

Sie hatten miteinander geschlafen. Vielleicht im Freien, im Regen. Er war jener Junge. Wenn auch viel älter. Mit dem knospenden Laub im nassen Haar glich er auch etwas anderem. Etwas, was sie gesehen hatte. Einem Bild vielleicht. Sie sah ein Messer, obwohl sie das nicht wollte. Sie sah das Messer in den kräftigen, jungen Körpern.

Jetzt lag Mia dort oben in seinem Duft und wollte sich nicht einmal waschen. Sie wollte ihn sich bewahren.

Was sollte sie sagen, wenn Mia herunterkam?

Du bist dreiundzwanzig. Ihr müßt fünfzehn Jahre auseinander sein. Laß die Finger von ihm. Er ist gefährlich.

Es war achtzehn Jahre her, daß sie dieses Gesicht gesehen hatte. Damals war es jung gewesen und die Erregung darin von anderer Art. Aber es war dasselbe Gesicht.

Das Bett über ihr knackte. Mia konnte oder wollte nicht schlafen. Seine Anwesenheit pulsierte ihn ihr. In den Schenkeln, im Bauch, in der Scheide und in den zerküßten Lippen. Und Annie lag steifgefroren und starr ausgestreckt in ihrem Bett.

Sie streckte die Hand nach dem Telefonhörer aus. Es war noch nicht halb fünf. Sie wollte seine Stimme hören, selbst wenn sie vielleicht nicht lange reden konnte. Es bestand die Gefahr, daß man es oben hörte.

Er mußte jetzt verschlossen sein, im Schlaf verklebt wie ein Kuvert. Er meldete sich jedoch nach dem ersten Klingeln, und ihr ging durch den Kopf, wie gewohnt er es war, geweckt zu werden, und daß er an diesem Samstagmorgen eigentlich sollte ausschlafen können.

»Ich bin es nur. Entschuldige. Ich habe dich geweckt.«

»Das macht nichts. Fehlt dir was?«

Seine Stimme war undeutlich.

»Nein, nein.«

»Was ist dann?«

Was sollte sie sagen? Er wartete.

»Ich habe ihn gesehen. Du weißt schon. Den ich in jener Nacht gesehen habe.«

Er schwieg. Er mußte jedoch wissen, wen sie meinte, denn er fragte nicht nach.

»Das ist doch nicht möglich«, sagte er schließlich.

»Doch, ich habe ihn gesehen.«

»Du erkennst ihn doch unmöglich wieder.«

»Ich habe ihn aber erkannt.«

Sie hörte ihn schwer durch den Mund atmen.

»Ich weiß nicht, wer er ist«, sagte sie. »Ich werde es aber bald erfahren. Mehr kann ich im Augenblick nicht sagen. Ich ruf dich später an.«

Er wollte nicht auflegen. Sie verstand, daß er sie beruhigen wollte, ihr womöglich einreden wollte, daß sie sich getäuscht habe. Doch sie verabschiedete sich. Als sie den Hörer auflegte, hörte sie seinen Atem immer noch.

Seine Stimme blieb bei ihr. So als hätte er mit den Lippen an ihrem Ohr gesprochen. Die Wärme darin. Die Feuchtigkeit in den Wirbeln auf seiner Brust. Ein Tal mit nächtlichem Dunst, Vögel im Laub.

Jetzt hieß es lediglich warten.

Mia schlief nicht sehr lange. Annie saß da und trank Tee, als sie herunterkam. Ihre Lippen waren zerbissen, und sie wirkte abwesend. Sie hätte eigentlich verlegen sein müssen, weil sie nicht angerufen und gesagt hatte, daß sie kommen werde.

Aber sie hatte wohl nicht vorgehabt, sie zu besuchen. Sie war im Auto dieses Mannes gekommen. Man sah, daß sie unablässig an ihn dachte. Er würde nicht wie die Regenwolken überm Fjäll an diesem kühlen Morgen verschwinden. Sie mußten über ihn reden.

»So viele Blumen«, sagte sie schließlich. Sie dachte wohl nicht daran, daß der letzte Schultag gewesen war.

»Ich hab nicht angerufen. Es hat sich einfach so ergeben, daß wir raufgefahren sind.«

Wir, sagte sie, völlig selbstverständlich.

»Wir wollten in Nirsbuan übernachten.«

»Habt ihr es euch anders überlegt?«

»Es ist zu kalt geworden. Da ist nur dieser kleine Herd, und dann gibt es kaum Brennholz. Wir haben aber die Birkhähne gesehen. Die haben im Moor ihr Spiel gemacht.«

»Immer noch?«

»Da oben liegt Schnee. An einigen Stellen jedenfalls.«

Sie hatte sich Annie gegenübergesetzt und hielt den warmen Teebecher zwischen den Händen. Ihr Haar war wieder trocken und kraus und schimmerte rot. Auf dem Dachboden hatte sie einen alten Trainingsanzug gefunden. Er war verwaschen blau, und auf der Brust stand COUP DU MONDE.

»Johan Brandberg hat mich hergebracht«, sagte sie. »Du weißt, wer das ist?«

»Nein.«

»Nein, natürlich nicht, er wohnt ja nicht mehr zu Hause. Schon viele Jahre nicht mehr.«

»Achtzehn.«

Sie blickte auf.

»Dann weißt du also, wer er ist?«

»Ich habe ihn gesehen.«

Mia konnte nicht wissen, was ihre Mutter damals gesehen hatte. Sie hatte tief im Gras gelegen und das Gesicht so fest auf den Boden gedrückt, daß sich hinterher ein Muster von Grashalmen und Moos in der zarten Haut abgezeichnet hatte.

Das Telefon klingelte. Annie nahm ab und hörte, daß von einem Münzfernsprecher aus angerufen wurde. Die Stimme, die nach Mia fragte, war hell. Viel zu hell für sein Alter. Hatte er sie gesehen, war er in die Zeit hinabgeglitten?

Mia ging nach dem Gespräch. Annie brauche sie nicht zu fahren, sagte sie. Er habe aus der Telefonzelle unten beim Laden angerufen und warte dort mit dem Auto.

Sie war dabei, als es geschah. Annie hatte versucht, es ihr zu verheimlichen, sie selbst konnte sich wohl kaum daran erinnern. Aber sie hatte natürlich hinterher davon gehört, bis zum Überdruß und zum Erbrechen. Wenn sie sagte, daß sie in Swartvattnet aufgewachsen sei, schrien die Leute auf. Dort!

Zu Beginn der siebziger Jahre war Svartvattnet ein sterbendes Dorf unter vielen gewesen. Am Walpurgisfeuer fiel der Regen in die Gesichter. Die Luft roch nach Diesel. Die Leute füllten Kaffeedosen mit ölgetränkten Sägespänen und zündeten sie an. An einem einzigen Abend im Jahr erglänzten die Straßen für einige Stunden im Licht dieser Leuchten. Ansonsten nichts.

Und dann war dieses Dorf ein schwarzes Schmuckstück geworden. Sichtbar. Voller Kraft.

Ja, hier war das. Oder besser gesagt, vom Dorf aus gerechnet, vier Kilometer bergauf, an jenem, Lobberån genannten Gewässer. Es hatte andere Namen gehabt und würde noch neue bekommen. An manchen Stellen war es ein reißender Fluß, der sich weiter oben steile Felsabhänge hinabstürzte und Stromschnellen bildete. Hier öffneten sich jedoch zwischen den strömenden Strecken mehrere große und tiefe stille Wasser. Die Ufer waren morastig und voller Blauweidengestrüpp. Milchlattich und Nordischer Sturmhut wuchsen einem weit über den Kopf, und beim Versuch, sich einen Weg zu bahnen, konnte man in Biberburgen fallen. Um den Fluß herum breitete sich ein unzugängliches, von Tierpfaden durchkreuztes Moorland aus. Diese Stelle hatte keinen Namen.

Es war am Mittsommerabend vor bald achtzehn Jahren. Ein heißer Tag. Sie kamen mit dem Zug nach Östersund. Das wußte sie noch. Aber woher wußte sie das?

Scharfe und eindeutige Erinnerungsbilder gab es eigentlich nur wenige. Sie stand mit der Kurbel des Taxentelefons in der Hand da. Das war eine Tatsache, und sie erinnerte sich daran. An viel mehr allerdings nicht. An die Hitze. Später am Tag war der Asphalt vor dem Supermarkt weich.

Sie erinnerte sich nicht, wie sie angezogen waren, und auch nicht, wie spät es war, als der Zug einlief. Am Busbahnhof mußten sie lange warten. Der Bus nach Svartvattnet fuhr um halb drei, damals wie heute. Der Fahrplan war in all den Jahren nicht geändert worden.

Es war Mittsommerabend und folglich Freitag. Der alte Mittsommerabend fiel erst auf den Samstag. Das hatte sie nachgeschlagen. In ihren Notizbüchern stand nichts über diese Reise, denn damals hatte sie noch keine gehabt. Die Einsamkeit hatte noch nicht begonnen. Noch war alles hektisch. In ihrem Kopf, ihrem ganzen Körper sang es. Sie würde ein neues Leben beginnen.

Und das hatte sie auch getan. Als sie die Kurbel des Taxentelefons herumzudrehen versuchte, ging diese ab, und sie hielt sie in der Hand. Sie hätte denken können: Das fängt ja gut an! Aber das dachte sie nicht. Das Singen in ihr war zu stark.

Sie erwischte auf der Straße ein Taxi, und sie liefen lange in

Östersund umher. Am Nachmittag saßen sie auf einer Parkbank und aßen irgendeine Art Junkfood. Zum letzten Mal, dachte sie wahrscheinlich. Sie stiegen mit all dem Gepäck aus dem Zugabteil und aus dem Güterschuppen in den Bus. Bei Gravliden wurde Mia übel. Der Name war grauenvoll, er klang nach Grab, und deshalb erinnerte sie sich daran, daß dort Mias Übelkeit begann. Ein alter Mann war zugestiegen, der nach Ziegen roch. In dem vollbesetzten Bus wurde es immer wärmer und die Luft immer drückender. Den Alten umgab ein intensiver Geruch nach Unsauberkeit und Ziegenstall, der sich in unregelmäßigen Wellen, vielleicht mit den Bewegungen im Bus, verbreitete. Leute mit Tragetaschen stiegen aus und ein. Sie waren in Östersund einkaufen gewesen. Ihr ging durch den Kopf, daß sie auf diese Art nicht mehr einkaufen könnte.

Sie hielt eine Tüte bereit, denn Mia war die ganze Zeit drauf und dran, sich zu übergeben. An jeder Haltestelle gingen sie für ein Weilchen ins Freie, damit Mia frische Luft bekam. Es war jedoch ekelhaft warm an diesem Nachmittag. Nach einer Stunde stieg der alte Mann aus, und da wurde es besser. Mia schlief heiß und erschöpft auf ihrem Schoß ein.

»Jetzt wird es bestimmt besser«, sagte der Fahrer.

»Wie lange dauert es noch?«

»Sie wollen nach Svartvattnet, was? Gehören Sie zu den Stjärnbergleuten?«

»Nein.«

Das ging ihn nichts an.

»Dann machen Sie also Urlaub?«

Sie fand die Frage einfältig. Aber er konnte ja nicht wissen, daß sie nun ein anderes Leben beginnen würde. Um weiteren Fragen zu entgehen, bestätigte sie, daß sie Urlaub mache. Mia schlief und konnte sie nicht verbessern. Wie lange es noch dauern würde, erfuhr sie nicht. Er redete nicht mehr mit ihr.

Jetzt begannen die Wälder und die großen Waldschläge. Der Bus hielt nicht mehr so oft. In jedem Dorf wurden auf der

Rampe beim Laden Kisten mit Milch und anderen Frischwaren abgestellt. Die Postfräulein kamen heraus, öffneten dem Fahrer die Tür, und der brachte die Postsäcke hinein. Leute saßen in Autos und warteten auf Briefe und Abendzeitungen. Viele hatten Bier getrunken, und sie redeten lautstark mit dem Fahrer und miteinander.

»Was sagen die?« flüsterte Mia.

Aber auch Annie verstand nicht, was sie sagten.

Sie fuhren durch ein fremdes Land. Wenn ein großer, kalter See durch die Tannenstämme schimmerte, war das nur eine Begebenheit in der Einförmigkeit, die gleich wieder verschwinden und durch eine andere ersetzt werden würde. Sie wußte nicht, daß sie an einem System von Seen entlang bergan fuhren, das sich bis ins norwegische Hochgebirge hinzog, wo es Mooren und Gebirgsbächen entsprang. In den Waldschlägen war das große Adernetz des Wassers gekappt worden, und der Boden war zu wildem Fleisch im Körper der Landschaft vertrocknet. Sie wußte auch nicht, daß von der Straße aus nur die kleinen Waldschläge zu sehen waren und daß zunehmend größere Gebiete von ihrer Verbindung mit den Wolken abgeschnitten wurden und somit unfähig, etwas zurückzugeben, wenn der saure Regen durch sie hindurchsickerte.

Röbäck, wo die Kirche stand, erreichten sie erst am Abend. Hier würden sie sich anmelden. Die Gemeinde war groß. Annie wußte nicht, wie weit sie sich erstreckte. Sie stiegen aus und sahen sich die Kirche an, während der Fahrer auslud. Die Kirchenmauern blendeten in der starken Abendsonne. Die Kirche lag auf einer Landzunge im Rösjön, und zum Wasser hin verlief ein weißer Zaun. Er sah aus wie die Reling eines Schiffs. Überhaupt glich die Kirche auf ihrer Landzunge dort draußen in dem großen Bergsee einem Schiff. Vielleicht sollte sie mit all ihren Toten am Jüngsten Tag vom Ufer aus auslaufen.

Das Wasser sah kalt aus. Die Ufer trugen ein dunkles Tannenkleid, nur direkt am Wasser war kein Grün. Gesteinsblöcke und Felsplatten fielen jäh und kahl in den See ab. Sie wußte, daß er kalt war. Zwölf, dreizehn Grad, hatte Dan geschrieben.

»Guck mal, was für komische Kinder«, sagte Mia.

Drüben beim Bus kam eine Gruppe Kinder an. Sie waren nur zu viert, gingen aber hintereinander. Es waren drei Mädchen in langen Röcken, mit Zöpfen und mit Rucksäcken aus Birkenrinde sowie ein Junge mit einer Strickmütze, deren Ohrenklappen sich beim Gehen bewegten. Baumelten. Sie unterhielten sich ein Weilchen mit dem Fahrer. Dann entfernte sich der Trupp auf der Landstraße. Sie gingen langsam. Annie war, als habe sie sie wie eine Projektion gesehen, wie einen Ausschnitt aus einem alten Film oder aus einer anderen Zeit als derjenigen, die gerade herrschte und in der die Milchkästen auf die Rampe vor dem Laden rumsten. Oder waren das gar keine Kinder?

»Das waren vielleicht Trolle«, sagte sie zu Mia, bereute es jedoch im selben Moment, denn Mia sah der kleinen Truppe, die hinter der Straßenbiegung verschwand, sehr ernst nach.

Der Fahrer winkte. Es war Zeit abzufahren.

Svartvattnet war die Endstation des Busses. Der See war blank an diesem Abend. Die Ufer am Fuß der Berge spiegelten sich im Wasser, schwarzblau und jedes Detail in der gezackten Kontur der Tannen so deutlich wie in der Vorlage. Das sah nicht mehr wie ein Spiegelbild im Wasser aus, sondern wie ein zweites Luftmeer und eine Tiefe, die sich in langen, waldigen Hängen zu einem Grund fortsetzte, den sie nicht sehen konnten.

Sie waren steifbeinig, als sie ausstiegen. Mias Lippen waren trocken und gesprungen. Der Saft war schon längst zu Ende. Annie sah sich nach Dan um, damit er sich um Mia kümmerte, während sie selbst in den Laden liefe und für sie etwas zu trinken kaufte. Es war halb acht, und der Laden war schon geschlossen. Doch während die Waren hineingebracht wurden, war der Kaufmann da. Ständig kamen und fuhren Autos. Genau wie in den anderen Dörfern holten die Leute Post und Zeitungen.

Nirgendwo sah sie den Volkswagen und Dan. Mia wollte nicht allein auf dem Platz vor dem Laden warten. Sie ergriff Annies Hand. Ihr kleines, dreieckiges Gesicht war aschfahl unter den Sommersprossen, und die Haare klebten ihr an den Schläfen und an der Stirn, nachdem der Schweiß getrocknet war. Sie mußte Pipi machen und etwas trinken und so allmählich vielleicht etwas essen. Doch bevor Dan kam, konnte Annie nicht viel für sie tun. Sie mußte darauf achten, daß der Fahrer alle ihre Sachen mit auslud. Er habe eine Viertelstunde hereingeholt, sagte er, und sie nahm an, daß Dan deswegen noch nicht aufgetaucht war.

Nachdem alle Autos abgefahren waren und der Kaufmann zugeschlossen hatte und zu seinem Haus auf der Landzunge vor dem Laden hinuntergegangen war, standen sie mit ihren Taschen und Kartons allein auf dem Kiesplatz. Das Schweigen, das dem Autolärm folgte, kam mit Macht. Es war seltsam, diese Stille, nach der sie sich gesehnt hatte, zu erleben und sich gleichzeitig so unwohl zu fühlen. Dan hätte jetzt eigentlich kommen müssen.

Am Mittsommerabend saß Johan Brandberg in seinem Zimmer am Schreibtisch. Es war Nachmittag, und es war heiß geworden. Er las ein Buch über die Antarktisexpedition mit der »Maud« in den fünfziger Jahren. Er hatte frei. Seitdem die Schule zu Ende war, verrichtete er für den Vater Waldrodungsarbeiten. Von einer anderen Arbeit war gar nicht die Rede gewesen. Später im Sommer sollten Väine und er aufforsten. Er fragte sich, wie das wohl sein werde, den ganzen Tag mit Väine unterwegs zu sein. Der Halbbruder war ein knappes Jahr älter als er, und stärker. Nicht nur physisch. Johan fiel die Laika ein, und das ekelte ihn so, daß ihm in dem stickigen Zimmer schlecht wurde.

Er beugte sich über den Schreibtisch und öffnete das Fenster. Unten sah er den Hof und die Scheune und die Einhegung mit ein paar von Vidarts Ziegen. Sie hatten dort alles kahlgefressen, doch auf der anderen Seite des Zauns stand das Grasfell dicht und voller Blumen. Die Trollblumen erkannte er.

Während der Oktoberjagd war die Laika zweimal nach Hause gekommen und hatte sich auf die Vortreppe gesetzt. Am Samstag, dem Tag vor der Verteilung des Wildbrets, erschoß Torsten sie. Übers Wochenende lag die Leiche im Brennholzschuppen. Dann hatte er zu Väine gesagt, daß er sie vergraben solle.

Johan erinnerte sich an das Geräusch, als Väine mit dem Spaten auf die Grasnarbe hinter der Scheune einhieb. Sie war bereits steifgefroren. Er hatte damals ebenfalls am Schreibtisch gesessen, allerdings mit einem Gemeinschaftskundebuch vor sich. Wenn er mich darum gebeten hätte, hatte er sich gedacht. Wenn ich in die Grube gekotzt hätte.

Am Montag hatte er wieder im Schulbus gesessen und war von allem weggefahren. Jetzt mußte er dableiben. Die ganze Woche über. Alle Wochen bis zum zweiundzwanzigsten August. Er würde ein Kiefernareal von acht Hektar roden, und dann würden sie auf dem Waldschlag oberhalb von Alda Drehkiefern pflanzen.

Jetzt hatte er jedenfalls frei und saß dank Gudrun unbehelligt über seinem Buch. Und er konnte Veterinär werden. Oder Vermessungsingenieur. Es gab Bücher über Bücher. Es war nicht alles der gleiche Mist, nicht einmal für Torsten. Per-Ola arbeitete als Kranführer in Åre. Björne fällte für SCA. Das hatte auch Pekka im vergangenen Jahr getan. Jetzt redete er jedoch von den Gruben auf Spitzbergen. Oder von einer Ölplattform. Aber das war wohl nur Geschwätz. Oder Träumerei.

Pekka hatte Träume in der Grütze, genannt Hirnsubstanz. Und was hatte er in den Hoden? Meine sehen genauso aus, dachte er. Und ich habe die gleiche Substanz im Hirn.

Aber nicht die gleichen Gene.

Jetzt kamen diese Gedanken. Er hatte sie, und er wollte sie auch haben. Aber er hätte es niemals gewagt, Gudrun zu fragen. Nicht frei von der Leber weg.

Er hatte diese Gedanken, seit er einmal mit ihr Ski gefahren war. Da war er vielleicht elf, zwölf Jahre alt gewesen. Jedenfalls alt genug, um das Björnfjället zu schaffen. Sie stiegen gerade den letzten Steilhang hinauf, als sie einen Schneescooter hörten. Zuerst war ihnen nicht klar, woher das Geräusch kam, und dann wurde es plötzlich wieder still. Als sie jedoch im Grätenschritt noch ein Stück weiter hinaufgegangen waren und gerade ihre Skier abgeschnallt hatten, um das letzte Stück über die Eiskruste zu klettern, zeichnete sich der Mann auf dem Scooter gegen den Himmel ab.

Wann immer er wollte, konnte sich Johan diesen Anblick ins Gedächtnis zurückrufen. Ein großer Mann. Eine orange Hellyhansenjacke und abgetragene, schwarze Lederhosen. Ein Gürtel mit Silbernieten und ein Messer in einer Hornscheide. Es war größer als alle Messer, die er bisher gesehen hatte, und an der Spitze stark gekrümmt. Der Mann hatte seine Mütze abgenommen und sie auf den Scootersitz gelegt. Schwarzes Haar und an den Schläfen Strähnen, die silbrig wirkten. Schmale Augenschlitze in dem grellen Licht, innen schwarz. Und hinter ihm all die weißen Zacken der norwegischen Fjälls.

»Er schaut nach seinen Renen«, sagte Gudrun. Und nachdem sie oben angekommen waren, rief er »Bouregh!«, und daraufhin sprachen sie südsamisch miteinander. Johan verstand nicht einmal jedes zehnte Wort, und er war zutiefst verlegen, als der Große etwas zu ihm sagte und er nicht antworten konnte. Er zauste ihm durchs Haar. Faßte ihn an.

Wann immer er wollte, konnte er sich dies zurückrufen. Doch er ging sparsam damit um. Es durfte sich nicht abnutzen. Und ebensowenig der Anblick, der sich da oben gegen den Himmel abgezeichnet hatte, der Anblick des Großen, der sein Vater war.

So war das. Eine andere Erklärung gab es nicht.

Jetzt hörte er Vidarts Auto. Es war ein Duett mit kaputtem Auspufftopf. Die Hunde bellten bereits. Sie hatten ihn lange vor ihm gehört.

Vidart reparierte Autos, und manchmal kaufte und verkaufte er Gebrauchtwagen. Den Duett brauchte er nur zum Transport der Milchkannen. In der Regel fuhr seine Frau damit über Torsten Brandbergs Hof zur Einhegung hinauf. Doch damit war jetzt Schluß.

»Scheiß Zigeuner«, meinte Torsten. »Dieser Krüppel, der nicht arbeiten kann. Über den Daumen mit fünftausend veranlagt. Ist doch klar, daß der stehlen muß!«

Er hatte jedoch selbst vier nagelneue Hakkapeliittareifen

von Vidart gekauft. Und dafür elfhundert bezahlt. Er hatte auch gar keinen Hehl daraus gemacht. Am Küchentisch erzählte er, daß Vidart einfach die Versicherungsgesellschaft angerufen und gesagt habe: »Mir sind heute nacht vier neue Hakkapeliitta gestohlen worden. Und das Schlimme ist, daß ich sie einem versprochen habe, der heute zur Arbeit runterfahren muß. Sie müssen diesen Schaden also jetzt sofort regulieren.«

»Ist Vidart Zigeuner?« hatte Johan Gudrun hinterher gefragt. Aber sie wußte es nicht. Torsten sagte, daß die, die so hießen, welche seien. »Warum haßt er ihn denn?« fragte Johan. Welch ein Wort! Sie hatte jedoch die Nadel im Stoff stekken lassen, als ob sie in ihrem Inneren dieses Wort in bezug auf Torsten und Vidart prüfte. »Er hat Vidart noch nie gemocht«, sagte sie schließlich. »Wahrscheinlich, weil er hier neu ist.«

Vidart lebte erst seit siebzehn Jahren in Svartvattnet. Das war länger, als Johan alt war. Es waren Harry Vidarts Ziegen, die in der Einhegung umherliefen. Sie sprangen zwischen den Autowracks umher und hatten alle Stämme abgenagt. Torsten hatte zu ihm gesagt, daß er einen verrosteten PV fortschaffen und den elektrischen Zaun zurücksetzen solle. Das Stück der Einhegung, das an der Straße liege, gehöre Brandbergs.

Es war lange her, daß er das gesagt hatte. Vidart hatte das Anwesen von der Witwe des alten Enoksson gekauft, doch die wußte nicht, wie das mit der Einhegung war. Die meisten sagten, daß die Straße dort hinauf Gemeineigentum sei, doch Torsten behauptete, das Stück von der Scheune ab gehöre ihm, ebenso der Teil der Einhegung, auf dem der PV stehe. Der leuchtete fuchsrot vor Rost, und die Ziegen kletterten hinauf, um an eine Salweide heranzukommen, die noch grünte. Ansonsten sah die Einhegung aus, als hätte man eine Bomberladung Entlaubungsgift darübergesprüht.

Vor Zeugen hatte Torsten zu Vidart ein letztes Mal gesagt, daß er das Autowrack beseitigen und den Zaun versetzen solle. Und zwar spätestens bis Montag. Das war in derselben Woche, in der Johans letzter Schultag gewesen war.

Vidart setzte den Zaun ein Stück zurück und entfernte alle losen Teile des Autowracks. Den Rest wollte er mit dem Frontlader holen, aber an dessen Hydraulik stimmte etwas nicht. Und so verging diese Woche.

Am Dienstagmorgen kam Vidarts Frau mit dem Duett, der mit Kannen beladen war, zum Melken. Da stand quer über die Straße ein Gattertor. Sie stieg aus, guckte und sah, daß es nur mit einem verzwirnten Stahldraht verschlossen war. Sie traute sich aber nicht, es zu öffnen, sondern wendete und fuhr davon. Daraufhin fuhr Vidart jeden Morgen und Abend mit dem Traktor über die Lehden zur Einhegung und zum Ziegenstall hinauf.

Auf die Dauer ging das natürlich nicht. Er konnte sich nicht zweimal am Tag ums Melken kümmern, wenn er in der Werkstatt zu tun hatte. Und seine Frau konnte nicht Traktor fahren. Offensichtlich hatte er es jetzt satt. Er schickte jedoch nicht seine Frau im Duett, sondern kam selbst.

Vidart ließ den Motor laufen, während er ausstieg und das Tor öffnete. Er pusselte lange an dem Stahldraht herum. Als er durchfuhr und das Auto hinter der Scheune verschwand, bekam Johan heftiges Herzklopfen. Er wußte, daß der Vater und die Brüder Vidart schon längst gesehen haben mußten. Es war still geworden unten. Zuvor hatte in der Küche das Radio gespielt. Auch die Hunde schwiegen, nachdem der Duett verschwunden war.

Jetzt kam Per-Ola heraus. Johan sah ihn aus dem Schatten der Vortreppe treten. Er hatte sich schon umgezogen und trug eine weiße Hose und ein weißes Hemd. Die anderen saßen offensichtlich noch drinnen. Es war nach wie vor völlig still.

Per-Ola ging in die Schreinerwerkstatt und kam mit einer Kette und einem Hängeschloß wieder heraus. Dann ging er zum Gattertor und band es am Pfosten fest. Dessen Tannenholz leuchtete gelb in der Sonne.

Nachdem er mit dem Schloß fertig war, ging er zurück ins Haus. Jetzt trinken sie Kaffee, dachte Johan. Nein, Branntwein.

Oder Branntwein im Kaffee. Gudrun hatte Kaffeegebäck hingestellt, bevor sie gefahren war. Sie war in Byvången und besuchte Torstens Mutter im Altersheim. Die Brüder waren alle zu Hause. Sie saßen unten und warteten, und Torsten bestimmte, was getan werden sollte. Bisher hatte er nur Per-Ola hinausgeschickt. Johan hatte jedoch immer noch heftiges Herzklopfen.

Vidart brauchte länger als eine Stunde zum Melken. Auf dem Hof war es ruhig. Unten in der Küche schien sich niemand zu rühren oder etwas zu sagen. Johan hätte die Stille gern durchbrochen, traute sich aber nicht, das Radio einzuschalten. Am besten wäre es, Torsten wüßte gar nicht, daß er in seinem Zimmer saß und zur Einhegung hinuntersah. Er saß nur still da, und seine Beine, die er seitwärts gedreht hatte, weil sie unter dem Tisch keinen Platz mehr hatten, waren eingeschlafen.

Sowohl die neue Laika als auch der Jämthund begannen in ihrem Zwinger wütend zu bellen. Zu sehen, wie Vidart hinter der Scheune hervorfuhr und das Auto zum Stehen brachte, war wie in einem Film. Johan wußte alles im voraus. Jetzt würde er die Kette und das Schloß entdecken. Daran rütteln. Und dann zum Haus herüberschauen.

Und jetzt?

Er ging auf dem Grabenrand am Gattertor vorbei. Dort war ja kein Zaun. Die Einhegung begann erst ein Stück weiter weg. Torsten hatte das Gattertor wie eine Schranke über die Straße gestellt.

Als Vidart den Kies des Hofes betrat, wurde er langsamer. Das machte die Hunde nur noch wütender. Jetzt erschien Torsten in Johans Blickfeld. Er hatte einen Rechen in der Hand und zog Streifen in den Kies.

»Mach doch mal das Tor auf!« rief Vidart.

»Kusch!« schrie Torsten. Die Hunde verstummten abrupt. Nun war nur das Geräusch der Rechenzinken im Kies zu hören. Doch dann rief Vidart:

»Mach das Tor auf! Ich bin doch mit dem Wagen da.«

Torsten reagierte nicht. Johan stand auf. Er wollte nicht länger zuhören. Er beugte sich vornüber an die Tür, blieb so stehen. Vidart sprach laut und schrill dort unten, als aber Torsten schließlich antwortete, waren nur dessen Worte noch zu verstehen:

»Ich seh keinen Kerl, dem ich aufmachen könnt.«

Wiederum schrilles Gerede. Vidarts Ziegenstimme. Wenn er nur sein Maul halten könnte! Daß er nicht kapierte, daß er jetzt besser Leine zog! Das Auto stehenließ. Und die Milch von der anderen Seite her mit dem Traktor holte.

Johan vernahm ein merkwürdiges Geräusch. Irgend etwas knackste. Er lief ans Fenster und sah hinunter. Torsten hatte den halben Rechenstiel in der Hand, am abgebrochenen Ende zersplittert und spitzig. Er mußte ihn übers Knie gebrochen haben. Vidart stand still und sah ihn groß an. Dann sagte er wieder etwas mit lauter, schnattriger Stimme, und da machte Torsten zwei große Schritte auf ihn zu und zielte mit dem Stiel auf seinen Hals. Die Ziegenstimme meckerte auf, und dann rannten sie beide in die Einhegung, Vidart vorweg. Er zog sein poliogeschädigtes Bein nach, und man sah, daß Torstens Rükken steif war. Trotzdem ging es schnell. Sie rannten an der Scheune vorbei und verschwanden dahinter.

Die Hunde begannen wieder zu bellen und hörten erst auf, als Torsten zurückkam, ohne den Rechenstiel. Als er bei der Veranda war, verschwand er aus Johans Blickfeld. Er schrie die Hunde an, daß sie kuschen sollten, und sie gehorchten ihm. Wenn Vidart gescheit gewesen wäre, hätte er das auch getan. Jetzt klirrte die Scheibe der Verandatür.

Durch die Zwischendecke war zu hören, daß Per-Ola etwas fragte und Torsten darauf antwortete. Dann sagte Per-Ola etwas, worüber die anderen lachten. Vidart war feig gewesen und geflohen. Das war es, worüber sie sich da unten amüsierten. Wenn er aber nach Hause gerannt wäre, hätte er in dem Teil der Einhegung auftauchen müssen, der nicht von der

Scheune verdeckt wurde. Er wäre auf seinem Heimweg quer durch die Lehden die ganze Strecke über zu sehen gewesen.

Oder hatte er sich versteckt? In der Küche war es wieder still, und Johan hatte das Gefühl, daß sie so wie er dasaßen und darauf warteten, daß Vidart auftauchte. Es war völlig still in der Hitze. Die Hunde schwiegen. Durch das Fenster drang ein kräftiger Geruch nach Gras zu Johan herein. Es roch auch nach Birkenlaub. Torsten hatte die Vortreppe mit Laub geschmückt.

Johan saß ganz ruhig da und sah hin und wieder auf die Uhr. Elf Minuten waren vergangen, seit Torsten zurückgekommen war. Da schepperte die Verandatür. Jetzt trat der Vater heraus, gefolgt von Per-Ola. Nach einem Weilchen kamen Björne und Pekka und schließlich auch Väine. Sie gingen nicht zur Einhegung, sondern verschwanden hinterm Haus. Nach einer Weile hörte Johan zwei Autos anfahren.

Sobald das Motorengeräusch erstorben war, rannte Johan hinunter. Er dachte nicht. Er rannte lediglich die Treppen hinunter und aus dem Haus. In weniger als zwei Minuten war er hinter der Scheune. Vidart lag auf dem Rücken in der Sonne. Er hatte Blut am Hals. Es war ihm in die Drosselgrube gelaufen, wo er an einer Silberkette eine Marke oder Münze trug. Diese ruhte nun in einer seichten Blutlache und glänzte wie eine kleine Mondsichel. Ein Stück von ihm entfernt stand die gesamte Ziegenherde und glotzte Johan an. Nach einer Weile begannen sie wieder zu grasen.

Johan berührte Vidart leicht an der Hand und an der Wange. Vidart hatte graue Bartstoppeln. Er sah älter aus als gewöhnlich. Die Schirmmütze lag hinter seinem Kopf. Ein großer brauner Schweißfleck war darin. Er hatte ja eben erst die Ziegen gemolken, und das merkte man. Sein Körper und seine Kleidung rochen stark danach.

Es hatte keinen Sinn, nach Hause zu laufen und Hilfe zu holen. Das Haus war leer. Wenn Gudrun zu Hause gewesen wäre, hätte sie sich um Vidart gekümmert. Johan berührte erneut die blaßgraue Wange und fand, daß es sich anfühlte, als ob man einen großen Schafschwamm anfaßte.

Wieder rannte er. Er rannte über die Lehden auf den ersten Hof dort unten zu, es war Westlunds Hof. Elna empfing ihn auf der Vortreppe. Sie fing ihn auf, und er wußte nicht, ob er heulte oder sich übergab. Womöglich beides.

Birger hatte sich zusammen mit Åke Vemdal nach Svartvattnet aufgemacht. Fischen wollten sie. Jetzt an Mittsommer hätte es losgehen müssen. Aber es wurde sozusagen gleich von Anfang an das Übliche: Augenlider anheben und den trüben Augapfel ansehen, dessen Iris sich nach oben verdreht hatte. Den Puls am Handgelenk fühlen. Den Hals konnte er erst berühren, wenn er sich gewaschen hatte.

Immerhin gab es keinen Blutfluß zu stillen. Das Blut war in die Drosselgrube gelaufen und dort geronnen. Er zeigte Åke, wie nahe an der Halsschlagader es ihn erwischt hatte. Die Wunde hatte ausgefranste Ränder, so als wäre sie mit einem splittrigen Gegenstand beigebracht worden.

Vidart kam nach einer Weile wieder zu Bewußtsein. Er sei zusammengeschlagen worden, sagte er. Von Torsten Brandberg.

»Womit hat er zugeschlagen?«

»Mit der Faust.«

Sie halfen ihm aufstehen. Er konnte sich nur mit Mühe aufrechthalten.

»Mir dreht sich alles«, sagte er. »Mir wird schwarz vor Augen.« Birger brachte ihn jedoch auf die Beine. Er hatte das Gefühl, daß Vidart übertrieb. Daß er Åke Vemdal zeigen wollte, wie schlecht es ihm ging. Wo er doch nun einmal das verdammte Glück hatte, daß zufällig der Polizeichef von Byvängen da war, als das passierte. Und der Doktor. Er war jedoch eine ganze Weile bewußtlos gewesen, und Birger wollte nichts riskieren.

»Sie müssen ins Krankenhaus«, sagte er.

Vidart hatte nichts dagegen. Er machte sich jedoch Sorgen wegen der Milch. Sein stechender Blick war wieder da. Er sah verschlagen aus. Sobald er seine Mütze aufgesetzt hatte, war es, als sei er wieder ganz der alte. So ein Mist, daß ich gerade jetzt hier sein muß, dachte Birger. Er sagte es auch, gleich nachdem sie Harry Vidart in Westlunds Küche gebracht hatten. Sie hatten bei Westlunds vorbeigeschaut, weil Birger hören wollte, wie es Elna ging. Er hatte sie vor zwei Wochen wegen ihrer Galle nach Östersund geschickt. Assar rief Ivar Jonssa an. Ein Krankenwagen war nicht nötig. Ivars großes Taxi reichte.

Während sie darauf warteten, gingen sie auf die Veranda und rauchten eine. Birger wollte ein bißchen über Vidart und Torsten Brandberg erzählen, doch während sie dort standen, kam Vidarts Frau. Sie hatten sie natürlich angerufen. Die Haare auf große Lockenwickler gedreht, kam sie schluchzend angelaufen. Nachdem Ivar mit dem Mercedes gekommen war und sie Vidart geholfen hatten, sich auf den zurückgeklappten Sitz zu legen, rief seine Frau:

»Was soll ich denn mit der Milch machen? Und mit dem Auto?«

Assar Westlund sagte, daß er ihr die Milch mit dem Traktor nach Hause bringen werde.

»Den Duett läßt am besten erst noch so lange stehen«, meinte er. »Ich werd mit Torsten reden.«

Dann fuhr das Taxi, und Birger und Åke gingen zu dem Jungen hinein. Er lag auf einem weinroten Plüschsofa in der Stube. Elna hatte die Rollos heruntergezogen, und das bläuliche Licht machte sein Gesicht nur noch weißer. Er war nicht älter als sechzehn, hatte drahtiges schwarzes Haar und schmale braune Augen. Als er aufstand, zeigte sich, daß er groß und schlaksig war. Ansonsten glich er eher Gudrun als Torsten. Er reichte ihnen die Hand zum Gruß, und als sie sich gesetzt hatten, schielte er nach dem Eimer, den ihm Elna hingestellt hatte. Es war ein wenig Erbrochenes darin, und er schob ihn nun hinters Sofa. Er sah verlegen und zugleich ängstlich drein.

»Wie geht es dir?«

Er machte eine Bewegung, sagte aber nichts.

»Vidart ist auf dem Weg ins Krankenhaus«, sagte Birger. »Aber es ist nicht so schlimm, er ist schon wieder auf den Beinen.«

Die braunen Angen weiteten sich. Hatte der Junge geglaubt, Vidart sei tot?

»Das ist Åke Vemdal. Weißt du, wer er ist?«

Der Junge schüttelte den Kopf.

»Ich bin der neue Polizeichef von Byvängen«, sagte Åke.

»Wer… wer hat das angezeigt?« wollte Johan wissen.

»Niemand hat das angezeigt. Wir haben hier bei Westlunds in der Küche gesessen, wie du gekommen bist. Wir wollten zum Fischen.«

»Was ist eigentlich geschehen?« fragte Åke.

»Ich weiß nicht.«

Er hatte die Arme auf die Schenkel gestützt und den Kopf gesenkt. Der braune Blick ließ sich nicht fangen.

»Aber du hast Hilfe geholt.«

»Ja.«

»Hast du gesehen, wie er zusammengeschlagen wurde?«

Er schüttelte den Kopf.

»Woher hast du dann gewußt, daß er dort liegt?«

»Ich habe gesehen, wie er gekommen ist.«

»Und daß Torsten hinter ihm her ist?«

Der Junge antwortete nicht, sondern sah nach dem Eimer und schluckte mehrere Male, wie um zu zeigen, daß ihm übel sei. Es war zwar heiß in der Stube, aber Birger bezweifelte, daß ihm jetzt wirklich schlecht war. Womöglich tat er nur so, um sich vor der Antwort zu drücken. Åke wartete eine Weile, dann fragte er:

»Hast du gesehen, daß dein Vater hinter ihm her ist?«

»Ich weiß nicht. Darüber habe ich mir keine Gedanken gemacht.«

»Hast du ihn gesehen? Hatte er irgend etwas in der Hand?«

Johan schwieg.

»Wir haben etwas gefunden«, sagte Åke. »Eine Art spitzen Stock. Abgebrochen.«

Da machte der Junge mit seinem langen Körper eine beinahe katzenhafte Bewegung, lag im nächsten Moment zusammengekauert auf dem Sofa und kehrte ihnen den Rücken zu.

»Warte«, sagte Birger leise. »Wir gehen in die Küche, dann erzähle ich dir die Hintergründe.«

»Kennst du sie denn?«

»Die kennen alle.«

Doch dazu kam es nicht. Aus der Küche waren laute Stimmen zu vernehmen, und dann ging die Stubentür auf, und Gudrun stand auf der Schwelle, alles Licht der Küche hinter sich, so daß ihr Gesicht fast schwarz war.

»Was machen Sie da?«

Sie ging zu Johan und faßte ihn an.

»Er hat zu dieser Sache nichts zu sagen«, erklärte sie. »Er hat bloß für Vidart Hilfe geholt.«

»Wir müssen ihn vernehmen, um zu erfahren, was passiert ist.«

»Den Teufel müssen Sie«, versetzte Gudrun. »Es ist nichts passiert, was er gesehen hat.«

Sie war klein. Es sah eigenartig aus, wie sie den großen Jungen vom Sofa hochzog und ihn mit sich hinausschubste. Er hatte den Kopf gesenkt. Åke ging ihnen nach.

»Diese Sache wird untersucht werden, das wissen Sie.«

»Untersuchen Sie nur. Aber Johan sagt nicht gegen seinen Vater aus.«

Sie schob den Jungen hinaus und warf die Küchentür zu.

Åke tat einen Schritt, als wollte er sie zurückhalten, doch Birger sagte:

»Laß sein. Jetzt kannst du ihn ohnehin nicht vernehmen.«

Sie hörten, wie Gudrun den Motor anließ und wegfuhr. Elna und Assar saßen nebeneinander auf der Bank. Sie wirkten wie Gäste in ihrer eigenen Küche.

»Wir gehen raus«, sagte Birger.

Es war nicht so einfach, Åke, der von nichts wußte, etwas über Torsten Brandberg und Vidart zu erzählen. Er war bis jetzt überhaupt noch nie in Svartvattnet gewesen. Doch es gehörte zu seinem Bezirk. Er kam aus Dorotea und hatte seinen Dienst vor ein paar Monaten angetreten. Sie waren einmal zusammen unterwegs gewesen. Da war es in Richtung Grenze um einen Selbstmord gegangen. Åke hatte niemanden gehabt, den er hätte schicken können, und auch kein Auto. Ein alkoholisierter Bauernsohn war auf den Dachboden gestiegen und hatte sich mit einer Schrotflinte erschossen. Als sie sich mehrere Stunden später ins Auto gesetzt hatten, um zurückzufahren, war es Birger, als hörte er einen Vogel schreien. Erst im nachhinein verstand er, daß das die Mutter gewesen war.

Birger hatte im Vorsommer bei ihnen vorbeigeschaut, als er in der Nähe einen Krankenbesuch gemacht hatte. Da war die Mutter in die Frösökliniken eingeliefert worden, und der Vater saß in der Küche. Er hatte ziemlich lange nur von Kaffee und Zigaretten gelebt und brach zusammen, als Birger kam. Es war das erste Mal, daß er nach dem Tod seines Sohnes weinte. Birger war auf den Dachboden gegangen, um nachzusehen, ob sie saubergemacht hatten. Die Flecken waren jedoch noch da, und an der Decke waren vertrocknete Hirnsubstanz und die Einschläge der Schrotladung zu sehen. Eine zerschossene Glühbirne hing noch an ihrer Schnur. Mit einer Scheuerbürste und einem Schaber machte er, so gut es ging, sauber. Dann sorgte er dafür, daß der Mann, der jetzt allein war, eine Hauspflege bekam, die für ihn kochte.

Åke und er hatten sich beim ersten Besuch dort und auf der langen Heimfahrt kennengelernt.

»Ich kenne Johan«, sagte Birger. »Er geht in Byvängen aufs

Gymnasium und ist mit meinem Jungen in einer Klasse. Er ist ein gescheiter Kopf. Aber nur seine Mutter, Gudrun, meint, daß er weitermachen soll. Die andern Jungs sind die Söhne von Torsten und seiner vorigen Frau Mimmi. Sie ist bei Väines Geburt an Hirnblutung gestorben. Damals kam Gudrun, um Torsten mit den Jungs und im Haushalt zu helfen. Sie stammt aus einem großen Samigeschlecht. Aber von der armen Seite. Sie hat für Torsten gearbeitet, und dann ist sie schwanger geworden und hat Johan zur Welt gebracht. Ein knappes Jahr nach Mimmis Tod. Väine und Johan sind also praktisch gleich alt.«

»Sind sie alle miteinander Sami?«

»Nein. Nur Gudrun. Torsten war noch nie ein Freund der Sami. Der Lapp sollt nicht im Dorf wohnen. Das ist seine Meinung, und damit steht er nicht allein. Torsten war schon immer ein Mordsraufbold. Wenn er sich in jungen Jahren hat vollaufen lassen, hat er die Leute gefragt: ›Weißt du einen, der verprügelt gehört?‹ Er hat es fertiggebracht und ist bis nach Byvängen fahren, nur um einen Kerl zusammenzuschlagen. Ich glaub nicht, daß es zwischen Johan und seinen Halbbrüdern jemals gestimmt hat, und zwischen ihm und seinem Vater ebensowenig. Aber du hast ja Gudrun gesehen. Wenn sie dabei ist, krümmen sie dem Jungen kein Härchen. Du siehst also, daß es Johan schlecht ergehen kann, wenn sie sich in den Kopf setzen, daß er Torsten verpfiffen hat.«

»Das kann man doch erklären. Er hat ja nicht gewußt, daß wir da sind.«

»Ich wage zu bezweifeln, daß sie darauf hören«, erwiderte Birger.

Sobald sie in der Diele waren, bedeutete sie ihm mit einer Kopfbewegung, daß er auf der Stelle in sein Zimmer hinaufgehen solle. Nach einer Viertelstunde brachte sie ihm Käsebrote und ein Glas Milch. Johan saß auf dem Bett und hatte sich nicht einmal zur Toilette getraut. Er fürchtete, Torsten würde ihn hören. Gudrun sagte jedoch, daß von den anderen noch keiner zu Hause sei. Da ging er auf die Toilette bei der Diele, und es kam ihm vor, als pinkelte er eine Viertelstunde lang.

Gudrun saß am Schreibtisch und starrte in die Einhegung hinunter, als er zurückkam. Sie sah verdrossen aus, saß da und biß sich Hautfetzchen von den Lippen. Er hatte sich schon immer elend gefühlt, wenn sie verdrossen war. Meistens war es ja seine Schuld. Torsten reizte er, und die Brüder regte er auf.

»Ich hab nicht gewußt, daß die Polizei dort ist«, sagte er.

»Du hast keinen Fehler gemacht«, erwiderte sie. Er fand, daß es mechanisch klang. Er fragte sich, was sie wohl dachte. Ihm ging durch den Kopf, daß sie alles über ihn wußte. Fast alles jedenfalls. Aber er wußte über sie nichts. Sie war seine Mutter, und alles, was sie in der Küche und im Garten tat, war vorhersagbar. Fast alles, was sie sagte, ebenfalls. Aber das Wesentliche wußte er nicht. Nichts über die Zeit, als sie schwanger war. Nichts über sie und den Mann mit dem Scooter. Oder warum sie schließlich Torsten geheiratet hat.

»Wenn er wegen Körperverletzung verurteilt wird, dann nehmen sie ihm wohl seine Waffen weg?« meinte er.

»Noch ist er nicht mal angeklagt.«

»Ich meine nur, falls er es wird. Denn dann kann er ja die Jagd nicht leiten.«

»Hör jetzt auf«, sagte Gudrun. Sie schien zu glauben, er wollte, daß Torsten seine Lizenz verlieren würde. Dann begann er ihr zu erzählen, was er tatsächlich vom Fenster aus beobachtet hatte. Doch sie wollte es gar nicht hören.

»Bleib jetzt ein Weilchen hier«, sagte sie. »Ich werde dann mit Torsten reden.«

Sie wirkte müde, als sie sich erhob. Sie hatte sich fein gemacht, trug eine weiße Baumwollstrickjacke über einem kleingeblümten Kleid und Sandaletten mit hohen Absätzen. Ihr Gesicht sah jedoch wieder alltäglich aus, denn als sie auf dem Bett gesessen hatte, hatte sie sich den Lippenstift weggebissen.

Nach einer Weile hörte er sie in der Küche. Eine Schranktür knallte, Porzellan klapperte. Sie räumte die Geschirrablage aus. Das waren gewohnte Geräusche, und sie beruhigten ihn.

Gegen halb sieben kamen die Autos zurück. Er hörte, daß die Stimmen der Brüder laut und heiser waren. Sie hatten offensichtlich einiges intus. Torsten lachte über etwas, was Väine gesagt hatte. Gudrun briet jetzt Fisch, der Geruch drang zu Johan herauf. Sie aßen ihr verspätetes Abendessen jedoch, ohne daß sie ihn rief. Er saß in seinem Zimmer eingeschlossen, als hätte er etwas verbrochen.

Er war der einzige der Brüder, den Torsten niemals geschlagen hatte, Gudrun hatte ihn beschützt. Doch er, der niemals Schläge bekommen hatte, war derjenige, der sich am meisten davor fürchtete. Und das wußten sie. Gudruns Schutz machte ihn lächerlich.

Er stand auf und ging hinunter. Auf halber Treppe bekam er jedoch Angst. Nicht davor, daß sie ihn schlagen würden. Doch vor Torstens schweren, halbgeschlossenen Augen, seinem Lauern, wenn er betrunken war. Und vor den schnellen Bewegungen der Brüder, mit denen sie ihn erschrecken wollten. Da beschloß er, fischen zu fahren.

In diesen Vorsommernächten fischte er am Hundtjärn, der gleich neben dem Almweg lag. Von dort aus sah er, ob jemand zum Falkenhorst am Lobberåa ging. Daß die Attacke von der großen Straße her käme, glaubte er nicht. Henry Strömgren sah jedes Auto dort oben. Im Sommer zuvor waren zwei Jungvögel verschwunden.

Seine Jacke hing in der Diele, die Angel und seine Stiefel standen im Flur. Er achtete darauf, nicht mit der Angel zu klappern, doch als er draußen war und das Moped angeworfen hatte, trieb er es ordentlich hoch, damit sie nicht glaubten, er würde vor ihnen auskneifen. Er wußte, daß sie ihn sahen.

Würmer holte er sich oben bei Alda, denn dort stellte er immer sein Moped ab und lief zum Hundtjärn hinauf. Die alte Frau war im Pflegeheim, und rings um die Vortreppe schoß das Gras bereits in kräftigen Büscheln in die Höhe. Wie üblich hackte er hinter ihrem Brennholzschuppen nach Würmern.

Auf dem Abfallhaufen ein Stück im Wald fand er eine Konservendose, und im Brennholzschuppen stand eine alte Kartoffelhacke. Er hatte gerade ein paarmal damit gehackt, als er ein Auto hörte. Es rutschte im Kies, wenn es in die Kurve ging. Fast im selben Augenblick, da es hielt, schlugen die Türen. Er lauschte auf Stimmen und Schritte.

Die Brüder umringten ihn, noch ehe er darüber nachdenken konnte, ob er davonlaufen sollte oder nicht. Er stand mit der Kartoffelhacke in der Hand da, und sie umstellten ihn und taten spielerisch. Sie traten von einem Bein aufs andere, wie Fußballspieler, die auf den Anstoß warteten. Er roch Rasierwasser und Bier, als sie näherkamen.

Sie mußten mitten im Essen aufgestanden und ihm gefolgt sein. Gudrun hatte sie nicht zurückhalten können. Sie hatte es sicherlich versucht.

Er verstand, daß nun etwas Neues begann. Es hatte bereits begonnen, als er das Haus verlassen hatte, auf das Moped gestiegen war und es hochgetrieben hatte, um ihnen zu zeigen, daß es ihm egal war, ob sie ihn sahen.

Er rammte die Hacke in die braune Erde, die voller Nesselwurzeln und Glasscherben war. Dann nahm er seine Angel und die Dose mit den Würmern und ging den Almweg hinauf. Sie folgten ihm, schubsten ihn von allen Seiten und fragten, wovor er denn Angst habe. Er begann zu laufen, obwohl er das gar nicht wollte. Da kam ihm Väine nachgestürmt und stellte ihm ein Bein, so daß er hinfiel. Pekka packte ihn am Arm und riß ihn wieder hoch.

»Steh auf, verdammt noch mal!«

»Was wollt ihr?«

Björne jagte ihm die Faust in den Bauch. Obwohl er nicht mit voller Wucht zuschlug, krümmte sich Johan, so als verbeugte er sich, und da lachten sie alle. Während er noch mit dem Brechreiz kämpfte, nahm er den Duft des Waldes wahr. Aber es gab keinen Weg dorthin. Sie waren auf allen Seiten. Per-Ola und Pekka hatten sich Zigaretten angezündet. Björne schüttelte den Kopf, als sie ihm eine anboten, und schob sich einen Priem in den Mund. Der entstellte seine Oberlippe, sie wirkte geschwollen. Er stand, wie so oft, mit offenem Mund da und glotzte Johan an. Aber er schien nicht noch einmal zuschlagen zu wollen.

»Wovor hast denn Angst?« fragte Pekka. »Willst du nicht die Polizei rufen?«

»Meine Fresse, wie stehst du bloß da? Hast Angst, daß du dir in die Hosen pinkelst?« fragte Väine, und die anderen lachten. Väine würde hiernach als ganzer Kerl gelten. Jetzt schlug er zu, aber nur spielerisch und nicht ins Gesicht. Sie ließen ihn gewähren. Womöglich fürchteten sie um ihre Kleider, denn sie hatten sich umgezogen und trugen helle Hosen und Jacken.

Väine wurde immer gereizter, als Johan sich duckte, ohne sich zu verteidigen. Er konnte nicht zeigen, wozu er taugte. Da ging er zu Karateangriffen über und bremste seine steife Hand erst kurz vor Johans Gesicht.

Björne und Pekka hatten sich kurz von den anderen entfernt.

Irgend etwas schepperte ein Stück weiter oben im Wald. Dann kamen sie zurück, und Pekka sagte zu Väine:

»Hol das Abschleppseil.«

Sie fesseln mich, dachte Johan. Sie stellen mich gefesselt an eine Tanne. Und dann gehen sie. Das ist alles. Mehr trauen sie sich nicht wegen Gudrun. Oder wegen der Polizei.

Aber Pekka fesselte ihn nicht, als er das Abschleppseil in Händen hatte. Er legte es Johan lediglich um den Körper, unter die Arme, und zog zu. Es fühlte sich an, als habe er eine Schlinge gemacht. Dann schubsten sie ihn vor sich her. Sie wichen ein wenig vom Almweg ab. Zwischen den Tannen sah er einen halb verrotteten Holzdeckel an einem Stein lehnen. Mit Fußtritten trieben sie ihn an den Rand eines runden, mit Steinen ausgelegten Schachts. Da schrie er.

Als sie ihn in die Öffnung hinunterlassen wollten, leistete er so viel Widerstand, wie er nur konnte. Er trat zu, biß einen von ihnen in den Arm und erhielt einen Schlag in den Nacken. Dann stürzte er und verspürte einen heftigen Schmerz, als die Seilschlinge vom Gewicht des Körpers zugezogen wurde.

Er hing mit schweren Beinen an dem Seil, das sich ihm unter den Armen tief eingeschnitten hatte. Wasser fühlte er noch nicht. Über sich hörte er ihre Stimmen, verstand aber nicht, was sie schrien. Dann fiel er.

Er wachte auf und befand sich auf dem Grund eines Brunnens. Der war versiegt, soviel begriff er, und zu Aldas Zeit vielleicht nie benutzt worden. Er saß halb im Matsch des lehmigen Wassers und hatte das Seil um den Körper. Zuerst dachte er, daß er sich etwas gebrochen habe, doch als er vorsichtig seine Glieder bewegte, merkte er, daß es nur dort weh tat, wo das Seil zwickte. Er trug einen dicken Hellyhansenpulli, und dank diesem hatte sich das Abschleppseil nicht so fest eingeschnitten. Den Knoten und das Seilende bekam er nicht zu fassen. Die mußten beide auf dem Rücken sein. Er versuchte sich in dem engen Raum zurechtzusetzen und blickte nach oben. Die Brunnenöffnung war fast weiß vom

Licht des Sommerabends. Es zeigte sich kein Gesicht dort oben. Und er hörte auch nichts.

Er saß in lockerem Gemengsel und Wasser. Auf dem Grund waren Steine. Er wackelte, um von einem, der ihn drückte, wegzukommen. Dann tastete er nach seinem Messer, um damit das Seil abzuschneiden. Als er es erwischt und das Nylonseil durchtrennt hatte, nahm der Druck ab, und er arbeitete sich in den Stand empor. Gebrochen war nichts. Es war schwer abzuschätzen, wie tief der Brunnen war. Der helle Kreis hoch oben war inzwischen blau geworden. Er sah jetzt auch ein bißchen mehr von den Brunnenwänden. Das Wasser reichte ein Stückchen über den Fuß seiner Stiefel.

Immerhin hatten sie den Deckel nicht aufgelegt. Sie würden bald zurückkommen und ein Seil herunterlassen. Recht bald. Sie wollten bestimmt nicht, daß jemand anders seine Hilferufe hörte.

Aber er hatte nicht die Absicht, zu rufen. Wahrscheinlich saßen sie im Auto und warteten darauf, daß er anfing, um Hilfe zu schreien. Er ging immer weg, wenn sie jemanden anpöbelten. Es war gräßlich, zuzusehen, wenn Leute zusammengeschlagen wurden. Doch hier unten auf dem Grund des Brunnens spürte er, daß er etwas in sich hatte, von dem sie nichts wußten. Er würde nicht schreien. Dieser Spaß sollte ihnen nicht gegönnt sein. Diesen verfluchten Scheißkerlen.

Das Stehen ermüdete ihn. Er versuchte sich auf verschiedene Weise mit dem Hintern und den Unterarmen an die Brunnenwände zu lehnen, um den Druck zu vermindern. Es stach und schmerzte in den Beinen und im Rücken. Auf die Dauer würde er sich nicht aufrecht halten können.

Wie lange würden sie ihn hier stehenlassen? Eine Stunde? Oder bis in die Nacht? Das schlimmste wäre, wenn sie ins Dorf hinunterführen und sich zu sehr vollaufen ließen. Dann vergäßen sie ihn, und er würde erst spät am Mittsommertag geholt werden. Gudrun würde nach ihm suchen, wenn er nicht nach Hause käme. Sie würde das Moped entdecken, wenn sie mit dem Auto umherführe. Zu rufen lohnte sich deshalb wahrscheinlich erst in den späten Morgenstunden. Aber er wollte nicht rufen. Dieses Mal sollte Gudrun nicht mit ihm nach Hause kommen. Damit war jetzt Schluß.

Sie nahm Mia bei der Hand und ging zum Ufer hinunter. Nahe am Wasser stand ein Haus. Ein altes, ungestrichenes Holzhaus, zerfressen von Regen und Alter. Verwildertes Grün um die Hütte: Büschel von Wiesenkerbel blühten zusammen mit Akeleien in Rabatten, in denen die Erde abgesunken und mausbraun getrocknet war. Johannisbeersträucher wuchsen ineinander und hatten ein Gestrüpp von Zweigen ausgesandt, die Wurzeln geschlagen hatten. Am Hang zum See waren die Himbeersträucher undurchdringlich zusammengewachsen. Das Gras reichte Mia bis zur Taille, und bei der Vortreppe stand ein Dickicht aus Nesseln. Sie wollte nicht länger durch die grüne Masse gehen, die vor Insekten sang. Ein Geruch nach Kräutern und Gift lag darüber.

Annie hob Mia auf einen Brunnendeckel aus Zement und ließ sie dort warten, während sie zum Wasser hinunterging und eine Flasche füllte. Doch Mia wollte das Seewasser nicht trinken. Sie schüttelte den Kopf und preßte die Lippen zusammen. Das Wasser war völlig klar. Es war bis hinab auf den braunen Grund mit den unbeweglichen Steinen wie Glas. Doch Mia trank nicht.

Der Laden, weiß gestrichen und mit den Wimpeln der zwei Länder über der Tür, lag nur wenige Schritte von dem Haus mit den Nesseln entfernt. Der Platz vor den Tanksäulen wurde von den Resten eines vermorschten Zauns begrenzt. Er hatte vermutlich zu einem Häuschen gehört, das jetzt verschwunden war. Ein länglicher, grüngestrichener Holzbau, wahrscheinlich ein Vereinshaus oder ein Versammlungslokal, lag neben einer gezimmerten Scheune, die unter ihrem Schindeldach zusammengebrochen war. Auf der anderen Seite stand ein Haus, in dem offensichtlich jemand wohnte, denn im Erdgeschoß hingen in allen Fenstern dichte, gefältelte Gardinen aus Nylonspitze. Das Dachbodenfenster hatte hingegen ein großes Loch, das mit einem Lumpen zugestopft war. Die andere Fensterhälfte bestand aus einer Masoniteplatte.

Sie fand, daß das Dorf, das jetzt nach dem Rummel bei der Ankunft des Postbusses ganz still dalag, schwer zu verstehen war. Verfall und Verlassenheit lehnten an Neubauten und Ausbesserungen. Warum rissen die Leute die eingestürzten und morschen Gebäude nicht ab? Sahen sie sie gar nicht mehr?

Die Dorfbewohner sahen vielleicht nur das, was es auch in größeren Orten gab. Sie sahen Modernität und Entwicklung, wo sie, Annie, Zerfall und Niedergang sah. Und Dan Ursprünglichkeit. Denn weder in den Briefen noch in den kurzen Telefonaten, die er vermutlich aus der Zelle neben dem Laden geführt hatte, hatte er das Dorf so beschrieben, wie sie es jetzt in dem klaren Abendlicht sah.

Das Grün war obszön. Sie dachte an eine allzu dichte Schambehaarung (wie man sie in der Badeanstalt sieht und den Blick abwendet). Dies hatte sie nicht erwartet. Eher eine Art Kargheit. Spärliche, blasse Farben. Doch alle Vorstellungen, die ihr in den Wochen des Wartens und der Unruhe deutlich vor Augen gestanden hatten, verflogen.

Sie spazierten zu ihren Taschen und setzten sich hin, um zu warten. Auf der anderen Straßenseite waren grasbewachsene Hänge, die in der Sonne leuchteten. Die Wiesenblumen hatten kräftigere Farben, als sie je gesehen hatte. Gegenüber dem Laden stand ein kastenförmiges, grün und dunkelbraun gestrichenes Haus. Das Kellergeschoß lag hoch, denn das Haus stand an dem steilen Hang. Dort war ein kleiner Laden; auf einem Holzschild stand Fiskebuan eingebrannt. An einer

Stange, die schräg aus der Wand ragte, hing eine schwedische Flagge. Drinnen war undeutlich ein Mann zu sehen, und Annie nahm Mia bei der Hand und ging über die Straße.

Die Tür war abgeschlossen, doch er öffnete, als sie klopfte. Er verkaufe keine Erfrischungsgetränke, doch Mia könne gerne Saft haben, sagte er. Annie brauchte den Saft und die Semmeln, die er aus der Küche im oberen Stockwerk holte, nicht zu bezahlen. Dafür mußte sie seine Neugier stillen.

Er hatte graumeliertes, nach vorn gekämmtes Haar, das im Nacken und um die Ohren herum lang war, und er trug Hosen mit ausgestellten Beinen. Sie fand, daß diese enggeschnittenen Hosen idiotisch, ja beinahe anstößig aussahen. Doch die Mode war bis hierherauf vorgedrungen, und das hatte sie ebenfalls nicht erwartet. Er sah verbraucht aus. Unter den Augen hingen ihm faltige, schlaffe Säcke auf die Wangen. Seine Nase war groß und grobporig, und er hatte schwere Augenlider. Doch er wirkte alles andere als müde.

Sie erzählte ihm so wenig wie möglich. Daß sie abgeholt würden. Daß sie auf dem Weg nach Nilsbodarna seien. Er fragte, ob sie Nirsbuan meine. Was sie dort wollten?

»Wir werden dort wohnen«, sagte Mia schroff. Sie hatte bisher Saft getrunken und Semmeln gegessen, ohne einen Ton zu sagen. Er lachte. Dieses Lachen vergaß Annie nie. Da kam ihm ein Gedanke:

»Gehört ihr zu den Stjärnbergleuten?«

»Wir kommen aus Stockholm«, erwiderte sie. Aber seine Vermutung war gar nicht so dumm. Schließlich hatte Dan Nilsbodarna dank der Kommune in Stjärnberg gefunden.

»Da schau an, ihr wollt Brandbergs Nirsbuan wegnehmen. Das wird freilich nicht leicht sein«, grinste er. Sie verstand nicht, was er meinte. Sie mochte ihn nicht. Jetzt wollte sie nicht weiter über ihre Verhältnisse reden.

Da hörten sie ein Auto, und Mia stürzte ans Fenster. Aber es war nicht Dan. Es waren vier Mannsbilder, die aus einem großen Volvo stiegen, dem, als er bis dicht vors Haus gefahren war, der Kies um die Reifen spritzte. Genaugenommen waren es drei junge Männer und ein Junge, der am Steuer saß. Er konnte kaum achtzehn Jahre alt sein. Sie verbreiteten eine Duftwolke von Rasierwasser und Branntwein, als sie in den Laden traten. Einer von ihnen war weiß gekleidet und hatte Lehmspuren auf der Hose. Es sah aus, als ob ihn jemand getreten hätte. Die Hose war eng und der Stoff dünn. Annie konnte deutlich seinen Hodensack und sein Glied sehen, die sich am Schenkel abzeichneten, und sie mußte den Blick abwenden, als er sie ansah. Sie hatten sich für die Ereignisse des Mittsommerabends angezogen, und wieder sah sie, daß hier oben die Mode befolgt wurde; sie kam sich mit all ihren Vorstellungen kindisch vor.

Die Männer erfüllten das kleine Geschäft mit ihren großen Leibern und kräftigen Stimmen. Doch als sie Annie entdeckten, verstummten sie, und es schien, als wüßten sie nicht mehr, warum sie gekommen waren. Sie interessierten sich weder für Angelgeräte noch für den Schaukasten mit Schokolade und Abendzeitungen.

»Na dann«, sagte der Mann hinterm Ladentisch und sah Annie unverblümt an. Sie verstand, daß er sie nicht länger in seinem Laden haben wollte; ihr war unbehaglich zumute. Sie nahm Mia bei der Hand und ging. Sowie sie die Tür geschlossen hatte, hörte sie, daß die Kerle wieder laut wurden.

Mia wollte Pipi machen, und sie gingen hinunter zwischen die Johannisbeersträucher. Von Dan war noch immer nichts zu sehen. Es war nicht mehr so still wie vorher. Vor dem Vereinshaus war ein Bus vorgefahren, aus dem Musikinstrumente und große Lautsprecher ausgeladen wurden.

Annie hatte sich mit Mia auf die Vortreppe des verlassenen Hauses setzen und dort warten wollen. Doch aus dem Gras kamen Insekten, ein beinahe unsichtbares Getier. Es brannte wie Feuerfunken, wenn sie stachen. Mia fing an zu weinen. Annie nahm sie auf den Arm und rannte durch das hohe Gras von dort weg. Bei jedem Schritt scheuchte sie Wolken dieses stechenden und brennenden Getiers auf. Auf der Rampe des Ladens waren sie einigermaßen davor geschützt. Es schien, als hausten die Insekten im Gras und im Laub.

Auf den steilen Grashängen glühten Butterblumen und rote Lichtnelken in der Abendsonne. Der See lag noch immer still da, war jedoch dunkler geworden. Vom Vereinshaus her dröhnten, durch die Lautsprecher gewaltsam verstärkt, ein E-Baß und die Läufe auf einer Klaviatur. Die vier Kerle kamen aus dem Fiskebuan, setzten sich ins Auto und tranken Bier aus der Flasche. Sie hatten die Türen offenstehen und ließen die Beine heraushängen. Der jüngste, der auf der Treppe sitzen geblieben war, rülpste demonstrativ, nachdem er seine Flasche geleert hatte, und warf sie in den Kies. Die anderen lachten über ihn. Der Ladeninhaber kam heraus und sagte etwas mit leiser Stimme. Er nahm die Flasche mit hinein und warf einen Blick auf Annie auf der anderen Straßenseite. Sie begriff, daß es sich um illegalen Verkauf handelte. Vielleicht war in den Flaschen Starkbier.

Es kamen noch mehr Autos in den Kies am Straßenrand geschlittert. Es saßen fast nur Männer darin, junge Männer. Sie verstand nicht, was sie einander zuriefen, hörte jedoch heraus, daß etliche Norweger darunter waren. Die meisten schienen harmlos beschwipst zu sein.

Auch beim Vereinshaus fuhren Autos vor, von wo die Instrumente knarrten und dröhnten, als man die Verstärkeranlage testete. Vor dem Fiskebuan hielten ein paar Norweger den Jungen, der den Volvo gefahren hatte, zum besten. Er war jetzt ordentlich betrunken und hatte ziemliche Schlagseite, als er zum Auto ging. Mit kratziger Stimme sang er ein kurzes Lied, das Annie nur schwer verstehen konnte. Er erregte jedenfalls Heiterkeit damit, und so sang er es noch einmal. Wieder und wieder sang er es, während er in seinen engen Hosen umherstelzte. Schließlich verstand sie die Worte.

»Siehst du meiner Mutter Fut
so schwarz, so groß und gut!
Siehst du den Schwanz vom Vater
einen Mordsprachtkerl hat er!«

Vor einem der Autos, in dem ein älterer Mann mit einer Mütze saß, auf der »Röbäcks Autos & Bleche« stand, drehte er eine Pirouette wie ein Bär und verlor dabei fast das Gleichgewicht.

»Mensch, Väine, Evert mußt doch nicht fragen, ob er die Fut deiner Mutter gesehen hat!« brüllte der Ladeninhaber, und diese Worte riefen in den anderen Autos ein lang anhaltendes Gelächter hervor. Es wurde abrupt still, als einer der Kerle aus dem Volvo stieg. Es war der dickste von ihnen, ein großes Mannsbild mit braunem, lockigem Haar, das unter der Schirmmütze schweißig zu sein schien. Er hatte sich nicht wie die anderen gut angezogen, sondern trug Jeans und einen blauen Pulli aus Faserpelz. Annie fand es merkwürdig, daß er den mitten im Sommer trug. Dessen Schoß hing ihm über den Hintern, und darunter baumelte ein Fahrtenmesser.

Er stieg breitbeinig die Treppe hinauf. Es war wie in einem Åsa-Nisse-Film. Er hob die Hand. Annie wurde klar, daß sie eine Kraftprobe zu sehen bekämen. Die Hand war steif, der kleine Finger und die Außenkante waren auf die Flagge gerichtet, die neben der Tür aus der Wand ragte. Er hieb mit der steifen Hand durch die Luft, und mit einem Knall brach die Flaggenstange ab. Der Mann aus dem Fiskebuan verschwand in seinem Laden und schloß die Tür. Derjenige, der die Stange abgeschlagen hatte, latschte zu dem Volvo zurück und kroch auf den Rücksitz. Ein anderer der Kerle zog den Jungen, der das Lied gesungen hatte, ins Auto, ließ den Motor an und fuhr zum Vereinshaus hinunter. Die anderen Autos folgten ihm.

Die Musik hatte jetzt ernsthaft eingesetzt. Es kamen immer noch mehr Autos angefahren. Doch Dan kam nicht.

Es war nicht leicht, Torsten Brandberg und seine vier älteren Söhne zu fassen zu kriegen. Åke Vemdal und Birger Torbjörnsson gaben nach einer Stunde planlosen Umherfahrens und Fragens auf, fanden sie aber, als sie zum Campingplatz draußen auf Tangen zurückkehrten. Sie saßen alle fünf bei Roland Fjellström in der Anmeldung und tranken Bier. Die Vernehmung war denn auch nicht ergiebig. Torsten leugnete nicht, Vidart geschlagen zu haben, behauptete aber, daß er in Notwehr gehandelt habe. Was den Rechenstiel angehe, so habe er ihn vorgestreckt, um sich zu schützen.

»Er war mehr als zwanzig Minuten lang bewußtlos«, sagte Åke. »Knapp gerechnet.«

»Und das glauben Sie? Wie ich weggegangen bin, war der jedenfalls noch auf den Beinen.«

Seine Söhne grinsten. Torsten saß da und hielt eine Bierdose umfaßt. Er sah ruhig, fast belustigt drein. Die Jungs, die um ihn herumstanden, waren muskulös; noch hatte sich keiner von ihnen die Stigmata der Waldarbeiter eingehandelt. Väine, der Siebzehnjährige, schien betrunken zu sein. Er atmete schwer mit offenem Mund. Er war genauso ungeschlacht wie die anderen. Birger kam sich angesichts all dieser aufgetürmten Muskelkraft vor wie ein fetter Sack.

Ake fragte noch einmal nach dem Rechenstiel, bekam aber dieselbe Antwort. Torsten rührte sich nicht. Es sah schließlich ziemlich verkrampft aus, wie sich seine große Hand um die

Dose schloß. Als sie gingen, saß er noch immer so da und reagierte nicht auf ihren Gruß.

Sie hatten Hunger bekommen, darum gingen sie zu ihrer Hütte, bevor sie sich auf den Weg machten. Sie hatten zum Abendessen mit Fisch gerechnet und deshalb kaum mehr als Bier und Brot eingekauft. Birger hatte jedoch einen Ring Fleischwurst besorgt, für den Fall, daß sie nichts fangen wurden.

»Gibt es denn keine Imbißbude oder ein Hotel?« fragte Åke.

»Hier nicht, nein.«

Sie aßen die Fleischwurstscheiben, so wie sie waren, auf Knäckebrot. Birger fand das gut. Er aß das immer häufiger zu Mittag, wenn Barbro nicht da war. Er dachte aber ebensooft daran, daß er allmählich richtig kochen müßte. Er fragte sich, wie Åke das machte. Daß er allein war, wußte er. Aber nicht, ob er geschieden oder Witwer war. Oder schlicht Junggeselle.

Wie ein alter Junggeselle kam sich Birger vor, als sie im Auto saßen und in Richtung Svartvassån fuhren. Die Leute strömten zum Vereinshaus hinunter. Die Musik dröhnte. Sie sahen hellgekleidete Mädchen, die den Hügel hinabeilten. Er nahm sie trotz des dicken Glases der Autoscheibe als Duft, als Feuchte wahr. Er fragte sich, was Barbro wohl machte. Sie war unterwegs, um eine Informationsveranstaltung über den Uranabbau auf dem Björnfjället zu organisieren, und er glaubte nicht, daß sie an einer Mittsommerfeier teilnehmen wollte. Im vorigen Jahr hatte sie sogar Weihnachten nicht feiern wollen.

Vor Lill-Olas Laden standen Autos, und als Åke sah, daß er geöffnet war, wollte er dort neue Fliegen kaufen. Birger gelang es, ihn davon abzubringen. Åke würde nur entdecken, daß diejenigen, die in den Autos saßen, betrunken waren. Schlimmstenfalls würde ihm klar werden, daß Lill-Ola Lennartsson noch anderes als Fliegen und Angelscheine verkaufte. Und vor Trunkenheit am Steuer würde er die Augen nicht verschließen können. Dann bestand die Gefahr, daß aus dem Fischen überhaupt nichts wurde.

Bei Aronssons saß eine junge Frau. Sie hatte ein kleines Mädchen bei sich. Birger fand, daß sie altmodisch aussahen, vielleicht, weil das Mädchen Zöpfe hatte und die Frau einen langen, blauen Rock trug. Sie saßen auf Taschen, die unterhalb der Laderampe standen, und es sah aus, als warteten sie auf jemanden. Die Frau wirkte erschöpft. Einen Moment lang dachte er daran, sie zu fragen, wohin sie wolle und ob sie jemand abholen werde. Er wollte aber nicht aufdringlich sein.

Er versuchte seine Uhr mit der Hand zu beschatten, damit die Zeiger leuchteten. Doch das Licht von oben war zu stark, und gleichzeitig war es auf dem Grund des Brunnens zu dunkel, als daß er die Ziffern hätte erkennen können. Er hatte keine rechte Vorstellung davon, wie lange er schon in dem Brunnen stand. Die spitzen Steine und der Schlammgeruch, der rauhe Schiefer und der helle, blendende Kreis dort oben – es war ein Loch, das geradewegs in die Zeitlosigkeit hinabführte. Ein leerer Raum für ihn, für ihn allein. Jetzt mußte er sich in den Matsch setzen. Die Jeans war hinten schon naß, es machte also nicht so viel aus. Als er sich nach unten gearbeitet und ein paar Steine beiseite gedrückt hatte und mit der Stirn auf seine Knie gelehnt dasaß, war es ihm, als bewegte sich etwas neben ihm.

Er saß mucksmäuschenstill. Das war doch lächerlich! In einem Brunnen konnte doch nichts sein. Keine Ratten. Er dachte an Halluzinationen. Ob er wohl schon so schwach war, daß er welche hatte?

Sein Fuß im Stiefel war taub und fühllos. Er mußte zwischen den Steinen mit der Hand danach greifen. Da zuckte ihm deutlich etwas gegen die Handfläche. Etwas Kaltes und Glattes. Und dann eine kräftige Bewegung, wie von einem Arm, der ausschlug. Er schrie.

Er stand auf, trampelte und trat und schrie wie von Sinnen zu dem hellen Loch hinauf.

»Helft mir! Holt mich rauf!«

Schließlich brüllte er nur noch, ohne Worte. Das Loch war hell und sah aus wie eine blaue Scheibe. Es rührte sich nichts auf ihr.

Seine Stimme versagte. Er stand da, den Rücken an die bucklige und spitze Brunnenwand gedrückt. Zu seinen Füßen war etwas. Etwas Größeres als eine Schlange. Jetzt kam die Kälte wieder. Über dem Schreien hatte er sie vergessen.

Was er auch tat, es änderte sich nichts. Die Brunnenwände und der blaue Himmelsdeckel blieben sich gleich. Und dieses Starke, das da schlug, befand sich zu seinen Füßen.

Er wollte wieder schreien, doch ihm tat der Hals weh. Er hatte irgend etwas zerschrien. Für einen Moment hatte er das Gefühl, als hebe sich der Grund des Brunnens und drücke ihn zu der blauweißen Scheibe empor.

Er löste sein Messer wieder. Es war ein Fjording, ein kleines norwegisches Fahrtenmesser, das zudem stumpf war. Er benutzte es nur zum Fischeausnehmen. Und wie sollte er in der Dunkelheit zuschlagen können?

Er begann zwischen den Steinen auf dem Grund zu trampeln und zu treten und löste dabei einen modrigen Geruch aus dem Wasser. Aber keine Bewegung. Da stampfte er systematisch im Kreis und spürte an der Wand erneut diese Bewegung, obschon ausweichender. Nun trat er so zu, daß das Wasser spritzte und er mit den Zehen gegen die Steine schlug. Den Schmerz ignorierte er. Er wollte so lange treten, bis Ruhe war. Das Leben aus diesem Etwas treten. Was immer es war. Ich bin auf jeden Fall größer, dachte er.

Irgend etwas – war es ein Geruch? – ließ ihn an einen Fisch denken. Und dann war da die Erinnerung an das Gefühl wie von einer Schlange an der Hand.

Aal.

Da ist ein Aal im Brunnen.

Vormals ließ man Aale in die Brunnen, das wußte er. Sie sollten ihn von Würmern und Kleingetier freihalten. Er spürte, daß er pinkeln mußte und sehr müde war. Wenn ich aber ins

Wasser pinkle, kann ich es nicht mehr trinken, dachte er. Ich muß zuerst trinken. Falls ich lange hier bleibe. Vielleicht ist es gar nicht schlimm, Pisse zu trinken. Sie wird ja auch verdünnt. Hundert Jahre alt können Aale werden. Der ist vielleicht weiß. Ich kann hier nicht mehr lange stehen. Dann muß ich mich zu dem Aal setzen. Das macht sicherlich nichts. Aber das Wasser, die Kälte. Wie lange ist dieser Brunnen schon trocken oder fast trocken? Wie, zum Teufel, kann ein Aal Jahr um Jahr in einer Pfütze Wasser leben, die gerade mal den Boden bedeckt?

Er hatte vor Kälte zu zittern begonnen und schlug die Arme um sich. Sein Körper ließ sich jedoch nicht stillhalten, er schüttelte sich. Johan versuchte, von unten her warm zu werden, indem er trampelte, doch trampelte er jetzt vorsichtig. Es war nicht nötig, auf den Aal zu treten. Eklig auch, ins Wasser zu pinkeln, aber schließlich mußte er es tun; denn ihm platzte schier die Blase. Dann setzte er sich hin, um sich auszuruhen. Er tastete zwischen den Steinen umher und spürte den Aal. Der schlängelte sich davon, konnte aber nicht weit kommen. Eine verdammt harte Prüfung für einen Aal! Und wie oft bekam er Steine auf den Kopf?

Pekka und Björne mußten Steine in den Brunnen geworfen haben, um herauszufinden, wieviel Wasser darin war. Er glaubte nicht, daß sie ihn hatten ertränken wollen. Oder es gewagt hätten.

Er mußte wieder aufstehen, denn das Wasser unterkühlte ihn. Im Dunkeln waren die Brunnenwände nicht deutlich zu sehen. Er spürte aber, daß in den Spalten Moos war. Es mußte schon lange her sein, daß in dem Brunnen Wasser gewesen war.

Der Brunnen war wie alle anderen alten Steinarbeiten in der Gegend natürlich aus Schiefer erbaut. Die Schieferplatten hatten sich durch das Absacken des gefrorenen Bodens verschoben. Es mußte ein krummer, alter Brunnenschacht sein.

Er versuchte, ganz still zu stehen und auf Autos und Stimmen zu lauschen. Er konnte jedoch nichts hören, nicht einmal

Vögel. Dort oben, wo die Zeit und das Licht waren, war jetzt Mittsommerabend. Die Leute hatten gegessen. Nach und nach kamen die Norweger. Autos schlitterten vors Vereinshaus. Es wurde über Torsten und Vidart getratscht und darüber, daß Torstens eigener Junge ihn angezeigt habe. Oder was immer sie daraus machten.

Die Musik hatte losgedröhnt, und sie tanzten dort. Oder war es bereits zu Ende? Er hatte keine Zeitvorstellung mehr. Gudrun hatte selbstverständlich abgespült und ihre weiße Jacke über das Kleid angezogen. Waren sie zum Vereinshaus gegangen? Torsten gab bestimmt einen Pfifferling auf den Tratsch.

Wußte Gudrun, daß Torsten, als er jung gewesen war, Männer zusammengeschlagen hatte, die er nicht einmal kannte? Und daß er sich mit zwei anderen zusammengetan hatte, um den jungen Enoksson vors Haus zu holen und ihn zu verprügeln, weil der die Holzfällergruppe verlassen und für Henningsson zu arbeiten begonnen hatte. Daß sie das mindestens zweimal getan hatten.

Hatte sie das gewußt und ihn trotzdem geheiratet? War da etwas tief im Inneren der reizenden kleinen Gudrun mit ihren Kursen in Färben mit Pflanzenfarben und ihrem Englisch, das dies billigte? Im Dunkel der Nacht. Ihm wurde schlecht. Vielleicht war es nicht richtig, so zu denken. Oder eklig. Es war aber auf alle Fälle ihre Schuld, daß er in dem Brunnen stand.

Das Licht fiel nicht bis nach unten. Es war dort oben. Johan konnte es sehen. Doch hier unten bewirkte es nichts. Der Brunnenschacht war zu tief. Irgend jemand hatte gegraben und gegraben, zunächst in hoffnungsvoller Gewißheit, weil sich die Ebereschengabel genau hier gesenkt hatte, dann in Wut. Irgendwann hatte er nur noch aus Dickschädligkeit gegraben, wer immer es gewesen sein mochte. Nicht Aldas Mann. Es mußte derjenige gewesen sein, der hier gerodet und die Hütte gebaut hatte. Aus dem Wald nach Hause gekommen war und schweigend gegessen hatte, seine Mütze genommen hatte und wieder hinausgegangen war. Und hatte er Söhne gehabt, so hatten sie den Kies hochziehen müssen. Als er schließlich auf Wasser stieß, hatte er bewiesen, daß er sich nicht irren konnte. Dann wurden die Brunnenwände mit Schiefer ausgelegt, eine sorgfältige und erstklassige Arbeit.

Das Wasser zog sich jedoch zurück.

Johan setzte sich zu dem Aal. Nicht lange, denn ihm wurde schnell kühl. Er fand aber, daß es im Stehen fast genauso kalt war. Sein Hosenboden war durchgeweicht. Er lehnte mit dem Nacken an den spitzen Schieferplatten und dämmerte ein. Es war wie eine Art Schlaf, obwohl er die ganze Zeit über wußte, wo er sich befand. Er mußte abwechselnd ausruhen und sich in Bewegung halten, bis sie ihn holten.

Er erwachte, weil er das Gefühl hatte, daß jemand seine Hand berührte. Die Hand und der Arm waren ihm jedoch eingeschlafen. Er saß schwer auf der Seite, den Arm unter sich, und spürte gar nicht mehr, daß er fror. Sein Körper war steif und von der Kühle des Brunnens durchzogen. Als er sich auf die Beine zu arbeiten versuchte, gehorchten sie ihm nicht.

Da fiel ihm der Aal wieder ein. Ihn überkam eine Angst, wie er sie vorher noch nicht verspürt hatte. Nicht vor dem Fisch. Sondern davor, was passieren konnte. Seine Gedanken hatten ab und zu daran gestreift. Daß alles passieren kann. Daß es nicht immer gutgeht.

Es geht schief. Es ist zu spät.

Das Schlimmste trifft ein. Das, was sich niemand hat ausdenken können.

Der alte Annersa, der fünf Wochen lang tot in seinem Häuschen gelegen hatte. Im Stall war das Pferd verdurstet.

Die Schellente mit dem Haken durch den Schnabel und mit wasserdurchtränkten, halb verfaulten Federn.

Der junge Enoksson, der sich mit einer Motorsäge quer über den Schenkel gesägt hatte. Wie? Das wußte niemand. Es ging einfach nur schief.

Ich muß aufstehen. Der Aal hat mich geweckt.

Er bewegte seine Zehen und Finger, und langsam kehrte auch in die Waden und die Unterarme das Gefühl zurück. Den Rücken an der steinigen Wand, stemmte er sich schließlich hoch, und er fühlte sich wie zusammengefallenes Heureiterholz, das aufgerichtet werden mußte. Er ergriff mit den Fingern die vorstehenden Schieferplatten und zog sich mühsam auf die Beine. Schließlich stand er und stampfte wieder, um von unten her warm zu werden. Da durchfuhr es ihn. Es war wie ein elektrischer Überschlag.

Aus der Wand ragten Steine. Sicherlich bis ganz nach oben. Der Brunnen hatte sich gesetzt. Die Stiefelspitze so weit hineinsetzen, daß er Halt fände. Weiter oben mit dem Fjording das Moos herauskratzen, falls dort kein Schieferstück weit genug vorstand. Klettern.

Verdammt! Sich Schritt um Schritt hinaufhangeln. Auskratzen. Den Hintern gegen die Wand stemmen und sich mühsam weiterarbeiten.

Er kletterte sofort los und fand mit dem Stiefel schnell einen Halt, und dann noch einen. Der war ein bißchen schlechter, reichte aber, wenn er sich mit dem Hintern fest gegen die Brunnenwand stemmte. Nun stand er nicht mehr im Wasser.

Da fiel ihm der Aal ein. Er wußte, daß es irgendwie Wahnsinn war oder zumindest Übermut, tat es aber trotzdem. Er stieg wieder hinunter, ging in die Hocke und wühlte im Wasser und im Laubmatsch, bis er den glatten, kräftigen Körper zu fassen bekam, der sich zwischen die Steine drückte.

Es war ein verdammt großer Aal! Er schlug und wand sich, als Johan ihn im Griff hatte. Er tastete nach seinem Fjording, doch dann kam ihm der Gedanke, daß der Aal vielleicht hundert Jahre alt sei. Oder zumindest mehr als fünfzig. Denn der Brunnengräber war bestimmt nicht Aldas Mann gewesen.

Wenn er nur etwas gehabt hätte, um ihn zu verstauen! Er riß sich den Hellyhansenpulli und das Hemd vom Leib und schlüpfte rasch wieder in den Pullover, denn es war wirklich kalt. Dann legte er das Hemd ins Wasser, und als er den Aal erneut im Griff hatte, schlug er ihn darin ein. Er verknotete die Ärmel fest, so daß ein kompaktes Päckchen entstand. Es zitterte und schlug darin. Er tastete nach seinem Gürtel und knüpfte das Päckchen mit den Hemdärmeln neben dem Fjording fest. Das bewegliche, nasse Bündel war schwerer, als er gedacht hatte.

Er machte sich erneut an den Aufstieg. Drei Halte fand er, dann wurde es richtig schwierig. Es waren keine Schieferplatten da, die so weit vorstanden, daß er sich daran abstützen konnte. Barfuß wäre es besser gegangen. Er scheute jedoch davor zurück, seine Stiefel zu opfern. Barfuß wäre er gezwungen, am Grabenrand entlang nach Hause zu trotten. Und nach Hause wollte er nicht. Er hatte nicht vor, sich dem höhnischen Grinsen der Brüder auszusetzen und sich von Gudrun heimlich mit einem Glas Milch und belegten Broten auf seinem Zimmer bedienen zu lassen.

Da fiel ihm das Abschleppseil ein, mit dem sie ihn gefesselt hatten. Er kletterte abermals hinunter, und als er im Wasser danach wühlte, hatte sich seine Erregung gelegt. Alles schien wie in einem Traum in die Länge gezogen vor sich zu gehen. Er würde niemals fertig werden. Ständig stellte sich etwas Neues in den Weg.

Jetzt hatte er sich jedenfalls die Stiefel fest um den Leib gebunden, und er machte seine drei Schritte auf die ersten drei Halte. Es war scharfkantig, doch er kam voran. Vorgebeugt und sich an der Wand vor sich festklammernd, ruhte er sich auf seinem Hintern aus. Seine Muskeln zitterten, und bei jedem neuen Halt, den er fand, taten ihm die Zehen weh. Doch er preßte sie hinein. Das Messer konnte er nicht benutzen. Es war unmöglich, irgendwo loszulassen. Ab und zu ruhte er sich aus, wobei er sein ganzes Gewicht auf einen Ellbogen oder auf ein Knie verlagerte.

Er arbeitete sich mühsam nach oben und merkte schließlich, daß ihm das Licht ins Gesicht schien und er mit den Armen fast den Brunnenrand erreichte. Die letzten Dezimeter schob er sich mit dem Hintern hoch. Er blieb mit dem Faserpelzpulli hängen und kratzte mit dem Rücken über den spitzen Schiefer. Er wagte es nicht, dem Schmerz nachzugeben, sondern drückte sich weiter. Der Aal in dem Hemdbündel schlug wild um sich. Es war, als unternähme er eine letzte Anstrengung, um in seine Gefangenschaft zurückzukehren. Als Johan sich über den Brunnenrand stemmte, geriet ihm das Bündel in die Quere. Jetzt zerquetsche ich den Aal, dachte er. Doch da ließ sich nichts machen. Er tat einen letzten Schub mit dem Hintern und stieß sich so kräftig, wie er nur konnte, von der Brunnenwand ab. Mühevoll zog er sich das letzte Stück hoch, und dann hatte er es geschafft und lag im Gras. Unter ihm zappelte der Aal.

Er wollte nicht liegenbleiben. Die sollen mich, verdammt nochmal, nicht hier finden, dachte er. Am Himmel war es blendend hell, doch Aldas alter Kasten und der Wald dahinter lagen im Schatten des Höhenrückens. Er trabte auf bloßen Füßen leise zum Brennholzschuppen hinunter, verschwand dahinter, band die Stiefel los und zog sie an. Es war zwanzig vor zwölf. Um sieben bin ich von zu Hause weg, überlegte er. Sie erwischten mich zehn Minuten, höchstens eine Viertelstunde später. Dann kasperten sie ein bißchen herum, vielleicht zehn Minuten lang. Ich war vor halb acht im Brunnen. Über vier Stunden habe ich dort gesessen.

Seine ganze Freude war jetzt verschwunden. Er fror nur noch. Er erinnerte sich an den Rausch, den er vor lauter Übermut gehabt hatte, als er auf den Gedanken gekommen war, daß er ja klettern könnte. Aber eigentlich war dieser Gedanke nichts Besonderes. Merkwürdiger war es, daß er nicht gleich darauf gekommen war.

Er lauschte aufmerksam auf Motorengeräusche, bevor er sein Versteck verließ. Dann lief er eilends den Almweg hinauf. Wohin, wußte er nicht recht. Weg vom Dorf jedenfalls.

Die Insekten waren klein, kleiner als Stecknadelköpfe, und man sah sie erst, wenn sie sich zu Wolken zusammengeballt hatten. Sie scheuchten sie auf, als sie durch das hohe Gras stak-sten. Sowie sie auf dem Platz vor dem Laden waren, wurde das Getier vom Luftzug, der vom See kam, fortgetragen. Ein richti-ger Wind war das nicht, und der Abend war warm. Nach etwa einer Stunde spürten die Insekten sie dort oben auf. Sie fanden ihre Wangen und Hälse und krochen ihnen in die Augenwin-kel. Ihre Stiche fühlten sich an wie Glutflöhe aus einem Feuer. Mia weinte und schlug um sich. Es war nicht auszuhalten. Sie mußten zum Fiskebuan hinüberlaufen und dort anklopfen. Doch der Inhaber und seine Frau saßen jetzt im oberen Stock-werk und sahen fern, und es dauerte, bis sie das Klopfen hör-ten.

Er war nicht verwundert, daß sie wieder auftauchten. Er oder seine Frau mußte hinter den Gardinen gelinst haben. Er nahm die Insektenplage von der humorvollen Seite und deu-tete an, daß man hier geboren sein müsse, um damit fertig zu werden. Gnitzen hießen die, sagte er. Annie entgegnete, sie be-zweifle, daß es irgend jemanden gebe, der mit ihnen fertig werde. Da wurde er etwas heftig und sagte, daß die Leute, die im Wald arbeiteten, nicht nach Hause gehen könnten, nur weil die Gnitzen kämen. Man müsse sich eben daran gewöhnen.

Sie fragte, ob sie im Laden warten dürften. Am liebsten würde sie allerdings irgendwo etwas essen.

»Es gibt nichts. Hier in diesem Dorf nicht, nein.«

Er klang beinahe triumphierend. Im Wohnzimmer saß seine Frau vor dem Fernseher, schenkte dem Bildschirm aber nur ihre halbe Aufmerksamkeit. Sie hatten zusammen auf einem grünen Plüschsofa gesessen. Auf einem Tisch mit Kacheln, die mit Blumen bemalt waren, standen Kaffee und viele Sorten Kleingebäck. Sie tranken etwas Braunes aus weiten Gläsern. Kakaolikör?

»Wollt ihr euch nicht lieber ein Zimmer nehmen?«

»Roland hat gesagt, daß der Campingplatz voll ist«, rief die Frau.

In ihrer Stimme schwang Schadenfreude.

»Es gibt auch private Hütten, aber am Hanstag ist wohl alles voll«, bekräftigte der Mann.

Da kam ihr der Gedanke, daß Dan vielleicht glaubte, der Mittsommerabend sei erst am nächsten Tag. Am Samstag. Denn das war er ja eigentlich auch. Der alte Mittsommerabend.

»Mein Freund ist wohl noch in Nilsbodarna oben«, sagte sie. »Da hat es ein Mißverständnis gegeben. Wissen Sie jemanden, der uns da rauffahren könnte?«

»Da führt keine Straße hin.«

»Das weiß ich. Aber bis dahin, wo der Pfad anfängt. Ich habe eine Karte dabei. Von da aus ist es dann nicht mehr so weit.«

Die beiden sahen einander an. Annie spürte deren Kritik. Es war keine Frage von Unwillen, sondern von etwas Subtilerem. Sie schienen für etwas, worüber sie sich einig waren, eine Bestätigung zu bekommen.

»Ich müßte für meine Tochter ein bißchen zu essen kaufen«, sagte sie. Es war unangenehm, das zu sagen. Die Frau dort im Wohnzimmer schwieg. Sie glotzte auf den Bildschirm.

»Das läßt sich wohl machen«, meinte der Mann. »Aber wir wollen zuerst den Spielfilm sehen. Ihr könnt ihn euch ja auch anschauen.«

So durfte sich Annie in einen Sessel am Kaffeetisch setzen.

Mia kletterte auf ihren Schoß. Sie verlor bald das Interesse an dem Film und sah sich im Zimmer um, das voller Dinge war, die ihr merkwürdig vorkommen mußten. Es gab viele Tiere, gestickte und geschnitzte oder aus Kristall und Keramik hergestellte. Die Frau holte eine Tasse, und während sie Kaffee einschenkte, versuchte sie, den Blick nicht vom Bildschirm zu wenden, wo Georg Rydeberg sich in geistlichem Gewand bewegte. Mia begann systematisch von den Keksen, der Torte und den glacierten Schnecken zu essen, die in gefältelten Papierförmchen lagen. Annie saß schräg im Sessel, um auf den Platz vor dem Laden hinuntersehen zu können. Ab und zu fuhr ein Auto vorbei. Aber keines hielt. Mia schlief nach einer Weile auf Annies Schoß kauernd ein. Ihre langen Beine hingen herunter, und sie hatte den Daumen in den Mund gesteckt. Es war lange her, daß Annie sie am Daumen hatte lutschen sehen.

Als das bizarre Drama auf dem Bildschirm zu Ende war, gingen sie in die Küche, wo die Frau für Mia etwas kochte, was sie Blaubeergrütze nannte. Sie holte Blaubeeren aus der Gefriertruhe, ließ sie in Wasser aufwallen und rührte dann Gerstenmehl unter. Mia mochte das nicht. Es sah aus wie weinroter Kleister. Sie aß jedoch ein Wurstbrot und trank Milch.

Annie blickte in ein Zimmer neben der Küche. Es war voller Bilder. An der Wand überm Bett hing eines aus kurzhaarigem Plüsch. Es war mit kräftigen rosa, gelben und braunen Farbtönen eingefärbt und stellte ein nacktes Mädchen dar. Das Mädchen hatte straffe, flauschige Brüste mit knospigen Brustwarzen. Die sahen aus wie große Augäpfel, die diejenige, die ins Zimmer trat, anguckten. Sie mußten die Frau jedesmal angukken, wenn sie mit dem Staubtuch hineinging. Denn sauber war es.

Die beiden meinten, Annie solle mit dem Mädchen im Dorf bleiben. Sie glaubte jedoch, in der länglichen, blanken Küche ersticken zu müssen. Außerdem konnte Dan etwas passiert sein. Er war ganz allein dort oben. Doch der Mann, Ola hieß er, tat das ab.

»Mein Gott, was soll ihm denn dort schon passieren?«

»Er kann sich das Bein gebrochen haben.«

Sie merkte, daß sie sie für sonderbar hielten.

»In Nirsbuan wohnen«, sagte die Frau und stieß durch ihre schlaffen Lippen Luft aus. Sie klang wie ein Pferd.

Annie brachte ihn immerhin dazu, daß er sie fuhr. Sie durften ihr Gepäck in seiner Garage abstellen, und dort zogen sie auch Stiefel an. Ola hatte gesagt, daß sie Stiefel brauchten, weil sie über Moorboden gehen müßten.

»Wollt ihr nicht doch bleiben?« war das letzte, was seine Frau sagte. Allerdings sagte sie nicht, wo sie in diesem Fall unterkommen sollten. Sie stand auf der Treppe, die Hände in den Ärmeln ihrer Strickjacke. Es wurde allmählich kühl draußen, doch es war noch genauso hell wie zuvor.

Ola hatte sie vorausgeschickt. Sie sollten nicht die Landstraße nehmen, die nach Norwegen weiterführte, sondern eine Seitenstraße mitten im Dorf. Er würde nachkommen und sie dann aufpicken.

Annie war sehr erleichtert, als sie das Dorf verließen. Es ging fast unmittelbar bergauf, doch brauchten sie nicht weit zu laufen. Sobald sie die letzten Häuser ein Stück hinter sich gelassen hatten, kam Ola angefahren.

»Warum sollten wir das erste Stück zu Fuß gehen?« fragte sie.

Er grinste. Doch sie blieb hartnäckig. Es erschreckte sie nicht gerade, daß er sie erst hatte einsteigen lassen, als es niemand sehen konnte. Seine Frau wußte ja, daß sie mit ihm fuhren. Aber sie empfand ein Unbehagen.

»Nun, man muß ja nicht zeigen, daß man Rotgardisten fährt«, sagte er.

Sie war so verblüfft über dieses Wort, daß es ihr jede weitere Frage verschlug. Es klang so idiotisch. Oder historisch. Ihr fiel Diktonius' »Röd-Eemeli« ein. Die Mutter schloß die Faust um des Hurenbalgs Kehle. Was wußte er über Rotgardisten? Sie fragte nichts mehr, sagte aber:

»Ich denke, mein Freund wird uns entgegenkommen. Er hat sich sicherlich nur verspätet.«

»Das ist also dein Freund?« fragte er spöttisch.

»Ja sicher.«

»Sieh an, ich habe nicht gedacht, daß ihr spezielle habt. Ich habe gedacht, das wäre so ein bißchen beliebig.«

Jetzt sage ich nichts mehr, dachte sie. Was auch passieren mag.

Den ganzen Weg über war nur Wald und keinerlei Bebauung. Bei einem Waldschlag sagte er zu ihr, sie solle sich umdrehen und zum See hinunterschauen. Von hier aus sah man die Berge bis weit nach Norwegen hinein, sie waren schwarz und blaubeschattet und ganz oben vom Schnee gestreift. In dem großen See war ein türkisfarbener Fleck, der mit der Farbe des Himmels in keiner Verbindung zu stehen schien. Ringsum war das Wasser von einem tieferen Blau.

Dann kam wieder Wald, und die Straße führte jetzt steil bergan. Krumme Birken mit schwarzem Flechtenflor mischten sich mit den Tannen. Schließlich öffnete sich der Wald, und sie sah weit unterhalb der Straße einen kleinen See glänzen. Er war fast schwarz von der Spiegelung des Tannenwalds. Nur in der Mitte war ein helleres Oval. Auch dieses nahm die blaßblaue Farbe des Himmels nicht auf, sondern schimmerte wie altes, rotes Gold. Ola hielt am Straßenrand an. Er sagte, daß sie hier bei Strömgrensbygget seien. Eigentlich sei es ein Bergausbauhof. Sie wußte nicht, was das bedeutete. Hunde bellten grimmig und warfen sich gegen einen Maschendrahtzaun. In einem Fenster erschien eine Gestalt, doch es kam niemand heraus, als das Auto hielt.

Viele kleine Gebäude aus grauem Holz lagen weit voneinander entfernt am Hang verstreut. Er zeigte ihr den Pfad, der von einem Brennholzschuppen bergan zu einem kleinen grauen Holzhaus führte.

»Der geht dann zum Bach hinunter, und ihr folgt ihm bis zur letzten Scheune. Dort kommt ihr auf einen Almweg, der vom

Dorf heraufkommt. Da geht ihr links. Sonst kommt ihr wieder hinunter.«

Am Straßenrand stand ein rotes Auto. Ein Renault 4 L. Es sah nicht so aus, als ob er zu der Kate gehörte, denn dort stand an der Stallwand ein alter Opel geparkt. Es mußten also noch irgendwo in dieser Gegend Leute sein. Annie gab das ein gutes Gefühl. Leute, die ein kleines, rotes Auto hatten.

Sie hatte einen Rucksack mit ihren Pullovern und einem Packen belegter Brote, die ihr Olas Frau mitgegeben hatte. Die Karte hatte sie bereits im Auto hervorgeholt. Ola half ihr die Hütten suchen, die er Nirsbuan nannte. Auf der Karte hießen sie in Wahrheit Nilsbodarna. Ihr wurde jetzt klar, daß es sich dabei um eine Alm handelte. Der Pfad führte nach Osten über die Moore weiter zu einem Fluß, der auf der Karte Fjällån hieß und den Ola Lobberåa nannte. Den müßten sie überqueren. Da sei eine Furt, sagte er, die sei leicht zu finden, denn sie liege gleich vor der Stelle, wo der Fluß in den Klöppen, einen großen Bergsee, münde. Der Pfad führe dann weiter nach Stjärnberg hinauf. Doch was sie angehe, müßten sie die Abbiegung nach Osten nehmen, auf das kleine schwarze Viereck zu, das Nirsbuan markiere.

»Danke fürs Herbringen«, mußte sie immerhin sagen. Sie wagte es nicht, ihm Geld anzubieten. Sie hatte schlicht Angst, seine Antwort könnte schlüpfrig ausfallen.

»Warum kommt Dan nicht?« fragte Mia, sobald sie allein waren.

»Ich weiß es nicht. Er hat sich bestimmt im Tag geirrt.«

Sie konnte das Geräusch von Olas Auto nicht hören, er mußte jedoch gefahren sein. Nur Vögel waren jetzt zu hören.

Sie klangen zögerlich. Vielleicht schliefen die meisten, obwohl es so hell war. Es war nach Mitternacht. Ein Vogel wetzte unaufhörlich denselben Ton. Um sie herum roch es stark nach Birkenlaub. Die Blätter waren hier noch nicht so weit entfaltet wie unten im Dorf. Auch das Gras auf dem Weideland war kürzer als an den Hängen dort unten.

Der Bergausbauhof bestand aus einem roten, recht modernen Kasten und einem Stall, ein paar Hundezwingern und einer Ansammlung kleiner, grauer Hütten an einem Hang. Das Licht war jetzt so unstet, daß sich die Häuser, die ganz unten am See lagen, zu bewegen schienen. Mia hielt Annie bei der Hand, als sie losstiefelten. Sie lauschte sehr aufmerksam in den Wald hinein.

»Daß der das schafft«, sagte sie, und Annie verstand, daß sie den Vogel meinte, der schrill einen einzigen Ton pfiff. Das Weideland fiel zu einem Bach hin ab, und in der Mulde teilte sich der Weg. Dort stand ein kleines Gebäude mit eingestürztem Schindeldach.

»Hier müssen wir nach links.«

Der Pfad machte eine Biegung und kletterte wieder bergan. Nach einer Weile sahen sie erneut den Holzschuppen und das Wohnhaus von hinten. Annie wurde unsicher. Die Karte sagte nichts über das Netzwerk von Pfaden aus, das sich über das Weideland breitete, und auch nichts über die vielen kleinen Holzhütten, die im Licht der Nacht flimmerten. Sicherheitshalber trotteten sie zum Bach zurück und schlugen bei dem Häuschen mit dem gebrochenen Dach die andere Richtung ein.

Der Pfad wirkte jetzt größer. Er machte den Eindruck, als führte er irgendwohin, zumindest führte er sie von den grauen Holzhäuschen fort. Sie kamen in den Wald, der hier fast nur aus schiefgewachsenen und flechtenbehangenen Birken bestand. Etliche waren umgefallen und rotteten vor sich hin, wobei graue Porlinge wie Geschwülste aus ihnen herauswuchsen. Aus dem Gras unter den Birken ragte Farn auf, doch seine braunen, filzigen Spitzen waren noch eingerollt. Der Wald mit seinen schwarzen Flechten und umgestürzten Baumstämmen war von feinen Vogellauten, von Wetzen, Knappen und Flöten durchzogen. Doch Vögel sahen sie keine.

Sie waren in ein höhergelegenes Gelände gelangt, und das fand Annie merkwürdig, weil sie sich dem See hätten nähern müssen. Nun schienen sie auf einem Höhenrücken entlangzugehen, und der Weg war in einen anderen, viel größeren und ausgetrampelteren übergegangen. Ihr wurde schlagartig klar, daß sie in die falsche Richtung gingen. Ola hatte gesagt, sie sollten sich davor hüten, den Almweg von Svartvattnet her einzuschlagen. Da würden sie, wenn sie ihn weitergingen, wieder ins Dorf hinunterkommen.

»Wir müssen umkehren«, sagte sie. Mia warf ihr einen Blick zu, der sie erwachsen aussehen ließ.

»Oder... warte! Wir sind wohl auf den richtigen Weg vom Dorf herauf geraten. Aber wir gehen bergab. Wir müssen umkehren, aber nicht dort hinuntergehen, wo wir hergekommen sind, sondern diesen großen Weg in Richtung See. Warte nur, wirst schon sehen.«

Sie setzte Mia auf einen Baumstamm und entfaltete die Karte. Es war jetzt, da das Licht unter den Birken so grau war, schwierig, die Details zu erkennen. Sie sah ein, daß sie einen Kompaß gebraucht hätte. Als sie Olas Auto den Rücken gekehrt hatten, hatte sie jedoch nicht geahnt, daß die Landschaft so voller Pfade war, die sich verzweigten und sich in langen, nassen Moorstrichen verliefen, so voller diffuser grauer Gebäude und menschlicher Eingriffe, wo alles hätte öde sein müssen, so voller Hebungen und Senkungen, die sie nicht erwartet hatte. Nicht einmal die Namen stimmten mit der Karte überein.

Sie hatte es eilig gehabt, wegzukommen, und sie hatte sich von Olas schmieriger und reichlich aggressiver Neugier bedrängt gefühlt. Er glich ganz und gar nicht ihrer Vorstellung, die sie sich von den Menschen, die hier lebten, gemacht hatte.

»Still!« sagte Mia. Sie lauschte angestrengt. Jetzt konnte auch Annie ein spitzes, gleichmäßiges Geräusch und ein Trampeln hören. Es näherte sich, und sie verstand, daß sich etwas den Pfad heraufbewegte und auf sie zukam. Sie legte den Arm um Mia und schlug sie fast hinter dem Baumstamm zu Boden. Das Mädchen landete auf der Karte, die kurz raschelte.

Dann vernahm Annie wieder das Geräusch, und ihr wurde klar, daß es ein spitzes Atmen war. Ein Keuchen. Ob es aber von einem Tier oder von einem Menschen kam, konnte sie nicht ausmachen. Sie hielt Mia auf den Boden gedrückt, konnte sich hinter dem Stamm aber selbst nicht so weit dukken, daß sie nicht mehr zu sehen gewesen wäre. Er war nicht hoch genug.

Er sah sie nicht. Er trabte die Steigung hinauf, den Blick starr geradeaus gerichtet. Sein Mund stand offen, und das spitze Atmen kam kurz, angestrengt und stoßweise. Er war sehr dunkel und hatte ganz glattes, langes Haar, das er hinter die Ohren gestrichen hatte. Seine Augen waren schmal und schwarz. Er trug etwas im Arm. Sie konnte nicht erkennen, was es war, nur, daß es ihm beim Bergauflaufen hinderlich war. Dann war er verschwunden.

Sie hatte Mia erschreckt. Das reute sie jetzt. Doch sie nach unten, außer Sicht, zu drücken, war eine instinktive Handlung gewesen.

»Es war nur ein Junge«, sagte sie in dem Bemühen, die Angst, die Mia im Gesicht stand, wegzureden.

»Gibt es hier Tiere?«

»Das weiß ich nicht. Wir wollen uns jetzt beeilen. Es ist nicht mehr weit bis Nirsbuan. Vielleicht kommt uns Dan entgegen. Ihm fällt bestimmt ein, daß er sich im Tag geirrt hat.«

Sie war jetzt still und lauschte, als sie weitergingen. Der große Schwarzhaarige konnte ja umkehren und zurückkommen. Mia merkte, daß sie angespannt war, und ließ ihre Hand nicht mehr los.

Es war kühler hier oben, und sie waren die Insekten los. Anfangs war der Pfad deutlich sichtbar und leicht zu gehen. Er führte in ein tiefliegendes Gelände, das immer nasser wurde, bis sie schließlich durch ein langgestrecktes Moor gingen. Weiße Blumen, die wie Wollbüschel aussahen, glänzten im Licht der Nacht. Zu Tausenden standen sie in einer Luftschicht, die sich ein Stück über dem rotgelben und grünen Farbenspiel des Riedgrases regte. Um ihre Stiefel schlabberte es, und das Gehen war mühsam. Der Pfad gabelte sich ein paarmal, doch Annie fand es nicht schwierig, zu erkennen, wo es am ausgetrampeltsten war.

Der Wald hatte sich in höhere Regionen zurückgezogen. Sie entfernten sich immer weiter von ihm. Und schwarz war er geworden. Annie dachte, daß es bald wieder heller werden müßte. Mia sagte nichts davon, daß sie müde sei, und Annie scheute sich, sie danach zu fragen. Sie mußten ja weiter. Der Pfad zog sich sehr viel länger hin und war schwerer begehbar, als sie es sich hatte vorstellen können. Der Moorboden sog an den Füßen und zog an den Beinen.

Sie kamen an einen kleinen Bach und überquerten ihn. Sie wollten daraus Wasser trinken, doch sobald sie stehenblieben, griffen die Mücken an. Nachdem sie über Steine balancierend das andere Ufer erreicht hatten, verzweigte sich der Pfad in mehrere undeutliche Arme. Sie trotteten eine Weile umher, um den richtigen Weg zu finden, und entfernten sich dabei immer weiter von dem Bach. Als Annie zurückging, um den Übergang wiederzufinden, war er nicht mehr da.

Steine und klares Wasser, das mit geschwätzigem Ton über einen feinen Sandgrund plätscherte. Sumpfdotterblumen, die noch nicht aufgegangen waren. Eine Art wolliges, graugrünes Weidengeäst, das sich übers Wasser neigte. Und verwachsene Birken, die mit schwarzem Flor behangen waren. Überall sah es ungefähr gleich aus. Sie wußte nicht, wo sie den Bach überquert hatten.

»Weißt du was«, sagte sie und versuchte entschlossen zu klingen, »ich denke, es ist schwierig, hier oben im Moor den Pfad zu finden. Ob wir nicht lieber direkt querdurch gehen und versuchen sollten, den Fluß zu finden?«

Sie konnte das Wasser nicht sehen, aber es mußte der Fluß sein, der dort unten hinter einem breiten Gürtel aus grünem Röhricht und einzelnen Birken verlief. Zunächst folgten sie dem Bachbett. Es war jedoch etwas ganz anderes, dort zu gehen, wo es keinen Weg gab. Unmittelbar neben dem Bach war der Boden uneben und voller großer, harter Grashöcker. Sie fragte sich, was Mia wohl sah, wenn sie sich mit schnellem Blick umsah. Die Höcker glichen riesigen Schädeln, die aus der Erde ragten. Die Birken waren verwachsen und voller Knorren.

Das letzte Stück zum Fluß hinunter gingen sie schräg durchs Moor, das unter ihren Füßen nachgab. Jetzt konnten sie das Wasser hören, ein ebenso geschwätziges Geplätscher wie das des Baches, nur mit mehr Stimmen. Der Karte nach mußte der Fluß aus dem Fjäll kommen. Seine Biegungen und Windungen endeten am See Klöppen. Als sie um eine kleine Birkeninsel im Moor herumgingen, sah Annie den See: eine weiße Scheibe, ein metallischer Glanz, heller als der des Himmels.

Am Fluß wuchsen die gleichen grauhaarigen Weiden wie um den Bach, doch war das Gestrüpp höher. Es wirkte undurchdringlich. Zwischen den Birken war der Boden fester, aber sehr uneben. Annie wurde allmählich richtig müde. Wie lange würde Mia, die so viel kürzere Beine hatte, diese Wanderung, dieses Auf und Ab durch Löcher und über Unebenheiten durchhalten?

Ganz unvermutet lichtete sich das Weidengestrüpp und gab einen Hang zum Wasser frei. Etwas Blaues blitzte auf, und als sie an den letzten, die Sicht verdeckenden Büschen vorüber waren, sahen sie zwei dicht beieinanderstehende verwachsene Tannen und daneben ein kleines Zelt. Ein Vogel, der mit ausgebreiteten Flügeln gekreist war, stieß, die Flügel an den Körper gepreßt, herab, und man hörte einen zischenden Laut, vielleicht einen Schrei. Er sah aus wie ein durch die Luft schießendes Projektil.

Das Zelt bot nicht mehr als zwei Leuten Platz, und es stand nahe am Wasser, das schnell zwischen runden Steinen dahinströmte. Zuerst empfand Annie eine völlig unsinnige Erleichterung. Wer in diesem Zelt lag und bei dem Rauschen und Plätschern schlief, war hierhergewandert und mußte wissen, wo der Weg verlief und wo man über den Fluß kommen konnte. Dann fiel ihr Blick auf Mia: angsterfüllt starrte sie die kleine, klarblaue Pyramide an. Eigentlich hätte Annie sagen müssen, daß jetzt alles in Ordnung sei. Sie seien auf Menschen gestoßen, und bald würden sie Nirsbuan finden und da sein. Doch sie sagte nichts. Sie nahm Mia bei der Hand und zog sie sachte hinters Gestrüpp.

»Wir gehen«, flüsterte sie, obwohl das völlig unnötig war. In dem Zelt würde man vor lauter Wasserrauschen nichts hören können.

Ein silberner Schein umgab die Hütte im Licht der Nacht. Sie lag hoch, und Johan sah durch den Raster der Wiesenkerbelblüten, wie sie sich in dem unsteten Licht zu heben und zu senken schien. Es war, als sähe man die Erde atmen.

Zur Tür kam er nicht hinein. Früher hatte der Schlüssel zur Hütte immer an einem Nagel unter der Winddiele des seeseitigen Giebels gehangen. Doch Torsten hatte gesagt, daß er die Stjärnbergleute, sollten sie die Hütte besetzen, wegen Einbruchs anzeigen würde. Und so brachte er an der Tür einen eisernen Riegel an und sperrte mit einem Hängeschloß ab. Den Schlüssel verwahrte er jetzt zu Hause.

An dem Kammerfenster, das keine Angeln hatte, ließen sich die Nägel, die es an seinem Platz hielten, herausziehen. Nachdem er hineingeklettert war, warf er das Päckchen mit dem Aal auf den Küchentisch und machte sich sogleich an die umständliche Arbeit, den Herd einzuheizen. Der brauchte zuerst eine Ladung Brennspiritus. Er tränkte Zeitungspapier, stopfte es ins Feuerloch und zündete es an. Beim Öffnen der Klappe hatte es gerasselt, als ob etwas – ein Vogelkörper? – ein Stück heruntergefallen wäre. Als er unter den Spänen und dem Holz Feuer machte, quoll ihm dichter, gelber Rauch entgegen. Er hätte beinahe zu weinen angefangen. Durchgefroren und zitternd kauerte er vor dem Herd, und dabei war ihm, als hätte er an die zehn, zwölf Lebensjahre verloren. Der stickige Rauch erfüllte rasch die Hütte.

Er riß die Fenster auf, kratzte das angezündete Holz aus dem Herd und tat es in eine Waschschüssel. Dann begann er noch einmal von vorn. Der Brennspiritus flammte in dem Loch auf, und Johan fand, daß es nun anders bullerte als beim ersten Mal.

Als er den Pfad heraufgerannt war, hatte er an die Herdwärme in der Almhütte gedacht, an heiße Schokolade und an die alten Decken, die er sich um den Körper legen wollte. Er würde in einem Nest sitzen. Doch als er den Herd in Gang hatte und der saure Rauch so gut wie hinausgelüftet war, blieb noch vieles zu tun, bevor er sich zusammenkauern und denken konnte. Er wollte denken. Er mußte es. Doch zuerst mußte er am See unten einen Eimer Wasser holen, und um mit dem Eimer hinauszukommen, mußte er durch ein Küchenfenster klettern. Danach wollte er das Kammerfenster wieder in seinen Rahmen einpassen und die Nägel in ihre alte Stellung biegen. Er mußte seine nasse Jeans über den Herd hängen, fand aber nichts, was er anziehen konnte, während sie trocknete. Alte Jacken waren da, aber keine Hosen. Er schlug sich eine Wolldecke um die Beine und stolperte damit wie in einem langen Rock umher.

In einer Packung fand sich noch Kakao, doch vom Milchpulver waren nur ein paar gelbliche, von Feuchtigkeit zähe Klumpen übrig. Es wurde eine wäßrige Schokolade, aber sie war immerhin heiß. Die Kekse schmeckten nach Hütte.

So ein Wahnsinnsaufwand, nur um ein bißchen Wärme und etwas in den Magen zu kriegen! Als er unter die Decken kroch, war die Sonne aufgegangen. Die ganze Zeit über hatte der Aal in seinem Hemdpäckchen gelegen und gezittert, Johan erinnerte sich aber erst an ihn, als er im Bett lag. Er stand wieder auf, knüpfte die Hemdärmel auf und entließ den Aal in den Wassereimer. Er schlug ein Weilchen mit seinem langen, glänzenden Körper, und von der Kraft, die in seinen Muskeln steckte, wirbelte das Wasser. Dann lag er still in einem Kreis auf dem Grund des gelben Plastikeimers, und Johan konnte ihn nicht länger anstarren. Er war auch nicht in der Lage, zu denken. Das mußte aufgeschoben werden. Er brauchte dringend Schlaf.

Er fror jedoch so erbärmlich, daß er einfach nicht einschlafen konnte. Es war zu hell in der Kammer, und durch das undichte Fenster hörte er die Vögel lärmen. Vor allem eine Kohlmeise wiederholte unaufhörlich zwei schrille Töne. Hinter Johans fest geschlossenen Augenlidern brannten die Häutchen vom Rauch. Das Brennen wurde nur weniger, wenn er sie öffnete.

Nach einer Weile stand er auf und legte noch mehr von dem trockenen Birkenholz nach, das voller Mäuseködel war. Als er daran dachte, daß Torsten das Holz gespalten, ja, die von Bibern gefällten Birken mit dem Scooter hergezogen hatte, ergriff ihn Panik. Torsten hatte ihm die Wärme bereitet. Seit er auf der Welt war, hatte er nicht einen Bissen gegessen, den nicht Torsten herangeschafft hatte. Er sah ihn vor sich: ein nackter Oberkörper und runtergerutschte Waldarbeiterhosen. Braune Haut mit kräftigen Muskelpaketen. Das schwarze Haar wuchs in Form eines Kreuzes auf der Brust, und der Stamm dieses Kreuzes stand fest in der unsichtbaren Gegend zwischen den Leisten verwurzelt.

Er war jetzt hellwach und bibberte unter den feuchten Dekken vor Kälte. Die Sonne schien klar durch das Ostfenster, und die Kohlmeise gab nicht auf.

Er hatte denken wollen. Aber nicht so. Die Gedanken und Bilder brachen sich, wie die Sonne von außen, in ihm Bahn. Er konnte sie weder aussperren noch sortieren.

Er sah Torsten vor dem Waschbecken, wie er ins Wasser prustete und den kräftigen Körper beugte. Auf seinem Rücken waren Finnen und Flecken. Er sah Gudruns Hand auf diesem Rücken, ihre Finger glitten über die Finnen. Wie, um alles in der Welt, konnte er das so deutlich sehen! Das war etwas, was er noch nie gesehen hatte.

Er hatte sich verstrickt. War eingesponnen und gefangen. Das Essen, das er aß, war Torstens Muskelkraft. Alles, was er wußte, wirklich ganz tief wußte, kam aus Torstens und Gudruns Hirnen. Sie ließen ihre Programme in ihm ablaufen. Und jetzt war sein Gehirn erschöpft und heiß von Millionen von Abläufen, die er abstellen wollte, aber nicht stoppen konnte. Sie jagten weiterhin durch seinen Schädel.

Er stand auf und schaltete das Radio an, das sie an einen Nagel an der Decke gehängt hatten, um aus dem Schatten der waldigen Höhen hinter der Hütte herauszukommen. Die Batterien waren jedoch schwach, und es war nichts als Geknister zu hören.

Es würde wohl besser werden, wenn er etwas in den Magen bekäme. Da war noch eine Dose Bohnen in Tomatensoße, die öffnete er und aß den Inhalt, ohne ihn warm zu machen. Es schmeckte süß und eklig. Doch hinterher breitete sich von innen her eine Wärme aus, die er vor allem im Becken und in den Schenkeln spürte. Sie machte ihm, zusammen mit einer gewissen Art leichter Schläfrigkeit, die ihn nachmittags oft beschlich, für gewöhnlich Lust. Er umfaßte sein Glied und spürte, daß es warm und groß war. Dann vergaß er es und hörte auch die Kohlmeise nicht mehr. Der Schlaf flirrte ihm ins Hirn. Er wandte keine Gewalt an, trotzdem hätte Johan ihn nicht bekämpfen können.

Es gab nicht besonders viele Kriebelmücken am Svartvassån. Der Abend war warm genug, aber vielleicht waren sie in diesem Jahr noch nicht in Fahrt gekommen. Auch die Forellen waren noch nicht in Schwung. Innerhalb von drei Stunden fingen sie immerhin zwölf Stück, aber nur fünf davon waren von einer nennenswerten Größe. Sie sahen einen Biber schwimmen, auf dessen Schädel die letzten Sonnenstrahlen glänzten. Er wendete mit einem gewaltigen Schlag seines platten Schwanzes und verschwand fast im selben Augenblick wie die Sonne. Dann wurde es rasch kälter. Die Fische bissen nicht mehr an, und die beiden Männer fuhren zum Campingplatz zurück. Es war ein Uhr vorbei, als Birger dastand und die kleinen Forellen briet. Die Hütte füllte sich mit grauem Dunst, doch es roch gut. Åke hatte Whisky eingeschenkt und trug Knäckebrot und Bier auf.

Nach dem Essen wurden sie schlagartig müde und gingen zu Bett, ohne den Tisch abzuräumen. Als Åke in der oberen Koje zu schnarchen anfing, wurde Birger von der Dürftigkeit in allem überwältigt. Der Fischgeruch in der engen Hütte. Das Geräusch von Autos, die auf den Campingplatz fuhren. Das Röhren der Besoffenen und das Gekreisch der Mädchen. Doch diejenigen, die da draußen angeschlittert kamen, hatten sich wenigstens ein Frauenzimmer geangelt. Und hier lagen zwei alte Knaben und kratzten sich unter ihren Wolldecken. Nicht einmal eine Blume auf dem Tisch, obwohl es Mittsommerabend war. Ich muß mir einen Ruck geben, dachte er. Morgen werde ich ein richtiges Essen zubereiten.

Im selben Moment, da er dieses Gelübde ablegte – denn das war ein Gelübde, und er würde es irgendwann halten –, wurde ihm klar, daß er nicht mehr daran glaubte, daß sie zurückkommen würde.

Der Boden selbst erschreckte sie. Sie stürzten in tiefe Löcher. Mia weinte. Sie folgten Pfaden, Tunneln in dem dichten Weidengestrüpp. Diese verschwanden bei großen Löchern, und Annie begriff schließlich, daß dies keine von Menschen gemachten Pfade waren. Sie fand jedoch die Stelle, wo der Fluß in den See mündete, und sie hörten die kleinen Wasserfälle zwischen den Steinen schwatzen und plätschern.

Es war nicht leicht, mit Mia hinüberzukommen. Der Grund war steinig, und sie schwankte mehrmals, wobei ihr das Wasser in die kurzen Stiefel schwappte. Drüben angekommen, war der Pfad deutlich, selbst dort, wo er schwer begehbar und der Boden ringsum voller Gestrüpp war. Sie blieben auf dem Pfad und blickten fast nie von dessen nadelglattem Band auf. Schließlich fanden sie Nirsbuan an einem Hang, wo im Licht der Nacht Tausende von Trollblumen blühten.

Graue, gezimmerte Häuschen. Erst als sie auf das, was die eigentliche Almhütte sein mußte, zugingen, wurde ihr klar, warum das Gewebe aus Gras und Blumen so dicht und so hoch war. Es hatte niemand gemäht. Aber irgend jemand war kurz vorher durch das hohe Gras gegangen.

Die Hütte war von außen abgeschlossen. An der Tür saß ein Riegel und in dem Riegel ein Hängeschloß. Sie rührte daran, konnte es aber nicht aufmachen. Irgend jemand war hier gewesen und durch das nachtfeuchte Gras zum Haus gegangen. Aber nicht zur Tür hinein.

Sie kletterte auf einen Ziegelsteinhaufen und lugte durch die blasige Fensterscheibe in die Küche. Es war alles so niedrig dort drinnen. Der Herd befand sich fast auf dem Fußboden unten. Das Licht fiel hinein, und sie sah, daß auf der Ofentür »Skillingaryd Nr. 23« stand. Es gab eine leere Bank. Womöglich nannten sie sie Bett. Man konnte eine Lade herausziehen, und es hätten zumindest ein paar Kinder darin Platz gehabt. Ein, wie es schien, wackliger Tisch, zwei kaputte Stühle mit acht Stegen. Ein gelber Plastikeimer. An der Wand ein gerahmtes Bild von Jesus mit der Dornenkrone. Einige Abfälle – eine Konservendose und eine zerrissene Zeitung – auf dem Tisch. Eine rußige Waschschüssel. Weiter nichts. Als sie um das Haus herumging, um zu den anderen Fenstern hineinzuschauen, hörte sie Mias Weinen. Sobald sie stillhielt, kamen die Mücken und Gnitzen.

An einem der Fenster auf der Rückseite waren, blaukariert und ziemlich schmutzig, die Gardinen vorgezogen. Sie sah nur einen kleinen Ausschnitt einer Wand mit blaugeblümter Tapete, die von braunen Feuchtigkeitsflecken ein neues Muster bekommen hatte. Weiter unten hing ein Fetzen, der sich von der Wand gelöst hatte. Dann kam ein Stück von einem Bett. Es mußte ein Bett sein, denn sie glaubte eine verschossene Steppdecke ausmachen zu können. Ganz am Ende ragte ein Fuß heraus. Dan mußte also doch hier sein!

Hinter den vorgezogenen Gardinen war es dämmrig. Sie klopfte ans Fenster, um ihn zu wecken, und sah den Fuß schnell verschwinden.

Sie wartete, aber es tat sich nichts mehr. Es war still. Sie sah die Steppdecke. Die war ruhig und platt. Nichts rührte sich. Sie traute sich nicht, noch einmal zu klopfen.

Ein Fuß. Ganz und gar weiß in dem spärlichen, unsteten Licht. Das war doch Dan? Warum versteckte er sich?

Sie ging zurück auf die Vorderseite, und ohne es zu wollen, ging sie leise, schlich voran und vermied tunlichst, auf etwas zu treten, was ein Geräusch machte.

Mia weinte jetzt wie ein Säugling. Ihr Mund stand offen, und die Tränen zeichneten ihr schmutzige Streifen ins Gesicht. Annie konnte ihr das Unerklärliche nicht erklären: daß Dan hier war, aber nicht herauskommen wollte. Sie wußte nicht, wie Mia es schaffen sollte, den weiten Weg zurückzugehen. Sie glaubte es selbst kaum zu schaffen.

Sie trug das Mädchen wieder in den Wald, außer Sichtweite des Hauses. War es Dan, der dort drinnen lag? Warum hatte er den Fuß eingezogen? Sie setzte sich auf einen Baumstumpf und hielt Mia im Arm. Mit einem abgebrochenen Zweig fächelte sie unablässig die Mücken fort. Sie flüsterte, daß sie zurückgehen würden, aber nur bis zu dem blauen Zelt. Sie würden diejenigen, die darin schliefen, wecken und sie um Hilfe bitten. Vielleicht hätten sie einen Spirituskocher und könnten ihnen heißen Tee machen. Oder Schokolade. Sie würden dann sicherlich mit zur Straße gehen, und wenn einer von ihnen ein großer, starker Mann wäre, könnte er Mia tragen. Sie würden sie mit ihrem Renault 4 L, denn der müsse ihnen gehören, ins Dorf hinunterbringen. Und bald, recht bald schon, in nur einer Stunde oder in zwei, würden sie in einem warmen Bett liegen. Mias Weinen hatte sich gelegt und war zu einem Schluckauf geworden. Sie hatte wieder den Daumen in den Mund gesteckt und schlief eine Weile.

Zwischen den Bäumen zeigte sich die Morgensonne, als sie sich aufmachten. Der Vogelgesang brauste. Alles erschien so viel leichter jetzt, da die Sonne zu wärmen begann. Sie durchquerten den Fluß an derselben Stelle, Annie traute sich nicht, es woanders zu versuchen. Wenn sie erst drüben wären, würden sie zu dem Zelt zurückfinden, doch war es gar nicht so leicht, am Fluß entlangzugehen. Dort wuchs hohes, undurchdringliches Weidengestrüpp, und der Boden war von Tieren aufgewühlt worden. Sie mußten weiter hinaufgehen, an den Rand des Moores.

Schließlich erkannte sie die beiden Tannen wieder, die die Stürme zu einem Knoten verschlungen hatten, doch das Zelt konnte sie nicht entdecken. Es war doch nicht möglich, daß es noch zwei weitere verdrehte Tannen am Fluß gab. Sie hatte bereits begriffen, daß es schwierig war, in der Moorlandschaft einen Orientierungspunkt zu finden. In dem unsteten Licht der Nacht hatte es ausgesehen, als hätten sich sowohl die Bäume als auch das Weidengestrüpp von der Stelle bewegt.

»Setz dich hierher«, sagte sie zu Mia. »Es muß da unten bei den Tannen sein. Ich werde mal nachsehen. Dann mußt du das Stück nicht umsonst gehen, wenn es die falsche Stelle ist.«

Sie gab ihr den Rucksack als Unterlage gegen die Nässe sowie einen Zwergbirkenzweig, mit dem sie sich fächeln konnte. Es schien jedoch, als hätten die Insekten in der Morgensonne aufgegeben. Mia ängstigte sich, ihr wollten schon wieder die Tränen kommen.

»Ich gehe nur zum Fluß runter. Du siehst mich die ganze Zeit.«

Es war die richtige Stelle. Als sie zu den Tannen kam, sah sie eine Jeans über einem Tannenzweig hängen. Das Zelt war jedoch eingestürzt. Deswegen hatte sie es vom Moor oben aus nicht gesehen. Sie trat näher.

Was sah sie eigentlich? Hinterher wußte sie es nicht. Es gab dann so viele und so schreckliche Beschreibungen. Sie las wohl einige. Sie konnte sich danach nicht erinnern.

Lange Zeit war da ein großer, leerer Fleck. Sie sah ihre eigenen Hände im Wasser, weiß, ja weißgrün. Und die Tannen sah sie. Sie hatten sich verknotet und einen Knorren gebildet, waren dort zusammengewachsen, wo eine von ihnen vor langer Zeit in einem Sturm geneigt worden war. Über einem Zweig hing die nasse Jeans. Auf der anderen Seite des Flusses das Moor mit kleinen Birken: das andere Land, stets sanfter, grüner und geheimnisvoller als die Seite, auf der man sich befindet.

Sie wollte von dort weglaufen. Mußte aber noch einige Schritte vorwärts gegangen sein. Ihr war übel, ihre Beine trugen sie nicht. Es kam mit Gewalt. Sie landete auf den Knien und stützte sich mit den Handflächen auf dem schwankenden Boden ab. Als sie sich erhob, waren ihre Hände blutig. Immer wieder rieb sie sie aneinander. Dann versuchte sie, sie am Rock abzustreifen, doch das half nicht viel. Sie wankte weg, die ersten Schritte auf Knien, und tauchte die Hände ins Wasser. Es war kalt. Eine starke Strömung. Schnelles, durchsichtiges Wasser. Die Hände wurden sauber. Sie übergab sich ins Wasser, und die Strömung trieb den Mansch, den sie aus sich herausspie, fort. Bald war das Wasser wieder so sauber wie zuvor, klar und schnell strömend. Mit abgewandtem Kopf und ohne nach dem Zelt zu sehen, ging sie zu Mia hinauf.

»Die waren nicht da«, sagte sie. Dann zerrte sie das Mädchen heftig am Arm und lief rasch hinaus ins Moor. Die weißen Büschel des Scheidigen Wollgrases wurden jetzt von der Sonne durchschienen. Sie schwebten, schwebten scheinbar, über dem Riedgras. Als sie ein Stück weit im Moor waren, drehte sich Annie um. Das Zelt war nicht mehr zu sehen. Den Fluß sah sie, sein schnelles Wasser, schwarz und mit gischtigen Strudeln. Und das Land auf der anderen Seite.

Hinterher war sie sich nicht einmal mehr der Stelle sicher. Sie war ja nicht gekennzeichnet oder abgegrenzt. Sie wanderte wie ein Sonnenfleck zwischen Wolkenschatten. Es war ein Geschehnis, ein Geschehnis an einem Wasser. Wie alles hier.

Er hatte gelesen, daß ein Aal lange Zeit ohne Nahrung leben könne. Er könne sich auf seinem Weg zu neuen Gewässern und zum Meer in seichten Gräben fortbewegen.

Wenn er in einem Tümpel ohne Verbindung mit Bächen oder Seen eingeschlossen würde, könne er sich durch feuchtes Gras schlängeln, um lebendiges Wasser zu erreichen.

Nun lag der Aal reglos in dem gelben Plastikeimer.

Es war früh am Morgen und klares, sonniges Wetter. Warm in der Hütte. Er brauchte nicht aufzustehen und Feuer zu machen. Als es ans Fenster geklopft hatte, hatte er Angst gehabt, doch das war nun überstanden. Sowie er gehört hatte, daß es eine Frauenstimme war, hatte er sich wieder beruhigt. Gudrun suchte nach ihm. Das konnte sie gern noch eine Weile tun. Er hatte danach nicht mehr einschlafen können. Aber das war nicht so schlimm. Er war jetzt nicht sonderlich müde. Und er mußte denken.

Es ging allerdings nicht. Er war zu hungrig. Er stand auf und durchwühlte den Schrank über der Spüle. Ein Paket Pfannkuchenpulver. Weißer Pfeffer. Kakao. Es war so lächerlich. Daheim war das ganze Haus mit Essen vollgestopft. Beide Gefriertruhen, die Speisekammer, der Kühlschrank, der Vorratskeller. Er mußte nach Hause zurück, ohne gedacht zu haben.

Das war nicht die Welt. Er hatte sich auch früher schon auf sein Zimmer verkrümelt. An seinem Schreibtisch gekauert. Sie konnten ihm stundenlang gestohlen bleiben. Und zu fünft würden sie auch nur über die Feiertage sein. Fünf Muskelpakete. Geruch nach Rasierwasser und Zigarettenrauch. Kognak mit Soda. Matchs auf der blauflimmernden Mattscheibe und vorgezogene Vorhänge. Kavalierstarts. Und die Unlust, die hie und da ejakulierte. Gudrun wie verdammter Weihrauch in den Zimmern.

Woher kommt Haß?

Er stand auf und zog seine Jeans an; sie war jetzt trocken, aber steif vor Lehm. Er verrührte das Pfannkuchenpulver samt dem Kakao mit Wasser. Es löste sich nicht auf. Zähe Klumpen schwammen umher, und der Kakao lag trocken auf der Oberfläche. Johan heizte den Herd ein, um diese unappetitliche Suppe warm zu machen.

Zum Pinkeln mußte er zum Fenster hinausklettern. Es war alles so lächerlich. So viele Umstände. Zeitraubende und mühselige Unternehmungen hatte er noch nie leiden können. Wie Zelten.

Die Schokoladenpampe kochte wie wild, als er wieder in die Hütte kletterte. Sie war eingedickt und am Boden angebrannt. Er aß sie, nachdem sie einigermaßen abgekühlt war und räumte dann auf. Es hatte keinen Zweck, die Sache hier noch weiterzutreiben. Gudrun war wohl schon ordentlich unruhig. Sie mußte das ganze Haus aufgeweckt haben. Zuerst hatte sich niemand gerührt, dessen war er sich sicher. Er fragte sich, ob sie sich allein auf die Suche hatte machen müssen.

Sie würden ein wenig feixen, wenn er zurückkäme. Und dann schweigen. Er selbst würde sich nicht trauen, etwas zu sagen. Er würde dort leben, zusammengekauert. Ein Jahr noch. Dann zum Barras.

Da kam ihm der Gedanke, daß es dort genauso sein würde.

Torsten und seine richtigen Söhne waren nicht ausgeflippt. Sie gehörten dazu. Sie gingen nur manchmal ein bißchen zu weit. Dann hieß es Strafe zahlen.

Beim Barras würde es genauso sein. Und an der Hochschule auch. Obwohl er dort größere Chancen hätte. Dort konnte er ebenso sicher werden wie Torsten auf dem Waldschlepper. Und vielleicht selbst manchmal zu weit gehen.

Er kramte einen Moltebeereneimer mit Deckel hervor und packte den Aal hinein. Der schlug nicht. Johan fürchtete jedoch, daß er ein gerissener alter Teufel sei, und drückte deshalb den Deckel fest zu, bevor er zum Fenster hinauskletterte.

Die Sonne lag grell über dem Klöppen. Es war schwierig, den Blick auf das Wasser zu heften. Bevor er sich auf den Weg machte, mußte er noch auf den Abort gehen. Das Häuschen lag unten im Uferwald. Die Bretter waren silbergrau und leicht grün, sie waren von einem feinen Pelz aus Flechten überzogen. Drinnen knackte es von Insekten, und es roch modrig. Er nahm sich eine »Allers« vor. Es waren alte Nummern. Das Papier war an den Rändern gelb, und es war schwierig, etwas zu finden, was er nicht schon einmal gelesen hatte.

Da war ein Feuilleton, das er bisher nie beachtet hatte. Er hatte geglaubt, daß es von Liebe handelte. Jetzt merkte er, daß es eine politische Geschichte war – obgleich es darin auch um Liebe ging. Eine Frau, die Alki war und weinte. Der Mann war voll gewesen und hatte ein hübsches junges Ding, mit dem er unterwegs gewesen war, zu Tode gefahren. Das schlimmste wäre es, wenn sein Bruder davon erführe. Und die Zeitungen.

Chappaquiddick.

Das schnellte ihm plötzlich in den Kopf und ergab zunächst keinen Sinn. Dann fiel ihm Edward Kennedy ein. Er durchstöberte den Zeitungspacken auf der Suche nach weiteren Nummern dieses Feuilletons.

Ja, es war die Geschichte des Präsidentenbruders. Auch wenn sie die Namen geändert hatten. Der Anfang und das Ende fehlten, aber das, was er finden konnte, las er.

Eigentlich eine beschissene Geschichte.

Edward Kennedy war noch immer mit von der Partie. Er war ein bißchen zu weit gegangen. Aber es hatte sich wieder eingerenkt.

Für die renkt es sich immer ein.

Der Ekel stieg wie der Geruch nach Kacke aus dem lockeren Zeitungspapier auf. Er riß eine Seite mit dem Gesicht der Präsidentenschwägerin heraus – Tränen, starrende Pupillen, eine Perlenkette, ein roter, nun vergilbter Mund – und rieb es weich, ehe er sich damit abwischte. Er war vom Kacken nur noch hungriger geworden.

Der See sah merkwürdig aus. Ölig in der Stille. Als ob das Wasser zäh wäre. Am anderen Ufer sah er keinen Menschen, das fand er gut. Obwohl es keine Rolle spielte. Denn sobald er nach Strömgrensbygget und auf die Straße käme, würde er Leuten begegnen. Und sie würden fragen, was er in dem Eimer habe.

Da entdeckte er das Kanu. Es war aus Leichtmetall und warf einen grellen Reflex aus einem Weidengestrüpp.

Wie geht es zu, wenn man einen Entschluß faßt?

Hinterher fand Johan, daß er gar keinen Entschluß gefaßt hatte. Weder als er das Paddel aus dem Kochhaus geholt, noch als er das Schloß an der Kette aufgepusselt hatte. Er fand nur, daß es gut war, nicht laufen zu müssen. Er würde bei Röbäck unten herauskommen, wenn er den ganzen See der Länge nach durchpaddelte. Dann könnte er nach Hause trampen. Das war besser, als auf wunden Füßen mit einem Eimer von Strömgrensbygget angetrottet zu kommen.

Das Wasser schloß sich um den schlanken Körper des Kanus. Wenn er das Paddel eintauchte und durchzog, hatte er das Gefühl, als ob unter der Wasserhaut Muskeln vibrierten.

Sapperlot, das ging dahin! Ein leichtes Lüftchen trug den Geruch von Harz und Gras heran. Das Wasser roch nach Wasser, wenn das Paddel es zerschlug.

Norwegens Fjäll, es will mich trennen
von Krischans Macht und teurem Vaterland.

Pflegte seine Großmutter zu deklamieren. Was in dem alten Dez alles drin war. Lausch auf der Tannen Säuseln. Sie war zweimal in Ostersund gewesen. Wenn auch nie für länger.

Wenn die Leute gezwungen wären, wie Aale zu wandern, um sich zu paaren! In einer unentrinnbaren, ewigen Schleife. Go to Sargasso. The wild Sargasso sea. Go to Sargasso.

Er saß wie ein Eingeweide in dem blanken Panzer. Er hatte sich mit dem Kanu schon immer eins gefühlt. Torsten, der bei Eis und Nebel in tosenden Oktoberstürmen mit ungefähr dreißig Netzen auf einmal fischte, sagte, daß es eine verdammt lächerliche Nußschale sei. Aber traute er sich da hineinzusteigen? Dieser Muskelprotz. Dieser Fettkloß.

Er mußte denken. Der See verjüngte sich zum Röbäcksströmmen hin, die Landzunge schob sich ins Wasser. Das letzte Stück glitt das Kanu, und von den Paddelblättern tropfte es. Als er das Kanu ins Gras ziehen wollte, ging ihm durch den Kopf, daß sie es hier unterhalb der Säge von Röbäck finden würden. Gudrun würde natürlich umherfahren und fragen.

Da mußte er wohl doch einen Entschluß gefaßt haben? Er packte das Kanu und stieß es mit voller Wucht ins Wasser, wo es von der Strömung mitgerissen wurde. Er warf das Paddel hinterher, und beinahe im selben Moment bereute er es. Das Kanu würde zur Säge hinuntertänzeln und dort gegen die Bruchsteine schlagen. Das war dumm. Aber getan war getan.

Das hätte er sich eigentlich denken können, daß kurz nach vier Uhr morgens kaum Autos unterwegs waren. Die Sonne hatte ihn genarrt. Er setzte sich ins Gras am Straßenrand. Das einzige, was man hörte, war das Rauschen des Stroms in seinem Bett. Er fand, daß es sich wie ein Zug anhörte. Oder wie eine Riesentoilette, die unaufhörlich spülte. Kaum daß man die Vögel hörte. Deshalb war er auch überrascht, als schließlich ein Auto kam. Er rannte mit seinem Eimer auf die Straße und streckte den Daumen aus. Es war eine Frau in einem weißen Saab. Sie bremste, daß der Kies spritzte.

»Nach Norwegen?«

Sie fragte das. Er nickte nur. Im selben Moment fiel ihm nämlich Oula Laras auf dem Schneescooter ein. Er wohnte mit seiner Familie in Langvasslien.

Er durfte seinen Eimer auf den Boden vor dem Rücksitz stellen. Sie fragte nicht einmal, was darin sei. Sie hatte noch nicht viel gesagt, doch er fand, daß sie wie diese Finnen sprach, die immer zu Torsten zum Roden kamen. Überall in dem Auto lagen Schokoladenpapier und Abfall, und auf dem Rücksitz stand eine Plastiktüte mit zollfreiem Alkohol von der Fähre.

»Donnerwetter, ist das schön!« bemerkte sie, als die Straße schließlich am Svartvattnet entlangführte. »Diesen Weg bin ich noch nie gefahren. Ich fahre sonst immer über Östersund und Trondheim.«

Als sie ins Dorf kamen, schien alles ruhig und im Schlaf zu liegen, doch dann entdeckte er Vidarts alten Duett auf dem Weg nach Tangen. Er duckte sich, damit man ihn nicht sah.

»Eieiei, du«, sagte die Frau. Ihr Lachen war rauh, nicht gerade sehr fröhlich. Sie klang spöttisch, und er fühlte sich unsicher neben ihr.

»Gut«, meinte sie, als sie über die Grenze fuhren. »Nun ist es genug mit Schweden. Gerade richtig. Oder bist du vielleicht Schwede?«

Sie hatte ihn natürlich noch nicht viel sagen hören. Er schüttelte den Kopf.

»Norweger.«

»Nein«, erwiderte er. »Das auch nicht gerade.« Und das stimmte ja. Es konnte stimmen. Alles ergab sich. Er spürte, daß sich etwas Neues anbahnte. Etwas anderes, als auf dem Zimmer zu hocken. Er hatte jedoch kein Geld bei sich. Wenn ich nur erst übers Wochenende komme, dachte er. Hier ist ein normaler Samstag. Oder ist Sankt Hans? Wenn nur erst das Wochenende vorüber wäre, könnte er einen Job beim Roden annehmen. Oder wenigstens beim Aufforsten.

Es war kurz vor halb fünf Uhr morgens, als es an der Tür klopfte. Birger hatte nicht geschlafen, und sein Kopf schmerzte, sobald er ihn vom Kissen hob. Vorsichtig stand er auf. Als er die Tür öffnete und die Morgenluft hereinströmte, merkte er, daß noch immer eine abgestandene Mischung aus Fischdunst und Tabakgeruch in der Hütte hing. Roland Fjellström, der Besitzer des Campingplatzes, stand draußen und sagte, daß am Lobberåa droben etwas passiert sei.

Åke Vemdal schlüpfte in seine Hose und machte sich auf den Weg zur Anmeldung. Birger lehnte mit der Stirn an der kalten Fensterscheibe. Sein Gesicht fühlte sich gedunsen an. Jetzt könnte er schlafen.

Die schmale, tiefe Bucht zwischen Tangen und dem Gemeindeforst war blank. Eine tiefhängende Wolke war auf dem Bergkamm auf der anderen Seite gestrandet. Die Tannenspitzen hatten sie aufgerissen, und sie zerfloß wie Fischmilch im Wasser. Die Sonne stand auf der verkehrten Seite. Das ungewohnte Licht bewirkte, daß er sich ausgestoßen und fremd fühlte. Er sah Schellenten auffliegen, die zitternde Streifen hinterließen. Weit draußen bewegte sich das Wasser. Dann erkannte er, daß es ein Boot war. Ein schwarzes.

Es wurde gleichmäßig und zügig am östlichen Ufer entlang in Richtung Tangen gerudert. Er sah ihm lange nach und wußte, daß er jetzt endlich tief schlafen könnte. Aber vielleicht sollte er für Åke Kaffeewasser aufsetzen.

Da ruderte jemand mit Schleppnetz. So ein dreister Kerl! Wollte man jedoch auf diese Weise fischen, war es klug, dies am Mittsommermorgen vor fünf Uhr zu tun, wenn auf dem Campingplatz alle ihren Rausch ausschliefen.

Birger sah das Scherbrett vorwärtstanzen. Es war nur ein Mann im Boot. Die Leine hatte er sich zum Rudern wohl um den Zeigefinger gewickelt. Wie er es anstellen würde, wenn er etwas finge, war schwer zu sagen.

Jetzt hörte er auf zu rudern, das Boot glitt von der Kraft der letzten Ruderschläge weiter und wurde langsamer. Er goß Wasser auf die Dollen. Wahrscheinlich hatten die Ruder gekreischt. Das konnte Birger nicht hören, aber er hörte Schritte draußen im Kies. Åke Vemdal kam zurückgerannt.

Das Schleppnetz sackte ab und legte sich quer. Mit einem sanften Ruck steigerte der Ruderer das Tempo wieder. Es war Björne Brandberg. Jetzt erkannte er ihn. Auch so ein alter Knabe! Er ergriff die Gelegenheit, wenn die anderen schlapp und mit trockenem Mund schliefen. Und die Leine mußte er zwischen den Zähnen haben.

Åke riß die Tür auf.

»Du mußt mit«, sagte er. »Wir müssen nach Strömgrensbygget rauf!«

Sie trug einen Rock aus blauem Denim, der an den Seiten mit Blut verschmiert war. Unten war er naß und schmutzig. Ihr Haar war blond und reichte weit den Rücken hinab. Sowohl sie als auch das Mädchen waren erschöpft. Die Kleine hatte Zöpfe, die sich aufgelöst hatten. Ihr mißhandeltes und tränenverquollenes Gesicht stimmte ihn feindselig gegen die Mutter. Er hatte von dem, was sie gesagt hatte, kein Wort geglaubt. Es schien so unsäglich verrückt. Mitten in der Nacht mit einer Sechsjährigen durch die Moore nach Stjärnberg hinaufzugehen! Im langen Rock.

Als er das Mädchen untersuchte, stellte er jedoch fest, daß es Insektenstiche waren, die ihr Gesicht hatten anschwellen lassen. Oriana machte ihr Milch warm und bettete sie in der Stube auf ein Sofa. Die Mutter saß ganz gerade auf einem Küchenstuhl und starrte auf den ausgeschalteten Bildschirm.

Sie hätten Henry Strömgren gebraucht, um die Stelle zu finden, aber Åke wollte Oriana mit der Mutter des Mädchens nicht allein lassen. Er bat Henry, sie im Auge zu behalten. Sie durfte nicht weggehen. Und sie durfte nicht in die Nähe einer Waffe kommen. Kein Messer auf den Tisch. Er hatte telefonisch um Verstärkung gebeten. Es würde jedoch ein paar Stunden dauern, bis diese nach Svartvattnet und hierherauf käme.

Åke und Birger gingen zum Lobberån hinunter, und nach einigem Umherirren fanden sie die Stelle. Da war ein Zelt, und es lag auf der Erde, genau so, wie sie es gesagt hatte. Es war zerschnitten und mit allmählich eintrocknendem Blut durchtränkt. Der Stoff schmiegte sich um die beiden Körper.

Ein Körper lag halb über dem anderen. Alles war still.

Sie nahmen vorsichtig die Zeltleinwand ab und mußten an einigen Stellen die Leichtmetallheringe lösen, um sie hochheben zu können. Åke wollte, daß sie das Zelt so wenig wie möglich anfaßten.

Der Sonnenschein ergoß sich über langes Haar. Es war schwarz und lockig gewesen. Nun war es blutverklebt und voller Daunen. Überall waren Daunen, festgetrocknet in den Blutflecken. Die Schlafsäcke waren zerstochen, und als sie die Zeltleinwand berührten, quollen die Daunen daraus hervor. Feiner Vogelflaum schaukelte im Fjällwind fort.

Ein Gesicht. Die Lippen waren hochgezogen. Die Oberlippe war über den Zähnen eingetrocknet. Eine junge Frau. Sie lag unten. Womöglich hatte der Mann, der halb über ihr lag, versucht, sie gegen die Hiebe zu schützen. Er war blond. Im Nakken hatte er einen Schorf aus geronnenem Blut.

Birger legte zwei Finger an die Stelle am Hals, wo einst der Puls gepocht hatte. Er fand den Hals der Frau unter dem wirren Haar und den Daunen. Aber da war es still und kälter als seine Fingerspitzen.

»Dann laß sie mal in Ruhe«, sagte Åke. »Da kommt dann die Spurensicherung.«

Sie hatten ein Stück der Zeltleinwand zur Seite geschlagen und ein Transistorradio aufgedeckt. Eine Hand, wahrscheinlich die des Mannes, schien beim Griff nach dem Haltebügel erstarrt zu sein. Daneben lagen ein Paar zusammengerollter Strümpfe, flaumig vor Daunen, eine große, unangebrochene Tafel Schokolade und eine Menge geschliffener Steinchen, die wie ungleichmäßige Perlen aussahen. Die Frau mußte eine Halskette umgehabt haben. Ihr Gesicht war von einer Blässe, die schon grau wurde.

»Setz dich dort drüben hin«, sagte Åke und zeigte auf einen umgestürzten Birkenstamm. Die Krone grünte und tauchte ihre ersten Blätter ins Wasser. Sie waren bereits von Larven zerfressen, das ekelte Birger. Das Wasser strömte, und sein Geräusch war ein Gewebe aus vielen Tönen. Es rasselte, es murmelte und plätscherte. Manchmal schien jemand mit monotoner Stimme aus dem Wasser zu sprechen.

Er sah Åke um das Zelt kriechen. Mit ganz leichter Hand berührte er das blaue Tuch. Ein Greifvogel schrie über ihnen. Es klang, als klagte er. Birger begann zu frieren.

»Du solltest vielleicht raufgehen«, sagte Åke. »Die haben beide einen Schock.«

»Nein, verdammt noch mal.«

»Der kommt jetzt nicht zurück.«

»Das weiß man nicht.«

Nein, sie befanden sich außerhalb dessen, was man wissen konnte. Und die Kühle des Morgens lähmte die Gedanken ebensosehr wie die Bewegungen. Er dachte nichts und mutmaßte auch nichts, solange er dort saß. Lauschte dem strömenden, durchsichtigen Wasser, das nichts zu sagen hatte. Es schwatzte nur. Das Gewebe der Töne weckte Echos in seinem Gehirn, und das Gehirn brachte es zum Schwatzen. Doch einen Moment lang dachte er, daß er dasitze und sich anhöre, was hier geschehen war. Daß es in die helle Nacht eingeritzt worden sei und von den Wellen und Strudeln im Wasser wiedergegeben würde. Und daß er dennoch nicht mehr als ein Geschnatter und leise Schreie ausmachen könne. Manchmal klang es wie ein Miauen.

Ich weiß nicht, wo Barbro ist, dachte er. Ich habe nicht einmal gefragt. Irgendeine Demo gegen den Uranabbau auf dem Björnfjället. Sie würden zelten, hatte sie gesagt.

Aber wo?

Sie standen an der Spüle. Annies Rucksack aus gestreifter Wolle hatten sie auf die Platte gelegt. Ganz vorsichtig räumte einer von ihnen den Inhalt aus. Er legte jedes Ding einzeln ab, nachdem er es genau betrachtet hatte.

Er war Polizeichef und in Byvången stationiert. Der andere war Arzt. Sie waren soeben von dieser Stelle am Fluß zurückgekehrt. Der Polizeichef hatte nasse Hosenknie. Er fragte, wie sie heiße.

»Das haben Sie doch in meinem Führerschein gelesen.«

Er überhörte ihre Antwort und fragte weiter, wann sie geboren sei und wo sie wohne. Auf einem von Dans Briefen, die jetzt auf der Spüle lagen, stand »Annie Raft, Karlbergsvägen 121«. Sie wünschte, er würde sich damit zufrieden geben.

»Ich wurde einundvierzig geboren, am einundzwanzigsten Oktober. Und ich war auf dem Weg nach Nilsbodarna. Ich werde dort wohnen.«

Es wurde still. Sie wartete auf eine Folgefrage. Haben Sie es von Brandbergs für den Sommer gemietet? Aber vielleicht wußten sie nicht, wem die Hütte gehörte. Vor zwölf Stunden hatte sie es selbst noch nicht gewußt. Da wäre ihr die Antwort in gewisser Hinsicht leichtergefallen. Aber die Frage kam nicht. Statt dessen sagte der Polizeichef:

»Sie haben angegeben, daß Sie von Nirsbuan *herunterkamen.*«

Es war das erste Mal, daß er das Wort »angegeben« benutzte. Das Seltsame war, daß sie sich nicht daran erinnerte, überhaupt etwas gesagt zu haben. Aber das mußte sie ja wohl. Sonst hätte Henry Strömgren nicht angerufen.

»Ich war in Nirsbuan«, sagte sie. Sie hatte Mühe, den Namen auszusprechen, und sie bereute es, ihn benutzt zu haben. Dieses Gespräch war voller Fallen. Eigentlich war es gar kein Gespräch. Es war sechsundzwanzig Stunden her, daß sie geschlafen hatte. Ich werde genau sagen, wie es war, dachte sie. Ich werde sagen, daß ich bei dieser Almhütte war, bei Nilsbodarna, Nirsbuan. In Nirsbuan. Nein, ich werde nicht Nirsbuan sagen. Nilsbodarna? Ich kam von dort, weil dort niemand war. Ich muß nicht sagen, was ich gesehen habe. Das ist nicht von Bedeutung.

Der Polizeichef fragte sie nach ihrem Beruf.

»Ich bin Lehrerin.«

Da er schwieg, meinte sie, daß er ihr nicht glaubte.

»Ich bin auf der Pädagogischen Hochschule in Stockholm ausgebildet worden! Ich war auf der Musikhochschule.«

»Wo arbeiten Sie?«

Seine Fragen waren präzis. Diese hier zu beantworten, war unmöglich. Sie hatte plötzliche Schwindelanfälle und fragte, ob sie sich ein Weilchen ausruhen dürfe.

Er sagte: »Wo arbeiten Sie?«

»Ich habe aufgehört. Ich war an der Volkshochschule von Mälarvåg. Ich habe Schwedisch und Musik unterrichtet. Und Literatur. Das ist ein eigenes Fach. Ich habe im Frühjahr dort aufgehört. Das heißt, ich hatte noch einen Sommerkurs in Chorgesang. Zwei Wochen. Deshalb konnte ich auch erst jetzt aufhören. Dan ist vorausgefahren.«

Sie redete zuviel. Sie sollte ihnen nicht entgegenkommen. Die beiden waren fest in ihrem System verankert. Trugen grüne Sporthosen mit Taschen auf den Schenkeln. Quasimilitärische Ausstattung. Tödlich sicher. Doch sie waren beide unrasiert. Das machte es schwieriger, sie so zu sehen, wie Dan sie gesehen hätte.

»Dan Ulander«, sagte der Polizeichef. Entweder kannte er Dan, oder er hatte den Namen auf der Rückseite des Kuverts gelesen.

»Wo ist er jetzt?«

»Ich weiß es nicht«, antwortete sie. »Er wollte mich abholen. Ist aber nicht gekommen. Da habe ich angenommen, daß er dort oben sei. Also bin ich dorthin gegangen.«

»Sie sind dorthin gegangen.«

Er hatte eine Karte zwischen den Papieren, die zog er jetzt heraus und studierte sie.

»Wie alt ist das Mädchen?« fragte der andere. Ein Typ, der allmählich Fett ansetzte, wie sie zu der Zeit fand. Ein fetter Arzt. Sie sagte, daß Mia sechs Jahre alt sei.

»Sie sind mit einer Sechsjährigen heute nacht nach Nirsbuan hinaufgegangen? Und wieder zurück?«

So war es. Sie konnte es nicht abstreiten. Sie hätte sagen können, daß sie nicht gewußt habe, wie weit der Weg sei. Doch die beiden wußten, daß sie eine Karte hatte. Ihr Rucksack lag auf der Spüle, und alles, was sie in ihn hineingestopft hatte, lag auf der rostfreien Platte aufgereiht. Beim Ausräumen des Rucksacks hatten sie gefragt, ob sie kein Messer bei sich gehabt habe. Das hatte ihre Gedanken aufs Überleben gelenkt. Messer, Zündhölzer, Isomatte. Solche Dinge. Sie hatte nicht einmal einen Kompaß dabei. Auf der Spüle lag die Karte, eine Schachtel Donald-Duck-Pastillen, der Brief von Dan, eine Pakkung Tampons, die belegten Brote, Mias Ken und Barbie sowie deren Nylonkleider und Schühchen. Annies rote Brieftasche lag ebenfalls da. Sie hatten ihren Führerschein angesehen und ihn neben die Brieftasche gelegt. Als sie gekommen waren, hatte der Polizeichef Oriana Strömgren gebeten, noch für einen Moment in der Küche zu bleiben. Dann hatte er zu Annie gesagt, sie solle ihre Jeansjacke ausziehen. Er durchsuchte deren Taschen, während ihr der Arzt unterm Pullover und unterm Rock den Körper abtastete, ein professionelles Gefummel. Sie hatte die Stiefel ausziehen müssen. Das, was da vor sich ging, hatte sie nicht begriffen, und sie hatte auch nicht reagiert, als sie den Rucksack durchsuchten. Erst jetzt verstand sie die Frage nach dem Messer.

»Haben Sie keine Fotografie von Dan Ulander bei sich?«

Sie erklärte, daß es keine gebe. Er lasse sich nicht fotografieren.

»Wie meinen Sie das? Geht er zu keinem Fotografen oder läßt er nicht zu, daß man ihn knipst?«

»Ich weiß nicht.«

Sie fand, daß dies die einzig vernünftige Antwort war, die sie an diesem Morgen gegeben hatte.

»Sie waren in Nirsbuan. Und Sie haben Angst bekommen.«

Diese Behauptung kam unerwartet. Sie wußte nicht, wie er darauf gekommen war. Hatte sie das selbst gesagt? Oder Mia? Aber Mia hatte doch wohl nicht mitgekriegt, daß sie Angst bekommen hatte? Sie war doch auf der anderen Seite der Hütte gewesen.

»Erzählen Sie, warum Sie Angst bekommen haben.«

Sie sagte, daß sie einen Fuß gesehen habe. Sie hatte sich jetzt besser unter Kontrolle. Die Schwindelanfälle, eine Art von blitzschnellen Bewußtlosigkeiten oder Sekundenschlaf, kamen nicht mehr so häufig. Sie sollte nicht zuviel sagen. Deshalb erzählte sie nur, daß sie beim Blick durchs Fenster einen Fuß gesehen habe.

»Und da haben Sie Angst bekommen?«

»Er hat sich zurückgezogen. Ich habe ans Fenster geklopft, und da hat er sich zurückgezogen.«

»Haben Sie den Fuß erkannt?«

Annie scheute diese Frage. Sie war ihr auch schon gekommen. Vor ein paar Monaten hatte sie zu Dan gesagt, daß sie ihn auch dann erkennen würde, wenn sie nur einen kleinen Fleck seiner Haut zu sehen bekäme. Eine Haarsträhne oder der Nagel seines kleinen Fingers würde schon reichen. In einem dunklen Raum würde sie den Geruch seines Körpers zwischen anderen Körpern erkennen.

»Ja, ich habe seinen Fuß erkannt«, sagte sie nun. »Dans.«

»Leben Sie mit diesem Mann zusammen?«

»Ja.«

»Haben Sie auch zusammengelebt, wie Sie an der Volkshochschule von Mälarvåg gearbeitet haben?«

»Ja.«

»Wo haben Sie gewohnt?«

»Wir haben dort gewohnt.«

»Was hat er gearbeitet?«

»Er hat nicht gearbeitet.«

»Er hat mit Ihnen zusammengewohnt, aber nicht gearbeitet?«

»Wir haben nicht zusammengewohnt,« sagte sie. Ihre Stimme wurde immer dünner und am Ende wimmernd.

»Sie haben gesagt, daß Sie zusammengelebt haben.«

»Ja. Wir waren zusammen. Wir wollten hier zusammenwohnen.«

»Wovon wollen Sie denn leben?«

»Ich werde unterrichten. Und er wird arbeiten.«

Sie sah die nächste Frage schon voraus und fügte deshalb hinzu:

»Ich werde die Kinder der Stjärnbergkommune unterrichten.«

»Sie haben angegeben, daß Sie nicht zur Stjärnbergkommune gehören«, sagte er. Da war dieses Wort wieder: Sie hatte angegeben.

»Zu wem soll ich das denn gesagt haben?« fragte sie und war darauf gefaßt, daß er antworten würde: Hier stelle ich die Fragen. Doch fast freundlich sagte er:

»Zum Busfahrer.«

Die Polizei hatte den Busfahrer ausfindig gemacht und ihn geweckt. Es war wirklich etwas geschehen. Sie wußte aber nicht mehr, was sie erzählt hatte, als sie in dieses Haus gekommen war. Sie mußte erzählt haben, was sie gesehen hatte. Was aber hatte sie gesehen?

Zwei Menschen waren tot. Das hatten die beiden gesagt, als sie vom Fluß zurückgekommen waren. Durch Messerstiche getötet.

Die Küche mit ihrem grellen Sonnenlicht so früh am Morgen war ein seltsamer Ort. Trivialität mit falscher oder echter Tiefe, unmöglich zu entscheiden, wie im Traum. Hier lebten Henry und Oriana Strömgren ihr warmes, nach Tabak riechendes Dasein, das Annie nicht kannte. Nach Ziegen roch es nicht. Sie hatten ja eine Dusche und legten in einer Kammer vor dem Bad ihre Kleider ab. Sie waren unter anderen Bedingungen Ziegenfarmer als die Stjärnbergleute. Obwohl sie so müde war, hatte sie deren Dasein entschlüsselt. Der Fernseher in der Küche. Der avocadogrüne Kühlschrank. Grüne Tapeten mit großen Musterklecksen. Henry und Oriana sandten keine Signale von Ursprünglichkeit oder Neuerungswillen aus. Annie hatte jedoch im ersten Augenblick gemerkt, daß sie freundlich waren.

»Wie spät war es, als Sie nach Nirsbuan gekommen sind?«

»Zwei vielleicht. Oder etwas davor.«

»Können Sie eine Gelegenheit nennen, wo Sie auf dieser Wanderung ganz sicher auf die Uhr gesehen haben?«

»Am Fluß. Nein, bei der Hütte. Bevor wir von dort weggegangen sind.«

»Wie spät war es da auf Ihrer Uhr?«

»Nach zwei.«

»Dann haben Sie das Zelt also kurz vorher gesehen?«

»Ja. Da hatte es aufrecht gestanden. Da war dort noch nichts geschehen.«

Sie hörte draußen Hunde bellen und das Geräusch von Autos. Er, der Polizist, sah aus, als registierte er das gar nicht. Er stützte das Kinn leicht in die linke Hand. Zeigefinger und Daumen bildeten eine Gabel. Er hatte helle blaugraue Augen, die Annies Blick festhielten. Sie war seine Fährte in diesen rauhen Nebel und das Blut, doch sie schlingerte. So lange kann man keinem anderen Menschen in die Augen sehen, wenn man das nicht geübt hat, dachte sie. Gleichwohl sah er leicht zerstreut aus. Oder müde. Sie mußte nach einer Weile wegsehen.

»Sie sind nach Nirsbuan gegangen, und wie Sie dort waren, was haben Sie da gemacht?«

»Geguckt. Ich habe zum Küchenfenster reingeguckt. Und dann zu einem Fenster auf der Rückseite.«

»Sie haben nicht an die Tür geklopft?«

»Nein.«

»Warum nicht?«

Sie war mit einem Riegel verschlossen gewesen, an dem ein großes Hängeschloß angebracht war. Das wollte sie nicht sagen. Sie würden es dahingehend deuten, daß Dan eingebrochen sei. Als sie in der Nacht mit Mia diesen weiten Weg gegangen war, war ihr alles, was sie getan hatte, notwendig und selbstverständlich erschienen. Jetzt erschien es verworren. Unmöglich zu erklären.

Während all der Jahre würde sie die Erinnerung an diese Wanderung bewahren. Doch wie viel wäre ihr davon noch eingefallen, wenn er sie nicht immer wieder gezwungen hätte, in jener warmen Küche darüber Rechenschaft abzulegen? Es muß in jedem Leben verwickelte Ereignisse, inkonsequente oder schlicht wahnsinnige Handlungen geben dürfen. Vergessen. Sie erlaubten ihr nicht, zu vergessen. Sie zwangen sie, das, was abgelaufen war, zu einem Muster zusammenzubinden. Aber es war ein falsches Muster.

Sie empfand Scham. Sie brachten sie dazu, Scham zu empfinden. Die Fragen des Arztes waren am schlimmsten, dabei fragte er gar nicht viel. Er fragte nur nach Mia. Und dann der Polizeichef:

»Dieser Mann. Der, mit dem Sie zusammenwohnen wollen, er ist also nicht gekommen. Haben Sie verabredet, daß er Sie vom Bus abholen sollte?«

»Das versteht sich doch wohl von selbst«, erwiderte sie.

»Aber er ist nicht gekommen.«

»Nein.«

»Wie lange haben Sie gewartet?«

Was sollte sie darauf antworten? Dann fiel ihr der Spielfilm ein, und sie sagte, daß der gerade angefangen habe, als sie zu Ola und seiner Frau gekommen sei.

»Haben Sie sich Gedanken darüber gemacht, warum er nicht aufgetaucht ist?«

»Ja, er hat vielleicht vergessen, daß Mittsommerabend war. Oder er hat geglaubt, ich würde den alten, den richtigen Mittsommerabend meinen. Er hat ja geschlafen. Ja, so war das wohl.«

»Aber warum, glauben Sie, hat er den Fuß eingezogen, wie Sie ans Fenster geklopft haben?«

»Wie soll ich das wissen?«

»Sie kennen ihn.«

»Ich weiß nicht.«

»Warum sind Sie weggelaufen? Warum haben Sie nicht versucht, in die Hütte reinzukommen?«

Sie schwieg.

»Wovor haben Sie Angst gehabt?« fragte er.

Ja, wovor hatte sie Angst gehabt? Sie wußte es nicht mehr. Es war wie zerschlagen. Ein größerer Schrecken hatte es ausgelöscht.

»Warum sind Sie zurückgegangen?«

»Ich weiß es wirklich nicht. Alles war so – unangenehm.«

»Haben Sie geglaubt, daß er jemand anders bei sich hatte. Ein anderes Mädchen?«

Keiner von ihnen hatte noch einen Gesichtsausdruck. Nicht einmal Gesichtszüge.

»Hatte er das?« Ihre Gesichter waren nur zwei Scheiben blassen, feuchten Fleisches. Sie sagten nichts. Sie sahen sie sehr aufmerksam an. Doch Annie stand das durch und antwortete nicht.

Der Polizist erhob sich. Er hatte rote Augen und wirkte müde. Der andere war aber wohl noch schläfriger. Manchmal gähnte er flüchtig, und die Augendeckel fielen ihm zu. Er hatte blasse, faltige Lider. Jetzt riß er sich zusammen und folgte dem Polizisten, der die Küche verließ. Nach einer Weile kam Oriana Strömgren vom Dachgeschoß herunter, wohin sie mit Henry und den Kindern verbannt worden war.

Sie blickte Annie mehrmals kurz von der Seite an, während sie Kaffee kochte. Es wurde ein hellbraunes, leicht säuerliches Getränk. Sie bot Dünnbrot mit Molkenstreichkäse an. Annie aß ihn dieses Mal, doch sie konnte nie wieder Molkenstreichkäse essen. Mia aß ihn auch weiterhin. Sie verband ihn nicht mit dem, was geschehen war.

Jetzt schlief Mia in Orianas und Henrys Stube. Niemand hatte etwas gesagt, ob sie in Strömgrensbygget bleiben mußten. Annie wußte nicht einmal, ob sie die Küche verlassen durfte. Sie hatte kein Auto, um ins Dorf hinunterzufahren. Es gab nichts, was sie bestimmen konnte.

Ab und zu schlief sie ein, wie sie da so auf der Küchenbank saß, und Oriana sagte zu ihr, daß sie sich hinlegen solle. Aber sie wollte sitzen bleiben. Sie wagte es nicht, sich hinzulegen. Sie glaubte, sie würde zu etwas Unwiderruflichem erwachen, wenn sie einschliefe und diesem Geschehen, das kein Geschehen mehr war, entglitte.

Irgendwann kam ein Polizist herein. Er trug einen grauen Overall, auf dem ein Polizeiemblem und Reflektoren waren. Sie solle zum Fluß mit hinunterkommen. Es gehe um die Identifizierung, sagte er.

»Aber ich kann die doch gar nicht kennen!«

Er erwiderte nichts darauf. Hielt nur die Küchentür auf, bis sie mitkam. Draußen warteten der Arzt und der Polizeichef. Es waren jetzt viele Leute und Autos da. Die Hunde bellten ununterbrochen. Sie sagte, daß sie die Körper in dem Zelt nicht ansehen könne. Das sei unmöglich.

»Wir müssen Sie darum bitten«, erwiderte der Polizeichef. Er sagte, er müsse bitten, bat aber nicht. Er hatte ihre Sachen durchsucht. Der andere war ihr mit den Händen über den Körper gefahren.

»Wir wollen hören, ob Sie den jungen Mann erkennen.«

»Warum sollte ich! Warum ausgerechnet ihn?«

»Wir haben möglicherweise geklärt, wer das Mädchen ist«, sagte er. »Wir wollen, daß Sie sich den Jungen ansehen.«

Auf dem Weg dorthin übergab sie sich. Die beiden warteten geduldig. Der Arzt stützte sie sogar. Doch dann trieben sie sie auf dem Pfad, der sich in der Nässe des Moores verlor, weiter. Sie weinte und näherte sich, vorwärtsgeschubst und angetrieben, dem Fluß.

»Das geht schnell, das geht schnell«, sagte Birger, dessen Namen sie da noch nicht wußte.

»Ich weiß, daß es nicht Dan ist!«

»Das ist gut«, sagte er. »Es geht ganz schnell.«

Die Zeltleinwand war abgehoben worden. Sie lagen nebeneinander, auf dem Rücken. Sie waren steif, und ihre Körper waren nicht richtig ausgestreckt worden. Knie und Ellbogen waren gebeugt, ihre Finger gespreizt. Der Rücken des Mädchens war krumm, ihr Kopf schien sich von der Plastikunterlage gehoben zu haben und in dieser Haltung erstarrt zu sein. Auf der Wange hatte sie eine Wunde mit braunschwarzen Rändern. Die Wunde glich einem Mund, einem zusätzlichen Mund, der offenstand.

Es war nicht Dan. Es waren zwei fremde, weißgraue und eingetrocknete Gesichter, umrahmt von verklebtem Haar. Und um das Zelt waren mehrere Männer. Sie hatten Rollen mit Plastikstreifen und rückten Kamerastative und Taschen aus Leichtmetall umher. Überall waren Daunen. Weiße, fliegige Daunen. Hinter Annies zusammengebissenen Zähnen saß säuerlich und herb der Speigeschmack.

Sie fuhren sie ins Dorf hinunter. Annie sagte, daß sie auf Dan warten wolle; sie brachten sie zum Campingplatz. Sie bekam eine Hütte, in der sie sich mit Mia verkriechen konnte. Die Hütte hatte eine rote Bretterverkleidung und eine kleine Veranda. Sie sah aus wie ein Spielhaus. Es gab nur ein Fenster. Drinnen war es dunkel, und es roch nach Tabakrauch und alten Wolldecken.

Es war Vormittag. Sie wußte nicht genau, wie spät es war, schaffte es aber nicht, nachzusehen. Mia und sie schliefen aneinandergeschmiegt auf der untersten Etage der Stockbetten ein. Als Annie erwachte, waren Gesichter am Fenster.

Der Campingplatz war voll von Leuten. Autos fuhren vor der Anmeldung vor. Die Leute, die aus diesen Autos stiegen, waren prächtig gekleidet, Annie konnte jedoch keine Gesichter sehen, nur Augen. Sie und Mia mußten schließlich ihr Versteck verlassen, denn das Mädchen bekam Hunger. Annie kämpfte mit Übelkeit. Sie gingen zu Roland Fjellström in die Anmeldung und bekamen von ihm Wurst und eine Tüte Instantnudeln. Er hatte schwarzes Haar, und seine Augen waren strahlend blau. Annie sah nur seinen tiefen Haaransatz und fand, daß er aussah, als käme er vom Planet der Affen. Sie wurde nicht klug aus ihm, und womöglich verhielt es sich mit all den anderen Gesichtsmasken ebenso: sie konnte sie nicht deuten, sie sah nur Blicke, die ihr über ihr eigenes starres Gesicht krochen.

Es hatte sich herumgesprochen, daß sie dort oben auf dem Pfad jemanden gesehen hatte, und sie wußten auch, daß sie der Polizei gesagt hatte, es sei ein Ausländer gewesen. Die Leute glaubten, daß dies der Mörder sei, und sie selbst glaubte es auch. Dennoch zögerte sie, zu sagen, wie er ausgesehen hatte, denn das war so behaftet. Er glich einem Vietnamesen. Sie zögerte so lange, daß es niemals gesagt wurde. Sie hielt es auf dem Campingplatz nicht mehr aus, und nachdem Mia Wurst und Nudeln bekommen hatte, ergriff sie deren kleine Hand und ging mit ihr auf die Straße. Die Autos wurden langsamer, und durch die Scheiben guckten die Leute nach ihnen. Sie dachte, daß Dan sie leichter finden würde, wenn sie auf der Straße gingen. Er mußte ja kommen.

Schließlich wurde ihr klar, daß sie nicht noch länger im Dorf auf und ab schlendern konnten. Die norwegischen und schwedischen Plakate an der Anschlagtafel beim Laden hatten sie nun schon mehrmals gelesen: Bingo im Gesellschaftshaus von Vika. St.-Hans-Fest in Kvæbakken. Sahnebrei. Kauf deine Stiefel im Fiskebuan: Tretorn – Superbillig! Mittsommergottesdienst bei Björnstubacken. Weizenmehl im Angebot.

Sie wollte nicht auf den Campingplatz zurück. Auf einer Anhöhe hatte sie ein paar Häuser gesehen, und Mia hatte gefragt, warum da auf einem Schild HÜTTE stehe, man sehe doch auch so, daß das eine Hütte sei.

Es kam ihr gar nicht in den Sinn, daß die einzige freie Hütte im Dorf vielleicht nicht die beste war. Sie ging mit Mia nur den Hügel hinauf und fragte eine ältere Frau in dem höchstgelegenen Haus, ob sie die Hütte an der Straße mieten könnten. Sie kostete dreißig Kronen die Nacht.

Als sie aus dem Haus traten, konnte sie sich schon nicht mehr erinnern, wie Aagot Fagerli aussah. Nur daran, daß sie ihr dreißig Kronen gegeben hatte. Sie holten den Rucksack vom Campingplatz und machten sich auf den Weg zu der Hütte. Die Polizei holte sie jedoch ein. Sie dürfe den Campingplatz nicht verlassen, ohne Bescheid zu sagen. Annie verwies auf die Hütte und brachte die Polizei dazu, sie zu Olas Garage neben dem Fiskebuan zu fahren, so daß sie ihr Gepäck holen konnte.

Als sie allein waren, schloß sie die Tür von innen ab. Der Schlüssel war ein einfacher Dietrich mit einem Bart in E-Form. Viel Schutz konnte dieses Schloß nicht bieten. Im Flur, der mit hellgrünen Profilbrettern ausgekleidet war, gab es eine Tür, und hinter dieser Tür eine steile Treppe, die auf den Dachboden führte. Sie stieg hinauf und sah sich um. Da waren Einmachgläser, alte Kleider und aufgerollte Teppiche. Ansonsten war es leer.

Die Hütte war überschaubar und lichtdurchschienen. Eine recht große Küche mit gelber Profilholzverkleidung und knallblauen Tapeten. Fenster nach drei Seiten. Die Kammer hatte keine Tür, nur eine Öffnung mit einer alten, schön profilierten Leiste. Überall war es hell und von allen Fenstern her einzusehen. In der Küche standen zwei Kleiderschränke, und als Annie die gelb gestrichenen Masonitetüren öffnete, sah sie in dem einen Schrank Fächer, in denen braune, grobe Wolldecken und hart gefüllte Federkissen mit gestreiften Bezügen lagen. Der andere war bis auf ein paar uralte Kleiderbügel leer. Es gab einen eisernen Herd mit rostiger Oberseite und einen langen, mit Selbstklebefolie bezogenen Spültisch. Die Folie hatte ein Kachelmuster, weiß, mit kleinen blauen Windmühlen. An einem der Fenster standen ein Tisch und zwei Sprossenstühle. In der Kammer stand ein Klappbett mit einer grünen Tagesdecke, schwarz und gelb mit unregelmäßigen kleinen Vierecken und Linien gemustert. Sie war von einer Modernität, die vor langer Zeit kühn gewesen war. Fünfziger Jahre.

Mia saß in der Küche still auf einem eisernen Bettgestell mit wattierter Matratze, und als Annie ihr Gesicht sah, dachte sie: Was habe ich getan?

In dem Gebiet sind Leute«, sagte Åke Vemdal. »Wir müssen sie herausholen.«

Er hatte auf Orianas Küchentisch Karten ausgebreitet. Zu Birger hatte er gesagt, daß er zum Campingplatz hinunterfahren könne, wenn er wolle. Aus Ostersund war Personal eingetroffen. Auch Rechtsmediziner. Es gab also keinen Grund, daß er noch blieb.

»Wir müssen jede Bewegung in dem Gebiet abdecken. Die Listen derjenigen, die herauskommen, durchchecken.«

Er bediente sich nun der gleichen Sprache wie der Chef des technischen Dezernats, der sich in Henrys Tenne aufhielt. Wenn dieser sich korrigieren wollte, reckte er einen Finger in die Luft und sagte: »Kommando zurück!«

»Barbro ist noch da«, sagte Birger.

Er durfte nicht nach ihr suchen. Sie hatten übernommen. Er bat, die Listen sehen zu dürfen, doch Vemdal sagte, daß es nicht sehr viele seien, die herausgekommen und aufgeschrieben worden seien. Drei Leute. Man habe sie verhört, während Birger und er mit Annie Raft am Fluß gewesen seien. Niemand von denen habe gesagt, in der Nähe der Stelle gewesen zu sein, an der das Zelt gestanden habe. Oder bei der Furt.

Birgers Erinnerungsbild war still, als sei er schwerhörig geworden. Ein steiniger, ausgedehnter Grund, glasiert mit seichtem Wasser, lebhaft, still.

Åke glaubte zu wissen, wer das tote Mädchen war. Sie hätten einen Paß gefunden, ausgestellt auf Sabine Vestdijk, dreiundzwanzig Jahre alt und Studierende. Oder Studentin. Åke war sich der exakten Bedeutung von étudiante nicht sicher. Der rote Renault, der bei Strömgrensbygget geparkt stehe, habe ein NL-Schild und ein Besitzerschild mit dem gleichen Namen, der in dem Paß stehe. Das Aussehen des Mädchens stimme mit dem Foto überein. In dem Auto befinde sich ein Zelt.

Zwei Dinge seien unklar: die Identität des Mannes und das Zelt. Warum hatten sie in einem solch kleinen Auto wie einem 4 L zwei Zelte gehabt?

Birger hörte kaum zu. Er dachte daran, daß Barbro noch irgendwo dort draußen sein mußte. Die restlichen Demonstranten waren ein paar Stunden vor dem Gottesdienst mit ihren Rucksäcken angetrottet gekommen. Sie waren in einem Kleinbus, den man einen guten Kilometer von Strömgrensbygget entfernt an einem Holzlagerplatz gestoppt hatte, von Byvången gekommen. Es waren vor allem Lehrer. Ein paar silberhaarige Tanten in altmodischer Sportkleidung. Er kannte sie sowohl von »Fred och Frihet« als auch von »Amnesty« her. Barbro hielt zu Hause oft Gruppentreffen ab.

Die Kommune aus Röbäck kam in einem alten VW-Bus. Sie hatten die Stjärnbergleute dabei, die bei ihnen übernachtet hatten, damit die Kinder am Morgen nicht den langen Weg von Stjärnberg herunterlaufen mußten. Sie trugen Inkamützen, mit Muster gestrickte Pullover, Lappenschuhe und Lederrucksäcke. Ihre Plakate hatten sie im Bus gelassen. Sie hatten erfahren, daß es bei Björnstubacken keinen Hauptgottesdienst geben würde. Die Fahnder hatten jedoch zwei Schilder bei sich, die sie dort oben gefunden hatten.

URANABBAU HAT BEGONNEN

AUF ZUR MITTSOMMERWANDERUNG!
ENTLARVT DIE LÜGEN DER GEMEINDE!

Birger hatte die Texte in vielen Varianten auf Barbros Zeichentisch gesehen. Wandert an Mittsommer mit uns. Seht mit eigenen Augen: Die Gemeinde lügt über das Uran. Der Gemeinderat sagt nicht die Wahrheit. Kommt und seht sie euch auf Björnfjället an.

Er hatte gefragt, was man denn zu sehen bekäme. Stangen, hatte sie gesagt. Man konnte an Mittsommer auf Björnfjället schwerlich wandern. Der Schnee war noch nicht weggeschmolzen. Sie hatte jedoch erklärt, daß zu dem Gottesdienst im Freien viele Leute kämen. Das sei ihre einzige Gelegenheit. Einige würden sicher mit hinaufkommen. Die anderen bekämen zumindest die Plakate zu sehen.

Die zwei Mann, die Vemdal den Pfad hinaufgeschickt hatte, hatten weder die Frau des Doktors noch ein Zelt gesehen. Die Demonstranten wußten nicht, wo sie war. Sie hatten nicht einmal gewußt, daß sie am Abend zuvor hinaufkommen wollte. Birger hatte angenommen, daß die ganze Gruppe hinaufginge.

Ich habe kaum etwas gefragt, dachte er. Und warum wissen die anderen Demonstranten nichts? Er fand, daß sie ausweichend antworteten, wenn er sie ausfragte. Falls sie nicht schlichtweg logen.

Es waren lange Stunden. Ein langer, sonnenglänzender Tag voller Stimmen und Getrampel, anfahrender Autos, Hundegebell. Dieses Gefühl verließ ihn nicht. Angst. Schlechtes Gewissen. Was immer es war. Das, was er in sich hatte, tat auf jeden Fall weh, ein schneidender und anhaltender Schmerz. Eine Art Kraft. Er wünschte, er hätte schreien können so wie diese blasse Frau in dem Denimrock. Denn es waren noch Leute in dem Gebiet. Barbro Torbjörnsson und Dan Ulander. Womöglich noch mehr, von denen sie nicht wußten.

»Wer ist Dan Ulander?« fragte er Vemdal.

»Einer von den Demonstranten.«

Vemdal hatte nur wenige Leute. Er spielte mit dem Gedanken an die Feldjäger. Wenn sie dort einen Wahnsinnigen frei herumlaufen hatten! Birger sah, wie er sich über die ausgebreiteten Karten beugte. Sie wollten aus dieser Sache eine militärische Operation in dem Gebiet machen.

Wahnsinniger. Auch das war ein Name für eine Kraft. Man mußte Namen haben. Man nannte etwas »Gebiet«.

Welches Gebiet? Wo endete es? Auf der Karte sah es aus, als breiteten sich Flechten in schwach grünen, gelben und braunen Nuancen aus. Es waren jedoch Fjälls und Moore. Bis hinauf nach Multhögen. Dort gab es sicherlich einen Weg. Doch bis dorthin zog sich Kilometer um Kilometer wegeloses Land. Heiden, Moore, Berggipfel.

Draußen standen noch einige Demonstranten herum. Aus dem Dorf waren Neugierige heraufgekommen, gleich mehrere Autos. Einige von ihnen hatten das holländische Auto am Mittsommerabend vor dem Fiskebuan gesehen.

»Jetzt sperren wir ab«, sagte Åke Vemdal. »Macht beim Dorf unten dicht und seht zu, daß die hier alle verschwinden.«

Man bezeichnete sie als neugierig. Doch weshalb waren sie eigentlich gekommen? Als Birger klein war, war Krieg und alles schlecht gewesen. Sogar das Klopapier war dünn. Dünn und glatt. Es wurde oft löchrig. Er hatte es nie lassen können, an seinem Finger zu riechen, wenn es gerissen war. Es klebte und roch. Er wollte es unbedingt spüren.

Zu sagen, daß dies neugierige Menschen seien, war nicht richtig. Sie wollten spüren. In Henrys und Orianas Bodenfenster waren die Gesichter der Strömgrenschen Kinder zu sehen. Sie waren neugierig. Henry hatte den Fernseher auf den Boden geschleppt und die Antenne durchs Fenster hereingezogen. Sie wollten jedoch lieber sehen, was unten auf dem Hof vor sich ging. Den ganzen Tag über bellten die Hunde. Sie bellten sich heiser.

Lill-Ola Lennartsson kam in einem Polizeiauto herauf. Er trug einen braunen Plüschoverall. Lill-Ola war, als er noch in Byvången wohnte, schwedischer Meister gewesen. Sein Aufzug erschien unglaublich, bis Birger einfiel, daß Ola allerlei Freizeitkleidung im Fiskebuan verkaufte. Homedresses und Pantoffeln aus Ren- oder Kaninchenfell. Der Overall schmiegte sich um seine mageren Hinterbacken und enthüllte, daß der ehemalige Meister über fünfzig Kilometer allmählich seinen Arsch verlor.

Jetzt wollte Åke, daß Birger mit in Henrys Tenne kam. Lill-Ola sah zittrig aus. Da wurde Birger klar, daß es verkehrt gewesen war, die Frau in dem blauen Denimrock zu zwingen, an den Fluß hinunterzugehen, um sich die Leichen anzusehen. Es war grausam gewesen, und es war in Eile geschehen.

Sie hätten damit warten können. Ich sollte nach ihr sehen, dachte er.

Die Overallbeine schlackerten Ola um die Knöchel, als er den Steg hinaufging. Er hatte die Schultern hochgezogen und den Kopf vorgereckt. In dieser Haltung stand er auch, als er sich die Leichen ansah. Sie wirkten jetzt älter. Grauer. Die eine lag auf einem Leiterwagen. Die des Mädchens. Ola nickte.

»Das war das Mädel. Die war im Laden.«

Sie führten ihn zu der Leiche des Mannes, die auf einer Polizeibahre auf dem Fußboden lag.

»Den hab ich nie gesehen.«

»War sie allein im Laden?«

Ja, sie sei allein gewesen, und von einem Kerl habe sie nichts gesagt. Vemdal bat ihn, sich den Mann genau anzusehen. Er machte seine Sache gut und ließ sich Zeit. Birger sah weg. Auf einem alten Backtisch lagen, in versiegelten Plastiktüten verstaut, die Kleider und Gegenstände, die sie in dem eingestürzten Zelt gefunden hatten. Er sah die Steinperlen, die zwischen den Daunen gelegen hatten. Sie hatten auch den Faden gefunden und ihn in dieselbe Tüte getan. Er war weiß, doch einige Zentimeter waren vom Blut braun gefärbt. Kleine Gegenstände, die in einem Zelt nicht alle selbstverständlich waren: Perlen, ein Haarreif, ein Notizbuch mit einem Sternzeichen auf dem Einband: Schütze. Sie hatten jetzt keine Bedeutung, jedenfalls keine offensichtliche und selbstverständliche.

Vom Tisch her piepte es schwach wie Vogelgezwitscher. Er trat näher und entdeckte einen kleinen Käfig, in dem eine braune Ratte saß. Ihm wurde übel. Die Ratte drehte sich einmal im Kreis, saß dann mucksmäuschenstill und guckte mit schwarzen Augen, die wie Glas aussahen, aus ihrem Käfig heraus.

Ola war fertig. Er sei sich absolut sicher, sagte er. Das Mädchen erkenne er wieder, aber den Mann nicht. Den habe er nie gesehen. Jetzt wollte er gehen. Er hatte seine Sache gut gemacht. Als sie auf den Steg hinaustraten, sagte er, daß das Mädchen bei ihm etwas Angelzeug gekauft habe. Schnüre und ein paar kleine Spinnköder. Und dann habe sie noch sein Zelt ausgeliehen.

»Das heißt, gemietet«, fügte er hinzu. »Sie hatte ein verdammt großes Campingzelt dabei. Ich hab es gesehen, wie wir zum Auto raus sind und die Angelruten angeguckt haben, um zu sehen, welche Stärke ihre Schnüre hatten. So eins hätte man am Lobberåa doch gar nicht aufbauen können.«

»Warum wollte sie denn ausgerechnet dorthin?«

Das wußte er nicht. Er hatte ihr einen Angelschein verkauft, die übliche Karte ausgehändigt.

»Kannte sie die Stelle?«

»Das weiß ich nicht. Sie hat nur englisch geredet.«

Er mußte noch einmal in die Tenne gehen, um sich das Zelt anzusehen und zu sagen, ob er es mit Sicherheit wiedererkenne.

»Das ist leicht zu erkennen«, sagte er. »Es ist blau, und es hat einen schwarzweißen Aufkleber. Einen Pinguin. Das ist die Marke.«

Åke wollte jedoch, daß er es sich ansah. Er latschte wieder hinein. Auf den Schultern seines Overalls lagen graue Haare und Schuppen. Birger hatte das Gefühl, daß man ihn aus dem Bett oder auf jeden Fall aus einer recht privaten Situation geholt hatte. Er hatte ihn vorher noch nie anders als in modernen Sportkleidern gesehen.

Als Ola das Zelt sah, schrie er auf und trat ein paar Schritte zurück. Er hatte ganz offensichtlich nicht gewußt, daß die beiden erstochen worden waren, als sie im Zelt lagen. Er wandte sich ab, um die Zeltleinwand mit den Schnitten und den braunen Blutflecken nicht sehen zu müssen.

Dann kippte er um. Das geschah so unerwartet, daß sie nicht dazu kamen, ihn aufzufangen. Wie ein braunes Häufchen lag er auf dem Fußboden. Das halblange, nach vorn gekämmte Haar geriet durcheinander, und man sah, daß er allmählich eine Glatze bekam. Als sie ihn hinaustrugen, entdeckte Birger die Strömgrenschen Kinder am Bodenfenster.

»Ihr müßt das alles woanders machen«, sagte er. »Das geht so nicht. Die Kinder werden verschreckt.«

Sie hörten jedoch nicht auf ihn. So ein verdammtes Durcheinander, dachte er. Und wo ist Barbro?

Mit Lill-Ola Lennartssons Herzen schien alles in Ordnung zu sein. Es war nur eine gewöhnliche Ohnmacht.

»Ich werde ihn aber gründlich untersuchen«, sagte Birger.

»Wir bringen ihn nach Hause. Fahr mit runter.«

Er wollte nicht. Er konnte sich aber schlecht weigern. Als er hinter dem Polizeiauto her ins Dorf hinunterfuhr, dachte er, daß sie Barbro heraustrügen, daß sie sie hinter der Scheune unten in Richtung Fluß versteckt hätten. Purer Wahnsinn! Sein Herz schlug jedoch weiter. Noch dazu unregelmäßig.

Als er den Arztkoffer aus dem Kofferraum holte, fiel sein Blick auf die Forellen, die er und Åke im Svartvassän gefangen hatten. Vielleicht sind sie ja noch nicht verdorben, dachte er. Wenn sie o.k. sind, essen wir sie heute abend. Im Kühlschrank sind noch Zitronen.

Das war eine Beschwörung. Barbro und er und Tomas würden gebratene Forellen zu Abend essen. Es wäre alles wie immer. Ein Weilchen jedenfalls. Dann müßte er versuchen, darüber nachzudenken, was das alles bedeutete. Warum sie vor den anderen Demonstranten aufgebrochen war. Und warum er kein Interesse gezeigt hatte. Nicht gefragt hatte.

Bei Lennartssons hatte er dasselbe Gefühl, das ihn so oft bei Krankenbesuchen überkam: daß er in etwas gar zu Privates Einblick bekam, in etwas, das herzuzeigen, ihnen erspart bleiben sollte. Er war oft erstaunt darüber, daß das Erscheinungsbild der Leute so schlecht mit dem übereinstimmte, wie es bei ihnen zu Hause aussah und roch. Sie kleideten sich in der Stadt bei Kapp-Ahl und im Rekordprisbuan in Byvången ein und sahen aus wie alle anderen. Doch in ihren Wohnungen hatten sie eine Menge Merkwürdigkeiten. Große Tresore, selbst wenn sie bettelarm waren. Stapelweise Kartons, Alte, selbstgeschreinerte Möbel in Hülle und Fülle. In Lill-Olas Schlafzimmer, einem länglichen Raum, gab es nur ein Bild, von dem Birger annahm, daß es gekauft war. Es stellte ein nacktes Mädchen dar. Die übrigen, und das waren viele, waren in Ryatechnik hergestellt. Er kannte sie schon von anderen Wohnungen her. Sie zeigten Naturmotive: Hirsche an Wasserläufen, Adler im Flug, Fjällandschaften mit Sonne. Wahrscheinlich saß Lill-Ola zusammen mit seiner Frau da und knüpfte sie. Es gab viele Männer, die sich abends vor dem Fernseher mit dergleichen beschäftigten.

Nackte Bräute, Hirsche und Wasserfälle waren nichts Merkwürdiges. Ebensowenig allein zu schlafen. Ihm wäre es jedoch lieber gewesen, wenn er dieses Zimmer nicht hätte betreten müssen. Es war haarig und intim wie im Beutel eines Känguruhs.

Lill-Olas Herztätigkeit war jedenfalls in Ordnung. Doch er hatte einen Schock erlitten, einen starken psychischen Schock. Er hatte sich aufs Bett gelegt, und er fror. Birger sagte zu Olas Frau, sie solle ihm eine Decke holen und etwas Warmes zu trinken machen.

»Keinen Kaffee.«

Er verabreichte ihm eine Stesolid, die er mit Wasser schlucken sollte, und ließ ihm noch sechs Stück davon da.

»Bei Bedarf können Sie heute und morgen eine nehmen. Aber nicht mehr als drei am Tag.«

Die Frau stand daneben und guckte. Sie sah neugierig aus. Oder wie man das nennen sollte. So, als ob sie einen Verkehrsunfall gesehen hätte. Er mußte ihr noch einmal sagen, daß sie eine Decke bringen solle. Dann machte sie in der Küche Milch warm.

Bevor er ging, fragte er, ob er die Fische in ihre Gefriertruhe legen dürfe, damit sie nicht verdürben. Sie nickte. Bisher hatte sie kein Wort gesagt. Er hatte das Gefühl, daß sie, sobald er das Haus verlassen hätte, nicht mehr wissen würde, wie er aussah.

Er holte sein Fischpaket aus dem Auto und ging zurück, um es im Hauswirtschaftsraum in die Gefriertruhe zu legen. Das Jahr war schon weit fortgeschritten, und die Truhe war halb leer. Doch die Packungen und Plastikdosen waren noch fein säuberlich, wenn auch lückenhaft gestapelt. Auf der linken Seite verwahrte sie Beeren, rechts Pilze und Fisch, und ganz unten offensichtlich Fleisch. Da lagen zwei große, ungleichförmige Papierpakete mit der Aufschrift AUERHAHN, UNGERUPFT. Als er eine Speiseeisbox mit eingemachten Multebeeren nahm, die er auf das Fischpaket legen wollte, damit es schneller gefror, warf er einen Stapel Beerendosen um. Es rumpelte in der Truhe, und die Frau guckte aus der Küche herein. Im nächsten Moment tauchte Lill-Ola auf.

»Was, zum Teufel, machen Sie da!«

Seine Stimme war schrill. Er schrie wie in der Tenne in Strömgrensbygget beim Anblick des Zeltes.

»Ich verstaue ein Fischpaket«, sagte Birger. »Ihre Frau hat gesagt, daß das in Ordnung ginge.«

Er verabschiedete sich und fuhr zum Campingplatz hinunter, um nach der Frau zu sehen, die die Toten gefunden hatte. Er hatte ihretwegen noch immer ein schlechtes Gewissen.

Doch er fand sie nicht.

Bei seiner Rückkehr stand droben ein großer Polizeibus mit Funkantennen. Das Fahndungspersonal hatte auf dem Almweg, der vom Dorf heraufführte, Mopedspuren ausgemacht.

Das Moped hatte sie dagegen nicht gefunden. Und Barbro auch nicht.

»Bist du dir sicher, daß sie hier hergefahren ist?« fragte Ake Vemdal.

Was sollte er darauf antworten?

Johan hatte wach bleiben und sich etwas ausdenken wollen, was er zu der Frau, die den Saab lenkte, sagen könnte. Sie fauchte und pfiff leise vor sich hin. Es war einschläfernd. Er schlief immer längere Zeiten und wachte nicht einmal dann auf, wenn sie durch die Dörfer fuhren. Sie schien dabei das Tempo nicht zu verlangsamen. Als sie schließlich abrupt bremste, wurde er nach vorn geworfen, ohne sich noch abfangen zu können.

»Hoppla!« sagte sie nur, und als sie schon halb aus dem Auto war:

»Ich gehe Zigaretten und noch so ein paar Sachen kaufen.« Er sah, daß sie in einem Dorf bei einem S-laget, einem Konsumladen, angehalten hatten. Aber er wußte nicht, in welchem. Sie mußten an den ersten wohlbekannten Stellen hinter der Grenze vorbeigefahren sein. Nun konnte er aussteigen. Am einfachsten wäre es, kurzerhand abzuhauen. Dann brauchte er nichts zu sagen. Er wußte nicht recht, warum, aber er fand es unangenehm, zu sagen, daß er nicht weiter mitfahren werde.

Zigaretten und noch so ein paar Sachen, hatte sie gesagt. Nichts zu essen. Oder wollte sie etwas zu essen kaufen? Er hatte kein Geld bei sich. Mit jeder wachen Minute wurde er hungriger.

Die Leute machten ihre Samstagseinkäufe. Ein Mann lud Plastiktüten in den Kofferraum eines Fords. Er ging zurück, um einen Getränkekasten zu holen, den er auf der Treppe abgestellt hatte. Nachdem er ihn verstaut hatte, schloß er den Kofferraumdeckel. Schräg hinter dem Auto stand noch eine Tüte. Der Mann ging jedoch direkt zum Vordersitz und stieg ein.

Er fuhr ohne die Tüte los. Es sah aus, als wären Sahnepakkungen darin. Schlagsahne oder dicker Sauerrahm. Und noch anderes. Der kommt bald zurück, dachte Johan. Falls er nicht so weit nach Hause hat. Wenn er merkt, daß er eine Tüte vergessen hat. Oder es kommt jemand aus dem Laden und entdeckt sie.

Er faßte keinen Entschluß, handelte einfach nur. Stieg aus dem Saab, ging drei, vier Schritte und schnappte sich die Tüte. Sie war ziemlich schwer. Er schlug die Arme darum und trug sie vor dem Bauch, damit man sie vom Laden aus nicht sah, wenn er die Straße überquerte. Auf einem schmalen Holzabfuhrweg lief er schnurstracks in den Wald. Hinter sich hörte er ein Auto kommen. Er fühlte sich steif im Rücken und versuchte zu hören, ob jemand aus dem Laden kam und ihn sehen konnte. Nach einer Weile machte der Weg eine Biegung, und er wußte, daß man ihn von dem Laden aus nun nicht mehr sehen würde. Er bückte sich und kroch unter einem heruntergelassenen Schlagbaum hindurch. Dann rannte er mit seiner Last geradewegs in den Wald. Die Tannen schlossen sich um ihn.

Es war ein steiler, dunkler Auerhuhnwald, still in der Hitze. Den Rücken an eine Tanne gelehnt, setzte er sich ins Moos und begann die Freßtüte auszupacken. Ein Porree. Zwölf Päckchen Hefe. Gjær stand darauf. Der Typ hatte eine Maische ansetzen wollen. Das, was von außen wie Halbliterpackungen Sahne ausgesehen hatte, war Kobra-Rax. Gewöhnliche gelbe Packungen mit Rattengift. Eine Kuchenform aus Blech. Salz. Backpapier. Ein Karton Waschmittel.

Der Porree war das einzig Eßbare. Diese Tüte hatte der Teufel persönlich gepackt! Als Johan durch den Wald heraufgestiegen war, hatte er an vakuumverpackte gebratene Fischfrikadellen gedacht. Eine Unmenge dicken Sauerrahm, der für

Sahnebrei vorgesehen war. Es war schließlich Hanstag. Freia Schokoladetafeln. Kartoffelfladen und Käse.

Aber nichts von alledem. Über den Porree konnte er sich nicht hermachen. Es war ein sinnloses Unterfangen gewesen, die Tüte zu stehlen, und den Aal hatte er noch obendrein drangegeben. Der Eimer stand noch im Auto, und die Frau mußte schon längst gefahren sein.

Erst jetzt begann er sich zu schämen. Aber er konnte die Tüte ja schlecht wieder zu dem Laden schleppen. Er versteckte sie hinter der Tanne. Als er den Weg erreicht hatte, bereute er es. Er ging zurück, holte die Kobra-Rax-Päckchen und stellte sie in den Kasten, in dem die Schlagbaumgebühr zu hinterlegen war. Nun bekäme wenigstens keine Wühlmaus Magenblutung.

Ehe er zur Straße hinunterging, wollte er noch eine Weile im Wald bleiben und sich überlegen, in welche Richtung er trampen sollte. Er könnte auch genausogut nach Hause fahren. Doch er hatte Hunger, so großen Hunger, daß er nicht ordentlich denken konnte. Nur noch gehen. Gehen, gehen, bis der Magen nicht mehr rumorte.

Der Saab stand noch da. Zuerst dachte er, es sei ein anderes Auto, auch so ein Saab. Aber es war sie, die darin saß, die Frau mit dem blau-weiß gestreiften Baumwollpullover. Er bekam ein bißchen Angst. Das war natürlich dumm. Aber ein wenig seltsam war es schon, daß sie dort saß und ihn anblinzelte, so als hätte sie die ganze Zeit über gewußt, daß er zurückkommen würde. Und sie aß eine Banane.

»Sie sind noch da?« sagte er.

»Ja.«

Auf dem Sitz, wo er gesessen hatte, lagen eine Schachtel Marlboro und eine Tafel Freia Firklver von der größten Sorte.

»Ich habe nicht angenommen, daß du deinen Aal zurückläßt«, sagte sie.

Sie hatte also den Deckel aufgemacht und in den Eimer geguckt. Er wurde rot, wie lächerlich. Er spürte die warme Woge, die ihm vom Hals ins Gesicht stieg. Er stieg ein, und sie fuhr los. Als er die Tafel Schokolade ins Fenster legte, sagte sie:

»Du kannst sie aufmachen. Bitte!«

Er aß, und sie fing an zu lachen.

Vemdal hatte die Handfläche ausgestreckt und kam auf ihn zu. Er trug einen dünnen Gummihandschuh. Auf seiner Hand lag ein Stück Papier. Es sah aus wie ein zerknittertes Stück einer Papiertüte. Ein Indianerkopf in vollem Federschmuck war darauf gedruckt sowie in Großbuchstaben das Wort HOTA. Genau an der Stelle, an der das Papier abgerissen war, sah man die hochgereckte braune Hand des Indianers.

»Weißt du, was das ist?«

Birger schüttelte den Kopf. Åke Vemdal legte das Papier auf einen Kollegblock und zog ein anderes Papier heraus, das wie ein Pulvertütchen gefaltet war. Er stocherte es vorsichtig mit einer stumpfen Pinzette auf und breitete es dann aus. Der Inhalt bestand aus ein paar Körnchen eines weißen Pulvers. Betrachtete man es genauer, waren zwischen den Körnchen durchsichtige Kristalle.

»Keine Medizin, die du kennst?«

»Nein. Habt ihr eine Spritze gefunden?«

»Nein, keine.«

Da fiel Birgers Blick auf das Papier des Blocks unter der kaputten Tüte.

»Antaris Balte auf einer Moto-Cross-Maschine. Renzüchter. 8.15.

Barbro Lund mit Sohn. 9.30.«

»Das ist sie!«

Vemdal kapierte nicht.

»Das ist Barbro. Und mein Junge.«

Er zeigte auf den Block.

»Was, zum Teufel, ist das für eine Notiz?«

»Das sind die, die heute morgen herausgekommen sind. Aus dem Gebiet«, sagte Vemdal.

»Das ist Barbro. Sie heißt Lund, hieß so. Als Mädchen.«

»Warum sollte sie ihren Mädchennamen angeben?«

»Den benutzt sie, wenn sie ihre Bilder signiert.«

»Sie ist verhört worden, und dann sind sie gegen zehn von hier weggefahren«, sagte Vemdal. »Das Auto stand droben bei Björnstubacken.«

»Kann man da hinfahren?«

»Da ist eigentlich wohl nur ein Traktorweg. Aber das ging offensichtlich.«

»Das war Barbro. Mein Gott!«

Nachdem sich der Schock der Erleichterung gelegt hatte, mußte er an den Jungen denken. Wie hatte sie es bloß geschafft, daß er mit ihr mitkam? Tomas hatte nicht einmal zum Fischen mitfahren wollen. Daß er gegen den Uranabbau demonstrieren würde, war kaum zu glauben. Aber er war dabeigewesen. Barbro Lund mit Sohn, das stand auf der Liste.

»Komm jetzt heim«, sagte sie, als er von Strömgrens Küche aus anrief. Mehr nicht.

Seit er ihren Namen gesehen hatte, saß ihm ein Grummeln im Magen. Er verspürte den Drang, sich zu entleeren, fand aber keine Gelegenheit, bei Oriana und Henry auf die Toilette zu gehen. Auf dem Weg ins Dorf revoltierte sein Darm. Er mußte aussteigen und sich hinter ein paar lichte Birken setzen. Weiter kam er nicht. Ein Polizeiauto fuhr vorüber und wurde langsamer. Birger versuchte zu winken, während er sich erleichterte.

Das hatte er bisher noch nie erlebt. So etwas passierte, wenn man große Angst bekam. In Schützengräben. Wenn Leute überfallen wurden. Von den beiden im Zelt war das niemand passiert. Aber ihm passierte es, hinterher. Nach der Angst.

Dichter, schwarzgrauer Rauch qualmte aus einem Schornstein weiter unten im Dorf. Träge löste er sich vor dem blanken Himmel auf. Birger starrte auf die Rauchwolke, während er dahockte. Es war so schnell gegangen, daß er aus dem Auto kein Papier hatte mitnehmen können. Er mußte sich einer Handvoll Storchschnabelblätter bedienen. Hinterher hatte er ein unangenehmes Gefühl. Er mußte sich waschen und fuhr bei Westlunds vorbei. Elna wollte ihm Kaffee anbieten, doch er hatte noch immer einen empfindlichen Magen und lehnte ab. Assar begleitete ihn auf die Vortreppe. Birger sah, daß Elna, obwohl es Mittsommer war, draußen Wäsche aufgehängt hatte. Blaugraue Unterhosen und geblümte Bettbezüge. Er war bei einem Hüttenwerk außerhalb Gävles aufgewachsen, und als er klein war, hängte kein Mensch sonntags Wäsche auf. Während der Gottesdienstzeit rechte man nicht mal den Kiesweg.

»Ist Vidart wieder da?« fragte er.

Der Duett stand in rostiger Majestät unten an der Straße, ein Stückchen in Vidarts Auffahrt.

»Der ist noch im Krankenhaus. Der Duett ist heut nacht irgendwann von allein gekommen.«

Birger fand das in Ordnung.

»Die Brandbergs wollen die Sache entschärfen«, sagte er.

»Die hoffen wohl, daß die Polizei jetzt was anderes im Kopf hat.«

Als er ins Auto stieg, fand er, daß es nach verbranntem Gummi roch. Es war auch noch etwas anderes, etwas Ekelerregendes. Der grauschwarze Rauch flimmerte in der Hitze über den Häusern. In Byvången hatte er einen Nachbarn, der im Walpurgisfeuer Schlachtabfälle und alte Autoreifen verbrannte. Dies hier war etwas in dieser Art. Zuerst dachte er, es sei Brandbergs Schornstein, aus dem es rauchte, sah aber dann, daß es Lennartsson war, der da einheizte. Sein Fischpaket fiel ihm wieder ein.

Als er an der Tür auf der Rückseite des Hauses klopfte, machte niemand auf. Er hämmerte dagegen und stieß schließlich die Tür auf und rief hinein. Es war still. Er verspürte eine leise Unruhe oder ein Unbehagen, ging hinein und öffnete die Tür zu Lill-Olas Schlafzimmer. Lill-Ola lag auf dem Rücken und schlief; eine drückende, beinahe unerträgliche Hitze herrschte in dem Raum. Seine Frau hatte ihn mit einem karierten Autoplaid zugedeckt. Auf dem Nachttisch stand, halb geleert, das Milchglas. Das Stesolidtütchen war zusammengeknüllt. Er hatte alle sechs Tabletten eingenommen.

Birger öffnete das Fenster. Die Sonne sengte auf die Vorderseite des Hauses, und draußen war die Luft eher noch heißer. Der Gestank nach dem Verbrannten, der bis zum Hügel hinter Westlunds in der Luft gelegen hatte, drang herein. Birger fühlte Lill-Olas Puls, er war regelmäßig und ruhig. Lill-Ola schlief, würde noch lange schlafen und dann wahrscheinlich Kopfweh haben. Seine grobporige Haut war aschgrau und naß. Der Schweiß sickerte ihm von Hals und Stirn. Birger nahm ihm das Plaid ab, bevor er ging.

Er wollte sein Paket aus der Gefriertruhe nehmen, mußte aber eine Weile suchen, bis es auftauchte. Die Kartonstapel waren umgeschichtet worden. Zwischen den Fleischpaketen lagen Plastikbeutel mit Semmeln und Gemüsepackungen. So ein verdammtes Kuddelmuddel habe ich nicht hinterlassen, dachte er. Lill-Ola muß in der Truhe herumgewühlt haben. Glaubte er, daß ich etwas gestohlen habe? Spinnt der?

Er vernahm Geräusche aus dem Keller. Die Heizungsrohre wummerten. Um die Kellertür zu finden, mußte er um das Haus herumgehen. Als er sie öffnete, schlug ihm der übelriechende Rauch entgegen. Nachdem dieser sich gelichtet hatte, sah er Bojan Lennartsson im Kessel wühlen. Rußflocken und Daunen wirbelten mit dem Rauch durch die Luft. Sie stand gebückt und fuhrwerkte mit einem Schürhaken im Brandherd herum.

»Kann ich helfen?« fragte er.

Er erschreckte sie. Den Schürhaken in der Hand, fuhr sie herum. Sie sah eingeräuchert aus, grauschwarz. Und sie wurde böse, als sie ihn entdeckte. Oder ängstlich.

»Ich heize fürs Warmwasser«, kläffte sie.

»Ja, kann ich helfen? Das zieht ja herein. Es gibt wohl irgendeine Zugklappe, die Sie vergessen haben.«

Sie sagte nichts, sondern schloß die Fülltür. Jetzt sah er, daß sie dabei war, Wellpappkartons, die sie in große Stücke zerschnitten hatte, in den Kessel zu stopfen. Auf dem Fußboden lagen, in den Ruß getrampelt, weiße und braune Vogeldaunen.

»Alles klar jetzt«, erklärte sie. »Ola geht es gut. Sie können fahren.«

»Er hat alle Tabletten eingenommen, die ich ihm dagelassen habe. So war das ja nicht gerade gemeint.«

Sie wischte sich ihre rußigen Hände an ihrer Kleiderschürze ab und trieb ihn im Hinausgehen vor sich her.

»Ist das denn gefährlich?«

»Nein, so viele hat er nicht bekommen.«

Sie schob den Kopf vor und zockelte zur Treppe. Oben schlug sie die Tür zu, daß die Scheiben klirrten. Sie hatte genug. Ich auch, dachte er.

Im Handschuhfach fand er eine Tüte Pfefferminzkaramellen, und auf der Fahrt aß er so lange davon, bis keine mehr da waren. Er sagte sich, daß es das beste sei, alle aufzuessen, damit er die Tüte wegwerfen könne. Er wollte nicht, daß Barbro sie fände. Er war ohnehin schon zu dick geworden.

Als die Karamellen zu Ende waren, kippte er ein ums andere Mal fast aufs Lenkrad. Die Augen fielen ihm zu, und es erschienen ihm sinnlose Bilder. Er sah aufgelöstes Stockfischfleisch in trübem Wasser. In Laxkroken mußte er unbedingt anhalten. Von der Telefonzelle beim Laden aus rief er zu Hause an. Tomas war am Apparat.

»Ich muß ein bißchen schlafen«, sagte Birger. »Ich werde also irgendwo parken. Wie geht es Mama?«

»Gut.«

»Und dir?«

»Wieso?«

»Ich dachte, du hast das da droben vielleicht schrecklich gefunden.«

»Wo?«

»Wo das passiert ist. Ihr seid doch ganz in der Nähe gewesen.«

Es wurde still im Hörer.

»Was?« sagte Tomas schließlich. »Ich war nicht dabei. Ich war doch heute nacht daheim.«

Es war nach sechs, als Birger nach Hause kam. Er hatte fest geschlafen, und nun hatte er Schmerzen davon, daß er sich dabei an die Nackenstütze zurückgelehnt hatte. Bevor er mit dem Auto auf den Hof fuhr, hielt er an und betrachtete die Schnitzereien über der Veranda und am Balkon.

Hinterm Haus lag der Hügel mit den toten Espen. Vor zehn Jahren war das Grundstück ein Meer von Wiesenkerbel und Waldstorchschnabel vor einer waldigen Höhe gewesen. In diesem Meer hatten zusammen mit Glasscherben, alten Schuhen und verfaulendem Holz halb versunken Autowracks gestanden. Der Boden war sumpfig und aufgewühlt gewesen.

Der Verrückte, von dem sie es gekauft hatten, hatte eine Anleihe auf Träume aufgenommen, die nie verwirklicht worden waren. Es hatte jedoch Johannisbeersträucher gegeben, einundzwanzig Stück. Mitten in dem Gerümpel und dem Müll war der karge Hügel freigebig gewesen.

Nachdem er auf das Grundstück gefahren war, stand er noch ein Weilchen da und betrachtete die Balkonschnitzereien. Er ließ den Blick zu den feingesägten, noch nicht abgekratzten Details rings um die Veranda hinabschweifen und folgte ihnen um ein Fenster herum. Zu spät entdeckte er Barbros Gesicht hinter der Scheibe. Als er die Hand hob, war es verschwunden.

Sie war bereits auf dem Weg ins obere Stockwerk, als er ins

Haus trat. Sein Gruß hielt ihren Schritt nicht auf. Er fühlte sich unbehaglich, weil er ihr Gesicht nicht sofort entdeckt hatte.

»Ich hab mir den weißen Anstrich angeguckt«, sagte er. »Das sieht ganz gut aus am Balkon.«

Er verstand nicht, was sie erwiderte. Ihre leichten Schritte entfernten sich weiter die Treppe hinauf.

»Die Veranda werde ich mir am nächsten Wochenende vornehmen. Dazu muß ich wohl eine Woche von meinem Urlaub nehmen.«

Sie war jetzt im Schlafzimmer verschwunden. Irgend etwas hatte sich wieder verändert. Mittlerweile kannte er diese unmerklichen Verschiebungen. Anfangs war er vielleicht nicht aufmerksam genug gewesen. Oder nicht ängstlich genug. Doch er erinnerte sich daran, wie sie angefangen hatte, auf den Straßen umherzuziehen.

Es war vor zweieinhalb Jahren gewesen. Sie hatte den Tretschlitten genommen und war hinausgefahren, anstatt am Webstuhl zu sitzen. Und zwar nach der Begegnung mit dem Nachbarn und dessen Bruder im Wald. Karl-Åke und sein Bruder hatten die Grenze zum Nachbarjagen geschalmt. Sie hatten ihr Jagen als Posten auf dem Stock an SCA, den Papierkonzern, verkauft.

Barbro war in der Dämmerung nach dem Mittagessen Tretschlitten gefahren und so lange unterwegs gewesen, wie noch ein wenig Röte am Himmel war. Später war sie auch in der Dunkelheit gefahren. Birger checkte den Tretschlitten und nagelte Reflektoren daran, damit sie wenigstens gesehen würde.

»Die Trauer wächst wie eine Leibesfrucht«, sagte sie. »Was soll daraus werden?«

Er hielt diese Worte für zu groß. Jedenfalls für ein Stück Wald. Vielleicht auch für eine Fehlgeburt in der neunten Woche. Sie sollte lieber Bilder davon machen. Doch das Garn hing von ihrer Webarbeit herab. Für gewöhnlich sah das rührig aus: all die von dem Webbild herabhängenden, vielfarbigen Wollfäden. Jetzt aber tot. Tag für Tag dieselben Fäden, die auf dieselbe Weise herabhingen.

Ende Februar hatte er ihr Anafranil verschrieben. Ihr wurde schlecht davon, und sie setzte es bald wieder ab. Sie hörte auch auf, Tretschlitten zu fahren.

»Sie werden alles niedermachen«, sagte sie. »Sie hauen unseren Wald um.«

»Es ist nicht unser Wald, und das weißt du.«

»Wenn Karl-Åke frei hat, fährt er in die Stadt, tanzt bei Winn oder fliegt mit dem Wasserflugzeug. Britt hat noch nie einen Fuß in den Wald hier oben gesetzt. Astrid ist bestimmt seit zwanzig, fünfundzwanzig Jahren nicht dort gewesen. Früher ist sie wohl ab und zu zum Beerenpflücken hin. Karl-Åke und Britt nehmen den Wohnwagen und fahren nach Norwegen, um Beeren zu pflücken. Im großen Stil. Der heimatliche Wald ist nur was zum Abrasieren. Damit wir noch mehr Faltblätter mit ICA-Reklame bekommen können, um sie in die Mülltonne zu werfen. Und damit Karl-Åke einen größeren Mercedes bekommen kann.«

»Eine Jauchegrube. Darum geht es. Er will ein System mit fließender Jauche haben. Und das Jagen hier oben ist in der Tat reif zum Abholzen.«

»Früher hat man ausgelichtet. Man hat nur das herausgenommen, was reif war.«

»Das ist nicht mehr erlaubt. Jetzt bekommt man vom Forstaufsichtsamt einen Abholzungsplan, den man zu befolgen hat.«

Er glaubte, sie würden nun über Forstwirtschaft reden, sachlich. Er mochte die Abholzungspolitik auch nicht. Doch darüber ließ sich wenigstens diskutieren. Barbro hatte den Kopf abgewandt.

»Die Trauer wächst«, sagte sie. »Ich weiß nicht, was ich mit ihr anfangen soll. Ich empfinde Bitterkeit und Haß. Vielleicht ist das gut. Vielleicht auch nicht. Haß kann eine Kraft sein.«

»Abgenudelter Quatsch«, sagte er lächelnd. Aber das war

wohl etwas zu hart gewesen, er sah es ihrem Gesicht an. Er hatte es jedenfalls scherzhaft gemeint. Früher hatten sie miteinander albern können.

»Droben in Alved waren sie bereit, für ihren Fluß zu erfrieren. Die Polizisten haben die Zelte eingerissen. SCA nimmt mir meinen Wald, und Karl-Åke bekommt ein größeres Auto.«

»Du kannst doch nicht sagen, das sei dein Wald«, sagte er so gutmütig, daß sie verstehen mußte, daß er ihr teilweise recht gab. Sie wußte schließlich, wo die Fuchsbaue waren und wo die Elchkuh mit ihrem Kalb zu stehen pflegte, wenn sie auf deren Schritte lauschte. Sie hatte ihn mitgenommen, wenn die arktischen Brombeeren reif waren, und sich ohne Umschweife über die Pflanzen unten am Ufer hergemacht.

Sie hatte ihn aus einem Bach Wasser trinken lassen, weil der nach Norden floß. Ihn dazu gebracht, in einer kühlen Juninacht, von der sie sagte, daß dies die Dreifaltigkeitsnacht sei, hinauszugehen. Da hatten Nebelschleier über der Sumpfwiese am Ufer gehangen.

»Du solltest das weben«, sagte er. »Du solltest Mauselöcher und Fuchsbaue und Brombeerstauden weben. Das wird schön.«

»Das hilft nicht. Ein Bild kann nicht verhindern, daß andere Wälder gefällt werden. Der Stein, auf dem ich immer sitze und auf den See schaue, ist bemoost gewesen, seit es Moos gibt. Bis jetzt. Jetzt wird das Moos vertrocknen und sterben. Die Espen werden ebenfalls sterben, obwohl SCA die gar nicht haben will. Sie werden sie abhauen und liegen und verfaulen lassen. Sie werden über dem Bach Holz fällen. Ihn mit Motoröl verschmutzen.«

Das war dann auch geschehen. Und die Espen waren gestorben. Einige standen noch und schwankten über dem Waldschlag hinterm Haus. Doch die Herbststürme würden sie natürlich umreißen, eine nach der anderen. Das war nicht schön. Es war ein verdammtes Pech, und sie hatten überhaupt nichts dagegen machen können. Es nimmt doch kein Mensch an, daß irgend jemand hinter den Wohnhäusern den Wald fällen würde. Barbro und er hatten das alte Haus gekauft, obwohl ein Besitzer dazwischen gewesen war. Karl-Åke und Britt hatten ihr Haus vor fünfzehn Jahren gebaut.

Gegen Sommer hatte Barbro zu schweigen begonnen. Lange bevor sie tatsächlich mit den Maschinen anrückten. Wenn er abends nach Hause kam, ging sie ihren Beschäftigungen nach. Kochen. Abspülen. Ein bißchen Aufräumen, was sie tagsüber nicht geschafft hatte. Er wußte jedoch nicht, was sie den ganzen Tag trieb. Sie sprach nicht viel, und manchmal wirkte sie nur sauer. Es kam jedoch vor, daß sie ihm Wein einschenkte. Sie selbst trank nicht viel. Das hatte sie noch nie getan. Sie saß ihm mit ihrem Weinglas gegenüber, und bei dieser Gelegenheit redete sie. Hielt ihn mit dem Wein, aber nicht mit dem Blick fest.

»Jetzt ist es bald soweit«, sagte sie.

Mittlerweile wußte er schon immer, was sie meinte, aber er redete trotzdem um den heißen Brei herum.

»Was ist bald soweit?«

»Sie haben für den Holzabfuhrweg zu roden angefangen.«

»Das kann noch Jahre dauern. Dieses kleine Stück ist nichts für SCA. Die warten ab und nehmen sich das zusammen mit einem andern vor. Und das kann dauern.«

»Stell dir nur vor, daß die Erlen sterben werden«, sagte sie. »Die Erlen und die Birken, die großen Tannen und die Kiefern am Höhenrücken. Die Ebereschen bei der Sandgrube, die Salweiden, das Heidekraut, das Preiselbeergestrüpp, das Blaubeergestrüpp, der Farn, der Hasenklee, der Siebenstern, der große und unglaubliche wogende violette Wald aus Geranium silvaticum, der Fuchsschwanz, der Runzelschüppling. Alles wird vertrocknen. Versengt werden. Zehn Jahre lang habe ich das haben dürfen. Nun ist damit Schluß.«

»Du sagst doch immer, du wüßtest, woran du dich, allein dadurch, daß du in einem westlichen Land lebst, beteiligst«, sagte er.

»Vielleicht will ich mich nicht mehr beteiligen.«

Das schlimmste aber war dies: daß er nie wußte, ob sie deklamierte oder ob es ein wirklicher Schmerz war. Er konnte das nicht entscheiden. Früher hatte er ihr geglaubt, wenn sie gesagt hatte, daß sie etwas schmerze. Sie hatte jetzt auch Schmerzen. Aber waren diese Schmerzen von der Art, wie sie sie beschrieb?

»Sie haben das Gesetz auf ihrer Seite. Sie werden sogar dafür belohnt. Ein großer Mercedes, ein Haus, ein Wasserflugzeug.«

Sie schenkte ihm erneut Wein ein, und er wurde schläfrig davon. Wenn ihm die Augen zufielen, wurde sie jedoch böse.

Er versuchte, sich zusammenzureißen.

»Erinnerst du dich, wie es war, als wir hierhergekommen sind?« fragte er. »Erinnerst du dich an die ersten Johannisbeeren, die wir hier zwischen dem Müll gegessen haben? Weißt du noch, wie aufgerissen der Boden war? Wie aufgewühlt.«

Sie sah an ihm vorbei, ungefähr schräg über seinem Ohr. Er hätte selbst böse werden können.

»Jetzt sind die Wunden verheilt«, fuhr er fort. »Katzenpfötchen und Kratzdisteln sind wieder da. Das hast du doch selbst vor ein paar Tagen noch gesagt. Das Gras und die Bäume wachsen. Es heilt. Das wird der Kahlschlag auch tun. Es wird ein paar Jahre dauern. Dann wird er wieder grün werden.«

»Ich erinnere mich, wie es war, als wir hierhergekommen sind«, erwiderte sie. »Astrid wollte wissen, was wir hier zu suchen hätten. ›Was kann so ein Fleck für solche wie euch schon sein‹, hat sie gefragt. Sowohl sie als auch Karin Arvidsson haben angeklingelt und gefragt, ob sie Johannisbeeren pflücken dürften. Helgas alte Mutter hat eines Morgens mit zwei Eimern vor der Tür gestanden. ›Das ist doch zuviel für euch‹, haben sie gesagt. Und wir haben sie pflücken lassen. Wir waren erfüllt davon, wie viel der Hügel ohne Ende hergab. Wir wollten genauso sein wie sie. Aber ich habe nicht mehr als drei Liter Johannisbeeren für die Kühltruhe zusammenbekommen, und die habe ich von allen einundzwanzig Sträuchern pflücken müssen. Die hatten nichts übriggelassen. Und dann haben sie nichts mehr von sich hören lassen, doch Norrås hat Bonnie mit einem Pfahl schier den Rücken durchgeschlagen. Und Wedin hat unsere Katzen erschossen. Ein Volltreffer nach dem andern. Und niemand hat je ein Wort davon gesagt, daß wir die Wunden in diesem Boden geheilt haben. Vermutlich sehen sie das gar nicht. Wenn ich aber bunte Petunien oder stinkende Tagetes in Plastiktöpfen hätte oder lila und rosa bemalte Wagenräder, in denen sich Kapuzinerkresse winden dürfte – dann würden sie das sehen, dann würde ich Lob ernten.«

Haß und Verachtung waren in ihr. Nicht nur Schmerz.

»Ich habe Kuchen für ihre Gemeindeabende gebacken, einen Englischkurs gemacht und Bücher zu Weihnachten verschenkt – hörst du? Bücher! Aber es ist klar, du hast Norrås wegen Tierquälerei angezeigt, als er den Schafen kein Wasser gegeben hatte. Mir ist übel geworden, wenn ich auf der Straße gegangen bin und riskiert habe, dem Tierquäler oder Katzenmörder zu begegnen. Und dann, nach der Fehlgeburt, hatte ich Angst, überhaupt jemand zu begegnen. Denn ich glaubte, das Leben in mir zu haben. Aber sie haben es mir abgerupft. Wie die Johannisbeersträucher.«

»Sie?«

»Ich hatte die Fehlgeburt, nachdem ich unter der Hochspannungsleitung Moosbeeren gepflückt hatte.«

»Das ist nicht gescheit, Barbro.«

Aber sie hörte ihn gar nicht.

»Ich habe mich nach der Fehlgeburt nicht auf die Straße getraut, denn ich wollte niemand begegnen. Aber ich hatte ja den Wald. Bald habe ich keinen Wald mehr. Der gehört ja denen, sagst du. Der Wald gehört Karl-Åke. Dieser rosenlila Nebel unter den Bäumen im Erlendickicht heißt Geranium silvaticum.«

Sie trank den Wein in tiefen Zügen, und er dachte: Wenn sie nun zu trinken anfängt!

»Dem Waldstorchschnabel ist sein Bild in die Zelle eingeprägt. Aber der Mensch hat sein Bild nicht in sich.«

»Genetisch haben wir wohl...«

Sie fuhr fort, ohne hinzuhören.

»Der Mensch kann etwas x-beliebiges werden. Er kann krumm und bucklig wachsen. Aber der Waldstorchschnabel hat ein Bild seiner selbst in sich, ein kleines, deutliches Bild. Darüber hinaus geht die Blume nicht. Sie kann Hybriden bilden, von Tiefviolett zu Weißrosa und reinem Weiß wechseln. Sie kann Streifen haben oder einfarbig sein. Aber sie geht nicht über dieses Bild hinaus, das ihr tief in den innersten Kern der Zelle eingeprägt ist.«

»Das *ist* doch ein Bild«, sagte er. »Web das doch. Du solltest nicht nur reden. Das ist nicht gut.«

Er meinte es ernst. Irgend etwas stimmte nicht, wenn jemand in dieser Weise redete. Abgesehen vom Inhalt. Lange Perioden des Schweigens wechselten mit Zeiten voller Geschwatze. Reden. So spricht kein gesunder Mensch, dachte er. Sie sitzt tagelang da, brütet und denkt sich solche Sachen aus. Dann redet sie. Sie webt nicht. Zeichnet keine Bilder, keine Muster. Redet. Manchmal ist es schön, aber es ist nicht ganz gesund.

»Nein! Ich kann nicht weben. Du willst, daß ich den Wald durch Bilder ersetze. Der Provinziallandtag wird sie an Krankenhauswände hängen. Ich will aber den Wald haben. Die Kranken wollen den Wald haben. Sie wollen leben.«

Im März war einer der Flußretter ins Gemeindezentrum gekommen, um einen Vortrag zu halten. Er war aus Stockholm. Aufgrund eines Krankenbesuchs hatte Birger es nicht geschafft, vor dem Ende dorthin zu kommen. Die Frauen waren gerade beim Abspülen. Im großen Saal waren alle Lampen gelöscht, nur die über dem Rednerpult brannte noch. Im Halbdunkel unterhalb der Bühne saß Barbro mit dem Flußretter an einem Masonitetisch, von dem die Frauen die Papierdecke weggenommen hatten. Sie hatten die Köpfe zusammengesteckt, und ihre Gestalten wurden von ein wenig gelbem Licht vom Rednerpult her beschienen. Der Flußretter hatte dunkelblondes Haar, das ihm weit über die Schultern reichte. In der Mitte war es gescheitelt. Er trug einen gestreiften Schreinerkittel und Lappenstiefel. Alle, die noch zum Abspülen da waren, standen in der Tür und guckten, als Birgers Blick auf sie fiel.

»War das er?« fragte er sie jetzt. »Dieser Flußretter. Der mit der Jesusfrisur?«

Er war es.

»Aber warum in aller Welt hast du gesagt, daß er dein Sohn sei?«

»Das war ein Scherz.«

Sie stand im Schlafzimmer und legte zusammengerollte Strümpfe und Sportsocken in einen Karton. Er wußte nicht, ob sie packte oder in der Kommodenschublade bloß aufräumte. Als nächstes nahm sie sich die Schublade, in der sie Pullover und Jumper verwahrte, vor. Als sie in der Garderobe einen neuen Karton holte, ging er ihr nach. Er wußte, daß er etwas sagen müßte, was sie aufhielte, falls sie packte. Wenn sie aber nur aufräumte, war es unnötig und vielleicht gefährlich, etwas zu sagen.

»Wollen wir eine Flasche Wein aufmachen?« fragte er. »Ich glaube, ich habe einen Mosel kalt gestellt.«

»Nein danke.«

Er hatte es eigentlich schon verstanden: das therapeutische Weintrinken war vorüber.

»Du mußt Vemdal anrufen«, sagte Birger.

»Ach was. Wir waren ja nicht einmal in der Nähe.«

»Wo warst du heute nacht?«

»In Stjärnberg droben. Ich habe nichts gesehen.«

»Du mußt auf jeden Fall anrufen.«

»Wozu denn?«

»Sie suchen ihn.«

Sie schnaubte. Denn ein Lachen konnte man das nicht gerade nennen.

»Das müssen sie schon selber klären«, sagte sie.

Er erzählte, wie er den Aal gefunden hatte. Doch bevor er redete, aß er. Sie waren im Gasthaus von Steinmo. Die Frau aß auch ein wenig und trank von dem gelblichen Wein.

Vor allem aber sah sie ihn an. Und war amüsiert.

Er aß Forelle mit Sahnesauce, Morcheln und Salzkartoffeln, großen und gelben Erdäpfeln, richtigen Knollen. Als die Wirtin die Speisekarte, die in einer Plastikhülle steckte, gebracht hatte, hatte die Frau abgewunken.

»Forelle«, hatte sie gesagt. »Und Wein.«

Im Auto hatten sie nicht viele Worte gewechselt. Er hatte sich wegen seiner Jeans geschämt, die im Brunnen lehmig geworden war, und wegen seines Hemds, das er in der Almhütte über dem Herd getrocknet hatte. Es roch nach Fisch in der Hitze.

»Das ist der Aal«, erklärte er, und damit war er gezwungen, zu erzählen. Sie nannte ihn in fast jedem Satz beim Namen. Er mußte schon im Auto gesagt haben, wie er hieß. Obwohl er sich tödlich genierte, getraute er sich zu fragen:

»Wie heißen Sie?«

»Ylajali«, sagte sie. »Ylajali Happolati.«

Er saß in der Sonne, die durchs Fenster brannte, ihm war heiß, und er war vom Essen berauscht. Durchs offene Fenster roch es nach Gras und Kuhmist, und unterhalb der Lehden sah man den Fluß, ein träges Band aus farblosem, glänzendem Wasser. Sie schenkte Wein in sein Glas. Er hätte lieber Milch gehabt, da er immer noch Hunger hatte. Offenbar begriff sie das, denn sie sagte Bescheid, und ein Mädchen brachte welche in einer Kanne aus geschliffenem Glas. Er bekam auch Maizenapudding mit eingemachten Multebeeren und dickem, gelblichem Rahm. Die Frau aß keinen Nachtisch.

Als sie fertig waren, mußte er natürlich aufs Klo, und er schämte sich auch dafür. Er sagte, er müsse das Wasser im Aaleimer wechseln. Im Auto schlief er sofort ein, und als er aufwachte, stank sein Hemd derart, daß er es selbst roch. Er zog es aus. Es war komisch, mit bloßem Oberkörper dazusitzen, aber in dieser Hitze konnte er schlecht seinen Pulli anziehen.

Sie fuhren nach Westen; die Frau war wohl auf dem Weg zur Küste. Sie hatten nicht darüber gesprochen, wie lange er mitfahren würde. Als er wach war, meinte er etwas sagen zu müssen, es fiel ihm aber nichts anderes ein, als zu fragen, ob Happolati ein finnischer Name sei. Es sei kein finnischer Name, sagte sie, und es sah aus, als amüsierte sie sich über ihn.

»Mir war, als hätten Sie einen finnischen Akzent.«

Da lachte sie aus vollem Halse.

»Sag das nie zu einer Finnlandschwedin! Ich heiße nicht Happolati. Das habe ich nur gesagt, weil du so Hunger hattest.«

Er kapierte nichts.

»Heißen Sie dann auch nicht das andere? Ylja...«

»Nenn mich ruhig Ylja. Das ist in Ordnung.«

In Ordnung? Er brauchte sie überhaupt nichts zu nennen.

Sie selbst sagte seinen Namen ständig. Ist dir warm, Johan?

Eigentlich war es läppisch. Zu bestellen, ohne in die Speisekarte zu gucken, Wein und zwei Nachtische zu ordern und dann nur ein wenig von der Forelle zu essen, das war großbürgerlich. Klapp den Sitz zurück, wenn du willst, Johan. Hast du gut geschlafen, Johan?

Im Hochgebirge angekommen, stiegen sie aus, gingen übers Moor und schielten auf den Fluß, der unterhalb der Steilhänge floß. Das Wasser war hundert oder zweihundert Meter unter ihnen. Die kleinen Wasserfälle an den senkrechten Felsabstürzen auf der anderen Seite sahen von weitem reglos aus. Weiße Schleier, steifer Wasserdunst aus dem Schaum aus Grün an den Bergflanken.

Sie trug jetzt Stiefel und stand vor ihm an der äußersten, mit Krähenbeeren bewachsenen Kante. Er wußte nicht, ob er es gewagt hätte, mit jemandem hinter sich so dazustehen. Mit Gudrun vielleicht. Die Frau aber in ihren Jeans und einem flotten, doch zerrissenen Pullover, beugte sich auch noch vor, um in die Tiefe zu sehen, wo das Wasser dahinstürzte, ohne daß ein Laut zu ihnen heraufdrang.

Er hatte seinen Pullover angezogen, denn von der Fjällheide her wehte ein kalter Wind. Im Auto mußte er ihn wieder ausziehen. Sie sah ihn ein paarmal an.

Sie ist alt, dachte er. Ihr blondes Haar war drahtig. Draußen auf dem Fjäll hatte sie es im Nacken mit einem Gummiband zu einem kurzen Pferdeschwanz zusammengebunden. Sie hatte eine gerade Nase und ein klares Kinnprofil. Ihre Lippen waren blaß, ohne Lippenstift. Die Augen hatte sie geschminkt. Er fühlte sich komisch, wenn sie seinen nackten Oberkörper ansah.

»Willst du ein Hemd haben?« fragte sie.

Er wußte nicht, was er antworten sollte. In einem Hemd von ihr hätten seine Schultern und sein Hals ja wohl kaum Platz. Sie sagte nichts mehr, und er schlief wieder ein.

Als sie auf der Höhe des Flusses waren und auf den Straßen in Richtung Norden kurvten, hielt sie bei einem Haus mit einem S-laget-Schild an. Es war geschlossen, doch es gelang ihr, einen Mann dazu zu bewegen, auf den Hof herauszukommen und ihr die Tanksäule zu öffnen. Nachdem sie getankt hatte, ging sie mit ihm ins Haus. Sie kam mit einem Hemd, einer Zahnbürste, einer Seife und einem Betty-Boop-Frotteehandtuch zurück.

»Ich habe kein Geld«, sagte er und merkte, daß er böse klang. Er ging aber doch zum Fluß hinunter und wusch sich.

Das Hemd war braun und weiß gestreift, aus gewöhnlichem Flanell. Er fühlte sich wohl darin. Außerdem hatte sie die Größe richtig geraten. Er sah nach, ob der Aal noch lebte, und wechselte erneut das Wasser im Eimer.

Jetzt wurde ihm bewußt, daß er durchgebrannt war, doch wußte er nicht, wohin die Reise ging. Die Frau schien beliebig lange schweigen zu können, ohne daß es ihr peinlich wurde.

»Du hast irgendeinen Unfug gemacht«, sagte sie plötzlich. Er hatte schon seit vielen Kilometern gedöst.

Unfug war wahrhaftig ein lächerliches Wort. Aber es bedeutete, daß sie ihm nicht glaubte. Er hatte von dem Brunnen erzählt.

»Du willst in den Dörfern nicht gesehen werden«, sagte sie. »Obwohl du jetzt allmählich sicherer wirst.«

Er erwiderte nichts darauf.

»Wenn du über das eine oder andere nachdenken willst, kannst du ein Weilchen bei uns bleiben.«

Wer war wir? Hatte sie einen Mann? Sie fuhren den ganzen Abend über. Schließlich traute er sich zu fragen:

»Haben Sie da oben irgendwo eine Hütte?«

»Meine Familie hat ein Landhaus.«

Sie nahm all die langen Steigungen, die ins Fjäll hinaufführten, schnell und recht rasant. Er schielte auf das Armaturenbrett, ob der Motor nicht schon bald kochte. Daß sie nicht daran dachte, war sicher. Doch der Saab hielt die Temperatur. Er war ziemlich neu. Die Sitze waren bereits schäbig. Alles, was sie anhatte, und das, was achtlos auf dem Rücksitz lag, schien unnötig teuer gekauft zu sein. Sie trug Schuhe mit Riemchen um die Fersen und lederbezogenen Absätzen, die hinten abgescheuert waren. Gudrun würde zum Autofahren niemals solche Schuhe tragen. Sie hätte auch nicht geraucht. Sie wußte, daß ihm im Auto davon übel wurde.

Annie hatte abgeschlossen und beabsichtigte nicht, noch einmal hinauszugehen, sie mußten aber Wasser holen. Schräg hinterm Haus gab es einen Brunnen im Wald. Der Abort befand sich in einem alten Stallgebäude quer über der Straße. Doch dorthin mußten sie nicht gehen, denn im Schrank unter der Spüle stand ein Nachttopf. Sie nahmen große Büschel Blumen mit herein, als sie Wasser holten. Auf dem Dachboden hatte sie Einmachgläser gefunden, in die sie nun Wiesenkerbel, rote Lichtnelken und Butterblumen stellte. Mia arbeitete mit zusammengekniffenen, schmalen Lippen. Sie war blaß.

Wieviel wußte sie? Daß ein Unglück geschehen war. Das hatte Annie gesagt. Zwei Menschen seien bei einem Unglück umgekommen, und man wisse nicht, wie es zugegangen sei.

Sie dachte, Mia würde nach Dan fragen, aber sie tat es nicht. Sie fragte, was sie frühstücken würden. Sie hatten kein Brot und keine Milch. Der Laden war nicht geöffnet.

In einem Schrank neben dem Herd fanden sich einige übriggelassene oder vergessene Lebensmittel. Da war ein Päckchen Backmischung für Waffeln, und Annie sagte, daß sie Pfannkuchen zum Frühstück machen werde. Und Hagebuttentee. Jetzt würden sie ein paar kalte Nudeln essen und sich dann hinlegen.

»Es ist doch nicht Abend«, meinte Mia.

»Doch, es ist Abend. Aber hier oben ist es so hell.«

»Da drüben scheint die Sonne.«

An dem Hang oberhalb des Fiskebuan leuchtete das Gras.

Sie schleppten das eiserne Bett in die Kammer und stellten es neben das andere. Es gab einen wackeligen Nachttisch. Annie legte ihr Palästinensertuch darauf und stellte ein Glas mit Blumen neben den Wecker. Das Geräusch aus dem Radio gefiel ihnen beiden, als es endlich lief. Dann krochen sie ins Bett.

Mias kalte Pfötchen lagen auf der Decke. Annie rieb sie und steckte sie unter die Decke. Die Elektroheizung tickte. Bald würde es wärmer werden.

Das Mädchen schlief ein und war auch im Schlaf noch ganz blaß. Im Radio kam eine Abendandacht. Ein Pfarrer sagte, daß man sich der Nacht überlassen solle. Gott sei in der Nacht. Tagsüber hätten wir Probleme zu lösen, sagte er. Nachts überließen wir uns Gott. Annie dachte an die zwei jungen Menschen, die sich in das Zelt gelegt und sich der hellen Nacht und deren Gott überlassen hatten.

Dann kam der Wetterbericht, und dabei konnte sie sich ein wenig entspannen. Er war so alltäglich. Das ganze lange, regnerische, windige Land mit seinen Fjällregionen und Küstengebieten, seinen Leuchtfeuern und Landzungen, seinen Tausenden von Inseln und den großen Seen hatte jetzt einige heiße Tage und laue Nächte. Der Bericht kletterte langsam nach oben bis zu dem Punkt, wo sie jetzt lagen, und daran vorbei bis hinauf in den höchsten Norden, zum Licht, das nicht verlosch.

Schlafen konnte sie nicht. Es gab keine Rollos, die sie hätte herunterlassen können. In dem Raum herrschte noch immer Tageslicht. Wenn sie einschliefe, könnte jemand an eines der Kammerfenster treten und sich ihre Gesichter betrachten. Sie hatte die Gardinen aus Baumwollspitze zugezogen, doch die schützten nicht vor Einblicken. Ihr Muster war zu locker. Sie stand auf und verhängte das eine Fenster mit der Tagesdecke, das andere mit dem Palästinensertuch. Es reichte nicht bis ganz unten. Außerdem konnte man die Betten vom Küchenfenster aus sehen.

Sie dachte an Dan, der keine Ahnung hatte, was geschehen war. Sie suchten ihn. Sie suchten auch eine Frau namens Barbro Torbjörnsson, die Frau des Arztes. Wenn sie Dan fänden, würde er zu ihr kommen.

Da merkte sie, daß es in ihr still war. Sie hatte immer mit ihm gesprochen. Schon seit sie zusammen waren.

Anfangs, noch ehe sie ein persönliches Wort miteinander gewechselt hatten, hatte er oft Dinge gesagt, die sie verunsicherten. Sie hatte nichts darauf erwidern können. Doch hinterher hatte sie sich eine Fortsetzung ausgedacht. Da kam sie auf treffende Antworten, und es ergab sich ein Gespräch. Eine Art Gespräch.

Dies hörte auch nicht auf, nachdem sie tatsächlich miteinander ins Gespräch gekommen waren. Nicht einmal dann, als sie sich liebten. Im Gegenteil. Und auch nicht, als er ihr mißtraute. Manchmal sagte er, daß sie mit ihm spiele, wie eine Mutter, die mit ihrem Sohn verbotene Spiele spiele. Sie zeige ihm jedoch nie, daß es ernst sei.

Als sie beschlossen, nach Jämtland zu gehen, hätte er ihr glauben müssen. Seine Briefe und Anrufe waren jedoch manchmal so seltsam. Sie hörte die Kühle in seiner Stimme, und sie heulte und tobte, um zu erfahren, was los sei. Da ging am anderen Ende das Geld aus.

In einem Brief hatte er geschrieben: Du warst ja praktisch gezwungen. Er meinte das Ende, wie es sich in der Schule gestaltet hatte. Aber er irrte sich. War nicht vielleicht jener Morgen der Beweis gewesen! Wenn sie es nicht ernst gemeint hätte, wenn sie um ihren grauen Schulalltag besorgt gewesen wäre, dann hätte sie ihn niemals hereingelassen.

Manchmal glaubte sie Fieber zu haben. Ihr war heiß, und sie trug schwer daran, umherzugehen und ihn in sich zu haben. Wenn sie sich trafen, löste sich eine starke Spannung in ihr. Das war das Glück. Oder zumindest die Freiheit von einer Qual.

Jetzt war es stumm. Sie hatte sich ihm schon seit mehr als vierundzwanzig Stunden nicht mehr zugewandt. Sie hatte nicht einmal gemerkt, daß der Zustand, in dem sie gelebt hatte, vorüber war. Sie meinte, es könne keine andere Erklärung dafür geben als die, daß es ihn dort draußen nicht mehr gab. Daß er nicht mehr lebte.

Ihre Nerven und Muskeln schmerzten. Wenn sie sich im Bett umdrehte, wurde es für einige Augenblicke leichter, aber nach einer Weile war es wieder genauso schlimm. Legte sie sich auf die Seite, begann das Ohr zu schmerzen. Sie dämmerte ein und wurde davon wach, daß sie das Gefühl hatte, es stünde jemand über ihr. Sie schrie so, daß Mia aufwachte. Es war jedoch sonst niemand im Raum.

»Mama, du träumst«, sagte Mia.

Annie konnte noch immer ein verschwommenes, graues Gesicht sehen, das sich über das ihre beugte. Ein zerfurchtes, hölzernes Gesicht. Erst nach einer geraumen Weile begriff sie, daß dieses Gesicht nicht existierte. Sie versuchte an andere Dinge zu denken: an die Bücherkiste, die später kommen würde, an den großen Koffer mit der Wäsche und an die Truhe mit dem Porzellan. Dan würde der Meinung sein, sie habe zuviel und womöglich die falschen Sachen mitgenommen. Doch sie hatte vieles nicht wegwerfen können.

Sie versuchte, in Gedanken den Inhalt ihrer Kisten und Kartons durchzugehen, an ein Ding nach dem anderen zu denken und es vor sich zu sehen. Davon dämmerte sie allmählich wieder ein. Sie wachte jedoch erneut auf, hatte einen trockenen Mund und heftige Kopfschmerzen.

Sie sah nur zersplitterte Bilder der Nacht und des vergangenen Tages vor sich. Sie waren ohne Sinn, aber dennoch in ihren Augen festgebrannt. Polizeistiefel mit reflektierenden Bändern. Weiße Schlafsackdaunen. Oriana Strömgrens Eieruhr: ein Küken aus weißem und gelbem Plastik. Und ständig lauerte das Gesicht auf sie, dieses zerfurchte, hölzerne, uralte Gesicht. Sie weckte Mia und schlug die Wolldecke um sie.

»Wir müssen hier weg. Wir gehen zu der Tante rauf.«

Sie schlug die zweite Wolldecke um sich selbst, und dann traten sie hinaus in die Nacht mit den Vogelstimmen, die auch durch die blasigen Fensterscheiben, in denen das Licht zitterte, zu hören gewesen waren. Jetzt wurden sie laut, sie drängten sich auf, und Annie konnte sich weder mehr gegen die Geräusche noch gegen das Licht wehren.

Der Hang war sehr steil. Das Haus dort oben hatte blanke und leere Fensterscheiben. Mia war es, die an der Tür klopfte. Sie hämmerte mit ihrer kleinen Faust dagegen. Aagot Fagerli stand mit einem Pullover überm Nachthemd und zuerst ohne Gebiß da. Sie ließ die beiden ein und ging in die Kammer voraus. Dort wandte sie ihnen den Rücken zu und nahm etwas aus einem Wasserglas, das auf dem Stuhl neben dem Bett stand. Dann sah ihr Gesicht wieder voll aus. Mia beobachtete sie sehr genau und fragte hinterher danach. Annie hätte sich das nie gemerkt, wenn sie allein gewesen wäre.

Sie fror. Lang anhaltende Schauer zogen ihr durch den Körper. Sie glaubte Details in einer Schärfe zu sehen, als hätte sie Greifvogelaugen. Doch sie konnte nicht mehr in die Reihe kriegen, weshalb sie eigentlich hier war. Weshalb sie in all dieses Licht gekommen war. Mias Gesicht war so klein.

»Legen Sie sich nun hin«, sagte die alte Frau zu ihr. »Dammit girl, bist ja sprø.« Diese Stimme mit ihrem halben Norwegisch und ihren recht gelinden amerikanischen Flüchen würde sie später als Aagots Stimme kennenlernen. Und den Gewürzgeruch auf ihrem Abort. Gewürz und Mief. Eine Wolldecke und ein Sofa mit kariertem, noppigem Bezug in Gelb und Braun. Eine kleine Zierlampe im weißen Licht der Nacht. Es roch schwach nach Petroleum. Die Frau schaltete nichts Elektrisches an. Das wäre in dem lichtdurchfluteten Raum auch sinnlos gewesen. Sie zog dunkelblaue Rollos herunter, und Annie durfte sich aufs Sofa legen und konnte den kleinen orangefarbenen Schirm anstarren. Aagot verabreichte ihr heiße Milch mit Schnaps, die mit braunem Honig gesüßt war.

Sprø. Sie glaubte, das bedeutete spröd. Innerlich war sie wie das Glas in einer Thermoskanne.

Sie hörte das steife Rascheln, wenn Mia und die alte Frau in einem großen Bilderbuch auf dem Küchentisch blätterten, und sie döste ein.

Es dröhnte, als das Auto über eine Brücke fuhr. Dann hielt sie an und öffnete die Tür. Er hörte eine Stromschnelle. Die Sonne stand tief. Sie war gedunsen rot und fast von einem Bergkamm verdeckt. Sie mußten hoch oben sein. Unterhalb der Straße war ein Birkenwald mit feucht strotzenden schwarzen und grünen Flechten. Vögel regten sich, zu Tausenden. Ihre Stimmen brausten unter und über all den kleinen Fällen der Stromschnelle und dem Gemurmel in der Blechtrommel unter der Brücke.

Er fühlte sich beklommen. Das mußte daher kommen, daß er so plötzlich aufgewacht war und nicht wußte, wo er sich befand. Die Straße schien weiter ins Hochgebirge zu führen. Er traute sich nichts zu sagen, denn er befürchtete, seine Stimme würde kindlich und wütend klingen. Lächerlicherweise war er den Tränen nahe. Er mußte richtig wach werden.

Sie hatte einen Rucksack mit Tragegestell im Kofferraum, den holte sie jetzt heraus und verstaute darin alles, was im Auto herumlag. Zuoberst legte sie, in das Betty-Boop-Handtuch eingewickelt, seine Seife und die Zahnbürste.

Er nahm den Rucksack und schnallte ihn sich um. Sie kletterten den Steilhang beim Wasserfall hinab und folgten dann einem Pfad am Fluß entlang.

»Ist es weit?« wollte er wissen.

»Fünfundfünfzig Minuten.«

Lächerlich exakt. Sie hätte genausogut eine Stunde sagen

können. Ihm ging durch den Kopf, daß sie immer sicher wirken wollte.

»Dann kann ich den Eimer nicht in der Hand tragen«, sagte er und blieb stehen, um ihn am Rucksack festzubinden.

Sie verließen den Fluß und kamen in ein felsiges Gelände, wo alte, verhungerte Tannen standen, die kaum grünten. Manche trugen krank und wild wachsende Hexenbesen. Hin und wieder führte der Pfad durch kleine Moorsenken, deren darunterliegender nachgebender Masse Gärgeruch entstieg. Ylja ging vor ihm, und auf dem ganzen Weg machten sie nur zweimal Rast. Da rauchte sie wieder. Das letzte Stück führte bergab. Zwischen den Bäumen sah er eine matte Wasserfläche und Nebelschwaden, die, rötlich vom Morgenlicht, darüberwirbelten. Der See lag in einer runden Bergschale. Das Wasser bewegte sich nicht.

»Wir sind da«, flüsterte sie. Er sah jedoch kein Haus. Er fand, daß sie das letzte Stück bis zum Ufer wie ein Luchs schlich. Dort sank sie auf die Knie und schöpfte mit den Händen Wasser. Sie spülte ihr Gesicht und saß lange mit gesenktem Kopf da.

Nach einer Weile schien sie aufzuwachen und gab ihm ein Zeichen, ihr zu folgen. Hatte sie einem schleichenden Luchs geglichen, so kam er sich wie ein Elch vor, ein schwerfälliges Kalb, das niederkrachte und dürre Äste knackte. Ein Seetaucher zog einen silbrigroten Pflug aus Wasser hinter sich über den See. Johan schreckte ihn auf, und er erhob sich in die Luft. Er schlug mit den Flügeln und trat und wühlte mit den Füßen im Wasser.

»Jetzt kannst du den Aal freilassen«, sagte sie.

Er schüttelte den Kopf.

»Was willst du denn damit machen?«

Das wußte er nicht. Sie gingen weiter. Der Pfad, der dem Seeufer folgte, verzweigte sich und führte bergauf durch den Wald, wo Milchlattich zu sprießen begonnen hatte. Es war jetzt sehr hell, und als sie sich von dem Waldsee und dem rauhen Nebel entfernten, wurde es wärmer. Er sah ein Haus zwischen den Birken schimmern. Es war ein großer, brauner Holzbau mit einer Glasveranda. Er war überrascht, hier so etwas zu finden. Mit dem Auto konnte man den Pfad nicht befahren, möglicherweise mit einem Traktor.

Das Glas der Verandafenster sandte in der Morgensonne gelbrote Blitze aus. Auf den Dachfirsten saßen Vogelsilhouetten aus schwarzem Holz, und das ganze Haus war mit gepichten Schindeln verkleidet. Da begriff er, daß es ein Jagdhaus war. Etwas, was die Großkopferten zu Beginn des Jahrhunderts hatten errichten lassen.

Sie führte ihn nicht zu dem großen Haus, sondern ging weiter in den Birkenwald hinein bis zu einer Holzhütte, die am Rand eines Flüßchens lag.

»Du kannst im Schneehuhnschuppen schlafen«, sagte sie. Es war nicht so schlimm, wie es sich anhörte, denn als sie den Schuppen betraten, sah er, daß er mit Stockbetten und vor dem einzigen Fenster mit einem Tisch möbliert war. Es roch nach Schaumgummi. Die Matratzen hatten in der Wärme, die noch immer in der verschlossenen Hütte herrschte, zu riechen angefangen.

Sie verschwand ohne ein Wort, doch ihm war klar, daß sie wiederkommen würde. Auf dem Tisch lagen sein Handtuch, die Zahnbürste und die Seife. Ein Fliegengitter stand an den Tisch gelehnt, und er machte sich daran, es einzusetzen. Als sie mit einem Glas Milch und zwei belegten Broten zurückkehrte, strömte durch das Fliegengitter kühle Luft herein. Er setzte sich aufs Bett, beugte sich der oberen Koje wegen vor und aß die belegten Brote. Sie stand am Fenster, rauchte und sah hinaus. Als er fertig war, trat er sich die Stiefel von den Füßen und kroch ins Bett. Er deckte sich mit der Steppdecke zu. Da drehte sie sich um. Er konnte ihr Gesicht nicht sehen, denn im Gegenlicht war es nahezu schwarz.

»Du und ich müssen etwas machen«, sagte sie. »Dann kannst du schlafen.«

Sie trat zu ihm und zog ihm die Decke weg. Sie beugte sich vor und legte ihre Hand vorn auf seine Jeans. Sie lachte leise. Es klang nur wie ein leichtes Schnauben. Sie mußte gespürt haben, daß sein Schwanz zu pochen begonnen hatte.

Als sie den Reißverschluß seines Hosenschlitzes aufzog, bekam er Angst. Er fand, daß sie ihn unvorsichtig anfaßte, und fürchtete, daß seine Vorhaut in den Reißverschlußzähnen hängenbleiben würde. Die Hose lag natürlich eng an, und sie mußte sich abmühen, um sie aufzubekommen. Er hatte jedenfalls keinen Ständer, als sie ihn herausholte. Nur eine Handvoll weicher Haut und schlaffer Muskeln.

»Wie zart«, sagte sie, und nun klang sie wie ein Schneehuhn, das weit weg im Birkenwald kudert. Sein Schwanz begann sich wieder aufzurichten. Ihr Atem roch nach Alkohol. Sie war da oben direkt an die Tüte mit dem zollfreien Sprit gegangen. Das war nicht weiter verwunderlich. Sie war lange gefahren, und womöglich war ihr ein bißchen übel. Aber sie hatte die Flasche nicht mitgebracht, um ihm etwas anzubieten, und das ärgerte ihn. Nicht, weil er etwas haben wollte. Aber weil sie nicht einmal fragte. Die Wut, so klein sie auch war, tat ihm gut. Er hatte wirklich eine Zeitlang Angst gehabt. Keine leise Furcht, sondern richtig Angst. Ihr Mund stand leicht offen, und ihre Zunge spielte im Mundwinkel. Die ganze Zeit über machte sie an ihm herum.

Er hatte etliche Male an eine solche Gelegenheit gedacht. Daß sie kommen würde. Hatte dabei aber an ein Mädchen gedacht, ein gesichtsloses freilich, aber ein weiches. Er würde es sein, der alles mögliche machte. Er war besorgt gewesen, sich nicht auszukennen, nicht richtig Bescheid zu wissen. Oder plump zu sein und ihr weh zu tun. Aber nicht so.

Sie hielt seinen Hodensack umfaßt, und ihr Mittelfinger lag irgendwo weit hinten, peinlich nahe am Arschloch. Er wand sich etwas, doch die Finger behielten ihren festen Griff bei. Es war eine kräftige Hand, kurz und breit.

Jetzt stand sie langsam auf, und er folgte ihr. Er wußte nicht recht, ob deswegen, weil sie ihn im Griff hatte. Sie tastete auf der Pritsche über ihnen herum und zog an. Die Gummimatratze kam heruntergefahren, und sie warf sie auf den Fußboden. Dann drehte sie ihn mit dem Rücken zur Matratze, und im nächsten Moment saß er darauf. Sie stand noch und zog sich aus.

Das ging schnell. Sie hatte nur den Pullover, die Hose und einen hellblauen, raschelnden Slip an. Er hatte die Knie angezogen und die Hände darüber verschränkt. Er konnte sich zu nichts entschließen. Ihm klingelten die Ohren. Das Licht wurde immer stärker. Er hörte das Wasser des Flusses und Vögel.

Sie zog ihm die Hose und die Unterhose aus, die so dreckig war, daß er sich schämte. Der Lehmschlamm im Brunnen war durch den Hosenstoff gedrungen. Er hatte in einem Hemd, das nach Fischschleim roch, und einem ausgebleichten Hellyhansenpulli unterm Arm an der Straße gestanden. Sie konnte weiß der Himmel was annehmen!

Als er nackt war, stellte sie sich über ihn, und er hatte ihre Zottel aus blondem, krausem Haar genau in Augenhöhe. Doch er schloß die Augen. Er hatte jetzt einen Ständer, und der pochte.

Er saß leicht zurückgeneigt, stützte sich mit den Händen ab und brauchte nichts zu tun. Sie spreizte die Beine und schob sich auf ihn. Es funktionierte nicht ganz. Seine Eichel wühlte zwischen kleinen Lippen und Läppchen herum. Sie war jedoch feucht, er glitt hinein, und Ylja sank schwer, viel zu schwer auf ihn herab. Denn im selben Moment, als der Genuß die Nervenenden Funken sprühen ließ, tat es weh. Sie neigte sich von ihm weg und bog seinen Schwanz nach hinten; er hatte seinen Höhepunkt in einem Schmerz, der ihn die Oberlippen über die Zähne zurückziehen ließ.

Und so fand er sich selbst wieder: mit verzogenem Gesicht, zurückgelehnt. Sie glitt von ihm herunter, und er fand, daß es floß und floß. Aber sie kümmerte sich nicht darum. Sie nahm die Steppdecke aus der unteren Koje und deckte sie beide damit zu.

Sie hatten sich nicht geküsst. Das ist mein Fehler, dachte er. Ich mach ja nichts. Mir ist es einfach gekommen.

Er beugte sich über sie und erforschte mit den Lippen ihr Gesicht, das jetzt blaß aussah. Er spürte, daß ihr Haar leicht drahtig war. Alles andere war jedoch ganz weich. Ziemlich kleine Lippen eigentlich. Wie die Lippen dort unten. Und ihre Zunge hatte eine kleine, lebhafte Spitze. Ylja war wie Sand, weich und rauh. Und ganz und gar hell. Als er über sie gebeugt lag, spürte er, um wieviel stärker er war und daß sie keine große Frau war. Klein und blond.

Nach einer Weile begann sie an seinem Schwanz zu fummeln, und als sie Anklang fand, zog sie. Das war nicht so, wie er sich das vorgestellt hatte. Er hatte gedacht, daß all diese Dinge wie im Traum geschähen, beinahe unmerklich. Und nicht so zielstrebig.

Dann tat sie es noch einmal. Doch nun lag er auf dem Rükken, als sie auf ihm saß. Er fühlte sich jetzt sicherer. Er hatte ihr seine Hände unter ihre Hüften auf die Schenkel gelegt. Falls sie sich zu weit zurücklehnte, würde er sie an sich ziehen. Jetzt war es auf eine traumhafte Weise schön, beinahe so, als schliefe er. Sie schloß die Augen, und er sah ihre Zähne, da sie die Oberlippe hochgezogen hatte. Sie glänzten vor Speichel. Er sah, wie sich die feine Haut auf ihren Augenlidern bewegte und ihre Kiefermuskeln sich anspannten. Es gefällt ihr, dachte er, und ich bin es, der dafür sorgt. Bewege mich sacht. Er sammelte in diesem seltsamen, dämmerhaften Zustand die Kraft, um seinen Rücken aufzurichten, Ylja zu umfassen und sie beide herumzudrehen. Da öffnete sie die Augen und fragte:

»Wie heißt dein Gott?«

Er verstand die Frage nicht und echote:

»Gott?«

Er war nicht einmal sicher, richtig gehört zu haben. Womöglich blamierte er sich, wenn er so fragte. Aber es war dieses

Wort. Sie wiederholte es, und es war da, wie ein Stein im Mund.

»Du reagierst empfindlich auf Störungen«, sagte sie leise und entzog sich. Bei ihm war alles erschlafft. Sie wartete jedoch noch immer auf eine Antwort. Sie lag auf der Seite, stützte sich mit dem Ellbogen auf und sah ihn leicht blinzelnd an. Sein Kopf war leer. Heißt? hätte er beinahe geechot, hielt sich aber zurück. Wie heißt Gott?

Er erinnerte sich an einen Prediger, dessen Stimme nach der ersten Silbe absank, so daß es sich anhörte, als sänge er: Jésus wartet auf dich! Jésus! Und an die Großmutter, die zu zittern angefangen hatte. Er hatte gespürt, wie ihr Körper unter dem Mantel gebebt hatte, und sich von ihr zurückgezogen, beschämt und dringend müssend.

»Der Gott deiner Vorfahren«, half sie ihm, und endlich kapierte er.

»Peive«, sagte er unsicher.

Das war eine Schulweisheit. Der Enthusiasmus der Lehrerin hatte ihn ebenso verlegen gemacht, wie er jetzt war.

»Tjas Olmai, dachte ich, sei ansonsten dein Mann.«

Sie las in seinem Gesicht, daß er nichts wußte, und lachte.

»Der Wassermann«, sagte sie. »Der Fischgott.«

Ein flüchtiger Augenblick stahl mir mein Leben. Das war ein Schlager. Oder ein Gedicht.

Eigentlich las Birger keine Gedichte. Aber er konnte es im Radio gehört haben. Es stimmte jedenfalls. Es war natürlich mehr als ein Augenblick. Zwanzig, fünfundzwanzig Minuten. Oder außerhalb der Zeit. Es war wohl Glück. Oder zumindest das Stärkste, was er erlebt hatte. Er sollte ihr davon erzählen. Aber es ging nicht. Er hätte es gleich damals tun sollen.

Oder jetzt?

Langsam trank er den letzten Schluck. Der Alkohol war stark mit Wasser verdünnt, die Eisstückchen waren geschmolzen. Dann ging er zum Schlafzimmer hinauf. Er stand vor der Tür und hatte tatsächlich Angst. Er dachte daran, wie viel in einem Jahr geschehen war, in anderthalb. Entglitten und verschoben.

Dann öffnete er die Tür. Sie fuhr hoch und setzte sich im Bett auf, als hätte auch sie Angst bekommen. Im nächtlichen Licht war ihr Gesicht blaß. Ihr dunkles Haar hatte sie zu einem dicken Nachtzopf geflochten und mit einem Band zusammengehalten.

Meinte sie, daß er anklopfen sollte? Hatte eine weitere Verschiebung stattgefunden, ohne daß er es gemerkt hatte? Er sagte:

»Es ist auch meine Schuld, Barbro.«

Und sah sofort ein, wie abgrundtief dumm das gesagt war.

»Ich meine, ich weiß, es ist meine Schuld.«

Sie starrte ihn an, ihre Augen wirkten schwarz. Die Pupillen mußten mächtig geweitet sein. Ihr Mund war zusammengepreßt und farblos. Er sah ein, daß er es nicht erzählen konnte. Was sollte er auch sagen? Ich habe etwas Seltsames erlebt, im Sulky, du kennst vielleicht dieses kleine Hotel ganz am Ende der Rådhusgatan, es war das Seltsamste, was ich je erlebt habe, und dann hat es sich so entwickelt. Deshalb mag ich gewissermaßen nicht mehr.

Aber das sagte er nicht. Denn er wußte im voraus, daß sie nicht danach fragen würde, was er erlebt habe. Sie würde nur gucken. Ihre Pupillen waren jetzt groß wie Krähenbeeren. Er mußte sie statt dessen berühren, und zwar jetzt gleich, sie anfassen.

Er glaubte wirklich, daß er es tun sollte. Dann war der Augenblick, in dem es auf jeden Fall möglich gewesen wäre, vorüber. Sie drehte sich um, legte sich hin und kehrte ihm den Rücken zu. Ihr Körper lag still unter der Decke. Ihr Gesicht war nicht zu sehen.

Da tat er das abgrundtief Dumme. Er faßte sie in einem Moment an, als es verkehrt war. Obwohl er wußte, daß es verkehrt war. Er setzte sich schwer aufs Bett, legte ihr die Hände auf die Schultern, zog sie hoch und drehte sie zu sich herum. Die Drehung geriet unnatürlich, denn weder folgte sie der Bewegung, noch leistete sie Widerstand. Er fuhr ihr mit den Lippen übers Haar und über die Stirn, spürte, daß sie die Augenbrauen zusammengezogen hatte, und suchte ihren Mund. In diesem Augenblick schossen ihre Arme vor: sie stieß ihn weg und gab einen Laut von sich, ein Stöhnen oder ein Grunzen.

Zuerst dachte er, es sei deswegen, weil er nach Whisky roch. Dann kam die richtige, die tiefe Demütigung. Er wußte, daß er vor diesem Augenblick schon sein ganzes Leben lang Angst gehabt hatte. Auf die eine oder andere Art. Er stand auf und ging zur Tür. Barbro rührte sich nicht.

Dieses Gerappel über den Wald und den Fluß und die

Schuld des Abendlandes. Ich habe ein Doppelkinn und Sandalen. Das ist es doch. Der Bauch, die Wampe. Das ist es.

Aber sie war übel dran. Vielleicht übler, als ihr klar war. Er stand eine Weile da, die Hand auf der Türklinke, und betrachtete die Erhöhung unter dem Bettbezug. Von ihr war kein Härchen zu sehen. Er fühlte sich jetzt ruhiger. Ihm war, als betrachtete er eine Patientin.

»Wer von euch hatte eigentlich die Idee zu diesem Scherz?«

»Welchem?«

»Daß er sich für deinen Sohn ausgeben sollte?«

»Ich weiß nicht. Das war wohl er.«

Er lag auf dem Bett, ein Muster von den Sternen der Zwirngardine auf der nackten braunen Haut. Es war sonnig in der Kammer, körperwarm und feucht. Sein Duft, der ihr für gewöhnlich im Schlaf kam, entstieg dem Bett, obwohl sich dort nichts regte. Ein neues Muster schien zu herrschen, das Licht schimmerte in anderen Haaren als den aschfarbenen. Eine Bewegung konnte gefährlich sein und den Zustand im Zimmer zerstören. Sie hatte auch gar nicht das Gefühl einer Bewegung, als sie herunterglitt und die feuchte Haut seiner Oberlippe ihrer Zunge begegnete, sondern das einer Verschiebung in der Zeit, einer sachten Wellenbewegung, die sie nach Wochen der Kälte und Hetze und Stunden des Schreckens zusammenbrachte.

Sie flüsterte: »Dan, Dan«, und dachte, ich sollte nicht, jedenfalls nicht jetzt, denn die Hütte ist sonnendurchschienen, und nach allen Richtungen hin sind Fenster. Mia war es gewesen, die den VW entdeckt hatte, als sie aufwachte. Er stand hinter dem Stall auf der anderen Straßenseite. Sie waren von Aagot Fagerlis Haus hinuntergestürmt, um zu sehen, ob Dan gekommen war. Mia war jedoch sofort wieder hinausgegangen.

Das lag vielleicht an der Erinnerung an jenes eine Mal. Sie sollte keine solchen Erinnerungen haben, jedenfalls nicht noch mehr davon bekommen. »Aber warum denn?« fragte Dan. »Das ist doch natürlich.« Annie meinte, daß auf dem Hügel flüchtig Mias Gesicht auftauchte, vom Birkenvorwald verdeckt wurde und wieder hervorkam. Es war jetzt jedoch nicht möglich, zu denken, herauszufinden, was gut war und was nicht. »Wie hast du uns gefunden?« flüsterte sie, und er sagte, daß er den Rucksack erkannte habe, den sie auf der Vortreppe hätten stehenlassen. Den Kretarucksack aus gestreifter Wolle.

»Warum hast du nicht aufmachen wollen?«

Sie fragte ihn das ins Ohr; er drang soeben in sie ein, und sie spürte, wie ihre Nerven Feuer fingen. Ein Baum aus Licht verzweigte sich in ihrem Körper. Sie vergaß die Frage, wiederholte sie aber, als er sie für einen Augenblick in ruhigerem Atem, in Verhaltenheit, verweilen ließ, während er flüsterte: »Beweg dich nicht, beweg dich nicht.« Und dann:

»Aufmachen?«

Denn er wußte von nichts.

»Hast du geschlafen? In Nirsbuan? Das warst doch du?«

Sie wollte nicht soviel darüber reden, jedenfalls nicht jetzt, und sie war nicht imstande, noch einmal von dieser grauenhaften Wanderung zu erzählen. Das brauche sie auch nicht, sagte er. Jetzt sei alles gut. Alles sei genau so, wie es hätte sein sollen, als sie aus dem Bus gestiegen sei. Er sagte, daß sie sich wie ein nasser und enger, weicher Handschuh um ihn schließe, und deshalb sei jetzt alles gut und sie brauche sich keine Gedanken zu machen. Eines fand sie aber trotzdem seltsam.

»Ich hab doch ans Fenster geklopft.«

Davon wußte er nichts. Aber das kam wohl daher, daß er geschlafen hatte, so tief geschlafen hatte.

»Warum bist du nicht zum Bus gekommen? Hast du gedacht, daß Mia und ich am alten Mittsommerabend kommen würden?«

So war es. Und nichts von dem, was geschehen war, ging sie beide etwas an. Sie war zufällig dort vorbeigekommen. So, als wäre sie Zeugin eines Zugunglücks geworden. Mit ihr selbst hatte das nichts zu tun, es war nur grauenhaft. Jetzt waren sie frei.

Denn sie war eingefangen gewesen. Ein Fisch im Netz. Tausend Dinge, Idiotien, Leute, Regeln, Papiere und Kram, Kram, Kram. Wie die Autobatterie. Im Winter mußte sie ausgebaut, ins Haus getragen und in die Spüle gestellt werden. Wenn es unter zehn Grad minus hatte und das Auto um Viertel vor sieben anspringen sollte.

Die Tagesmutter schluckte Preludin: sie müsse abnehmen. In Wahrheit konnte sie ohne Preludin nicht staubsaugen. Deshalb sah ihr Gesicht an manchen Tagen aus wie ein bleicher Mond mit Flecken: Krankmeldung. Zurück zum Auto, zur Straße, zum Glatteis, zum Licht der Straßenlaternen. Und in der Schule: Setz dich hierhin und zeichne. Du kriegst dann Kekse.

Acht Unterrichtsstunden mit Kekskrümeln und Kreidestaub, Geruch nach Pullovern und Atemluft. Mia mußte mal und langweilte sich. Ihr Plappern untergrub die Konzentration im Klassenzimmer, wenn sie denn je vorhanden gewesen war.

Der Saibling bekommt Abdrücke vom Netz, dachte sie jetzt, als Dan schlief, die Sonne hereinfloß und es zwischen ihren Beinen floß. Nur dieses Gesichtchen im Birkenvorwald, das sich hin und wieder zeigte, beunruhigte sie. Ansonsten waren sie fortgeleitet worden und in ein ruhiges Wasser geglitten. Der Strom der Zeit war kaum merklich.

Druckstreifen auf dem bleichen Körper. Ein Saibling aus dem Fischgeschäft, den einzigen, den sie gesehen hatte. Flundern mit grauem Schleim in den Kiemen. So war dein Leben. Auf grünes Licht warten. Eine Tüte Gewürzmischung kaufen.

Dan war mit der Revolution in die Schule gekommen. Zumindest mit der Revolte. Es war ein bißchen lachhaft gewesen, denn er war so dünn, und die Worte waren so stark. Ein kleiner, schöner Körper, dunkle Bartstoppeln. Er kümmerte sich nie darum, was er aß.

Revolvere. Das bedeutete doch eigentlich herumrollen.

So wie wir herumrollten. Anfangs brannte es ein bißchen. »Ist es nicht auch ein bißchen schön?« flüsterte er. O Gott, o Gott, o Gott.

Zuerst in der Stadt, bei einem Künstlerfreund von ihm. Diese Freunde! Manchmal eine Bekanntschaft von drei Wochen: alles teilen, Kropotkin. Aber das war einer, der immer noch Chips kaufte. Bierdosen, Terpentinflaschen, Tüten mit Knabberzeug, ausgedrückte Tuben, Farbe auf Papptellern, eine fleckige Matratze. Revolvere! Mit einem Schüler.

Oma Henny hütete im Karlbergsvägen das Kind und glaubte, Annie sei zu einem Kurs. Dann waren Mia und sie dazu übergegangen, in Mälarvåg zu übernachten, im zweiten Winter. Wegen der Autobatterie. Aber auch wegen Dan.

Allerdings war die Stimmung, die sie da draußen umgab, grau geworden. Die Revolte war eine recht zähe Angelegenheit dort in der Provinzialschule zwischen all den großen Bestien, die Polizisten werden und die Revoluzzer an die Häuserwände stoßen wollten. Und den Blondchen in Nylonblusen, die Krankenschwestern und Zahnarzthelferinnen werden und Pflaster auflegen, Leute und Revoluzzer flicken wollten.

Auf dem Korridor roch es immer nach Guglhupfbäckerei und Haarspray. Die Schüler tauschten Illustrierte und tranken Bier. Dan war eine Sturmschwalbe, doch der Sturm ließ auf sich warten. Noch wuschen sie Nylonhemden und hängten sie zum Trocknen auf.

Hätte mich niemals losgerissen, obwohl mich drei Kollegen nicht mehr grüßten, hätte es niemals geschafft, gewagt (Mia!), wenn er nicht eines Morgens, als Mia schlief, hereingekommen und zu mir ins Bett gekrochen wäre und sanft und süß wie in einem Sommerhäuschen mit mir geschlafen hätte.

Hätte mich niemals losgerissen, wenn Mia nicht aufgewacht wäre, uns gesehen hätte und, ganz still zwar, aber weinend, hinausgelaufen und Arlen, dem Gesellschaftskundelehrer, begegnet wäre.

»Dan tut Mama weh!«

Dann beim Rektor, das helle Büro mit dem Webbild und den selbstgebastelten Schalen.

»Ihr Verbleib an der Schule ist keine selbstverständliche Sache mehr!«

Bebendes Kinn. Ein Kugelschreiber, um sich daran festzuhalten. Er war mehr vom Schreck gelähmt als sie. Mein Gott, was hatte sie sich nach einem Rüffel gesehnt, ein paar hingerotzten Worten, einer richtigen Sprache! Diese Akademiker im Kollegium, Gemeinderäte und weibliches Bereitschaftskorps!

Dan war wie ein Hund, der sich schüttelte, nicht einmal naß. Aber mein Leben.

Das war die Probe. Das mußte er verstehen.

Mia wollte nicht. Das war schon völlig klar gewesen, sobald sie losgefahren waren. Bei Strömgrensbygget igelte sie sich auf dem Rücksitz ein, schlug die Hände vors Gesicht und sagte mit leiser, spitzer Stimme etwas Unhörbares. Annie bat Dan, anzuhalten.

»Ich will nach Hause fahren!«

Annie versuchte es ihr zu erklären, doch sie hörte gar nicht zu.

»Ich will nach Hause. Ich will nach Hause.«

Sie sprach verbissen hinter ihren Händen. Annie stieg aus und setzte sich zu ihr auf den Rücksitz.

»Wir wollen jetzt nach Stjärnberg rauf. Wir gehen bestimmt nicht nach Nirsbuan. Und nach Stjärnberg kann man einen anderen Weg nehmen. Wir kommen da gar nicht vorbei, wo wir schon gegangen sind. Wir werden dort oben wohnen. Da sind auch noch andere Kinder.«

Während Annie sprach, war Dan wieder losgefahren. Mia warf sich mit gebogenem Rücken in den Sitz und fing an zu schreien.

»Halt an, Dan!« sagte Annie.

Doch er fuhr weiter, fuhr ganz langsam den holprigen Holzweg nach Björnstubacken hinauf. Als sie beim Holzlagerplatz anhielten, versuchte sie, Mia in den Arm zu nehmen. Mia war im vergangenen Jahr jedoch mächtig gewachsen und hatte viel Kraft, wenn sie sich wehrte. Dan war ausgestiegen, stand da und sah ihnen zu. Er glaubt, ich gebe jetzt auf. Er sieht, verdammt nochmal, aus, als warte er nur darauf.

Wut flammte in ihr auf und erstarb ebensoschnell. Sie wurde böse, wenn sie unter Druck gesetzt wurde, konnte dann idiotische Dinge sagen. Doch von Dan hatte sie sich bisher nie derart unter Druck gesetzt gefühlt. Mia schluchzte jetzt, es klang etwas ruhiger. Draußen war Dan dabei, den Rucksack zu schnüren. Er sah abwesend aus, und sie fand, daß er blaß war. Vermutlich war das Polizeiverhör unangenehmer gewesen, als er sich anmerken lassen wollte.

»Willst du noch immer?« hatte er gefragt, als er von dort gekommen war. Sie hatte nur genickt.

»Du hast keine Angst?«

Das hatte doch nichts mit ihnen zu tun. Das war eine Sache, die im Mittsommerrausch geschehen war. Touristen, ein Ausländer. Es war grauenhaft, aber es war vorüber.

»Wir sind ja eine ganze Korona da droben«, erklärte er. »Da ist niemand allein.«

Es war schnell gegangen, die Sachen zu packen und Aagot Fagerli zu bezahlen. Diese hatte nach Dan gefragt. Sie könnten noch Kaffee trinken, bevor sie führen. Es war, als hätte sie ihn sehen wollen. Doch Annie lehnte dankend ab. Sie sagte, sie hätten es eilig.

Dies war ein Wort aus der alten Zeit. Als es ihr jedoch jetzt entschlüpfte, fand sie es gut. Das verstanden die Leute wenigstens. Die Erleichterung, die sie empfand, war ebensogroß wie da, als sie das Dorf das erste Mal verlassen hatte. Beim Laden bog Dan ab.

»Ich muß mal eben telefonieren.«

Die Worte schienen im Auto hängengeblieben zu sein. Annie hatte geglaubt, daß sie all das hinter sich gelassen hätten. Seine Stimme hörte sich an, als ob er eingebunden, ausgebucht wäre. Vielleicht rief er zu Hause an? Wenn ja, wo? Er hatte doch gesagt, daß er mit seinen Eltern nichts mehr zu schaffen habe.

Es war jedoch ein Mord geschehen. Sie hatte selbst von Aagot Fagerli aus Henny und Åke angerufen und gesagt, daß alles in Ordnung sei.

Er sprach lange und intensiv. Sie sah ihn durch die Glasscheibe, und es zog im Zwerchfell. Die Magennerven schmerzten. Es tat so weh, daß sie mit einer Art Verblüffung erkannte: Ich bin eifersüchtig. Mißtrauisch. Alles Häßliche, was es gibt. Ich bin zerstört. Womöglich kann ich nie ein anderes Leben führen als dieses verworrene.

Er erzählte nichts von dem Gespräch, als er zurückkam. Vielleicht kam er nicht dazu. Ein Polizeiauto verließ im selben Augenblick, da sie auf die Straße nach Strömgrensbygget und ins Fjäll einbogen, den Platz hinter der Tanksäule. Es mußte die ganze Zeit dort gestanden haben. Es holte sie ein und stoppte sie, noch ehe sie zum Dorf hinaus waren. Sie fand es unbehaglich. Dan war offen höhnisch. Er sagte zu den Polizisten, daß der hellrote VW seit dem frühen Morgen unterhalb von Aagot Fagerlis Kuhstall gestanden habe.

»Sie hätten jederzeit reingucken können.«

Sie kümmerten sich nicht um das, was er sagte, sondern wollten ihn nur zum Campingplatz mitnehmen, wo sie einen Vernehmungsraum hatten. Annie durfte immerhin bei dieser alten Norwegerin Kaffee trinken und hinterher mit Mia auf dem steilen Hügel umherstreifen. Es dauerte zwei Stunden, bis er zurück war. Da hatten sie Hunger, und Annie hätte zu der Hütte zurückgehen und etwas zubereiten sollen, wenigstens für Mia. Sie überlegte jedoch, wieviel Zeit es in Anspruch nehmen würde, der Frau zu erklären, warum sie zurückgekommen seien. Und etwas einkaufen zu fahren und dann die Hütte wieder sauberzumachen, nachdem sie gegessen hätten. Dan hatte ja wenigstens Obst im Auto.

Er hatte zweierlei Wesensarten. Meistens war er feurig und energisch. Dann war er von einem Kraftfeld umgeben. Er lud andere auf. Wenn er sich in einem Raum bewegte und sprach, waren alle Blicke auf ihn gerichtet. Intellektuelle und sexuelle Energie, hatte sie gedacht, als sie ihn zum ersten Mal gesehen hatte. Damals hatte sie es für Lebenslust gehalten.

Aber es war eher eine Kraftansammlung. Wille. Dem Überdruß und den Energieverlusten die Stirn zu bieten. Zu tanzen. Sichtbar zu bleiben.

Seine zweite Wesensart begann immer mit Blässe. Der Mund wurde dünn, die Stimme leicht gereizt. Er versank in sich selbst und schien grau zu werden. Sie fragte sich, ob sich das jetzt anbahne. Er bewegte sich um das Auto herum, ohne sie anzusehen. Mit leiser Stimme versuchte sie Mia zu erklären, daß sie einen ganz anderen Weg gehen würden. Sie mußten nicht durch den Fluß waten. Weiter oben gebe es eine Brücke, und dann führe ein leicht begehbarer Pfad durch den Wald hinauf nach Stjärnberg.

»Alle unsere Sachen werden dorthin kommen.«

»Wie denn? Man kann ja nicht mit dem Auto fahren.«

Ja, wie denn? Sie mußten wohl hinaufgetragen werden.

»Ich weiß es nicht«, sagte Annie. »Aber wir werden alle unsere Sachen dorthin bekommen.«

Als sie spät am Nachmittag die Brücke erreichten, sah sie, daß diese ziemlich groß war. Der Pfad war breit und hatte Traktorspuren. Dan erklärte, daß die Brücke neu sei. Man sei dabei, einen Holzabfuhrweg zu schlagen. Wahrscheinlich würde bald abgeholzt werden. Die Stjärnbergkommune fühle sich bedroht, aber sie wüßten noch nicht genau, was vor sich gehe und wie nahe der Waldschlag an Stjärnberg heranreichen werde.

»Petrus will nicht, daß wir die Brücke benutzen.«

»Weil sie dem Feind gehört?«

Er schien es jedoch nicht zu schätzen, wenn sie sich über diese Sache lustig machte.

Es dauerte lange, bis sie oben waren. Normalerweise sei es in einer guten Stunde zu schaffen, sagte Dan. Aber sie trugen jetzt schwere Rucksäcke und mußten oft stehenbleiben, damit Mia sich ausruhen konnte. Der Pfad führte stetig bergauf. Er war ausgetreten. Die Rinde der Tannenwurzeln war von trampelnden Füßen, Pfoten und Hufen abgetragen worden. Wo der Boden schwarz und schlammig war, sah man manchmal einen tiefen und deutlichen Hufabdruck. Annie kannte sich mit Spuren nicht aus. Aber so große Kühe gab es nicht, deshalb sagte sie zu Mia, daß hier Elche gegangen seien. Sie hatten große Losungshaufen aus runden und ovalen Kugeln hinterlassen.

Sie kamen auf ein Plateau. Mia mußte wieder ausruhen, und Annie war nervös, weil es Dan vielleicht zu langsam ging. Er ließ sie jedoch durch sein Fernglas gucken und redete aufmunternd mit ihr. Nun gab es nur noch vereinzelt Tannen, und Kiefern waren gar nicht mehr zu sehen. Birken mit schwarzen Flechtenfahnen und grünen Laubwolken herrschten nun vor.

Dan pfiff im Gehen leise vor sich hin. Annie merkte, daß er sich dessen gar nicht bewußt war. Es war ein tonloses Pfeifen mit kaum gespitzten Lippen. Sie konnte zwei Melodien unterscheiden. Einen Schlager aus den fünfziger Jahren, von dem sie nur noch den Refrain wußte:

Es geht uns gut
es geht uns gut
hier in unserm Auto!

Und eine Schnulze. Sie waren schon mehr als eine Stunde gegangen, bis sie darauf kam, was es war: »Die Regenschirme von Cherbourg«. Filmmusik. Sie konnte keine der Melodien mit Dan in Verbindung bringen. Das beruhte natürlich darauf, daß sie von seinem früheren Leben nichts wußte. Er habe es schwer gehabt. Mehr sagte er nicht. Waren sie so arm gewesen? Gab es heutzutage richtig arme Menschen? Ihr eigener Hintergrund kam ihr nie so kleinbürgerlich vor wie dann, wenn sie über seine Vergangenheit grübelte. Sie wußte nicht einmal, wie sie danach fragen sollte.

Sie hatte Kopfweh bekommen und merkte, daß es mit dem Druck der Rucksackriemen auf die Schultern zusammenhing. Schließlich konnte sie an nichts anderes mehr denken. Sie hatte gedacht, daß sie miteinander reden würden, doch das taten sie nur zu Beginn der Wanderung. Dann verfielen sie in einen gedankenleeren Trott und hatten bei der Steigung allein mit dem Atmen genug. Der Kopfschmerz saß über dem einen Auge. Es pochte und flimmerte. Sobald es einigermaßen eben war oder bergab ging, pfiff Dan. Sie wünschte, er würde aufhören. Aber sie wollte nichts sagen. Schließlich blieb sie mit Mia zurück, um dieses leise, zischende Pfeifen nicht mehr hören zu müssen. Es war nicht ganz rein.

Nach zwei Stunden lichtete sich der Birkenwald. Sie stiegen in eine Mulde ab, wo der Pfad schwarz und schlammig wurde. Im Gras standen dichte Büschel Trollblumen. Die Blütenkugeln waren noch fest zusammengeballt und grün, spielten lediglich leicht ins Gelbe. Annie erinnerte sich, daß sie bei Nirsbuan schon aufgegangen waren, und sie begriff, daß sie sich hoch oben befanden, fast in einer anderen Jahreszeit. Jetzt entdeckte sie, daß bei den Hügeln, die sich am Ende der Mulde erhoben, das Gras abgeweidet war. Von der ersten kleinen Anhöhe aus, die sie erreichten, war Stjärnberg zu sehen.

Eine Handvoll Hütten, rot und grau. Eine Grundmauer. Die nächstliegende Hütte war gezimmert. Ihre Stämme glänzten und spielten ins Graue, Silberne und Graugrüne. Weiter hinten standen rotgestrichene Häuser. Der Anstrich war vom Wind zerfressen. Die sehen schlicht aus, dachte sie. Sachlich.

Alles war von einem kühlen Fjällwind umflutet, der weder Gerüche noch Wärme herantrug. Geschmack- und duftlos spülte er ihre Gesichter, als wären sie Steinplatten, Grashänge. Im Birkenwald stieg und sank das Vogelgebraus.

Hinter der Weide erhob sich ein steiniger Berg. Er fiel senkrecht zu dem Birkengürtel ab und war in ein rechteckiges Muster zerfallen. Die bedeutungslos geraden Linien und Winkel erschreckten Annie. Nach den anderen Richtungen hin wurde die Weide von blauschwarzen Fjälls mit unregelmäßigen weißen Flecken bekränzt. Im Norden, im Westen und Süden standen sie reglos und fern. Die Schlucht des Lobberån führte in einem weiten Bogen um den Fuß des Berges und trennte den Berg mit dem Wald und der Weide von den Fjälls. Aber eigentlich war es die Höhe, die sie so weit in die Ferne rückte.

Jedes Fjäll hatte einen anderen Charakter. Ganz im Norden gab es ein sanft abfallendes, das halbiert zu sein schien wie ein geschnittenes Brot. Die senkrechte Schnittfläche leuchtete blau. Es sah unwirklich aus. Eine Kulisse. Schräg dahinter war ein weißes, vom Eis glänzendes Fjäll zu sehen. Es glich einer Pyramidenspitze, mußte sehr hoch sein und weit weg liegen.

Schroffe, aufgebrochene Formen, unmenschliche Proportionen. Es war, als sei dieses Steinchaos eben erst im Wind erstarrt.

Da hörte sie ein leises, kuderndes Geräusch. Als sie den Blick zur Weide unterhalb der Bergflanke wandte, sah sie eine Herde grauer Schafe mit ihren Lämmern. Die guckten, regungslos. Sie hatten ihre silberweißen Köpfe mit den langen, gebogenen Nasen erhoben und sie dem Pfad zugewandt. Ihre rosigen Ohren waren von der Sonne durchschienen. Annie spürte, wie sie darauf warteten, daß jemand von ihnen sich rühren oder etwas sagen würde. Mia sah ängstlich drein. Da machte Annie ein paar Schritte auf die Tiere zu. Ihr kamen – sie wußte nicht, woher – einige Worte, ein kindischer Singsang.

»Schäfelein klein... Schäfelein... wir nehmen euch eure Kindchen nicht... feine Kindchen, feine Kindchen haben die Schäfelein...«

Mia, die Zungenspitze zwischen den Zähnen, kicherte. Die Schafe begannen wieder zu grasen. Sie erkannten natürlich Annies Stimme nicht. Aber sie hatte sie auch nicht erschreckt.

Ein Hund begann zu bellen. Wie still es hier oben war, hätte sie durch das Wispern des Grases verstehen müssen. Man hörte den Sturzbach in so weiter Ferne rauschen. Die Stille hörte sie dagegen erst, als das Hundegebell ausbrach und Geräusche vom Berg herdrangen. Sie waren dumpf, regelmäßig und von erschreckender Kraft. Annie konnte sie anfangs nicht mit der Gestalt an einer Hausecke in Verbindung bringen, die still, aber rhythmisch eine Axt hob und senkte. Dann gelang es ihr, das trockene und wirkliche Geräusch der Axtschneide vom Echo aus der senkrechten Bergflanke zu unterscheiden.

Sie wußte noch nichts und nahm alles auf, als ob es Wirklichkeit wäre. Die Bejahrtheit des Holzhackers. Die Geborgenheit in den rhythmischen Klängen einer Schneide im Holz. Die Ewigkeit des Hundegebells.

Aus der Nähe erkannte Annie dann, daß der lange, gegabelte Bart des Holzhackers um den Mund herum nicht weiß war, sondern gelb. Seine Augen waren nicht trüb, und sie tränten nicht. So hochbetagt, wie er auf den ersten Blick erschienen war, war er gar nicht. Petrus. Annie kam der Gedanke, daß die Holzhackerei erst inszeniert worden war, als Dan, sie und Mia von der dem Pfad am nächsten gelegenen Hütte aus zu sehen gewesen waren. Der Hund mußte ja zusammen mit dem Mann herausgekommen sein. Sonst hätte er schon viel früher zu bellen angefangen.

Dann kam Brita in einem langen, selbstgewebten Rock und einer Schürze, die vom Bauch gehoben wurden. Sie war hochschwanger. Ihr Zopf war im Nacken zu einem Knoten gewunden. Die Zöpfe der beiden Mädchen hingen über die Schultern. Annie sah, daß sie glänzten; ihre Haare waren fettig, lagen dicht am Kopf an und waren strähnig. Verwirrt empfand sie ein Gefühl des Ekels. Mia war erstarrt. Kinder wie fremde Hunde. Bereitschaft, nahezu Schreck. Deshalb hörte und sah sie fast nur Mia und die fremden Kinder, als sie in die gezimmerte Hütte geführt wurden. Sie war von der Wanderung auch müder, als sie zeigen wollte, und wußte, daß Mia großen Hunger hatte.

Grützbrei gab es. Brita löffelte ihn aus einem Kochtopf, der auf dem eisernen Herd gestanden hatte. Ein Grützbrei mit

Kleie und Körnern und harten Bröckchen. Er wurde von Petrus mit der melodischen Stimme gründlich analysiert. Langsam wurden die Namen von Gräsern und Kräutern, Getreidearten, Früchten und Nüssen aufgezählt und wiederholt. Mia schob ihren Napf weg, so daß die Milch schwappte.

»Der riecht nicht gut«, sagte sie. »Wie aus Schuhen.«

Blanke Augen. Alle sahen sie an. Das sei Ziegenmilch, erklärte Brita, und es sei die Milch, die sie hätten. Annie verspürte Panik. Nicht nur ein rasch vorübergehendes Schaudern, sondern eine Panik, die sie noch lange im Griff haben sollte. Wenn Mia nun keine Milch trank! Wenn sie nicht aß!

Sie waren angekommen. Es war ernst. Dan war nach draußen verschwunden. Über dem zwischen Schieferplatten eingemauerten Herd hing ein Paar Strümpfe zum Trocknen. Annie hatte so starke Kopfschmerzen, daß sie nicht zum Fenster sehen konnte, durch das das Licht hereinströmte. Niemand erwähnte, was unten am Lobberån geschehen war. Niemand fragte sie, was sie gesehen habe. Die singende Stimme sprach über wilde Getreidearten und über kultivierte. Mia saß mit zusammengepreßten Lippen da und vermied es, die beiden fremden Mädchen anzusehen.

Sie sollten in dem sachlichen Gebäude wohnen. Annie dachte, daß es wohl besser sei. Höhere Decken. Obwohl es häßlich war. Es war mit etwas verbunden, was sie Kochhaus nannten. Annie begriff nicht ganz, was das war. Sie bereiteten dort jedenfalls kein Essen zu. Weiter hinten lag ein Ziegenstall aus Wellblech und Brettern.

Petrus und Brita kamen nicht mit hinein. Dan war es, der ihr das Zimmer zeigte. Und das erste, was sie dort sah, war ein Kopf mit zerzausten Haaren. Die Person, die da im Bett lag, hatte die Wolldecke so weit hinaufgezogen, daß nur die Haare zu sehen waren. Der Kopf rührte sich nicht.

»Lotta!«

Dan sagte dies flehentlich, wie zu einem Kind. Da tauchte

ein Gesicht auf und so nach und nach ein Körper, dünn und ein bißchen schief. Es war kein Kind. Lotta war eine erwachsene Frau, die krank aussah. Mia starrte aufmerksam und hielt den Kretarucksack ganz fest.

Es gab zwei Stockbetten aus Metallrohren. Das Zimmer hatte lediglich ein Fenster. Darunter war als eine Art Tisch eine Masoniteplatte angebracht. Auf der Platte stand eine Petroleumlampe, eine zweite hing an einem Nagel an der Wand. Das Zimmer war tapeziert, doch die Tapeten waren mit graublauer Farbe überstrichen. Sie buckelten und waren an einigen Stellen geplatzt. An der einen Wand stand ein eiserner Ofen, und neben der Tür hing ein Spiegel mit einem kaputten Plastikrahmen. Sie befühlte ihn. Kein Plastik. Zelluloid.

Lotta hatte einen der beiden Stühle als Nachttisch an ihr Bett gestellt. Sie hatte sich wie in einem Nest eingerichtet. In diesem Nest hingen Katzenbilder an der Wand. Um den Rest des Zimmers hatte sie sich nicht gekümmert. Von den Vorhängen war nur noch ein Querbehang aus lockerem Baumwollgewebe übrig. Dessen Graugelb war sicherlich einmal weiß gewesen. Die Kanten waren nach wie vor grün und rot. Der Vorhangstoff weckte in Annie Kindheitsgefühle, ebenso der Spiegelrahmen. Vierziger Jahre. Der Flickenteppich war so schmutzig, daß seine Farben nicht mehr zu erkennen waren.

Es war unglaublich. Vielleicht hätte sie angefangen zu planen – weiße Gardinen, Krüge mit Wiesenblumen, saubere Flickenteppiche –, wenn sie nicht Kopfweh gehabt hätte. Ihr war jetzt schlecht. Deshalb setzte sie sich nur auf das leere Bett, vorsichtig, um sich nicht den Hinterkopf am oberen Bett anzustoßen, und starrte Dan an. Sie wartete darauf, daß er etwas sagen würde. Erklären. Doch sein Blick wich dem ihren aus. Dan schien ganz davon beansprucht, die Rucksäcke aufzuschnüren und mit Lotta zu reden.

»Ich lasse euch jetzt allein, dann könnt ihr euch einigen, wie ihr es hier haben wollt«, sagte er. Er klang jedoch nicht ruhig. Irgend etwas mußte er also gemerkt haben.

Annie hatte von Anfang an klargestellt, daß sie nicht in einer Kommune leben konnte. Eigentlich war dies das einzige, was sie mit Überzeugung geltend gemacht hatte. Ansonsten war ihr Leben offen. Sie wollte es verändern. Aber niemals mit anderen zusammenleben. Nicht mehr seit Enskede.

Allerdings hatte sie von Enskede nichts erzählt. Es hätte kleinlich gewirkt, über die Enge in dem Siedlungshaus zu nörgeln. Die Geräusche von der Toilette. Die Börsennachrichten im Radio. Das Staubsaugergebrüll. Die Kreissäge des Nachbarn. Für Dan wäre es vielleicht das Paradies gewesen. Ein Haus.

Er hatte versprochen, ein Häuschen für sie zu suchen, und in seinen Briefen hatte er schließlich von Nirsbuan geschrieben. Aber das konnte man ja nicht besetzen. Das mußte ihm klar gewesen sein. Es gehörte jemandem. Auch wenn es nur als Sommerhaus diente. Sie hatte geglaubt, er sei dabei, es für sie herzurichten. Daß es fast fertig sei. Geschrieben hatte er das nicht. Aber am Telefon hatte er es doch gesagt?

»Ist dieses Bett noch frei?« fragte sie und konnte nicht verhindern, daß es leicht ironisch klang. Wie immer, wenn sie sich unter Druck gesetzt fühlte. Lotta nickte. Sie saß zusammengekauert auf ihrer Bettkante und sah aus, als fröre sie.

»Du willst nicht, daß ihr mit jemand anders zusammenwohnt.«

Annie war gezwungen, Lottas graues Gesicht anzusehen. Sie sah aus wie ein Hund, der darauf wartete, vor die Tür befördert zu werden. Mia enterte das obere der freien Betten. Es gab keine Leiter, und Annie bekam nicht mit, wie sie es anstellte. Jetzt saß sie da oben und hielt den gestreiften Rucksack im Arm. Sie hatte den Mund vorgeschoben und die Augenbrauen gerunzelt, so daß sie einem intelligenten und wachsamen Äffchen glich. Ich muß vorsichtig sein, dachte Annie. Mit allen.

»Wer wohnt denn noch im Haus?« fragte sie. »Das heißt, ich weiß schon, wer hier alles wohnt. Aber ich weiß nicht, in welchen Häusern.«

»Es gibt nur das hier. Und dann das von Petrus und Brita. Hier sind noch zwei Zimmer. Und die Küche. Bert und Enel wohnen in dem einen, und die haben ja ihr Mädchen. Und in dem andern Önis mit Mats. Aber da ist nur ein Bett. Ich meine zwei. So eins halt.«

Sie sprach stockholmerisch. Und sie hatte Angst, hinausgeworfen zu werden. Im Klartext: hier oder bei Bert und Enel. Sie lächelte scheu. Da sagte Mia von oben:

»Warum hat die so graue Zähne?«

Es sollte ein Flüstern sein, kam aber gellend. Lotta schlug den Arm um ihr Kissen, raffte die Wolldecke an sich und stürzte hinaus. Nach einer Weile kam sie wieder und riß die Katzenbilder von der Wand. Die Reißnägel kullerten ins Bett. Das darf ich nicht vergessen, dachte Annie. Damit sich niemand hineinlegt. Wie kalt ich bin. Ich sollte sie zurückhalten.

»Du brauchst doch nicht so davonzurennen«, sagte sie. Es klang nicht überzeugend. Ihre Kopfschmerzen waren jetzt so stark, daß sie fürchtete, sich übergeben zu müssen. Wohin bloß? Es mußte doch irgendeine Art Abort geben.

Lotta zog einen Koffer und zwei Sporttaschen unterm Bett hervor. Sie tat das sehr geräuschvoll. Es scharrte und schrappte. Offensichtlich hatte sie ein wenig Mut gefaßt und flehte mit ihrem Radau. Doch Annie hatte sich hingelegt und die Augen geschlossen. Das Kissen roch nach Schimmel. Der Geruch nach altem Schaumgummi mußte aus der Matratze kommen. Eine Bewegung und ich speie. Das muß Dan regeln. Sie hörte die Tür wieder zuschlagen und den Zelluloidrahmen des Spiegels an der Tapete rasseln. Sie waren allein.

Sie mußte versuchen, ein Weilchen zu schlafen, damit das Kopfweh nachließ. Dan kam zurück, und Annie wußte, daß viel Zeit vergangen war, konnte aber nicht auf die Uhr sehen. Das Licht vom Fenster her brach sich Bahn, selbst wenn sie die Augen geschlossen hatte. Die Kopfschmerzen wogten, knisterten. Er sagte, daß sie essen wollten, und sie bat ihn, Mia mitzunehmen.

»Eier«, flüsterte sie.

»Was?«

»Sie ißt Eier.«

Im Halbschlaf waren ihr wieder die Bilder der vergangenen Nacht gekommen. Das zerfurchte, hölzerne Gesicht. Eine Kutte. Großer Gott, was war das nur? Wie konnte das Gehirn von etwas, was man nie gesehen hatte, Bilder produzieren? Böse. Trocken. Ein Kopf, der tot war und lebte. Wie morsches Holz, in dessen Ritzen es von Leben wimmelte.

Mia war zurückgekommen und hatte sich darangemacht, den Kretarucksack auszupacken. Ihre Barbiepuppen und deren Kleider waren darin. Ken hatte nur eine Unterhose aus weißer Gaze an. Barbie trug einen rosa BH und einen ebensolchen Slip. Mia zog sie um. Dan war nicht da. In der Tür standen die beiden Mädchen. Annie wußte, daß sie neun und sieben Jahre alt waren und Sigrid und Gertrud hießen.

Es war, als beobachtete man scheue Tiere. Sie tat mehr oder weniger so, als ob sie schliefe. Auf diese Weise brauchte sie sich nicht anzustrengen und mit ihnen zu reden. Mia schwatzte drauflos. Annie merkte jedoch, daß sie sich an die Puppen wandte. Oder diese an sie. Ihre Stimme stieg in ein ziemlich gekünsteltes Falsett, wenn sie Barbie war, die das Abendkleid aus silbrigem Stoff anziehen wollte. Doch Mia war vernünftig und sagte, daß es draußen windig sei. Ken grollte.

»Warum seid ihr nicht mit dem Bus gekommen?« hörte sie eines der Mädchen an der Tür sagen. Annie wußte nicht, ob sie mit ihr sprach. Sie hoffte, sie meinte Mia, aber auch diese gab keine Antwort.

Dieses pathetische Trüppchen beim Bus! Inkamützen. Sie hatten geglaubt, daß wir kommen würden, dachte sie. Das sind wir ja auch. Allerdings waren wir da gerade auf dem Friedhof.

Der Schaumgummigeruch kam und ging in Wellen. Ich muß mir Laken für die Betten leihen, dachte Annie. Bis meine eigenen heraufkommen. Und Kopfwehtabletten.

Sie erwachte in einem anderen Licht. Es mußte Abend sein. Ihr Kopf war dumpfer, aber besser. Sie konnte sehen, ohne daß es schmerzte.

Ja – der Teppich war schmutzig, ebenso wie die Gardinen. Alles war dürftig. Tristgrau, verräuchert und von jahrzehntealter Feuchtigkeit fleckig. Das Haus hatte einem Angelverein, dem Wifsta Fiskeklubb, gehört. Das fiel ihr jetzt ein. Damals, als der Wald rings um Stjärnberg der Wifstawerft gehört hatte. Nun war er seit langem an ein anderes Unternehmen verkauft, und dessen Angestellte kamen nicht hierher. Sie hatten vielleicht eine andere Unterkunft.

Sie war hierhergekommen, um zu arbeiten. Um es schön zu machen. Nicht um in etwas Fertiges einzusteigen. Mia murmelte dort oben. Ken und Barbie wurden wahrscheinlich wegen ihrer Ansprüche abgekanzelt.

Am Abend hatten sie eine Zusammenkunft in der Kätnerhütte. Brita bot Kräutertee mit Honig an. Petrus erklärte Annie, daß sie bei diesen Zusammenkünften zuerst die Arbeit des nächsten Tages planten. Dann könne jeder seine Probleme aufgreifen.

»Probleme?« fragte Annie dumm, und Petrus sah sie nachdenklich an. Es wurde still. Dan kippelte auf einem Sprossenstuhl. Er hatte sich einen Grashalm mit hereingebracht und kaute darauf herum. Das rote Licht der Abendsonne fiel durch das Fenster auf sein Gesicht. Er war aus Gold. Sie verspürte eine kleine Regung im Unterleib. Diese breitete sich mit einer Blutwoge voll Wärme in ihre Schenkel aus. Sie hatte Lust, es ihm gleichzutun, sich zurückzulehnen, die Augen zu schließen.

Auf der Küchenbank saßen Enel und Bert mit Enels Mädchen, das fünf Jahre alt zu sein schien. Sie hieß Pella, ein Name, der Mia dazu veranlaßt hatte, Luft durch die Nase zu blasen.

Enel war mager und sehnig. Bert eher eingefallen. Die Jeans schlotterte an ihm. Er hatte eine Glatze und braune Angen. Sie hatten sich beide scheiden lassen und waren hierhergezogen. Dan hatte geschrieben, daß Bert Architekt sei, doch das stimmte nicht. Er war Kartenzeichner gewesen, angestellt beim Stadtbauamt von Nynäshamn. Enel hatte als Krankenpflegerin im dortigen Krankenhaus gearbeitet.

Önis hieß Marianne Öhnberg und war die einzige unter ihnen, die aus Jämtland stammte. Sie hatte jedoch mehrere Jahre in Stockholm gelebt und dort Mats bekommen. Sie hatte bei der Sozialfürsorge gearbeitet, in einem Heim für schwer gestörte Kinder. Sie war dick und hatte ein schönes Gesicht. Ihre Nägel hatte sie so weit abgekaut, daß das zerbissene Fleisch an den Fingerspitzen angeschwollen war. Neben Önis saß Lotta, zusammengekauert und mit einem Pullover über den Schultern. Sie hatte geweint. Ihr Gesicht und ihre Augenlider waren geschwollen, ihre Lippen sahen wund aus.

Sie sprachen leise übers Kochen. Nach einiger Zeit verstand Annie, daß es um Ziegenkäse ging. Sie redeten über Kraftfutter. Bert meinte, daß man den Lämmern zufüttern sollte. Petrus sagte, melodisch, daß die Weide ausreiche. Das Gras sei saftig genug, grün und herrlich. Er sagte hääärrlich. Seine Stimme war seltsam. Singend. Sie klang, als spräche er einen altertümlichen Dialekt. Nur welchen? Alles, was er sagte, klang ruhig und nachdenklich. Und er lächelte in seinen hellbraunen Bart, der um den Mund herum gelb war. Annie hatte eine Heidenangst, daß Mia eine Bemerkung darüber machen würde. Es sah in gewisser Weise so aus, als hätte er etwas gegessen, was dort hängengeblieben war.

Wenn ich erst ausruhen kann, werde ich dies alles wunderbar finden, dachte Annie. Diese Menschen, die einander helfen wollen. Die Ruhe.

Alle sprachen ganz leise. Nur Dan schwieg. Auch das war ungewöhnlich. Er saß in der Sonnenflut. Sie konnte nicht erkennen, ob er blaß war, ob er in seine schwere Gemütsverfassung geraten war.

Er war wohl nur müde. Müde und golden. Sobald Mia eingeschlafen wäre, würden sie miteinander schlafen. Still und intensiv – so, wie es fast nur dann sein konnte, wenn man sehr müde war oder leichtes Fieber hatte.

»Lotta…«

Petrus klang flehentlich. Annie verstand, daß sie bei den Problemen angelangt waren. Ich muß meine Ironie ablegen. Diesen Schutzschild. Dan pflegte ihr mit den Fingerspitzen leicht übers Gesicht zu streichen, wie um sie von einem Schmerz zu befreien. Diese Ironie wirst du da droben nicht brauchen, hatte er gesagt.

»Es ist schwierig, was zu sagen, wenn Neue dabei sind«, sagte Lotta, und Annie dachte: Das ist für die Zähne.

»Versuch es.«

»Ich bin in den letzten Tagen schier ausgetickt.«

Sie saß auf dem Fußboden und hatte sich mit dem Rücken an die Holzwand gelehnt, doch nun zog sie mit einer heftigen Bewegung die Beine an, schlug die Arme um die Knie und verbarg das Gesicht.

»Annie«, sagte Petrus.

»Ja?«

Alle sahen sie an.

»Wir würden dich gern kennenlernen«, sagte Petrus. »Erzähl doch mal, weshalb du so angespannt bist.«

Sie warteten. Sie war praktisch gezwungen, irgend etwas zu sagen. Dabei war es doch völlig klar, was sie beunruhigte. Warum mußte sie das also sagen? Auch wollte sie nicht darüber reden, wenn Mia dabei war, wenn die Kinder zuhörten. Die saßen still und aufmerksam neben ihren Eltern, und alle sahen sie an.

»Es ist wegen dem, was da passiert ist«, sagte sie. »Das Unglück am Lobberån. Ich hab sie doch gesehen.«

»Annie«, sagte Petrus und beugte sich so weit zu ihr vor, daß sie seinen Atem wahrnehmen konnte. Er roch ungewöhnlich. Wie der eines Tieres. Kam das von der Ziegenmilch?

»Daran sollst du nicht mehr denken«, fuhr er fort, und der

Geruch, gleichzeitig sauer und mild, strömte über sie. »Das ist jetzt weg. Das geht uns hier oben nichts an.«

»Aber ich habe doch gesehen... man muß doch daran denken, wie... ja, wie es passiert ist. Daß es aufgeklärt wird, meine ich. Wir leben doch so in der Nähe.«

»Nein!«

Das zu sagen, war ja phantastisch! Nein. Wir leben nicht in der Nähe. Doch sie kam nicht dazu, zu protestieren.

»Du hast das jetzt verlassen«, meinte Petrus. »Die Abendzeitungswelt. Du bist jetzt hier.«

»Lotta, Kleines!«

Brita hatte ihren Arm um den kantigen Rücken gelegt. Es sah aus, als säße ein Kind zusammengekauert auf dem Fußboden. Lotta hob das Gesicht, es war naß. Naß und verquollen.

»Was ist denn?«

»Es ist hoffnungslos, alle merken es gleich«, sagte sie. »Ich bin verdammt. Das ist ständig so. Alle sehen es mir an.«

»Das glaube ich nicht«, sagte Brita.

»Doch – sogar die Kleine. Die neue. ›Was du für graue Zähne hast‹, hat sie gesagt. Ich pack das nicht. Sie hat es sofort gesehen.«

Annie sah Mias Gesicht an, das mit vorgeschobenem Mund erstarrt war. Sie wußte, daß sie die Zähne fest zusammenbiß. Ihre Augenbrauen schossen vor, sie legte das Gesicht in Falten. Das Äffchen war hervorgetreten. Himmel, das geht in die Hosen, dachte Annie und sagte schnell:

»So hat Mia das nicht gesagt. Außerdem hast du eben gesagt, daß du in den letzten Tagen... nicht gut drauf warst. Und wir sind erst am Nachmittag gekommen.«

Kühl und scharf Himmel nochmal! Überdies sprach sie laut, als ob sie vor einer Klasse stünde. Alle sahen sie an, außer Lotta.

»Du mußt dich nicht rechtfertigen, Annie. Hier nicht. Wir sind Freunde«, sagte Brita. Annie wollte sagen, daß sie nicht sich selbst rechtfertige, verlor aber den Faden, denn sie hatte –

im Augenwinkel, blitzschnell – etwas Unglaubliches wahrgenommen: Dan lachte leise auf.

»Ist jemand unter euch, der noch etwas hat?« fragte Petrus. Der redet wie ein Buch, dachte Annie. Wie so eine verflixte Bibel. Vermutlich merkte er, daß alles am Entgleisen war. Sigrid mit den glänzenden Zöpfen holte tief Luft.

»Ja?«

»Das Mädchen spielt mit Barbiepuppen«, sagte sie.

»Mia?«

Sie nickte wiederholte Male.

»Jaja«, meinte Petrus. »Das werden wir hier wohl vergessen. Es gibt so vieles andere. Es gibt Lämmer und junge Kätzchen, Mia. Die sind lebendig und drollig.«

Er klang freundlich, sogar sehr freundlich, doch Mias Gesicht war unbewegt. Er sprach mit seiner singenden Stimme weiter, als ob er sie um jeden Preis umstimmen müßte. Das klappt nicht, wußte Annie. Nicht, wenn sie diese Miene aufhat.

»Die Barbiepuppen sind tot«, sagte er. »Nicht wahr?«

Jetzt geht alles den Bach runter, dachte Annie. Doch zu ihrer Verwunderung antwortete Mia fast leidenschaftslos:

»Dann müssen sie wohl beerdigt werden.«

»Das ist richtig, das ist richtig«, erwiderte Petrus. Er lächelte Annie an. Schmunzelte praktisch. Das heißt, der weiche, gegabelte Bart tat das.

Dann brachen sie auf. Es war warm draußen, doch konnten sie sich nicht auf der Weide aufhalten, denn die Gnitzen waren jetzt in vollem Gange. Annie wußte nun den Namen dieser nahezu Unsichtbaren. Sie lieferten ihr den Vorwand, mit Dan ins Haus zu gehen. Mia raste herein, holte Barbie und Ken und verschwand wieder.

Da entdeckte sie, daß die Matratze aus Lottas Bett verschwunden war. Vielleicht sollte sie das jetzt regeln. Aber das hatte noch Zeit. Eine Nacht konnten sie für sich allein haben. Dan verschwand wieder. Sie wußte nicht, was er tat, wenn er weg war. Doch das würde sich alles klären. Sie verließ das

Zimmer und sah sich die Küche an. Dort waren ein eiserner Herd, ein Tisch mit einer Wachstuchdecke sowie ein einziger Schrank an der Wand. Auf dem Boden standen Holzkisten. Vermutlich benutzten sie diese als eine Art Schrank oder Regal, denn es standen Tüten mit Lebensmitteln darin. Es war überall sauber, und über dem Herd hingen Kräutersträuße zum Trocknen. Onis und Enel, dachte Annie. Die sind sicherlich reinlich. Das ist schon mal gut. Dan muß jedoch einen Schrank bauen.

Vor dem Fenster war ein heulender Gesang zu vernehmen. Zu ihrer Verwunderung sah sie, daß Mia es war, die da sang. Sigrid und Gertrud schienen einzustimmen. Am Hang oberhalb des Hauses lag ein Haufen Blumen im Gras. Mia jaulte lauthals und schlug mit einem Birkenbüschel um sich.

Als Annie hinauskam, sah sie unter den Blumen Barbies nackten Fuß herausragen. Der kleine steife Fuß berührte sie unangenehm. Mia war mit großer Inbrunst dabei, Ken und Barbie zu beerdigen. Aus Holzstöckchen hatte sie ein Kreuz angefertigt. Es war gut gemacht, mit Zwecken zusammengehalten. Jemand mußte ihr dabei geholfen haben. Vielleicht war Sigrid schon so tüchtig.

»Eeeerde bist du, Staub und Tod, Gott ist der Toood, der Toood, der Toood, Staub und Erde«, sang Mia, und Annie wünschte, daß sie bald fertig wäre.

»Kommt der Vogel, der große Vogel, schlägt zu Staub im Toood dich!«

Sigrid und die kleine Gertrud versuchten mitzusingen, doch sie kannten den Text nicht, ebensowenig die Melodie. Schließlich war es zu Ende, ebenso definitiv, als wäre es nach der Agende verlaufen.

»Nun schlafen sie«, sagte Sigrid leise.

»Dann brauchen sie ein Zelt«, meinte Mia und raste ins Haus. Die Gnitzen schienen sie nicht zu stören. Annie hielt es nicht mehr aus. Sie stellte sich ans Küchenfenster und sah, wie Mia ein Taschentuch als Zelt über die Puppen und die Blumenernte breitete. Sigrid half ihr, es mit Stöckchen aufzuspannen. Als sie fertig waren, ließ Mia die beiden stehen, ohne sie noch eines Blickes zu würdigen.

Sie schlief ein, sowie sie im oberen Bett lag. Sie hätte sich wohl noch waschen müssen, doch Annie wußte nicht recht, wie das zugehen sollte. Morgen, dachte sie. Da fangen wir ernsthaft an. Dan war hereingekommen und hatte sich auf dem Bett ausgestreckt. Sein Gesicht war sehr blaß.

»Was ist das, was Lotta alle ansehen?« fragte sie.

»Was meinst du?«

»Das mit den grauen Zähnen.«

»Darüber reden wir, wenn Lotta dabei ist.«

Er hatte die Augen zugemacht. Seine Haut sah ein wenig grau und feucht aus. Es geht ihm nicht gut, dachte sie. Er hat wieder seine schwere Zeit. Trotzdem konnte sie es nicht lassen, noch einmal zu fragen.

»Ich will das wissen.«

»Amphetamin.«

»Ach so... ihr kümmert euch um sie. Um ihr zu helfen.«

»Wir kümmern uns um sie«, sagte er. »Du auch.«

Bevor sie sich ins Bett legte, ging sie hinaus, um Ken und Barbie zu holen. Das Kreuz war noch da und auch das Taschentuch, das ein Zelt darstellen sollte, sowie die Blumen. Aber die Puppen waren weg. Verdammte Gören, dachte sie. Scheinheilige kleine Monster. Obwohl es ja menschlich ist. Sie wünschen sich nichts sehnlicher. Und morgen werde ich aufhören, schlecht zu denken und schroff zu reden. Das sind doch nur Kinder.

Petrus und Brita waren schon zu Bett gegangen. Annie fühlte sich unbehaglich, als Petrus in einem graugestreiften, fast bodenlangen Nachthemd öffnete. Sie flüsterte leise, daß Sigrid und Gertrud Mias Puppen mitgenommen hätten. Er zog sie ins Haus. Mücken und Gnitzen schwärmten in die Wärme des Hauses, wenn die Tür offenstand.

»Das waren nicht die Mädchen, die sie geholt haben«, sagte er. »Das war ich. Mia wird sie nicht vermissen. Du hast es selbst gehört. Sie hat akzeptiert, daß sie tot sind.«

»Das mag schon sein«, entgegnete Annie. »Aber es ist wohl das beste für uns alle, daß sie von den Toten auferstanden sind, wenn sie morgen früh aufwacht.«

Er starrte sie aus runden, blauen Augen an. Trauer lag in seinem Blick.

»Gib sie mir«, sagte sie.

Er ging langsam zur Brennholzkiste und öffnete sie. Als er ihr die Puppen reichte, sah er unendlich traurig drein. Sie glaubte ihn aber schon zu kennen. Der ist nicht traurig, dachte sie. Der ist stinksauer.

Er hätte nie erzählen sollen, wie er hieß. Er hätte etwas anderes sagen sollen, so wie sie. Doch nun wußte sie, daß er Johan hieß, und verdrehte es zu Jukka. Zu Hause sagten sie zwar Pekka zu Per-Erik. Aber Jukka war zu finnisch.

»Jukka, Jukka, Jukka…«

Das sagte sie, als sie auf ihm saß und sich mit seinem Schwanz in sich bewegte. Er schämte sich. Aber die Scham war süß. Und sie lachte.

Er hatte bis weit in den Vormittag geschlafen und war verschwitzt aufgewacht, die Sonne direkt im Gesicht. Er hatte sich ein wenig gefürchtet. Keine richtige Angst verspürt. Nur eine leise Bangigkeit. Würde sie ihm sagen, daß es Zeit sei, Leine zu ziehen? Er hatte doch kein Geld. Er mußte bleiben, zumindest bis das St.-Hans-Wochenende vorüber war. Oder sich etwas leihen. Aber würde sie ihm Geld leihen? Womöglich würde sie ihn auslachen. Oder ihm auch eine ganze Menge geben, mehrere hundert. Er wußte es nicht.

In einem Korb brachte sie Teebecher und eine Kanne mit, als sie kam. Und belegte Brote. Alles wirkte alltäglich, beinahe normal. Er glaubte zunächst, auf den Broten sei Molkenkäse, doch es war Erdnußbutter. Sie aß nichts. Aber sie nahm von dem Tee. Und verdarb ihn erst einmal, indem sie Milch hineingoß. Sie hätte erst fragen können.

»Ich geh und setze frischen Tee auf«, sagte er.

»Du darfst nicht rausgehen«, lachte sie.

»Ich muß raus!«

»Ja, aber stell dich zum Pissen nicht so hin, daß sie dich vom Haus her sehen.«

Als er am Flußufer stand und das Birkenlaub sich über ihm bewegte und glitzerte, fiel ihm ein Traum ein, den er unmittelbar vor dem Aufwachen geträumt hatte. Er war über große Wälder geflogen. Es herrschte eine blaue Dämmerung, und er flog mit dem Körper, ohne darüber verwundert zu sein. Unter ihm waren nichts als Laubkronen. Er flog tief und sah Rauch und Funkenwirbel von Feuern, die in den Aushauen glommen.

Wieder in der Hütte erinnerte er sich, daß Ylja, als sie auf der Matratze lagen, etwas erzählt hatte. Nämlich, daß Europa einmal vom Kaukasus bis zum Atlantik von großen Wäldern bedeckt gewesen sei. Wenn auch der Kaukasus damals anders geheißen habe, wie, habe man vergessen. Beim Sommersonnenstand hätten die Leute Feuer angezündet. In ganz Europa. In den Wäldern, die nicht Europa geheißen hätten.

Das Merkwürdige war, daß er davon geträumt und die Laubbäume in der Dämmerung gesehen hatte. Kastanien und Eichen, dunkle Ulmen, Linden und Eschen. Dichtes Haselgestrüpp. Gemeinen Schneeball. Roten Hartriegel. Er war sich nicht einmal sicher, all diese Bäume in Wirklichkeit schon gesehen zu haben. Sie hatte die Wörter gesagt, und er hatte geträumt, daß er sie sehe.

Nachdem er die Brote aufgegessen hatte, verschloß sie die Tür. Sie trat ans Fenster und zog die Vorhänge zu. Er hätte sich gern die Zähne geputzt, traute sich aber nicht, es zu sagen. Er fürchtete, daß sie ihn auslachen würde. Sie zog den Reißverschluß auf und stieg aus ihrer Jeans. Diese blieb auf dem Fußboden liegen und zeigte die Löcher für die Beine und die Füße. Er dachte an einen Zeichentrickfilm. Wenn sie rückwärts ginge, würde sich die Jeans wieder an ihren Beinen hochschieben und um den kleinen, festen Po schließen. Sie ist gar nicht so alt, wie ich gestern vermutet habe, dachte er. Denn dann wäre ihr Arsch platter. Oder hat sie ein Hohlkreuz?

Sie warf den gestreiften Pullover von sich, und er sah wieder ihre Brüste. Sie glichen einer Art blasser, spitzer Marmeladenmuffins, die Gudrun immer buk. Er bekam gute Laune bei diesem Gedanken, und das ängstliche Gefühl verschwand. Er hatte gute Lust, zu sagen: Willst du einen alten Bekannten besuchen? Es flog ihn an, als sie mit der Matratze auf dem Fußboden gelandet waren und er in sie eindringen wollte. Er fürchtete jedoch, daß es dumm klingen würde. Sie hatte noch immer ihren Slip an, und als er daran zog, zerriß er. Sie zerrte daran und schleuderte ihn ungeduldig weg.

»Der ist ja aus Papier!«

Sie sagte nichts darauf. Er vergaß beinahe, was er gerade trieb, denn er sah sich das weiche, hellblaue Papierhäufchen an. Und das war gut so, denn auf diese Weise konnte er sich länger zurückhalten.

Sie war jetzt zufriedener mit ihm. Obwohl sie eine merkwürdige Art hatte, dies zu zeigen: ihn auf den Hintern schlug, daß es brannte, ihm mal die rechte, mal die linke Hinterbacke klopfte und klatschte.

Als sie sich wieder angezogen hatte und die Vorhänge aufziehen wollte, rief sie ihn. Sie schielten durch einen Spalt.

»Siehst du ihn?«

Er sah einen Mann mit recht vielen grausilbrigen Strähnen im dichten Haar, das einmal schwarz gewesen war. Aber er war wohl noch gar nicht so alt. Er stand am Flußufer und blickte übers Wasser. Er trug eine grüne, winddichte Hose mit Taschenklappen auf den Schenkeln und ein grünkariertes Hemd.

»Er soll dich nicht sehen«, sagte sie. »Vergiß das nicht.«

Johan sagte, daß es unmöglich sei, den ganzen Tag nur in der Hütte herumzuhängen. In einem alten Schneehuhnschuppen. Das brauche er auch nicht, meinte sie. Es reiche, wenn er sich vom Haus fernhalte.

»Es ist nicht so schlimm, wenn die andern dich von weitem sehen. Doch vor ihm sei auf der Hut.«

»Von ihm droht Gefahr«, sagte sie mit ihrem offenen, frechen a. Er wußte nicht, ob sie scherzte. Jedenfalls konnte er bleiben.

Der Sonntag wurde ebenfalls ein heißer Tag. Er trottete umher, ohne dem Haus zu nahe zu kommen. Es gab einen großen Hundezwinger, aber keine Hunde. Die Hütten waren von Birkenschossen aufgebrochen worden. Helle Büschel krochen aus den Eingangslöchern hervor. Er fand den Eisschuppen: leer, und das bestimmt schon seit Jahrzehnten. Eigentlich wäre Eis unter Sägespänen gut gewesen, denn es gab hier keine Elektrizität. In einem Schuppen mit alten Gerätschaften und rostigen Heringseimern fand er einen Rattenkäfig. Er stöberte in dem Gerümpel und fand schließlich eine Holzwinde mit einer Kurrleine. Er holte seine Seife und den Eimer mit dem Aal, den er ans Flußufer gestellt hatte, und lief im Schutz des Waldes zu dem kleinen Wasser in der runden Bergschale, das er am Morgen, als sie gekommen waren, gesehen hatte. Er ging zur Nordseite des Waldsees, wo die Ufer steil und felsig waren.

Der Aal war matt. Er rührte sich nicht in dem viel zu warmen Wasser. Ihn in den Rattenkäfig zu bekommen, war nicht schwierig. Johan tauchte ihn eine Weile unter Wasser, damit sich das Tier erholte, zog den Käfig dann wieder hoch und betrachtete den Aal genau. Lange Flossen zogen sich am Körper entlang. Der Kopf lief vorn spitz zu. Die Nase war platt und glänzend schwarz. Der Körper war ein langer, starker Muskel. Nur Wille. Oder Trieb. Nur etwas Starkes, das wollte. Am Bauch war er weiß.

Wenn es stimmte, was er gelesen hatte, konnte sich der Aal auch von hier aus bis zum Meer fortbewegen. Sich durch den Tau schlängeln, in Rinnsalen klettern. Ein Wanderaal kam ebensoschnell vorwärts wie ein Mensch zu Fuß. Er wußte immer, was er wollte. Er wußte vielleicht nichts anderes.

Johan knotete die Leine an dem Stahldrahtnetz fest und warf den Käfig dann ins tiefe Wasser hinaus. Es war, als quälte er den Aal. Doch er wollte ihn nicht freilassen. Die Leine ließ er durch Steinspalten zu einer Kiefernwurzel laufen, wo er sie festknotete.

Nachdem er mit dem Aal fertig war, zog er seine Jeans und seine Unterhose aus und wusch sie. Es war schwierig, sie lediglich mit Seife und Wasser, das so kalt war, daß die Hände erstarrten, sauber zu bekommen. Als die Kleider einigermaßen ausgespült schienen, hängte er sie an eine Birke und legte sich auf eine Felsplatte, um zu warten, daß sie trocken würden.

Für die Gnitzen war es zu warm. Nicht einmal die Mücken waren richtig in Schwung. Er schlug mit einem Birkenbüschel nach den Bremsen. Die Sonne brannte auf den Felsen, und die Brisen, die die Wasseroberfläche kräuselten, trieben ihm einen Schauer über die Haut, der sich schnell wieder legte, sobald es windstill wurde.

Er schlief ein. In der Sonnenhitze glühten seine Wangen, als ob er Fieber hätte. Das Rauschen der Birkenblätter in der Brise drang in seinen Dämmerschlaf. Wie führerlose Pferde zogen jetzt Wolken über den Himmel. Er spürte ihre Schatten als Frösteln. Als sie weiterzogen, wurde das Licht stärker und drang durch seine geschlossenen Augenlider. Der Wald duftete bis in seinen Schlaf hinein.

Er hatte ein Bein angewinkelt, und sein Glied ruhte auf dem Schenkel, als er erwachte. Ihm war, als habe er etwas geträumt oder als habe ihn jemand angesehen. Er ließ den Blick am Ufer entlangschweifen, sah aber nur ein Wirrwarr von Grün in Grün. Finn, der grüne Jäger, schoß es ihm durch den Kopf. Etwas, was die Großmutter erzählt hatte. Oder aus »Allers«. Wie auch immer, es ging nicht. Grün in Grün in Grün. Er fühlte sich sonderbar leer innerlich, ein grüner Wirbel aus Vergessen, und die Haut fühlte sich wie von Blicken geleckt an.

Er stand auf und mühte sich in die nasse Jeans. Jetzt fror er. Er wußte nicht, wo Ylja war und wann sie ihn aufsuchen würde. Er hatte wieder Hunger. Er mußte in den Schneehuhnschuppen zurückkehren, sich hinlegen und darauf warten, daß sie sich zeigen und ihm eine Existenzberechtigung verleihen würde. Das Ganze war ein verdammter Scheißdreck, und er mußte nicht ganz bei Trost gewesen sein, als er von zu Hause abgehauen war. Daß Torsten Vidart hinter der Einhegung zusammengeschlagen hatte, war schließlich nicht der dritte Weltkrieg. Es war verdammt roh gewesen, ihn in Aldas alten Brunnen hinunterzulassen. Aber dadurch, daß er von allein wieder heraufgekommen war, hätte er eine gewisse Oberhand gewonnen, wenn er geblieben wäre.

Nein, keine Oberhand. Möglicherweise eine Existenzberechtigung.

Welch ein Wort! Es hat sich ihm ins Hirn gesetzt. Ehe er ging, holte er den Rattenkäfig herauf und sah nach dem Aal. Es war ein Mordsbursche. Mit einem besseren Messer als dem Fjording hätte er ihm den Kopf kappen, zum Haus hinaufgehen und eine Weile der King sein können. Einen Rauchfang dürfte es ja wohl geben.

Er warf den Käfig hinaus und verbarg die Leine sorgfältig unter Steinen.

Es gab nichts anderes zu tun, als zu schlafen. Den Hunger wegzuschlafen. Frauenstimmen drangen zu ihm in die Hütte. Viele und helle, mitunter schrille Stimmen. Durch das Fenster, das zum Fluß hin ging, konnte er niemanden sehen. Er öffnete vorsichtig die Tür einen Spaltbreit und erhaschte einen kurzen Blick auf eine Menge Frauen und den grüngekleideten Mann. Als er die Tür wieder zumachte und sich auf die Pritsche legte, klangen die Stimmen wie Möwenschreie.

Der Typ glich einem Fuchs. Einem Silberfuchs. Schlank, ziemlich spitze Nase, schräge Augen. Und seine Stimme war deutlich aus dem Gemurmel der Frauen herauszuhören. Auch er hatte einen finnischen Akzent. Obwohl man das nicht sagen durfte.

Ylja ließ sich erst spät am Abend blicken. Sie brachte etwas zu essen mit. Geräuchertes Renherz. Nur ein kleines Stück war davon ausgeschnitten. Schrotbrot. Gesalzene Almbutter und kalte gebratene Forellen. Gekochte Mandelkartoffeln, die noch lauwarm waren. Und Wodka, Koskenkorva.

Es war merkwürdig, daß sie Koskenkorva trank. Alles andere an ihr war großbürgerlich. Das sagte er auch. Allerdings wenig fein, fand er. Sie entgegnete, daß klarer Schnaps am besten verträglich sei und den geringsten Kater verursache. Das klang recht erfahren. Sie bot ihm welchen an, und er versuchte so zu trinken, als ob auch er es gewohnt sei. Oder es zumindest nicht ungewöhnlich fände. Allerdings konnte er schwer einschätzen, wieviel es war, denn sie schenkte direkt ins Trinkglas ein. Er hatte ein norwegisches Pilsner getrunken, das säuerlich schmeckte. Als er wieder Durst bekam, mußte er aus dem Fluß Wasser holen.

Er aß alles auf. Es mußten Reste vom Abendessen aus dem Haus sein. Sie lachte, als er sich das ganze Renherz einverleibte. Dann zog sie ihn auf die Matratze.

Er fühlte sich benommen und verrückt. Hin und wieder hatte er sogar eine Sekunde lang Angst. Dann war er wieder ganz aufgekratzt und weg. Da war ihm, als gäbe es nichts anderes als Yljas weichen Körper und das Licht der Nacht vor dem Fenster. Die Stimmen der Vögel und das Geplätscher des Wassers. Den intensiven, beinahe unerträglichen Genuß, als sie etwas unter seinen Hodensack hielt und den Orgasmus verlängert, obwohl der bereits abklang. Ihn bis zur Schmerzgrenze verlängerte. Schließlich kam er dahinter, daß es die Branntweinflasche war. Sie kühlten sie jedesmal, wenn jemand von ihnen pinkeln mußte, im Fluß ab.

Er wußte nicht, wo er sich befand, als er erwachte. Und er hatte fürchterlich Durst. Sie gab ihm Wasser und sagte, daß er im Schneehuhnschuppen von Trollevolden sei, daß er Johan Brandberg heiße und am 21. Februar 1957 geboren sei. Er hatte ihr also erzählt, wann er geboren worden war. Was hatte er noch gesagt?

Sie goß ihm ein Schlückchen Wodka ins Glas, nachdem er

das Wasser ausgetrunken hatte. Er fragte, wann sie geboren sei. Er fand, daß er ein Recht habe, dies zu erfahren.

»Ich bin Skorpion«, antwortete sie. Mehr bekam er nicht aus ihr heraus.

Sie wimmerte ein wenig, wenn es schön war für sie. Er wollte alles mögliche machen, damit sie so jammerte und wimmerte. Sie wirkte dann jung und empfindsam, und es war, als suche sie bei ihm Schutz. Ihm schwindelte. Womöglich kam das vom Schnaps. Oder von der Müdigkeit.

Sie würde wahrscheinlich wieder ins Haus hinaufgehen, wenn er eingeschlafen wäre, deshalb hielt er es für das beste, sie einiges zu fragen, solange er noch die Augen aufhalten konnte. Er wollte wissen, warum er sich nicht zeigen dürfe und wann sie zurückkommen werde. Darauf sagte sie nur, daß er tagsüber nicht viel von ihr sehen werde.

»Wir werden eine Wanderung machen.«

»Wohin?«

»Zur Steingudhulen, wenn du es wissen willst.«

»Wer denn alles? All diese Frauen? Und der Silberfuchs?«

Sie lachte über seinen Namen für den Grüngekleideten.

»Steingudhulen? Ist das eine richtige Höhle?«

»Das will ich meinen«, sagte sie in einer Art Norwegisch.

»Warum kann ich nicht mitkommen?«

»Das ist kompliziert«, sagte sie. »Komm jetzt, Jukka. Vergiß die Höhle. Vergiß diese Weiber.«

Er blieb jedoch hartnäckig. Er wollte wissen, wer die Frauen waren. Und der Grüngekleidete.

»Warum ist er gefährlich?«

»So gefährlich ist er gar nicht«, murmelte sie schläfrig in seine Drosselgrube.

»Das hast du aber gesagt.«

»Nur für dich gefährlich, kleiner Jukka.«

»Ich bin nicht klein.«

»Nein, so groß, so groß«, sagte sie zärtlich und packte ihn sanft am Schwanz, der reagierte, obwohl Johan das gerade gar nicht wollte. Von dem Renherz hatte er Durst, und das half ihm, seine Konzentration aufrechtzuerhalten. Er legte sich auf Ylja und umfaßte fest ihre Oberarme. Doch er tat ihr nicht weh. Sicherheitshalber fragte er.

»Nein, du tust mir nicht weh. Du tust mir gut. Aber beeil dich und komm jetzt rein. Du frierst.«

»Jetzt nicht.«

Er wollte es wirklich wissen.

»Bist du dir sicher, daß du es wissen willst?«

»Ja, klar.«

»Wenn du es aber erst einmal weißt, bist du gefangen, kleiner Jukka.«

»Wenn ich was weiß? Wer die sind, meinst du?«

»Das sind Frauen vom alten Stamm«, murmelte sie. »Er ist der Wanderer. Und du bist der neue.«

»Der neue was?«

»Der neue Wanderer.«

Er ließ sie los, und sie robbte zur Flasche und schenkte vorsichtig etwas in ihr Glas. Nachdem sie getrunken hatte, lag sie mit geschlossenen Augen entspannt auf dem Rücken. Rauh wie Sand glitt ihr blondes Haar durch seine Finger. Ihre Lippen waren blaß. Auf der Brust und am Hals hatte sie rote Flecken. Womöglich hatte er sich zu fest an ihr gerieben. Um den Mund herum war sie ebenfalls ein bißchen gerötet.

»Der Wanderer kommt immer mit einem lebendigen Tier gegangen. So wie du. Da weiß man: das ist er. Das Tier ist sein Begleiter. Auf diese Weise erkennen sie ihn. Oder einige von ihnen. Bald werden es die anderen auch wissen.«

»Welche anderen?«

»Die Frauen. Dann nehmen sie dich anstelle des alten Wanderers.«

»Des Silberfuchses?«

Sie lachte auf, die Augen hatte sie geschlossen.

»Ja. Er ist mit einem Fuchs gekommen. Das ist richtig. Mensch, Johan. Du hast Gaben, du.«

»Was sind das für Frauen?«

»Sie gehören einem alten Stamm an.«

»Wie den Skoltlappen oder so?«

»Nein ... nicht so nördlich. Sie lebten in den großen Wäldern zwischen dem Kaukasus und dem Atlantik.«

»Solche Stämme gibt es nicht mehr.«

»In gewisser Hinsicht nicht. Aber trotzdem. Sie waren matrilinear.«

Er versuchte, diesem Wort einen Sinn zu geben, kam sich aber dumm vor dabei. An Matrize dachte er und an linear. Doch das ergab keinen Sinn.

»Sie rechnen ihre Abstammung von der weiblichen Linie«, erklärte sie beinahe flüsternd. Er wollte nicht, daß sie jetzt einschlief. Er wollte hören. Er glitt wieder in sie und weckte sie mit sanften Bewegungen. Sie war fast zu feucht. Sie waren zusammen feucht. Er hatte viel dazu beigetragen.

»Und dann ist da das Geheimnis«, sagte sie. »Das hüten sie.«

»Welches?«

»Ihr Geheimnis. Das mit dem Wanderer und daß sie dem alten Stamm angehörten. Der Stamm wurde ja aufgelöst. Sie wurden entführt. Heirateten weg. Bekamen Töchter. Aber sie haben ihren Töchtern das Geheimnis erzählt. Und sie haben es nie jemand anders erzählt – denn das ist gefährlich. Vielleicht war da mal eine, die es mal weitergesagt hat. Doch das ist ins Auge gegangen.«

»Wie das?«

»Rate!«

»Aber du erzählst das doch jetzt.«

»Dir, ja. Du bist der neue Wanderer. Er ist der einzige, der es wissen darf. Früher tötete er den alten und trat an seine Stelle.«

»Als was?«

»Priester. König ... Häuptling. Was du willst.«

»Eine Sekte also? Und er ist der Führer.«

»Nix. Er ist nur der Wanderer. Er gehört ihnen.«

»Sie heiraten also nicht?«

»Natürlich heiraten sie«, sagte Ylja. »Sie heiraten, kriegen Kinder und werden Ehefrauen, lernen etwas und ergreifen Berufe. Sie leben ganz normal.«

»Und wo?«

»Überall. Sie sind verstreut … versprengt womöglich. Aber sie bewahren das Geheimnis. Und manchmal treffen sie ihn und begehen ihre Feste. Er reist umher. Trifft sie an einem der heiligen Orte, dem, der ihrem Wohnort am nächsten liegt.«

»Sie treffen sich also nie alle auf einmal?«

»Das ist unmöglich. Es gibt welche, die in Israel leben. In Amerika. Die meisten allerdings in Europa. Wenn sie können, fahren sie an den Ort, wo er sich zeigen wird. So wie hier.«

»Das ist doch Quatsch«, sagte er und hielt ihre Oberarme fast ein bißchen zu fest umfaßt.

»Ja, natürlich«, sagte sie leichthin. »Doch sei auf der Hut vor dem alten Wanderer. Wenn ihm klar wird, daß du an seine Stelle treten willst, tötet er dich vielleicht. So was ist schon vorgekommen. Früher tötete der alte alle neuen, die seinen Platz einzunehmen drohten. Oder er wurde selbst getötet. Heutzutage weicht der alte für gewöhnlich.«

»Wie weicht?«

»Zieht seines Wegs. Versucht, ein neues Leben zu finden. Ein normales, oder wie man sagen soll. Das ist aber gar nicht so leicht nach all den Jahren. Er hat nie gearbeitet.«

»Wovon lebt er dann?«

»Von den Frauen. Einige von ihnen sind wohlhabend. Sie stiften. Auch für die Reisen der anderen.«

»Ist es die Grotte, zu der sie wollen?«

»Ja.«

»Was werdet ihr dort machen?«

»Das darfst du erst wissen, wenn du eingeweiht bist. Jetzt sollst du dich nicht zeigen, bevor das Fest vorbei ist. Wir werden es den alten Wanderer hinterher wissen lassen.«

»Du lügst«, sagte er. »Du glaubst, ich sei so kindisch, daß ich darauf hereinfalle.«

Sie lachte. Das klang jetzt so weich. Sie war viel weicher, viel netter geworden. Er hatte nicht mehr so viel Angst vor ihr wie am Anfang. Doch er mochte es nicht, wenn sie ihn aufzog.

»Erzähl, was ihr morgen machen werdet. Im Ernst. Und wer diese Frauen sind.«

»Wir werden zur Steingudhulen gehen.«

»Ich glaube nicht, daß es die gibt.«

»Aber ja doch, sie liegt im Fjäll. Der Pfad am Eisschuppen vorbei. Du kannst morgen Vormittag durch einen Spalt im Vorhang gucken, dann siehst du, wie die ganze Gesellschaft den Fluß überquert.«

Als sie mit geschlossenen Augen auf dem Rücken lag, konnte er sie ganz genau betrachten. Er guckte und fühlte mit der Zunge. An den Schläfen war ihre Haut so dünn, daß er blaue Adern darunter sah. Auch diese waren dünn. Ihre Brust war flach, wenn sie so dalag. Der Marmeladenklecks in der Mitte war braunrosa. Auch auf der Brust hatte sie blaue Adern. Am linken Oberarm war sie geimpft. Ansonsten hatte sie keine Narben. Das blonde, krause Haar zwischen den Leisten war noch drahtiger als das andere. Es kitzelte ihn an der Nase und roch nach Meer. Sie war jetzt lieb. Vielleicht zog sie ihn gar nicht auf. Fand es einfach nur amüsant. Morgen wird sie mir sagen, wer sie ist, dachte er. Etwas erzählen, was stimmt. Über sich selbst. Sie mag mich jetzt.

Als sie ihn verließ, konnte er nicht schlafen. Er hatte ja fast den ganzen Tag geschlafen. Er wußte auch nicht genau, welcher Tag gerade war. Sonntag oder Montag. Sie waren ineinandergeflossen. Er war müde, und ihm brannten die Augen. Er ging trotzdem hinaus in die von Vögeln brausende und lichtklare Nacht. Das war besser, als auf der Pritsche zu liegen und die Balkenlagen des Schuppens zu zählen.

Im Haus schliefen jetzt alle, und er konnte darum herumstiefeln und es sich ansehen. Er starrte die dunklen, körnigen Schindeln an, die die Wände bedeckten. Auf den Firsten saßen schwarze Silhouetten von Drachenköpfen. Es gab eine eiserne Wetterfahne, die wie eine dreizüngige Flagge geschnitten war. Die Fensterscheiben waren alt und blasig. Sie glänzten rötlich in der Morgensonne. Im oberen Stockwerk waren alle Vorhänge zugezogen.

Er fragte sich, wo die Grotte wohl lag. Wenn es sie überhaupt gab. Ylja hatte gesagt, daß es nicht weit sei. Der Pfad, der beim Eisschuppen begann, führte auf einem Steg aus zwei Stämmen über den Fluß und dann weiter durch ein ansteigendes Moor. Er war leicht zu begehen und zog sich zwischen Inseln aus festem Boden, auf denen die eine oder andere Krüppeltanne und Birken wuchsen, durchs Moor. Johan schlug ihn ein und genoß es, sich schnell zu bewegen, ohne dabei zu denken. Sein Körper wurde warm, und all seine Angst verschwand. Rings um ihn riefen und pfiffen Hunderte von Vögeln. Tausend, dachte er. Tausend Vögel rufen, und ich laufe und laufe.

Der Pfad schien ins Fjäll hinaufzuführen. Nach zwanzig Minuten wurde er steiler. Er führte über einen Felsboden, der sich allem Anschein nach in ost-westlicher Richtung erstreckte. Lange, bergige Fjällausläufer. Schließlich balancierte Johan auf einem äußerst schmalen Rücken und näherte sich der Fjällflanke. Oder dem Berg, dachte er. Die Norweger nennen jeden Buckel Fjäll.

Der Pfad verlief auf Absätzen im Berg. Bald schon mußte Johan klettern. Jetzt, da er im Steilhang nur noch langsam vorankam, drehte er sich um. Was er sah, war unglaublich. Das Meer. Das ganze Meer. Nebelblau in der Morgensonne. Der Dunst am Horizont war rötlich und durchglüht. Dort draußen war Sonne. Über den Fjällkämmen bauschten sich allmählich die Wolken auf.

Er hatte angenommen, daß sie weit oben im Fjäll seien, zur schwedischen Grenze hin. Sie waren jedoch in der Nähe des Meeres. Höchstens ein paar Kilometer von der Küste entfernt, und er sah, Menschenskind, bis Amerika. Der Bergrücken, auf dem er balanciert war, erstreckte sich eher zwischen Nordosten und Nordwesten. Er beschloß, ganz hinaufzuklettern und zu gucken.

Als er sich auf dem Weg nach oben in den Spalten festhielt, bereute er seinen Entschluß. Der Abgrund begann ihn zu erschrecken. Der Pfad war noch immer deutlich zu sehen, führte jedoch im Zickzack den Felsen hinauf. Unter ihm öffnete sich eine Schlucht, in der er Vögel fliegen sah. Der erste Wolkenbausch, der angetrieben kam, machte ihm das Gesicht naß. Dann wurde es für einige Augenblicke klar, und er sah Wolken unter sich. Sie flossen in der Schlucht. Zerrissen, dampfend. Kiefernkronen schimmerten im Wasserdunst. Er sah sie von oben, wie die Vögel.

Er beschloß, nicht mehr hinunterzusehen. Nur noch, von Steinabsatz zu Steinabsatz, nach oben zu kommen. Sich gründlich vorzusehen, bevor er eine sichere Stelle verließ. Nachzuprüfen, ob unterm Fuß ein Stein locker war. Nach oben zu kommen und einen besseren Abstieg zu finden, einen, der weniger steil war. Eine Grotte sah er nicht. Es war alles nur ein verfluchter Quatsch, und er war wie im Rausch gelaufen und gelaufen und saß nun an der Fjällflanke fest. Die Wolken trieben unter und über ihm, und von ihrem Geniesel war er durch und durch naß.

Als er oben ankam und feste, mit Flechten überzogene Felsen unter den Füßen hatte, kam der Regen in Böen, und er sah das Meer nicht mehr. Er kauerte sich zusammen und wartete auf bessere Sicht, doch die Luft verdichtete sich immer mehr. Er saß in der Wolkenmütze des Fjälls und triefte. Ihm wurde klar, daß er niemals einen besseren Weg finden würde. Eher lief er Gefahr, sich hier oben zu verirren. Er machte sich an den Abstieg. Den Bauch an die rauhe und rissige Bergflanke gepreßt, prüfte er mit dem Fuß, ob es unter ihm locker war, und hielt sich so fest, daß ihm die Finger weh taten, wenn er den Schwerpunkt verlagern wollte.

Eine Windbö fuhr ihm mit einem kalten Schauer über den

Rücken, doch dann kam noch eine und schien das Schlimmste hinwegzufegen. Die Sonne blitzte auf. Er wagte, einen Blick über die Schulter zu werfen und sah bis nach unten. Das Meer war wieder da. Es kochte vor Licht.

Als er so weit gekommen war, daß er, ohne sich mit den Händen abzustützen, aufrecht gehen konnte, fiel sein Blick auf ein grobes Seilende. Es war um einen Kiefernstamm gebunden und hing auf der anderen Seite des Felsens hinunter. Er trat vor und sah nach unten. An dem Seil waren Knoten. Es endete kurz über dem Boden, der abgetragen und zertrampelt war. Dort, wo das Seil endete, schien ein Pfad zu beginnen.

Er begriff, daß man sich hinunterhangeln sollte. Der Pfad führte zur Bergflanke hin. Sie war senkrecht und öffnete sich zu einem großen, fast ovalen Loch.

Die Grotte. Es gab sie also doch. Als er an dem Seil hinunterrutschte, wurde ihm klar, daß er das schlimmste Stück ganz umsonst gegangen war. Die Grotte lag nicht so hoch. Hierher wäre der Pfad leicht zu begehen gewesen. In der Öffnung wuchs Farn. Er hing von der Decke der Höhle herab. Der schwarze Stein war mit Flechten überzogen. Aber nur ein Stück. Weiter drinnen wurde er steril. Johan stand auf Stein und Kies. Der Berg verwitterte und barst. Wohl immer dann, wenn im Frühjahr die Kälte nachließ.

Eben war nur das erste Stück. Dann fiel der Boden steil in die Dunkelheit ab. Es mußte eine verdammt große Grotte sein. Er würde Ylja berichten können, daß er jetzt darin gewesen war. Das hätte sie nicht von ihm erwartet! Er mußte aber noch ein Stück weiter hinein. Dort drinnen mußte es etwas geben, von dem er sagen könnte, daß er es gesehen habe. Damit sie ihm glaubte.

Er konnte nicht hinuntergehen. Es war zu steil. Er mußte sich auf den Hosenboden setzen und rutschen, einen Mischmasch aus Kies und Lehm unterm Hintern. Gleich raucht die Jeans, dachte er, denn manchmal mußte er recht scharf auf der Erde bremsen. Große, erdverwachsene Steine ragten auf, an denen er sich festhalten konnte. Seine Augen gewöhnten sich an die Dunkelheit und den spärlichen Lichteinfall von oben. Es roch streng und leblos nach den Steinen und dem Lehm. Ein Geruch nach Unterwelt. An der Decke gab es nichts als Stacheln und Flossen aus Stein. Nicht ein Fleckchen Moos.

Schließlich gelangte er auf ebeneren Boden. Er wollte mit der Stimme die Größe des Raums testen. Doch seine Kehle war wie zugeschnürt. Rufen wäre unangenehm. Feuchtigkeit und Kälte bedrängten ihn, und er wurde schwerfällig. Er wollte sich zusammenkauern und warten. Doch es würde nichts geschehen. Er war mit einem strengen Geruch und mit der Finsternis und Kälte des Berges allein.

Als er den Kopf wandte, sah er die Öffnung der Grotte, sie blendete ihn. Er mußte den Kopf in die andere Richtung drehen und ein Weilchen so dasitzen, um in der Dunkelheit wieder etwas sehen zu können. Er hob Steine vom Grottenboden auf und warf sie um sich. Sie trafen auf eine Wand. Er warf nun so, wie man mit Fliegen angelt, systematisch in einem Fächer von dem Platz aus, auf dem man steht. Im rechten Winkel zum Abstieg traf der Stein auf keine Wand. Johan hörte ihn weit entfernt im Kies aufschlagen.

Dort war also ein Gang. Die Grotte führte noch weiter. Wie weit? Er wollte es nicht wissen. Er würde jetzt umkehren. So viel konnte er Ylja jedenfalls erzählen: in welche Richtung die Höhle weiterführte.

Um besser zu hören, wann die Steine auf den Boden fielen, hatte er beim Werfen die Augen zugemacht. Als er sie öffnete, sah er ein Stück weiter.

Dort war ein Stein. Groß und grob ragte er empor. Verjüngte sich nach oben. Er war größer als ein Mensch.

Johan bekam rasende Angst. Sie überfiel ihn ohne Vorwarnung. Vorher war ihm unbehaglich zumute gewesen. Jetzt aber kam der Schrecken. Der war so stark, daß er ganz vergaß, vorsichtig zu sein. Er rannte nach oben. Unter ihm rutschten der Kies und die Steine und rissen ihn wieder mit hinunter. Gegen seinen Instinkt mußte er Ruhe bewahren, wollte er hinauskommen. Sich gegen die Steine stemmen. Krauchen. Endlich bei der Öffnung der Grotte angelangt, legte er das Gesicht auf das rauhe Fell aus Krähenbeerengestrüpp und Moos, und nach einer Weile schmeckte und roch er lebendige Erde.

Er wußte nicht, wovor er Angst bekommen hatte. Er wollte auch nicht darüber nachdenken. Es nützte nichts. Das einzige, was er wußte, war, daß er weg mußte. Zuerst runter zu dem Jagdhaus und dann zur Straße. Trampen.

Die Frauen kamen auf dem Pfad gleich oberhalb des Flusses. Er hörte sie schon von weitem, sprang auf und versteckte sich auf einem der Hügel. Er lag tief hinter einem großen Birkenstamm, der mit seinen Porlingen langsam vermoderte. Er konnte sie heimlich beobachten.

Der Silberfuchs ging vorweg. Sie schwatzten und lachten lautstark. Ylja ging irgendwo in der Mitte. Sie wirkte aufgeräumt. Lärmte drauflos. Die Haare hatte sie mit einem Band zu einem kurzen Pferdeschwanz zusammengebunden.

Nachdem sie verschwunden waren, fühlte er sich ruhiger. Ihm blieb wahrscheinlich reichlich Zeit, bis sie zurückkamen, und er beschloß, sich hinzulegen und auszuruhen. Sowie er die kleine Wandergruppe gesehen und gehört hatte, war seine Angst verschwunden. Die Leute wirkten normal. Hier unten war alles normal. Dennoch wollte er auf jeden Fall weg.

Er schlief ein und wachte, wie er fand, zu spät auf. Doch er war ausgeruht. Nun mußte er sich sputen. Ohne Geld konnte er nicht abhauen. Er brauchte zumindest so viel, daß er etwas zu essen kaufen und eine Hütte mieten könnte, bis er einen Job beim Aufforsten oder Roden bekäme. Er wollte es aus ihrer Handtasche, diesem langen, braunen Ding, nehmen. »Hornback«, hatte sie gesagt, als er gefragt hatte. Etwas Körniges und Steifes. Er wollte nicht warten, bis sie zurückkäme, sie nicht um Geld bitten. So käme er nie weg.

Das Haus war nicht abgeschlossen. Auf dem Verandatisch

standen Petroleumlampen und ein Couronnespiel. Jemand hatte auf den verschossenen gestreiften Sofakissen gelegen. Wenn nun noch jemand da war?

Na und wenn schon. Es war wohl nicht verboten, das Haus zu betreten. Er trat in die dunkle Halle. Der Fußboden war unaufgeräumt: Turnschuhe, Stiefel, von Hunden zernagte Bälle. In einer Ecke lehnte eine Schrotflinte. Styroporteile. Ein Scherbrett. An den Wänden hingen eingerahmte Fotografien, die aussahen, als stammten sie vom Beginn des Jahrhunderts. Es waren nur Männer darauf. Sie trugen Tweedmützen und geschnürte Lederstiefel. Einer hatte den Fuß auf einen Bärenkopf gestellt. Im Maul des Bären steckte ein derber Stock, um es aufzuhalten. Torsten hatte ein ähnliches Bild an der Wand hängen. Auf einem der Fotos trugen zwei Leute einen Lachs zwischen sich an einer Stange. Vor Haufen von toten Vögeln war eine ganze Gesellschaft samt ihren Hunden abgelichtet.

Das Glas in den Rahmen war staubig, und bei einigen war es kaputtgegangen. Hinter etlichen Rahmen steckten große Büschel getrockneter Blumen. Man hatte nicht den Eindruck, daß sich noch irgend jemand um diese Porträts kümmerte. Die hingen da nur, und die Gesichter der Männer starrten steif auf das Durcheinander in der Halle.

Es gab eine Küche, und er fand, daß sie ziemlich neu eingerichtet aussah. Sie war zu klein. Wahrscheinlich hatte es draußen ein Kochhaus gegeben. Hier lagen überall Essensreste. Und Weinflaschen. Sie mußten in ihren Rucksäcken so manches hergetragen haben. Es roch nach Knoblauch und sauren Rotweinresten. Er schmierte sich Brote mit überreifem Dessertkäse und aß rasch drei, vier Stück. Dann stopfte er sich noch Käse und Brot in die Taschen.

Es gab einen Speisesaal mit einem klobigen Tisch, einer Unzahl von Tierköpfen an den Wänden und Vögeln auf dem Büfett. Sie wirkten mottenzerfressen, zerfallend. Nasen waren eingetrocknet, Krallen abgefallen. Nur die Augen aus Glas waren klar.

Johan kümmerte sich nicht weiter um das Untergeschoß. Die Schlafräume waren oben. Die Frauen hatten überall Schlafsäcke und lagen jeweils zu dritt oder viert in einem Raum. Es waren wohl an die fünfzehn, zwanzig Frauen. Yljas Zimmer fand er am Südgiebel des Hauses. Warum durfte sie allein schlafen? Der Silberfuchs schien hier oben kein Zimmer zu haben. Vielleicht schlief er bei einer der Frauen. Obwohl, da müßte er mit drei oder vier zusammen schlafen. Oder bei Ylja? Waren sie verheiratet?

Pfeif drauf, dachte er. Ich muß weg. Ich werde nie wieder jemand von denen treffen.

Ihm war ganz anders zumute, als er nach der Handtasche griff. Wieder leicht ängstlich. Sie lag auf dem Stuhl neben dem Bett. Auf einem anderen Stuhl lagen viele Packungen mit hellblauen Papierslips. Das Bett war ungemacht und roch wie Ylja, wenn auch schwächer. Die Laken waren aus Papier.

Als er die Tasche öffnete, wollte er zuerst nach ihrem Führerschein suchen, um zu sehen, wie sie hieß und wie alt sie war. Aber dann dachte er, daß das scheißegal sei. Er würde sie nie wiedersehen. Womöglich auch nicht mehr an sie denken.

Da war eine Brieftasche mit finnischen Scheinen. In einem Fach lagen zwei norwegische Zehnkronenstücke. Zuerst dachte er, daß er angeschmiert sei und gezwungen wäre zu bleiben. Doch dann entdeckte er in der Mitte der Tasche ein Fach, das mit einem Reißverschluß verschlossen war. Darin steckte ein ganzes Bündel norwegischer Hundertkronenscheine. Mitsamt der Wechselquittung. Ylja hatte fast achtzehnhundert norwegische Kronen bekommen. Sie würde es gar nicht merken, wenn er zweihundert nähme. Nicht einmal, wenn er dreihundert nähme. Schließlich nahm er fünfhundert. Das ging so schnell, daß er gar nicht zum Überlegen kam.

In der Tasche lag eine zusammengefaltete Apothekentüte. Flach, aber nicht leer. Er guckte hinein und fand mehrere Kondompackungen darin. Gekauft in der Apotheke von Byvången, die Quittung lag noch dabei. Sie hatten die Kondome nie benutzt. Er verstand das nicht. Zorn erfüllte ihn gegen sie, doch er konnte nicht recht dahinterkommen, warum.

Er hatte gerade den Verschluß der Tasche zugemacht, als er Stimmen hörte. Nahe. Gleich darauf schepperte unten die Tür, und das Haus war voller Frauen. Sie lachten und polterten auf der Treppe. Mehrere von ihnen kamen heraufgerannt. Er saß wie in einer Mausefalle. Es gab nur eine einzige Tür, direkt zur Treppe hinaus.

Ohne zu denken, war er rückwärts zum Fenster gegangen. Jetzt drehte er sich um und sah hinunter auf die Erde. Sie sah weich aus, und es war nicht allzu hoch. Er öffnete das Fenster und wand sich hinaus. Zuerst wollte er sich am Fensterfutter festhalten und erst loslassen, wenn er ganz gerade hinge. Das würde den Fall um seine Größe vermindern. Doch dazu kam er nicht. Er glaubte jemanden an der Tür zu hören und sprang einfach hinaus.

Er spürte sofort, daß es danebengegangen war. Der Boden war gar nicht so weich. Das hohe Gras hatte ihn getäuscht. Er verspürte einen heftigen Schmerz in der Hüfte, doch nach einer Weile merkte er, daß es der linke Fuß war, den es richtig böse erwischt hatte. Irgend etwas war damit los. Noch immer dröhnte der Fall in seinem Körper. Es waren ebensosehr die Angst wie der Schock und der Schmerz. Den Fuß spürte er nicht.

Von oben war nichts zu hören. Er lag fast verborgen in hohem Gras und aufgeschossenem Storchschnabel. Vorsichtig richtete er sich auf. Sein Fuß pochte, tat aber nicht sehr weh. Nur wenn er damit auftreten wollte. Er krauchte zur Hauswand und richtete sich daran auf. Dann hüpfte er in kleinen Sprüngen ums Haus. Mit den Fingern hielt er sich an den vom Teer körnigen Schindeln fest. Er sah sich nicht um, als er in den Birkenwald am Fluß hinunterhumpelte. Von einem dünnen Baumstamm zum nächsten schleppte er sich bis zum Schneehuhnschuppen.

Sie kam erst spät am Abend zu ihm. Da hatte sie kalte Haselhuhnbrust dabei, an der noch immer Sauce klebte; sie war jedoch steif geworden und wirkte fett. Dessertkäse brachte sie ihm auch. Es war der gleiche wie der, mit dem er seine Brote belegt hatte. Er hatte sie nicht gegessen. Sein Fuß tat ihm so weh, daß ihm übel war. Der Knöchel war geschwollen. Er mußte an die Fußgelenke seiner Großmutter denken, wenn er ihn betrachtete: bläulich, gespannt. Allerdings war seine Haut nicht so schorfig wie ihre.

Ylja sagte nicht viel. Es schien, als sei sie mit den Gedanken noch oben im Haus. Sie schenkte Wodka in sein Glas, schlug ein Ei auf und gab es dazu. Dann pfefferte sie das Ganze noch. Neben dem Teller lagen vier gelbe Tabletten.

»Was ist das?«

»Vitamin B.«

Die hat sie nicht mehr alle, dachte er. Das hätte ihm aber von Anfang an klar sein müssen. Er hatte jetzt Angst vor ihr. Sie hatte vielleicht entdeckt, daß Geld fehlte. Es sähe ihr gleich, nichts zu sagen. Abzuwarten. Er traute sich nicht anders, als das Glas auszutrinken. Das Ei und der Schnaps gingen erstaunlich gut hinunter.

Sie ging, ohne mit ihm geschlafen zu haben. Irgendwas stimmte nicht. War sie es leid geworden? Oder hatte sie bereits die Handtasche geöffnet?

Er sagte nicht, daß ihm der Fuß weh tat. Er lag die ganze Zeit auf der Pritsche und hatte die Decke überm Bein. Sie fragte auch nichts. Erst als sie gegangen war, sah er ein, daß er nicht verschwinden konnte. Er war ihr Gefangener. Doch das wußte sie vielleicht nicht.

Wenn spät abends das Telefon klingelte, vermutete er immer das Schlimmste. Daß es sich um einen Bauch handle oder um ein Unglück. Möglicherweise ein Herz. Spitze Stimmen im Hörer, schrill vor Angst. Es schmerzt. Es bohrt und es pocht. Es gibt rote Streifen. Der Schenkel. Die Pulsader. Es ist tief gegangen. »Verbinden. Fest verbinden, aber nicht zu fest.«

Und elf Selbstmörder in sechs Jahren, vier davon unappetitlich.

Auf den Heimattagen pflegte er zu zaubern. Dann kamen aus den Ohren und dem Schritt der Leute Münzen. Das hatte niemand gedacht.

Bei einem Bauch riskierte er nichts. In dieser Juninacht war es jedoch eine pensionierte Lehrerin droben in Tuviken, die Herzklopfen hatte. Das hatte sie immer. Obwohl er bei ihr ein Belastungs-EKG gemacht hatte und wußte, daß es sich um eine gutartige Arrhythmie handelte, machte er sich auf den Weg. Es war idiotisch. Sie würde es immer wieder fordern. Doch er erlag der Versuchung der Fahrt. Der Gedankenleere, dem Brummen des Motors und dem Radio auf geringster Lautstärke. Beliebig weit. Schlafen konnte er nicht mehr.

Barbro hatte kein Wort über den Mittsommerabend gesagt. Sie hatte geschwiegen und sich mit ihren Kleidern und ihrem Arbeitsmaterial beschäftigt. Es war ziemlich viel in Kartons und Taschen verpackt. Sie hatten jedoch noch im Arbeitszimmer gestanden, als er gefahren war.

Er belog die Lehrerin in Tuviken, indem er sagte, daß er vorbeigekommen sei, weil er in der Nähe ohnehin einen Krankenbesuch zu machen hätte. Sie wollte wissen, wo, und die Neugier stabilisierte ihre Herztätigkeit besser als Chinidin. Er bekam Kaffee, den er nicht ablehnen konnte, weil er frisch gebrüht und dunkelbraun war. Damit wurde der letzte Gedanke an Schlaf vertrieben. Im übrigen war die dämmrige Stunde bald vorüber. Die Nebelstreifen schwammen lichtdurchdrungen über den Moorseen. Er sah Elche stehen und mit den Kiefern mahlen. Hin und wieder waren es mit Flechten überzogene Steinblöcke.

In weniger als einer Stunde würde er wieder zu Hause sein. Barbro läge in dem Bett, in das er sich legen würde. Deshalb bewegte er sich durch den Wald und die Moore. Er fuhr dahin, ohne die Wohlgerüche und die rauhe Feuchtigkeit wahrzunehmen.

Sein Gewissen plagte ihn täglich wegen dem, was geschah. Wenn sie das auch nicht vermutete. Es währte schon lange, und noch war kein Wort darüber gefallen. Er hatte jedoch die Gewißheit über ein irreparabels Unglück. Nekrose.

Er fuhr viel zu schnell auf einem schmalen Kiesweg, der oft an Seen heranführte, die vom Kielwasser der Seetaucher und Schellenten durchzogen waren. Im schwarzen Wasser an den Ufern war es blank wie Metall. Über der Tiefe in der Mitte der Seen lagen spiegelnde Flecken. Manche waren rosig wie durchblutete Haut, andere schimmerten blau wie das Weiß in den Augen von Kindern. Während der Betäubung durch die Geschwindigkeit hatte er Gefühle. Es waren aber keine reinen.

Als er nach Byvången hineinfuhr, lag der Ort in einem ungewohnten Ostlicht. Die falschen Hausgiebel waren beleuchtet. Es war still. Als er den Hang hinauffuhr und an der Gemeindeverwaltung vorbeikam, sah er, daß auf der Polizeiwache die Vorhänge zugezogen waren. Graue Vorhänge mit einem Muster aus blaugrauen und gelbgrünen Blättern. Ihm war, als brenne dahinter Licht. Die Vorhänge waren ziemlich dicht. Doch das Licht hinter dem Stoff kam aus Leuchtröhren.

Ich muß, dachte er. Jetzt.

Er klopfte direkt an die Scheibe und sah, wie sich zwischen den Vorhängen ein Spalt auftat. Dann kam Vemdal heraus und öffnete. Er war grau. Die Pigmentflecken der Sonnenbräune waren ungleichmäßig über die Gesichtshaut verteilt. Das Blut hatte sich zurückgezogen. Ein leicht saurer Geruch umgab ihn.

Er stellte keine Fragen, sondern ging in das Dienstzimmer mit den grauen Vorhängen voraus. Birger hatte Papierstapel auf dem Tisch erwartet, Ordner oder Karteikästen. Doch er war fast leer. Auf der grünen Unterlage lag ein Block, und auf dessen aufgeschlagene Seite hatte Vemdal mit Kugelschreiber Spiralenmuster gezeichnet und zwei Wörter geschrieben, die er immer wieder nachgezogen hatte. NASI GORENG stand da. Oberhalb des Blocks stand der Käfig mit der Ratte. Sie saß völlig still und guckte Birger an, während er sich Åke gegenüber auf den Stuhl setzte.

»Danke, daß du angerufen hast«, sagte Åke.

Das hatte er ja gerade nicht getan. Aber dann erinnerte er sich, daß er immerhin wegen Lill-Ola und dessen Merkwürdigkeiten in der Gefriertruhe und im Heizungskeller angerufen hatte. Vemdal hörte sich an, als hätte Birger an einem xbeliebigen Nachmittag hereingeschaut und nicht an einem Montagmorgen um drei.

»Wir haben diesen Heizungskeller durchsucht.«

»Was hat er dazu gesagt?«

»Er hat sich mordsmäßig aufgeführt von wegen Menschenrechten. Aber auch nicht schlimmer, als es nördlich von Östersund so üblich ist. Ich hatte meinen Wisch vom Staatsanwalt. Denn Lill-Ola war in der Mittsommernacht ja da droben. Also kratzten wir die Asche aus dem Kessel und kehrten den Boden zusammen. Er hatte Gummistiefel und ungerupfte Vögel verbrannt. Das heißt, natürlich hat seine Frau das für ihn getan. Bojan.«

»Und es waren keine Schlafsackdaunen?«

»Es kann ja von beidem sein. Sie werden noch analysiert. Er hat gesagt, daß er zu ihr gesagt hat, sie soll zwei Auerhähne verbrennen, die schon zu alt waren. Das ist doch dummes Zeug.«

»Ich habe die Auerhahnpakete in der Gefriertruhe gesehen. Wie ich sie das erste Mal aufgemacht habe.«

»Er hatte ein Paar Tretornstiefel im Flur stehen. Den Abdruck, den wir beim Zelt gefunden haben, stammte von der Spitze eines neuen Tretornstiefels. Es sieht so aus, als ob er seine Alte mehrere Paare hat verbrennen lassen. Aber nicht das Paar, von dem wir glauben, daß er es angehabt hat.«

Die Ratte drehte sich herum. Ihr Steiß schleifte über das Brettchen, das den Käfigboden bildete.

»Du hast sie ja immer noch.«

»Man kann sie ja nicht einfach freilassen.«

Sie blickten beide auf die Ratte, die sie ihrerseits beäugte.

»Die Eltern des Mädchens kommen her«, sagte Vemdal, als habe er eine Art Lösung gefunden.

Sabine Vestdijk, hatte er gesagt, habe sie geheißen. Mit einem Mal wünschte Birger, sich das nicht anhören zu müssen.

»Der Vater hat ein Uhrengeschäft in Leiden.«

Die Tochter eines Uhrmachers. Bis vor drei Tagen.

»Müssen sie sich das Mädchen angucken?«

»Ich weiß nicht, ob sie noch jemand mitbringen. Ansonsten müssen sie wohl.«

Birger dachte an die Wunde an ihrer Wange, den klaffenden, braunen Schnitt. Alles andere könnte man überdecken.

»Kannst du schlafen?« fragte er.

Vemdal schüttelte den Kopf. Sollte er ihm ein Schlafmittel anbieten? Es ging die Rede, daß er zu schnell Sedativa verschreibe. Der Pillendoktor.

»Ich hätte bei meinem Anruf noch etwas sagen sollen.«

Vemdal sah nicht auf.

»Ich weiß«, sagte er.

»Du weißt?«

»Ja, du meinst wohl wegen deiner Frau. Daß sie mit Dan Ulander unterwegs war.«

»Ja, jedenfalls war es nicht unser Junge, der bei ihr war«, sagte Birger. »Daß sie gesagt hat, dieser Ulander sei ihr Sohn, sollte so eine Art Scherz sein.«

»Sie war mit ihm in Stjärnberg oben, um zu sehen, wie die Kommune lebt. Dann hat sie dort übernachtet. Er ist nach Nirsbuan gegangen. Weil er nicht genau wußte, wann Annie Raft kommen würde. Also hat er dort geschlafen.«

So anständige Menschen wie Vemdal grinsten selbstverständlich nicht. Sie versuchten zu bemänteln. Das war fast noch schlimmer. Die Ratte saß still und guckte Birger an. Sie hatte einen äußerst kleinen Käfig. Sie konnte sich darin herumdrehen, mehr nicht, und hatte sich ein entsprechendes Bewegungsschema gemacht. Regelmäßig drehte sie sich im Käfig herum. Mit einer schnellen Bewegung. Der lange und kahle Schwanz ringelte sich außerhalb des Käfiggestänges. Ein Rascheln, und schon hatten der Hinterkörper und der kleine, glatte Kopf mit den feinbehaarten Ohren die Plätze getauscht.

»Was hast du damit vor?«

Vemdal antwortete nicht. Er starrte die Ratte an, und diese starrte Birger an. Doch Vemdals Augen sahen nichts. Es war natürlich unangenehm, sie totzuschlagen. Ein gesundes Tier. Das Haarkleid war braun und glänzte auf dem Rücken und dem Hinterleib. Der Steiß war massig und schwerfällig. Sie hatte überlebt.

»Der Käfig ist zu klein.«

»Das Mädchen hatte sie wohl meistens frei«, sagte Vemdal. »Die kosen und schmusen mit denen. Haben sie am Hals liegen.«

»Das sollten sie nicht tun. Ratten haben unangenehme Parasiten.«

»Die Eltern wußten noch nichts davon. Es war vielleicht eine Neuanschaffung. Wir hören uns in Tierhandlungen um. Versuchen herauszukriegen, was sie gemacht haben, seit sie nach Schweden gekommen sind.«

Er nahm einen Bleistift und stupste die Ratte damit. Die rührte sich nicht, senkte aber den Kopf und fixierte ihn.

»Es gibt drei Möglichkeiten: Jemand war hinter ihnen her. Und dieser Jemand hat sie hier erwischt. Oder sie kannten hier oben jemand.«

»In Svartvattnet?«

»In der Kommune vielleicht. Oder diese dicke Yvonne in Röbäck und ihre Matadoren. Sie leugnen es. Aber das würden sie unter jedweden Umständen tun.«

»Aber ihr glaubt an die dritte Möglichkeit: Rausch. Irgendein Wahnsinniger.«

Vemdal schüttelte den Kopf.

»Man soll eigentlich nichts glauben. Nicht so am Anfang. Diese Frau, die sie gefunden hat, Annie Raft, die hat jemand gesehen. Einen Ausländer. Das würde ja darauf hindeuten, daß ihnen jemand gefolgt war. Es ist allerdings schwer, mit einem Auto da raufzukommen, ohne daß es jemand merkt.«

Er wußte, daß das stimmte. Jedes Auto auf den Waldwegen wurde von jemandem gesehen. Das war immer so. Man konnte nicht unbemerkt bleiben. Entkam denen nicht, die sahen und überlegten, was man wohl tue: in anderer Leute Gewässer Netze auswerfen, wildern, Müll abladen. Niemand hatte jedoch ein Auto mit einem asiatischen jungen Mann gesehen.

Ein Indonesier? Nasi Goreng stand auf dem Block.

Åke Vemdal sollte zu Bett gehen. Er hatte einen trockenen Mund, das hörte man, wenn er sprach. Bestimmt hatte er Kopfweh. Es roch ziemlich übel in dem Raum, obwohl Birger das jetzt nicht mehr merkte.

»Er kann ja mit einem Moped nach Svartvattnet gekommen sein. Nur, wie weit kann man mit einem Moped fahren? Das ist doch wohl aberwitzig. Auf dem Almweg waren jedenfalls fast bis Strömgrensbygget Mopedspuren. Und zurück. Wir haben allerdings kein Moped gefunden, dessen Profil dazu paßt.

Noch nicht. Bei Brandbergs hatten sie eins. Aber der Junge ist getürmt. Er hat das Moped genommen und ist nach dieser Körperverletzung abgehauen. Er hatte Angst vor seinen Brüdern und seinem Vater. Das war bereits gegen sieben, wir würden uns aber trotzdem gern die Reifen ansehen.«

»Habt ihr ihn gefunden?«

»Nein. Und das Moped auch nicht.«

Warum sitzt er hier im Büro, überlegte Birger. Da stimmt irgend etwas nicht. Nicht nur das, daß er nicht schlafen kann.

»Was für eine Art Mädchen war Sabine Vestdijk, wißt ihr das?«

»Unternehmungslustig. Dieser Ivo Maertens hatte wohl keine rechte Lust mitzukommen. Sie hat ihn jedoch überredet. Sie kommen aus der gleichen Wohngegend. Sie sind nicht miteinander gegangen oder so. Ich meine, nicht verliebt gewesen. Obwohl das vielleicht dann kam. Beide Elternpaare haben aus Göteborg eine Ansichtskarte erhalten. Danach nichts mehr. Das Komische ist, daß seine Hose weg ist. Und seine gesamte persönliche Habe. Die Eltern wußten ja ungefähr, was er dabeihatte. Eine Kamera und Vogelbücher und was noch alles. Brieftasche mit dem Führerschein und einem Studentenausweis. Dagegen glauben wir nicht, daß von den Sachen des Mädchens etwas fehlt. Im Reißverschluß des Zeltes hingen Daunen. Wenn der Täter das Zelt aufgemacht und den Paß und das andere gestohlen hat, dann ist es doch komisch, daß er sich die Zeit genommen hat, den Reißverschluß wieder zuzuziehen. Die Messerstiche erfolgten ja in Panik. Oder vielleicht in Raserei. Schnell auf jeden Fall. Am schlimmsten bei ihr. Der Gerichtsmediziner hat bei ihr elf Stiche gezählt und mehr oder weniger acht bei ihm. Das ist ja nur vorläufig. Schwierig, genau zu zählen, denn einige haben nicht richtig gesessen. Er hat ja nichts gesehen. Und sie mußten sich bewegt haben. Und zwar heftig. Darum wissen wir es nicht. Und der Junge hatte praktisch keine Hose. Nirgends.«

Er schluckte nun und leckte sich die Lippen, als hätte er erst jetzt gemerkt, daß er einen trockenen Mund hatte. Dann fragte er, ohne Birger anzusehen:

»Du, wie wir am Svartvassån waren. Da in der Nacht.«

»Ja?«

»Hast du mich da die ganze Zeit gesehen?« fragte Åke.

»Wir waren wohl ganz in der Nähe voneinander. Aber das weiß ich nicht. Ob ich dich gesehen habe. Wir haben doch gefischt.«

Die Ratte raschelte, und Birger durchlief eine Woge von Übelkeit. Er saß so still wie möglich, sah auf das graugrüne Linoleum zu seinen Füßen und schluckte Speichel.

»Ich muß gehen«, sagte er. Er fand, daß es jetzt nach Ratte roch. Wahrscheinlich war das nur Einbildung. Aber er mußte gehen. Er wollte zu Vemdal sagen, daß er nach Hause gehen solle. Und er sollte ihm etwas anbieten, damit er schlafen könnte. Aber er bekam keinen Ton heraus.

Als er das Haus betrat, hatte sich etwas verändert. Er spürte es. Es war ebenso greifbar, als wären die Möbel umgestellt worden. Obwohl alles in etwa so aussah wie gewöhnlich. Das Glas auf den Aquarellen in der Diele glänzte. Er wußte jedoch, daß sie gefahren war. Das Haus war leer.

Tomas hatte sich mit Interrail auf den Weg gemacht. Das war seit langem geplant gewesen. Sie hatten sich am Vormittag voneinander verabschiedet. Doch Barbro hatte nichts davon gesagt, daß sie wegfahren wolle.

Dann überlegte er, daß er sich keinen Ahnungen hingeben sollte und glauben, er wüßte. Also stieg er die Treppe hinauf und öffnete die Tür zum Schlafzimmer. Er bemühte sich jedoch nicht, sie vorsichtig zu öffnen. Das Zimmer war hell und leer.

Als er am Nachmittag aus der Bezirkspraxis nach Hause kam, empfing ihn das Haus mit Stille und Licht. Jetzt hätten sie Tee getrunken. Er nahm sich ein Bier und aß ein Brot mit Leberpastete. Er wollte am Anstrich arbeiten. Bis gegen elf Uhr abends war es richtig hell. Er nahm an, daß sie anrufen würde, wartete aber nicht direkt darauf. Als er schließlich das Telefon läuten hörte, dauerte es eine geraume Weile, bis er vom Bock herunterkletterte und in der Diele war. Aber sie gab nicht auf. Es läutete, bis er den Hörer abnahm. Sie rief aus einer Telefonzelle an. Von wo, sagte sie jedoch nicht.

»Ich bleibe eine Weile fort«, sagte sie. »Ich muß über diese Sache nachdenken. Das verstehst du doch.«

Diese Sache. Sie sagte aber nicht, was diese Sache war. Er merkte, daß er böse war. Dazu hatte er jedoch gar kein Recht. Der Wecker hatte ihn nach nur wenigen Stunden aus dem Schlaf gerissen. Da war er wütend gewesen und hatte gleichzeitig eine heftige und reine Sehnsucht nach ihr verspürt. Als er jedoch richtig wach und hochgekommen war, hatte er keine reinen Gefühle mehr. Er empfand vor allem Scham.

Es wurde ein kurzes Gespräch. Doch sie versprach, von sich hören zu lassen. Sie klang jetzt freundlich. Wahrscheinlich empfand auch sie Scham und hatte ein schlechtes Gewissen. Am Sonntagabend hatte er sie gefragt, warum sie nichts sage.

»Wozu denn?«

»Du packst, aber du sagst nichts.«

»Was soll ich denn sagen?«

Sie hatte feindselig gewirkt. Er traute sich nicht, weiter zu fragen, fand jedoch, daß sie recht hatte. Denn er wußte, was sie meinte: Du sagst ja auch nie etwas.

Nach dem Telefonat holte er sich ein Bier aus dem Kühlschrank und setzte sich auf den hohen Holzbock. Er saß mit dem Rücken zu seinem Anstrich und blickte geradewegs in die hellgrünen Laubgirlanden der Birken. Jetzt könnte ich nach Östersund fahren, dachte er. Ohne zu lügen. Vor dem Sulky parken. Direkt, ohne verschlungene Umwege. Die ganze Nacht bleiben und gegen fünf zur Arbeit fahren. Das ginge.

Du sagst ja nie etwas. Nein. Was hätte er auch sagen sollen?

Außerdem haben wir immer so gelebt. Du hast gesagt, was

zu sagen war, Barbro. Du hast dich gut zu artikulieren gewußt. Nicht auf wohlfeile Art. Du hast die Dinge wirklich durchdacht. Gefühlsmäßig. Politisch. Oder so gut wie.

Währenddessen ist also diese Sache geschehen. Aber was, zum Teufel, hätte ich sagen sollen? Wie hätte ich es nennen sollen?

So, Barbro: Ich bin in Östersund. Es ist Januar, bitterkalt. Sitzung im Provinziallandtag zur Mittelverteilung. Doch ich sitze nur da und denke daran, daß ich ohne Motorheizung das Auto niemals in Gang bringen werde. Und es klappt tatsächlich nicht. Da ist es schon spät. Wir haben bei »Onkel Adam« zu Abend gegessen. Ich rufe dich also an und sage, daß ich bleibe. Aus einem Hotel namens Sulky rufe ich an. Schaffe es nicht, so spät am Abend einen Abschleppdienst zu organisieren, und der Wagen ist mordsvereist.

Es ist ein warmes, kleines Hotel. Die Trabfahrer logieren hier für gewöhnlich. An den Wänden hängen Bilder von den Equipagen. Sie hat auch noch die Weihnachtsdekoration hängen.

Liebe Barbro. Die hättest du sehen sollen! Rote und grüne Papiergirlanden. Spiegelglaskugeln in Türkis und Orange und Rot und Silber und Gold. Wichtel. Kleine, bösartige, fürchterlich verkrüppelte Monster mit Kappen, die alle in dieselbe Richtung geknickt waren. Deutsch.

Sie gefielen mir. Sie glichen den Wichteln, die wir auf dem Weihnachtstisch hatten, als ich klein war. Und die waren ganz sicher deutsch. Damals war alles so richtig germanisch. »Alp Olles Sahnebonbons« und dies und jenes.

Sie heißt Franses. Anfangs habe ich nicht soviel an sie gedacht. Eine fesche Frau jedenfalls. Dunkel, mit einem Indianerprofil. Sie war mit einem professionellen Wetter verheiratet gewesen. Manchmal hatte er Pferde besessen, bisweilen nur Anteile. Er verlor, und damit war es aus für sie. Ich habe gehört, daß sie sogar ins Krankenhaus putzen gehen mußte. Das

Haus ging natürlich flöten. Meistens hatte er Autos. Und manchmal war er gut bei Kasse.

Er starb, als er sich gerade im Aufwind befand. Sie wußte ja, daß das nur vorübergehend war und er bald wieder verlieren würde. Doch dann bekam er diesen Schlaganfall. Ein Trabfahrer, Törngren heißt er, hat mir erzählt, daß er im Krankenhaus gelegen und Anweisungen gelallt und gestammelt habe, wie sie für ihn spielen solle. Sie habe genickt und sich Notizen gemacht. Törngren hat sie dabei gesehen. Aber sie spielte wohl nie. Denn als er starb, hatte sie das Geld noch. Sie kaufte das Hotel, das damals »Drei Lilien« hieß. Es war saumäßig heruntergekommen. Sie hat es aber wieder hergerichtet.

Dort bekam ich ein Zimmer. Rein zufällig. Glaubst du an den Zufall? Wahrscheinlich. Heutzutage ist es ja normal, an den Zufall zu glauben.

Ich lege mich in diesem kleinen, warmen Hotel ins Bett. Ich bin müde, nicht betrunken oder so.

So kann man das vielleicht sagen. Eins nach dem andern.

Beim Einschlafen merke ich, daß ich vergessen habe, das Rollo herunterzuziehen. Die Straßenlaterne scheint mir direkt ins Gesicht. Aber ich schaffe es nicht, nochmals aufzustehen. Es muß auch so gehen. Ich höre ständig Autos. Vor dem Haus steht eine Ampel. Manchmal dröhnt ein Bus im Leerlauf.

Keine Ruhe also. Nichts dergleichen. Keine besondere Stimmung oder Vorahnung. Nichts.

Ich liege da nur. Ich bin müde und merke, wie mir der Blutdruck absackt. Du weißt, mein niedriger Blutdruck. Doch das erklärt nichts. Den habe ich ja schon immer. Bin sogar im Bad mal umgefallen. Du erinnerst dich, wie ich mir die Brille zerschlagen habe.

Jetzt warte.

Ich liege da und habe die Augen geschlossen, glaube ich. Da kommt es. Wie ein Licht von innen. Wie, wie, wie. Jedenfalls wie ein Lichtgefühl. Nicht in den Augen. Im Körper. Wie wenn er von dem Licht geweitet würde. Es um mich herum wäre. Es ist nichts als Licht. Und ich mittendrin. Ich weiß alles. Nicht mit Worten. Selig.

Nun, das ist ein Wort.

Ich weiß nicht, was für eins ich gebrauchen soll. Vielleicht habe ich deswegen nichts gesagt. Davon, daß ich inmitten von allem, was ist, liege, und es nichts zu erklären und nichts zu erreichen gibt. Lediglich diese lange Seligkeit. Es hat so lange angehalten. Ein Orgasmus, freilich stärker. Die ganze Zeit ein Wogen, eine Woge nach der anderen in diesem Licht in mir und um mich herum.

Es flaut ab. Allmählich sehe ich das Zimmer wieder. Das Fenster mit dem Straßenlicht. Und ich schlafe ein wie ein Kind. Ich schlafe so tief und gut, wie man eigentlich nur schläft, wenn man klein ist. Die Verwunderung setzt erst am Morgen ein.

Es fällt mir sogar schwer, dieses kleine, warme, mit Möbeln überfrachtete Hotel zu verlassen. Es ist, als ließe sich dort eine Erklärung finden. Ich trage mich mit dem Gedanken, mich bei Franses zu erkundigen. Ja, sie heißt natürlich Frances, aber es wird schwedisch oder jämtländisch ausgesprochen, wie du willst. Ich wollte ganz vorsichtig fragen, ob in diesem Zimmer sonst noch jemand was gesehen hat, ein Licht oder so.

Aber eigentlich habe ich ja gar nichts gesehen. Nicht mit den Augen. Folglich ist es sinnlos zu fragen. In den nächsten Wochen lese ich über Erlebnisse dieser Art. Es führt zu nichts. Der medizinischen Literatur zufolge hätte ich hungrig oder erschöpft sein müssen. Aber das war ich nicht. Ich hatte ordentlich zu Abend gegessen, und ich war müde gewesen, mehr nicht. In der anderen Sorte Literatur, an die ich erst nur schwer herankomme, da sie ein fremdes Terrain für mich ist, findet sich ein Überfluß an Worten. Solche wie Seligkeit zum Beispiel. Es wird zuviel. Doch Seligkeit, daran bleibe ich hängen.

Ich bekomme genug von der Lektüre. Habe wohl auch keine Zeit. Sie ist so *in.* Wie ein politischer oder ein ökonomischer Jargon. Oder, was das hier anbelangt, ein medizinischer. Es ist das erste Mal, daß ich merke, wie ein Text um Gefühle herum aufgebaut ist. Daß Wörter eine Art Klettergerüst sind, um eine Gefühlsklimax zu erreichen. Ja, im schlimmsten Fall, um sich Gefühle zu erzeugen und sie zur Klimax zu führen. Selbst bei Untersuchungen über die Ökonomie des Provinziallandtags. Das ödet mich an.

Ich kreise um das Hotel. Sowohl in Gedanken als auch, wenn ich in Östersund bin, im wahrsten Sinne des Wortes. So um Mitte März übernachte ich dort erneut. Bitte um dasselbe Zimmer. Sie findet das nicht merkwürdig. Die meisten ihrer Kunden sind Stammgäste. Sie nimmt wohl an, daß ich auch einer werden will. Am Abend sitze ich in der Halle und sehe fern. Aus einer Thermoskanne zum Pumpen darf man sich Kaffee nehmen, und Franses hat Pfefferkuchen und Zwieback hingestellt.

Ich fühle mich wohl dort. Du würdest wahrscheinlich sagen, daß es geschmacklos sei, denn für dich ist Ästhetik Einklang. Die hellblauen, mittelblauen und grauen Töne, die sich in unserem Wohnzimmer wiederholen. Das helle Holz der Möbel. Bugholz. Metallgestänge. Ich finde das auch schön. Die Gläsersammlung im Fenster. Dein großes Webbild, das du mir zum Vierzigsten geschenkt hast. Die Fjällflanke.

Es ist, als hätte Franses niemals die Zentralperspektive entdeckt. Sie sieht nur jeweils eines. Die Sachen liegen da wie Inseln. Und wenn man sie sieht, dann sind sie witzig oder hübsch oder sonst etwas. Praktisch niemals gleichgültig. Zumindest nicht für sie. Sie hat viele Pferde geschenkt bekommen. Aus Keramik und Holz und sogar aus Stoff mit Mähnen aus Wollfransen. Sie stellt kräftig orangefarbene Judenkirschen in eine Keramikvase, die in allen möglichen Farben geflammt ist, und sagt, daß ihre Großmutter das immer in dieser Vase und genau auf diesem Spiegelbord gehabt habe. Sie hat zu allem hier eine Beziehung.

Hin und wieder erfüllt ein süßer Geruch das steile Treppenhaus und die Halle. Dann bäckt sie Gugelhupf für die Trabfahrer, die niedergeschlagen herumsitzen. Ist es gut gelaufen, dann sind sie ja aushäusig feiern. In der Halle dürfen sie keinen Alkohol trinken.

Ich übernachte manchmal dort, und ich denke nach wie vor oft an das, was da geschehen ist. Doch ich glaube nicht mehr, daß ich jemals verstehen werde, was das war. Ich finde, es reicht, ab und zu dorthin kommen zu können. In diesem Zimmer schlafen zu dürfen. Ich ziehe nie das Rollo runter. Vielleicht warte ich ja doch noch. Aber es geschieht nichts mehr.

Ich bin natürlich eine Art Hausarzt geworden. Franses ist gesund. Sie schläft gut und braucht nur im Frühling, wenn alles blüht, ein bißchen Tavegil. Doch die Trabfahrer haben alle möglichen Bedürfnisse. Sie sind an Amphetamin interessiert, aber das geht nicht. Es kommt schon vor, daß ich irgendeine Schlankheitspille verabreiche. Aber nur als Arzneimittelprobe. Finge ich zu verschreiben an, weiß ich nicht, wo ich landen würde. Schlafmittel natürlich und einiges an Librium und Valium. Aber in vertretbaren Maßen. So ein verdammter Pillendoktor, wie es immer heißt, bin ich gar nicht.

Dann kam dieser erste Weihnachtsfeiertag vor drei Jahren. Wir hatten beide Mütter hier. Die Stimmung war leicht gespannt, doch nach wie vor herzlich. Du bist mit einem Tablett mit Kerzen und Kaffee herumgegangen und hast »Guten Morgen, guten Morgen, dem Herrn und der Frau« gesungen, und dann seid ihr in den Hauptgottesdienst gegangen. Die Christmette war zu früh für uns. Ich habe mich daran gemacht, den Glögg anzusetzen. Ihn zu würzen. Dachte, daß die Damen vor dem Mittagessen ein klein wenig davon bekommen sollten, damit sie noch länger herzlich blieben. Da rief Franses an.

Ein Gast war gestorben. Er liege auf seinem Zimmer und sei tot, sagte sie. Sie nahm an, daß er sich das Leben genommen habe. Auf dem Nachttisch stünden mehrere leere Arzneidöschen. Eine der Packungen hätte ich verschrieben.

Ich sagte, sie solle Ruhe bewahren und warten. Ich würde für sie die Polizei und das Krankenhaus verständigen. Doch sie lehnte ab. Sie wollte, daß ich käme. Ich erklärte ihr, daß das nicht vertretbar sei. Er könne womöglich gerettet werden. Wir müßten schnell einen Rettungswagen holen.

Im Auto, auf der Fahrt nach Östersund, da wurde mir dann klar, daß Franses und ich einander nähergekommen waren. Ich verließ mich auf sie. Ich war mir ganz sicher, daß er nicht mehr zu retten war. Sie ist sachlich. Ich hätte nicht so handeln dürfen. Aber ich verließ mich auf sie.

Er war am Tag vor Heiligabend auf sein Zimmer gegangen und hatte das Schild BITTE NICHT STÖREN! hingehängt. Als es am Weihnachtsmorgen immer noch dahing, dachte sie, er habe es vergessen, und klopfte. Sie wollte ihm Kaffee ans Bett bringen. Es waren sechs Gäste im Hotel. Stammgäste waren nur dieser hier und noch zwei andere. Franses hatte über Weihnachten Hoteldienst. Ein Hotel hat geöffnet, und die anderen verweisen darauf.

Es war kalt in dem Zimmer, und es roch übel. Er war tatsächlich tot, und zwar schon lange. Ein magerer Körper. Feiner Pyjama. Alles schien sorgfältig vorbereitet. Er hatte es sauber machen wollen. Doch er hatte Medikamente gesammelt, die kein schönes Einschlafen garantierten. Er hatte sich übergeben und es am Ende nicht mehr geschafft, sich hinauszubeugen und sich von dem Erbrochenen zu befreien. Seine Haut war weißgrau. Die Bettwäsche und die Matratze waren eingenäßt.

Es war lange her, daß ich eine Leiche gesehen hatte, die schon eine Weile lag. Ich erinnerte mich an meine ersten Toten in der Anatomie in Uppsala, und ich empfand eine ungeheure Wut darüber, daß Franses dies hier hatte sehen müssen. Als wäre sie einer Grobheit ausgesetzt worden. Nicht von seiner Seite. Nicht von seiten dieses kleinen, bleichen, bekümmerten Spielers – ob nun Profi oder Halbprofi –, der am Abend vor Heilig Abend mit seinem neu erstandenen Pyjama hier hereingeschlichen war. Er wußte ja nichts vom Tod.

Auf dem Tisch neben dem Bett waren Döschen, die Anafranil und Tryptizol enthalten hatten. Mir war unwohl zumute, als ich auf dem einen Döschen das Etikett mit meiner Verordnung sah. Ich war aber auch froh, daß es das einzige war.

Franses hatte eine Bitte. Sie hatte sich, bereits als sie mich anrief, einen Plan zurechtgelegt. »Leute, die mit Pferden zu tun haben, sind abergläubisch«, sagte sie. »Schlimmer als irgendwelche andern. Nach dieser Geschichte kommen meine Stammgäste nie wieder. Dann ist es aus. Die Trainer, die Pferdebesitzer, die professionellen Wetter und die nervösen Halbprofis. Die Trabfahrer. Das sind die schlimmsten. Von denen wird keiner je wieder hier wohnen. Er war nett, aber er wußte nicht, was er mir antut, als er sich hier hingelegt hat. Ich nehme an, daß man da vor allem an sich selber denkt.«

Sie wollte ganz einfach, daß wir die Gäste in einem anderen Hotel unterbrachten, bevor wir die Polizei und den Rettungswagen riefen. Dann bestünde zumindest die Chance, daß nicht herauskäme, daß es im Sulky passiert war. Sie hatte sich auch schon ausgedacht, wie das vor sich gehen sollte.

Wir sagten, daß sie mich habe kommen lassen, da sie Schmerzen habe. Ich konstatierte eine Nierenkolik und rief einen Hotelbesitzer an, den sie kannte. Zum Glück war er nicht verreist. Ich glaube freilich, daß sie das wußte. Franses war blaß und äußerst entschlossen.

Er übernahm die Gäste, aber wir konnten sie ja nicht dazu zwingen, daß sie alle auf einmal gingen. Wir warteten den ganzen ersten Weihnachtsfeiertag über. Zu dir sagte ich, daß es sich um einen Selbstmordversuch handle und daß ich bleiben müsse, bis ich wisse, wie es stehe. Ich hatte wahnsinnige Angst, daß du im Krankenhaus anrufen und nach mir fragen würdest. Franses lag in ihrem Zimmer und ließ sich nicht blicken.

Als der letzte gegangen war, war es acht Uhr abends. Dann stand ich vor besagtem Zimmer, bereit, hineinzugehen. Ich sollte so tun, als müsse ich ihn stören, um ihm zu sagen, daß er das Hotel wechseln solle. Und dann so tun, als entdeckte ich ihn. Es war widerlich. In dem Zimmer war es jetzt noch kälter.

Vor der Polizei mußte Franses so aussehen, als habe sie

Schmerzen. Das war heikel und verdammt unangenehm. Ich hatte so etwas noch nie mitgemacht. Ich kam mir vor, als hätten wir ihn ermordet. Er war so unwiderruflich kalt, unterkühlt praktisch, als sie kamen. Er hatte offensichtlich den Heizkörper abgedreht, bevor er sich hinlegte. Hatte er befürchtet, daß es lange dauern würde, bis sie anklopfte?

Wir wußten es nicht. In gewisser Hinsicht war er auch rücksichtsvoll gewesen. Ja, anschließend hätte ich nach Hause fahren sollen. Doch das schaffte ich nicht. Ich glaube nicht, daß Franses es in dem leeren Hotel allein ausgehalten hätte.

So ungefähr habe ich das wohl zu dir gesagt: daß ich es nicht schaffte. Daß mich das, was geschehen sei, mitgenommen habe. Der Patient sei gestorben. Ich würde über Nacht bleiben.

Ich frage mich, ob du geglaubt hast, ich würde mich vor der Weihnachtsfeier und den Müttern drücken.

Wir wurden vom Hunger überfallen. Im wahrsten Sinne des Wortes. Sie stellte Hering auf den Tisch, schnitt Schinken auf. Wir genehmigten uns einen Schnaps. Wir aßen dicke Scheiben dunkles Brot. Ich erinnere mich, daß es eine süße, kräftige Rinde hatte. Alles war gut. Das Pilsner. Die Kalbssülze. Die Leberwurst, die ihr einer der Gäste mitgebracht hatte.

Franses roch stark. Nicht schlecht. Doch stark. Das lange, krause, rotschwarze Haar hing ihr über die Schultern. Sie färbt es mit Henna. Wenn es aus dem Haarboden wächst, sieht man, daß es graumeliert ist. Der Busch auf dem Bauch ist dunkelbraun. Es ist ein richtiger Busch. Sie trug noch immer ihren Morgenrock. So was kann man dir nicht erzählen. Und ich erzähle es auch nicht. Prüfe nur Wörter.

Für unsere Aufgeräumtheit. Unseren Hunger.

Sie hatte die Beine nicht rasiert. Wahrscheinlich weil es Winter war und sie meistens lange Hosen oder ziemlich dicke Strümpfe trug. Sie fühlte sich rauh an in der Hand. Bis hinauf zum Knie. Dann war sie weich, weiß. Dann wieder rauh. Kraus. Und roch. Wir waren dort unten wie zwei struppige Tierhäute. Die sich aneinander rieben, geziemend wie Tiere.

Sie hat einen langen, birnenförmigen Arsch. Lange Beine mit deutlichen Muskeln und Sehnen. Ihr Bauch ist gewölbt. Die Furche im Rückgrat geht bis hinunter zu der dunklen Kerbe zwischen ihren Hinterbacken. Dort und überall wollte ich sein. Eigentlich immer.

Aber wir leben auf die sparsame Weise weiter, in der man zu leben hat. Berechnet. Meist mit Worten. Aber in jenen Stunden gab es keine Worte.

Schließlich ging es zwischen dir und mir zu Ende.

Wahrscheinlich bin ich auf den falschen Weg geraten. Oder auch auf den richtigen. Ich weiß es nicht.

Die Frauen blieben nicht so lange. Es dauerte ungefähr einen Tag, bis er merkte, daß sie fort waren. Er war mit seinem schmerzenden Fuß eingesperrt. Durch das Fenster zum Fluß hin sah er nur strömendes Wasser, flimmerndes Laub. Die Stimmen der Frauen verschwanden. Wie die von Vögeln. Wann?

Manchmal war auf der anderen Seite des Wassers der Silberfuchs zu sehen. Er hatte ein Gewehr bei sich. Ab und zu hörte man das trockene Knallen einer Schrotflinte. Folglich war er es, der Haselhühner schoß. Mitten in der Brutzeit. Das war ihm egal. Wie Pekka.

Pekka lachte immer über Gudruns Zurechtweisungen. Aber im Grunde kümmerte auch sie sich nicht um die Jagdzeiten. Sie wollte bloß, daß sie respektabel wären. So wie andere sein, nannte sie das. Im letzten Jahr hatte Johan allmählich verstanden, was das für sie bedeutete. Sie führte einen Kampf. Jagdzeiten. Hemden wechseln. Keine Hunde in der Küche. Es sollte wie in den Eigenheimen in Byvången sein. Oder besser noch in Östersund.

Väine hatte Greifvögel geschossen. Einfach mal so aus Jux. Trotzdem war er dabei, als sie den Deutschen verprügelten. Damals wären sie beinahe zu weit gegangen. Die Brüder hatten sich den Deutschen am Röbäcksströmmen gekrallt. Als sie seinen Kofferraum öffneten, fanden sie drei tiefgefrorene Vögel. Zwei Rauhfußbussarde und eine Sumpfohreule. Irgend jemand mußte sie ihm verschafft haben, doch denjenigen fanden sie nie. Immer wieder schlugen sie auf den Deutschen ein. Bis er liegenblieb.

Der Pfarrer fand ihn im Windschutz unten am Strom. Von allen Leuten ausgerechnet der Pfarrer. Väine lachte auch darüber. Obwohl er erst fünfzehn war, als das passierte, und er noch keinen so großen Einsatz gezeigt haben konnte. Böses Pfarrerchen, nannte er ihn. Der Deutsche erstattete selbstverständlich keine Anzeige. So gescheit war er schon. Er lag mehrere Tage lang im Pfarrhaus.

Der frühere Pfarrvikar hatte sich nie ums Fischen gekümmert. Zu seiner Zeit angelten Hinz und Kunz auf der Pfarrhufe und warfen Netze aus, wenn es niemand sah. Dann kam der neue; er fing an zu fischen und war ständig draußen. Er schaffte sich ein Boot an und machte es in Vitvattnet droben fest. Pekka und Väine fischten dort eines Abends mit dem Schleppnetz. Da tauchte dieser vermaledeite Pfaffe auf und quasselte mit dünnem Stimmchen los.

Er hatte etwas eingeführt, was er Waldgottesdienst nannte, und er lud Leute ein, die darüber reden sollten, wie der Papierkonzern spritzte und abholzte. Daß er selbst andauernd draußen sein würde, hatte niemand vermutet. Alles, was nicht in der Stadt oder im Haus war, nannte er Natur.

»Der springt durchs Moor«, sagten die Greise. Er hatte gelernt, sich durch die Blauweiden zu schlagen, und hüpfte, ohne sich die Beine zu brechen, zwischen den Biberburgen umher.

Damit, daß er anfangen würde, wegen der Fischerei Krach zu schlagen, hatte indes niemand gerechnet, und deshalb verschwand das Boot. Er brachte in drei Dörfern einen Anschlag an: BOOT aus Vitvattnet gestohlen, Farbe grün. Da wußte man ja Bescheid. Und wer dahintersteckte, kapierte man auch. Gudrun moserte, aber Torsten hatte wohl nichts dagegen, denn dieses Pfaffenaas war in seinem lächerlichen Auto angeknattert gekommen, schnurstracks in die Küche gegangen und hatte zu ihm gesagt, er wisse, daß die Brandberger Altöl in den Svartvassän laufen ließen. Das wäre beinahe schiefgegangen. Der Pfarrer hatte jedoch Glück: die Küche war voller Leute.

Solche Sachen erzählte Johan Ylja. Eigentlich wollte er das gar nicht. Als er jedoch mit seinem Fuß eingesperrt war, beschäftigten sich seine Gedanken mit Gudrun und Torsten und den Brüdern.

Es war fad, drinnen zu liegen. Er pinkelte in eine Kaffeedose, machte auch anderes hinein. Er mußte es aus dem Fenster in den Fluß hinunterschleudern. Schließlich konnte er nicht verlangen, daß sie für ihn mit einem Topf umherrannte. Doch am zweiten Tag konnte er hinaus. Sie gab ihm einen alten, verzierten Wanderstock zum Aufstützen. Es war etwas besser, draußen zu pinkeln. Und er konnte sich im Fluß waschen. Jetzt brauche er keine Angst mehr zu haben, gesehen zu werden, sagte sie. Der Silberfuchs sei ebenfalls abgereist.

Sie waren allein. Trotzdem war keine Rede davon, daß Johan ins Haus ziehen solle. Sie schien seiner überdrüssig geworden zu sein, zumindest tagsüber. Sie war dort oben mit irgend etwas beschäftigt. Schrieb und las. Es war dumm gewesen von ihm, von Gudrun und Torsten zu erzählen. Das hörte sich alles so gewöhnlich an. Ihm wurde klar, daß es ihr gefallen hatte, daß er Sami war. Sie sagte natürlich Lappe. Er hatte ja gesagt, daß er durch und durch Sami sei, und von dem Mann auf dem Scooter erzählt. Jetzt schien sie jedoch kein Interesse mehr zu haben.

Tagsüber langweilte er sich, und er schlief viel. Er war auch müde. Sie war gern nachts in Fahrt. Er bekam so viel zu essen, wie er wollte, und er wunderte sich, wieviel sie heraufgeschleppt hatten. Nachts schlief sie mit ihm, aber sie erzählte nichts mehr von den großen Wäldern oder vom Wanderer und den Frauen. Es war zwar kindisch, aber sie hätte gern damit fortfahren dürfen. Sie war dann anders. Es fiel ihm leichter, sie zu mögen, wenn sie von den Wäldern und den Feuern, die nachts in den Aushauen glommen, erzählte. Finstre Nächte waren das, warme. Die Frauen versteckten sich vor dem Wanderer, der finstre Laubwald war voller Gelächter und Vogelstimmen. Wenn die Vögel auch schon längst schliefen in jenem Sommernachtsdunkel, das Europa war. Das noch nicht Europa hieß und das Laub, reißende Ströme und bewaldete Berge war.

Statt dessen verleitete sie ihn dazu, von Torsten und Gudrun zu erzählen. Verleitete ihn vielleicht nicht direkt, denn sie fragte eigentlich nichts. Aber sie hörte zu.

»Du hast einen Ödipuskomplex«, sagte sie eines Abends. »Weißt du, was das ist?«

»Das ist, wenn man seinen Vater nicht mag.«

»Du willst Papa Torsten erschlagen und mit Mama Gudrun schlafen«, erklärte sie. Da schlug er zu. Schlug sie ins Gesicht. Er spürte ihr weiches Gesicht in seiner Handfläche. Aber auch ein Jochbein.

Hinterher faßte er es nicht. Er wußte nicht, was er tun sollte, um es ungeschehen zu machen. Es war, als wäre es nicht passiert. Als hätte er nur einen Alptraum gehabt.

Die Stimmung zwischen ihnen war trüb gewesen. Sie waren angetrunken und müde. Ylja war ganz blaß. Und dann sagte sie das. Es war zu roh. So als hätte sie eine unflätige Geschichte zum besten gegeben. Aber sowie er zugeschlagen hatte, schon in der Sekunde danach, als sie mit gesenktem Kopf und der Wange, die von dem Schlag zuerst geflammt und dann gestreift war, dasaß, begriff er, daß sie nur geschwatzt hatte wie sonst auch. Ironisch. Frech, aber nicht im Ernst. Sie meinte nicht, daß er mit Gudrun schlafen wolle und davon phantasiere. Sie meinte etwas anderes, etwas Lächerliches, was nicht einmal eine Bedeutung hatte. Und er hatte zugeschlagen. Wie ein Maschinenteil. Ein Kolben, der vorschoß. Nein – er träumte.

»Du bist jedenfalls von diesem Schlag.«

Ihr Mund stand offen, sie wandte kein Auge von ihm. Sie sah aus wie dann, wenn sie auf ihm saß.

»Torstens Sohn«, sagte sie.

Da wußte er, daß er um jeden Preis von dort weg mußte.

Am Dienstag morgen rief Vemdal vor acht an und sagte, daß er einen Mann schicken würde, der Birgers Stiefel holen sollte. Aber es waren schon zwei Polizisten da. Åke wußte offenbar nichts von ihnen. Sie wollten viel mehr als die Stiefel. Sie wühlten im Korb mit der Schmutzwäsche, hielten Barbros weißen BH in Händen und nahmen Slips und Frotteehandtücher in Augenschein. Als sie fertig waren, legten sie einen Kleiderhaufen auf den Küchentisch. Birger fand das nicht richtig und außerdem eklig. Es waren dreckige Angelkleider, die er am Mittsommertag in die Wäsche geworfen hatte. Seine Unterhose war fleckig von dem Malheur, das ihm auf der Fahrt nach Svartvattnet beinahe passiert wäre. Sie durchsuchten die Taschen seiner grünen Hose und fanden eine Menge Papierchen von Pfefferminzkaramellen. Da durchfuhr ihn eine heftige Wut. Er spürte, wie ihm das Blut im Kopf stockte und einen Augenblick lang einen starken Schmerz. Ein Migräneanfall, aus dem nichts wurde.

Der eine öffnete die Waschmaschine und tastete in der Trommel herum. Der andere stocherte das Gitter über dem Abfluß auf. Dazu benutzte er den Stiel einer kleinen, spitzen Schaufel. Dann drehte er die Schaufel um und begann den Matsch aus dem Abflußloch in einen Plastikkasten zu schöpfen.

Sie wollten sein Messer haben. Es hing noch immer an seinem Gürtel. Es war ein kindisches Messer, Barbros erstes. Sie ist jedoch nie eine Fischerin geworden. An der Oberseite der Klinge hatte es grobe Rillen. Vielleicht waren sie dazu gedacht, Barsche zu schuppen.

Sie fragten, ob er noch mehr Messer habe, und er erwiderte, was, zum Teufel, sie denn glaubten; riß Schubladen auf und holte Messer heraus. Moramesser in schwarzen Plastikscheiden. An manchen war noch Malerfarbe, und die Schneiden waren verdorben. Tomas' japanisches Fischermesser, das in einer Holzhülse lag. Die war gequollen, und sie bekamen die lange, schmale Klinge nicht heraus. Ein kleines Damenmesser war da, das Tomas Lappenmesser nannte. Es war ein Souvenir aus dem Süden mit einer Renhaut auf der Scheide.

»Und jetzt die Stiefel.«

»Ich habe keine Tretorn«, sagte er. »Also kann es kaum eine Verwechslung geben.« Sie fragten nach weiteren Stiefeln, und er holte voller Wut mehrere Paare aus der Garage und dem Schuppen. Kaputte, geflickte Stiefel. Plastikstiefel, die in der Kälte geborsten waren. Von Tomas und von ihm selbst, durcheinander. Sie hatten die gleiche Größe. Die Polizisten kommentierten dies nicht, sondern nahmen sie in Verwahrung und numerierten sie mit Hilfe von Zetteln. Er mußte ins obere Stockwerk hinaufgehen und seine Jagdmesser holen. Die beiden folgten ihm und ließen den Blick umherwandern, sahen den Waffenschrank und den Ständer mit alten Waffen. Sie nahmen alle seine Messer mit.

Er kam vierzig Minuten zu spät in die Praxis. Märta mochte das nicht. Er wollte nicht erzählen, daß die Polizei bei ihm gewesen sei. Um sie zu versöhnen, würde er für den Nachmittagskaffee Gebäck kaufen gehen. Wenn er Zeit hätte.

Die Praxis schmiß Schwester Märta. Alle wußten, daß sie entschied, wer vor jemand anders einen Termin brauchte und wer in die Notaufnahme mußte. Bei seinem Dienstantritt in Byvången hatte sich Birger vor ihr gefürchtet.

Um drei Uhr kam sie herein und sagte, daß er sich zur Polizeiwache begeben solle. Es gelang ihr, es so klingen zu lassen, als habe sie selbst das entschieden.

Åke war nicht da. Hinter seinem Schreibtisch saß ein völlig fremder Mann, älter als Vemdal, mit nach vorn gekämmtem Haar, das grau zu werden begann. An einem Seitentisch saß ein Schutzmann in Uniform und bediente ein Tonbandgerät.

Hinterher konnte sich Birger nicht mehr an das Verhör erinnern, nur an vereinzelte Sätze. Er kam erst nach sechs nach Hause. Es hatte fast drei Stunden gedauert.

Er aß nichts an diesem Abend. Er war zu müde, um sich etwas zu richten, und ihm war übel. Sie hatten ihm mit Dan Ulander in den Ohren gelegen. Mit der Übernachtung. Mit dem Zelt. Sie wußten sehr wohl, daß Barbro nicht gezeltet hatte.

»Aber Sie haben gedacht, daß sie gezeltet hat, nicht wahr?«

Er wußte nicht, was er gedacht hatte. Es war wohl kaum möglich, an Mittsommer so hoch oben zu zelten. Da war ja noch das Frühjahrshochwasser. Er sagte, daß er nicht gewußt habe und immer noch nicht wisse, wer Dan Ulander sei. Der graumelierte Polizist entgegnete, daß das nicht stimme. Sie seien sich schon begegnet. Und in gewisser Hinsicht hatte er auch recht. Weil Ulander dieser Flußretter war.

Immer wieder ging es darum, daß er nach Svartvattnet gefahren sei. Daß er so nahe bei seiner Frau gewesen sei, sie aber nicht aufgesucht habe. Wie, zum Teufel, noch mal, sollte ich das machen? Geradewegs ins Fjäll hinaufsteigen?

Habe er sich keine Sorgen um sie gemacht? Er erinnerte sich an die Frage, aber nicht an seine Antwort. Das ganze Verhör über dachte er, daß Barbro übel dran sei. Sie hatte gelogen, daß Ulander ihr Sohn sei. Eifrig hatte Birger zu erklären versucht, daß es sich dabei nur um einen Scherz gehandelt habe. Sie sei so viel älter als Ulander.

Woher er das wisse?

Ja, woher wußte er das? Das sah man doch. Oder hatte sie das gesagt? Das sei so ein Scherz... zwischen Leuten, die...

Zwischen Liebenden?

So ein Ferkel. Und welch ein Wort! Wie aus einer Fernsehserie. So ein gottverdammtes Ferkel!

Er hatte es auch nicht zurückgenommen. Im Gegenteil – er hatte peinliche, indiskrete, ehrenrührige Fragen gestellt. Und Birger hatte geantwortet. Es war, als ob ihn aller Mut und alle Autorität verlassen hätten. Aus Müdigkeit. Aus Überdruß an den Wiederholungen und Fragen, die er schon vorher ständig gehört hatte. Bis dann die letzte Runde kam. An diese erinnerte er sich. Denn da fiel ihm die Antwort leicht.

Hatte er sich irgendwann in der Mittsommernacht von den Angelplätzen entfernt?

Nein. Er hatte sich nicht entfernt. Er war die ganze Zeit mit Åke Vemdal zusammengewesen.

Mitten in der Nacht erwachte er. Das Licht war grau. Die Scheiben waren vernieselt. Es fiel ihm erst später auf, als er den Versuch, wieder einzuschlafen, längst aufgegeben hatte; endlich würde der Regen kommen.

Barbro hatte gesagt, daß sie aus dem Haus nichts haben wolle, solange Tomas noch dort wohne. Er habe das Recht, in seinem Milieu zu leben. Sie sagte nicht Zuhause. Vielleicht klang sie nur synthetisch, wenn sie mit Birger sprach. Oder es lag gar nicht an den Worten, sondern daran, daß die Wiedergabe metallisch war: eine vibrierende Membran, elektrisch geladene Materie. Seit dem Mittsommerwochenende hatten sie nur am Telefon miteinander gesprochen.

Er nahm die Verantwortung auf sich, Tomas sein Zuhause so zu erhalten, wie es war, bevor sie ging. Putzte samstags vormittags. Kaufte Blumen. Hinausgehen und welche pflücken wollte er nicht. Das kostete so viel Zeit und würde gar zu pathetisch aussehen.

Im Wohnzimmer sollten es weiße Blumen oder auch grüne Blätter und Gräser in Glasvasen sein. Er kaufte ein weißes Alpenveilchen, doch es ging ein. Es sei überwässert, sagte die Putzhilfe, die jetzt kam. Auf die Dauer schaffte er es nicht, selbst zu putzen. Tomas fand immer eine Ausrede, um nicht helfen zu müssen. Birger mußte versuchen, mit dem Anstrich der Schnitzereien am Haus fertig zu werden, bevor der Herbstregen einsetzte, und er sah ein, daß es nicht ging, das Haus allein in Schuß zu halten. Obwohl es ihm heftig widerstrebte. Das tat es ihm schon immer, doch er hatte nicht darüber gesprochen oder auch nur sonderlich viel darüber nachgedacht, als Barbro eine Putzhilfe engagiert hatte.

Eigentlich war es ganz einfach. Er wollte seine Ruhe haben. Irgendwo wollte er absolut für sich allein sein. Keine Bemerkungen hören. Keine Einblicke. Null Gerede, wie es bei Doktors aussehe.

Er mußte sich jedenfalls eine Putzhilfe nehmen, aber das Resultat war nicht so, wie er es sich erhofft hatte. Sie veränderte etwas, wenn sie mit dem Staubsauger und allerlei Lappen vorging. Vielleicht den Geruch? Sie tränkte die Lappen mit Chemikalien. Wahrscheinlich waren es nicht die gleichen Mittel, die Barbro benutzt hatte. Und einige Materialien vertrugen kein Wasser, das war sogar ihm klar. Er betrachtete die empfindlichen, seidigen Oberflächen aus Birke und fragte sich, ob sie matt geworden waren.

Er wollte die Schönheit der Räume bewahren, wenigstens die eigentümliche blasse, beinahe durchsichtige Schönheit des großen Wohnzimmers. Die Glasvögel im Fenster, ihre leichten, schwebenden Bewegungen, wenn man über die Dielen ging, die hundertfünfzig Jahre alt, aber frisch und mattglänzend geschliffen waren.

Er machte die Erfahrung, daß Glas schwer sauberzuhalten war. Wasserfleckige Iittalavasen mit gelblichen Kalkablagerungen tauchten auf. Die Putzhilfe zerschlug eines der Gläser mit gedrehtem Fuß im Fenster. Sie hatte die Splitter zusammen mit einer Erklärung in unglaublicher Orthographie auf eine Zeitung gelegt. Sie mußte begriffen haben, daß sie kostbar waren, denn als sie sich das nächste Mal sahen, sagte sie:

»Daraus konnte doch ohnehin kein Mensch trinken.«

Es entging ihm nicht, daß sie geradezu feindselig klang. Die sieben Gläser waren wie Blumen gedreht, die sich nach dem Licht streckten.

»Nein, daraus kann man nicht trinken«, sagte er nur und stellte fest, daß er sich vor ihr fürchtete.

Niemand kam mehr ins Haus. Er lud ja auch keine Leute ein. Aber es schaute auch niemand vorbei. Er war froh, daß er seine

Ruhe hatte, denn er war vom Schleifen und Anstreichen der Holzschnörkeleien besessen, die, wie er fand, dem großen Haus seinen Charakter verliehen.

Er hatte vielleicht geglaubt, daß jemand anrufen und ihn auf einen Happen einladen würde. Aber es waren ja Barbros Freunde, obgleich er früher nie daran gedacht hatte. Er hatte keine Zeit gehabt, sich selbst welche zu suchen. Niemand von ihnen rief an, um zu hören, wie es ihm gehe. Hatten sie Partei ergriffen? Und wenn, warum gegen ihn? Er hatte Schuld. Aber davon konnten sie nichts wissen.

Er war froh, daß er beim Anstreichen seine Ruhe hatte, konnte aber auf die Dauer nicht darüber hinwegsehen, daß sein Dasein am Zerfallen war. Er dachte an Fleisch, das sich auflöste. Etwas Grauweißes. Eingeweichter Stockfisch. Ein widersinniges Bild, das schon lange in ihm war.

Er machte immerhin Essen. Das hatte er sich gelobt, und das hielt er auch.

Seine Nachbarn sah er nicht. Sie teilten sich das Abonnement des »Östersunds-Posten«, doch er hatte keine Zeit, hinüberzugehen und sich die Zeitung zu holen. Das hatte Barbro immer getan. Er las sie in der Praxis, und deshalb dauerte es, bis ihm auffiel, daß die Nachbarn sie nicht brachten. Das hatten sie praktisch noch nie getan.

Eines Abends traf er Karl-Åke vor dem Kiosk. Ohne Umschweife bat er Birger, nach dem Flachs zu sehen. Zuerst wußte er nicht, wovon Karl-Åke sprach. Aber dann erinnerte er sich, daß Barbro ein Stück Land geliehen oder gepachtet und den Nachbarn zum Pflügen und Eggen angeheuert hatte. Es war mit Flachs besät. Birger stiefelte in der Abenddämmerung los und fand den Ackerstreifen. Er blühte blau. Es sei ein Anblick, der einem den Atem benehmen könne, sagte er später zu Karl-Åke. Aber weder der noch Birgit schienen zu begreifen, daß er meinte, er sei schön. Sie saßen an ihrem Küchentisch und verlangten, daß er den Flachs entfernte. Er sagte, wie es war, daß er nämlich nicht wisse, was er damit anfangen solle. Das war Barbros Angelegenheit. Zusammen mit dem Heimatverein, nahm er an.

»Du kannst ihn mähen«, sagte er. »Oder unterpflügen.«

Karl-Åke sah so seltsam drein, daß Birger hinzufügte:

»Du bekommst das natürlich bezahlt.«

Aus irgendeinem Grund brachte er damit Karl-Åke in Wut. Oder war es nur ein Vorwand, um einen bitteren alten Zorn, der sich seit langem angestaut hatte, loszuwerden?

»Bezahlt. Glaubst du, daß es damit getan ist? Flachs ist ein verfluchtes Unkraut. Unterpflügen, das geht nicht. Das treibt Samen und kommt wieder.«

»Ja, ich weiß nicht«, sagte Birger unbestimmt.

»Daran hättet ihr mal denken sollen, als ihr gesät habt.«

Ich war da nicht dabei, wollte er sagen. Ich habe keine Ahnung von Flachs. Er verließ Karl-Åke und Birgit. Nickte zum Abschied, tat so, als habe er es eilig. Ich muß diese Sache durchdenken, dachte er. Da ist etwas Komisches. Feindseliges.

Ihm fiel Barbros Ausbruch über die Nachbarn nach ihrer Fehlgeburt ein. Und jenes Mal, als er selbst mit Grippe im Bett gelegen hatte. Den ganzen Januar über war eine Unmenge Schnee gefallen. Barbro mußte sich halb totschaufeln. Karl-Åke räumte mit dem Pflug wie immer die Auffahrt. Das war abgemacht, und er bekam dafür bezahlt. Er erbot sich in diesen drei Wochen aber kein einziges Mal, von Hand bis zur Vortreppe zu schaufeln. Er scherzte mit Barbro. Mache sich über sie lustig, sagte sie. »Jetzt mußt du anpacken. Geht ganz schön auf die Knochen, was?«

Wenn sie nun recht hatte? Sie war hier zu Hause gewesen und hatte wahrscheinlich deren Feindseligkeiten eingesteckt. Aus Neid auf ein Leben, das sie unbeschwert fanden, weil es von körperlicher Arbeit befreit war. Die Sicherheit von Birgers Stelle. Sein Gehalt. Ihm schoß durch den Kopf, daß sie wissen mußten, wieviel er verdiente. Er hatte einmal eine Bemerkung darüber gehört. Sie war an ihm abgeglitten. Doch er erinnerte sich, daß er sich überlegt hatte: Das muß auf den Angaben des

Steuerbezirksausschusses beruhen. Es ist tatsächlich eine richtige Zahl.

»Manche haben's gut«, hatte Karl-Åkes Vater gesagt, als Barbro vorbeiging, während er auf dem Erdäpfelacker stand und grub. Damals hatte sie an dem Webbild für den Provinziallandtag gesessen, dem Blaubeerbild gegen Herbizide (obwohl das den vergrößerten, blau betauten Beeren des Gewebes wohl nicht direkt anzusehen war), und sie hatte absurde Arbeitstage gehabt.

Sie mußten wissen, daß er wie ein Irrer durch seinen großen Bezirk fuhr. Rund um die Uhr erreichbar war. Oft einen trokkenen Mund hatte vor Schlafmangel und aus Sorge, etwas falsch eingeschätzt zu haben. Sich im Bett wälzte. Nie mit richtiger Freizeit oder einem ganzen Urlaub rechnete. Und dann dies: Manche haben's gut!

Er war selbst dieser Meinung. Mit ihren plumpen Witzen, die nichts anderes als Neidausbrüche waren, trafen sie ein krankes Gewissen. Sie trafen ein Gewissen, das er nicht haben wollte. Das zu haben er keinen Grund hatte.

Er vergaß den Flachs. Nein, er vergaß ihn nicht. Er dachte einfach nicht daran. Schließlich hatte er Karl-Åke dafür, daß er ihn entfernte, Geld angeboten. Er war frei davon und hatte eigentlich nie etwas damit zu tun gehabt.

Er beschloß, jemanden zum Abendessen einzuladen, denn er sah ein, daß er allmählich in einen Zustand geriet, den er scherzhaft als Paranoia diagnostiziert hätte, wenn es um jemand anders gegangen wäre. Er rief Åke an. Das hätte er schon längst tun sollen. Es war eine merkwürdige Situation, nach dem intensiven Verhör nichts zu wissen und nichts von der Polizei zu hören. Einen Moment lang war er so paranoid gewesen, zu glauben, daß sie ihn verdächtigten, ein Messer durch das Zelt am Lobberån gestoßen zu haben. In dem Glauben, daß Barbro mit Ulander darin läge. Seitdem hatte er sich beruhigt. Also rief er Åke an und sagte, daß er vorhabe, ein Elchfilet aus der Truhe zu nehmen.

»Ja, du, vielen Dank«, sagte Åke, »aber es ist mir momentan nicht möglich.« Seine Stimme klang hölzern.

Er hätte sich sogar einen Tag aussuchen können. Aber er wollte nicht kommen.

Danach überkam Birger ein so heftiges Selbstmitleid, daß er nicht einmal darüber lachen konnte. Seine Gedanken waren gespalten, aber trotzdem manisch. Sie kreisten um die Nachbarn, die Putzhilfe (sie hatte aufgehört, ohne Erklärung) und Åke Vemdal. Er dachte, daß die einzige, verflixte Person, die noch die alte war, Märta sei. Aber die war noch nie besonders freundlich gewesen. Er kaute alle Krankenbesuche durch, die er bei den Nachbarn gratis gemacht hatte, die Medikamente, die er ihnen aus seinem Vorrat gegeben hatte. Er sehnte sich intensiv nach Barbro. Es würde nichts helfen, eine Tour nach Östersund zu machen und Franses zu treffen. Das war eine andere Welt. Sie würde die Bedeutung dessen, was um ihn herum geschah, nicht verstehen. Es würde sich nach Bagatellen anhören. Eine Zeitung holen. Ein überständiges Flachsfeld. Eine Putzhilfe, die aufgehört hatte.

Er rief bei Barbros Mutter und bei ihren Brüdern an, und schließlich erwischte er Barbro selbst. Als er mit ihr sprach, bekam er eine Art krampfhafter Atembeschwerden. Ihre Stimme war so leise und intensiv. Es war eine dunkle Stimme, war es schon immer gewesen. Dunkel wie das Haar, die Augen und die blaubraune Haut auf den Augenlidern. Wie die Grübchen, die tief unter der Leiste sichtbar wurden, wenn sie die Beine spreizte.

Als sich der Krampf in seiner Brust löste, schüttelte es ihn vor Schluchzen. Sie rief laut in den Hörer, denn sie verstand nicht, daß er angefangen hatte zu weinen. Er verstand es selbst kaum. Er bat sie, nach Hause zu kommen. Hinterher konnte er nicht begreifen, daß er das getan hatte, und auch nicht, daß er geweint hatte. Aber sie kam.

Es wurden drei unwirkliche Tage, an die er sich hinterher erinnerte, als wären es nur einige Stunden gewesen. Am ersten

Abend trank er zuviel beim Abendessen und vor allem hinterher. Er erwachte einsam vor dem Fernseher in der oberen Diele. Die Schlafzimmertür war zu.

Sie hatten noch kein Wort verloren über das, was geschehen war. Sie putzte, und er versuchte zu erklären, wie das mit den Topfpflanzen zugegangen war. Am Abend wollte sie, daß sie sich ins Wohnzimmer setzten. Sie begann mit ihm zu reden, und er erkannte fast alles, was sie sagte, aus dem trostlosen Spätwinter wieder. Sie sprach die ganze Zeit über Menschen, denen sie sich verbunden fühlte, Menschen, die nicht mehr unter diesen Bedingungen leben wollten.

Welchen Bedingungen? Und warum sagte sie Menschen? Ulander hieß er.

Birger genehmigte sich einen Whisky, und sie sagte ziemlich scharf, daß er ihr zuhören müsse. Das bedeutete: Heute abend darfst du nicht einschlafen. Ihm war grummelig zumute, doch er wollte sein Bestes tun. Nachdem sie etwa eine Stunde geredet hatte, klingelte das Telefon. Es war die Mutter eines Jungen, der eine Mittelohrentzündung hatte. Sie waren nachmittags bei ihm in der Sprechstunde gewesen. Jetzt spie das Kind das Penicillin aus. Er erklärte ihr, was sie machen sollte. Es gab noch ein paar Telefonate, bis sie ihm die Dosis eingeflößt hatte.

Barbro sagte, daß er den Leuten nicht erlauben sollte, ihn abends zu Hause anzurufen, und er erwiderte, daß er es ihnen auch nicht erlaube. Sie riefen einfach an. Da ging sie hinauf und legte sich ins Bett.

Am nächsten Abend war sie resolut. Jetzt wollte sie, daß sie sich aussprächen. Er hatte ein bißchen Angst und sagte, daß sie nicht böse werden dürfe, wenn das Telefon läute.

»Das wird nicht läuten«, erklärte sie.

Er verstand nicht, was sie meinte. Er hütete sich davor, sich einen Whisky einzuschenken, und brühte statt dessen Kaffee auf. Sie wartete, merkwürdig gereizt, und trank nichts von dem Kaffee. Dann redete sie, und am Ende weinte sie. Er fühlte sich völlig hilflos. Er wußte nicht, was er antworten sollte.

Sie redete und weinte, bis sie einen Krampf bekam. Er wußte nicht, ob sie all das, was sie über Einsamkeit und Schweigen und über seine Gleichgültigkeit sagte, so meinte.

Sie sagte sogar, daß seine Impotenz auf Gleichgültigkeit beruhe. Er war beinahe erleichtert, daß sie ihn für impotent hielt. Sie sagte: eine Art kalter, stumpfer Gleichgültigkeit, die eigentlich politisch sei. Sie benutzte Wörter wie »bürgerlich« und »zynisch«, und er fand, daß er sich solchen Blödsinn nicht anhören müsse. Deshalb fing er an, ihr über seine Arbeitstage und die Krankenbesuche, die Verkehrsunfälle und Selbstmorde, die Mißhandlungen und alles mögliche, was sie ohnehin schon kannte, zu erzählen. Er begriff nicht, weshalb er sich zu dieser Litanei erniedrigte. Ohne daß er wußte, wie es zugegangen war, waren sie in die obere Etage gekommen. Sie lag im Bad auf dem Boden und schlug sich selbst mit den flachen Händen ins Gesicht.

Er beugte sich über ihren steifen und angespannten Körper und versuchte, sie aufzurichten. Er spürte, wie kalt sie dadurch, daß sie auf dem Boden lag, geworden war. Er sagte, daß er ihr etwas Beruhigendes geben werde. Da setzten für ein paar Sekunden die Schläge und die Schreie aus, so, als wäre eine Maschine stehengeblieben. Mit fast normal klingender Stimme sagte sie, daß er mehrere Jahre lang versucht habe, sie mit Tabletten zu ruinieren.

Da verließ er das Badezimmer. Er nahm sein Bettzeug und wollte sich aufs Sofa legen. Doch da oben kehrte keine Ruhe ein. Er hörte ihr schreiendes Schluchzen und bildete sich ein, auch die Schläge auf ihre Wangen zu hören. Er ging hinaus.

Es war kühl und feucht draußen. Er meinte, er brächte seine Atmung in Ordnung, wenn er die Nachtluft einsöge. Statt dessen bekam er Kopfweh, einen rasenden Schmerz gleich über den Augen. Er saß auf der Treppe, den Kopf in den Händen verborgen, und hörte ein Auto und Schritte im Kies, wurde sich darüber, daß jemand in den Garten gekommen war, aber erst klar, als er eine Hand auf seinem Arm spürte.

Es war Märta, sie trug einen Regenmantel überm Nachthemd. Sie fragte, warum er denn nicht ans Telefon gehe. An der Grenze habe es einen Verkehrsunfall gegeben. Der Rettungswagen sei vor einer Viertelstunde in Östersund abgefahren, und Ivar Jonsson käme diesem mit dem Verletzten im Taxi entgegen. Birger müsse jedoch Ivar entgegenfahren. Er habe Angst, daß der Mann verblute, und außerdem brauche er Schmerzmittel. Sie folgte ihm ins Haus, und schon in der Diele hörte sie die Schreie. Sie sah ihm direkt in die Augen, und er wußte nicht, was er sagen sollte.

»Fahren Sie nur«, sagte sie. »Ich kümmere mich darum.«

Als er in den frühen Morgenstunden zurückkam, saß Märta im Wohnzimmer und löste das Freitagskreuzworträtsel in einem alten »Östersunds-Posten«. Sie hatte sich Kaffee aufgebrüht und eine Decke gefunden und sie sich um die Beine gewickelt. Sie sagte, daß Barbro schlafe und das Telefon wieder eingesteckt sei.

»Ich wußte nicht, daß es ausgesteckt war«, sagte Birger.

Es war nun ganz hell im Zimmer, und er sah deutlich die grauen Haare in Märtas sandgelber, streng ondulierter Frisur sowie die Härchen auf ihrer Oberlippe. Er meinte etwas wegen Barbro sagen zu müssen, doch das brauchte er nicht. Märta sagte, daß auch andere zusammengebrochen seien.

»Diese ständigen Verhöre machen die Leute verrückt. Sie sollten jetzt aufhören damit. Es nützt ja doch nichts. Das beste wäre, es einfach sein zu lassen. Es reißt zu viel auf.«

Er wußte nicht, ob sie das ernst meinte. Märta, die er als eine ziemlich barsche Moralistin kannte, hatte zu den Dingen ihre eigene Meinung. Sie besaß medizinische Intuition und ein organisatorisches Talent, von dem er sich abhängig gemacht hatte. Nachdem sie gefahren war, ertappte er sich dabei, daß er dasaß und darüber nachdachte, was sie gesagt hatte, als wäre es einer Prüfung wert.

Wenn man nur wüßte, daß es nicht noch einmal geschehen würde – wie wäre es dann, die Sache fallenzulassen? Wie eine

Naturkatastrophe. Ein Unglück. Ein Erdrutsch. Würde es denn jemals eine Erklärung geben, wenn sie denjenigen, der das Messer gehalten hatte, zu fassen kriegten?

Er wußte, daß eine Tötung oft nicht viel mit dem Opfer zu tun hatte. Und derjenige, der droben am Lobberån ein langes und scharfes Jagdmesser gehalten hatte – hatte das mit ihm noch etwas zu tun? Mit dem Tötenden.

Seine Gedanken waren völlig durcheinander, und er war sehr müde. Er nahm die Decke, die Märta über den Beinen gehabt hatte, und legte sich aufs Sofa. Er schlief recht schnell ein, und als er erwachte, hörte er Barbro in der Küche.

Seine Gedanken, seine Gefühle waren neu erwacht. Sie waren rein und ungetrübt. Er wollte, daß Barbro ginge und nicht wiederkäme. Doch er wollte es nicht sagen.

Er sehnte sich nach seiner Einsamkeit und den regelmäßigen, dumpfen Tagen. Nach der Praxis, dem Behandlungszimmer und der mürrischen Märta. Dem Anstrich, wenn er nach Hause kam. Der Bierdose. Der »Welt des Wissens« und den Goldberg-Variationen. Den Wetterberichten. Ich werde auch den »Östersunds-Posten« abonnieren, dachte er. Allein.

Sie reiste noch am selben Tag ab, und sie sagten nicht viel zueinander, ehe sie fuhr. Den Anstrich auf der Veranda hatte sie nicht kommentiert. Wahrscheinlich hatte sie nicht einmal gemerkt, wie weit er schon gekommen war.

Man kann nicht in der Welt leben, ohne von ihr zu leben.

Die Worte hatten in ihrem Kopf einen Tonfall, der ihr sagte, daß sie nicht dort entstanden waren. Deshalb ging sie herum und fragte. Petrus antwortete:

»Wenn du mit Welt die Natur meinst, so ist das richtig.«

Annie sagte, sie glaube nicht, daß Welt Natur bedeute, und sie wolle nur wissen, woher die Worte stammten. Er wußte es nicht. Er musterte sie lange. Offensichtlich glaubte er, sie würde Stunk machen.

Sie wußte nicht, ob sie Stunk machte. Es ging ihr ziemlich gut. Es war warm, und der Blumenflor der Weide duftete süß. Die alte Leitzibbe der Schafherde war jetzt so zutraulich, daß sie ihre Nase in Annies Hand legte. Sie stand still und verbreitete in der Handfläche Wärme. Wenn sie einen Grasbollen aus ihrem Wanst aufstieß und wiederzukäuen begann, war ein Hauch ihres milden, inhaltsgesättigten Atems zu spüren.

Nein, Welt bedeutete nicht Natur. Bert, der auch nicht wußte, woher die Worte stammten, aber glaubte, sie schon gehört zu haben, sagte sofort:

»Die Welt ist die Gesellschaft, meinst du?«

»Ich meine gar nichts. Ich will nur wissen, was es ist.«

»Laß das sein«, bat Dan eines Abends. Seine Stimme war leise. Er flehte praktisch. Sie hatte einen Anflug von schlechtem Gewissen.

Wie auch immer, die Welt war jedenfalls voller Kuckucksrufe. Annie bekam den Kuckuck zu Gesicht. Zuerst glaubte sie, es sei ein großer Greifvogel, der in einer kleinen Tanne schlage. Dem Wald entstieg ein modriger, satter Geruch, verschnitten mit der feinen Säuerlichkeit der hellroten Zapfenanlagen an den Spitzen der Tannenzweige. Sie hockte sich ins Moos. In der Stille rief der Vogel und verriet sich.

Früher hatte man geglaubt, daß er am Ende des Sommers zu einem Habicht würde. Dann schlüge er mit gespreizten Klauen, holte sich einen blutigen Schnabel. Er rief wie eine Uhr im Wald und saß so nahe, daß sie bei jedem Ruf das schiefergraue Kehlgefieder beben sah. Er ließ die Flügel hängen und hatte die schwarzen Schwanzfedern mit ihren weißen Flecken gespreizt. Sobald er aufgeflogen war, machte sie kehrt und ging zu den Häusern zurück. Das erste Mal, als sie die Weide verlassen hatte und dem Bach zwischen die schwarzflechtigen Bäume gefolgt war, war sie mitten in einem Schritt erschrokken. Nicht von einem Geräusch. Sie hatte von innen heraus Angst bekommen. War kalt und unerbittlich von einem Instinkt gewarnt worden, von dessen Existenz sie bis dahin gar nichts gewußt hatte. Sie machte auf der Stelle kehrt und rannte zurück. Beim Brennholzschuppen angekommen, setzte sie sich an dessen Wand, damit die Kinder sie nicht sahen, und blieb dort sitzen, bis ihr Atem wieder ruhig und regelmäßig ging.

Sie sprachen nie über das, was sich unten am Fluß zugetragen hatte. Zwei Polizisten waren den ganzen Weg von Strömgrensbygget heraufgestiegen und hatten sie in Petrus' und Britas Hütte erneut vernommen. Die Kinder mußten in der heißen Sonne draußen bleiben.

Petrus meinte hinterher, wenn sie alles von neuem hören wollten, bedeute dies, daß sie mit ihren Ermittlungen festgefahren seien. Er habe ihnen jedoch geduldig noch einmal dasselbe erzählt, was er schon bei der Vernehmung in Strömgrensbygget gesagt habe. Weiter hatten sie nicht mehr darüber gesprochen.

Es schien also, als wäre es möglich, hier zu leben, ohne an das zu denken, was am Lobberån geschehen war. Was geschehen war, war eine Anomalie. Etwas Außergewöhnliches. So als wäre der Kuckuck tatsächlich einmal, ein einziges Mal, zum Habicht geworden.

Petrus meinte, daß man nicht einmal dieses eine Mal in Betracht ziehen solle. Es seien nur die Abendzeitungen, die das Atypische groß aufmachten. Annie fragte indes, ob die Anomalie nicht der Ursprung von vielem sei, was zu den gewöhnlichen Ordnungen – zur Natur, wie Petrus sie nenne – gezählt werde. Mutationen zum Beispiel, sagte sie, als alle sie anstarrten. Annie wurde der leise Vorwurf gemacht, daß sie ihre Probleme intellektualisiere, und sie rief aus: »*Meine* Probleme!« Dan beugte sich im selben Augenblick über seine ausgetretenen Lappenschuhe, und sie vermutete, daß er mit dem Lachen kämpfte. Wieder empfand sie diese Mischung aus Heiterkeit und Geilheit, die es schier unmöglich machte, stillzusitzen und dem abendlichen Durchgang und der Kritik zu folgen. Dan saß wie gewöhnlich in dem starken Sonnenlicht, das durch das Fenster strömte und jedes einzelne seiner aschfarbenen Haare zum Entflammen brachte. Wie er jetzt so sein Gesicht zu verbergen versuchte, floß das lange Haar wie eine Flut aus Licht herab. Annie überkam das wilde Verlangen, es in den Mund zu nehmen. Nicht später. Jetzt. Jetzt sofort.

Sie schrieb sich jedoch zuerst etwas auf. Sobald sie wieder in ihrem Zimmer war, holte sie ihr Notizbuch hervor, denn sie wollte es nicht vergessen. Das wilde und chaotische Unberechenbare, das der Neuschöpfung in der Natur zugrunde lag, mußte es auch in der Welt geben. In der Zivilisation. Bestand die Welt wirklich aus den berechenbaren Zügen einer kulturellen und ökonomischen Ordnung, wie sie nun beschrieben wurde? War sie der Natur, die zu jedem beliebigen Zeitpunkt Anomalien ausspeien oder ausspucken konnte, so unähnlich? Der wilden Natur. War sie denn wirklich in keiner Hinsicht ebenfalls Natur?

Der Moment ging vorüber. Dan sammelte seine Haare zu einem groben Pferdeschwanz und hielt ihn mit einem stoffüberzogenen Gummiband zusammen, das sie ihm gegeben hatte, damit er seine Haare nicht mit den üblichen Gummis ruinierte. Sie konnte seine Gereiztheit als kinetische Unruhe im Zimmer spüren. Glas bebte, Bücher fielen herunter. Wenn auch nicht eigentlich, sagte sie sich und versuchte, Mias wegen, nüchtern zu bleiben. Nicht auf seine wechselnden Launen einzugehen, die sie leider allzuoft selbst auslöste.

Sie nahm es nicht so schwer, daß er über ihr Philosophieren gereizt war. Es enthielt immerhin eine gewisse Anerkennung, denn wenn Petrus zu Erklärungen ausholte, konnte er sich nur schwer das Lachen verbeißen. Wenn sie allein waren, konnten sie darüber nicht diskutieren. Sie wußte allerdings nicht recht, wie sie Dans Verhältnis zu Petrus einzuschätzen hatte. Wie auch immer, sie dachte nicht daran, aufzuhören, so zu denken, denn es war neu und bereitete ihr Vergnügen. Es war wie Schwimmen oder Laufen. Manchmal schoß ihr durch den Kopf, daß dieses Dasein eigentlich ideal war: körperlich arbeiten und den Gedanken nachhängen. Oft die Wolken und Fjällflanken, die Bäume und Vögel anstarren. Die Gerüche aus Schafpelzen und Grasfellen. Dans warme Haut. Wasser. Sauberes, plätscherndes, fließendes Wasser. Kinderstimmen.

Sie sah die verbrannte Haut eines Kinderrückens vor sich. Ein kleines Mädchen in Mias Alter. Es rannte auf einer zerbombten Landstraße, aber genaugenommen bewegte es sich in einem Muster, einer ekelerregenden Ordnung, welche ihm ihr Kartenmuster auf Rücken und Arme eingebrannt hatte. War es so? Gehörte das Kind einer Ordnung an? Annie fragte Bert. Er hatte nichts dagegen, darüber zu sprechen, und er erwiderte, daß dem so sei.

»Und in Kambodscha? Ist das eine neue Ordnung, die sich dort etabliert?«

Ihre Stimme war wohl schrill. Sie sah das mehr an Berts braunen – hundebraunen – Augen, als daß sie es selbst hörte.

Er antwortete, daß Bauernkriege grausam seien. Ihre Ordnung sei grausam. Aber dann gebe es eine neue Ordnung. Eine neue Welt.

Welt? Er meinte also, es werde auf der ganzen Erde grausame Bauernkriege geben und dann – eine neue Welt?

Eines Vormittags kam Ylja mit seinem Tee und sagte, daß sie zum Auto hinaufgehen müsse. Sie müsse einkaufen fahren. Sie hatte zusätzliche belegte Brote für ihn dabei. Es machte also ganz den Eindruck, als erachtete sie es für selbstverständlich, daß er nicht ins Haus gehen würde, während sie fort war. Sobald sie dann im Mittelfach ihrer Handtasche nach Geld kramen würde, käme sie dahinter, daß er das bereits getan hatte. Wenn sie weg war, mußte er sich zur Straße hinaufschleppen und zu trampen versuchen, wie immer es seinem Fuß gehen mochte.

Daß er sie geschlagen hatte, hatte die Stimmung zwischen ihnen nicht verändert. Sie wirkte nicht ängstlich. Auch nicht besonders böse. Eher ein bißchen verächtlich. Aber war sie das nicht die ganze Zeit über gewesen?

Eine halbe Stunde lang lag er still. Dann traute er sich nicht länger zu warten. Er mußte hinauf zur Straße und ein Auto erwischen, bevor sie zurückkam.

Er nahm nicht mehr mit als den Stock, das Geld und seinen Pulli, den er sich umgebunden hatte. Die Mücken wurden lästig, denn er mußte sehr langsam gehen. Er konnte mit dem Fuß nicht auftreten. Die Schwellung war zwar zurückgegangen, und im Liegen hatte er auch keine Schmerzen mehr. Aber der Fuß war unbrauchbar. Trotzdem mußte Johan um den Waldsee herumgehen und den Aal holen. Er hatte nicht die Absicht, ihn in einem Rattenkäfig verhungern zu lassen.

Er wollte ihn freilassen, doch als er ihn endlich erwischt hatte, erschien es ihm nicht unmöglich, den Käfig zur Straße mit hinaufzunehmen. Der Aal würde eine gute Weile außerhalb des Wassers zurechtkommen. Er band sich den Käfig um die Hüfte und mühte sich auf dem allzu weichen Pfad voran. Der Stock sank ein, und Johan verlor das Gleichgewicht. Gezwungenermaßen mußte er mit dem Fuß auftreten, der sofort schmerzte. Nach einer Stunde war er gerade mal auf dem großen Weg. In ein paar Stunden konnte Ylja vom Auto zurückkommen. Er mußte also die Ohren spitzen, damit er sie auf dem Pfad hörte und sich verstecken konnte, bevor sie ihn entdeckte.

Er schleppte sich ein paar hundert Meter vorwärts. Der Waldsee schimmerte noch immer durch die Kiefern und Tännchen im Moor, als Johan auf die Knie sank. Er mußte sich unbedingt setzen, obwohl der Boden unter ihm naß war. Der Schmerz strahlte in langsamen, gleichmäßigen Pulsschlägen vom Sprunggelenk aus. Er glaubte, es würde vorübergehen, wenn er eine Weile ausruhte, doch dem war nicht so. Zuerst konnte er an nichts anderes als an den Schmerz denken. Allmählich aber wurde ihm klar, daß er nicht mehr hochkommen würde. Ihm wurde kalt von der Nässe des Moores. Mücken setzten sich ihm ins Gesicht und auf die Handgelenke. Er fühlte sich wie ein Körper auf einem Schlachtplatz im Wald. Aber einer, der noch Schmerzen hatte.

Er hörte sie nicht kommen. Sie stand plötzlich nur da, und es war das einzige Mal, daß er sie verblüfft sah. Er wußte, daß sein Gesicht um die Augen herum zerstochen und geschwollen war. Sie mochte glauben, daß er geweint habe. Vielleicht hatte er das sogar. Die letzte Stunde oder die letzten Stunden waren fast ausgelöscht für ihn. Er hatte fortwährend auf die Uhr gesehen, aber die Zeit nicht als etwas aufgefaßt, was sich bewegte. Schwarze Flechten schwangen steif in der Trockenheit. Jede Brise, die aufgekommen war, hatte sein Gesicht für einige Sekunden von den Insekten befreit. Doch der Schmerz im Fuß hörte nicht auf. Er pulsierte wie ein Uhrwerk in der ihm eigenen Zeit.

Sie zog ihn auf die Beine, und er durfte sich auf sie aufstützen. Als sie den Aal entdeckte, entriß sie ihm den Käfig und warf ihn in den See. Johan schrie und fluchte. Irgendwie mußte sie das beeindruckt haben, denn sie suchte tatsächlich nach der Kurrleine, die in der Weide am Ufer hängengeblieben war, und zog den Käfig wieder herauf. Doch dann tat sie nicht, was er sagte, sondern öffnete die Klappe auf dem Boden und schüttelte den Aal heraus. Johan sah ihn kaum aufblitzen, da war er schon in dem tiefen, schwarzen Wasser verschwunden. Er fand nicht, daß sie all die Reue, die er empfunden hatte, all die Scham über den Schlag in ihr Gesicht wert war.

Auf dem Rückweg sprachen sie nicht miteinander. Er mußte sich schwer auf sie aufstützen. Manchmal war ihm, als würde sie ihn beinahe tragen.

Als sie im Schneehuhnschuppen angelangt waren, wollte er nur noch seine Ruhe haben. Er traute sich aber nichts zu sagen. Die ganze Zeit dachte er nur an das Geld. Sie mußte mittlerweile entdeckt haben, daß es fort war. Aber sie sagte nichts. Sie wühlte in ihrem Rucksack und zog eine etikettlose Flasche mit farblosem Inhalt heraus. Er dachte sich, daß sie hier ganz zu Hause sein mußte. Die Leute trauten ihr. Sonst hätte sie kaum Selbstgebrannten kaufen können.

Sie goß für beide jeweils ein Glas voll ein, und nachdem sie es getrunken hatten, begann sie sich auszuziehen. Er saß auf dem Stuhl am Tisch und wollte sie nicht ansehen.

Sie zog nur ihre Jeans und den Slip aus. Dann faßte sie ihm an die Hose. Sie brachte ihn dazu, den Hintern ein wenig anzuheben, und zog. Das tat er, damit es nicht noch lächerlicher wurde. Aber es war nun einmal, wie es war; sie zog ihm die Hose herunter, und er tat nichts, sagte nicht einmal etwas. Ihm tat der Fuß weh. Der Schmerz war schneidend und schoß immer wieder nach oben. Er fand, daß sie das verstehen müßte.

Er brachte es nicht fertig, zu sagen: Laß mich zufrieden, ich habe Schmerzen.

Er erinnerte sich, daß er sie geschlagen hatte, und er fragte sich, wie das zugegangen war. Jetzt traute er sich nicht einmal, den Mund aufzumachen. Es kümmerte ihn eigentlich nicht, was sie über ihn sagte oder dachte. Sie hatte es schon so oft gezeigt. Auch wenn er es nicht hatte verstehen wollen. Er hatte geglaubt, daß es möglich sei, ihr Urteil über ihn genauso zu kosen, wie er die braunroten kleinen Lippen ihrer Muschi gekost hatte. Aber sie sah ihn genauso an wie in dem Moment, als sie die Autotür aufgemacht hatte, um ihn einsteigen zu lassen. Wenn sie etwas Höhnisches und Unflätiges sagte, etwas, was weh täte, würde er zu heulen anfangen. Denn er war müde und hatte Schmerzen wie noch nie zuvor.

Tränen sind nur eine Flüssigkeit, dachte er. Nur ein Sekret. Wie Schnupfen, wie Sperma. Wie weiß der Himmel was. Aber sie durften jetzt nicht kommen. Sie durften ihm nicht plötzlich über seine geschwollenen Wangen fließen, die von den Kriebelmückenstichen mit Pusteln übersät waren.

Sie sagte nichts, als sie merkte, daß sein Schwanz schlapp war. Sie bewegte den Zeigefinger ein paarmal schnell vor und zurück und brachte ihn dazu, wie ein Klöppel auszuschlagen. Sie war zerstreut dabei – oder nachdenklich. Dann beugte sie sich ohne Vorwarnung hinunter und nahm ihn in den Mund. Und da ließ er ihn im Stich. Alles Blut in seinem Körper schien dorthin zu rauschen und zu pochen anzufangen. Er spürte die Schmerzen in seinem Fuß, nackt, aber entfernt.

Sie schnaubte auf, so als lachte sie in sich hinein, und dann kletterte sie auf ihn. Er fror die ganze Zeit über, während sie es machte. Sie bewegte sich maßvoll. Ihr Gesicht war leicht starr, und sie sah ihn nicht an. Ihr Blick war irgendwo auf seine Drosselgrube gerichtet.

Sein Körper gehorchte nicht. Er empfand Lust, als sie sich bewegte. Da passierte es ihm, daß er mit dem Fuß fest auftrat, um ihre schaukelnden Stöße besser auffangen zu können, und augenblicklich schoß der Schmerz vom Sprunggelenk nach oben. Er spürte nur noch das Stechen und Pulsieren, und im Nu war sein Gesicht von feinem Schweiß bedeckt; er rann ihm am Hals hinunter. Schließlich hatte er keinen Ständer mehr, und das merkte sie natürlich und stand sofort auf. Es war, als sei sie trotzdem mit ihm fertig. Obwohl er sich sicher war, daß sie nicht bis dahin gelangt war, wohin sie für gewöhnlich kommen wollte.

Sie nahm ihren Rucksack und ging, ohne noch etwas zu sagen. Er rollte sich auf der Pritsche zusammen und versuchte, über die Schmerzen hinwegzuschlafen. Das war jedoch schwierig, denn er hatte großen Durst. Sie hatte nichts als eine Zeitung und ein paar neu erstandene Socken dagelassen, die zuoberst im Rucksack gelegen hatten und die sie beiseite gerafft hatte, um an die Flasche zu kommen. Er mußte sich also nach draußen begeben, um im Fluß Wasser zu trinken, wußte aber nicht, wie.

Der Morgen kam mit Regen. Er hörte ihn im Traum. Das Geräusch strömenden Wassers wurde lauter. Als er erwachte, prasselte kein Regen aufs Dach, aber das laute Tönen des Flußwassers sagte ihm, daß oben im Fjäll etwas geschehen war. Die Wolken hatten sich entleert, es hatte gegossen und geschüttet.

Er humpelte hinaus. Die Blätter und Gräser waren mit einem feuchten Film überzogen. Das Wasser des Flusses sang. Johan spritzte es sich ins Gesicht und ließ es an sich hinunterlaufen. Es gelang ihm, sich auf den duftenden Moosboden niederzulassen, auf dem noch die Trollblumen blühten, und sich mit dem Mund dem Wasser zu nähern, das dahintänzelte und um die steinernen Schädel wirbelte. Er trank und pinkelte. Sein Fuß war steif, aber noch schien der Schmerz nicht ernsthaft erwacht zu sein. Zurück im Schuppen, waren seine Jeans unten und sein Hemd vorn naß. Er hängte die Sachen über die Stuhllehne und die obere Koje und hinkte mit der Seife wieder hinaus. Glücklicherweise fand er eine kleine, steinfreie Stelle auf dem Grund des Flusses, wo er vorsichtig die Füße hineindrückte und prüfte, ob er, trotz des dahinbrausenden Wassers, einen festen Stand hatte. Dann wusch er sich, wie er sich noch nie zuvor gewaschen hatte. Die Kälte des Wassers raubte ihm zunächst den Atem. Doch er gewöhnte sich daran. Atmete weniger schwer. Rieb sich mit den Händen. Schäumte immer wieder die Seife auf und wusch sich überall. Im Schritt, unterm Hodensack, in der Furche hinten. In den Achselhöhlen. Er rieb Hals und Arme. Er ging in die Hocke und schöpfte sich Wasser über den Kopf. Er rieb mit der Seife die Kopfhaut und übers Gesicht, bis es brannte.

Durch die Bewegungen waren die Schmerzen im Fuß wieder erwacht. Doch das eiskalte Wasser betäubte. Er rieb sich ein, zwei Male und begann wieder von vorn. Er fror jetzt ordentlich, und er fand das schön.

Es nieselte jetzt. Johan wurde immer beweglicher, abgesehen von seinem Fuß, der in den Sand gebohrt stand, als wäre er aus Porzellan oder Holz, und er bekam den Kopf schließlich so weit hinunter, daß er sich das Wasser in der tiefen Mulde durch die Haare rauschen lassen konnte.

Als er sich wieder erhob, kam ein Windstoß, der die Birken entlang des Flusses schüttelte. Es war ein kalter, bissiger Wind aus dem Fjäll, und ihm folgte eine Bö nach der anderen, die die Baumkronen rüttelte und bog. Nach einer Weile kam der Regen. Johan kletterte vorsichtig aus dem Fluß und stellte sich ins Moos. Die Kälte der Tropfen traf seine Haut wie Nadelstiche, die erst zu Stößen und dann immer diffuser wurden. Schließlich fühlten sie sich wie eine Art Hitze an. Er stand mit offenem Mund da, und das Wasser rann und rann, denn jetzt hatte sich der Wind gelegt, und der Regen ging, dicht und stark, gerade nieder. Ein Wasservorhang zog durch die Bäume, ein Wasserkleid über all das Heiße und Zerfressene und Zerrissene im Laubwerk um ihn herum. Es ließ die Flechten schwellen und sich bewegen, und das Moos sein weiches Zottelfell aufrichten. Er war jetzt rein, rein wie ein gespülter Stein.

Sie kam mit dem Teekorb, als er ausgestreckt in der unteren Koje lag. Er war nackt, hatte sich jedoch mit einem Handtuch bedeckt. Er hatte nicht einen Augenblick lang Angst vor ihr. Sie würde ihn nicht berühren dürfen. Als sie ihm den Tee gab, ohne Milch, fiel ihm ein, daß sie gesagt hatte, er sei verwöhnt. Das war wahr gewesen.

Sie sah grau aus, und sie war nüchtern. Sie setzte sich an den Tisch und begann die Zeitung zu lesen, die sie liegengelassen hatte. Alt sah sie auch aus. Grauhäutig, gelangweilt.

Er mußte vielleicht noch ein paar Tage warten. Doch sobald sein Fuß besser wäre, würde er verschwinden. Wenn sie ihm Essen brachte, wollte er es annehmen. Er hatte jedoch nicht die Absicht, um etwas zu bitten. Wasser gab es im Fluß.

Sie saß lange da und las, ohne mit ihm zu reden. Dann schlug sie mit einem Mal die Zeitung zu, legte sie zusammen und steckte sie in den Korb.

»Nun, kleiner Jukka«, sagte sie. »Jetzt ist es soweit. Jetzt fährst du nach Hause.«

Sie nahm den Korb und ging und war ein paar Stunden lang fort. Er wußte nicht, was ihre Worte zu bedeuten hatten. Er mußte doch warten, bis sein Fuß in Ordnung war. Dann würde er verschwinden, ob sie nun etwas sagte oder nicht.

Als sie zurückkam, hatte sie den Rucksack dabei, vollgepackt.

»Das wirst du jetzt einnehmen.«

Sie gab ihm ein zusammengefaltetes Papierpäckchen. Er kapierte nicht, was das war, und sie wickelte es ihm auf. In dem Papier befand sich ein weißes, körniges Pulver.

»Das ist wie Tabletten«, sagte sie. »Du hältst das Papier so und läßt es runterrieseln. Dann trinkst du Wasser hinterher.«

Als sie sah, daß er zögerte, meinte sie:

»Glaubst du, ich will dich vergiften? Das ist bloß ein gewöhnliches Katermittel. Gegen Kopfweh. Schmerzstillend, Johan. Du kannst mit dem Fuß sonst nicht laufen.«

Da schüttete er das Pulver in sich hinein. Es blieb ihm zwischen den Zähnen und innen an den Wangen hängen, und er mußte den Mund voll Wasser nehmen, um die Körnchen loszubekommen.

»Noch eins«, sagte sie.

Sie hatte eine ganze Tüte voll Pulverbriefchen. Er hoffte, daß es stark war. Denn jetzt wollte er gehen. Er würde gehen.

Anfangs hüpfte er mit Hilfe des Stocks vorwärts, jeweils ein Stück weit, und ruhte sich dann, auf den Stockknauf gestützt, aus. Später mußte er sich zum Ausruhen hinsetzen. Die Achselhöhle tat ihm allmählich weh, wo der Stock ansetzte.

Sie sprachen nicht miteinander. Ylja ging voraus, blieb des öfteren stehen und sah sich nach ihm um. Als er gar zu weit zurückfiel und jedesmal, wenn er vorwärtshüpfte, schwankte, ging sie zu ihm hin, und er durfte seinen Arm um ihre Schultern legen. So gingen sie weiter, und ihr Körper war ganz nah an seinem.

Er empfand gar nichts. Nicht einmal Verlegenheit. Bald sind wir da, dachte er nur. In ein paar Stunden. Vielleicht drei. Ab und zu regnete es, aber nicht stark. Manchmal saß er mit geschlossenen Augen da, wenn er rastete, und horchte, wie der Regen ins Gras und ins Laub prasselte.

Die Ruhepausen wurden immer länger. Sie sprachen nach wie vor nicht miteinander. Er machte sich nicht die Mühe, darüber nachzugrübeln, ob sie ihn wohl des Geldes wegen davonjagte. Er hatte sich gedacht, es auf dem Autositz liegenzulassen, wenn er aussteigen würde. Doch er überlegte es sich anders. Er brauchte nicht mit ihr zu fahren. Er würde das Geld behalten, bei der Brücke oben bleiben und von jemandem mitgenommen werden.

Er hatte ziemliche Schmerzen, als sie oben ankamen. Aber er sagte nichts. Er wollte nicht, daß sie es wußte. Sie konnte nicht wissen, wie er sich verletzt hatte. Oder war es ihr klar geworden, als das Fenster offengestanden hatte?

»Jetzt komme ich allein zurecht«, sagte er, als sie oben waren und er auf dem Brückengeländer saß. »Es wird mich bald jemand mitnehmen.«

Er war naß, sie ebenfalls. Ihr Haar sah dunkler aus, wenn es in nassen Strähnen lag. Sie hatte Mascara auf der Haut unter den Augen, einen diffusen, blauschwarzen Halbkreis.

»Du fährst mit mir«, sagte sie.

Er wollte sich nicht mit ihr anlegen. Das Geld wollte er jedoch nach wie vor behalten. Er mußte irgendwo absteigen, sich ein Zimmer nehmen und sich mit seinem hämmernden und bohrenden Sprunggelenk hinlegen.

Im Auto schlief er ein. Es war schön, wegzudämmern. Er wollte nicht reden. Sie ebensowenig. Es war jedoch so viel Zeit vergangen, daß das Schweigen zwischen ihnen allmählich unwirklich wurde.

Sie weckte ihn nach einer Stunde und sagte, daß er aussteigen und zu Hause anrufen solle. Sie hatten in einem Dorf, das er nicht kannte, bei einem Gebäude, das wie ein Gesellschaftshaus aussah, angehalten. Neben dem Haus stand eine Telefonzelle.

»Du rufst jetzt daheim an«, sagte sie. »Sie sollen dich holen.«

Sie gab ihm eine Handvoll norwegischer Kronenstücke. Er nahm sie, dachte aber gar nicht daran, anzurufen.

»Ich fahre derweil Zigaretten kaufen.« Ihre Stimme klang trocken, fast kratzig. Sie half ihm aus dem Auto, und als er mit seinem Stock geradestand, stieg sie ein und fuhr los. Weg war sie. Fix, dachte er. Er entdeckte weder einen Supermarkt noch einen Genossenschaftsladen.

Er trat in die Telefonzelle, rief aber nicht an. Er wollte Gudrun nicht um Hilfe bitten. Er stand nur auf das Telefongestell gestützt und wartete.

Nach einiger Zeit wurde ihm klar, daß er schon viel zu lange wartete. Er ging hinaus und setzte sich ins nasse Gras. Er konnte nicht mehr stehen. Sie kam nicht.

Er fragte sich, was diese letzte kleine Szene zu bedeuten hatte. Anständigkeit? Fürsorge? Jetzt war sie weit weg.

Rauchte ihre verdammten Zigaretten im Auto. Die waren bestimmt noch nicht zu Ende gewesen. So weit ließ sie es nie kommen.

Sie war auf jeden Fall aus seinem Leben verschwunden, und das war es, was er sich gewünscht hatte. Er stand in einem Dorf, dessen Namen er nicht wußte, neben dem Gesellschaftshaus, hatte seinen Hellyhansenpulli über den Schultern und stützte sich auf einen Wanderstock mit Messingknauf und Lederschlaufe. Ihm war klar, daß er nicht mehr viele Schritte machen würde.

Am späten Nachmittag wurde er in einem Lastwagen mitgenommen, der Steinwolle transportierte. Der Fahrer hatte nicht viel Freude an ihm, denn er schlief bald ein. In Namsos wurde er geweckt. Dort fand er sich zurecht. Es war so fürchterlich alltäglich und offensichtlich Namsos. Die Speicher unten am Hafen. Die kleinen Querstraßen. Er sah flüchtig Karoliussens Buchhandel.

Er hinkte über die Straße, denn er hatte das Schild einer Pension entdeckt. Die Pension hatte einen Speisesaal, und es roch nach Fisch. Ein alter und nicht allzu fetter Dunst, der auch in den Vorhängen und der Tagesdecke des Zimmers saß, das ihm die Wirtin gab.

Er wollte den Stiefel ausziehen, aber es ging nicht. Nicht nur, daß es weh tat. Der saß auch über dem Spann fest. Johan sah ein, daß er aus dem Stiefel raus mußte, hüpfte wieder zur Wirtin hinaus und bat um eine Schere. Eine große Küchenschere. Sie half ihm, den dicken Gummi aufzuschneiden. Sein Strumpf war durchnäßt und saß stramm. Als er den Fuß freibekommen hatte und die dunkelblaue, pralle Haut sah, war ihm klar, daß er nicht stur bleiben konnte. Er fragte, ob er mal telefonieren dürfe.

Gudrun war zu Hause. Sie war ja fast immer zu Hause. Sie sprach ungeheuer leise. Er konnte sich keine Vorstellung davon machen, was sie dachte oder empfand. Sie sagte nur, daß sie kommen werde.

»Bleib, wo du bist. Wie heißt das?«

»Lucullus«, sagte er. »Es liegt in der Havngaten.«

»Bleib dort und warte. Es dauert wohl so zwei, drei Stunden. Und ruf nirgends an.«

Bevor sie auflegte, wiederholte sie:

»Ruf niemand mehr an. Bleib im Zimmer und warte.«

Das konnte er nicht, denn er mußte etwas essen. Es war zu spät, um noch ein Abendessen zu bekommen, und er konnte das Haus nicht verlassen. Die Wirtin erbarmte sich seiner und machte ihm Seelachsfrikadellen warm. Sie briet große, mehlige Kartoffelstücke in einer viel zu heißen Pfanne. Aber er aß. Während er auf den Kaffee wartete, hinkte er nach einer Zeitung. Es war »Verdens Gang«, eine zwei Tage alte Nummer. Als die Wirtin den Kaffee brachte und die Zeitung sah, sagte sie, daß sie ihm eine aktuellere bringen werde.

»Nein«, sagte er. Er wollte nur seine Ruhe haben und lesen. Ganz unten auf der ersten Seite war ein großes Bild mit zwei Frauen und einem Mann vor einem Ortsschild, auf dem Svartvattnet stand.

Eigentlich stand da SVARTV T NET. Er verstand nicht, wie es möglich sein konnte, daß in »Verdens Gang« etwas über Svartvattnet stand. In einer Osloer Zeitung. Und er schämte sich für das kaputte Schild.

In einem Kasten im Mittelteil der Zeitung war das Bild eines ziemlich hübschen dunklen Mädchens. Da stand etwas über den Fjellån, doch sie mußten den Lobberån meinen, denn auf einer grob skizzierten Karte waren Strömgrensbygget und Stjärnberg eingezeichnet. Am Fluß war ein kleines Zelt markiert. Da stand etwas von einem Weg zu einer Alpe. Und von einem Moped.

Es waren alte Nachrichten, und er konnte sich keinen Reim darauf machen. Bei der großen Seite in der Mitte mit ihren Bildern von Touristen beim Laden, bei Strömgrensbygget und am Lobberån handelte es sich um eine Fortsetzung. TOURISTEN IM DORF DES TODES.

Im Kasten unter dem Bild des Mädchens wurde er endlich fündig: Ein junges Mädchen und ein unbekannter Mann waren in der St.-Hans-Nacht in einem Zelt erschlagen worden.

Am Lobberån.

Er hatte die ganze letzte Nacht im Schneehuhnschuppen die Zeitung bei sich gehabt. Sie hatte doppelt gefaltet auf dem Fußboden gelegen. Er erinnerte sich an die Bilder der Fischerboote im oberen Teil der ersten Seite. Ylja hatte sie gelesen.

Sie hatte sie an diesem Morgen gelesen, und dann hatte sie nichts mehr mit ihm zu tun haben wollen.

Kann man wirklich in der Welt leben, ohne von ihr zu leben? Überraschenderweise war es Brita, die die Worte erkannte.

»Das ist gar keine Frage«, sagte sie. »Du hast alles verdreht.«

In den letzten Wochen ihrer Schwangerschaft ging sie schwer umher und schien nicht auf das Gerede der anderen zu hören. Aber sie wußte, woher die Worte stammten.

»Das ist Paulus. Der erste Korintherbrief Sie leben in der Welt, als lebten sie nicht von ihr. Der Welt, die sich nun ihrem Ende zuneigt.«

Annie wollte sofort eine Bibel zur Hand nehmen, aber niemand hatte eine. Brita glaubte, daß eine zwischen dem alten Gerümpel gelegen habe, das sie auf den Dachboden des Angelvereins geschafft hätten, als sie in das alte Haus eingezogen waren. Dorthinauf gelangte Annie, indem sie eine Leiter an den Giebel lehnte und durch eine Luke kroch. Da oben gab es Holz, und gleich neben der Luke, in den Sägespänen, lag eine Menge Papier, das von der Feuchtigkeit angegriffen worden war. Sie schlug ein Buch mit steifen, grünen Deckeln auf. Ein Wehrpaß. Jemand war gemustert worden. Er hieß Arne Jonasson. 1951 war das gewesen. Zuerst glaubte sie, sie habe sich um ein Jahrhundert vertan. Die wenigen Blätter in dem Paß waren gelbbraun und sahen aus, als würden sie allmählich zerfressen. In dem Paß steckte ein Schwarzweißfoto von Kühen an einem Hang, auf dem oben ein Haus stand. Am unteren Rand standen sechs Leute vor einem Zaun. Es war ein gewöhnlicher, glänzender, dünner Papierabzug. Sonst hätte sie angenommen, es sei ein Bild aus dem vorigen Jahrhundert. Die Röcke der Frauen waren jedoch kurz.

Der erste Eindruck, daß es ein Bild von Kühen sei, war in gewisser Hinsicht richtig. Sie waren nicht nur zufällig auf das Foto geraten. Oben auf dem Hügel waren zwei Kinder mit langen Ruten und trieben Kühe, die im Begriff waren, aus dem Bild zu trotten. Die Kühe hatten hornlose Schädel. Sie waren gefleckt wie Kartenarchipele.

Hier war ein Einkaufsbuch für Alkohol. Es war regelmäßig etwas geholt worden. Ein Liter pro Monat. Und zwar in Östersund. Aber doch nicht, wenn er hier gewohnt hatte? Vielleicht war der Händler in Svartvattnet sein Mittelsmann gewesen. War dieser Mann – Erik Jonasson hatte er geheißen – einmal im Monat mit seinem Einkaufsbuch ins Dorf hinuntergegangen? Damals hatte es doch nur Almtriften gegeben. Hatte er ein Pferd gehabt? Warum hatte er sein Einkaufsbuch nicht mitgenommen› als er fortzog? Vielleicht war er gestorben. Doch dann fiel ihr ein, daß das Einkaufsbuch irgendwann in den fünfziger Jahre abgeschafft worden war. Das Buch war auch gar nicht vollgestempelt. Sie hatten in den fünfziger Jahren vielleicht noch hier gewohnt. Vor zwanzig Jahren. Das Papier sah aus, als läge es schon hundert Jahre da. Ich bin damals zur Schule gegangen, dachte sie. Es hat mich gegeben, in Enskede und Gärdet. Mit Kühlschrank, Telefon und Straßenbahnen. Erik Jonasson und seine Familie saßen in einer Tasche in der Zeit.

Jemand hatte Autobilder aus Zeitungen ausgeschnitten und auf Rechenheftpapier geklebt. Arne konnte es kaum gewesen sein, denn bei den Autos handelte es sich um protzige Fünfzigerjahremodelle. Sie klebten auf mehreren Doppelbogen, die aus der Mitte eines Schulhefts gepfriemelt worden sein mußten. Hatte die Lehrerin gemerkt, daß das Heft immer dünner geworden war?

Eine ausgeschnittene Annonce. TECHNISCHE ARTIKEL.

Privater Absender. Der kleine Ausschnitt lag zusammen mit Apothekenrezepten in einem Zigarrenkistchen aus dünnem Holz. Technische Artikel. Ihr schwebten Penisattrappen und ledernes Zaumzeug vor. Mit solchen Dingen konnte er nicht nach Stjärnberg hinaufgestiefelt sein.

Es waren natürlich Kondome. Weshalb tat man damit so geheimnisvoll? Sie waren doch nicht verboten. Machte man sich lächerlich, wenn man sich Verhütungsmittel schicken ließ? Sie war nicht sicher, daß der Ausschnitt erst zwanzig Jahre alt war. In dem Kistchen lagen auch Rezepte aus den dreißiger Jahren. Manche waren nie eingelöst worden. Keines der Rezepte war öfter als einmal eingelöst worden, obwohl man mit den meisten dreimal etwas holen konnte. Waren sie eher gesund geworden, als der Doktor angenommen hatte? Oder hatten sie es sich nicht leisten können?

Dieser Gedanke vertrieb das Gefühl, das sie die ganze Zeit über angesichts dieser von Feuchtigkeit zerfressenen Papiere gehabt hatte. Mitleid. Wenn auch ein mit Scham vermischtes, lahmes Mitleid. Als ob sie am liebsten nichts gesehen und gewußt hätte. Trotzdem blätterte sie weiter in den Papieren und fand ein Schulzeugnis von 1937. Es war aus der dritten Klasse der Volksschule von Svartvattnet. Ein Zeugnis mit vielen Vorbehalten: B+, BA?, BA+. In Ordnung und Betragen hatte das Mädchen Astrid Jonasson A, die höchste Note. Da mußte sie zehn Jahre alt gewesen sein. 1927 geboren. Vorausgesetzt sie lebte, war sie jetzt noch keine fünfzig Jahre alt.

Und warum sollte sie nicht leben? Sie mußte in Svartvattnet zur Schule gegangen sein und den größeren Teil ihrer Schulzeit in Kost und Logis zugebracht haben. Wie ich, dachte Annie. Und eigentlich nicht sehr viel weiter von zu Hause entfernt als ich. Hatte sie auch dieses Gefühl, lebte sie auch noch immer damit, ein dürres, normales Leben über einem schwarzen Wasser? Einsamkeit. Hingabe. Tiefe Einsamkeit. Ein weiterer wilder Versuch. Trockene und kalte Einsamkeit. Wie ich. Bis heute.

Das Mädchen und seine Eltern hatten ihre privaten Papiere der Feuchtigkeit und den Mäusen überlassen. Es war nicht zu sagen, ob sie das aus Nachlässigkeit gegen die Erinnerung an ihr Leben getan hatten. Sie können krank geworden und gestorben sein. Oder hatten Astrid und Arne vorgehabt, die Sachen von Vater und Mutter irgendwann einmal zu holen? Und dann wurde nichts daraus. Es war zu weit weg. Vielleicht lebten sie in Östersund oder noch weiter südlich.

Da lagen die Trauerbriefe. Weiße Kuverts mit schwarzen Rändern. Sie pusselte einen auf, um zu sehen, ob unter den Toten ein Jonasson war. Fünf gedruckte Trauerbriefe mit Psalmversen und den Namen der Trauernden. Nur ein Jonasson. Arne, der 1951 gemustert worden war und der laut Wehrpaß nie an Übungen teilgenommen hatte.

War er beim Barras gestorben? Hatte er einen Unfall gehabt? Oder hing sein Tod mit dem großen braunen Kuvert vom Österåsen Sanatorium zusammen? Sie konnte die Jahreszahl auf dem Poststempel nicht erkennen. Waren in den fünfziger Jahren Leute an Tbc gestorben? Das Kuvert war leer, aber es mußte etwas darin gewesen sein. Vielleicht Arnes Wehrpaß und die kleinen glänzenden Schnellfotos von Mädchen und Jungen um die Zwanzig. Sie mußten solche Sachen wahrscheinlich zurückschicken. Briefe waren auch da. Nicht viele, aber auf einigen stand Arnes Name auf der Rückseite des Kuverts. Sie öffnete einen und las ein paar Worte.

holen sie, obwohl sie nicht reif sind

Schrieb er über Bäume? Er war wohl Holzfäller. Vielleicht lag er im Sanatorium und ärgerte sich über eine Abholzung, die er vom Fenster oder vom Balkon aus verfolgte.

Es konnte bildlich gemeint sein. Er war selbst nicht reif. Keines dieser Zwanzigjährigen auf den Fotos war das. Sie wollte nicht wissen, was er gemeint hatte. Es konnte sich um Moltebeeren oder Tannen oder Menschen handeln, sie wollte die

Briefe nicht lesen. Es war schlimm genug, daß sie hier in auseinandergefallenen, schmalen Bündeln herumlagen.

Sie sammelte die Papiere zusammen und schüttelte die Sägespäne davon ab. Jemand hatte Pferde auf Schulheftpapier gezeichnet. Mit einem viel zu harten Bleistift war sorgfältig ein Pferd nach dem anderen gezeichnet worden. Schraffiert, um die Rundung der gewaltigen Schenkel hervorzuheben. Die Hufe so schwarz, wie es mit dem schwachen Stift möglich gewesen war. Mehrere der Pferde hatten Geschirr und Zaumzeug um, die mit allen Einzelheiten versehen waren. Annie wußte nicht, wie diese heißen mochten. Sie sahen aus wie kleine Ohren, die hoch oben vom Rücken abstanden, vielleicht Holzstöckchen. Doch derjenige, der das gezeichnet hatte, wußte, wie sie hießen. Er kannte, falls er noch lebte, nach wie vor jedes Wort für diese komplizierten Anordnungen und wußte über die Konstruktion des Riemenwerks und des Geschirrs bis in die Einzelheiten Bescheid.

Da waren mehrere Bogen zusammengefaltetes Seidenpapier von gelbbrauner Farbe. Man sah, daß es benutzt worden war, denn es war einmal in ganz anderen Knicken gefaltet gewesen. Die Knitter waren glattgestrichen, aber nicht ganz beseitigt worden. Annie hatte keinerlei Spuren der Frau gefunden, die die Mutter der Kinder und die Gattin Erik Jonassons war. Vielleicht war ja dieses Seidenpapier etwas, was sie aufgehoben hatte. Sie hätte ein Schnittmuster daraus machen können, indem sie es auf einem Kleid ausgebreitet hätte. Doch wer besaß ein Kleid, das sie nachschneidern wollte? Dies war ja nicht der Schemen eines Kleides, sondern eines Wunsches.

Ein Notizbuch mit Liedern. Anfangs waren sie in einer recht altertümlichen Schrift mit einem Tintenstift geschrieben, den die Schreiberin oder der Schreiber hin und wieder angefeuchtet haben mußte. Bei einigen Wörtern war die violette Farbe kräftiger. Es waren Verse übers Fjäll und blaue Berge, über Sehnsucht und allerlei Elend, unter anderem das des Sanatoriums. Annie empfand erneut ein beschämtes Mitleid, aber auch

Unsicherheit. Hatten sie geweint oder gelacht, wenn sie dies gesungen hatten?

Weiter hinten in dem Buch hatte eine andere Hand mit Bleistift Lieder aus den dreißiger und vielleicht vierziger Jahren aufgeschrieben. »Hinter allem steckt die Frau«. »Per Olsson, der hatte 'nen Bauernhof«. »Der alte Sekretär«. Sie erkannte das Repertoire ihres Vaters wieder. Da waren Rolf und Kaj Gullmar. Alle Texte, sowohl die älteren, sentimentalen als auch die modernen, ausgelassenen, waren äußerst sittsam. Ihr fiel plötzlich das Lied ein, das sie vor dem Laden gehört hatte, während sie auf Dan wartete. »Siehst du den Schwanz vom Vater!« Er hatte tatsächlich »Schwanz« gesungen. Sie merkte, daß sie sich daran erinnerte, und beschloß, es aufzuschreiben. Es mußte ein untergründiges Liedgut geben, eines, das man nicht in Notizbücher schrieb, aber das man ohne Schwierigkeiten behalten konnte.

Da war tatsächlich eine Bibel, und es gab drei Bündel mit Almanachen. Sie waren verschnürt, und in jedem Packen befanden sich zehn Stück. In den Sägespänen fand sie noch sechs lose Almanache. Jetzt war sie sich beinahe sicher, daß Jonassons bis 1957 hier gelebt hatten. Die Serie, die 1922 begann, endete zu diesem Zeitpunkt, und all die dünnen Bücher waren geheftet und beschnitten und trugen den Untertitel »Für das Jahr nach des Erlösers Christi Geburt« und »Auf Luleås Horizont«.

Waren sie erst in der modernen Zeit, als es in den Ortschaften bereits Elektrizität und Autos gab, hierher gezogen? War Erik Jonasson ein Dickschädel? Ein grantiger Jämtländer mit Geschmack am Einzelgängertum, der seine Familie zwang, in der Einöde zu leben und auf Gesellschaft, Licht, Apfelsinen, Autos und Fotos von Filmstars zu verzichten? Oder war das Anwesen ererbt? War Eriks Familie die zweite und letzte Generation hier oben gewesen?

Der Steinkeller war 1910 errichtet worden. Das stand auf einem der Querbalken über der Tür. War nach der wahnsinnigen Schinderei zweier Generationen alles zu Ende gewesen? Sie hatten Schleifsteine und Vorschlaghämmer, Eisenräder, Spaten und eine Häckselmaschine heraufgeschleppt. Annie hatte die Geräte in den Schuppen und im Gras gesehen. Zuhinterst im Brennholzschuppen stand eine alte Singer. Holzleisten, nach denen man Schuhe angefertigt hatte. Mehrere kleine Kinderfüße aus gedunkeltem Holz. Rostige Bügeleisen. Arzneigläser und Keksdosen. Eine Flasche mit einer Tinktur namens Universal.

Sie hatte gehofft, in den Almanachen Aufzeichnungen über deren Leben zu finden, wurde jedoch enttäuscht. Äußerst sporadisch hatte zuerst der Tintenstift, dann der Bleistift Buchstaben geschrieben. Sie waren nicht zu deuten. »HK«. »B Bt«. Manchmal standen ein paar Worte zum Wetter da. »3 Tage Sturm«. »Frost«. Das war am dritten Juli. Sie schlug den Almanach für ihr eigenes Geburtsjahr auf und blätterte zurück. Am elften Januar stand da: »– 52°«. Da bekam sie Angst. Sie dachte jedoch sogleich daran, daß es die Kriegswinter waren. Obwohl, was hatte der Krieg mit der Kälte zu tun? Hier konnte es zweiundfünfzig Grad haben. Krieg hin, Krieg her.

Es hatten also zweiundfünfzig Grad geherrscht, als sie entstanden war. Zumindest nicht viel weniger. Wie und wo konnte man sich lieben, wenn es so kalt war? War man vielleicht gezwungen?

Das Militär war während des Kriegs in Scheunen und leerstehenden Häusern einquartiert worden. Ihr Vater hatte in Svartvattnet in einem Häuschen gewohnt, das sie Sonnenhütte getauft hatten. Sie gaben allen Häusern ansprechende Namen: Ruhe, Krumennest, Schneefried und Soria Moria. Dort konnte er nicht mit Henny geschlafen haben. Hatte es damals eine Pension gegeben? Gab es überhaupt einen Brief oder ein anderes Papier, aus dem hervorgeht, wo sie gewohnt hatten?

Henny war eine Großreinemacherin, die alles weggeworfen hätte, wenn sie sie nicht daran gehindert hätten. Vielleicht wird man so, wenn man eine Einzimmerwohnung in Gärdet in

Ordnung halten will. Vor dem Umzug hatte auch Annie sich von einigem trennen müssen, und sie verspürte Angst, wenn sie abends im Bett lag und durchzugehen versuchte, was sie noch hatte.

Als Dan gesagt hatte, daß die Kommune über Svartvattnet läge, hatte sie ein starkes Gefühl von Sinn und Bestimmung überkommen. Sie würde buchstäblich zu ihrem Ursprung zurückkehren, wenn sie dorthinzöge. Sie fragte sich, ob die Menschen, die diese zerfetzten und in ihrer Unvollständigkeit unbegreiflichen Papiere hinterlassen hatten, ebenfalls von einem Gefühl der Bestimmung geleitet worden waren. Oder betrachteten sie ihr Leben, wie es die Papiere anzudeuten schienen, als etwas Zufälliges und bald Verstreutes.

Es war erst ein paar Stunden her, daß sie in ihrem Zimmer an dem Klapptisch beim Fenster gesessen und in ihr Notizbuch geschrieben hatte. Ausführungen über das Leben in der Welt. Jetzt kamen sie ihr genierlich vor. Aber sie hatte herausgefunden, daß solche Überlegungen einen ziemlich gefährlichen Gedanken zur Folge haben konnten. Wahrscheinlich hätte sie das nicht gemerkt, wenn sie nicht niedergeschrieben worden wären.

Sie hatte Dan jedenfalls nie anvertraut, daß sie in Svartvattnet gezeugt worden war. Das war genauso zufällig wie die Kälte von zweiundfünfzig Grad während jenes Kriegswinters. Doch warum sind wir so geworden, daß wir nach Sinn und Zusammenhang suchen? So sieht es doch aus in unserem Gehirn. Wir suchen nach Mustern und Ordnung. Aber wir verstreuen unser Leben, machtlos und geistesabwesend.

Sie sammelte die Papiere zusammen. Anfangs hatte sie vorgehabt, sie den anderen zu zeigen. Aber nun beschloß sie, sie zu verstecken. Sie sollten erhalten, nicht befingert, bekichert oder mit Mitleid übergossen werden. Es war zu kurz her, daß sie geschrieben worden waren. Die Geheimnisse lebender Menschen steckten darin. Irgendwo gab es eine Frau, die Astrid hieß und manchmal an Stjärnberg und ihr Leben dort dachte – wie an ein Sommerparadies mit lauwarmer Milch und frischgebackenem Dünnbrot? Wie an ein Schandloch, wo sie verprügelt worden war? Oder so, wie Annie an Enskede dachte: bald Wein, bald Wasser. Aber gutgemeint.

In ihrer Sporttasche hatte sie die wenigen Papiere, die ihre Identität und Vergangenheit erhellten. Ihre Mutter hieß Henny Raft und war 1905 geboren worden. Das ging aus den Papieren, die Annie bei sich trug, nicht hervor. Man müßte Nachforschungen anstellen, um das herauszubekommen. Niemand würde auf die Idee kommen, nach Annie Rafts Eltern zu forschen. Doch, wenn ich gestorben wäre, dachte sie. Wenn ich das gewesen wäre. In dem Zelt.

Mia? Wußte sie, wie ihre Großmutter hieß? Henny war Operettensängerin gewesen, und der Name war ursprünglich ihr Künstlername. Eigentlich hieß sie Helga, eine geborene Gustafsson, und Annie war sich sicher, daß Mia das nicht wußte. Hennys Vater, also Annies Großvater und Mias Urgroßvater, war tot. Er hatte Ruben Gustafsson geheißen, und mit zehn Jahren war Annie auf seiner Beerdigung gewesen. Sie erinnerte sich aber nicht mehr, auf welchem Friedhof sich sein Grab befand. Er hatte einen kleinen Verlag gehabt, in dem er unter anderem Liederbücher, Schriften über Volksheilkunde, Gartenkalender und Traumdeutungsbücher verlegt hatte. Manches davon stand zu Hause im Regal. Außer ihnen konnte diese Bücher niemand mit der Familie Raft in Verbindung bringen.

Henny, die jahrzehntelang in allen Ecken und Enden des Landes herumkutschiert war, war in einem Hinterhaus in Östermalm geboren worden. Annie hatte es gezeigt bekommen, sie waren in dem Hof gewesen und hatten die hohen Treppentürme gesehen. Aber sie erinnerte sich nicht mehr, ob es in der Skeppargatan oder der Grev Turegatan gelegen hatte. Åke Raft, ihr Vater, hatte ursprünglich Pettersson geheißen. Er war 1908 als dritter Sohn eines Konditors geboren worden. Annie wußte nicht, weshalb er Musiker geworden war. Er war in erster Linie Pianist und hatte in Theaterorchestern und als Korrepetitor gearbeitet. 1939 hatte er Henny Raft geheiratet. Da war er 31 und Henny 34 Jahre alt. Das konnte Annie wie am Schnürchen, denn es ging in ihre Entstehungsgeschichte ein, die Henny gern erzählte. Von Kindern war keine Rede gewesen; Hennys Karriere als Operettensängerin war in einem empfindlichen Stadium.

Als sie heirateten, nahmen sie beide den Namen Raft an. Annies Konditorgroßvater hatte im Zug einen hohen Hochzeitskuchen aus Hudiksvall mitgebracht. Dessen Krönung, ein Brautpaar aus Porzellan, lag in der obersten linken Schublade in Hennys Sekretär. Die Braut trug einen kleinen Schleier aus einem Stück richtigem Tüll. Am Sockel hatte noch Karamel gesessen, an dem Annie so lange gelutscht hatte, bis er verschwunden war.

Dieser Großvater war gestorben, als sie noch klein war, sie erinnerte sich nicht mehr daran, in welchem Jahr. Die Großmutter war alt genug geworden, daß Annie auf ihrer Beerdigung hatte singen können. Sie hätte gern »Maiglöckchens Abschied« gehabt, aber das war natürlich nicht möglich gewesen.

Annie schämte sich, wenn sie daran dachte. Warum hatte sie ihr diesen Wunsch nicht erfüllt? Sie hatte mit der mageren, gelblichen Hand in der ihren im Serafimer Krankenhaus gesessen und ein falsches Versprechen gegeben. Jetzt fiel ihr der Mädchenname ihrer Großmutter nicht mehr ein, und sie hoffte nur, daß Henny ihn in irgendeinem Versteck verwahrt hatte. Hätte sie denn nicht ihren Willen haben können, wenn ihr Leben doch schon so bald verstreut und vergessen sein sollte?

Henny und Åke heirateten an einem Pfingstsamstag. Im September kam der Krieg. Åke wurde einberufen, nicht, wie er gehofft hatte, zur Unterhaltungsabteilung, sondern als Infanterist. Er wurde in das jämtländische Dorf Svartvattnet an der norwegischen Grenze verlegt. Dort besuchte ihn Henny und wurde schwanger. Vielleicht war es unmöglich, in Svartvattnet an Kondome zu kommen, das deuteten ja Erik Jonassons Papiere an. Eine Dame konnte mit einem solchen Anliegen damals wahrscheinlich nicht einmal in Stockholm in eine Apotheke gehen. Im Oktober kam Annie zur Welt. Laut Familienlegende kam Henny wegen der Schwangerschaft um die Hauptrolle in »Annie Get Your Gun«. Sie nannte dafür ihr Töchterchen Annie.

Annie war noch nicht alt, als sie begriff, daß Henny niemals die Hauptrolle bekommen hätte. Allenfalls auf Dolly Tate hätte sie sich Hoffnungen machen können. Die Tante und der Onkel in Enskede hatten eine alte Boxerhündin, die Dolly hieß, weswegen Annie zeit ihres Lebens über Hennys harmlosen Betrug froh war.

Sie sollte das Mia erzählen. Dank des Hundes würde es wahrscheinlich hängenbleiben. Sie könnte erzählen, daß die Tante und der Onkel, bei denen sie gewohnt hatte, wenn ihre Eltern auf Tournee durch die Provinz waren, Elna und Göte hießen. Doch sie sah ein, daß sie Mia das Eigenheim weit draußen im Sockenvägen in Enskede niemals so würde zeigen können, wie es damals ausgesehen hatte. Es war umgebaut und wahrscheinlich richtig isoliert. In den fünfziger Jahren hatte man im Winter das Gefühl, in einem Wellpappkarton zu leben.

Das Zimmer hatte sie mit zwei Cousinen geteilt. Sie hießen Susanne und Vivianne. Die beiden waren so blöd wie ihre Namen. Annie hatte ein schlechtes Gewissen gehabt, weil sie so gedacht hatte. Mia wurde noch nicht sehr vom Gewissen bedrückt. Mit Pella, die sie wegen ihres Namens nur schwer leiden konnte, sprach sie nicht.

Zwei laute Brüder, Nisse und Perra genannt, hatten im Kellergeschoß in einer ehemaligen Waschküche gehaust, die Onkel Göte hergerichtet hatte. Ihr ging durch den Kopf, daß es dort kalt und dunkel gewesen sein mußte. Daran hatte sie damals jedoch nicht gedacht. Sie war nur froh gewesen, daß sie nicht in ihrer Nähe waren. Die ganze Familie war laut. Annie hatte sich jedoch nicht nach Hause gesehnt, denn die Wohnung in Gärdet hatte nur ein Zimmer mit einer Bettnische.

Ihr fiel ein, daß die Leute früher wichtige Familienereignisse auf dem Vorsatzblatt der Bibel einzutragen pflegten. In der Bibel, die sie in den Sägespänen gefunden hatte und nun aufschlug, schien noch nie geblättert worden zu sein. Die dünnen Blätter klebten aneinander. Astrid Jonasson hatte sie 1942 von der Kirchengemeinde bekommen: Zum Andenken an die Konfirmation. Psalter 116,1–2. Hatte Astrid jemals die Stelle aufgeschlagen? Annie tat es nicht. Aber sie suchte den ersten Brief des Paulus an die Korinther und fing an zu lesen.

Er handelte von einer kleinen Gemeinde, die der Verachtung ausgesetzt, aber im Besitz dessen war, was sie geistige Gaben nannten. Ihnen wurde davon abgeraten, Geschlechtsverkehr zu haben und Fleisch zu essen, doch konnten sie bei Bedarf beides tun. Sie wurden ernstlich davor gewarnt, daran zu zweifeln, daß der Mensch nach dem Tod leben könne. So, wie sie glaubten, würde es nämlich werden.

Die Passage über das Leben in der Welt lautete nicht ganz so, wie Brita sie zitiert hatte, und auch nicht so wie die Worte, die ihr selbst durch den Kopf gegangen waren. Aber sie ahnte, daß der Ursprung dennoch der richtige war. Es wurde deutlich, daß Paulus an eine nahe bevorstehende Katastrophe geglaubt hatte, die allen Möglichkeiten irdischen Lebens ein Ende bereiten würde. Deshalb könnten – und sollten – die Menschen jetzt darauf verzichten, sich um ihre Nächsten, um ihre eigenen Gefühle und Angelegenheiten und um die Welt im allgemeinen zu sorgen. Dies war offenbar das Gegenteil von ihren eigenen tastenden, aber im Grunde vernünftigen Gedanken.

Sie hatte lange hinter der Dachbodenluke gesessen. Gertrud und Sigrid waren ein paarmal vorbeigegangen und hatten zu ihr heraufgeguckt, aber nichts gesagt. Sigrid hatte ein altes, bekümmertes Gesicht für ihre neun Jahre. Wahrscheinlich würde sie heraufsteigen und in den Papieren wühlen. Annie mußte sie verstecken. Aber wo? Es gab keinen Schrank, der sich abschließen ließ. Sie hatte nicht einmal eine Kiste für ihre Sachen. Alles war gemeinsamer Raum. Sie beschloß, das ganze Papiergeraffel einstweilen unter ihr Bett zu packen und sich einen Platz zu überlegen, wo sie es aufbewahren könnte, ohne daß es von der Feuchtigkeit ruiniert oder gefunden und verstreut würde. Es war jedenfalls so viel, daß sie zweimal die Leiter hinuntersteigen mußte.

Als sie, auf der Leiter stehend, das letzte nahm, rührte sie Sägespäne auf und entdeckte die Ecke eines Kartons. Er war von der Feuchtigkeit angegriffen und mußte viel länger als die anderen Sachen dort gelegen haben. Ursprünglich war es eine blaue Schokoladenschachtel gewesen, auf der Freia und in Goldbuchstaben ein norwegischer Text stand. Als sie die Schachtel öffnete, quollen kleine Papierkleider hervor. Ausgeschnitten, zierlich bemalt und völlig unbeschädigt erhoben sie sich aus der Enge unter dem gewaffelten Schutzbogen aus Goldpapier. Jede Umschlagklappe, mit der sie am Körper der Papierpuppe zu befestigen waren, war noch da. Annie konnte keine entdecken, die zerfetzt oder abgerissen war. Alles war vierziger Jahre: die Passen, die geraden Schultern, die Rockfalten, die Schärpen und die Drapierungen über der Hüfte. Es gab Mäntel, Hänger und Blazer. Ihr fielen die Bezeichnungen ein, die Henny lachend nannte, wenn sie alte Fotografien zeigte. Ein Muff mit vielmals geknickten Umschlagklappen. Die Papierpuppe, die fast zuunterst lag und Ava Gardner oder Joan Crawford glich, hielt die Arme ausgestreckt. Der Muff mußte am Mantelärmel befestigt werden – sie sollte damit eine Geste machen. So als ob sie jemandem begegnete. In der Stadt. Es war kalt. Schnee fiel, und es war vielleicht ein Weihnachtsabend mit Glockenklang in der Luft – wie in einem amerikanischen Film aus der Zeit dieses Mantels.

Die Puppe aus festem Karton war ebenso wie alle Kleider selbstgemacht. Es ließ sich erahnen, daß die kräftig roten Lippen mit einem Rotstift gefärbt worden waren, dessen Spitze man zuerst aufgeweicht hatte. Die Kleider waren mit schwächeren Wasserfarben, vielleicht aus einem Schulmalkasten, bemalt. Blumen, Vierecke, Streifen und Tupfen. Spitzenränder auf Kragen. Paillettenstickerei. Umgenähte Falten. Strickereien und Smok. Alles war mit Sorgfalt und Lust wiedergegeben. Ja – Lust. Annie verspürte sie selbst, als sie die Papierkleider in die Hand nahm. Vorsichtig legte sie alles unter das Goldpapier und machte die Schachtel zu.

Åke Vemdal rief an. Das kam so unverhofft, daß es Birger die Sprache verschlug. Doch Åke sagte:

»Jetzt kann ich kommen.«

»Kommen?«

»Du hast mich doch zum Essen eingeladen.«

War er unverschämt? Er hatte ja die Einladung, ohne sich auch nur zu bedanken, ausgeschlagen. Birger fühlte sich windelweich, als er sagte:

»Ja doch. Du bist willkommen. Wann paßt es dir denn?«

Er war angespannt, als er das Elchfleisch aufschnitt und den Matrosentopf zubereitete. Wahrscheinlich war Åke das auch, denn als er kam, schien er sich gar nicht für das Essen zu interessieren. Er nippte am Branntwein, als wäre es eine Art Likör. Es war gewöhnlicher Smirnoff, und eigentlich hatte Birger Kümmel oder Johanniskraut ins Glas träufeln wollen. Aber das vergaß er.

»Barbro ist weg, hab ich gehört.«

Birger verspürte ein starkes Unbehagen. Es gab Gerede. Aber niemand sagte etwas zu ihm. Niemand hatte gefragt, nicht einmal Märta. Åke Vemdal war der erste, der anschnitt, daß Barbro gegangen war. Überdies war er so plump, Birger zu trösten.

»Du wirst sehen, sie kommt zurück, wenn sie sich nach den Verhören wieder beruhigt hat. Die haben sie ja viele Male vernommen. Es gibt an die sieben Stunden Bandmaterial.«

»Die?« fragte Birger. »Warum sagst du: die? Warst du denn nicht auch dabei und hast sie vernommen?«

Da kippte Åke den Schnaps in einem Zug hinunter. Es waren große Gläser, die sie nie benutzt hatten, solange Barbro zu Hause war. Birgers Vater, der als Forstmeister bei einem Hüttenwerk in Gästrikland angestellt gewesen war, hatte sie zum Vierzigsten bekommen. Fliegende Enten waren darin eingraviert. Auf dem Flachmann sah man den Hund und den Jäger. Vemdal betrachtete sich jetzt genau die mattgeschliffenen Partien auf dem Glas, und Birger erzählte davon. Åke schien jedoch nicht zuzuhören.

»Man hat mir die Ermittlung entzogen«, sagte er schließlich.

»Offiziell?«

Birger ging durch den Kopf, daß dies etwas von der Art war, wie Barbros Abwesenheit am Anfang. Etwas, was vielleicht nicht definitiv oder auch nur richtig wirklich war. Aber Åke sagte, daß es so sei. Offiziell. Klar ausgesprochen.

»Aber warum denn?«

»Man hält mich für zu verstrickt in die Sache.«

»Etwa deshalb, weil ich über das Tretornstiefelgetrampel den Mund nicht habe halten können?«

»Davon habe ich nicht einmal gehört. Wir können jetzt frei reden. Weil ich, wie gesagt, von der Bildfläche verschwunden bin. Ich glaube aber nicht, daß sie viel mehr haben. Es stagniert.«

»Die waren hier und haben gewütet«, sagte Birger. »Willst du Preiselbeeren dazu haben? Da sind Salzgurken.«

Åke aß jedoch kaum etwas. Er hatte keine gute Gesichtsfarbe.

»Ich kriege nach wie vor verdammt viele anonyme Briefe. Daß ich was dagegen tun soll. Den festnehmen soll, der das getan hat, damit die Leute aus dem Haus gehen können. Damit die Touristen nicht verschreckt werden. Obwohl es ja gerade umgekehrt ist. Die Touristen kommen jetzt wie die Fliegen. Busweise. Ich krieg Briefe, in denen steht, daß ich zu schnüffeln aufhören soll, daß ich mich in acht nehmen soll, und es kommen übelriechende Sendungen. Und Gegenstände. Eine gebrauchte Damenbinde. Ich wollte sie in die Ermittlung einbringen – diese kleine Holländerin hatte ihre Tage, wie sie gestorben ist –, weil ich dachte, die hätte jemand gefunden, einer, der nicht zugeben will, daß er da oben in dieser Ecke war. Bei dieser Gelegenheit habe ich dann erfahren, daß man mir die Ermittlung entzogen hat. Klar ausgesprochen also. Und es hieß, die Binde sei wahrscheinlich nur ein Kommentar dazu, daß ich da mit drinstecke. Ja. Es sei im übrigen ja auch nicht ganz ausgeschlossen.«

»Wie sollst du da mit drinstecken?«

»Ich stecke nicht mit drin.«

Er klang gereizt.

»Kannst du nachts schlafen?«

»Hör doch auf, Mensch! Weißt du denn nicht, was sie dich nennen?«

»Doch«, erwiderte Birger, »das weiß ich. Ich finde, du solltest etwas essen. Danach gehen wir rüber und hören ein bißchen Musik. Wir sollten den Kaffee vielleicht weglassen. Es ist nichts dabei, wenn du ein paar Tabletten zum Einschlafen mitnimmst. Ich bin kein Pillendoktor. Und du bist nicht das, was sie von dir behaupten.«

Er wußte nicht recht, welche Musik er auflegen sollte. Er glaubte nicht, daß Åke etwas für Bach oder Schubert übrig hatte. Unter seinen ersten LPs war eine, die »Down South« hieß. Es war ganz langsame Tanzmusik. Er erinnerte sich, daß einer seiner sexuell unternehmungslustigeren Medizinerkollegen sich diese Platte ausgeliehen hatte, in der Hoffnung, ein Mädchen mit nach Hause nehmen zu können. Als die dunklen, heiseren und träge hervorquellenden Saxophonphrasen den hellen Raum erfüllten, hätte er am liebsten losgelacht, und Åke sah es.

»Was ist denn?«

»Wir sind ein paar alte Knaben, du und ich. Hoffnungslos.«

»Ob es hoffnungslos ist, weiß ich nicht. Und du bist immerhin verheiratet.«

»Gewesen.«

»Ich hab so wenig Zeit gehabt. Obwohl ich manchmal glaube, daß es so noch mehr Zeit kostet. Es ist eine Scheiß... wie heißt das... Aufwarterei. Wenn man nicht den allereinfachsten Ausweg wählen will.«

Er wollte auf jeden Fall Kaffee haben.

»Du hältst hier Ordnung«, sagte er in der Küche.

»Ich halte Ordnung, und ich mache jeden Tag Essen. Ich lebe in einer Art – Käseglocke. Palpiere die Bäuche und Leisten der Leute, rede aber nicht mit ihnen. Ich verfolge die Ermittlungen nicht mehr.«

»Das kannst du auch bleibenlassen. Es gibt nichts Neues. Du hast das über Ivo Maertens gelesen?«

»Nein.«

»Er ist nach Hause gekommen. Die Eltern haben angerufen. Er ist am ersten Juli nach Hause gekommen. Das war nicht er. Er hatte sich in Göteborg mit dem Mädchen zerstritten, und dann haben sie sich getrennt. Er hat keine Ahnung, wen sie in diesem Zelt mitgehabt hat. Wir auch nicht.«

»Weswegen haben sie sich denn zerstritten?«

»In Göteborg war eine große Rockgala. Ivo Maertens und Sabine Vestdijk haben auf dem Campingplatz in Långedrag gezeltet und kamen mit jemand in Kontakt, der ihnen Eintrittskarten verkaufen wollte. Schwarz. Zu einem recht vorteilhaften Preis. Ivo traute der Sache nicht. Er war sich sicher, daß sie übers Ohr gehauen werden sollten, daß die Eintrittskarten nicht in Ordnung seien, und daß sie mit denen nie eingelassen würden. Also wollte er nicht. Da haben sie sich zerstritten, und er spielte den Beleidigten. Ich glaube, er ist ein verdammter Dickschädel. Sie fuhr zu der Gala. Er weiß nicht, in wessen Begleitung sie war, ob es der Kerl war, der die Karten verkauft hatte, oder jemand anders. Ivo hat diese Person nie gesehen. Er glaubt aber, daß es ein Kerl war. Sie ist in dieser Nacht nicht zurückgekommen. Im Laufe des Vormittags wurde er verdammt unruhig und wollte schon zur Polizei gehen. Er lief zur Anmeldung und fragte, ob sie sie gesehen hätten, und hörte sich in den Nachbarzelten um. Schließlich kam sie dann. Aus einem anderen Zelt. Da war Schluß zwischen den beiden. Er war so sauer, daß er seine Siebensachen packte und abhaute. Er trampte nach Hause, und das dauerte einige Tage. Er wußte nicht, was geschehen war, als er in Leiden zu Hause ankam. Die haben ihn empfangen, als wäre er von den Toten auferstanden. Er weiß nicht, was sie vorhatte, als sie sich in Långedrag trennten. Vom Fjäll war jedoch nie die Rede gewesen, niemals. Es scheint ganz so, als ob die Idee von dem andern Kerl stammte. Von dem Schützen.«

»Schützen? Wen hat er denn erschossen?«

»Niemand, soviel wir wissen. Das einzige, was wir in einer alten Sporttasche, die ihm gehört haben mußte, gefunden haben, war ein Notizbuch. Da ist ein Sternzeichen drauf, Schütze.«

»Das habe ich gesehen. Gehört die Ratte auch ihm?«

»Das wissen wir nicht. Aber schmusen nicht eher Mädchen mit Ratten herum? Wir glauben jedenfalls, daß er, wann zum Teufel auch immer, geboren wurde. Ich meine, daß er Schütze ist. Das ist im Grunde das einzige, was wir von ihm zu wissen glauben.«

»Warum glaubst du das?«

»Das Notizbuch wurde hier, bei ICA in Byvången, gekauft. Das sah man am Preisschild. Die hatten dort alle Sternzeichen zur Auswahl. Warum hätte er also ein anderes als sein eigenes nehmen sollen? Sie erinnern sich dort an ihn. Aber nicht daran, daß er das Notizbuch gekauft hat. Am Tag vor dem Mittsommerabend waren dort eine Menge Leute. Wir haben Sabine Vestdijks und seine Spur bis von Långedrag her verfolgen können, sie haben auf dem ganzen Weg auf Campingplätzen übernachtet. In diesem großen Zelt. Es hat ja ein Mordstrara in den Zeitungen gegeben, und die Leute haben angerufen. Die beiden sind am Tag vor dem Mittsommerabend nach Byvången gekommen und haben sich hier zum ersten Mal ein Zimmer genommen. Im ›Drei Tannen‹. Nur auf ihren Namen. Die Tante dort erinnert sich nicht, ob sie gesagt haben, daß er ihr Mann sei. Jedenfalls hat sich Sabine mitten am Nachmittag hingelegt, und er ist in die Apotheke. Dort erinnert sich die Helferin an ihn. Sie fand ihn nicht übel. Wenn auch unangenehm. Sie hat ihn für einen Junkie gehalten. Er hatte ein Stirnband um und sah ein bißchen luschig aus, hat sie gesagt. Na ja, wer weiß. Es kommt ja auch drauf an, was sie selbst für einen Standard hat, und in dem Laden haben sie über sein Aussehen nur gesagt, daß er ziemlich lange Haare hatte. Er brabbelte etwas davon, daß er Sandon haben wolle. Kapierte nicht, daß es die starken Mittel alle nur auf Rezept gibt. Ich glaube auch nicht, daß die Verkäuferin so viel Englisch kann. Er hat nur englisch geredet. ›Painkiller‹ hat er immer wieder gesagt. Zuerst hat sie nichts verstanden. Sie hat sich an dem Killer aufgehängt und fand den Kerl abscheulich. Aber ich glaube, sie hat übertrieben – ihn ganz einfach falsch verstanden. Ich glaube, Sabine Vestdijk war krank und brauchte ein Schmerzmittel.«

»Menstruationsbeschwerden?«

»Ja, wenn das so weh tun kann. Ich weiß es nicht.«

»Junge Frauen können sehr starke Schmerzen haben.«

»Auf jeden Fall strich er hier im Ort herum. Damit ist nicht gesagt, daß er dieses Notizbuch selber gekauft hat. Die Verkäuferin in dem Laden kann sich jedenfalls nicht daran erinnern. Sie erinnert sich an ihn, weil er englisch gesprochen hat. Sie kann kein Englisch, sie ist schon älter. Sie mußte jemand zu Hilfe holen. Darum erinnert sie sich auch daran, was er haben wollte: Bier. Weiter nichts. Der Geschäftsführer, der ihr zu Hilfe kam, erinnert sich ebenfalls daran: er hat nur Bier gekauft. Wer hat aber dann das Notizbuch gekauft? Sie hatten eine Menge Kundschaft am Tag vor dem Mittsommerabend. Aber von den Kunden sprach sonst niemand englisch. Wir wissen nicht einmal, ob es der Schütze war, der sich eine Telefonnummer darin notiert hat. Eine norwegische. Er war jedenfalls mächtig besorgt darum, denn er hat das Buch unter der mit Plastik bezogenen Pappe auf dem Boden seiner Sporttasche versteckt. Ich war ziemlich aufgeregt deswegen. Die Nummer gehört zum Supermarkt in einem kleinen Kaff an der Küste oberhalb von Brønnøysund. Dort wissen sie aber nichts von ihm. Und ich glaube, das ist wahr. In jener Nacht waren ein paar Norweger im ›Drei Tannen‹, die sind natürlich vernommen worden. Die wußten nicht einmal, wo dieser Ort liegt. Schwer zu sagen, ob sie lügen. Aber das waren keine Leute, die normalerweise etwas mit einem Langhaarigen in zerrissenen und ziemlich dreckigen Jeans zu tun haben. Es waren ein Lehrerpaar aus Namsos und ein Veterinär aus Steinkjer. Das arme Ding hat jedenfalls keine ›Painkillers‹ gekriegt, kann aber Wodka getrunken haben, denn auf dem Zimmer war eine leere Flasche. Koskenkorva.«

»Und das Pulver, das du mir gezeigt hast?«

Åke sah ein bißchen verlegen drein.

»Ich hatte das gleiche von ihm angenommen, wie die Apothekenhelferin. Bei der Analyse der Körnchen hat sich aber herausgestellt, daß es sich vor allem um Acetylsalicylsäure handelte. Koffein war auch drin, und Colasamen. Das gleiche wie in Coca-Cola.«

»Semen colae«, sagte Birger. »Diese Mixtur ist mir allerdings unbekannt.«

»Es war jedenfalls nicht stärker als Aspirin. Es war wohl das einzige, was sie hatte. Am Morgen des Mittsommerabends waren sie fort. Sie drückten sich vor dem Bezahlen. Wahrscheinlich schon sehr früh. Niemand weiß, was sie an dem Morgen getrieben haben. Irgendwann ist sie bei Lill-Ola Lennartsson aufgetaucht. Der Kerl hat bei ICA eingekauft. Er hat auch nach einem Fjäll gefragt. Aber so langsam glaube ich, daß die sich einfach verfahren haben, denn es war kein Fjäll hier in der Nähe.«

»Was war es denn für eins?«

»Starfjället. Das gibt es hier nicht. Währenddessen hat sie bei Lill-Ola eingekauft. Es ist also möglich, daß Lill-Ola geglaubt hat, sie sei allein. Dann wäre es nicht verwunderlich, daß er sich wie ein aufgeregtes Hemd benahm, das Zelt verlieh und sich ordentlich ins Zeug legte. Er ist scharf auf die Weiber. Es heißt, er sei so unverfroren, Frauen aufzusuchen, die in den vermieteten Sommerhäuschen nachts allein sind, während ihre Männer beim Fischen draußen sind. Ich weiß nicht.«

»Du mußt dir viel Scheiß anhören.«

»Über Lill-Ola Lennartsson kann ich nicht genug hören. Er hat schließlich gesagt, daß er dich über die Straße und in den Wald hat gehen sehen. Zum Lobberåa rauf«

»Der ist ja wahnsinnig.«

»Er kann natürlich jemand anders gesehen haben. Und ihn für dich gehalten haben. Ich glaube aber, er hat das gesagt, weil ich seinen Heizungskeller untersuchen ließ. Ihm war klar, daß der Tip von dir kam.«

»Es fällt mir schwer, zu glauben...«

»Du bist reizend, Birger. Warte nur – das war noch nicht alles. Er hat gesagt, daß ich hinterher angefangen hätte, ihn zu schikanieren. Seinen Keller und das Haus durchsucht hätte. Um dich zu schützen. Der lügt doch, dieser elende Lulatsch. Aber sie glauben ihm.«

Es war still geworden. Der Plattenteller drehte leer, doch Birger konnte sich nicht dazu aufraffen, eine neue Platte aufzulegen. Ihn ekelte, und er wollte eigentlich nichts mehr hören. Fragte aber trotzdem:

»Die glauben also im Ernst, daß ich zum Lobberån raufgegangen bin?«

»Nein, das glauben sie nicht. Sie glauben gar nichts. Sie versuchen, vorbehaltlos zu arbeiten. Und ich glaube nicht, daß sie mit deinen Sachen irgendwie weitergekommen sind, den Stiefeln und dem Zeug. Da hättest du wieder von ihnen gehört. Du mußt das nicht so schwernehmen, es hat schließlich viele Verhöre gegeben. Lill-Ola. Seine Alte. Sie kann doch auch da droben gewesen sein, um zu sehen, was er trieb. Sie kennt seine Weibergeschichten. Sie haben Dan Ulander und Annie Raft und das ganze Stjärnbergpack vernommen. Yvonne und ihre Kerle. Sie haben jeden Stein im Dorf umgedreht. Aber an eine Sache glauben sie auf jeden Fall. Und zwar, daß er *gesagt* hat, dich gesehen zu haben. Daß er mir das schon bei der ersten Vernehmung gesagt hat. Sie glauben, ich hätte das absurd gefunden, weil ich mit dir zusammengewesen war und glaubte, wir hätten die ganze Zeit Kontakt gehabt. Sie meinen aber, daß ich das nicht wissen könne, nicht mit Sicherheit, und daß ich seine Angabe ins Vernehmungsprotokoll hätte aufnehmen müssen. Auch wenn sie nicht glaubwürdig gewesen sei.«

»Und darum haben sie dir die Ermittlung entzogen.«

»Ja, ich hätte einen formalen Fehler begangen, sagen sie. Für wie lächerlich ich seine Angabe auch gehalten haben mochte, ich hätte sie aufnehmen müssen. Aber sie existiert nicht! Und das glauben sie nicht. In letzter Zeit habe ich gedacht, ich müßte verrückt werden. Dieser Scheißkerl! Dieser verdammte Pinscher! Er hat eine ganze Palette mit netten Tretornstiefeln verbrannt. Hatte Angst, daß die Polizei kommen und in seinem Haus herumschnüffeln würde. Das muß Diebesgut gewesen sein, denn in seiner Buchführung taucht keine derartige Lieferung auf. Er hat keinen Frachtbrief, nichts. Und er hat sie unglaublich billig verkauft. Fast jeder im Dorf hat welche davon gekauft. Das erleichtert die Ermittlung nicht gerade. Und ihm glauben sie.«

»Und die Auerhähne? Warum hat er die verbrannt? Er hat doch die Niederjagd gepachtet. Da hätte er doch nichts befürchten müssen.«

»Ich weiß es nicht. Schon möglich, daß sie in dieser Sache weitergekommen sind, ich habe aber nichts davon gehört. Sie suchen ja nach Schlafsackdaunen.«

Åke sah Birger nicht an, wenn er sprach. Sein Blick war durch das große Fenster in den Garten gerichtet, doch in der Scheibe waren nur Reflexe zu sehen. Er sah nichts. Er blickte nach innen auf verschlungene Moorpfade, die sich im nächtlichen Nebel verloren. Er sah, wie sich in dem »Gebiet« Menschen bewegten. Sah sie auftauchen und seinem Blick, der kein Blick war, sondern ein ständig wiederkehrender Gedanke, entschwinden.

Er war besessen. Er folgte den Pfaden im Moor und den Straßen des Dorfes wie Birger jeden Tag den Schnörkeln im Leistenwerk der Veranda. Die Ermittlung war ihm entzogen, doch seine Kraft floß ihr noch immer zu. Ohne Sinn und Zweck.

Dan lag auf ihrem Bett, als sie ins Zimmer trat. Er war allein und hatte sich halb zur Wand gedreht. Er war nackt. Das Licht vom Fenster her wurde von seiner bräunlichen Haut reflektiert, die leicht feucht wirkte. Er hielt seinen Penis umfaßt und bewegte das Handgelenk und den Unterarm. Sie zog sich zurück, aber er hatte schon gemerkt, daß sie im Zimmer war.

»Was machst du?« fragte sie und hörte selbst, daß sie aufgackerte. Ein richtiges Lachen wurde nicht daraus.

»Masturbieren«, antwortete er, und seine Stimme war nicht ganz klar. Annie sank auf die Knie. Sie ließ die Papiere und Bücher so leise wie möglich auf den Boden gleiten. Dann wußte sie nicht, was sie machen sollte. Schließlich nahm sie einen Stapel der Papiere und einige Almanache und legte sie unters Bett. Sie konnte hören, daß sein Atem jetzt heftiger ging. Er machte eine Bewegung, so daß der Bettboden aufquietschte. Dann war es völlig still.

Der Speichel war ihr im Mund zusammengelaufen, und sie mußte schlucken, schob aber weiterhin Almanache in Richtung Wand. Er war aufgestanden. Als sie fertig war und sich erheben mußte, stand er in der Tür und wischte sich mit einem Handtuch ab. Verwirrt dachte sie, daß es in die Küche gehörte.

»Du darfst mich nicht stören, wenn ich an dich denke«, sagte er. Sie tat, als brächte sie den Schal in Ordnung, den sie als Decke über den Klapptisch gebreitet hatte, und versuchte, sich etwas einfallen zu lassen, was sie sagen könnte. Der einzige

Gedanke, den sie hatte, war: Er ist natürlicher als ich. Er würde mich auslachen, wenn er wüßte, wie ich mich fühle. Wie dramatisch ich alles nehme! Sie schlug rasch das Notizbuch zu, das auf dem Tisch lag. Als sie sich umdrehte, war er gegangen.

Dan und sie hatten in den Tagen davor mehrmals im Heu, das noch auf einem Boden über dem Kuhstall lag, miteinander geschlafen. Es war trocken und spitz und stach sie durch den Stoff der Bluse. Hinterher wäre sie gern noch im Duft des Sommers liegengeblieben. Wäre am liebsten darin eingeschlafen. Aber eigentlich roch es gar nicht so gut. Es war altes Heu.

Er wollte, daß sie es auch abends im Zimmer machten. Doch sie wollte Mias wegen nicht. Sie verließ sich nicht darauf, daß sie schlief. Es raschelte manchmal da oben. Mia spielte im Dunkeln mit ihren Puppen. Sprach leise mit ihnen.

Annie hatte sich auf dem Heuboden versteckt, als die Journalisten dagewesen waren. Sie hatte sie, in Begleitung von Petrus, der ihnen etwas von Ziegenwirtschaft und Schafzucht erzählte, vorbeigehen hören. Eigentlich wollten sie Annie treffen, um von ihr zu hören, wie das zerschnittene Zelt am Lobberån ausgesehen und wie viel sie von den Körpern gesehen habe. Petrus aber hatte erzählt, wie man, ganz ohne Elektrizität, Käse herstellte.

Sie blieben lange, und Annie konnte ab und zu ihre Stimmen hören. Es klang, als sprächen sie mit Kindern. Damit die Zeit verging, nutzte sie die Gelegenheit, nach der Schachtel für ihr Pessar zu suchen, die sie im Heu verloren hatte. Beim Wühlen wirbelte sie Staub und Spreu auf, spürte aber recht bald eine harte Kante. Es war nicht die gesuchte Schachtel, sondern ein Arzneidöschen aus weißem Plastik. STESOLID. Ausgeschrieben für Barbro Torbjörnsson und fast leer.

Sie suchte weiter nach ihrer Schachtel und fand sie auch, dazu noch eine Nagelfeile und eine kleine Seifenschale aus einem Hotel. Der Inhalt eines Necessaires mußte ins Heu gefallen sein. Sie zeigte Dan die Sachen, und er nahm sie an sich. Sie sagte, daß sie Unlust empfinde.

»Warum denn?«

»Ich dachte, das sei unser Heuboden. Unser Heu. Deins und meins.«

Er erwiderte, sie könne nicht verlangen, daß sie hier oben Plätze für sich allein haben könnten. Private Schlafzimmer. Persönliche Heuböden.

Es gab vieles, was sie ändern mußte. Das Radiohören. Sie war von diesem kleinen Plastikkasten abhängig, horchte im Bett, den Kreis des Lautsprechers ans Ohr gedrückt. Konnte nicht einschlafen, wenn sie nicht die Elfuhrnachrichten gehört hatte. Vietnam, Kambodscha, Mosambik. Sie mußte diese Wörter hören.

»So schnell verändert sich nichts, daß du das jede Stunde hören müßtest«, sagte Dan. »Das ist ein Gift.«

Wie recht er auch hatte, sie war so. Abhängig. Von dem einen und dem anderen. Wie er von ihrem Körper, hatte sie früher gedacht. Aber war er das eigentlich?

Manchmal fand sie ihn bizarr. Aber sie sah ein, daß dies ein Wort war, mit dem man Dinge abtut, die einen im Grunde nicht interessieren. War es doch gerade umgekehrt: sie war sich seiner intensiv bewußt. Wie dünn er war, wie schmal sein Rücken und wie zart seine Hände und Füße waren. Wie sich seine Haarfarbe im Lampenschein von Asche in Gold verwandelte. Mehr als jedes fünfte Haar war golden. Oft lag sie mit einer Locke davon auf dem Arm oder auf der Brust da und betrachtete jedes einzelne Haar.

In einer Gruppe von mehr als zwanzig neuen Schülerinnen und Schülern vor der Tür des Klassenzimmers war er ihr zwischen all den andern aufgefallen. Wie anders er mit seinem schlanken, geschmeidigen Körper war. Er bewegte sich wie ein Tänzer. Im Klassenraum, in der Dumpfheit der Winternachmittage und der haarigen Atmosphäre aus Wolle und Atem bildete er einen Kern reiner Energie, an den sie herankommen mußte.

Anfangs, noch bevor sie ein persönliches Wort miteinander

gesprochen hatten, dachte sie an ihn als an den eigentümlichen Schüler. Sie begann von ihm zu phantasieren. Er konnte in einer Schulstunde etwas sagen, was sie verwirrte oder verunsicherte. Hinterher dachte sie sich eine Fortsetzung aus. Da kam sie auf treffende Antworten, und es ergab sich ein Gespräch daraus. Eine Art Gespräch.

Denn sie hatte ja Monologe, stets stumme Monologe gehalten. Sie hatte gefunden, daß sich vieles klärte, wenn sie es ihm für sich erzählte. In Wirklichkeit hatte sie jedoch gar nicht viel erzählt. Nicht einmal, als sie dann miteinander schliefen.

Ihre Zurückhaltung war noch so eine Art Abhängigkeit. Ein Gift – mit seinen starken Worten. Etwas, woran sie mit einem atavistischen, dunklen und undurchdringlichen Teil ihrer selbst festhielt. Sie war der Meinung, daß diese mit Enskede und später mit der Musikakademie und dem Karlbergsvägen zusammenhing. Mit einem Leben, das ihm vollkommen unerklärlich wäre.

Wenn sie aufreibende Szenen hatten, Mißverständnisse, Konflikte – und wie das alles heißen mochte, wenn es wie von Messern im Magen schnitt, wenn sie ihn nicht zu berühren wagte, weil der kalte Punkt regierte. Im Auge, im Augapfel selbst saß es: das Mißtrauen.

Wenn er ihr mißtraute. Glaubte, daß es für sie nur ein Spiel sei. Eine Affäre für ein paar Wochen. Ein kleines, gefälliges Spiel mit politischen Ideen und starker sexueller Anziehung. Sie waren neun Jahre auseinander. Irgendwann hatte er gesagt, daß sie ihn nicht ernst nehme. Es war, als habe er geahnt, daß sie manchmal dieses Gefühl hatte: Er ist bizarr. Total unbekannt. Ein Gewebe, das abgestoßen wird. Ein fremdes, unverträgliches Seelengewebe.

Önis stand in der Tür und fragte, ob sie das Abendmelken vergessen habe. Ja, das hatte sie völlig vergessen. Sie war beunruhigt wegen des Geruches im Zimmer. Sie nahm das Küchenhandtuch und steckte es zusammengeknüllt unter die Wolldecke. Önis verfolgte dies mit dem Blick, sagte aber nichts. Sigrid war ihr auf den Fersen und sagte, daß Annie eigentlich nicht mit Melken dran sei. Der Plan sei verkehrt geschrieben worden.

Annie band sich eine große Schürze um, die sie von Brita bekommen hatte, und folgte ihnen in den Ziegenstall. Sie mochte die Ziegen nicht, und bevor sie nach Stjärnberg gekommen war, hatte sie noch nie gemolken. Sie nahm an, daß sie deswegen nicht zusammen mit Dan melken durfte, der langsam und unbeholfen war. Sie gehörte zu Önis' Schicht, zu der eigentlich auch Lotta zählte. Aber die ließ sich nicht blicken.

Es waren bunte Ziegen, braungraue, weißgelbe, gestreifte und gefleckte. Keine glich der anderen, doch Annie hatte noch immer nicht gelernt, sie auseinanderzuhalten. Sie hatten pralle, schwach behaarte Euter mit steifen Zitzen. Bereitwillig sprangen sie auf einen Melktisch, und es war gar nicht so schwierig, Milch aus ihnen herauszupressen. Schlimmer war es, sich alle Handgriffe zu merken. Die Euter mußten abgewischt werden, der erste Tropfen Milch durfte nicht im Eimer landen, weil er voller Bakterien war. Vergesse sie das Abwischen, werde kein Säugereflex ausgelöst, hatte ihr Petrus beigebracht.

Der Ziegengeruch war erdrückend. Wenn sie sich abwandte und ein Weilchen mit dem Pressen und Ziehen aufhörte, wurde die Ziege unruhig. Die Tiere hatten seltsam gebrochene Augen mit länglichen Pupillen, die wie zerstoßener Bernstein glänzten. Einige hatten baumelnde Auswüchse am Hals. Kleine Fleischklöppel. Annie wollte nicht wissen, was das war. Sie hätte sich lieber mit den sanften, nach Lanolin duftenden Schafen abgegeben. Doch die brauchten um diese Zeit des Jahres nichts.

Hinterher mußten sie sich um die Milch kümmern. Sie kühlten sie, indem sie die Blechkannen zum Bach hinuntertrugen und ins Wasser stellten. Der Wärme wegen mußten sie nun jeden Tag Käsemasse kochen. Wenn die Milch geronnen war, mußte Annie sie mit großen Gabeln, die sie Harfen nannten, rühren. Das dauerte unwahrscheinlich lange, und ihr taten die Arme weh. Sie war nicht damit betraut, die Klumpen auszupressen und in Formen zu legen. Sie sollte vielmehr auf die Molke achten. Diese mußte kochen, bis sie braun und zäh war und für den Molkenkäse abgeschöpft werden konnte.

Mia wollte nicht dabeisein. Sie hatte sich beim ersten Mal die Nase zugehalten und war dann mit Mats und Gertrud verschwunden. Sigrid wollte immer helfen, und Annie merkte, daß sie eine tüchtige Melkerin war. Sie behielt den Melkplan im Auge, und es fiel ihr sehr schwer, zuzugeben, daß sie sich irren konnte.

»Papa hat am Mittsommerabend gemolken, nicht Önis. Önis' Schicht ist heute nicht dran. Da ist ein Fehler gemacht worden.«

Annie wußte, daß sie sich nicht mit ihr streiten sollte. Sie war erst neun Jahre alt. Aber sie war streitbar. Sie kam mit ins Kochhaus und quengelte. Annie taten die Arme und der Rükken weh, und sie merkte, wie sie zunehmend gereizter wurde. Sie blieb an der Tür stehen und hielt sie fest, um anzudeuten, daß sie allein hineingehen wollte.

»Ich habe am Montag zum ersten Mal gemolken«, sagte sie. »Und das zweite Mal ist heute, am Donnerstag. Da sind zwei Tage dazwischen, so wie es bei drei Schichten sein muß. Das ist doch okay, oder?«

»Aber der Plan ist falsch!«

»Das hast du schon gesagt. Wir lassen das jetzt. Dein Papa kann am Mittsommerabend gar nicht gemolken haben, weil er da in Röbäck war.«

Dann ging sie hinein und schloß die Tür. Es reute sie natürlich auf der Stelle. Gleichzeitig aber war es sehr schön, ein Weilchen allein zu sein. Vor dem Fenster konnte sie Sigrid auf und ab wandern und mit einem Stock ins Gras schlagen sehen. Sie war außer sich. Eine angehende Rechthaberin?

»Laß sie doch rechtbehalten«, sagte Önis, als sie miteinander die Milchkanne über die Schwelle wuchteten. »Sie ist völlig fertig. Der Pfarrer will doch Gertrud und sie am Mittwoch holen.«

»Der Pfarrer von Röbäck?«

»Nein, ihr Vater. Weißt du das denn nicht?«

Es war ein Pfarrer in Stjärnberg gewesen. Annie hatte sich auch dabei ferngehalten. Sie hatte angenommen, daß es derselbe sei, der am Mittsommertag das Gemeindehaus geöffnet und den Leuten Kaffee und Gebäck angeboten habe. Gegen den Schock. Sie hatte davon gehört, als sie in Oriana Strömgrens Küche gesessen hatte und die Polizei aus und ein gegangen war. Aber dieser Pfarrer war mit Brita verheiratet gewesen und der Vater von Sigrid und Gertrud. Önis sagte, daß sie sich ums Sorgerecht stritten.

Annie konnte das gar nicht fassen. Es war etwas so Ursprüngliches, Uraltes an Petrus' kleiner Familie. Sie hatte gefunden, daß die Mädchen Petrus ähnlich sähen, sein langes Ziegengesicht geerbt hätten. Wenn Brita Pfarrfrau gewesen war, erklärte das zumindest, daß sie ihren Paulus beherrschte. Annie wünschte, Dan hätte ihr etwas davon gesagt.

»Der Pfarrer hat es gerichtlich bestätigt bekommen, daß Stjärnberg für die Mädchen nicht geeignet ist, er wollte es ihretwegen aber mit Ruhe angehen. Heraufkommen und sie überreden. Ich bin mir gar nicht so sicher, daß es das überhaupt braucht. Sein Trumpf ist die Schule; daß sie im Winter von ihrer Mutter getrennt in Röbäck wohnen müssen. Yvonne ist natürlich auch nicht das Wahre. Ich meine, vom Standpunkt der Behörden aus. Dann haben sie aber erfahren, daß du hierherkommen und unterrichten würdest. Da sah es aus, als ob Brita hätte gewinnen können. Bis das nun passiert ist. Unten am Fluß. Jetzt werden sie abgeholt. Achtest du auf die Milch?«

Annie war wieder allein mit der Kocherei. Sie stand mit dem Thermometer in der Hand da und starrte in die Milch, die noch immer herumwirbelte, nachdem Önis darin gerührt hatte. So sahen sie das also. Wenn Mia einen Vater hätte, der wüßte, daß sie hier war, hätte er vielleicht dafür gesorgt, daß sie hier herausgeholt würde, weil es für sie gefährlich sei, hier zu leben. Es ist, als gäbe es zwei Welten, dachte sie. Eine da draußen. Wo das passiert ist. Und eine hier.

»Schreib doch bitte die Milchmenge auf!«

Önis hatte die Tür aufgemacht und rief herein. Ihr Gesicht war rosig und glatt. Sie war ungeschminkt, und ihre Lippen hatten einen Stich ins Blaue. Ein dickes und schönes Mädchen. Sie hätte eine von Krishnas Milchmägden sein können, deren Lippen ihre Farbe davon bekommen hatten, daß sie seine Haut küßten.

Wenn es hier eine Gefahr gäbe, eine tödliche und nahe, würde sie sich nicht mit Milchmengen und Kraftfuttergaben befassen. Önis war eine besonnene Person. Sie konnte melken. Sie war aus Öhn in Jämtland. Und sie war Sozialarbeiterin gewesen.

Das Melkjournal war mit Heftzwecken an der Wand befestigt, und daneben hing ein Kugelschreiber an einer Schnur. Annie schrieb 38 Liter auf und setzte ihr Kürzel dazu. Die anderen verwendeten Abkürzungen ihrer Vornamen. Ihr AR sah ein bißchen offiziös aus, doch sie wollte es nicht ändern, nachdem sie so begonnen hatte. Petrus schrieb P-us. Sie sah seinen Namen in der Spalte des Mittsommerabends. 36,5 l. P-us. 40 l. P-us.

Zuerst dachte sie nur, daß Sigrid recht gehabt habe. Sie sollte sofort hinausgehen und ihr das sagen. Doch dann fiel ihr der Arbeitsplan ein, der sich bei Petrus und Brita befand und den sie allabendlich durchgingen. Diesem Plan nach irrte sich Sigrid.

Das Mädchen ging noch immer vor dem Kochhaus umher und schlug mit dem Stock ins hohe Gras. Sie war dünn und mager. Annie konnte sehen, wie sich ihr Rückgrat unter dem Trikotpulli abzeichnete, wenn sie sich vorbeugte. Sie hatte gute Lust, sie nach dem Melkplan zu fragen. Doch sie schämte sich dafür, daß sie sie manipulieren wollte. Das hatten schon mehrere getan. Ihr Rücken sah wehrlos und traurig aus. Ein Band kleiner Wirbel, zerbrechlich wie Schneckenhäuser. Ein Stengelchen von Hals und schweres Haar, das in zwei fettig glänzenden Zöpfen vorn herabhing. Sie hätte Hosen tragen sollen, keinen Rock. Ihre Waden waren vor lauter Mückenstichen geschwollen.

Bald würde sie von Stjärnberg weggeholt werden. Oder auch nicht. Unabhängig davon, was sie wollte. Haare schneiden oder nicht. Sie wußte wahrscheinlich nicht recht, was sie wollte. Woher sollte sie das auch? Die Stimmen um sie herum waren laut. Eine davon hatte also zu ihr gesagt, sie solle am Mittsommerabend Annie und Mia vom Bus abholen.

Es waren nur Kinder am Bus in Röbäck gewesen. Sigrid, Gertrud, Mats und Pella. Die Anzahl stimmte. Annie hatte sie gesehen. Matsens Inkamütze sowie ihre Lappenschuhe und Rucksäcke aus Birkenrinde. Kein Erwachsener hatte sie begleitet. Sigrid hatte das Trüppchen sicherlich angeführt. Sie war pflichttreu. Irgend jemand von den Erwachsenen hatte gesagt: »Ihr geht Dans Freundin und ihre kleine Tochter abholen. Sie kommen heute mit dem Bus.« Die Kinder waren jedoch umgekehrt und hatten gesagt, daß Annie und Mia nicht gekommen seien.

Sie hatte auf dem Friedhof gestanden, war zum erstenmal von der kühlen Fjälluft umspült worden und hatte die Kinder gesehen. Ihr war jedoch nicht klar geworden, daß sie Mia und sie suchten. Der Busfahrer wußte nicht, daß Mia und sie zu der Kommune gehörten. Das hatte sie ja praktisch abgestritten.

Jetzt könnte sie dieses wütende und enttäuschte kleine Wesen rufen und fragen, wo Petrus am Mittsommerabend gewesen sei. Wie leicht das doch ist, Mädchen hierhin und dorthin zu schubsen, dachte sie. Mit Gefühlen.

Jetzt ging Sigrid. Sie ließ den Stock fallen, blieb stehen und sah nach dem Fenster, als ob sie erwartete, daß Annie sie doch noch rufen würde. Doch Annie zog sich zurück und ließ ihr Gesicht im Dunkel der Milchkammer verschwinden. Sigrids

Schultern und Rücken erweckten den Eindruck, als gäbe sie auf. Vielleicht wußte sie schon, daß sie zu viele waren. Daß die anderen erwachsen waren und sie nicht recht behalten konnte.

Annie zog vorsichtig die Heftzwecken aus den vier Ecken des Melkjournals, faltete es zusammen und steckte es in die Schürzentasche.

Nachdem Åke Vemdal gegangen war, stand das Geschirr noch da. Die braune Sauce war eingetrocknet.

Telefonieren. Fleisch aus der Gefriertruhe nehmen. Einkaufen. Branntwein kaltstellen und Wein etwas oxydieren lassen. Stundenlang kochen. Es dauerte Stunden, alles in allem. Einander gegenübersitzen und über seine Besessenheiten reden. Reden. Reden. Abgesehen vom Kauen. Und einigen mit dem Trinken verbundenen Geräuschen. Die geschliffenen Gläser betrachten. Davon erzählen, wann Papa sie bekommen hatte.

Nicht so, wie es gewesen war, sondern ein bißchen launig. Nicht, daß sie an Papas Vierzigstem 1941 das Horst-Wessel-Lied gesungen hatten. Denn man könnte nie erklären, daß damit nur Mama auf die Palme gebracht werden sollte.

Achteljüdin nannte er sie. Eigentlich kümmerte sich Papa nicht darum. Auch um den Nationalsozialismus nicht. Das einzige, worum er sich kümmerte, war, sie dafür zu quälen, daß sie aus einem reichen Elternhaus stammte und nun mit dem Leben in einem Hüttenwerk, einer Hausgehilfin, dem Konsumladen und einer Reise pro Jahr nach Stockholm vorliebnehmen mußte. Sie waren innig miteinander verbunden. Diese innige Verbundenheit war ihre einzige Wirklichkeit.

Mamas Haß war ohnmächtig. Einmal sagte sie: »Dein Vater hatte eine starke Natur.« Da war er schon seit fünfzehn Jahren tot. Aber sie erinnerte sich natürlich an die Vergewaltigungen. Manchmal hatte Birger sie durch die Wand in seinem Jungenzimmer gehört. Und sie vermochte das zu umschreiben, um sich nicht selbst zu erniedrigen. Papas dämlicher Nationalsozialismus war auch eine Umschreibung gewesen. Vielleicht für einen Haß, dessen Stärke er nicht verstand.

Vorspülen. Abwaschen. Einräumen. Die Gläser in den Schrank stellen und nie wieder herausnehmen.

Essen geben.

Mit einem kleinen Whisky abschließen. Zwei.

Nie mehr mit den Lippen an einem Ohr, einem warmen Ohr sprechen.

Nach dem Abwasch ging er hinaus. Er lief schräg durch die Lehden. Es war fast dunkel, aber er sah das Flachsfeld in seiner Erniedrigung. Die verregneten, halb verrotteten Verwehungen zäher Stengel.

Ihm wurde klar, daß Karl-Åke und er nun einen Anlaß zur Feindseligkeit hatten. Einen dieser absurden, gesuchten, nichtigen Anlässe, die hinter jeder Dorffeindschaft steckten und die nach Mustern, die komplizierten Häkelarbeiten glichen, zustande kamen. Ja, absurd bis zum Kindischen, beinahe Erfundenen. Der Haß aber war wirklich.

Gudrun Brandberg fuhr ihren Sohn Johan im Audi nach Steinkjer hinauf. Sie sah böse aus. Er sah sie von der Seite an. Aber er hatte nicht das Gefühl, daß sie sauer war, weil er abgehauen war. Er war selbst ziemlich böse, aber davon nahm sie wie üblich kaum Notiz.

Sie war nicht zu der Pension gekommen, sondern hatte von der Statoiltankstelle am Ortseingang aus angerufen und gesagt, daß er dorthin kommen solle. Nachdem er erzählt hatte, daß er kaum laufen könne und daß er nichts habe, um seine Füße reinzustecken, hatte sie geantwortet, daß er ein Taxi nehmen solle.

Taxi!

Er hatte die Pensionswirtin mit Yljas Geld bezahlt und bis zur Tankstelle trampen können. Eigentlich wollte er das Geld nicht anrühren. Gudrun fragte nicht, womit er bezahlt habe, und erst nachdem sie eine gute Weile gefahren waren, fragte sie, was er mit seinem Fuß gemacht habe.

Der Audi rollte viel zu schnell über das heiße Asphaltband. Gudrun sah im Profil noch immer gleich aus, und ihm kam der Gedanke, daß das gar keine Wut war. Es war Abwesenheit. Totale Abwesenheit, und er war dankbar, daß sie nicht in Richtung Grong fuhren. Sie hätte in einer Kurve von der Straße abkommen und geradewegs in den Namsen schlittern können.

Sie war nicht am Abend gekommen. Gegen elf hatte sie angerufen und gesagt, daß noch manches zu erledigen sei. Er war ins Bett gegangen und hatte trotz der Schmerzen versucht zu schlafen. Sie bereut es, wenn sie den Fuß sieht, dachte er. »Ruf niemanden an«, hatte sie mit spitzem Stimmchen gesagt.

»Hörst du? Du sollst mit niemand reden.«

Der Audi hatte mit vollbepacktem Rücksitz an der Statoiltankstelle gestanden. Taschen und Kartons und loses Zeug. Verblüfft sah er, daß seine Eishockeyschlittschuhe darunter waren. Und der Schläger. Sie trank Orangensaft aus einem Pappkarton, und er sah, daß sie trockene Lippen hatte und sehr durstig war.

»Willst du was haben?« fragte sie und reichte ihm einen Fünfer, damit er sich Saft kaufte. Er nahm ihn nicht an. Sie trug dasselbe Kleid wie am Mittsommerabend, das kleingeblümte. Derselbe weiße Cardigan lag zusammengelegt auf einer der Taschen auf dem Rücksitz. Es sah aus, als ob sie nicht aus den Kleidern gekommen wäre oder als ob in Svartvattnet die Zeit stehengeblieben wäre.

»Ich habe in der Zeitung gelesen… da war ein Mord. Am Lobberåa.«

»Steig jetzt ein«, sagte sie.

Nachdem sie Namsos hinter sich gelassen hatten, fragte er, wer denn ermordet worden sei. Sie schwieg zuerst lange, so als wollte sie nicht antworten, sagte aber dann, daß es Touristen gewesen seien. Ausländer.

»Ist es schon aufgeklärt worden?«

»Das wird es nie.«

Er verstand nicht, wie sie so etwas sagen konnte. Er sagte, er halte das nicht für richtig.

»Richtig was?«

Anständig war das Wort, das ihm einfiel, aber er sagte es nicht. Sie mußte selbst gemerkt haben, daß es sich seltsam angehört hatte, denn sie versuchte nun, es zu erklären.

»Ich meine nur, daß es nahezu aussichtslos ist. Ein Abend, an dem so viele Touristen unterwegs waren. Und Ausländer.«

»Haben die Leute denn keine Angst?«

»Ich mag nicht mehr darüber reden. Wir haben in diesen Tagen daheim genug davon gehabt.«

Sie klang, als werfe sie ihm vor, sich aus dem Staub gemacht zu haben, als es am schlimmsten war.

»Ich bin abgehauen, weil ich stocksauer war«, sagte er. »Per-Ola und Pekka waren fies. Ja, Väine und Björne auch. Sie sind zu weit gegangen. Sie sind mir zu Alda hinauf gefolgt.«

»Ich will nichts davon wissen. Und du solltest wenigstens in bezug auf Björne den Mund halten! Ohne ihn würdest du jetzt ganz schön im Schlamassel stecken.«

Sie war doch böse auf ihn. Und sie fragte auch nicht, wo er gewesen sei. Nur, ob er mit jemandem gesprochen habe. Was glaubte sie denn – daß er sich im Wald herumgedrückt habe!

»Warum hast du meine Sachen mitgebracht?«

Er merkte selbst, daß er dabei weinerlich klang, aber es war zu spät, um mit der Stimme tiefer anzusetzen. Ihre Antwort kam jedenfalls in einem freundlicheren Ton.

»Wir mußten uns für dich etwas anderes überlegen«, erklärte sie. »Es herrscht keine gute Stimmung daheim.«

»Ist Torsten sauer?«

Sie antwortete nicht direkt, und er fühlte sich innerlich krank angesichts der Ungerechtigkeit, die darin lag. Auch durfte er nichts erzählen. Sie wollte schlicht nichts wissen.

»Die Sache wird vor Gericht gehen«, sagte sie. »Vidart hat etwas von einem Rechenstiel gefaselt. Aber das wird sich schon einrenken. Es ist jedenfalls am besten, wenn wir uns für dich etwas anderes überlegen. Ich dachte an Langvasslien.«

Der Name versetzte ihm innerlich einen sanften Stoß. Eine Blutwoge. Das Blut pochte ihm bis in die Ohren, die Lippen. Und er wartete. Er malte sich aus, welchen Tonfall sie haben würde, wenn sie es jetzt endlich erzählte. Einen leisen. Beschämt vertraulichen. Oder halb wütenden und trotzigen. Wie um anzuzeigen, daß das ihre Sache sei, was sie getan habe, nicht seine.

Sollte er sagen, daß er es die ganze Zeit geahnt habe? Daß

er eigentlich Oula Laras Sohn sei. Nicht Torstens. Oder sollte er sich nichts anmerken lassen, um es ihr leichter zu machen?

Sie sprach nicht weiter. Nicht jetzt im Moment, dachte er. Später. Sie ist verlegen. Es ist für sie genauso blöd, wie es für mich wäre, von Ylja zu erzählen. Unmöglich. Aber sie muß. Bevor wir in Langvasslien sind. Wahrscheinlich noch vor Steinkjer, und bis dahin können es jetzt nur noch etwa zehn Kilometer sein.

Als sie in den Ort kamen, sagte sie, daß sie Rast machen und etwas essen sollten.

»Ich muß ins Krankenhaus«, sagte Johan, denn ihm war klar, daß sie das nicht vorschlagen würde. Sie schien sich überhaupt nicht für seinen Fuß zu interessieren.

»Ist es denn so schlimm?« fragte sie nur.

Während sie in der Notaufnahme saßen und warteten, zog er seinen Strumpf aus. Da schnappte sie doch nach Luft.

Sie hatte sich wahrscheinlich nicht gedacht, daß es den halben Tag dauern würde. Sie hatten verabredet, sich in der Cafeteria zu treffen, wenn er fertig wäre, und dort saß sie auch, wirkte aber ziemlich erschöpft. Er bekam wie üblich ein schlechtes Gewissen. Und dann wurde er böse. Er konnte ja nichts dafür, daß sie so lange hatte warten müssen. Sie hätte die Ärzte fragen können. Er erzählte nun, daß sein Schienbein gebrochen sei und er einen Bänderriß am Sprunggelenk habe. Er war eingegipst. Er habe Krücken bekommen, um sich abzustützen. Sie müßten sie jedoch bezahlen, da sie keine Norweger seien. Da ging sie zur Rezeption und erzählte, daß er im Herbst im Gymnasium in Steinkjer anfangen werde und daß er in Langvasslien wohne und die Krücken zurückgeben könne, wenn er das nächste Mal zur Behandlung käme.

Zu sagen, daß er bereits in Langvasslien wohne, war ja wohl ein etwas starkes Stück. Doch die Frau am Tresen akzeptierte es ohne weiteres. Sie bat um die Adresse. Und Gudrun sagte:

»Er wohnt bei Per und Sakka Dorj. Postfach 12, Langvasslien.«

Sakka. Die Tante. Gudruns große Schwester. Erst als sie wieder beim Auto waren, fragte er, ob es stimme, was sie gesagt habe.

»Soll ich bei Sakka wohnen?«

»Ja klar. Wo denn sonst? Es sind doch Dorjs, die in Langvasslien leben.«

Am Abend kam der Regen. Der Wind brachte zuerst Wolken aus feinem und kühlem Wasserdampf mit sich. Der legte sich wie ein Film übers Gras und über ihre Gesichter. Es wurde dunkel, und der Wind frischte auf. Als sie alle bei Petrus und Brita saßen, regnete es in Strömen.

Die Küche verwandelte sich. Wenn kein Sonnenlicht über den Schieferblock fiel, sah es aus, als würde die Herdmauer wachsen. Die Fenster rahmten ein dunkles Grün hinter einem Wasser, das in breiten Strömen niederging.

Nun sah sie die anderen zum erstenmal ohne das starke Sonnenlicht. Im grauen Dämmer sahen die Gesichter verbraucht aus. Außer Dans. Seines ruhte. Er war ruhig und spielte mit einer Haarsträhne. Berts Gesicht hatte eine zu große Haut. Er mußte einmal viel dicker gewesen sein. Seine Wangen waren unrein und narbig. Vielleicht das Andenken an eine Jugend mit Pickeln, die ihn abstoßend gemacht hatten.

Enels Gesicht war straff unter dem Kopftuch. Ihre Haut war sonnengebräunt und saß stramm über den Jochbeinen. Womöglich magerten sie alle ab – außer Önis. Sie hatte Annie erzählt, daß sie sich zwischen den Hinterbacken einen Wolf gelaufen habe, als sie nach Stjärnberg heraufgestiegen sei, und daß sie sich davor drücke, ins Dorf hinunterzugehen. Sie biß jetzt an ihren wunden und geschwollenen Fingerspitzen herum. Mia hatte das Gesicht in Falten gelegt und beobachtete sie.

Durch Britas Gesicht zogen sich bräunliche Streifen. Ihre Augen waren eingesunken. Trotz ihrer Magerkeit war sie schwer. Es sah aus, als ob ihr das Kind fast in die Knie rutschte. Sie hielt es mit den Händen umfaßt. Als Petrus über das Kühlen der Milch sprach, hörte sie nicht zu. Auf dem Boden vor ihr hatte sich Lotta zusammengekauert. Sie saß da wie ein Kind. Ihr Gesicht hatte die Farbe stark gebrauchten Leinens.

Das Müde und Verbrauchte fand sich sogar bei Sigrid, die erst neun Jahre alt war. Es fand sich bei ihnen allen, außer bei Dan. Sicherlich hatten sie sich verkleidet. Aber ohne Elektrizität war eigentlich keine Verstellung möglich. Du kannst nicht so tun, als ob du tragen würdest. Du trägst. Ein unironisches Dasein verdrehte ihnen langsam die Glieder und dehnte ihre Sehnen, bis sie dünn und hart waren. Annie überkam eine heftige Sehnsucht nach der Stadt. Kleider, Menschen, Räume probieren, so, wie man Zitate in den Mund nimmt. Starten. Schnell fahren. Den Schrecken oder die Lust streifen. Umkehren. Vergessen.

Sie waren bei der Kritik angelangt. Petrus vermied das Wort, aber sie kannte die Einteilung. Am ersten Abend hatte er das Wort Problem gebraucht. Jetzt fragte er nur, ob sie etwas hätten.

»Ich habe was.«

Sein Gesicht war bärtig oder vielmehr haarig. Weich und graubraun fiel sein Haar von den Schläfen herab und vereinte sich ungepflegt mit dem rauheren Bart. Seine Unterlippe war rot und voll. Es war aber nie leicht zu sagen, was für eine Miene er unter dem Haarwuchs hatte. Sie hatte den Eindruck, als ob sein Blick einhielte. Mehr als aufmerksam. Er glaubte wohl, daß sie Stunk machen würde.

»Ich will mich bei Sigrid entschuldigen«, sagte sie.

Das Gesicht des Mädchens leuchtete auf. Was war sie bloß für ein Kind – ein so leicht durchbluteter Teint, die Angen wehrlos gegen das, was ihr kaum eine Freude machen würde. Annie war nahe daran, es sein zu lassen. Lediglich zu sagen:

Ich habe mich, was den Melkplan angeht, geirrt. Statt dessen sagte sie:

»Sigrid hat gemerkt, daß der Arbeitsplan, was das Melken angeht, falsch geschrieben worden war. Ich wollte nicht auf sie hören. Aber sie hat tatsächlich recht.«

Brita kümmerte die Sache nicht. Es war unklar, ob sie überhaupt zuhörte. Ihr Blick folgte den Wasserströmen auf der Fensterscheibe. Lotta war in sich selbst versunken, und Önis biß und riß an ihrer Nagelhaut, die bereits blutete. Petrus und Dan, die beiden merkten auf. Bis zu einem gewissen Grad auch Bert. Enels Gesicht war nicht leicht zu entziffern.

»Wir können ihn uns vielleicht ansehen«, sagte Annie.

»Paßt dir irgend etwas nicht?« fragte Petrus.

Er war feindselig. Was hatte sie sich erwartet? Ich mache mich allmählich unbeliebt, dachte sie. Das ist dumm von mir. Und mir ähnlich, würde Dan sagen. Trotzdem fuhr sie fort. Den Arbeitsplan mußte sie selbst holen. Petrus hatte ihn oben aufs Büfett gelegt, nachdem sie den nächsten Tag durchgegangen waren, und er machte keine Anstalten, ihn wieder herunterzuholen.

»Dem Plan nach sollte Dan am Mittsommerabend und am Mittsommertag melken, da er allein hier war. Aber es muß Petrus gewesen sein.«

Sie reichte Petrus den Plan hinüber, der ihn las, ohne ihn zu nehmen. Sie gab ihn an Enel weiter. Er machte tatsächlich die Runde, weckte aber keinerlei Interesse. Nur Sigrid war eifrig und hatte nach wie vor rote Backen.

»Nun ja«, meinte Petrus. »Schon möglich. Nicht, daß ich begreife, wie du dich so sicher anhören kannst. Aber es kann ja mal Fehler geben. Spielt das eine Rolle?«

Annie zog das Melkjournal aus der Tasche, faltete es auseinander und strich es glatt.

»Ich bin ganz sicher«, erklärte sie. »Und Sigrid auch. Erstens kann Dan nicht melken. Jedenfalls nicht so gut, daß er das alles allein schaffen würde.«

»Er war nicht allein.«

»War nicht allein?«

»Er war mit Barbro Torbjörnsson hier.«

Sie mochte Dan nicht ansehen, merkte aber, daß er absolut still saß. Und dann redeten Önis und Lotta gleichzeitig.

»Sie wollte sich doch Stjärnberg anschauen!«

»Sie zieht vielleicht rauf.«

»Welch eine Chance für uns! Sie webt und hat eine Menge verkauft. Drum mußte Dan es ihr doch zeigen.«

Er muß sich nicht einmal selbst verteidigen, dachte sie. Er hatte sich zurückgelehnt und die Augen geschlossen.

»Schon möglich«, erwiderte Annie. »Aber es war Petrus, der am Mittsommerabend die Milchmenge aufgeschrieben hat.«

Sie nahm das Papier und las.

»So«, sagte er. »Nun ist es gut. Nicht wahr, Sigrid? Bist du jetzt zufrieden?«

Das war sie. Sie triumphierte, kindlich und glühend.

»Dann ist alles klar.«

»Nein.«

Annie wich Dans Blick aus, als sie fortfuhr.

»Es war auch falsch, als die Polizei hier war. Ihr habt euch an diesen fehlerhaften Arbeitsplan gehalten. Sie haben falsche Angaben bekommen.«

»Jetzt hören wir auf damit.« Petrus erhob sich. »Dan, du erklärst Annie, wie die Dinge liegen. Ein für allemal.«

Doch Dan erklärte nichts. Er ging vor ihr hinaus, und als sie in ihr Zimmer kam, lag er schweigend auf seinem Bett. Annie dachte, es sei deswegen, weil Lotta mitgekommen war. Sie hatte mit ihren Katzenbildern und den zwei Sporttaschen, die ihre Habe enthielten, wieder bei ihnen einziehen dürfen. Mia mochte sie, und ihre Sachen gefielen ihr. Sie sortierte gern die verwaschenen T-Shirts und Baumwollslips aus und reihte den Rest auf dem Bett auf, während Lotta mit ihrer leicht heiseren Stimme die Geschichte der Gegenstände erzählte. Sie hatte einen elektrischen Haartrockner und ein Radio, das nicht auf Batteriebetrieb umgestellt werden konnte. Da waren drei Paar Schuhe mit Absätzen, in denen man sich in Stjärnberg unmöglich fortbewegen konnte. Ein Haarteil mit glanzlosem und kräftigem hellbraunem Haar und eine Marabou-Schachtel voller Fotografien. Eine Plastiktüte mit einer Korallenhalskette und indischem Schmuck aus angelaufenem Silber mit Blutsteinen und matten Türkisen. Ein Teddybär aus Synthetikplüsch. Eine Brieftasche, gespickt mit Schnellfotos, Busfahrscheinen und Kärtchen mit Adressen.

Jetzt spielten sie mit schmutzigen Karten aus der Zeit des Angelvereins am Klapptisch Bettelmann. Lotta schien nicht zu verstehen, daß Dan und Annie allein sein wollten. Annie legte sich auf ihr Bett und wartete. Das Zimmer wurde von der Energie erfüllt, die in dem unbeweglichen Körper in der Koje über ihr gebündelt war.

Annie konnte ihn nicht ansprechen. Sie konnte auch zu Lotta nichts sagen. Ihre Kraft rann dahin wie das Wasser auf der Fensterscheibe. In Träumen kann man stumm oder unbeweglich werden. Sie war wach und konnte sich vermutlich bewegen. Doch wenn sie dem Gefühl der Kraftlosigkeit nachgäbe, könnte sie das nicht mehr. Sie nahm das Radio vom Stuhl neben dem Bett und schaltete es ein. Es knatterte, und der Klang einer Stimme, die Kurznachrichten verlas, wogte mit abnehmender Stärke auf und ab. Die Batterien gingen zur Neige.

Mia bekam eine Karte, die sie nicht haben wollte, und schrie wütend. Annie drehte das Radio lauter. In einer launischen Welle kam die Lautstärke zurück, und eine Stimme schmetterte DIE NACHRICHTENAGENTUR REUTER MELDET, DASS QUELLEN IN HANOI, ehe sie leiser drehen konnte. Der Bettboden über ihr schaukelte und quietschte, Dan sprang auf den Boden, und einen Augenblick lang sah sie seinen Torso, der von der oberen Bettkante abgeschnitten wurde, sowie seine Hände, die er mit gespreizten Fingern ausgestreckt hielt, während er schrie: VERFLUCHT NOCH MAL! HÖR AUF!

Noch ehe sie etwas tun konnte, war er draußen. Es gab auch gar nichts zu tun. Der Lautstärkeregler war bereits heruntergedreht. Mia saß regungslos mit einer Karte in der Hand da. Eine geraume Weile war nichts anderes zu hören als der Regen, der ungehindert aus kaputten Blechrinnen floß.

»Du weißt, daß er keine Nachrichten mag«, sagte Lotta. »Dan ist nicht fürs Politische.«

»Früher war er das aber schon«, erwiderte Annie. »Er war der einzige in der Schule, der sich engagierte.«

»Aber nicht eigentlich politisch. Ich meine, in der Partei. Damit war vor zwei Jahren Schluß.«

Sie sprach mit geschäftiger Vertraulichkeit über ihn. Wenn sie zu Erklärungen ausholte, klang es, als ahmte sie jemanden nach. Dan hatte es erklärt: Sie weiß nicht, wie wir leben. Wie ein normales Leben funktioniert. Ihr muß alles beigebracht werden. Sie hat in etwas gelebt, was du nicht verstehen kannst.

»Ich geh zu Mats!«

Mia warf die Karten hin, die sie in der Hand hielt, und ging. Die Tür krachte und bebte in ihrem Rahmen. An sich selbst erinnerte sich Annie gern als an ein ruhiges Kind. Nicht unterwürfig, sondern über der Kränkung brütend, in Enskede in Kost und Logis untergebracht zu sein, ohne Recht, den Mund aufzureißen und zu schreien. Doch manchmal lag etwas Vertrautes in Mias Kantigkeit und Wutausbrüchen. Sie geht, weil sie nichts über Dan hören will, dachte Annie. Es vereiste, obwohl sie das eigentlich schon lange wußte.

»Ich weiß, daß er aus der Partei ausgetreten ist«, sagte sie zu Lotta. Sie erinnerte sich nicht mehr daran, welche der Splitterparteien es gewesen war, wollte es sich aber nicht anmerken lassen. Ihr trat die Lächerlichkeit vor Augen, mit der sie versuchten, einander mit ihrem Wissen über Dans Leben zu überbieten.

»Er ist nicht ausgetreten, sondern ausgeschlossen worden«, sagte Lotta. »Es war eine Gruppe, sie hatte sich abgespalten, und er hatte sie angeführt. Dann kam ein anderer Kerl, der die Führung übernahm, und da sollte Dan Selbstkritik üben. Sie waren draußen in den Wäldern von Nacka zugange, auf einem Berg bei Nyckelviken.«

Das hörte sich an, als ob Lotta glaubte, Dan sei Tarzan gewesen, und obwohl Annie eigentlich nichts über Dan fragen wollte, sagte sie: »Was meinst du damit: sie waren zugange?«

»Mit seiner Selbstkritik. Sie hatten einen Strick dabei, den hatten sie in einer Kiefer festgebunden und eine Schlinge reingemacht. Er sollte sich aufhängen, denn sein Leben hatte ja sozusagen keinen Sinn. Er war morsch. Von Anfang an vergiftet.«

»Von was denn?«

»Bürgerlichkeit.«

»Wie sollte er das denn sein? Auf so was Dummes würde er sich nie einlassen.«

»Hat er sich ja auch nicht. Wenn auch beinahe. Er ist in die Stadt verduftet, und da hab ich ihn getroffen. Er hat ein bißchen herumgekifft, und ist dann allmählich ausgeflippt. Aber wer einen solchen Hintergrund hat, für den renkt sich das ja immer wieder ein. Er ist in die Klapse gekommen. Das hat sein Vater gemanagt. Dann kam ja die Volkshochschule. Und jetzt will er von Politik nichts mehr hören. Und von dem General auch nicht.«

»Welchem General?«

»Seinem Alten.«

Lotta war eine ganze Nacht lang mit einem Heroinsüchtigen, der ein Rasiermesser in der Hand gehalten hatte, in einem U-Bahnaufzug eingesperrt gewesen. Das hatte Dan erzählt. Jetzt erzählte Lotta. In ihrem Kopf ging es turbulent zu. Dort entstanden die Geschichten. Das nennt man Lügenmärchen, mußte Annie sich in Erinnerung rufen.

Sie ging hinaus, ohne Lotta zu sagen, was sie tun solle. Sie wußte, daß sie sie dem endlosen Gepussel in den zwei Sporttaschen aus blauem Segeltuch überließ.

Das Haus lag an einem Hang mit Salweiden und dürren Birken. Darüber war das Langvassfjället, doch der Birkenwald stieg so steil an, daß man es vom Hof aus nicht sehen konnte. Die Straße wand sich von der Ortschaft Langvasslien unten am See bergauf.

Einer der Vorbesitzer des Hauses hatte es mit Eternitplatten verkleidet. Sie hatten die gleiche Farbe wie eingemachte Preiselbeeren in gar zu dünner Milch. Es war zweigeschossig, und aus dem mit grüngestrichenem Blech gedeckten Dach sprang eine viel zu große Gaube samt einem Balkon mit rostigem Eisengeländer vor.

Unterhalb der Vortreppe standen ein Trockengestell mit geborstenen Plastikleinen und zwei rote Plastikwaschschüsseln. Gras und Wiesenkerbel schossen durch einen Schneescooter in die Höhe. Am Giebel standen zwei leere Bierkästen, und an der Wand lehnte ein Stück gebogenes Blechrohr. Vom Dach waren grüne Flocken ins Gras und in die Waschschüsseln herabgeschneit. Als sie beim Haus waren, sah Johan unterm Küchenfenster ein von Ratten angenagtes Eichgeweih und einen aufgerollten Plastikteppich liegen.

Gudrun hatte sich im Auto andere Schuhe angezogen und stakste auf schmalen Absätzen durchs Gras. Per war auf die Vortreppe herausgetreten, und hinter ihm kam Sakka mit tropfnassen Händen. Sie grüßte und entschuldigte sich abwechselnd; sie sei gerade beim Abwasch und könne ihnen nicht die Hand geben. Sie nahm sich jedoch selbst bei den Händen und schüttelte sie vor ihrer Brust, und Johan dachte erstaunt, daß es ganz so aussehe, als freute sie sich. Ihr Sohn, der in Johans Alter war, kam ebenfalls, um sie zu begrüßen; er war jedoch schüchterner und blieb im Hausflur. Er wurde Pegutt oder Pegutten, Pers Junge, genannt, und die Brandberg-Brüder hatten ihn immer lächerlich gefunden.

Alle drei hatten runde Gesichter, und wie noch nie zuvor erkannte er an ihnen seine eigenen Augen, seine Nase und seine Wangen wieder. Gudrun und er hatten sie nur besucht, wenn oben in Tjrndalen geschlachtet wurde oder Kälber gekennzeichnet wurden. Johan hatte das Haus hier unten in Langvasslien noch nie gesehen. Gudruns wegen war ihm die Schlamperei auf dem Hof und bei der Vortreppe peinlich. Gudrun war so genau. Sakka nicht. Womöglich hatte das mit dem zu tun, was Gudrun über Sakkas Aussehen und Alter gesagt hatte: Sie läßt nach.

Per war klein und ziemlich O-beinig, und Johan dachte an Oula Laras, der schlank und für einen Sami ungewöhnlich groß war, und daran, daß Pegutten Per wie aus dem Gesicht geschnitten war.

Er würde Oula Laras nun sehen. An jedem x-beliebigen Tag konnte er auf ihn stoßen. Er fand, daß es Gudrun ähnlich sah, nichts zu sagen, ihn aber so nahe bei ihm leben zu lassen. Andernfalls wäre es die reine Verbannung gewesen, hier in diesem Gerümpel zu landen. Jedenfalls wenn man es mit ihren Augen betrachtete, das wußte er. Sie duldete keine Schlamperei.

Sie wollten sie zum Essen einladen, obwohl sie selbst gerade gegessen hatten; sie wollten sich unterhalten und Kaffee trinken, und Sakka holte weiche Fladenbrote, bestrich sie mit Butter und streute Zucker darauf Sie wollten wissen, wie er sich den Fuß verletzt habe, und was der Doktor gesagt habe und wann er wieder zur Behandlung müsse. Sie waren so freundlich, daß er verlegen wurde. Sogar Per bemitleidete ihn wegen seines Fußes. Doch Johan wußte, daß er ein harter Bursche war. Vor zwei Wintern hatte er im Tjørnfjellet den Scooter über einen steilen Abhang gefahren, er selbst war mit einem gebrochenen Bein auf einem Absatz steckengeblieben. Er war zu seinem Scooter hinuntergerutscht, hatte ihn aber nicht in Gang bekommen und sich, das Bein nachschleppend, durch den Tiefschnee die Hänge hinunterarbeiten müssen. Er war zwei volle Tage fortgeblieben, und alle hatten schon geglaubt, es sei zu Ende mit ihm. Jetzt saß er jedoch hier und aß mit Pegutten und Sakka und Johan belegte Brote. Gudrun aß nichts, sondern rauchte wieder, was Johan verwunderte. Er hatte sie noch nie so viel rauchen sehen.

Sie sprachen nicht von dem, was am Lobberån geschehen war. Johan war überzeugt, daß Gudrun ihnen am Telefon darüber Bescheid gesagt hatte. Sie fragten auch nicht, warum er von zu Hause ausgerissen war. Daß er bei ihnen bleiben und in Steinkjer mit der Schule beginnen würde, erschien wie schon lange abgemacht. Gudrun mußte am Abend vorher lange mit Sakka telefoniert haben.

Er nahm an, daß Pegutten über den Mord am Lobberån reden würde, wenn sie allein wären, doch das tat er nicht. Er war ein bißchen schüchtern und fragte Johan nur, ob er Lust habe, sich die Welpen anzuschauen. Sie gingen hinaus zum Hundezwinger, und Pegutten gelang es, die Hündin anzuleinen, so daß Johan zu den Welpen hineingehen konnte. Es waren drei Stück und schienen ein paar Monate alt zu sein.

»Das sind ein Teil Laika und zwei Teile Lapphund, und dann noch ein Teil Siberian«, sagte er. »Das ist die Hündin. Dann haben wir den Rüden, mit dem sie sich gepaart hat, ein halber Stöberhund. Es sind also fünf Sorten. Sind sie nicht prima?«

Einer hatte hellblaue Augen, den fand Johan besonders prima, und er sagte, daß bei dem der Siberian Husky durchgeschlagen haben müsse.

»Wenn du einen haben magst, kannst du den nehmen«, sagte Pegutten.

In diesem Augenblick fand Johan alles so unwirklich, als ob er träumte, schon lange geträumt haben mußte. Als er an Ylja dachte, konnte er ihr Gesicht nicht mehr vor sich sehen, nur eine trübe, schillernde Fläche. An den Brunnen dachte er auch. Einen Augenblick lang glaubte er, sich den Fuß verletzt zu haben, als er dort hineingefallen war.

So war das aber nicht, er war aus dem ersten Stock eines Hauses gesprungen, das in einem wegelosen Gelände lag. Aber wo? Zu Gudrun hatte er gesagt, daß ein Finne ihn mitgenommen habe. Der Finne erschien ihm beinahe wirklich. Dann wurde ihm klar, daß es der Silberfuchs war. Er starrte Pegutten an und suchte nach Worten, die natürlich klingen würden, nach einer Antwort. Pegutten hatte etwas gefragt, und sein rundes, offenes Gesicht leuchtete vor Eifer, eine Antwort zu bekommen.

Dann rief Sakka nach ihnen, und als sie ins Haus gingen, war Gudrun fertig zur Abreise. Per steckte gerade Geld in eine Brieftasche, und Johan errötete heftig, als er dies sah. Er hatte nicht daran gedacht, daß Gudrun und Torsten für ihn bezahlen mußten. Er würde ja Kost und Logis bekommen. Es verblüffte ihn, daß Torsten sich darauf einließ, Geld, und bestimmt nicht wenig, für ihn zu bezahlen. Gudrun hatte keins, das wußte er. Sie sprach mit Per über das Geld, doch auf samisch. Johan verstand nichts und begriff, daß er auch gar nichts verstehen sollte.

Er fühlte sich komisch. Sein Fuß schmerzte, und ihm war schlecht von den weichen Fladenbroten und dem schwachen Kaffee. Gudrun hatte es so eilig, fortzukommen; er konnte es kaum glauben. Wollte sie nicht den Abend über oder sogar über Nacht bleiben, jetzt, da sie sich tagelang nicht sehen würden? Er wollte noch eine Menge fragen. Nach dem Geld unter anderem. Würde er welches für sich bekommen?

Doch sie bedankte sich, reichte ihnen die Hand, und nachdem sie sich vor dem Spiegel die Lippen geschminkt hatte, war sie reisefertig.

»Komm mit raus«, sagte sie leise.

Beim Auto wechselte sie die Schuhe und sagte dann zu ihm, daß er sich auf den Vordersitz setzen solle.

»Der dich da mitgenommen hat, wie heißt der?«

»Das weiß ich nicht«, antwortete Johan wahrheitsgemäß.

»Es war ein Finne, hast du gesagt. Wohnt er normalerweise in Finnland?«

»Ja.«

»Es gibt im Augenblick viele Verhöre«, erklärte sie. »Die Polizei fragt alle Leute, wo sie in der Nacht waren, als das passiert ist. Wir haben gesagt, daß du schon am Abend weg bist. Am Mittsommerabend, ungefähr um sieben. Wir haben gesagt, du hättest dich geärgert, weil Torsten glaubte, du hättest ihn angezeigt. Daß du das Moped genommen hast und in Richtung Dorf davon bist. Wir haben nichts davon gesagt, daß du zu Alda und den Almweg raufgefahren bist. So, jetzt weißt du Bescheid.«

»Soll ich das auch sagen?« fragte er.

»Das will ich meinen! Falls sie kommen und fragen. Falls dieser Finne nicht plötzlich auftauchen und etwas anderes behaupten kann natürlich.«

»Das glaube ich nicht«, sagte Johan.

»Nun, dann mach's gut.«

Ihm war, als blickte sie ihn an diesem Tag zum ersten Mal an. Aber nicht lange. Sie ließ den Motor an, er kletterte vom Vordersitz und wollte nach seinen Krücken greifen, die er ans Auto gelehnt hatte. Gudrun war jedoch so schnell, daß er sie nicht erwischte. Sie fielen ins Gras, als sie wegfuhr.

Er sollte später mit Pegutten das Zimmer teilen. Solange er mit seinem Gipsfuß aber nur schwer Treppen steigen konnte, durfte er in der Stube schlafen. Per und Sakka gingen früh zu Bett. Auf dem Sofa war bereits ein Bett für ihn gerichtet, doch als er allein war, merkte er, daß er nicht würde schlafen können. Es war noch zu früh. Es war erst halb elf, und die Sonne schien rötlich über die Lehden unten am See, die seit mehreren Jahren nicht mehr gemäht worden waren. Es war windstill; die Gräser hatten Ähren angesetzt, und es sah aus, als wären in dem Grasmeer blausilbrige Wogen erstarrt. Durch das Fliegengitter hörte er eine Singdrossel aus dem Birkenwald. Der überredende, schmachtende Gesang ließ ihn an Trollevolden denken, wo die Drosseln nachts unverdrossen und ohne Ende geschwätzt hatten. Es war jedoch ein sinnloses Schwätzen gewesen. Oder ein verlogenes. Geschmachtet hatte keine.

Der Fernsehschirm war grau und leicht staubig. Das Licht, das auf ihn fiel, war so stark, daß er nichts spiegelte. In der Stube gab es keine Rollos. Den Tisch kannte Johan noch von der Großmutter her. Es war ein blanker Säulentisch. In der Mitte der runden Platte lag ein Spitzendeckchen. Gudrun hatte auch so eins, Großmutter hatte sie gehäkelt. Auf dem Deckchen stand eine Obstschale aus einem Knorren. Johan war schon immer der Meinung gewesen, daß Knorren krank aussahen. Und das waren sie auch: es waren kranke, verdrehte, verwachsene Birken. Geschwülste.

Die Sofapolster standen an der Wand aufgestapelt. Es gab auch drei Zierkissen mit Kreuzstichstickereien, die Hundeköpfe darstellten. Auf einem Bild war ein Hund, wohl eine Art Spitz, groß und gelblich braun. Ein anderes Bild stellte eine Rentierherde an einem Hang in einem bläulichen, schneebedeckten Fjäll dar. Auf einem weiteren Bild war ein See mit einem alten Mann in einem Boot. Er hatte eine Angelrute. Das Ganze war als Silhouette gemacht, und man erkannte sogar die Angelschnur, die sich schwarz oder in einem dunklen Blauviolett abzeichnete. Es gab eine kolorierte, vergrößerte Fotografie von Pegutten als Konfirmanden. Er trug eine Samitracht und hielt ein Gesangbuch in der Hand. Johan fiel die Großmutter ein, als sie aufgebahrt lag. Jemand hatte ihr ein Gesangbuch zwischen die Hände gesteckt, die steif waren und das Buch nicht umschlossen.

Gudrun hatte nicht gewollt, daß er die Großmutter noch

einmal sah, doch er hatte darauf bestanden, obwohl er es grausig fand. Danach erzählte er Väine, wie sie ausgesehen hatte. Er mußte es allen Brüdern erzählen. Er war der einzige von ihnen, der einen toten Menschen gesehen hatte.

Ihm war nicht gut. Sein Fuß schmerzte jetzt, da er allein war, viel mehr. Eigentlich hatte er doch von den Tabletten, die er in Steinkjer bekommen hatte, welche eingenommen. Er hatte kalte Hände, und ihm war leicht übel. Er dachte daran, daß man ihn zu Hause so gut wie hinausgeworfen hatte. Freilich war er ursprünglich natürlich selbst abgehauen.

Und Torsten war bereit, dafür zu bezahlen, daß er ihn los war. Es war wie mit Ylja: Nachdem sie das in der Zeitung gelesen hatte, wollte sie mit ihm nichts mehr zu tun haben. Sie hatte ihn früh am Morgen auf die Landstraße treten sehen. In genau jener Gegend. Das mußte ihr anhand der Karte in der Zeitung klar geworden sein. Was hatte sie geglaubt?

Gudrun glaubte jedenfalls, daß er in Schwierigkeiten käme, wenn die Polizei herausfände, daß er mit dem Moped bei Alda oben war. In der Zeitung hatte etwas von einer Mopedspur gestanden, die den ganzen Almweg hinaufgeführt habe. Und wieder zurück. Als sei der Täter auf einem Moped gekommen.

Sie versuchen, mich zu schützen. Sie wollen mir helfen, damit ich nicht in Schwierigkeiten komme.

Gudrun hatte gesagt, daß Björne ihm schon geholfen habe. Aber wie? Wollten sie ihm wirklich helfen oder ihn nur los sein? Das Unglaublichste von all dem war, daß Torsten willens war, seine Unterbringung zu bezahlen.

Da schoß ihm durch den Kopf, daß es vielleicht gar nicht Torsten war. Es konnte Oula Laras sein. Wenn Gudrun ihn nun am Ende angerufen hatte? Um Hilfe gebeten hatte.

Torsten hätte der Polizei doch eher erzählt, daß Johan zu Alda und den Almweg hinaufgefahren sei. Um sich zu rächen. Warum sollte er Johan, der nicht einmal sein Sohn war, schützen wollen? Torsten wußte vielleicht nicht genau, wie sich die Sache verhielt. Aber er konnte es doch vermuten.

Man muß mich nur anschauen, dachte Johan. Die Augen. Die Haare. Die Gesichtsform. Alles. Deshalb hat er mich nie leiden können.

Das war vielleicht der Punkt, wo Björne mir geholfen hat. Er war es wahrscheinlich, der gesagt hat: Laßt den Jungen nach Langvasslien fahren, wo er hingehört.

Es war, als versuchte man durch einen nassen und nachgebenden Sumpf zu laufen. Er mußte schnell denken, wenn er nicht versinken wollte. Ihm war schlecht, und er hatte Schmerzen. Der Fernsehschirm war grau und das Licht draußen schneidend.

Es klopfte. Oder tappte an der Stubentür. Sanft, so als befürchtete derjenige vor der Tür, daß er schlafe. Es war Pegutten. Als Johan öffnete, fragte er:

»Willst du Monopoly spielen?«

Johan sagte nichts, doch Pegutten glaubte vielleicht, daß er nickte, denn er holte das Spielbrett und die Schachtel mit den Scheinen und Karten aus dem Büfett. Es war ein norwegisches Spiel, und er wechselte ins Norwegische über. Johan sagte, daß Pegutten die Bank nehmen könne, bereute es aber fast, denn ohne die Karten vor sich zu sehen, war es nicht leicht, die Straßen und Plätze zu taxieren.

»Ich war noch nie in Oslo«, sagte er, als es schlecht lief, und das tat es fast augenblicklich.

»Ich auch nicht«, entgegnete Pegutten. Aber er hatte bereits den Radhusplassen und die Prinsens gate. Es war entsetzlich teuer, dort zu landen, was Johan auch sehr bald tat. Er hatte aber auch ein Pech! In der nächsten Runde zog er eine Karte, auf der stand: Gehe in das Gefängnis!

»Verdammt«, sagte er. »Gut, daß es ein Spiel ist.« Pegutten gab ihm recht, und sie spielten eine ganze Partie, die er haushoch gewann. Dann holte er Pepsi Cola und Kartoffelchips; da war es halb zwei. Er fragte, ob sie weitermachen sollten, und Johan sagte ja. Er nahm noch eine Schmerztablette, und dann durfte er die Bank übernehmen. Sie setzten sich beide aufs

Sofa, so daß derjenige, der gerade nicht würfelte und zog, sich zurücklehnen und ausruhen konnte. Johan wachte gegen fünf Uhr auf, weil Pegutten schnarchte. Er lag am anderen Ende des Sofas, den Kopf auf einem Kreuzstichkissen. Auf seiner Brust lagen Ullevål Hageby, Prinsens gate, Radhusplassen und Trondheimsveien verstreut. Der Sonnenschein fiel jetzt grell zum anderen Fenster herein, und die schnatternden Wacholderdrosseln im Wald hinter dem Haus waren in vollem Gange.

Draußen fiel kalt der Regen und machte Kopf und Schultern naß. Beim Gehen spürte sie, wie die Bluse auf der Brust durchweicht wurde und der Rocksaum allmählich durchs Gras schleifte. Die Schafe drängten sich unter einer großen Birke zusammen. Das Fell der Zibben war in der Nässe dunkel schmutziggrau.

Sie suchte im Kochhaus und im Ziegenstall, denn sie war sich sicher, daß er irgendwo allein war. In dem kleinen Kuhstall, den sie nicht benutzen konnten, weil die Futterrinne nicht für alle Ziegen reichte, herrschte eine braune Dämmerung, die noch immer von Atem erfüllt schien. Es war, als wäre der kräftige Geruch der toten Kühe gedunkelt und hinge unterm Dachgestühl. Die riesigen Spinnweben waren leblos und zottig vor Staub. Sie ging zu der steilen Treppe und lauschte nach oben. Es war nichts zu hören, doch sie glaubte seine Gegenwart zu spüren. Er antwortete nicht auf ihr Rufen.

Als sie mit dem Kopf über der Treppe war, sah sie zunächst nur das leuchtende graue Tageslicht, das durch die Ritzen hereinsickerte. Dann verdichtete sich der Schatten im Heu zu seinem Körper, und sie sah, daß er wie zuvor unten im Haus dalag, reglos und auf dem Rücken.

»Was ist, Dan?«

Sie erwartete nicht, daß er antwortete. Sie wußte, daß sie ein Ritual vor sich hatten: Schweigen, Ausfälle, Riposten, Lähmung. Schweigen und ein neuer Anfang. Runden, dachte sie mit einer Müdigkeit, wie sie sie bisher noch nie verspürt hatte. Angst war es, was sie sonst immer verspürte.

So kamen sie schließlich in Fahrt. Seine Stimme anfangs schneidend, ihre warm. Eigentlich war sie nur lauwarm, wie Fleisch oder Pudding. Er, der einen falschen Tonfall stets heraushörte, fuhr sie an.

»Hörst du dich denn nicht selbst?« fragte er. Ja, sie hörte sich.

»Wie kannst du nur glauben, daß du hier heraufkommen und dich so anhören kannst? Was ist das für eine scheiß *Freundlichkeit!* Wer glaubst du eigentlich, daß du bist? Denkst du, wir anderen sind eine Schulklasse, die du abfragen und ins Gebet nehmen kannst?«

Sie sah sich, hörte sich verzerrt, aber leider nicht bis zur Unkenntlichkeit, und verlor die Lust, sich zu verteidigen. Saß dumpf und durchnäßt in dem dürren Heu und dachte zum ersten Mal während eines Streits, und ein Streit war dies ja wohl, an etwas anderes. An das Heu ganz einfach. Wie alt das sein mußte. Wie dürr und alt und völlig kraftlos. Fünfzigerjahreheu. Dann, als er sich endlich abreagiert hatte, sagte sie, daß sie traurig sei, weil er sie und Mia in Svartvattnet nicht vom Bus abgeholt, sondern die Kinder geschickt habe.

»Es war gar nicht so, daß du geglaubt hast, ich würde am alten Mittsommerabend kommen. Du hast genau gewußt, wann ich kommen würde, und du hast dafür gesorgt, daß ich in Röbäck abgeholt würde. Das mit dem alten Mittsommerabend habe *ich* gesagt, und du hast dem zugestimmt, weil es so am einfachsten war. Aber es ist mir egal, daß du mich das hast glauben lassen, und auch sie ist mir egal, Barbro oder wie sie heißt. Das stand übrigens auf einem Döschen, das hier herumlag, wie du weißt. Es ist mir egal. Wirklich.«

Er mußte gehört haben, daß jetzt auch sie schneidend war, aber diesmal sagte er nichts. Müde dachte sie: Er weiß, daß wir uns nicht beliebig viel Aufrichtigkeit leisten können. Der Regen hatte nachgelassen, rieselte nur noch aufs Dach, und sie hörte das eintönige und rauhe Pfeifen des Vogels, den Mia und sie noch nicht zu Gesicht bekommen hatten. Sie kroch auf allen Vieren neben ihn ins Heu, streckte sich aus und sah, daß er noch immer die Augen geschlossen hatte.

»Ist dein Vater General?« fragte sie.

»Nein.«

»Was dann?«

»Oberstleutnant.«

Mehr brauchte sie nicht zu fragen. Sie konnte ihn im Telefonbuch nachschlagen. Djursholm oder Östermalm. Vielleicht Lärkstan. Aber bis zu einem Telefonbuch von Stockholm war es weit.

»Du hast gesagt, du seist ärmlich aufgewachsen. Sehr ärmlich.«

»Das bin ich auch. So ärmlich, wie du es dir nicht vorstellen kannst.«

»Können wir denn nicht aufrichtig zueinander sein?«

»Dann mal los!«

Ja, was hatte sie ihn selbst glauben lassen? Über Mias Ursprung fast gar nichts. Einmal hatte er wissen wollen, wer der Typ sei, ob er mit ihr zusammen auf der Musikakademie gewesen sei. Sie hatte ja gesagt. Oder zumindest genickt. Obwohl es eigentlich gelogen war. Einerseits gelogen, andererseits nicht. Wie das mit der Ärmlichkeit.

So kommen wir nicht weiter, dachte sie. Wir haben die Zeit bereits hinter uns, in der Liebende sich ihr Leben erzählen, wobei es von selbst leuchtet und intensiv wird – wenn sie es füreinander heraufbeschwören. Das, was wir erzählt haben, ist jetzt eine Art Wirklichkeit. Es ist die, die wir haben.

»Wo war Petrus am Mittsommerabend?«

»Hier. Das hast du dir, verdammt nochmal, doch ausgerechnet! Du magst Petrus nicht.«

»Das habe ich nicht gesagt. Ich finde es nur merkwürdig, daß er lügt, wenn es darum geht, wo er am Mittsommerabend – und in der Nacht – war.«

»Das tun wir alle. Da ist nichts Merkwürdiges dran.«

»Das ist es doch, was ich nicht verstehe. Warum helft ihr ihm lügen?«

»Wir helfen nicht Petrus. Wir waren alle hier.«

»Ihr wart nicht in Röbäck?«

»Nein, hier. Ich habe nur die Kinder runtergebracht. Dann bin ich mit Barbro Torbjörnsson zurückgekommen. Ich hab sie in Byvången abgeholt. Sie wollte mit zu der Demonstration bei Björnstubacken, und ich habe zu ihr gesagt, daß sie nach Stjärnberg heraufkommen und bei uns übernachten soll. Ich dachte, ich könnte sie davon überzeugen, den Versuch zu wagen und hierherzuziehen. Das war so wichtig für uns, daß ich gedacht habe, du würdest an diesem Abend schon zurechtkommen. Du hättest mit Mia bei Yvonne übernachten können. Das war geklärt.«

Dann war er gar nicht allein mit ihr! Obwohl es Annies Gedanke war und sie glaubte, er verbliebe in ihr, veranlaßte er Dan dazu, sich heftig im Heu zu bewegen und sich auf sie zu legen. Er berührte mit den Fingerspitzen ihr Gesicht. Er wollte sie sehen und sie spüren. Er weiß, was ich denke. Er mag das. Wir sind wieder intim, ganz intensiv. Wir laden den Raum um uns herum füreinander auf, wir können einander wahrnehmen, wie man ein Gewitter, Elektrizität riecht.

»Du bist durch und durch naß!«

Er war wieder lebhaft, und noch ehe sie ihn davon abhalten konnte, hatte er sein Hemd ausgezogen und es im Heu ausgebreitet. Er begann sie auszukleiden und entblößte eine kalte Haut, die er leckte, und er sagte, daß sie sich anfühle wie Reptilienhaut; sie sei ein Grasfrosch mit runzliger Haut und Warzen, wenn auch nur zwei, und er würde einen Menschen aus ihr machen und dafür sorgen, daß ihr in der Kälte heiß würde.

»Das Pessar«, sagte sie.

»Ich hole es. Ich werde dir was zum Anziehen bringen. Mensch, Annie, daß du aber auch nie etwas vergißt, du bist die geborene Lehrerin!«

Er hatte recht; beinahe hätte sie gesagt, daß Frösche keine Reptilien seien. Während er weg war, lag sie nackt auf dem Rücken, sein Hemd unter sich. Sie hatte beide Arme um sich geschlagen und fror. Als er zurückkam, streifte er ihr einen Pullover über, aber nichts über den Unterleib, außerdem hatte er eine Decke mitgebracht, die er unter sie legte.

»Du mußt mir erzählen, wie ihr am Mittsommerabend hier in Stjärnberg sein konntet«, sagte sie. »Alle, außer dir und Barbro Torbjörnsson, sind am Mittsommertag doch von Röbäck gekommen, wo sie übernachtet hatten. Sie sind doch vernommen worden. Auch Petrus.«

Er legte sich auf sie und erzählte. Nun war seine Haut naß und grieslig von der Kälte draußen, und sie mußte ihn reiben. Er sagte, daß sie sich am Mittsommertag nach dem Morgenmelken auf den Weg gemacht hätten. Sie verstand nicht alles, denn manchmal war seine Zunge in ihrem Mund, und als sie ihm mit seinem Hemd den Rücken abtrocknete, raschelte es. Sie verstand nicht, warum sie nicht über die Brücke gegangen waren, das war doch der nächste Weg nach Björnstubacken; waren sie wirklich durch die Furt gegangen? Dann hätten sie ja das Zelt gesehen.

Sie hätten diesen Weg genommen, weil Petrus der Ansicht sei, daß der andere dem Feind gehöre. Das sei der Weg des Papierkonzerns, und den sollten sie nicht benutzen. Er habe Prinzipien, die sie nicht immer berücksichtigten, wenn sie Lasten herauftrügen. Doch wenn er dabei sei, müßten sie den rechten alten Pfad gehen. Er sei mit Barbro Torbjörnsson vorausgegangen, und sie seien noch immer ziemlich weit oben gewesen, als sie gesehen hätten, daß sich unten am Fluß etwas rührte. Sie hätten auf den flachen Felsen gestanden, dort, wo der Kiefernwald beginne, und freie Sicht auf den Lobberan gehabt. Durchs Fernglas habe er gesehen, daß da Polizisten gewesen seien. Overalls, Schiffchen, Koppeln – alles habe er gesehen, auch die Bahren, die sie getragen hätten, zwei Stück, abgedeckt.

»Keine Gesichter. Verstehst du? Wenn man die Gesichter von Menschen abdeckt, dann sind sie tot. Wir haben da oben gestanden und alles gesehen, wußten freilich nicht, was das bedeutete, und machten kehrt. Wir versteckten uns ein bißchen weiter oben, wo die Sicht verdeckt war, und warteten dort auf die anderen. Das dauerte eine Weile, denn Brita ist ja so schwer, und Önis hatte sich einen Wolf gelaufen. Als sie dann kamen, stellten sie sich auch zwischen die Bäume und guckten durchs Fernglas. Alle haben die Polizisten und die Bahren gesehen. Wir haben sie noch lange im Moor gesehen, dort, wo es offen ist. Dann wußten wir nicht, was wir tun sollten. Zurückgehen oder den Weg über die Brücke nach Björnstubacken nehmen. Wir wollten nicht von Stjärnberg herunterkommen und der Polizei in die Arme laufen.«

Aber warum nicht! Sie verstand das nicht, und sie hielt ihn von sich weg, packte ihn an den Oberarmen und zwang ihn in die Höhe, so daß sie sein Gesicht sehen konnte.

»Du als Lehrerin wärst natürlich hingegangen und hättest gefragt, was passiert ist, und dich den Behörden zur Verfügung gestellt.«

Das war jetzt freundlicher Hohn. Sie erinnerte sich an das Verhör in der Küche von Strömgrensbygget und dachte, daß er sich in ihr täusche. Aber nicht ganz.

Sie hatten da nicht hineingezogen werden wollen. Er sagte, daß Petrus und Brita sich wegen der Mädchen Sorgen machten. Wenn die Stjärnbergkommune aufgrund polizeilicher Vernehmungen in der Zeitung auftauche, wäre das im Streit um das Sorgerecht nicht gut. Es sei auch nicht gut, daß die Leute in der Nähe von Stjärnberg gestorben seien, und am besten wäre es, von dem, was geschehen war, überhaupt nichts zu wissen.

Dann sei jemand von ihnen auf die Idee gekommen, nach Röbäck zu gehen und so zu tun, als wären sie die ganze Nacht dort gewesen. Die Kinder hätten ja dort geschlafen. Es würde glaubhaft wirken, daß auch die Erwachsenen dort geschlafen hätten. Er und Barbro hätten jedoch weiter nach Björnstubakken gemußt, weil der VW dort gestanden habe. Barbro habe ja nicht in Röbäck gewesen sein können. Sie kenne Yvonne nicht und hätte keinen plausiblen Grund gehabt, sich dort aufzuhalten.

Also seien er und Barbro an der Weggabelung nach Osten abgebogen und in Richtung Brücke und Björnstubacken weitergegangen.

Die anderen hätten den Pfad verlassen und seien zum Klöppen hinuntergegangen. Für Önis und Brita sei es beschwerlich gewesen, durch unwegsames Gelände zu gehen. Doch dann seien sie auf den Pfad entlang des Sees gestoßen, ihm bis zur Mündung des Röbäcksströmmen gefolgt und bei Yvonne aufgetaucht. Sie habe völlig mit ihnen übereingestimmt, daß sie richtig gehandelt hätten.

Sein Glied war jetzt zwischen ihren Schenkeln, es versuchte, sich in sie hineinzuschubsen. Sie spürte es wie einen runden Kopf, welpenhaft und mit unschuldiger Stirn. Das Spielerische wollte sie nicht zurückweisen, konnte es auch gar nicht. Es war jedoch eigenartig, während er sich in ihr bewegte, an die helle Nacht zu denken, in der sie durchs Moor gestrichen war und nach den Pfaden gesucht hatte.

Er war nicht sehr groß, schwoll jedoch in ihr an, und auch ihre Lust schwoll mit jedem sanften Stoß, gegen den sich ihre Wände spannten und lösten. Dies milderte die Erinnerung an den Schrecken, er wurde diffus. Alles wurde zu einer verschwommenen Reminiszenz an eine Verwirrung.

Wenn er sie gefragt hätte, warum sie durch ein fremdes und trügerisches Terrain gelaufen sei, anstatt sich im Dorf einen Schlafplatz zu suchen, dann hätte sie keine Antwort geben können. Auf die Fragen der Polizei hatte sie unklar geantwortet. Sie hatte fast gelogen oder zumindest einiges verschwiegen.

Wir wollen unsere Verwirrung nicht preisgeben, dachte sie. Nicht einmal einander. Obwohl wir das tun sollten. Und jetzt hat er es getan. Er hatte geschwindelt, was den Mittsommerabend betraf, weil er sich schämte. Er war überhaupt nicht deswegen in Nirsbuan, weil er glaubte, ich würde dorthin kommen. Er glaubte, ich würde bei Yvonne in Röbäck schlafen.

Er hatte ein schlechtes Gewissen bekommen, weil er an dem Haus nichts gemacht hatte. Wir wollten doch dort wohnen, das hatte er mir versprochen. Und darum ist er hingegangen, um zu sehen, ob er auf die Schnelle etwas machen könnte.

Dan, der immer so viele Eisen im Feuer hat! Der zuviel verspricht. Der so süß, so intensiv lebendig warm und süß ist. Der sich in mir bewegt, sachte, der in mir ist, und der wie ich verwirrt ist und sich schämt.

»Das mit Nirsbuan spielt keine Rolle mehr«, flüsterte sie. »Ich würde jetzt auf keinen Fall dort leben wollen. Jetzt, nachdem das passiert ist. Wir haben es, zusammen mit den anderen, hier besser.«

»Hast du Angst?«

»Manchmal.«

Er kitzelte mit der Zunge die Kerbe in ihrer Oberlippe. Dies war ein Spiel, das sie kannte. Er brachte sie am Ende immer dazu, ihre Beine um seinen Rücken zu schlagen und sich heftig auf ihn zuzubewegen. Ihre Lust war jedoch gespalten. Sie kam und ging.

»Nicht denken, nicht denken«, flüsterte er.

»Nur eines noch. Als du in Nirsbuan warst. Ich verstehe nicht, wie du in die Hütte gekommen bist?«

»Das war keine Kunst. Brandbergs hängen den Schlüssel immer unter die Winddiele.«

Später, als der Sommer allmählich verblühte und sie die Mahd hinter sich hatten, wollte Mia, daß sie sich ins Heu betteten. Sie nahmen Decken und Kissen mit in die Scheuer hinauf. Sie wußte jetzt, wie das hieß, und sie war selbst daran beteiligt gewesen, diese mit feingewachsenem, blumigem Heu von der Weide zu füllen. Dort lagen sie und sogen die Düfte ein, die vielleicht von Minze, Weißklee und Heidenelken stammten. Das kräftige Gelb der Butterblumen verblaßte in der Dunkelheit, und die Akelei wurde zerbrechlich. Sie, Lotta und Mia waren es, die nebeneinander raschelten und kicherten. Mia wollte in dieser Nacht nicht ins Haus gehen, sondern im Heu schlafen. So wie du und Dan, sagte sie.

Annie hatte in jener Regennacht jedoch nicht geschlafen. Allerdings sagte sie das jetzt nicht, sondern ließ Mia ihren Willen. Erst gegen vier Uhr morgens fing Mia an zu wimmern, weil sie fror. Da trug Annie sie hinunter und legte sie in ihr eigenes Bett. Lotta kam mit den Decken und Kissen und dem Buch »Eine drollige Gesellschaft« nach, das sie nicht hatten lesen können, weil es in der Scheuer zu dunkel gewesen war. Der Sommer neigte sich seinem Ende zu, und es war nachts nicht mehr so blendend hell.

Nein, sie hatte in jener Nacht mit Dan ganz und gar nicht geschlafen, obwohl sie bis drei Uhr morgens liegengeblieben waren. Er hatte geschlafen. Sein Atem war ruhig gewesen. Er hatte sich in der Krümmung zusammengekauert, die ihr Körper um seinen Rücken gebildet hatte. Sie hatte sich kaum zu rühren gewagt, aus Angst, ihn zu wecken.

Sie hatte dagelegen und Nirsbuan vor sich gesehen. Die Tür der Almhütte. Den metallenen Riegel und das Hängeschloß, das niemand aufgeschlossen hatte. Es ging nicht, es sich anders in Erinnerung zu rufen. Es war so.

Der Kerl sah aus wie ein Satyr. Der Bocksbart, die feuchte, rote Unterlippe. Sagten die Dörfler deswegen, daß er einen Harem habe?

Beim Aufstieg war Birger eine Herde Ziegen begegnet. Er hatte es nicht gewagt, dem großen Bock den Rücken zu kehren, und hatte groteske Kurven drehen müssen, damit dieser vor ihm blieb. Graugelbzottlig war er, hatte krumme, grobe Hörner. Zwischen seinen Hinterbeinen baumelte ein schwarzgefleckter Hodensack, der aussah, als wiege er ein Kilo. Die Ziegen waren neugierig und glotzten starr. Sie drängelten sich mit ihm auf dem Pfad, und er traute sich nicht, sich zu einer Rast hinzusetzen. Oben angekommen, war er ganz fertig gewesen. Ein Stechen im Zwerchfell und hier und dort wundgelaufene Stellen.

Märta hatte gesagt, daß sie vom Sozialamt bereits Besuch bekommen hätten. Er fragte sich, wer es bis dorthinauf geschafft haben mochte. Sie hatte ihm eine große Schlagzeile auf der ersten Seite der Provinzialzeitung gezeigt:

ERSTES KIND IN STÄRNBERG GEBOREN

Darunter war ein Bild der Eltern gewesen. Der Kerl mit dem gegabelten Bart hielt das Kind. Auf dem Kopf trug er eine Art Filzmütze. Die Frau saß neben ihm auf einer mit Hopfen umrankten Vortreppe. Im Gras vor der Treppe saßen zwei

Frauen, ein kleiner Junge und ein Hund. Annie Raft war nicht auf dem Bild zu sehen. Um die Hausecke lugte ein Gesicht, und er dachte, es gehöre einem Jungen. Doch dann wurde ihm klar, daß es die Kleine war, die er in Strömgrensbygget untersucht hatte. Sie hatte jetzt kurze Haare. Er fand, daß sie mager aussah.

Die Erinnerung an ihr Gesicht, das er bei Oriana und Henry gesehen hatte, kam wieder hoch. Das graue, helle Sommernachtslicht in der Stube war trügerisch gewesen. Er hatte geglaubt, sie sei mißhandelt worden. Doch dann hatte er gesehen, daß die Schwellungen von Insektenstichen herrührten. Als er nun dieses Bild sah, wurde er unsicher. Das Gesichtchen war undeutlich, mager, verbissen. Wie ging es ihr? Was bekam sie dort oben zu essen?

Der Mensch vom Sozialamt hatte mitgeteilt, daß der Säugling gesund sei. Hatten sie sich denn auch das Mädchen angesehen? Märta wußte es nicht.

Der Bockmann hatte jetzt keine Mütze auf. Er empfing Birger mit einer Freundlichkeit, die ihn beschämte, denn er hatte sich einen Wisch vom Papierkonzern besorgt, daß er in den beiden Waldseen unterhalb Stjärnbergs fischen und in der Vereinshütte übernachten dürfe. Er hatte befürchtet, daß sie mißtrauisch würden, wenn er ohne Anliegen käme. Er erinnerte sich an Annie Raft und ihre Unzugänglichkeit bei der ersten Vernehmung.

Der Kätner von Stjärnberg hatte jedenfalls vier Frauenzimmer, das war es wohl, was die Dorfbewohner festgestellt hatten. Sonst war kein Mann zu sehen. Der Diabetiker und seine Frau schienen Stjärnberg verlassen zu haben.

Sie waren vor etwa einer Woche in seine Sprechstunde gekommen. Der Mann war blaß gewesen und hatte über Kopfschmerzen geklagt. Seine Haut war kalt und feucht, und an den Füßen hatte er schlecht verheilte kleine Wunden.

Die Frau saß im Wartezimmer; sie trug einen langen Wollrock und hatte ein Kopftuch umgebunden. Es reichte tief in die Stirn und verbarg das Haar. Sie hatte nichts gesagt und kaum von ihrem Strickzeug aufgesehen, in dem Raum jedoch eine eigenartige Stimmung erzeugt. Acht Patienten warteten dort, und niemand sagte etwas oder rührte die Illustrierten an.

Birger holte sie ins Sprechzimmer, um sich nach der Kost und der Lebensführung in Stjärnberg zu erkundigen. Sie erzählte, daß der Mann schwere Unterzuckerungen gehabt habe. Eines Tages während der Heuernte wäre er beinahe ins Insulinkoma gefallen. Es schien, als schämte er sich, dies selbst zu erzählen. Sie war geistesgegenwärtig genug gewesen, ihm eine Schale Molkenstreichkäse vorzusetzen. Er hatte alles in sich hineingelöffelt und sich wieder erholt. Ansonsten aßen sie meistens Kartoffeln und Ziegenfleisch, Milch und Käse. Alles Dinge, mit denen er äußerst vorsichtig sein mußte. Außerdem sollte er sich leicht und regelmäßig bewegen, keine schwere körperliche Arbeit verrichten. Birger riet ihm, nach Nynäshamn zurückzuziehen, woher er ursprünglich gekommen war.

»Und was Hasch und diese Dinge anbelangt«, sagte er, »wird Ihnen ja selbst klar sein, daß das unter diesen Umständen nicht geht.«

Gott sei Dank wurden sie nicht böse. Sie waren wohl zu müde. Die Frau sagte nur leise, daß sie damit nichts zu tun hätten. Das seien die in Röbäck.

Er wußte, daß Yvonne aus Röbäck geschnappt worden war, als sie mit einer Ladung Marihuana über die Grenze fuhr. Sie und ihre beiden Mitbewohner, zwei abgedrehte Figuren, die bedeutend älter waren als sie, wurden angeklagt. Yvonne behauptete, daß sie nur auf dem Weg zu einem Fest gewesen seien und daß sie nichts verkaufe. Das Gericht hatte ihren Worten einen gewissen Glauben geschenkt. Zum einen verkehrten sie tatsächlich in einem Ort ein Stück hinter der Grenze mit ein paar norwegischen Kleinrowdies. Zum anderen handelte es sich laut polizeilicher Untersuchung um Marihuana von sehr schlechter Qualität. Kaum verkäuflich.

Die Polizei hatte bei der Durchkämmung des Geländes nach dem Mord am Lobberån in einer Felsspalte unterhalb von Stjärnberg üppig wuchernde Hanfstauden gefunden. Daraufhin hatte der Zoll angefangen, Yvonne zu kontrollieren, wenn sie mit ihrem alten VW-Bus über die Grenze fuhr. Sie behauptete, daß die Kommune mit der Anpflanzung nichts zu tun habe. Die Polizei hatte jedoch einen der Männer dort oben in Verdacht. Birger glaubte kaum, daß es sich dabei um den Diabetiker handelte. Er und seine Frau hatten viel zu traurig gewirkt. Ihre Gesichter waren ihm im Gedächtnis gehlieben. Ihr mageres und sonnengebräuntes. Sein blasses, hängebackiges. Nachdem sie gegangen waren, hatte Märta im Sprechzimmer für Durchzug gesorgt. Sie hatten einen starken Ziegengeruch hinterlassen.

Hier oben merkte man den nicht. Eine der Frauen war auffallend schön. Ganz helles Haar, aber dunkle Augenbrauen und Wimpern. Dunkelblaue Augen und einen Mund mit ausgeprägten Amorbogen. Sie war stark übergewichtig. Ihr mußte es ebenso schwerfallen wie ihm, nach Stjärnberg hinaufzusteigen.

Das wäre vielleicht die Lösung für mich, dachte er. Eine mollige Frau. Wogend dick. Eine Begegnung zweier großzügiger Leibesfüllen. Unsere kantigen Kerne darin eingebettet. Sie mußte auch unten dunkle Haare haben. Und diese schönen Angen mit den dichten Wimpern! Der Mund, die Konturen der Oberlippe, die dadurch, daß das Gesicht ansonsten ins Fette ausgeflossen war, noch deutlicher und feiner hervortraten. Die Hinterbacken, die sich dicht aneinanderschmiegten. Die gewaltigen Schenkel und die Brüste, die schwer nach unten hingen und zum Mittelpunkt der Erde pendelten.

Der Kerl mit dem gegabelten Bart sprach eifrig über Käseschimmel. Ich bin es, in dem der Bock sitzt, dachte Birger. Der Satyr. Der da interessiert sich doch bloß für Ziegenkäse.

Er wußte, daß die Leute bis hin nach Byvangen sich in zwei Lager spalteten. Eines, das die Ansicht vertrat, daß diese Kommune wie Ungeziefer weggebrüht werden müsse. Und ein anderes, das meinte, daß sie bleiben könne: Die Leute setzten ein verfallenes Anwesen instand und hielten die Gegend ein wenig lebendig. Ließen Tiere in den Wald, was der Papierkonzern gern haben könne. Mähten die Weide, wo Storchschnabel und der giftige Eisenhut allmählich an Boden gewännen und der Vorwald einwanderte.

Er hatte sich, ohne viel zu überlegen, der toleranten Linie angeschlossen. Er war das von sich und Barbro so gewohnt. Er fand, daß sie dort bleiben könnten, solange sie nur nicht die Kinder vernachlässigten.

Hier oben konnte man nicht Stellung beziehen. Es schwankte. Er wurde ärgerlich, als er das baufällige Vereinshaus sah, und fragte sich, ob ihnen klar sei, daß es nicht isoliert war. Wie würden sie den Winter überstehen? Als sich die Dicke, Marianne hieß sie, vorbeugte und ihm Kräutertee in seinen Becher schenkte, war er stark berührt. Sie roch nicht nach Ziege, sondern nach Milch und Baumwolle und warmer Haut. Die Furche zwischen ihren Brüsten war tief und eng. Er blickte verstört auf und hinaus über die Weide. Nach drei Himmelsrichtungen hin sah er die Fjällkämme, die dunkelblauen Abstürze, die schwarzweiß gefleckten, noch schneebedeckten Scheitel, Schneehuhnbrüsten in der Schneeschmelze gleich, die abwechselnd grünen und braunen Hänge der Moore, die zum Wald hin abfielen. Der Himmel war weißblau, die heiße Luft über der Weide flirrte.

Er fragte sich, wie das wäre, allein mit vier Frauen hier zu leben und den ganzen Tag ihre leisen Stimmen und weichen Bewegungen um sich zu haben. Das Murmeln des Baches und die schwankenden, nassen Grasbüschel im Moor, das sich zu den Waldseen hinunter erstreckte. Das Gefühl von Wasser.

Er konnte es nicht anders denken: das Gefühl von Wasser, das den Boden durchzog, das darüber hinfloß und rieselte. Das Mädesüß hatte jetzt feste, weißrosa Knospen in seinen Rispen. Am Geruch merkte er, daß es auszuschlagen begann. Filipendula ulmaria. Bald würde es betäubend und bitter süß die Erde überschwemmen. Wenn er nachts auf Krankenbesuch unterwegs war, mußte er manchmal an die Seite fahren und ein Weilchen schlafen. Wenn er dann erwachte und ausstieg, um zu pinkeln, lag dieser Duft überm Moor und durchzog dessen Geruch wie ein Band aus etwas Zweideutigem und Berauschendem. Die Elche standen im Nebel und malmten, schliefen vielleicht halb in dem Duft. Hier lebte man mittendrin und ging jeden Tag über den durchsickerten Boden, sog den Geruch des Moores ein und sah es gären und brauen, wenn die Schwaden der Morgennebel darüberwirbelten.

Die schroffe Annie Raft war hier ruhiger geworden. Sie hatte ebenfalls kurzes Haar und trug eine unglaublich zerrissene und ausgebleichte Jeans statt des langen Rocks. Die Hose und das extrem kurze Haar ließen sie zwischen den anderen modern aussehen. Sie hielt sich ziemlich viel abseits, schien aber nichts dagegen zu haben, daß er mit ihrem Töchterchen plauderte.

Mia erzählte, daß sie keine Ziegenmilch trinke. Mama habe ihr Milchpulver heraufbringen lassen. Und Knusperpuffer. Birger wußte nicht genau, was das war, aber es hörte sich süß an. Er erfuhr, daß die Mama ihr und sich selbst die Haare geschnitten habe, damit sie leichter zu waschen seien. Er war beruhigt. Mia schleppte sich mit Zicklein ab und zeigte ihm eine tote Spitzmaus, die ihre junge Katze gefangen hatte. Das Mädchen war mager, machte aber einen gesunden Eindruck und war umgänglich.

Er zitterte ein wenig, als er die Mutter fragen wollte, ob er Mia und dem Jungen, der zu der schönen Marianne gehörte, Vitamine verschreiben solle. Es wurde nicht ungnädig aufgenommen.

Gegen Abend ging er zum Fischen. Als er aus dem Birkenwald trat, sah er, wie die langen Moore zu den Waldseen hin abfielen. Diese lagen verschieden hoch. Von dem erhöhten Punkt gleich nördlich von Stjärnberg aus erschienen zwei von ihnen wie Treppenstufen aus Wasser. Sie spiegelten zwar den Himmel und erhielten von ihm ihre Farbe, doch der dunkelgelbe, metallische Ton schien aus ihrer eigenen Tiefe herzurühren. Die Ufer waren bereits schwarz. Das Licht sank jetzt schnell. Er sah die vom Frost versengten Riedmoore rot und braun und in vielen Gelbtönen schillern. Ihr Duft war so eigen und an diese Farben gebunden, daß es schien, als ob die Moorsenken tatsächlich gärten und rotbraun und goldbraun dampften. Auf der nächstliegenden standen noch Stangen von einer längst vergangenen Heuernte. Bis hier oben, dachte er. Überall, wo sie die armseligen Halme aufsammeln konnten. Das ganze Binnenland nordwärts. Das Reich des Rieds, der Segge.

Ohne die Segge wäre das Binnenland niemals besiedelt worden. Es gab an die hundert Arten, und sie hatten Lachenals Segge und Fingersegge, Zweihäusige Segge und anderes mehr geheißen. Rispensegge. Lappensegge. Nun hieß sie nichts. Die Moore waren in Vergessenheit gesunken. In den Moorseen schimmerte das Wasser zu einem Himmel, den niemand sah. Die Kiefern verdrehten sich. Noch als Tote bildeten sie ein silbergraues Sturmzeichen, das so gut wie nie gelesen wurde. Die Moore mit ihren schwarzen Stangen lagen nun im Schatten der Zeit. Einst waren diese Stangen Heureiter gewesen. Langsam zerfielen sie, so wie die Scheunen bereits vor langer Zeit zerfallen waren, grauschorfig und grünschillernd von den Flechten, die darauf wuchsen. Das Wasser murmelte unter der Erde, sikkerte durch sie hindurch, überschwemmte sie im Frühjahrslicht und löste alles auf, was von Menschenhand war.

Wieder fragte er sich, wie das wohl wäre, hier zu leben. Ganz am Rand dieses Schattens zu leben, der über dem Land lag, über den Dörfern und kleinen Gemeinden der Provinz. Über allem, was langsam zerfiel. Ganz am Rand des vollkommenen Vergessens zu leben und dessen Bewegungen und Taten zu vollführen. Wußten sie überhaupt, was sie taten?

Solange er ging, hielten sich die Insekten von ihm fern. Als er an den ersten der Waldseen hinunterkam und stehenblieb, mußte er in einem Heringseimer, den er bei sich hatte, Birkenrinde und Stöckchen anzünden. Er legte Gras darüber und stand in dem dichten Rauch, während er die Haken mit Ködern versah.

Er hatte eine Teleskopangelrute, die weit hinausreichte, doch die Forellen kräuselten die Wasseroberfläche genau davor. Sie machten in dem blanken und trägen Wasser Ringe wie silberne Schlingen. Die Sternentrauben des Bitterklees standen noch an den Ufern. Ihre weißrosigen und bärtigen Innenseiten hatten noch keinen braunen Schatten. Hier oben war richtig Sommer, obwohl der Frost draußen in den Mooren bereits mehrmals die Grasspitzen versengt hatte. Birger fiel jedoch auf, daß die Vögel schwiegen, und er dachte daran, wie schnell sie doch vergangen waren, die hellsten Wochen, und daß ihm meist elendiglich zumute gewesen war und er morgens, wenn er wach gelegen und an Barbro gedacht hatte, das Licht als peinigend und die Vögel als lärmend empfunden hatte.

Jetzt sprangen die Forellen dort draußen hoch über dem Wasser, doch er reichte nicht heran. Womöglich hatte er sie vom Ufer her mit seinen Stiefeltritten auf dem schwankenden Boden verscheucht. Oder einen Schatten über ihren glasklaren Raum geworfen. Er beschloß, es an dem anderen See zu versuchen, und er ging so leise, wie er nur konnte, dorthinunter und hielt sich dann zwei, drei Meter vom Ufer entfernt. Als er die Angelschnur auswarf, landete sie direkt an der Kante, die scharf in den schwarzen Moorboden geschnitten war. Er hatte einen sehr leichten Haken und weder einen Senker noch einen Schwimmer an der Schnur. Er konnte spüren, wie sich der Wurm wand. Ein Greifvogel flog pfeilgerade über der dunkelnden Wasseroberfläche an ihm vorbei. Es war nur eine schwarze Silhouette, vorlastig. Eine Eule?

Im selben Moment gab es einen Ruck. Die Schnur spannte

sich und surrte. Der Fisch zog sie aus und schwamm in wilden und weiten Bogen. Als er ihn hochzog, tänzelte er in die Krähenbeeren. Eine große, fast schwarze Forelle. Im Nacken glänzte sie matt wie von oxydierten Silbernieten. Birger mußte seine Brille aufsetzen. Fischläuse. Ein alter Schelm mit Läusen im Pelz.

Er wurde mit einem Schlag müde und machte sich auf den Rückweg, sobald er den Kerl ausgenommen hatte. Trottete gedankenleer dahin. Nachtvögel kreuzten sein Gesichtsfeld. Das Scheidige Wollgras leuchtete. Millionen weißer Büschel schwammen in der kalten Luftschicht über den Spitzen des Riedgrases. Dürres Ried. Frostversengt. Ausgelaugt. Bald würde der Sommer vorbei sein, seine Hitze und sein Überfluß.

Er hatte in dem Zimmer, in dem der Diabetiker mit seiner Familie gewohnt hatte, einen Schlafplatz zugewiesen bekommen. Jemand hatte ein Glas mit kleinen, blassen Glockenblumen und kümmerlichen Stemmieren hereingestellt. Das Kissen war bezogen, und über der Matratze lag eine Wolldecke. Er wünschte, daß die Schöne das Kissen bezogen und das Glas mit den Blumen auf den Stuhl am Bett gestellt hätte.

Es war noch nicht so spät, doch er war erschöpft, vor allem von dem langen Aufstieg nach Stjärnberg. Als er die Augen schloß, sehnte er sich nach einem Radio. Nach einigen Minuten hörte er eines von der anderen Seite der Wand. Es mußte Annie Raft sein, die sich den Wetterbericht anhörte. Durch die Bretterwand drang jedes Wort zu ihm. Er war gespannt, ob sie das Radio abstellen würde, wenn die Fjällgegenden des südlichen Norrlands vorbei wären. Sie stellte nicht ab. Sie ließ es während des gesamten Seewetterberichts laufen, und er konnte von der Nordsee bis hinauf zum Bottenviken die Leuchtfeuer verfolgen. Erst als die Reise zu Ende war, schaltete sie aus. Er lag in der Stille und fragte sich, ob das ein Zufall gewesen sei. Oder kam sie immer von Oxöy bis hinauf nach Farstugrund und Kemi mit, so wie er auch?

Niemand sprach über das Ereignis in der Mittsommernacht. Beim Aufstieg war er durch die Furt gegangen, ohne sich nach der Stelle umzusehen, an der das Zelt gestanden hatte. Er hatte kein großes Unbehagen verspürt. Trotzdem wollte er zurückgehen, solange es noch hell war.

Zunächst kaufte er Petrus Eliasson Käse ab. Es war ein weißgelber und ganz milder Ziegenkäse, und als Petrus begriff, daß er auf Reifung Wert legte, holte er zwei kleine, braune Käse, die in feuchtes Bettuchleinen eingeschlagen waren. Er enthüllte sie mit größerer Feierlichkeit, als er den kleinen, runzligen Körper des Säuglings vorgezeigt hatte. Brita Wigert (sie war noch nicht seine Ehefrau, wie Birger klar wurde) hielt sich mit dem Kind auf dem Arm im Hintergrund. Er verstand, daß sie sich im symbiotischen Zustand befand, und es schmerzte ihn, sie anzusehen. Er erinnerte sich an Barbro, wie sie Tomas bei sich hatte. Ihre Brust, deren Haut dünn und gespannt geschimmert hatte, war blauädrig geworden. Die Warzenhöfe waren verflossen, und deren dunkelbraune Farbe war zu einem Braunrosa abgemildert worden. Sie hatte fast ständig die Lippen am Scheitel des Kindes, wenn sie es im Arm hielt. Sie sagte, daß es dort nach Mandel rieche.

Das Kind. Tomas. Tomas mit der rauhen Stimme und dem Bart am Kinn. Welpig und lieb. Konnte noch immer puffend und schubsend herkommen, wenn er am Abend ins Bett gehen sollte. So als wollte er umarmt werden. Birger knuffte in der Regel zurück oder gab ihm einen Klaps auf den Rücken. Hätte sie ihm nicht noch ein Jahr geben können? Oder zwei? Warum hielt sie es plötzlich nicht mehr aus? Und wo war Ulander?

Er starrte die Käse an. Petrus Eliasson schnitt ein Stück aus dem dunkleren, dessen fleckige und schorfige Schale der Unterseite eines alten Bootes glich. Er war fast braun und im Kern gelblich und cremig wie die Eingeweide eines großen Insekts. Sie aßen und sahen einander in die Augen. Birger nickte mehrmals.

»Den verkaufe ich nicht«, sagte Petrus. »Das verstehen Sie

vielleicht. Der ist ein Kleinod. Aber der hier steht dem nicht viel nach. Sie können die Hälfte kaufen. Und ich gebe dann noch ein bißchen Molkenkäse drauf. Es ist ja bald Jagd. Und Sie wollen doch bestimmt ein bißchen Molkenkäse in Ihrem Elchgulasch haben?«

Sie waren freundlich. Aber sie waren auch traurig. Brita war nicht nur mit dem Kind in diesem undurchdringlichen, nach Milch und Mandel duftenden Zustand verbunden. Sie war auch im Kummer um die Mädchen befangen, die mit ihrem Vater abgereist waren. Nun würden sie erst im Sommer wiederkommen können. Er fragte sich, warum sie Petrus gewählt hatte. Aber vielleicht hatte sie gar nicht gewählt. Sie hatte dieses Kind bekommen und konnte nun schlecht mit dem Kind eines anderen Mannes zu einem Pfarrhaus nach Blekinge hinunterfahren und verlangen, daß alles so wäre wie vorher.

Annie Raft hatte gesagt, daß sie mit Dan Ulander zusammenlebe. Wo war er jetzt? Sie sollte die Kinder der Kommune unterrichten. Aber es waren nun keine Schulkinder mehr da. Marianne Öhnbergs Junge sah nicht so aus, als ob er überhaupt schon sechs wäre.

Sie luden Birger zum Grützbrei ein, und er sagte, daß er die gelbe Milch in einem extra Gefäß dazu haben wolle. Mia beobachtete ihn und das Glas. Sie sah, daß er nicht trank. Er zwinkerte ihr zu. Annie Raft beteiligte sich kaum an der Unterhaltung der anderen. Als sie jedoch hörte, daß er über Strömgrensbygget gekommen war, erwachte ihr Interesse.

»Werden Sie diesen Weg auch zurückgehen?«

Er sagte, daß er sein Auto bei Oriana und Henry stehen habe.

»Ich wollte bei ihnen vorbeischauen. Um ehrlich zu sein, ich war mir nicht sicher, ob ich es bis hierherauf schaffen würde. Darum dachte ich, daß ich auch im Lobberån fischen könnte, wenn ich nicht so weit käme. Da unten sind herrliche ruhige Wasser. Bei Björnstubacken ist es reißend.«

Er fragte sich, ob Annie vor dem Lobberån Angst hatte. Er

hätte sie gern gefragt, ob sie nachts schlafen könne, traute sich aber nicht.

Er kam erst gegen sieben Uhr abends weg. Es war noch sehr hell und würde es bis gegen zehn Uhr bleiben. Der Pfad führte stetig zwischen hohen und sehr dicken Tannen bergab. Er hörte die Wirbel eines Schwarzspechts und das feine Pfeifen der Dompfaffen. Ein Windhauch trug ihm einen starken und lieblichen Duft zu. Die Luft war sommerwarm, sie hatte den ganzen Tag stillgelegen und duftete jetzt nach Mandel und Säugling. Das schmerzte ihn, und er fragte sich, ob er nun immer vor der Erinnerung abdrehen müsse, die aus einem Hang mit Moosglöckchen, aus einem warmen Bett oder dem flaumigen Haar eines Kindes aufstieg. Oder sollte er sentimental werden? Zehren und wiederkäuen?

Er war schon müde und blieb stehen, um Luft zu holen. Da hörte er Schritte auf dem trockenen Boden. Mit einem leisen spitzen Laut knackte ein Zweig. Er wartete.

Es kam niemand. Er verspürte ein gewisses Unbehagen. Es waren doch Schritte gewesen, was er gehört hatte! Jetzt hatten sie aufgehört. Als ob jemand wartete. Er hatte niemanden hinter sich gesehen. Er tat so, als guckte er in die Bäume. Irgend jemand sah ihn, dessen war er sich gewiß. Er wollte sich jedoch nicht noch einmal umdrehen und den Pfad hinaufsehen.

Er beschleunigte nun seinen Schritt. Solange er selbst ging, konnte er nichts hören. Er kam zu einer Kuppe, und oben angelangt, rannte er fast den Hang hinunter, bis er sich sicher war, einen so großen Vorsprung zu haben, daß er in der Mulde nicht gesehen würde. Da bog er geradewegs in den Wald ein. Er strebte einem Felsblock zu, der mit Torfmoos überwachsen war, und versteckte sich dahinter. Wenn er den Kopf etwas neigte, sah er zwischen einigen Birkenzweigen den Pfad. Und jetzt hörte er die Schritte. Im selben Augenblick bereute er, was er getan hatte. Er hätte lieber Tempo zulegen sollen. Von hier fortkommen.

Ihm ging durch den Kopf, daß er zu arglos gewesen sei. Die Stimmung in Stjärnberg war freundlich gewesen. Petrus Eliasson, der wie ein Geißbock aussah, hatte ihm Käse angeboten. Marianne Öhnberg hatte nach Milch gerochen.

Solcherart sind also meine Beurteilungen, dachte er. Wie die eines Fünfjährigen. Oder eines Begleithundes.

Jetzt knirschte es leicht auf dem Pfad. Er war auf Kiefernzapfen gesprungen. Da kam sie. Es war Annie Raft. Sie stand still und horchte, dann ging sie zögernd weiter. Da trat er natürlich aus seinem Versteck und rief:

»Wollen Sie was von mir?«

Auch das bereute er sogleich. Aber jetzt war es zu spät. Sie fuhr herum und starrte ihn an. Sie hatte ein Fernglas mit einem Riemen um den Hals, sonst nichts. Er ging zu ihr hin und fand, daß er über die Äste knackte wie ein Elch. Ihr Gesicht glich jetzt außerordentlich dem des Mädchens. Die wachsamen Augen. Der schmale und zusammengepreßte Mund. Ihr Haar war leicht rötlich, nachdem sie es geschnitten hatte, und ihre Augenbrauen waren so dunkel, daß sie sie seiner Einschätzung nach färbte. Aber tat sie das hier oben? Sie hatte eine kleine, gerade Nase und war vielleicht sogar irgendwie hübsch. Aber abweisend. Ganz und gar ohne Wärme und Offenheit. Außerdem war sie ihm nachgeschlichen.

»Was wollen Sie?«

»Nichts.«

»Aber Sie laufen doch hinter mir her.«

Sie stand da und sog an der Unterlippe, ihrer Tochter nun auf beinahe lächerliche Weise ähnlich.

»Ich wollte Ihnen nur zugucken«, sagte sie schließlich.

Er dachte: Sie ist vielleicht nicht ganz bei Trost. Dieses merkwürdige Flimmern, das sie umgibt. Die Kontaktlosigkeit. Man fürchtet sich ein wenig und traut sich nicht, mit ihr so wie mit anderen zu reden. Wie kann sie bloß Lehrerin gewesen sein?

Da sagte sie mit nüchterner und leicht überredender

Stimme, so, daß er sie sich plötzlich sehr gut als Lehrerin vorstellen konnte:

»Ich wollte nur mit dem Fernglas beobachten, wie Sie durch den Fluß gehen.«

Sollte das eine Art Fürsorge sein? Er fühlte sich unsicher. Aber dann fiel ihm ein, wie der Pfad überhaupt verlief.

»Den Fluß können Sie von hier aus gar nicht sehen.«

»Etwas weiter unten. Da ist ein Plateau – von dort sieht man über den Fluß und über die Moore in Richtung Strömgrensbygget.«

»Nein«, erwiderte er. »Nicht hier vom Steilhang aus. Hier ist den ganzen Weg über dichter Wald. Das muß dann wohl in Richtung Bjömstubacken sein. Aber von dort kann man die Furt nicht sehen. Da liegen mehrere Kilometer dazwischen. Falls Sie mich von dort aus beobachten wollten.«

»Ich werde die Stelle schon finden«, sagte sie nur. Dann wußte keines von ihnen, was sie tun sollten. Er mußte früher oder später weitergehen. Wollte sie ihm in einigem Abstand folgen? Das wäre ja lächerlich. Sie mußte etwas Ähnliches gedacht haben, denn sie sagte:

»Ich kann Sie ja ein Stück begleiten. Bis wir zu der Stelle kommen. Zu diesem Aussichtspunkt.«

»Den gibt es nicht.«

Sie glaubte ihm natürlich nicht. Oder sie tat nur so. Sie trabten weiter, er vorweg und sie unmittelbar hinterher. Sein Kopf war völlig leer. Es wollte ihm ums Verrecken nichts einfallen, was er zu ihr sagen könnte. Sie schien sich deswegen keine Sorgen zu machen. Nach fünf, zehn Minuten blieb sie zurück.

»Hier teilt sich der Weg«, sagte sie.

»Ja, der rechts geht nach Björnstubacken runter.«

Sie blieb stehen. Er fand, daß sie komisch dreinsah.

»Ich kehre jetzt um«, sagte sie.

Es hatte keinen Sinn, sie etwas zu fragen. Ihr Gesicht war in sich gekehrt. Umschloß eine Art Traurigkeit. Oder Angst.

»Tschüs.«

Sie machte auf dem Absatz kehrt, und erst als sie ein Stück weit den Weg hinaufgegangen war, löste sich seine unlustige Stimmung. Sie sah urkomisch aus von hinten. Die Jeans, deren Beine mit einer Schere ungleichmäßig abgeschnitten worden waren, war am Po so fadenscheinig, daß sie wie ein Gitter aus groben, bleichen Baumwollfäden aussah. Dazwischen schimmerte ihr nicht ganz weißer Slip durch. Sie wackelte leicht mit dem Hintern beim Gehen.

»Hören Sie mal«, rief er. »Was ist das bloß für eine Hose, die Sie da anhaben?«

Er wollte eigentlich einen Scherz machen. Sie drehte sich herum und starrte ihn an. Er sah ihre Augen im Dämmer des Waldes, aufgerissen, dunkel.

»Bloß gut, daß ich Sie schon vorher von hinten gesehen habe«, sagte er. »Sonst hätte ich geglaubt, Sie wären hinten hohl.«

Sie sagte nichts darauf. Vermutlich fand sie es nicht lustig. Nach einer Weile drehte sie sich um und ging weiter in Richtung Stjärnberg.

Ihre Stimmung hatte ihn noch im Griff, als er an den Fluß hinunterkam. Er sah sich nicht um. Das einzige, woran er denken konnte, war, daß er in zwanzig Minuten, höchstens einer halben Stunde in Strömgrensbygget sein würde. Es war noch nicht so spät. Er würde zu Oriana und Henry hineingehen. Sich über gewöhnliche Dinge unterhalten. Das Fischen. Den Wasserstand im Fluß. Käse anbieten.

Jetzt mußte er nur noch über den Fluß. Schnell. Hinauf in die Stille des Moores. Weg vom Wasser. Von den Geräuschen, die wie leises Schreien und Miauen klangen. Vom Geplapper rings um die Steine und vom Sog des schnellen, schwarzen Wassers.

Henny hatte sich einen hellblauen Blousonanorak und weiße Seglerstiefel angeschafft. Sie trug eine weiße Baskenmütze mit einem Seidenpompon. Nach dem zweistündigen Marsch keuchte sie nicht einmal. Sie hatte ihre berühmte Magenstütze, auf die sie sich verlassen konnte. Außerdem trug Henry Strömgren ihr Gepäck in einem Rucksack; sie war mit Ivar Jonssons Taxi nach Strömgrensbygget gekommen. Nicht sicher war, ob sie Henry bezahlte oder ob er so mitgegangen war. Henny paralysierte die Leute nicht, wie Annie in jüngeren Jahren geglaubt hatte. Sie waren von ihr gefangen. Sogar eingenommen. Henry hatte sie in einem alten Spielfilm gesehen:

»Stellt euch das vor! Er sitzt hier und sieht mich als Gangsterbraut gegen Åke Söderblom, und vierzehn Tage später stehe ich mitten in der Bergwelt vor seiner Tür und sage: ›Hilfe! Wo ist meine Tochter!‹«

Nicht *gegen* Åke Söderblom. Gegen ihn spielte Sickan Carlsson oder Anna-Lisa Ericsson. Im selben Film wie. In einer Szene gegen.

Annie hatte mit vierzehn angefangen, sie zu korrigieren. Aber immer im stillen. (Von wegen Pubertät! Annie hatte nie eine!) Seit Henny in der Mulde beim Bach aufgetaucht war, starrten alle sie an und lauschten ihren Worten. Selbst Petrus. Er war am schlimmsten dran. Sein Mund stand offen.

Sie stapfte ohne Anzeichen von Müdigkeit durchs Gras. Wackelte mit dem Hintern. Er war umfangreich. Henny hatte schon immer die fraulichste Figur: schmale Taille, großer Busen und wohlgerundetes Hinterteil. Man sah nun die Kilo. (Wenn ich zu meiner Stimme noch Gaby Stenbergs *Körpergröße* gehabt hätte!) Sie war achtundsechzig Jahre alt, und ihr Profil war immer noch rein, zerfloß aber unter dem Kinn. Jetzt hob sie es in den Wind:

»Mein Gott, wie schön ihr wohnt! Wißt ihr überhaupt, wie schön ihr wohnt!«

Vielleicht dachten sie, sie sei dumm. Oder trage ihr Herz auf den Lippen. Jetzt hatte sie Mia auf dem Schoß und rühmte die schieferne Herdmauer.

»Welch erlesene Steinarbeit!«

Annie hatte nicht einen Augenblick lang erwartet, daß sie etwas anderes als überschwenglich wäre. Henny hatte alle durchgesessenen Pensionen Schwedens gesehen. Sie hatte auf Spielflächen aus Planken gestanden, die für den Abend ausgelegt worden waren, und hatte es mit den Säufern der Volksparks aufgenommen. Sie hatte niemals geklagt und immer bekommen, was sie wollte.

Ich bin schwanger.

Als der weiße Pompon, die Baskenmütze, der Anorak aus der Mulde heraufgerollt kamen, als sie (der Gang, die Stimme) es war, hatte Annie dies gedacht. In diesem Augenblick. Nicht eine Minute früher. Drei Mal ist es schon ausgeblieben. Mir ist hundeelend gewesen. Und dann die Brust. Obwohl ich so mager bin.

Ich bin schwanger. Seit dem Mittsommertag in der Hütte von Aagot Fagerli. Seit jenem Mal ohne Pessar. Als ich es vor lauter Angst vergessen habe. Da ist es passiert.

Ich muß es gewußt haben. Und habe es dennoch nicht gewußt. Als ob ich zwei Personen wäre. Und jetzt auf einmal. Sobald ich sie nur gesehen habe. Noch bevor sie mich angesehen hat. Mit diesem Blick. Wird Mia sich auch einmal so fühlen?

»Mein liebes Kind, wie braun du geworden bist, und wie gesund du aussiehst! Wo du doch sonst nie so braun wirst!«

Ist der braune Schatten gekommen? Die Mutterflecken. Oder sieht sie es um die Augen. Sagt sie nicht immer so: Das sieht man um die Augen.

Dan. Sie wird nach Dan fragen.

Sie fragte aber nicht, sie packte die Geschenke aus. Einen rosafarbenen Trainingsanzug für Mia. Kaninpantoffeln. Mit Ohren aus flauschigem Stoff und großen, glänzenden Augen. Zwei Flaschen Rotwein. Für Annie eine Bluse. In der man die Brust sehen würde.

Henry Strömgren konnte nicht bis zum Abend bleiben, obwohl er wollte. Man sah, daß er wollte. Sie würden Rotwein trinken und den am längsten gereiften Käse kosten. Jetzt wollte Petrus den Erdkeller und den Brunnen zeigen, damit sie eine wirklich ausgezeichnete Steinarbeit zu sehen bekäme. Henny verabredete mit Henry Strömgren, daß er sie in vierundzwanzig Stunden bei Björnstubacken abholen sollte. Ake war noch im Dorf, auf dem Campingplatz. Waldwanderungen waren nichts für ihn. Sie hatten zwei Hütten gemietet, eine für Annie und Mia und eine für sich selbst. Unglaublich freundlich!

Mittendrin dachte Annie an den Duschraum auf dem Campingplatz. Und ans Fernsehen. Dann dachte sie: Ich brauche meine Ruhe. Eine Stunde. Oder wenigstens ein Weilchen. So müde war ich in meinem ganzen Leben noch nie.

Doch sie konnte nicht weg. Das Programm gewann an Tempo. Der Steinkeller. Das Kochhaus. Der Ziegenstall. Mia holte Zicklein. Das Vereinshaus mit Annies und Mias Zimmer. Die Betten. Mias Puppen. Die Kaninpantoffeln unterm Bett neben der Schachtel mit den Papierpuppen. Nicht ein Wort über Dan, über Dans Bett. Noch nicht.

Teetrinken am Nachmittag. Henny hob hervor, daß man eigentlich immer Kräutertee trinken sollte, da er bekömmlicher sei. Danach Melken. Sie versuchte es unter viel Gelächter selbst. Die Melkschichten waren aufgehoben, alle molken. Es war wie in einem Spielfilm. Nicht mit Ake Söderblom, doch mit Henny Raft.

Zum Abendessen gab es Suppe mit Mangold und hinterher Blaubeerpfannkuchen. Danach den Rotwein und Käse. Henny liebte reifen Käse. Sie liebte auch gegorenen sauren Strömling, gewürzten Branntwein, Blutküchlein, Zwiebelströmling und anderes, was Annie nicht in den Mund nehmen konnte. Sie unterhielten sich darüber, und es stellte sich heraus, daß Petrus Stockfisch liebte und daß er vorhatte, die gedörrten Hechte, die an der Wand des Kochhauses hingen, einzulaugen. Er hatte sie mit dem Netz im Klöppen gefangen, und er erklärte, wo der See lag. Damit war man beim Lobberån, und ohne auch nur eine Sekunde zu zögern, fragte Henny, ob sie denn nicht Angst hätten.

»Doch«, sagte Brita, »manchmal finde ich es so grausig.«

Das hatte sie bisher noch nie gesagt. Niemand von ihnen hatte je zugegeben, daß es sie berührte. Schließlich hatte Annie fast geglaubt, daß sie mit diesem düsteren Gefühl am Rand der Weide und dieser Angst vor dem Wald, sobald sie ein Stück weiter hineinging, allein sei.

Dort hatten sie den Erdstern gefunden. Mia hatte ihn zwischen den Tannen entdeckt. Er schlug seine dunklen Lappen im Moos aus. Sie verstand nicht, daß dies ein Pilz war. Sie hielt ihn für ein seltsames Tier von der gleichen Art wie der Seestern und glaubte, er würde sich bewegen, wenn sie ihn berührte. Er hatte wie Dan gerochen. Doch das wußte Mia nicht.

Henny hatte Brita dazu gebracht, zu sagen, wie es war, nämlich, daß sie manchmal Angst hatte. Sie hatte es mit leiser, trauriger Stimme gesagt. Und Henny spürte offensichtlich, daß dies etwas war, was man nur streifte, denn nun umarmte sie Mia und wollte, daß sie »Die Jungfer ging zur Quelle« sängen. Mia sollte die Jungfer sein und ihre Oma der HaselZweig. Weil sie keine Begleitung hatten, sollte Annie eine zweite Stimme singen. Das konnte sie nicht, doch Henny sagte: »Ach was! Nimm einfach die Terz!« Annie wollte nicht. Da bat Henny Mia, die Melodica zu holen. Dann durfte Mia mit Oma singen, und es klang schön:

Ich esse Zucker, trinke Wein
darum bin ich so fein!

Annie hielt die Melodica für ein entsetzliches Instrument, aber sie kamen alle miteinander in Fahrt, als sie darauf spielte. Petrus änderte auf eigene Faust den Text und sang: »Ich esse Käse, trinke Wein!« Er bekam Ovationen.

Plötzlich stand Henny am Herd; sie lehnte sich leicht an die ausgezeichnete Steinarbeit und beabsichtigte zu singen. Ich geh raus, dachte Annie. Doch sie wußte, daß sie bleiben würde. Wenn sie lachten, würde sie Henny direkt in die Augen schauen und ihren Blick festhalten. Das hatte sie auch in Mälarvåg so versucht. Åke und Henny waren zu einem geselligen Beisammensein gekommen. Sie hatten den Obszönitäten der Schülerrevue gelauscht, ohne auch nur einen Augenblick lang ihre Mienen heiterer Wertschätzung und gelinder Zerstreutheit zu verziehen. Hinterher waren sie, von der Frau des Rektors dazu überredet, aufs Podium gegangen. Henny hatte gesungen, und Åke hatte sie auf einem zerhämmerten Klavier begleitet. Anfangs hatten die Schüler nur gemurmelt und mit den Stühlen gescharrt. Doch als Henny »Wende dich zu mir, wende dich von mir, wie einen Meiler laß mich brennen!« sang und Åke, der hinter seinen dicken Gläsern die Augen geschlossen hatte, dunkle Blicke zuwarf, wurden etliche laut. Dann gab es verschiedene schlecht verhaltene Geräusche. Viele hatten Bier getrunken und mußten rülpsen. Die Geräusche wurden mit Gelächter bedacht, am Ende gab es ein allgemeines Gelächter, begleitet vom Krach umfallender Stühle. Henny warf den Kopf zurück und sang stimmgewaltig bis zum Schluß:

Du Einziger, der du mir folgtest,
meiner heißen Jugend wegen!

Als der Tanz begann, waren sie verschwunden. Annie hatte sie in ihrer Bude gefunden. Sie saßen am Küchentisch, ohne das

Licht anzumachen, und hatten sich aus Åkes Flachmann beide einen Kognak eingeschenkt.

Jetzt sang Henny, und obwohl Annie zu träumen glaubte, begleitete sie sie auf der Melodica, und Hennys Ton war schwer und satt.

Maybe he's lazy
maybe he's slow
maybe I'm crazy
maybe I know…
Can't help loving that man of mine!

In den vierziger Jahren war sie in »Showboat« aufgetreten. Sie hatte in der Rolle von Nolies verdrießlicher Mama herumgegrollt. Geträumt hatte sie jedoch vom Part der verkommenen Julie. Den sang sie jetzt, und alle starrten sie an. Annie war bereit, demjenigen, der sie lächerlich fände, direkt ins Gesicht zu schlagen. Aber das fand niemand. Henny hatte sie mit ihrem dunklen Ton berührt.

Dann durfte Mia wieder singen; sie sang »Wenn eine kleine Maus spazierengeht«. Die anderen applaudierten und sagten, daß sie die Stimme der Großmutter geerbt habe. Jetzt hätte Henny laut einem Programm, das seit fünfzehn Jahren feststand, sagen müssen: Stimme! Nein, meine Lieben, die Stimme sitzt dort. Und sie hätten alle Annie angesehen. Doch Henny sagte nichts.

Es ist vorbei, dachte Annie, als sie weitersummten. Sie erwartet nichts mehr. Ich bin zu alt. Sie wird mich nie wieder quälen.

Sie empfand Trostlosigkeit, keine Erleichterung. Was empfand Henny? Wie sollte sie nun überleben – so ohne Hoffnung, nicht einmal für ihre Tochter? Annie war immer überzeugt gewesen, daß Henny verrückt würde, wenn die Engagements zu Ende wären. Åke hatte in Restaurants gespielt und als Korrepetitor weitergemacht, bis er seine Volkspension erhielt. An diesem Tag hörte er auf und sprach nie davon, daß er etwas vermisse.

Als Annie Abitur machte, auf die Musikvolkshochschule ging und dann in die Musikakademie aufgenommen wurde, waren Hennys Engagements bereits selten geworden. Annie hatte ihre Stimme geerbt und sollte eine Ausbildung zur Sängerin erhalten. (Ausbildung! Ja, wenn ich eine ordentliche Ausbildung erhalten hätte!) Annie traute sich nicht, auf einer Bühne zu stehen. Ihr wurde schlecht, und sie bekam Schweißausbrüche. Sie fürchtete ohnmächtig zu werden und kam mit dem Atmen nicht zurecht. Doch Henny sagte, daß das mit einer Ausbildung vergehen würde.

Annie hatte jedoch nicht das, was Henny nach wie vor hatte. Was immer das auch war. Die Art, den Po zu bewegen, unter anderem. Mit dem Kirchengesang ging es besser. Da mußte sie sich nicht zeigen. Schon im zweiten Jahr auf der Musikakademie stand sie in der Gustav-Adolf-Kirche, der Oscar- und der Gustaf-Vasa-Kirche auf der Empore und sang bei schlichteren Begräbnissen. Bei den vornehmsten und einträglichsten sangen die Kammersängerinnen.

Henny war es ein Genuß, sie in der Kirche singen zu hören, und sie fand sich, dramatisch in Schwarz gekleidet, dazu ein. Annie fürchtete, daß man sie für eine Sarglerche halten würde. Sie litt unter den Texten. Sie fand, daß die schönste Musik der Welt Aussagen stützte, die bestenfalls närrisch, oft genug aber besinnungslos grausam waren. Sie schlug in der Bibel deren Vorlagen nach und fand etwas, wovon sie nie etwas gewußt hatte, weil sie sich nicht für Religion interessierte: einen Kompost aus Aberglaube, Kriegshetze und Mystik um halbverweste Körper.

Sie sang trotzdem. Sang »Bist Du bei mir« und sah einen Mann mit krausem, dunklem Haar über einem warmen, schwellenden Penis und einem runzligen, braunblauen Hodensack vor sich. Um den Ton hervorzubringen, war sie gezwungen, dem abstoßenden, zerschlagenen Kopf, der vor Speichel und Blut troff, den stinkenden Binden und dem Lufthauch aus dem geöffneten Grab alles, was sie warm und irdisch lockend fand, entgegenzusetzen. Mit ihren Bildern vertrieb sie den stierenden Prophetenkopf auf dem Tablett, die rasenden Schweineherden und die Soldaten, die kleine Kinder metzelten. Ihr wurde warm, wenn sie in diesen wahnsinnigen und grausamen Litaneien ein einziges Mal etwas fand, was irdische Lust und Schönheit wiedergab. Eine schlichte Freundlichkeit gegenüber einem anderen Menschen oder überhaupt etwas, was nicht erhaben und lebensgefährlich war.

Wie Aarons Stab, der da grünte auf dem blutigen Altar im Offenbarungszelt, grünte mit Knospen und Blüten und reifen Mandeln.

Auf die Dauer ging das nicht. Sie hatte ein schlechtes Gewissen, versuchte es, aber es ging nicht. Åke hatte ihr eine Einzimmerwohnung im Karlbergsvägen besorgt. Annie war klar, daß die Spargroschen eines Lebens dabei draufgegangen waren. »Du sollst schuldenfrei leben«, sagte Henny. Annie nahm alles, was sie bekommen konnte, um schuldenfrei zu leben: Begräbnisse, Gesangskurse, Schulchöre.

Sie war tüchtig. Ja, das war sie. Sie spielte Klavier oder Baß auf Festen und bei Konzerten in Studentenhäusern. Aber vor einem Publikum allein singen, das konnte sie nicht. Wenn sie es versuchte, hing in ihren Kleidern hinterher saurer Schweißgeruch. Henny sagte immer noch, daß das vorbeigehen würde, doch Åke sagte nichts mehr.

Er war ein unerschütterlich würdiger Mann, gut gekleidet und höflich. Sie hatte ihn immer bewundert. Allmählich aber wurde ihr klar, daß er nicht von hohen Ambitionen getrieben worden war. Nach und nach begriff sie, daß man auch über seine Eleganz diskutieren konnte. Auf dem Dachboden standen noch immer zweifarbige Schuhe, weißbraune. Gamaschen, die man über Halbschuhen trug, sogenannte Hundedeckchen. Ein gar zu gestreiftes Sakko.

Hennys Leben war ein Drama. Sie heulte und tobte, wenn

sie um ein Engagement geprellt wurde oder in einer Rezension einen bösen Anwurf bekam. Aber meistens ist es ihr eigentlich gut ergangen. Sie hatte ihr Fach gefunden: die lustige, drastische Chargenheldin. Mit Kabbeleien trieb sie die Fadheit aus und verlieh der Romantik in den Operetten den nötigen Dreh. Das war den Rollen eingeschrieben und sollte so sein. Das Merkwürdige aber war, daß es auf der Welt just für Henny eine Rolle und eine Bühne zu geben schien. Für Annie hingegen nicht.

Åke war ein guter Musiker und hatte ein feines Gehör. Aber er war bemerkenswert desinteressiert. Oder war er es mit den Jahren erst geworden? Annie konnte sich nicht erinnern, daß er jemals zu Hause gespielt hätte, außer wenn Henny begleitet werden wollte. Er las.

Er war kurzsichtig und hatte eine Brille mit dicken Gläsern, dahinter war er wie ein Goldfisch in einem Glasballon. Er las sich durch Jahrzehnte von Busreisen und das Dasein in einer Einzimmerwohnung, in der Henny unaufhörlich redete, probte und staubsaugte. Er hatte eine Ledermappe mit großen Metallschnallen, mit denen Annie immer gespielt hatte. Die trug er vollbepackt zur Stadtbibliothek und wieder zurück. Für Annie war das selbstverständlich gewesen, ebenso, wie es selbstverständlich war, daß Onkel Göte in seinem ganzen Leben nur ein Buch gelesen hatte, nämlich die Memoiren des Erzlügners Kalle Möller.

Ohne darüber nachzudenken, wurde sie selbst eine Leserin. Als sie nach dem Abitur aus der hölzernen Bruchbude in Enskede herauskam, wollte sie nur eines: ein eigenes Zimmer. Ihre Ruhe. Lesen. Sie ließ sich jedoch darauf ein, ein Gesangsstudium zu beginnen, weil sie angenommen wurde und Henny sagte, daß es unbeschreiblich und phantastisch sei, Sängerin zu werden.

Nach gut zwei Jahren wurde ihr klar, daß sie auf der Musikakademie auf dem besten Weg war, zu scheitern, und daß sie in die Lehramtsausbildung für Musik wechseln sollte. Das war die Niederlage, und die würde sie nicht ertragen. Sie befand sich in einem völligen Stillstand, war unfähig aufzuhören und unfähig zu singen. Da bekam sie Sverker Gemlin als Lehrer.

Er unterrichtete Harmonielehre und Kontrapunktik. Er war zurückhaltend und sensibel. Mia hatte ihre braunen Augen von ihm. Sie sahen einander in die Augen und sprachen leise über ganz alltägliche Dinge. Stundenlang lag sie auf ihrem Bett und analysierte deren Bedeutung. Einmal hielten sie Händchen. In einem Taxi, nach einem Fest. Die Hände hatten sie unter ihrem Mantel verborgen.

Sie hatte vorsichtig und karg gelebt. Sexuell war sie nicht unerfahren, hatte humorvolle Beziehungen gehabt. Obwohl, wenn sie darüber nachdachte, waren sie nicht amüsant gewesen. Mit Sverker wurde es ein Grasbrand.

Eines Vormittags stellte er sich am Kopiergerät hinter sie und drückte seinen Unterleib an ihr Hinterteil. Er küßte sie nicht, sondern preßte ihr nur seinen Mund auf den Nacken. Er teilte zuerst hinten ihr Haar, um heranzukommen. Die Hände hatte er auf dem Kopierer. Sie sah sie zu beiden Seiten. Die obersten Fingerglieder wurden weiß. Er hatte eine starke Erektion, die sie durch die Kleider spürte. Er blieb eine Weile, nicht ganz unbeweglich, so stehen, und sie war drauf und dran, ohnmächtig zu werden.

Zwei Abende später blieb sie zu einer Zeit, zu der er, wie sie wußte, Unterricht hatte, noch in der Schule. Sie begegneten sich auf dem Korridor und blieben lange in recht großer Entfernung voneinander stehen. Ein paar Minuten später hatten sie sich in seinem Arbeitszimmer eingeschlossen. Sie war frisch gebadet und hatte sich bei Lindex einen Spitzen-BH gekauft. Diese Vorbereitungen hatte sie getroffen, ohne sich deren Bedeutung richtig klar zu machen.

Ganz von Sinnen vor Begierde versuchten sie auf dem schmalen, blauen Sofa in seinem Zimmer zurechtzukommen. Am schwierigsten war es, der Armlehne aus Birkenholz auszuweichen. Entweder bekam sie sie an den Hinterkopf, wobei sich ihr Nacken lebensgefährlich winkelte, oder ihr Kopf landete außerhalb.

Künftig trafen sie sich bei Annie zu Hause. Sonderlich oft war es nicht möglich. Er hatte My. Wahrscheinlich hieß sie anders, aber er nannte sie so. Dieser Name stand sogar im Telefonbuch. Annie starrte auf die Adresse in Ängby und die Nummer. Doch sie rief nie an.

Er sprach in zierlichen Umschreibungen über seine Ehe. Zum Beispiel sagte er: »Wir müssen behutsam umgehen mit dem, was wir haben.« Was er hatte, waren ja My, die Kinder Jesper und Jannika, das Haus in Norra Ängby und, zusammen mit Mys Eltern, das Sommerhäuschen auf Kullen. Annie hatte eine Einzimmerwohnung im Karlbergsvägen und ihre kostbare Freiheit. Er sprach viel darüber. Das Thema angeschnitten hatte jedoch Annie.

Es wurde Sommer, und er fuhr mit seiner Familie nach Kullen. Da konnte sie keine Verbindung mit ihm aufnehmen. Sie schrieben sich nicht. Das sei unmöglich, denn sie säßen dort unten so dicht aufeinander, hatte er erklärt. Sie wälzte die Worte hin und her. Manchmal sah sie das Haus auf Kullen mitsamt den Schwiegereltern, den Kindern und dem Cockerspaniel wie eine große Schlangengrube in wollüstigen Zuckungen vor sich.

Sie sang auf Sommerhochzeiten und war in diesem Sommer als Chorleiterin bei einem Volkshochschulkurs. Im Juli war sie ein paar Tage zu Hause und nutzte die Gelegenheit, um in die Hochschule zu gehen und Noten zu kopieren. Im Eingang stieß sie auf Sverker. Er kannte ihre Zeiten. Sie hatte sie auf einen Zettel geschrieben, für den Fall, daß er sich im Laufe des Sommers freimachen konnte.

Er sagte, die Fahrt von Kullen habe sich überstürzt ergeben und er habe vergessen, an welchen Tagen sie in der Stadt sei. Da wußte sie, wie sie dran war.

Eine rasende Frau betrat die Bühne. Das war nicht sie. Das war Brangäne oder Medea. Ihr Auftritt dauerte nur eine gute

Stunde. Doch das genügte ihm, um sich endgültig zurückzuziehen. Vorläufig beruhigte er sie auf dem blauen Sofa. Sie hatte ihr Pessar nicht dabei, da sie nicht gewußt hatte, daß sie sich treffen würden. Sie verließ die Musikakademie. Es war sehr schwierig, sich an die Zeit, bevor sie wußte, daß sie schwanger war, zu erinnern. Sie hatte sich im Auge des Sturms befunden. Trauer und Haß waren unbeweglich. Sie konnte sich jedoch nicht daran erinnern, wie es war.

Sobald ihr klar geworden war, daß sie schwanger war, hatte sie sich entschlossen, sich an der Pädagogischen Hochschule zu bewerben. Sie erzählte Åke und Henny, daß sie ein Kind bekommen werde. Als sie allein waren, hatte Henny gesagt:

»Wie wirst du es denn machen?«

Sie hatte an eine Abtreibung gedacht. Obwohl sie dieses Wort niemals in den Mund nehmen würde. Annie hatte zum ersten Mal in ihrem Leben gewußt, was sie wollte. Weil sie ein Kind bekommen würde, brauchte sie eine Arbeit. Um sich und das Kind zu versorgen. Nicht mal dies, mal das. Nicht auf Begräbnissen singen. Nichts mit einem verheirateten Lehrer haben. Nichts von dem, was gewesen ist. Das Kind und sie.

Zuerst hatte sie angeben wollen: Vater unbekannt. Aus Rache. Aber das würde er nicht merken. Sie sah ein, daß dies dem Kind gegenüber ungerecht wäre. Sie stellte sich vor, daß es ein Junge würde. Ein Junge konnte nicht aufwachsen, ohne wenigstens einen Namen seines Vaters zu haben.

Das war alles unangenehm, und sie grübelte darüber während endloser Spaziergänge hinaus nach Djurgårdsbrunn nach. Es war ein regnerischer Herbst. Sie fühlte sich aufgelöst, durchgepeitscht von Wasser und Wind. Das Grübeln führte zu nichts. Sie wollte ihm weh tun, konnte es aber nicht. Es gab keinen Weg, außer an My zu schreiben. Sie wollte nicht gemein sein. Wenn sie nicht gemein war, konnte sie ihm nicht beikommen.

Nach und nach rupfte sie den Keim der Unlust, aus dem all dies sproß, aus sich heraus: sie fürchtete, daß er seine Vaterschaft in Frage stellen würde. Es war wie die Angst vor den Kritiken. Jemand würde schreiben, daß sie eine mickrige, schmächtige, spitze, untaugliche Stimme und ein affektiertes Auftreten habe.

Sie hatte mit keinem anderen geschlafen, bis auf eine Ausnahme ganz zu Beginn, als sie von Sinnen gewesen war und nicht gewußt hatte, ob es weitergehen würde. Aber was glaubte er?

Er war wie gelähmt, glaubte gar nichts. Wie Henny sagte er:

»Was wirst du denn machen?«

Sie erklärte, daß sie nichts anderes machen werde, als sich eine Ausbildung zur Lehrerin zu verschaffen. Da fiel ihm ein Stück seines Mandeltörtchens in den Kaffee. Es war aufgeweicht gewesen, und er hatte es zu lange in der Luft gehalten. Sie saßen bei Tösses, und in dem Lokal war es sehr warm. Sie hatten beide nicht abgelegt, und er schwitzte am Haaransatz. Sie dachte: Wenn er mit Weihnachtsgeschenken ankommen will? Oder zum Geburtstag des Kindes? Was soll ich dann sagen?

»Hast du dir das gut überlegt?« fragte er. »Ich meine, das ist ja eine weitreichende Entscheidung. Man kann da ja auch anders denken. Wenn man so will.«

Auch er wollte das Wort nicht in den Mund nehmen. Dann trennten sie sich. Er wußte, wie Mia hieß und an welchem Tag sie geboren war, aber nicht, wo sie sich aufhielt. Er ahnte nicht, daß seine Unterhaltszahlung für die Existenz der Stjärnbergkommune entscheidend war, da Pfarrvikar Wigert seine Zahlungen eingestellt hatte.

Sie konnte nie gefaßt oder mit Gleichgültigkeit an Sverker denken. Obwohl schon sieben Jahre vergangen waren, seit er ihren Ausbruch auf dem blauen Sofa bezwungen hatte.

»Wo hast du denn den Epheben?«

Henny unterhielt sich weiterhin mit Petrus. Annie war sich jedoch sicher, die Nebenbemerkung gehört zu haben.

Das kannte sie schon. Die Freundlichkeit wogte kontrolliert. Kein Infragestellen, solange die Gefühle heiß brannten. Und hinterher ein Blitzangriff. Die pure Chirurgie.

Ephebe? Etwas Operettenhaftes. Der Jüngling mit dem spärlichen Flaum. Ihre Müdigkeit wurde jetzt ärger denn je. Aber noch konnte sie sich nicht verdrücken.

Klarer, kalter Hohn. Weil sie wußte, ahnte, witterte – was? Etwas mehr als Gespaltenheit. Betrübnis und Müdigkeit.

Angst. Nein, die konnte sie nicht ahnen.

Henny hatte ganz ordentlich im voraus geschrieben, daß sie kommen wollten, und Annie hatte ebenso ordentlich zurückgeschrieben, daß das nicht ginge. Sie könne sie in Svartvattnet nicht abholen, weil Dan das Auto habe; er sei unterwegs, um für die Kommune verschiedenes zu erledigen. Henny ließ sich natürlich nicht abhalten, das hätte Annie klar sein müssen. In dem Moment, als sie am Bach aufgetaucht war, war es jedenfalls klar geworden. Obwohl man sich über so etwas wohl immer klar wird. Früher oder später. Schlimmer war der Moment gewesen, als dieser knubblige Arzt sich umgedreht und gerufen hatte: »Was haben Sie bloß für eine Hose an?« Zu Hause hatte sie sich die Hose gleich vom Leib gerissen. Das war etwas so Widerwärtiges.

Dennoch konnte man wohl sagen, daß es ein klärender Augenblick gewesen war. Wenn auch kein entscheidender. Sie konnte nichts entscheiden. Das kam in ihrem Leben immer wieder vor. Stillstand.

Als ob es dich nichts anginge, hatte Henny zu der Zeit gesagt, als Annie auf der Musikakademie herumbummelte. Und später in Mälarvåg. Anfangs war es gutgegangen. Sie hatte sich auf eine dumpfe Weise wohlgefühlt. Aber langsam war es in Stillstand übergegangen. Doch das hatte sie erst gemerkt, als Dan kam und Fragen nach ihrem Leben stellte.

Sie hatte vorgehabt, die Jeans zu verbrennen. Wußte aber nicht recht, wo. Es durfte sie niemand dabei beobachten. Der dichte Baumwolltwill brannte wohl auch nicht so leicht. Ihr wurde klar, daß die Hose deswegen noch da war. Sie war bis weit die Beine hinauf naß gewesen, als sie bei dem Zelt gehangen hatte. Über einem Tannenzweig.

Sie mußte sie die ganze Zeit schon erkannt haben. Das Fadengitter am Hosenboden. Die Marke. Es war, als wäre sie zwei Personen. Eine, die wußte. Und eine, die sorglos die Jeans anzog, als sie es satt hatte, in Röcken umherzulaufen. Die viel zu langen Beine abschnitt. Selbst für Dan zu lang. Darüber hätte sie wenigstens nachdenken sollen.

Aber sie tat es nicht. Erst als der Arzt – ahnungslos natürlich, wie ihr hinterher klar wurde – rief: »Was haben Sie bloß für eine Hose an?«, da wußte sie.

Sie hätte sie sich am liebsten sofort vom Leib gerissen. Glaubte, auf den Pfad kotzen zu müssen. Doch sie rannte nur, und es dröhnte: »Er hat gelogen, gelogen, gelogen.«

Sie hatte geahnt, daß es keinen Aussichtspunkt gab, von dem aus man sah, wo das Zelt gestanden hatte. Und so war es auch. Er mußte bei dem Zelt gewesen sein. Oder gar alle. Er hatte weitergelogen, obwohl er gesagt hatte, er werde es so erzählen, wie es gewesen sei. Er hatte nie in Nirsbuan geschlafen.

In der Nacht hatte sie geträumt, daß er zurück sei und bei ihr liege. Er roch stark: von seinem frisch gewaschenen Körper ging, herbstlich und braun, der Duft eines Erdsterns aus, sie erkannte ihn wieder. Im Traum tauschten sie Flüssigkeiten, und diese strömten auch noch, als sie erwachte; sie weinte und war feucht.

Henny bohrte und tastete. Sie ahnte etwas, vielleicht nicht das Schlimmste. Sie glaubte, Annie werde so langsam müde, sei reif für eine kleine Attacke.

Ephebe.

Sie verabscheute es, sich lächerlich zu machen, das wußte Henny. Denn auch in dieser Hinsicht glich Annie ihrem Vater, und Henny kannte sie beide. Das war die Lektion ihres Lebens, und die hatte sie gezwungenermaßen gründlich gelernt.

Sie meinte es natürlich gut. Annie versuchte, sich Mia als Erwachsene vorzustellen. Mia besinnungslos, womöglich tödlich verliebt.

Mia ganz einfach ausgeflippt.

Es wurde Abend, und sie verdrückte sich. Am Bach grasten die Mutterschafe, zu denen ging sie. Wenn sie am Gras rupften, raschelte es. Nach einer Weile versammelten sie sich um den Stein, auf dem sie saß. Die Leitzibbe legte sich als erste zum Wiederkäuen hin, und ihr Wanst breitete sich aus. Sie stieß Luft aus den Nasenlöchern. Ein Seufzer. Die Luft ringsum war kühl, und die Insekten wagten sich nicht mehr hervor. Das Euter der Zibbe war geschrumpft, und die Beulen von den Kriebelmückenstichen waren verheilt. Sie war jedoch wieder trächtig. Sie legte ihre lange, schwach gebogene Nase in Annies Hand. Annie spürte ihre harten Kieferknochen und das weiche Gewebe dazwischen. Sie drückte sie fest.

Müdigkeit saß im Gras und in den Blättern. Sie welkten und neigten sich. Die Transporte ins Innere hatten begonnen. In Richtung Wurzel. In Richtung Mutterkuchen. Dies hatte nichts mit Wissen zu tun.

Es konnte sich allem Licht entziehen. Es geschah. Pulsierte wie das Wasser in dem überschwemmten Moos neben dem Stein. Die Pulsschläge rührten sanft an die Blättchen des Flachbärlapps.

Mitgenommen werden. Sich mit dem sacht pulsierenden Wasser zu bewegen und dennoch ruhig zu sein. Wie die Wasserpflanzen im Bach, wie das Rauhe Hornblatt und die Wasserlobehe.

Da überkam Annie eine starke Lust, ihre Stimme zu prüfen.

Ob die Stütze noch da war. Ob ihre Stimme noch Volumen hatte. Ob sie den Hauptton öffnen konnte. Sie ging noch ein Stück weiter weg. Die Schafe folgten ihr nicht über den Bach. Sie hatten sich erhoben und sahen ihr nach. Sobald sie die Bollen zum Wiederkäuen aufstießen, begannen ihre Kiefer zu mahlen. Das gab ihnen ein zerstreutes Aussehen.

Sie kletterte ein Stück den Schieferberg hinauf und versuchte es zuerst im Sitzen. Sie bekam keinen nennenswerten Ton heraus. Da machte sie einige Übungen und merkte, wie er zu schwellen begann. Sie sang. Es war ein starkes Gefühl, und es war noch das alte. Der Ton war nicht geschrumpft, ebensowenig das Gefühl. Sie sang:

Ich esse Erde, trink' vom Bach
darum bin ich nicht schwach...

Immer und immer wieder sang sie das und wurde von dem Ton und dem Gefühl erfüllt, das das stärkste war, das sie jemals spüren würde.

Ich esse Erde, trink' vom Bach
darum bin ich nicht schwach...

Sie wußte jedoch, daß sie, wären dort unten nicht Schafe, sondern Menschen gewesen, Beklemmung und Angst empfunden hätte, und ihre Kleider hätten nach saurem Schweiß gerochen. Sie hatte eine Gabe mitbekommen. Aber nur die eine Hälfte.

Die Zibben hoben die Köpfe, als sie auf dem Rückweg an ihnen vorbeiging. Auf der Weide war es still. Kein Rauch stieg aus den Schornsteinen in den Himmel. Septemberdämmerung. Sie öffnete ganz leise die Tür, als sie ins Haus ging, und hoffte, daß alle schliefen.

Er mußte mit Galm das Rengehege verlassen. Ihn ausschelten. Doch eigentlich war er froh, daß er für einen Moment herauskam. Als einer von Tuoma Baltes Knechten sollte er nach dessen Zeichen Ausschau halten, doch in dem Mahlstrom konnte er nicht viele Zeichen ausmachen. Körper, Hufe, Geweihe. Trampeln, Grunzen und Tacken. Die größten Geweihkronen schwebten über der Herde. Die Masse war grau gefleckt, dazwischen schimmerten weiße Tiere. Sie standen flimmernd in seinem Gesichtsfeld, solange er ihren Körper in dem kreiselnden, knarrenden und horkenden Rad aus Tieren verfolgen konnte. Das Tacken der Hufe klang wie das Ticken einer großen Uhr.

Galm war total wild. Er hütete nicht wie die Lapphunde, er jagte. Während Johan sich mit Galm abmühte, trat jemand auf ihn zu.

»Dov biene dan nihkoe!«

Er verstand nichts, obwohl er meinte, mittlerweile schon einiges verstehen zu müssen. Als er aufsah, stand Oula Laras da. Er hätte ihn beinahe nicht erkannt, denn er war viel kleiner, als er ihn in Erinnerung hatte. Was von seinem schwarzen Haar unter der Mütze hervorkam, war weiß gestreift wie bei einem Dachs.

»Was hast du denn für einen Wildfang? Ist das ein Siberian?«

In der Eile sagte er ja und bereute es dann hinterher fürchterlich. Das erste, was er je zu Oula Laras sagte, war nicht ganz wahr. Nur zum Teil. Aber jetzt war es zu spät, denn Laras packte Galm am Nacken und sagte:

»Von dieser Sorte solltest du ein Gespann haben. Und an Wettkämpfen teilnehmen.«

»Ja, das dachte ich auch«, erwiderte Johan, obwohl auch das nicht ganz wahr war. Aber noch im selben Augenblick wurde.

»Und was bist dann du für einer?«

Er wollte gerade sagen, daß er Peguttens Cousin sei, aber in dem Moment kam dieser auf sie zu, und Johan fiel ein, was sie in der Schule ausgemacht hatten. Er wollte nicht mehr nur Pers Junge sein. Deshalb sagte Johan:

»Ich bin der Cousin vom Lars Dorj.«

»Das ist der Jüngste vom Torsten Brandberg«, sagte Pegutten.

»Und von der Gudrun«, fügte Johan hinzu.

Er bekam nicht zu sehen, wie Oula Laras auf diese Mitteilung reagierte, denn er getraute sich nicht aufzublicken. Sein Gesicht wurde heiß, und er wußte, daß er flammend rot war. Laras sagte etwas zu Pegutten, was Johan nicht verstand. Nur soviel, daß er ihn Pegutt nannte. Dann fuhr sich Laras mit der Zunge unter die Lippe, holte einen Priem hervor und spuckte ihn aus. Er rieb sich mit gekrümmtem Zeigefinger die Vorderzähne, woraufhin er viel weißer lächelte und sagte:

»Nun denn, Jungs, jetzt wollen wir aber noch ein Weilchen arbeiten!«

Galm bellte, denn er erkannte am Ton, daß etwas passieren würde, und er bellte lange hinter Laras her, der wieder in das Rengehege stieg und hinter dem mahlenden Strom von Tieren verschwand, die innerhalb des Gatters im Uhrzeigersinn rannten.

»Was hat er zu dir gesagt?« fragte Johan.

»Er hat gesagt: ›Soso, du wirst also auf die Schule gehen.‹«

Pegutten verschwand ebenfalls wieder im Gehege, und Johan sah ihn mal in Laras Nähe, mal weit weg von ihm. Sein Souhpinge, sein Lasso, wirbelte durch die Luft, und nach einer Weile schleifte Pegutten einen Renhirsch, wobei ihm sein Vater zu Hilfe kam. Das Tier zeigte das Weiße seiner Augen und warf seine Geweihkrone hin und her. Als sie den Schlachtschuppen erreichten, stemmte es sich mit allen vier Hufen gegen den Boden und versuchte, dem Blutgeruch und dem Geräusch der Säge zu entkommen. Ein Dieselmotor brummte mit gleichmäßigem Ton und aus dem Schlauch von der Pumpe am Bach spritzte Wasser. Über dem Haufen von Köpfen und Geweihkronen sah man die Raben segeln. Aber man konnte sie nicht hören. Oula Laras schrie laut, als er von einem Renhirsch schier zu Boden gerissen wurde. Sein Messer baumelte beim Laufen am Gürtel. Es war lang und krumm. Es mußte dasselbe Messer sein. Johan versuchte, sich noch einmal an alles zu erinnern. Es war auch diesmal zu schnell gegangen.

Damals war es April und Winter gewesen, mit grellem Licht und einer Stille, die das Fjäll wie ein Raum aus Glas umgab. Jetzt bellten alle Hunde, der Motor des Generators brummte und die Knochensäge heulte. Er sah die Schirmmütze aufblitzen. Sie war orange, hatte vorn eine weiße Aufschrift und war gut zu erkennen.

»Herrgott nochmal!« schrie Oula Laras dort draußen. »Kannst du Lümmel denn keine Ruhe geben!«

Wir gehen durch einen finstern Wald. Durch die Zweige der Bäume spannen sich feine Lichtsaiten. Es riecht intensiv nach Flechten. Wie ein Tierfell. In dem kaum von Licht durchschienenen Dunkel gibt es nur spärlich Laub. Die Birken sind zottig vor schwarzen Flechten.

Mandelduft kommt unversehens aus der Säure und Modrigkeit. Kräftig und süß. Willst du, daß wir ihm folgen?

Ich weiß nicht, wer du bist. Manchmal sehe ich flüchtig eine unrasierte Wange, eine runde Brille von der Art, über die wir früher gelacht haben. Einen langen Mantel aus steifem Wollstoff. Wir wollen uns einander nicht vorstellen. Das ist nicht gut für uns. Du gehst mit mir.

Es gibt einen Wolf hier drinnen. Eine Wölfin. Sie streicht am Rande unseres Gesichtsfeldes entlang.

Was wollen wir mit der Wölfin machen? Hast du einen Scooter? Wenn es Winter wäre und du einen Scooter hättest, könntest du sie zu Tode hetzen. Jetzt ist es Sommer. Intensiver Mandelduft liegt über diesem sonnengefleckten Moosboden. Die Luft ist ganz still, doch wenn sie sich regt, bringt die Brise Raubtiergeruch mit. Was kann man mit einem Wolf machen, außer ihn töten? Wir müssen jetzt gehen. Wir müssen den Wald verlassen, und wir sind bereits weit von dem anderen Duft entfernt, diesem kräftigen Wohlgeruch, der fast bitter war. Wir haben nicht erfahren, woher er kam.

Geschlurfe. Der Tag begann immer mit diesem Geschlurfe oder damit, daß die Herdtür knarrte. Petrus legte ein Holzscheit nach. Dann schleiften seine Schaffellpantoffeln wieder über den Fußboden. Er war jetzt am Fenster, um das Thermometer abzulesen. Wenn gescharrt wurde, war die Scheibe mit einem Eisblumendschungel zugewachsen. Mit dem Zeigefingernagel kratzte er ein Guckloch zwischen weiße Farnkräuter und Sternblumen.

Da fiel ihr der Wald in ihrem Traum ein. Es tat weh.

Das Bett war ein Nest aus Körperwärme, doch Mias Nasenspitze war kalt. Sie lag mit Rücken und Po an Annies Bauch und Brust. Zusammengekauert wie das Kind in ihr. Der Fötus. Sie pflegte sich zu korrigieren. Es kam auch vor, daß sie auf Holz klopfte.

Jetzt pinkelte Petrus. Es ergoß sich in den Nachttopf. Sie wurde ärgerlich, wenn sie das hörte. Schon im November waren sie gezwungen gewesen, in die alte Hütte umzuziehen. Annie hatte um das Bett, in dem sie und Mia schliefen, Decken als Vorhang drapiert. Sie wusch und bekleidete sich stets hinter diesen Decken. Wenn sie nachts den Topf benutzte, versuchte sie immer zurückhaltend zu pinkeln. Petrus ließ es draufloslaufen. Manchmal furzte er auch. Sie wünschte, er würde damit warten, bis er sich angezogen hätte und hinausgehen könnte. Er schlief wohl nicht viel. Die ganze Nacht hindurch hielt er das Feuer im Herd am Brennen.

Sie versuchte sich daran zu erinnern, daß er nett war. Und daß er tieftraurig war, wenn er auch nichts sagte. Brita war mit dem Kind den Winter über in Röbäck. Er hatte jetzt fast zwei Wochen lang nicht hinuntergehen können. Zuerst hatte es gestürmt, und dann wurde es zu kalt. Sie hatten keinerlei Post bekommen. Es konnte ein Brief von Dan im Postfach liegen.

Kälte ist Stillstand. Ihr eigener war vorüber. Er hatte angehalten, bis der Doktor im Wald hinter ihr hergerufen hatte. Die zerschlissene Jeans war längst verbrannt. Aber zu mehr hatte sie sich nicht entschließen können. Sie hatte mit dem Gedanken an eine Abtreibung gespielt. Eine Abtreibung in Östersund?

Es war auch Dans Kind. Obwohl es noch ein Fötus war. Ein Auswuchs ihrer selbst. Eine kleine Geschwulst, deren sich zu entledigen sie ein Recht haben mußte. Er brauchte es nicht einmal zu wissen. Deshalb schrieb sie nichts davon. Sie hatte warten wollen, bis er zurückkäme. Jetzt hatte sie keine Adresse mehr.

Wann wurde es ein Kind? Und wann wurde es das seine?

Petrus entledigte sich der Zicklein. Die Leute entledigten sich der Hunde, die bissig geworden waren oder schlecht jagten.

Es gab Morgen, an denen sie glückselig erwachte, ohne zu wissen, warum. Sie hatte geträumt. Doch was? Daß sie miteinander schliefen natürlich. Aber da war noch mehr.

Nämlich, daß er erklärte. Darüber konnte sie tagsüber nicht einmal lachen. Doch nachts, wenn sie schlief, war es lebendig. Alle Lügen hatten eine Erklärung bekommen, und er wollte das Kind haben und bei ihnen wohnen. Das, was sie beim Austausch ihrer milden Ströme empfunden hatte, war wahr.

In seinen Briefen schrieb er nichts davon, daß er zurückkommen werde. Da stand nur, daß er wieder bei Alved dabeigewesen sei. Zum zweiten Mal im Zelt gelegen habe. Einen ganzen Monat lang habe er in einem Keller in der Höbergsgatan Matrizen abgenudelt. Er glaubte, ein Pärchen als Ersatz für Bert und Enel finden zu können. Er schrieb, daß er daran arbeite.

Von dem Kind wußte er nach wie vor nichts. Jetzt war es ein Kind. Mia legte ihr Ohr auf Annies Bauch und horchte. Sie spürte es da drinnen. Es war wie nachts die Vögel in der Holzwand. Herzschläge und kleine Bewegungen.

Annie glaubte, Dan habe ihnen das Auto weggenommen. Sie waren nun von Yvonne und ihrem alten Bus abhängig. Sie fand das rücksichtslos, nahm aber an, daß er nicht so lange hatte fortbleiben wollen. Manchmal nahm Henry Strömgren sie mit hinunter zum Laden und zur Post in Svartvattnet. Eines Tages fragte er, ob das nicht Annies Auto sei, das unterhalb von Aagots Stall stehe.

»Ein VW, so rot wie ein künstliches Gebiß?«

Sie bat ihn, wenn er das nächste Mal hinunterfahre, nach der Autonummer zu sehen. Als sie sich wiedersahen, sagte er, daß sie stimme. Es war ihr Auto. Es hatte die ganze Zeit über dort gestanden.

In dieser Nacht lag sie wach. Gegen ein Uhr hörte sie Schritte im Zimmer. Sie lag da und wartete auf das Knarren der Herdtür. Sobald Petrus ein paar Holzscheite eingelegt hatte, schlurfte er für gewöhnlich zum Bett zurück. Aber es war kein Schlurfen. Es war ein Tappen. Da nahm sie an, daß Önis auf war, um zu pinkeln. Sie hörte ein Flüstern. Dann quietschte ein Bett. Sie war gerade am Einschlafen, als sie einen unterdrückten Laut hörte. Als ob jemand stöhnte.

Ein paar Nächte später hörte sie dieses Tappen wieder. Dann quietschten die Ketten des Bettbodens auf, und nach einer Weile gab es keinen Zweifel mehr darüber, was sie da hörte.

Sie fand, daß die beiden alles hintergingen. Brita. Die Kommune. Ola Lennartssons Grinsen fiel ihr ein. Seine unflätigen Andeutungen. Die beiden erfüllten die Erwartungen des Dorfes. Heizten die Vorurteile an.

Freilich war das nicht logisch. Das Dorf wußte ja von nichts. Nur Annie wußte etwas. Sie kam sich vor wie ein Voyeur. Oder ein Auditeur, falls es so etwas gab. Vor einem Bildschirm oder einer Leinwand galt es als normal, Voyeur zu sein. Aber wie viele hielten das in der Wirklichkeit aus? Das leise Stöhnen. Abgehacktes Keuchen. Das rhythmische Knarren des Bettes.

Sie trieben es fast jede Nacht. Gegen ein Uhr. Es war nicht Petrus, der die Initiative ergriff. Marianne ging zu seinem Bett hinüber. Manchmal glaubte Annie die beiden zu verstehen. Einfach ein klein bißchen Wärme und Nähe in dieser Kälte! Aber sie sehnte sich niemals nach Dan, wenn die beiden sich dort drüben bewegten. Es widerte sie an, und sie war der Meinung, daß sie sie daran hinderten, von ihm zu träumen.

Sie träumte häufig. Im Wachzustand war sie ängstlich und bitter.

Ihre alte Antipathie gegen Petrus war wieder hochgekommen. Eine Zeitlang hatte sie ihn recht gern gemocht. Er war ein Kauz. Er dachte vor allem an Käse, redete wie eine Bibel und machte alles ganz langsam. Aber er machte es gut. Jetzt fielen ihr unerquickliche Dinge ein.

Als Brita das Kind entbunden hatte und die Journalisten gekommen waren, hatte Petrus die Zügel an sich gerissen. *Er* erzählte, wie es sei, in Stjärnberg ein Kind auf die Welt zu bringen. Damals hatte sie den Artikel nicht lesen wollen. Jetzt suchte sie ihn, als Petrus draußen war. Sie fand einen ganzen Stapel Zeitungsausschnitte. Er hatte Artikel über den Mord gesammelt.

In dem Interview über die Kindsgeburt hatte er gesagt, daß er die Nachgeburt unter dem Küchenfenster vergraben habe. Sie sei ein guter Dünger.

Er wollte das tun, was man früher getan hatte. Vormals, wie er immer sagte. Er kapierte jedoch nicht, daß man die Nachgeburt geopfert hatte, damit die Erde so fruchtbar würde wie die Frau. Petrus glaubte, es handle sich um Düngung. Das war nicht nur dumm. Das war widerwärtig.

Sie hatte gute Lust wegzugehen. Eine vage, doch stetig wiederkehrende Lust. Da brach die Kälte herein. Es war zu kalt geworden, um auf Skiern hinunterzulaufen. Sie hatte es trotzdem einmal versucht. Da hatte es siebenundzwanzig Grad, und es war der erste Morgen seit fast zwei Wochen, an dem sie weniger als dreißig hatten. In dem leichten Fahrtwind, der ihr am ersten Hang entgegenwehte, gefror ihr die Tränenflüssigkeit. Sie glaubte, ihre Augen würden wie Glas zerspringen, und kehrte wieder um.

Sie streckte die Hand aus und zog sich ihren Islandpulli, die Unterhose und die dicken Socken heran. Mia wachte nicht auf, als sie sich unter der Felldecke anzog. Sie mummelte sie ein, so daß nur noch ein hellroter Haarschopf herausguckte.

Unmittelbar am Herd war es heiß. Sie hatten Wolldecken und Schaffelle vor die Fensterscheiben gelegt, um den Zug zu bekämpfen. Annie schielte durch das Loch, das Petrus in den Eispanzer auf der Scheibe gekratzt hatte. Achtzehn.

Es war vorüber. Die Kälte war verdampft, das Wasser bewegte sich. Zumindest über die Fensterscheiben. Ihr Atem brachte das Eis zum Rinnen, wenn sie es anhauchte.

Es ist vorüber.

Ich bin nicht, unbeweglich, der Ort, an den du zurückkommen wirst. Ich bin nicht markiert und abgegrenzt. Ich geschehe. Beweglichkeit.

Als Önis ihr den Becher Tee, der mit Milch vermischt war, reichte, sagte sie:

»Heute werde ich runterfahren.«

Der Schnee war trocken. Ein kristallisches Pulver, das um die Skispitzen aufwirbelte. Nach der kalten Nacht waren auf der Weide keine Spuren. Der Fuchs hatte stillgelegen, die Birkhühner schienen noch im Pulver vergraben zu sein.

Als am Nachmittag das Licht sank, war eine Meisenschar unter den Winddielen und in den Dübellöchern an der Hüttenwand eingezogen. Zwanziggrammkörper nachts aneinandergedrückt, Herzen, die wie ein einziges pochten. Jetzt hingen sie an den Talgklumpen in der Sonne.

Das Björnfjället war von der Sonne so weiß, daß man nur schwer den Blick darauf ruhen lassen konnte. Der Lichtkern der Sonne sollte ihr zweieinhalb Stunden folgen und sie blenden. Der Himmel war hoch und leuchtend blau, doch im Zenit wurde er für das Auge schwarz. Alle Berge waren weiß und hatten scharfe, dunkelblaue Schattenseiten. Auf den Gipfeln glänzte das Eis.

Unten am Bach waren Vogelspuren. Das Schneehuhn hatte mit den Füßen zierlich gestickt, Birkenknospen gepickt, etwas von sich gegeben und nie so dürr und wenig geschissen.

Sie kannte dieses Stück Erde jetzt besser als irgendeinen Fußboden. Sie wußte, wie das Moos dort unten aussah, das von Flechten und blankem Reisig durchsetzt war. Sie erinnerte sich an den säuerlichen und feuchtdumpfen Geruch der Erde. Wenn diese erst unterm Schnee hervorkäme, würde ihr eigenes Leben wie ein Geschlecht, wie nasses Haar zu duften beginnen.

Hoch überm Erdboden bahnte sie sich ihren Weg. Die Birken waren durch die Schneeschichten um anderthalb Meter kürzer. Tief unten gab es einen kleinen Rest Wärme. Dort herrschten Winterschlaf, Verknappung. Die präzise Ökonomie des Mangels.

Sie fuhr in den Wald. Der Neuschnee war nicht bis hierher durchgedrungen. Unter einer Tanne kratzten ihre Skier über Harsch. Weiß Gott, wie das unten bei den Wühlmäusen klang! Sie war unterwegs zu einem Geräusch, daß bis nach Stjärnberg hinauf zu hören war. Manchmal entfernt. Je nach Windrichtung. An stillen Tagen hörte man es ständig. Tag für Tag dieser Lärm. Sie sprachen schon nicht mehr darüber.

Sie fürchtete die Kälte. Das Kind beschwerte sie, und die Schwere wuchs in ihrem Bauch. Mit jeder Woche, die verging, wurde sie ängstlicher.

Wenn uns der bittere Tod angeht.

Das hatte sie einmal in einer Kirche gesungen. Allerdings hatte sie damals nicht verstanden, was angehen bedeutete.

Entgegenkommen. In Wirklichkeit.

Kälte ist Stillstand. Im Wetterbericht sagten sie, daß der Hochdruck völlig stilliege. Der Tod geht uns an. Petrus hielt sie für morbid. Es war dumm, so viel zu reden.

Sie waren jetzt zu fünft in Stjärnberg. Außerdem drei Katzen und ein Grahund. Neunzehn Ziegen. Der Bock. Acht Hühner. Und Mäuse. Nicht nur Hausmäuse, die zur Nachtzeit über den Fußboden raschelten. Ausgewachsene Ratten hatten sich in die Holzkisten mit dem Gerstensehrot und dem Rübenfutter genagt.

Lotta war im September gegangen. Sie hatte mehrere Karten geschrieben, auf denen immer Katzen abgebildet waren. Hatte versichert, daß sie im Frühling zurückkommen werde. Mit einem Mal kamen keine Karten mehr.

War sie tot? Eine Spritze auf einer Toilette. Ein verrückter Mann. Welche Gedanken! Wenn uns der bittere Tod angeht. Das ist morbid, würde Petrus sagen.

Kälte ist Tod. Ist tief verkrochenes Leben. Wachsüberzug. Keine Flüssigkeit. Kein Puls. Doch in mir pulsiert Blut. Das Wasser in der Fruchtblase bewegt sich mit dem Schwung der Stöcke und der Bewegung der Skier.

Jetzt konnte sie das Wasser hören. Fjällån. Lobberån. Das gleiche Geräusch, das zu hören gewesen war, bevor das Wasser einen Namen erhielt. Sie hatte den Fluß erreicht, hörte aber das Brummen nicht mehr, dem sie nachgefahren war. Das Rauschen des Wassers war lauter. Hier war eine starke Strömung. Die Steine trugen Mützen aus Schnee, Stränge und Fransen aus Eis. Die Wellen fingen die Sonnenreflexe auf und breiteten ein bewegliches Netz über den Grund. Es sah aus, als bewegten sich die großen, schwarzen Steine dort unten. Lautlos entglitten sie dem goldenen Netz.

Sie hatte sich vor dem ruhigen Teil des Flusses unmittelbar beim Klöppen gefürchtet und sich zu weit nach Norden gehalten. Jetzt war sie fast bei den Stromschnellen oben. Beim Abfahren sah sie, daß man die Holzbrücke durch eine Eisenkonstruktion ersetzt hatte.

Sie fuhr etwa einen Kilometer durch das unebene Terrain am Fluß entlang zurück, bis sie den Lärm wieder hörte. Er wurde immer lauter. Auf der Weide konnten sie während der kurzen Tage und bis weit nach Einbruch der Dunkelheit Stunde um Stunde dieses Brummen hören. Petrus hatte bei der Furt den Fluß überquert und es gesehen. Er sagte, es sei eine Aufarbeitungsmaschine und der Papierkonzern beabsichtige, sich den Wald bis nach Stjärnberg hinauf zu holen.

Die Helligkeit traf sie unvorbereitet. Sie sah die Maschine. Die war gelb und groß wie ein Omnibus. Eine gefällte Tanne wurde auf eine Förderbahn geschoben. Die Zweige stoben umher. Die Maschine biß den Stamm heraus. Packte ihn und schwenkte. Brüllte bei jeder Bewegung. Annie mußte weiter weg von hier. Es war unmöglich, das Geräusch lange Zeit auszuhalten.

Ihr war nicht ganz klar, wo sie sich befand. Der Raum, den der Wald in Richtung Fluß gebildet hatte, war fort. Im Schnee waren unerklärliche Wellen und Abstürze. Und sie sah weit hinaus auf die Moore auf der anderen Seite. Es war alles viel brutaler, als sie angenommen hatte.

Sie sah den Mann hoch oben in der Fahrerkabine. Er trug einen Helm und große Lärmschützer. Er hatte sie noch nicht entdeckt, und sie wagte es nicht, näher hinzufahren. Sie hatte Angst, unter einen Baum zu geraten.

Es war ihr so einfach erschienen, hinunterzufahren und mit ihm zu reden. Doch nun wußte sie nicht, wie sie sich der Aufarbeitungsmaschine nähern sollte. Als sie die Zerstörung in Richtung Fluß sah, bekam sie Angst vor dem Fahrer, obgleich das töricht war. Er war doch nur ein Mann mit einem gelben Helm.

Ihr war nicht klar gewesen, wie schnell das ging. Bald würde die Maschine bis Stjärnberg hinaufgekrochen sein.

Wenn denen der Hanf erfriere, werden sie wahrscheinlich nicht mehr lange bleiben, hatte irgend jemand gesagt. Und Gelächter geerntet. So mancherorts waren die Leute erfreut, daß der Konzern unterhalb von Stjärnberg alles abholzte. Viele aber fanden es schade, daß die ganze Bergflanke zum Lobberån hinunter abrasiert wurde. Würde nach dem Aufforsten überhaupt wieder etwas wachsen? Es lag so hoch. Frost und Sonne würden sie versengen. Und was würde aus der Weide, wenn der Wald sie nicht mehr schützte?

Dan hatte geschrieben, daß der Konzern polizeiliche Hilfe angefordert habe, um sie aus Stjärnberg zu vertreiben. Da würde er kommen. Annie hatte Hunde vor sich gesehen. Schäferhunde. Polizisten in Overalls, mit Koppeln und Pistolen im Halfter. Mia außer sich vor Angst. Sie malte sich aus, wie sie mit den Ziegen im Schlepp abmarschierten und wie die Kinder weinten. Doch Petrus hatte gesagt, daß das nur Schreckschüsse seien. Der Konzern wolle keine Geschichten über sich in den Zeitungen haben.

Nun hatten sie statt dessen mit dem Abholzen begonnen. Das ging schnell, und die Veränderung war so gewaltsam, daß Annie sie nicht fassen konnte, obwohl sie direkt davorstand. Aus der Nähe war das Geräusch erschreckend. Die Elche standen jetzt vielleicht so da wie sie. Der Bär. Womöglich standen auch weiter oben Lebewesen zwischen den Tannen und lauschten. So hatte sie sich den Waldschlag nicht vorgestellt. Sie hatte gedacht, daß es möglich sei, hinzufahren und mit jemandem zu reden. Daß es mehr seien als nur einer. Jetzt mußte sie am Waldrand in Bewegung bleiben, während sie auf den Fahrer wartete. Ihr Gesicht wurde allmählich starr.

Wenn sie sich nun etwas erfror! Wenn das einzige Resultat dieser Abfahrt Erfrierungen wären! Womöglich wollte er gar nicht mit ihr reden. Sie hatte nicht daran gedacht, daß er sich mit dem Konzern vermutlich solidarisch fühlte. Zu Petrus und Önis hatte sie von dem, was sie vorhatte, kein Wort gesagt. Sie ertrug keine Diskussionen. Es gab nichts zu diskutieren. Es gab nur die Schwere in ihrem Bauch, die mit jedem Tag wuchs.

Sie drehte eine Runde nach der anderen um den Waldschlag, kletterte auf dem unebenen Boden zwischen den Tannen vorwärts, blieb oft stehen und rieb sich um den Mund und die Wangen.

Schließlich stellte er die Maschine ab. Die Stille war ein Kollaps. Erst nach einer Weile merkte sie, daß sie das Wasser des Flusses wieder hörte. Der Fahrer kletterte herunter. In seinem dicken Anorak, der Waldarbeiterhose und den Stiefeln mit den Stahlbeschlägen über den Vorderkappen sah er ungelenk aus. Als er auf der Erde stand, senkte er den Kopf und sah sie an.

Sie fuhr zu ihm hin. Als sie etwas sagen wollte, waren ihre Lippen jedoch so starr, daß sie sie zuerst reiben mußte.

»Ich möchte gern etwas fragen!«

Er sagte nichts, sondern knöpfte sich den Kinnriemen auf und nahm den Helm ab. Darunter trug er eine gefütterte Lederkappe. Er war ein großes Mannsbild mit kleinen, engstehenden Augen. Vermutlich war er dunkelhaarig und wahrscheinlich recht kräftig, womöglich dick. Aber das war schwer zu sehen. Er nickte und ging in Richtung Brücke. Sie wußte nicht, ob er meinte, daß sie ihm folgen solle, und sie stakte mit den Skistöcken zögerlich voran. Er drehte sich um und sah sie an. Er dachte sich wohl, daß sie ihm folgen würde.

Sie fuhr hinter ihm über die Brücke, die wie eine militärische Anlage aussah. Die alte Brücke lag umgekippt neben der Straße. Dort standen ein Auto und ein blauer Bauwagen mit einem Firmenemblem.

»Kommen Sie doch ins Kabuff«, sagte er. »Haben's Gesicht vielleicht verfroren.«

Sie trat nach ihm ein und rieb sich vorsichtig die Wangen. In dem Wagen war es warm. Es gab einen Gasofen, der brannte, eine Pritsche, zwei Stühle und einen Masonitetisch mit einer Zeitung und einer Kaffeetasse. Er holte einen Henkelmann hervor und zündete eine Gasflamme an. Annie setzte sich auf einen der Stühle und zog den Reißverschluß ihrer Jacke auf.

Als er die Lederkappe abnahm, erkannte sie ihn wieder. Sie wußte nicht, wie er hieß, doch er war einer von denen, die am Mittsommerabend in den Fiskebuan gekommen waren. Er hatte Ola Lennartssons Flaggenstange abgeschlagen. Sein braunes Haar war verschwitzt und kraus. Er machte Kaffee und sah kaum auf dabei.

»Ich bin von Stjärnberg«, sagte sie, sah aber, daß dies eine unnötige Auskunft war. Sie trug den hellblauen Anorak, den Henny ihr dagelassen hatte, und sie hatte geglaubt, sie würde wie eine Touristin aussehen. Anfang Januar gab es aber keine Touristen. Und es stand auch kein anderes Auto bei der Brücke als das seine.

»Ich wollte fragen, ob Sie mich und meine Tochter ins Dorf runterfahren könnten«, sagte sie. »Und unsere Sachen.«

Er sagte nichts, sondern maß den grobgemahlenen Kaffee in den Kessel ab.

»Mir war allerdings nicht klar, daß Sie nur mit dem Auto hier sind. Ich habe gedacht, Sie hätten einen Traktor hier. Wir hören das Geräusch bis zu uns hinauf.«

»Mit dem Scooter müßt es gehen«, sagte er. »Und dem Schlitten. Den kann ich raufholen. Samstag. Wenn ich frei hab.«

»Ich werde selbstverständlich dafür bezahlen.«

»Nicht nötig«, meinte er.

Er schenkte Kaffee ein und gab ihr ein mit Leberpastete belegtes Brot. In die Pastete waren Salzgurken gedrückt. Sie fragte sich, wer ihm wohl die Brotzeit richtete. In seinem Henkelmann hatte er Fleischklößchen und Nudeln mit heller Soße.

»Würden Sie bitte Aagot Fagerli anrufen?« fragte sie. »Und sie bitten, daß ich das Häuschen an der Straße mieten kann.«

»Da muß sie dann heute abend schon die Elektroheizung anmachen«, sagte er.

Er stellte ihr keine Fragen, trotzdem hatte sie das Gefühl, eine Erklärung abgeben zu müssen.

»Ich bin schwanger«, sagte sie.

Das machte ihn nur verlegen. Er beugte sich über sein Eßgeschirr und aß hastig.

»Ich traue mich nicht, das Kind da oben zur Welt zu bringen. Wenn etwas passiert. Ich wollte bei Aagot Fagerli warten, bis es allmählich an der Zeit ist und dann nach Ostersund fahren.«

Es begann zu dämmern. Sie hatte keine große Lust, wieder

in die Kälte hinauszugehen, doch sie mußte sich nun rasch auf den Weg machen, bevor es zu kalt wurde. Sie bedankte sich für den Kaffee. Er sagte nichts.

»Dann bis Samstag?«

Wenn er nun nicht kommt, dachte sie. Wenn ich mit Sack und Pack dastehe und Petrus und Önis die Nase voll haben und stocksauer sind.

»Sie kommen auch ganz bestimmt?« fragte sie.

Ja, er würde kommen. Und bevor er am Samstagmorgen fahren würde, wollte er in dem Häuschen noch den Herd einheizen.

Und den haben wir für den Feind gehalten, dachte sie, als sie bei abnehmender Helligkeit nach Stjärnberg hinaufstakte. Unternehmerlakaien nannte Dan Leute wie ihn. Ich bin zum Feind übergelaufen. Sie schnaubte. Es kam nicht oft vor, daß sie für sich selbst lachte. Das tat im Grunde wohl kein Mensch. Es war, als hätte sich an diesem Tag, einem Wintertag wie jedem anderen, ein Deckel aus Kälte und übler Laune gelüftet. Es war aber *der Tag.* Sie erkannte: der Stillstand war vorüber.

Teil II

Er war noch nicht richtig wach und verspürte keine Unruhe. Nur Lust. Die kam im Halbschlaf und glitt in einen Traum über. Er versuchte, sich in sie hineinzuschubsen. Vorsichtig. Zu schnuppern und sich hineinzuschieben. Sie lagen vor dem knisternden Herd. Die Lust strahlte von der Wurzel seines angeschwollenen und stumpfen Gliedes aus. Doch er wußte, daß er langsam tun mußte. Sehr langsam. Der verdichtete, doch gleichzeitig beschnittene Genuß weckte ihn.

Er mußte vom ersten Mal geträumt haben. Damals war sie furchtsam gewesen. Als ob ihre feinen Häutchen und gespannten Muskeln ein Gedächtnis hätten. Was hatte sie bloß mitgemacht? Darauf hatte er nie eine Antwort bekommen. Und jetzt war es schon so lange her.

Er wollte, daß sie wieder anriefe, wünschte aber, das Klingeln nicht hören zu müssen. Ihre Stimme, die wollte er. Ihre Stimme nahe an seinem Ohr. Eigentlich ihre Lippen. Ihre warmen Lippen und ihren Atem.

Jetzt glühten die Blätter der Birken vor ihrem Fenster. Bei ihm drang das Licht durch die Ritzen der Jalousie. Er glitt wieder in den Schlaf ab und hatte nicht das Gefühl, daß er lange schlief. Als er erwachte, war es jedoch halb acht.

Sie hatte ihn am frühen Morgen angerufen und beinahe flüsternd erzählt, daß sie den Jungen gesehen habe, der vor langer Zeit in einer Mittsommernacht auf dem Almweg zum Lobberån – und vielleicht zu jenem Zelt – an ihr vorbeigerannt sei.

Das glaubte Birger nicht. Nicht eine Sekunde lang. Die Zeit mußte den Jungen verändert haben. Und außerdem war es ein Ausländer. Warum sollte er nach fast zwei Jahrzehnten in Svartvattnet auftauchen? Was sie gesehen hatte, war ein Gesicht. Ein Gesicht, das sie an das dieses Jungen erinnerte. Womöglich nicht einmal das. Eine Stimmung hatte sie beschlichen. Wie Traumbilder oder Gesichte, die man im halbwachen Zustand hatte. Déjà vu?

Was soll's! Er wünschte, er läge bei ihr. Jetzt.

Da fiel ihm ein, daß sie vor fünf angerufen hatte. Wen konnte sie um diese Zeit gesehen haben? War sie draußen gewesen? Er hatte mit ihr gesprochen, das letzte, was er getan hatte, ehe er einschlief Sie hatten sich eine gute Nacht gewünscht. Das war nach elf Uhr gewesen. Es war der letzte Schultag gewesen, und sie war müde. Sie wollte sofort schlafen.

Er streckte die Hand nach dem Hörer aus. In dem Moment klingelte das Telefon. Er war fest davon überzeugt, daß sie es sei, und so rief er:

»Annie!«

»Schnell, kommen Sie! Sie blutet! Sie blutet!«

Eine Wortkaskade. Jämtländisch und räuspernde arabische Reibelaute. Es dauerte eine Weile, bis ihm der Sinn des Ganzen aufging. Zuerst dachte er, der Kerl rede von Annie. Dann erinnerte er sich, daß am Freitagabend in der Flüchtlingsunterkunft eine Schlägerei stattgefunden hatte, und glaubte, sie hätte wieder angefangen. Es war aber nur Ahmed von der Imbißbude. Mit der Unterkunft hatte er nichts zu tun. Er würde niemals dorthin gehen. Er machte seinen eigenen Kram.

»Leila blutet! Sie müssen kommen.«

»Rufen Sie im Gesundheitszentrum an«, sagte Birger und versuchte, bestimmt zu klingen. Aber Ahmed gab natürlich nicht auf. Birger mußte in die Wohnung über der Kebabbude gehen und zusehen, daß Ahmeds Frau fortkam. Sie war im vierten Monat schwanger.

»Das ist nichts Gefährliches«, beruhigte er ihn. Aber er war sich nicht so sicher. Neue Wortschwalle. Sie hätten Ahmed gezwungen, das Tagesgericht zu streichen. Er habe Strafe bezahlen müssen. Da habe Leila Angst bekommen und eine Fehlgeburt gehabt.

»Von einer Strafe hat man keine Fehlgeburt«, meinte Birger. »Aber Sie können eine Paranoia kriegen. Sie hätten beim Kebab bleiben sollen.«

»Die Leute sagen, ich bin ein dreckiges Schwein, und Leila weint den ganzen Tag, die ganze Nacht! Wegen unserm Lokal.«

»Niemand sagt so etwas. Sie brauchen eine Genehmigung. Da müssen Duschräume fürs Personal vorhanden sein und so manches mehr. Ventilatoren und so Zeug. Leila hat wahrscheinlich keine Fehlgeburt. Sie bekommt Spritzen, und dann muß sie eine Weile stilliegen. Das wird schon wieder.«

Das war seine Botschaft. Immer. Glaubte er daran?

Der Asphalt war bereits heiß, als er von der Kebabbude, in der einmal ein Kurzwarengeschäft gewesen war, quer über den Marktplatz von Byvången zu seiner Wohnung ging. Es hatte einige Zeit gedauert, Leila auf den Weg zu bringen, und jetzt mußte er sich rasieren und umziehen, um dann bei Life Core ein Seminar über Gesundheitspflege über sich ergehen zu lassen. Wenn er nicht selbst als Redner auf dem Programm stünde, hätte er sich das Ganze geschenkt und sich ins Auto gesetzt. Für den Svartvassvägen brauchte er eine Stunde. Nun mußte er bis zum Nachmittag warten.

Er duschte, und während das Kaffeewasser kochte, war er schon drauf und dran, sie anzurufen. Doch dann fiel ihm ein, daß sie gesagt hatte, sie könne nicht reden.

Sie hatte jemand bei sich. Deshalb rief sie nicht an. Oder war sie nicht zu Hause? Doch wohin sollte sie gegangen sein? Oder gefahren. Irgendwie war das alles verrückt. Unzusammenhängend und unerklärlich. Vor allem aber war es nicht ihre Art.

Er hörte zuerst dem Gemeinderat zu. Der war Sozialdemokrat, trug aber Levisjeans und einen weißen Lacostepulli. Er versprach wie üblich, die Gemeinde zu verkaufen. Freilich nicht für immer: er wollte sie nicht an Deutschland oder die SCA veräußern. Er wollte sie so verkaufen, wie man ein schönes Mädchen verkauft.

Jetzt sprach er über Gesundheit und Lebensstil. Die EG und Europa erwähnte er nicht ganz so oft wie noch im Jahr zuvor, und das Wort Lebensqualität benutzte er gar nicht. Er deutete an, daß der Lebensstil in der Gemeinde der Gesundheit förderlich sei. Er sprach vom Wasser, vom Schnee und von der Luft. Von Wäldern, Bergen und Bächen. Zuckerkrankheit, Rückenleiden oder Infarkte erwähnte er nicht, und er hatte auch keine Selbstmordstatistik dabei.

Dann folgte eine Vorlesung über die Schleimhäute der Mundhöhle. Zusammengefaßt gehe es den Leute so, wie sie in ihrem Mund aussähen. Birger nervte es, daß der Redner das Wort Diagnostik benutzte, von der aber nicht die Rede war. Nach der Mundhöhle bekamen sie Kaffee, Tee oder Kräutertee. Life Core war nicht mehr so orthodox wie zu der Zeit, als es noch Byvångens Gesundheitshaus hieß. Es war ein modernes Konferenzhotel, das im April in Konkurs gegangen war. Die Aktivitäten gingen jedoch weiter. Birger aß Cheesecake und trank Kaffee.

Nach dem Kaffee sprach er selbst und blickte über die bereits müden Gesichter und eiscremefarbenen Kleider des Publikums. Viele trugen das T-Shirt von Life Core mit dem roten, durchgeschnittenen Apfel auf der Brust. Er spürte die Erwartung in der Luft: Jetzt kommt der Doktor, der immer so amüsant ist.

Er war aber nicht amüsant. Sowie er am Rednerpult stand, hatte er das Gefühl zu fallen. Er hörte nichts mehr, und einen Moment lang glaubte er, er sei taub. Durch das Mikrophon mußte man ihn jedoch hören, denn niemand klagte. Die Gesichter strahlten ihn an und er wußte nicht, was er sagte.

Erst allmählich erkannte er das ungewohnte Gefühl. Die Mattigkeit, Übelkeit. Die Lähmung und Mechanik. Er redete und redete. Er entsann sich nicht, wann er sich so gefühlt hatte, und auch nicht, wie er wissen konnte, was es war. Doch es war Angst. Große Angst.

Immer wieder mußte er einen Schluck Mineralwasser trinken. Er bekam einen trockenen Mund, und er dachte, ihm würde die Stimme versagen. Dreißig Minuten. Und anschließend eine Diskussion. Die schob er auf, sagte, daß er telefonieren und sich nach einem Patienten erkundigen müsse. Mitten in seiner Panik war er verschlagen. Er stand mit dem Mobiltelefon in einem leeren Seminarraum und ließ es zehn, fünfzehn, zwanzig Mal klingeln. Versuchte es noch einmal. Doch sie meldete sich nicht.

Er konnte nicht verstehen, weshalb er erst jetzt begriff, daß da etwas nicht stimmte. Sie hätte sich melden müssen. Sie ging nirgendwohin, da sie doch auf ihn wartete. Er hatte versprochen, gleich nach dem Seminar zu kommen.

Nun rannte er zum Auto. Er rief dem Portier zu, daß er unbedingt einen Krankenbesuch machen müsse und daß er nicht mehr rechtzeitig zurück sein werde.

Svartvassvägen. Wenn er ihn an jenem Winterabend nicht gefahren wäre? Wäre es dann ein andermal gewesen? Er glaubte es nicht. Allerdings könnte er nicht erklären, warum.

Das nannte man Zufall. Wenn der Bauch nicht gewesen wäre. Er hatte vergessen, wie er hieß. Jedenfalls wohnte er auf Tangen, und es war, wie er befürchtet hatte, eine Peritonitis gewesen.

Wenn er mit dem Krankenwagen zurückgefahren wäre? Wären sie sich dann niemals nahegekommen?

Sie waren gerade beim Essen gewesen, als das Telefon klingelte. Er hatte den Schulleiter mit Frau und noch zwei andere zu Gast. Wen, wußte er nicht mehr. Das war sechs Jahre her. Wie wollte sie da nach fast zwanzig Jahren ein Gesicht wiedererkennen, das sie nur wenige Augenblicke lang gesehen hatte? Bei schlechtem Licht.

Obwohl, er erinnerte sich noch an die Schokolade, die sie mitgebracht hatten. Wer immer die beiden gewesen sein mochten. Er sah eine blaue Schachtel mit einer Goldborte und dem Bild der Königin neben der Vase mit den kleinen rosa Nelken auf dem Couchtisch liegen. Als sie sich zu Tisch setzen wollten, hatte er den Anruf bekommen.

»Das war ein Bauch«, sagte er, als er zurückkam.

Er hatte nicht einmal die Zeit gehabt, das Auto warmlaufen zu lassen. Er hatte chinesisch gekocht. Sie saßen noch am Tisch mit den angezündeten Kerzen und den Nelken, die er bei ICA gekauft hatte, einsame Gäste, während der Svartvassvägen das Auto verschluckte und das erste Haus von Tuvallen aufschimmerte. Sie aßen und unterhielten sich, während er weitersauste.

Häuser, Menschen und Dörfer kauerten in der Dunkelheit und starben. Rosa Nylongardinen gegen das morsche Holz der Häuschen, Abfallhaufen, Autowracks. Und die Dunkelheit. Einer der Finnen, die auf dem Tingnäsjagen rodeten, hatte gesagt, sie heiße Kaamos.

Kaamos holt uns.

Ein Bauch. Nichts, worauf man es ankommen ließ. Hinfahren und abtasten.

Ein Bauch in Svartvattnet – das war eine Stunde Fahrt hin und eine zurück. Der See hieß wie das Dorf, obwohl es wahrscheinlich umgekehrt war, und an den Winterabenden war er schwarz wie Tinte. Birger sauste im Volvo dahin. Der See würde seinen Namen behalten, bis die letzte Hütte verrottet wäre. Und dann ohne Namen existieren. Keine sonderlichen Gedanken, die er manchmal hatte, und manchmal nicht, wenn er hier durch die Dunkelheit fuhr. Der Wald war grauschwarz, und sogar der Schnee, der wie ein Besen auf die Scheinwerfer zuwirbelte, war dunkel. Die Außenleuchte der Einödhöfe schien weiß, ein kleines Halbrund in tiefster Finsternis.

Es kam vor, daß er sich fragte, wie deprimiert er an solchen Abenden eigentlich gewesen war. Vielleicht hätte er etwas einnehmen sollen. Barbro hatte er etwas verschrieben. Aber das hatte nicht geholfen.

Es war die Fehlgeburt. Nein, es war der Waldschlag. Sie verzehrte sich. Solche Leute gibt es. Hol's der Teufel. Er war oft zu müde gewesen; er fuhr ja umher, betastete Bäuche, horchte Herzen ab. Er war zu müde, zu nichts mehr imstande, wenn er nach Hause kam, und er hatte einen vorstehenden Unterkiefer und ein Paar lächerliche Sandalen.

Es war Franses. Obwohl Barbro ihn für impotent gehalten hatte – auch gut. Mit Monica war das eine andere Sache. Das konnte man nicht einmal einen Fehlschlag nennen. Nur etwas Unwirkliches, etwas, was kaum zustande kam. Obwohl sie zu IKEA gefahren waren und einen ganzen Anhänger voll Zeug eingekauft hatten. Und in der Schreinerwerkstatt eine Arztpraxis für Kleintiere eingerichtet hatten.

Zu Barbros Zeit hatte er immer über seinen Bezirk geredet und gesagt, daß die einsamen Häuser voller Wärme und geheimnisvollen Lebens seien, daß sie standhielten und daß die Leute in den Häuschen mit den blauschimmernden Bildschirmen und den angeleuchteten Topfpflanzen tapfer und zivilisiert seien. Aber das war jetzt lange her. Die Dunkelheit hatte sich ganz fürchterlich über ihn hergemacht, als Barbro verschwand. Wenigstens hatte er das Autoradio gehabt.

Nach einer Stunde sah er das erste Licht von Svartvattnet. Er hielt vor ICA an und ließ Bon nie hinaus. Es gab Leute, die sich darüber aufregten, daß er sie vor dem Laden pinkeln ließ. Dann fuhr er zum nächstgelegenen Haus und fragte, denn er wußte nicht genau, wo diejenigen, die ihn angerufen hatten, wohnten. Sich auf telefonische Wegbeschreibungen zu verlassen, hatte er aufgegeben.

Damals mußte er nach Tangen hinaus. Hunde bellten, als er aus dem Auto stieg. Ganz Tangen bellte. Eine Frau kam auf die Vortreppe heraus und wartete mit vor der Brust verschränkten

Armen im Schneegestöber, das allmählich nachließ. Im Haus roch es nach Tier. Nach Hund und Katze und ungewaschenen Menschen. Sie gingen zwischen überladenen Regalen hindurch zu einer Kammer weit hinten im Haus, wo in einem Winkel der Bauch lag. Es war, als träte man in eine Höhle. Er hob ein gestreiftes Flanellnachthemd hoch. Der Bauch war gespannt, und die Augen zeigten das Weiße.

Birger war mit Bonnie draußen und stiefelte im Neuschnee umher, während er auf den Krankenwagen wartete. Der Himmel war leergefegt. Es war sternklar.

Er ging wieder hinein und sah nach dem Bauch. Dann setzte er sich an den Küchentisch und las die Provinzialzeitung. Kaffee hatte er die ganze Zeit über abgelehnt. Er wußte, daß der hellbraun und säuerlich wäre. Von aufgekochtem Kaffee wurde ihm in der Regel schlecht. Doch schließlich gab er sich geschlagen, trank den Kaffee und aß ein mit Fleischwurstscheiben belegtes Brot. Er bekam von der Frau eine Plastikdose mit eingemachten Multebeeren, die er, wie sie meinte, mitnehmen und in die Gefriertruhe legen sollte.

Dann kam der Krankenwagen und blieb in der Einfahrt in einer Schneewehe stecken. Er war mit draußen und schaufelte. Als der Krankenwagen endlich abfuhr, war Birger durchgeschwitzt; nachdem er jedoch sein eigenes Auto in Gang gebracht hatte, war ihm eiskalt.

Nun würde er alles von hinten sehen. Röbäck, Offerberg, Lersjövik, Laxkroken, Tuvallen und am Ende Byvången. Seine Gäste würden natürlich noch um den Couchtisch sitzen. Er hoffte, daß sie sich Kognak eingeschenkt hatten, so wie er es ihnen gesagt hatte.

Als er in Svartvattnet an der Schule vorbeifuhr, sah er im Keller Licht brennen, und da wußte er, daß die Sauna in Betrieb war. Er stellte sich vor, wie schön es wäre, sich den eiskalten Schweiß abzuwaschen und richtig warm zu werden. Auf der Pritsche zu liegen und mit einem der Kerle zu plaudern und vielleicht ein Bier angeboten zu bekommen.

Seine Gäste konnten nur annehmen, daß es bei ihm sehr spät werden würde. Sie würden nach Hause gehen. Wahrscheinlich spülten sie ihm das Geschirr ab. Die Schokolade, die sie mitgebracht hatten, würde noch auf dem Couchtisch liegen, wenn er zurückkäme. Er war müde, höllisch müde.

Auf einer Bank lag ein Kleiderhaufen, doch der Waschraum war leer. Er hatte weder eine Seife noch ein Handtuch, nahm sich aber Shampoo aus einer Flasche, die auf dem Boden stand, und wusch sich von Kopf bis Fuß. Als ihm die Hitze der kleinen Sauna entgegenschlug, schloß er vor Wollust die Augen, und hinterher wurde ihm klar, daß er gegrunzt haben mußte. Er setzte sich weit nach oben, soweit, wie er nur konnte, wenn ihm dabei auch der Hintern brannte. Und dann sah er, wer dort saß. Rosig und nackt.

»Verzeihung!« schrie er. Er wollte schon hinausstürzen, doch sie lachte nur. Sie saß auf einem Handtuch und zog nun einen Zipfel davon über die recht bescheidene hellrote Haarkappe zwischen ihren Leisten. Die Lehrerin. Annie Raft. Diese Person. Er hatte sie seit Aagot Fagerlis Beerdigung nicht mehr gesehen. Da hatte sie einen schwarzen Mantel getragen und sogar einen kleinen Hut aufgehabt. Eine Art altmodischer Würde hatte sie umgeben, die er mit all dem Mist, den er im Lauf der Jahre über sie gehört hatte, nicht in Einklang bringen konnte.

Er kreuzte die Hände vor seinem Glied, das immerhin runzlig und brav dort lag, wo es liegen sollte. Er mußte lächerlich aussehen, doch ihr Lachen war nicht hämisch. Als er sich seitlich zur Tür bewegte und erklärte, daß er gedacht habe, an dem Tag sei Männersauna, sagte sie, daß er bleiben könne.

»Die Zeiten sind geändert worden. Die Männer gehen fast nie in die Sauna. Nur Leute aus dem Süden, während der Jagd. Und ich glaube kaum, daß jemand kommt. So spät bin ich normalerweise allein.«

Er sah, wie auf ihrer Haut rosige Flecken aussehlugen und die Brüste rings um die Warzenhöfe, die in der Wärme braunrosa und glatt waren, rot wurden. Er fragte sich, ob diese sich zusammenziehen würden, wenn sie in die Kälte hinauskäme. Er gestand, daß er sich ihr Shampoo ausgeliehen habe, und da sagte sie:

»Dann riechen wir jetzt gleich.«

Sie stand auf und ging hinaus, und er dachte, daß dies ein verdammtes Glück sei, denn ihn packte jetzt die Geilheit. Und zwar mit Macht. Sie mußte sich schon angebahnt haben, als er die Lehrerin von der Seite betrachtet hatte, doch er hatte es nicht gemerkt. Als sie aber das mit dem Geruch sagte und ihm gleichzeitig ihr Hinterteil zuwandte, war es passiert. Er schloß die Augen und atmete aus. In diesem Moment kam sie wieder herein. Sie hatte eine Kelle in der Hand und goß Wasser über die Steine, die auf dem Saunaofen lagen. Es dampfte und heizte auf, und einige Augenblicke lang konnten sie einander nicht sehen. Doch dann war es offenkundig. Er versuchte alles mit den Händen zu verbergen und sagte:

»Verzeihung, Verzeihung...«

Sie lachte leise. Das sah aufreizend aus. Dann drückte sie sich zur Tür hinaus. Doch sie war ebensoschnell wieder zurück.

»Schnell«, sagte sie und warf ihm das Handtuch zu. »Raus mit Ihnen!«

Er glaubte, ihm würde das Herz stillstehen, als er in den vergleichsweise kalten Waschraum hinaustaumelte. Sie schubste ihn zur Toilettentür und schob ihn hinein. Seine Kleider kamen hinterher, und schließlich seine Schuhe.

»Schließen Sie ab!«

Und er schloß ab, ohne irgend etwas zu begreifen. Aber dann hörte er Frauenstimmen. Die Frauen zogen sich in dem Raum davor wahrscheinlich gerade aus. Er bespritzte sich mit dem Wasser aus dem Waschbecken und fuhr sich mit den Fingern durchs Haar. Er hatte keinen Kamm. Wollte aber gut aussehen. Er wußte, daß er nun mit zu ihr nach Hause kommen würde. Ihm war nicht klar, woher er das wissen konnte. Aber er wußte es.

Während er sich mit seinem Unterhemd abtrocknete und die restlichen Kleider anzog, hörte er, wie sich die Frauen duschten und miteinander schwatzten. Nach einer Weile waren sie schließlich in der Sauna, und da trommelte Annie leicht an die Tür. Er öffnete und schlich hinaus. Sie war dicht hinter ihm.

Es kam, wie er es gewußt und begriffen hatte. Sie ließ den Tretschlitten bei der Schule stehen. Bei ihr zu Hause war noch immer eine Glut im Herd. Sie hatte einen großen Lapphundmischling, der ihn anbellte. Bonnie mußte im Auto bleiben.

Sie servierte ihm zuerst Tee und belegte Brote. Alles ging in Ruhe vor sich. Er spürte, daß es so richtig war. Sie hatten sich viel zu erzählen. Er wollte sie eine Menge fragen. Über Aagot. Über die Schule. Warum sie nach Svartvattnet zurückgekommen war. Sie lachte leise über seinen Eifer und sagte, daß sie alles schön der Reihe nach besprechen sollten. Als sie sich erhob und den Tisch abräumte, ging er ihr nach, umarmte sie von hinten und schob sie in die Herdwärme. Sie hatte kurzes Haar, ihr Nacken war leicht zu finden. Die erste Stelle, auf die er sie küßte, war ihr Nacken. Der Dornfortsatz am letzten Halswirbel war ganz deutlich zu spüren, und er wurde von einer so starken Zärtlichkeit für sie ergriffen, daß ihm die Tränen in die Augen traten.

»So vieles ist geschehen«, murmelte er. »So viele Jahre.«

So viel Einsamkeit, dachte er. Er wußte, daß sie ein paar Jahre mit diesem langen Elend Göran Dubois zusammengelebt hatte. Und daß sie so eine Art halboffizielle Verlobte von Roland Fjellström gewesen war. Er wußte aber auch, spürte es an der Spannung des Deltamuskels, wie einsam es gewesen war. Wie lange die Winter. Wie hell die schlaflosen Sommernächte. Wie sie stundenlang in der kleinen Stube, die jetzt durch ein Schlafzimmerteil verlängert war, gesessen und gelesen hatte. Zu Zeiten von Aagots Schwester war dort die Backstube gewesen.

»Kannst du jetzt noch ein paar ordentliche Kloben nachlegen, damit es eine Weile warm bleibt?« fragte er. Sie hatte eine

Elektroheizung, gestand aber, daß sie den Herd nicht missen wolle.

»Wie schaffst du das mit dem Holz?«

»Ich kaufe es. Und außerdem hilft mir jemand beim Spalten. Björne Brandberg ist mein Hausgeist.«

»Seit damals?«

Sie nickte. Da sah er, daß sie still weinte, und er war sich sicher, daß sie sehr lange Zeit nicht um das tote Kind geweint hatte. Vielleicht seit Jahren nicht. Wir tauen auf, dachte er. Auch ich. Eine Menge Sehnsucht.

Sie bestand darauf, das Bett frisch zu beziehen. Es war beinahe feierlich. Dann zog er sich vor ihr aus. Sie hatte ihn ja schon nackt gesehen, trotzdem fragte er:

»Findest du, daß ich zu dick bin?«

»Ich finde, du bist mollig und lieb.«

Daraufhin fielen sie lachend ins Bett, sie angezogen und er nackt. Es war viel weniger umständlich als seine seltsamen Touren mit den Ostersundsdamen, denen er teure Parfüms kaufen oder mit denen er – noch schlimmer – im Hotel Winn prunkvoll tafeln mußte.

Er war von dem roten Haar auf dem Hügel zwischen ihren Leisten fasziniert. Es war nicht drahtig und kraus, sondern seidenweich. Sie selbst machte sich Sorgen, daß sie dort allmählich kahl würde. Er untersuchte sie überall mit den Fingern, die, wie sie behauptete, kurz und knubblig waren. Er fragte sie nach einer Narbe am Schienbein und betrachtete eingehend die weißen Streifen auf ihrem Bauch. Er wollte wissen, ob Mias Geburt leicht gewesen sei, und gestand, daß er ihr damals, als sie zu ihm gekommen sei, gern eine Menge Fragen gestellt hätte. Er habe sich aber nicht getraut, da es Dinge gewesen seien, mit denen er nichts zu tun gehabt habe. Damals.

»Jetzt wollen wir das hier machen«, sagte er und spreizte ihr sehr behutsam die Beine. »In einem Weilchen bist du so gut wie verlobt mit mir.«

Ihm wurde klar, daß sie es schon sehr lange nicht mehr gemacht hatte und ein bißchen Angst hatte, körperliche Angst, er würde zu tief eindringen und zu heftig sein. Doch er hatte nicht das Verlangen, heftig zu sein. Sie war eng innen und wurde nur langsam feucht.

Ja, sie barg eine Furcht. Für einen Moment durchfuhr ihn ein heftiger Zorn, und er dachte an Dubois und Fjellström und diesen unglaublichen Scheißkerl Ulander. Er sah jedoch ein, daß er all solche Gedanken, überhaupt alle Gedanken beiseite schieben mußte, um ihnen beiden Gutes zu tun.

Dann war es, als würde sie innerlich schmelzen und zu fließen beginnen; sie küßten sich verschwommen und naß, und er vergaß, vorsichtig oder überhaupt etwas zu sein, was er sich ihr zuliebe ausgedacht hatte. Er dachte nicht, und sie dachte auch nicht. Sie piepte ab und zu, und er drehte sie rasch herum und freute sich, daß er stark war, und es war so intensiv wunderbar, daß es ihm beinahe kam. Doch da hörte er ihrer beider Atmen – sie waren nicht im Takt – und dachte daran, wie sein Hinterteil auf und nieder ging, und sie merkte, daß er an etwas dachte und wollte wissen, woran. Er sagte nur, daß dies eigentlich eine recht seltsame Beschäftigung sei.

»Ich bin der Chef des Bezirksgesundheitsdienstes, weißt du das. Du liegst hier unter mir und piepst, und ich tue alles, was ich kann, damit du piepst und schnaufst, und das Beste, was ich dazu tun kann, ist dies… und dies… und dies…«

Und dann war es getan, doch sie lachte nur.

»Ich glaube, ich träume«, sagte er, als er auf dem Rücken lag.

»Nur ruhig Blut. Du wirst auch noch Chef des Bezirksgesundheitsdienstes sein, wenn du aufwachst.«

Zwischen dem Bett und der Wand war ein Zwischenraum; er lag mit ausgestrecktem Arm da und fragte sich, warum sie die Möbel so merkwürdig gestellt hatte. Er tastete mit der Hand umher und fühlte etwas Kaltes, Metallisches. Dann Holz. Festes, feines Holz. Ein Kolben. Er mußte nachsehen.

»Du hast eine Schrotflinte hier?«

»Immer«, sagte sie.

»Das'n prächt'ges Büchslein«, sagte er, nachdem er das Gewehr hervorgeholt hatte. »So'n rechtes, kleines Damenbüchslein. Was schießt du denn damit? Den Weihnachtshasen?«

Sie schliefen ein und vergaßen, im Herd Holz nachzulegen, und als sie wieder aufwachten, sagte er »Scheiße!«, denn er hatte Bonnie ganz vergessen. Das Auto war mittlerweile bestimmt ausgekühlt. Er mußte sie also hereinholen, und sie hofften beide, daß das gutgehen würde. Die Hündinnen fingen jedoch sofort an zu raufen. Er versuchte sie zu trennen, indem er Bonnie an den Hinterbeinen zog, wurde aber um ein Haar von der anderen gebissen. Annie füllte einen Napf mit Wasser, um es über sie zu schütten, doch er nahm ihn ihr weg. Mitten in dem Radau aus Knurren, scharfem Gebell und Drohgebrüll zog er sie wieder mit in die Stube und schloß die Tür.

»Laß sie doch!« sagte er. »Die bringen sich schon nicht um. Bonnie ist stärker, doch die andere ist äußerst scharf. Sie geben auf, wenn sie das gemerkt haben.«

»Ich glaube, Saddie schlägt sich bis zum letzten«, meinte Annie. Doch hinter der geschlossenen Tür war es bereits ruhiger. Sie legten sich wieder ins Bett, denn es war so, wie er sagte: die Hündinnen mußten sich ohnehin daran gewöhnen.

Er erinnerte sich gern an jenen Abend, jenen langen Winterabend und die Nacht, und wenn er ihn sich in Gedanken selbst erzählte, blätterte er ihn wie Bilder auf Bilder von der Schokolade auf dem Couchtisch, den Hitzerötungen auf Annies Brust, dem Krankenwagen, der in der Schneewehe steckengeblieben war, als hätte er sich verstecken wollen. Von dem gespannten Bauch unter dem graugestreiften Nachthemd. Von den Sternen, der Anschlagtafel in der Dunkelheit neben ICA mit den Kursprogrammen und norwegischen Bingoannoncen. Ihm war jedoch klar, daß sich die Bilder aus vielen Fahrten, die er in der winterlichen Dunkelheit auf dem Svartvassvägen gemacht hatte, zusammensetzten. Der Bauch war einer von zig, vielleicht einer von hundert schmerzenden und fest gespannten

Bäuchen gewesen, die er in muffigen Schlafzimmern palpiert hatte. Er konnte sich nicht einmal sicher sein, sich in bezug auf das Haus und die Frau und die Dose mit den eingemachten Multebeeren richtig zu erinnern. Gewiß war es geschehen. Aber es war zu oft vorgekommen. Ein Bild hatte sich über das andere geschoben. Die Erinnerung an jenen Abend war kostbar, und er fügte die Bilder mit Umsicht aneinander. Vielleicht nahm er einige davon anderswoher, von anderen langen Fahrten und anderen dunklen, schimmernden, halb schlafenden und sterbenden Dörfern an zugefrorenen oder tintenschwarzen Wassern.

Und woran erinnerte sie sich? An ein Gesicht, das flüchtig im unsteten Licht der Nacht aufgetaucht und wieder verschwunden waren. An einen Jungen. An schwarzes Haar und einen Ausdruck. Wovon? Aufregung vielleicht. Oder Gehetztheit. Birger konnte sich nicht mehr genau erinnern, was sie gesagt hatte. Und sie konnte nichts als einen verschwommenen Fleck sehen, wo dieses Gesicht in ihrer Erinnerung sein sollte. Irgend etwas hatte es für sie ausgefüllt. Ein Wunsch?

Der Sommertag war jetzt heiß und das Licht fahl, während er den kiesigen Svartvassvägen, der voller Frostschäden war, entlangfuhr. Er fuhr zu schnell. Das tat er normalerweise nicht. Er ärgerte sich über die Gesundheitsapostel, die Zahnbelag und Übergewicht bekämpften, aber zwanzig Tote im Straßenkrieg am Wochenende tolerierten. Bei Offerberg war ein Schlagloch, das ihn an den Wagenhimmel beförderte und das Chassis aufschlagen ließ. Immer wieder wählte er Annies Nummer. Sie nahm nach wie vor nicht ab.

Als er nach Svartvattnet kam, waren viele Leute und Autos beim Laden, der gerade zumachte. Die Norweger hatten ihren Samstagseinkauf getätigt und kamen mit Fleischwurstringen, Zigarettenstangen und Packen von Tabakdosen heraus. Ohne links und rechts zu sehen, fuhr er durchs Dorf, denn er wollte nicht aufgehalten werden. Er sah das kleine weiße Haus auf seinem Absatz unterm Höhenrücken. Es rührte sich nichts dort oben. So wie immer. Das war normal.

Er fuhr vors Haus und blieb einige Sekunden wartend sitzen. Das Küchenfenster blitzte. An der Türklinke hing eine Plastiktüte, die irgend etwas enthielt. Eine Thermoskanne und eine Plastikbox, wie er sah, als er auf der Vortreppe war. Die Tür war abgeschlossen.

Er klopfte ein paarmal kräftig. Saddie müßte ihn gehört haben, auch wenn sie ziemlich taub war. Irgendwie munterte es ihn auf, daß sie Saddie dabeihatte. Das wirkte normal. Er fand nun, daß er übertrieben hatte, als er von Life Core weggefahren war. Obendrein hatte er Kopfschmerzen bekommen.

Er hatte keine Schlüssel dabei. Sie lagen in seiner Wohnung. Er wußte aber, daß sie einen Schlüssel im Brennholzschuppen hängen hatte. Den holte er und ging ins Haus.

In der Küche duftete es stark nach Blumen. Maiglöckchen vor allem. Auf dem Tisch, auf der Spüle und an beiden Fenstern standen üppige Sträußchen vom letzten Schultag.

Zwei benutzte Teebecher standen auf dem Tisch. Eine Zukkerschale und ein Brotkorb. Keine Marmelade. Der Käse lag in seinem Plastikbeutel auf der Spüle. Die Tischdecke war verkrümelt. Er hatte den Eindruck, als wäre sie gerade beim Abräumen gewesen.

Sie hatte mit irgend jemandem Tee getrunken. Und dann war sie gegangen. Er befühlte die Teekanne. Sie war kalt. Es war kein Tee mehr darin, nur ein dicker Satz verbrauchter Blätter.

In der Stube sah er, daß Saddie den Teppich unterm Couchtisch zerknüllt und darauf gelegen hatte. In diesem Raum standen noch mehr Blumensträuße. Annies Bett war gemacht. Einige Augenblicke lang spürte er ihre Einsamkeit ebensostark wie damals, als er zum erstenmal zu ihr gekommen war.

Wir sollten, zum Kuckuck nochmal, verheiratet sein!

Es brach plötzlich durch. Und es war wahr. Obwohl er ihr immer zugestimmt hatte, daß es so am besten sei.

Aber es war nicht so, wie er es haben wollte. Für sie war es vielleicht richtig. Aber er wollte mit ihr verheiratet sein. Er wollte mit ihr zusammenleben, schon die ganze Zeit hatte er das gewollt. Sie haben. Er hätte sie nicht in einem Haus ohne Nachbarn allein lassen sollen. Mit dieser verdammten Sabela, die sie, wie sie behauptete, in zweiundzwanzig Sekunden laden konnte.

Es war Panik. Er erkannte sie wieder. Mit einem Mal erinnerte er sich daran, wie er oberhalb von Westlunds gehockt hatte und sich die Därme aus dem Leib geschissen hatte. Aus purem Schreck.

Das war jetzt lange her. Fast zwanzig Jahre. Die Geschichte oben am Lobberån hatte, wenn auch halb vergessen und aus dem Bewußtsein gestrichen, noch immer Macht über sie. Annies flüsternde Stimme hatte erschrocken geklungen. Und nun hatte sie ihn angesteckt.

Er wurde ruhiger, als er dies begriff. Er ging ins Badezimmer und suchte nach Magnecyl. Während es sich im Zahnputzbecher brausend auflöste, setzte er Kaffeewasser auf. Und zwar auf der Platte, denn es war zu warm, um den Herd einzuheizen. Es sah aus, als habe es auf Annies frisch besätes Land geregnet. Doch die Feuchtigkeit war schon längst aus dem Gras verdampft. Noch keine Kriebelmücken, keine Gnitzen und kaum Stechmücken. Sie nutzte ihren ersten freien Tag zu dem, wonach sie sich gesehnt hatte. Sie ging spazieren. Wahrscheinlich nicht sehr weit, da Saddie dabei war. Mit ihren schlechten Hüftgelenken konnte die Hündin keine Steigungen mehr gehen. Annie hatte das Auto genommen und war vielleicht ein Stück hinaufgefahren. Sie hatte jedoch die Thermoskanne mit dem Kaffee, den sie vorbereitet hatte, vergessen.

Sie war nicht weit weg, und er würde auf sie warten. Es sah nach einem warmen, schönen Abend aus. Er öffnete das Fenster in der Stube. Die fast miefige Maiglöckchenluft quälte ihn.

Ein Mann und eine Frau fuhren am Abhang des Fjälls ostwärts, und es regnete. Der Schnee war durchsichtig und knisterte um die Skispitzen. Es war ein leichter Regen, der in langen Böen mit dem Wind kam. Ihre Gesichter wurden naß, doch das Wasser strömte nicht, es flog ihnen entgegen.

Die Schneeschollen schrumpften. Die Bäche, die den Winter hindurch geschwiegen hatten, plätscherten laut. Weite Strekken mußten die beiden mit geschulterten Skiern über die Fjällheide wandern. Sie überquerten den Fluß auf einem Brükkenbogen aus Eis und zusammengepacktem Schnee. Der Mann hielt den Atem an, als sie das Wasser rauschen hörten.

Sie war schwanger, und er war so frohgemut, daß er bei den Abfahrten juchzte. Sie hatten sich den ganzen Morgen mit den Sonnenflecken weiterbewegt, hatten sie übers Fjäll gejagt, aber nie richtig erwischt. Er hatte ihr einen alten Opferplatz gezeigt. Er wollte ihr alles zeigen. Deshalb waren sie zu Hause. Nachdem sie, ohne zu zögern, einen Steilhang genommen hatte, hatte er wie sein Großvater geklungen:

»Tja, tja...«

Er hatte Angst um sie. Alles mögliche fiel ihm ein, woran er noch nie gedacht hatte, und vieles davon kannte er nur vom Hörensagen. Dunkelheit in Koten, warnendes Hundegekläff und Bärenspieße. Er wollte sie mit Hunden, Spießen und Fellen schützen, und er lachte über sich selbst, laut und juchzend. Er war sehr aufgeräumt.

Für ihn war dies hier Heimat. Und er sah ein, daß es dies schon immer gewesen war. Es war ein Fleck, über den er nur auf diese Weise erzählen konnte. Der Fleck hatte keinen Namen und wanderte wie ein Sonnenfleck zwischen Wolkenschatten, wenn er an ihn dachte. Doch jetzt fuhren sie darin umher. Er wollte, daß sie darin war.

Er mußte an das Kind denken, das noch kein Kind war. Sie wollte nicht einmal, daß er Kind sagte. Noch nicht. Fötus klang zu klinisch, doch auch das hatte er nicht zu sagen brauchen. Sie hatte seine halbe Frage verstanden und versichert, daß es nicht gefährlich sei, sich zu bewegen, Ski zu fahren. Sie war, trotz offensichtlicher Beschwerden, zuversichtlich in ihrer angehenden Mutterschaft. Als sie über die Brücke aus festgepacktem Schnee und ausgehöhltem Eis fuhr, hatte sie keine Ahnung von der Kraft des Wassers unter sich, von der Kälte oder von dem festen Zugriff der Strömung dort unten.

Das Wasser hatte natürlich einen Namen. Der Fluß hieß so, wie er nicht immer geheißen hatte. Er hatte keine Lust, es zu sagen. Der Fluß hatte auch in der anderen Sprache einen Namen, der war älter, aber nicht so alt wie das Wasser.

Das Geräusch des Wassers zwischen den Steinen war dagewesen und war noch da. Ohne eine Nacht innezuhalten. So lange, daß man dachte: immer. Die Kälte konnte es zu einem Zischen unterm Eis herunterschrauben. Die Kälte, die Vögel im Flug fällte, die einen alten Mann und seinen alten Hund in einer undichten Hütte unten bei der Mündung getötet hatte. Er erzählte ihr von diesem Ereignis, das so alt war, daß es die Kälte, und nicht den Alten zur Hauptperson hatte. Sogar die Biber waren damals wohl gestorben. Das war so lange her, so weit weg. Neue waren angewatschelt gekommen, hatten die Nase in schlammige Grasbüschel gesteckt und zu graben begonnen. Deren Boden lag stellenweise noch immer einen halben Meter unter ihnen. Sie fuhren auf Schneeschollen über deren Gänge und Burgen.

»Diese Stelle gehört eigentlich den Bibern«, sagte er.

Es war jedoch keine Stelle. Es waren Geschehnisse. Manche davon hatte sie schon miterlebt, als Kind. Von anderen würde er erzählen. Es galt auch zu schweigen. Den Platz, an dem das Zelt der Holländer gestanden hatte, würden sie nicht passieren. Wußte sie davon?

Sie hatten sich die Skier an die Stiefel geschnallt. Es waren Johans eigene alte Bretter und die von Väine. Er hatte sie im Kochhaus gefunden und sogar drei Stöcke dazu aufgetrieben. Sie waren bergauf gezogen, doch weite Strecken waren sie über Gestrüpp und Moos gelatscht. Die Nacht war hell, und auf dem Björnfjället lag Schnee. Unter der Eisbrücke brauste das Wasser des Flusses.

Sie kehrten nach Nirsbuan zurück. Zuerst hatte er vorgehabt, dort zu übernachten. Vom Licht geblendet, würden sie am Morgen hinaustreten, während das Grün aus den Knospen der Birke ausschlüge. Es war ihnen jedoch ein muffiger Luftzug entgegengeschlagen, als sie die Tür aufgemacht hatten, und sie hatten eingesehen, daß es unmöglich war. Auf dem Bett in der Kammer lag eine mit grauen, schmutzigen Laken verwurstelte Wolldecke. Er riß sie herunter, damit Mia sie nicht zu sehen brauchte, und legte eine Schaumgummimatratze frei, die vor Alter gelbbraun und voller merkwürdiger Löcher war. Vielleicht holten sich die Mäuse Stückchen davon in ihre Nester. An einem Nagel neben dem Herd hing ein verdrecktes Frotteehandtuch. Leider sah man immer noch, daß darauf Hotel Winn stand. Was glaubt sie bloß, daß wir für Leute sind, dachte er. Es war das erste Mal seit achtzehn Jahren, daß er im Zusammenhang mit den Brandbergs »wir« dachte.

Er hatte den Herd in Gang gebracht, sah aber ein, daß sie sich nicht auf die feuchte und übelriechende Matratze legen konnten. Irgend jemand tat das aber. An den Packungen im Vorratsschrank, dem neuen Batterieradio, den Zeitungen und deren Datum sah er, daß hier jemand hauste. Jemand, der jetzt nicht da war, vor kurzem aber in der schwarzen gußeisernen Pfanne Speck gebraten hatte. Auf deren Boden war eine Schicht Schweineschmalz.

Die rauhe Kälte hatte Mia aus der Hütte getrieben. Sie saß mit gespreizten Beinen auf der Vortreppe und hielt das Gesicht ins Licht und in den feuchten Regenwind. Da drang ein Laut vom Moor herauf, ein trunkenes Geplapper, das anstieg und sank. Es war vielleicht der Ausklang des spätnächtlichen und morgendlichen Taumels; das Geräusch schwoll jetzt an, als versuchte es das Licht daran zu hindern, dem Rausch der Frühlingsnacht ein Ende zu bereiten.

Sie sagte, daß sie das mit sechs Jahren zum erstenmal gehört habe. Damals habe sie nicht verstanden, was das sei. Sie finde noch immer, daß es fiebrig klinge, unmenschlich. Und trotzdem wie Gesang oder Rufe.

»Das Moor brunstet«, sagte er.

Sie lauschten eine Weile und tranken ihren Kaffee, dann gingen sie über den Fluß und durch die Moore in Richtung Renschlachterei. Sie hielten die Gesichter in den mild strömenden Regen. Am Parkplatz angelangt, hörten sie die Birkhähne immer noch.

Ein Mal hatte er es bisher versucht. Das war ebenfalls unüberlegt gewesen. Er hatte in Östersund drei Tage Überstunden abgefeiert und wollte nach Langvasslien heimfahren. Am Abend kam ihm die Idee, bei Svartvattnet über die Grenze zu fahren. Es war ein weiter Umweg, und vielleicht hatte ihm vorgeschwebt, dort zu übernachten.

In Tuvallen bereute er es. Doch da war es zu spät. Die Straße war verlassen, es war Januar und sehr kalt. Der Wald war eine weiße, schwarzgestreifte Mauer zu beiden Seiten, die Straße ein Tunnel im Scheinwerferlicht. Hinter Laxkroken war ihm niemand mehr entgegengekommen. Wenn ihm der Motor versagte, würde er erfrieren.

Er versagte natürlich nicht. Johan kam nach Svartvattnet

und stellte den Wagen ein Stück vom Laden entfernt ab. Er ließ ihn im Leerlauf stehen, während er sich die Anschlagtafel angucken ging. Sie war jetzt beleuchtet. Ansonsten war sie unverändert. Das Thermometer an der Wand neben dem Briefkasten zeigte fast dreißig Grad minus an. Es war halb zwölf in der Nacht. Kein einziges Fenster war erleuchtet, und auf der Straße rührte sich nichts. Natürlich.

Zurück im Auto, entdeckte er ein Licht auf der anderen Seite des Sees. Es war nicht still. Ein unruhiges Licht am Hang des Brannbergets. Es mußte stark sein, wenn man es über den See hinweg sah. Er hatte den Eindruck, daß es kroch.

Da fiel ihm ein, daß Gudrun erzählt hatte, Torsten und Per-Ola hätten sich eine Aufarbeitungsmaschine gekauft. Sie hätten sich zusammengetan und eine Gesellschaft gegründet. Sie war auf diese Entwicklung wahnsinnig stolz. Es lief gut für sie. Per-Ola war rührig und scheute sich nicht vor hohen Schulden. Väine würde auch für sie arbeiten. Er war aber nicht an der Gesellschaft beteiligt.

»Du mußt nicht glauben, daß ich nicht auf dein Recht achte«, hatte sie gesagt. Sie war rührend in ihrem verbissenen Eifer. Immerzu war sie auf sein Recht bedacht. Dann erklärte sie, daß er Torsten beerben werde und somit einen Teil des Unternehmens bekomme. Er brauche keine Angst zu haben, daß er durch die Bildung der Gesellschaft etwas verlieren werde.

Nein, er hatte keine Angst. Er war der Meinung, daß er gar kein Recht habe, Torsten zu beerben. Das sagte er aber nicht. Erst als er jetzt im Auto saß und weit oben an der Bergflanke das Licht spielen und kriechen sah, wurde die Aufarbeitungsmaschine für ihn wirklich.

Das mußte sie sein. Per-Ola oder Väine fuhren sie, obgleich es kalte Nacht war. Wahrscheinlich fuhren sie schichtweise damit. Wenn sie die Maschine stillstehen ließen, könnten sie die Zinsen nicht bezahlen.

Siebenundzwanzig Grad unter Null. Das Licht kroch über

den Berghang und spielte abgehackt und weiß über umstürzende Bäume. Dort oben in der Maschine mußte es heulen und kreischen. Doch das hörte man nicht über den stillen weißen See herüber.

Kriechendes Licht. Über alle schlafende Leben kriechend. Alle Scheißleben, die der Wärme nicht wert waren. Des Gesangs, des Spiels und der Wasser nicht wert waren. Die des Laubs nicht wert waren.

Es ist der Haß in mir, der über den Wald kriecht, dachte er. Ich bin Teilhaber einer Aufarbeitungsmaschine. Sie muß rund um die Uhr gefahren werden, sommers wie winters. Sie kostet Zinsen, sie kostet Leben. Mit dem Kopf bei den Sternen der Nacht arbeitet der Held im Fahrerhaus härter, als ich es jemals getan habe. Ich bin nur Teilhaber. Es ist der Haß in mir, der dort oben kriecht.

Er war von den Straßenlaternen, die man nach seiner Kindheit aufgestellt hatte, weggefahren, hinein in die Dunkelheit auf der norwegischen Seite. Er hatte Angst gehabt, Angst vor der Kälte und Angst vor einer Motorpanne. Aber er war von dort weggekommen.

Jetzt hatte er einen neuerlichen Versuch unternommen, und es war gutgegangen. Recht gut sogar. Denn er hatte das Haus gemieden. Es beunruhigte ihn, daß Gudrun hintenherum erfahren könnte, daß er mit Mia Raft im Dorf gewesen war. Er nahm sich vor, sie anzurufen und es ihr zu erklären, sobald er in Ostersund wäre. Daß es ein Experiment gewesen sei. Und daß es aus einem Impuls heraus erfolgt sei. Mehr oder weniger.

Zwei, drei Mal im Jahr fuhr Gudrun nach Trondheim und besuchte ihn. Da war sie in der Regel gut gekleidet und ziemlich aufgeregt. Jedesmal, wenn er sie sah, war sie ein wenig gealtert. Sie hatte eine Art Zittern in den Händen. Sie war jetzt sechsundfünfzig und färbte sich die Haare schwarz. Johan wußte nicht mehr viel über ihre Sorgen und nichts über ihren Alltag. Er mußte annehmen, daß das meiste wie früher war.

Selbst wenn es für Torsten gut gelaufen war. Er besaß mehrere Bagger. Eine Schottermühle auf der anderen Seeseite und oben bei Torsberget eine neue Kiesgrube. Gudruns Kleider waren nicht billig, und sie fuhr nach wie vor einen Audi. Der war neu, und Johan war klar geworden, daß es ihr eigener war.

Als Johan unten beim Laden in seinem Auto auf Mia wartete, schaute er zum Haus hinauf. Er sah das Küchenfenster, dessen Vorhänge so dicht schlossen, daß man praktisch nicht herausgucken konnte. Auch nicht hinein, und das war wohl auch die Absicht. Er nahm an, daß Gudrun dort drinnen zwischen Herd, Kühlschrank und Spüle umherlief. Ihre Route ging. Allerdings hatte sie jetzt eine Spülmaschine, wie er wußte.

Er wartete auf Mia. Es war gutgegangen. Wenn es in Nirsbuan nicht so dreckig und kalt gewesen wäre und mehr Brennholz da gewesen wäre, hätte er noch bleiben können. Mia hatte vorgeschlagen, daß er bei Gudrun und Torsten ein paar Stunden schlafen solle. Doch da verlief die Grenze. Er hatte sie zum Häuschen ihrer Mutter gebracht, das für ihn noch immer Aagot Fagerlis war. Er selbst hatte im Auto geschlafen.

Sie schlief Sie war pausbäckig, und ihre Wange glänzte vor Creme, ihre Wimpern waren ohne Mascara leicht gelbrot. Er machte sich seine eigenen Gedanken, wenn sie schlief.

Jetzt, da sie schwanger war, war sie abends sehr schläfrig. Es machte ihr nichts aus, wenn er die Lampe brennen hatte und las. Sie schlief wie ein Kind. Wenn sie wach war, war sie sehr verständig. Es gefiel ihm, daß sie in der Welt so zu Hause war. Daß sie sich darauf verstand.

Allein mit der Lampe, die ihr feingekräuseltes, ins Rote spielende Haar entfachte, suchte er nach den Fäden seiner tiefen Verbundenheit mit ihr. Früher war er wie der Blitz heiß geworden und hatte einige Wochen in einem warmen Rausch verlebt, besonders zur Sommerszeit. Seit er jedoch erwachsen war, gestalteten sich seine Beziehungen zu Frauen vernünftig, im Grunde vielleicht humorvoll. Von beiden Seiten.

Mia war vernünftig. Und sie nahmen es beide humorvoll, selbst wenn die Lust sie bis zur Umnebelung erhitzt hatte. Mia war schnell wieder nüchtern. Es amüsierte ihn, daß sie ständig plante. Ausflüge, Elternurlaub, Arbeitsvorhaben. Aber es gefiel ihm. Ihm gefiel ihr Wille, der gesund war wie eine nicht befallene Nuß in einer jungen, grünen, aber schon hart gewordenen Schale.

Es gab noch anderes. Feinere Fäden hinab zu dem, wofür er nur schwer Worte fand. Obwohl man es auch brutal einfach ausdrücken konnte: Als er Mia begegnete, bildete er sich ein, sie sei gekommen, um ihn heimzuholen.

Dies war kein verlockender Gedanke, aber er war da, und er wirkte. Ihr davon zu erzählen, ihn auch nur anzudeuten, wäre unklug. Er wollte nicht, daß Mia sich wie ein Werkzeug vorkäme. Das war sie auch nicht. Sie war eine Voraussetzung.

Wenn sie schlief, wurde das Zimmer ein klein wenig fremd. An der Wand überm Bett hatte sie ein Plakat hängen, auf dem ein Gesicht und ein Name waren, den er nicht kannte. Ein schwarzer Sänger mit einer spiegelnden Brille. Auf der Leselampe hing als zusätzlicher Schirm ein Hut. Der war schwarz und mit einer großen Mohnblüte aus Stoff dekoriert. Er hatte sie noch nie mit Hut gesehen, konnte sich diesen Hut auf ihrem Kopf gar nicht vorstellen, und er fragte sie, warum sie ihn gekauft hatte.

Sie war enttäuscht gewesen, als er nach Östersund zurückfahren wollte. Allmählich würde sie Torsten und Gudrun gern besuchen. Er sah das kommen und wußte, daß sie es tun würden. Aber jetzt noch nicht.

Sie war enttäuscht, aber nicht sauer, als sie fuhren. Mia schmollte nicht. Meistens bekam sie, was sie wollte. Und ihr Instinkt sagte ihr, wann sie nachgeben mußte. Es wurde ein schöner Tag, obwohl es am Morgen geregnet hatte, und natürlich war es nicht verlockend, nach Östersund zurückzufahren. Er wollte sie dadurch entschädigen, daß er sie zum Essen einlud. Sie sagte, der Lachs schmecke muffig.

Der Fisch war nicht schlecht, das hätte er gemerkt. Bei ihr zu Hause übergab sie sich. Sie kam aus dem Badezimmer und sah verkniffen aus. Sie hatte einige Beschwerden, sagte aber, daß sie vorübergingen.

Sie schlief zeitig ein, wahrscheinlich weil sie sich nicht wohlfühlte. Gegen neun ging er aus dem Haus und rief Gudrun an. Er wollte nicht, daß Mia aufwachte und das Gespräch mithörte.

Hinterher war er traurig. Gudrun hatte noch nie vorgeschlagen, daß er nach Svartvattnet heimkommen und sie besuchen solle. Nun verlor sie kein Wort zu ihrem Besuch. Früher hatte er sich über solche Dinge kaum Gedanken gemacht. Er betrachtete Dorjs als seine nächsten Angehörigen. Doch seit er Mia kannte, kam ihm das allmählich unnatürlich vor.

Im Grunde wußte er, daß es nicht um Natürlichkeit oder Natur ging, sondern um Konventionen. Es gehörte zu Mias Weltklugheit, daß sie davor Respekt hatte. Angemessenen Respekt.

Etliche der humorvollen, vernünftigen und unkonventionellen Frauen, die er nach Langvasslien mitgenommen und von seinen Schlittenhunden hatte fahren lassen, waren auf sehr schmalen Stegen über rauschendes Wasser balanciert. Über reines Chaos.

Als er zurückkam, ging er ins Bett und las, lag aber immer wieder lange da und betrachtete sie. Sie schlief tief. Da klingelte das Telefon. Als er sie weckte und ihr den Hörer reichte, verstand sie nur mühsam, worum es ging. Es war fast ein Uhr nachts. Er ging in die Küche, setzte Teewasser auf und toastete Brot. Ihr war meist schlecht, wenn sie aufwachte und nichts im Magen hatte. Als er mit dem Tee zurückkam, telefonierte sie noch immer. Sie sagte eigentlich nicht viel. Beruhigte jemanden. Möglicherweise erfolgreich, denn am Ende legte sie den Hörer auf und rollte sich wieder zusammen.

»Das war Mamas Typ«, sagte sie. »Torbjörnsson. Sie ist irgendwo hingefahren, ohne ihm Bescheid zu sagen. Jetzt ist er schier verrückt.«

Sie schlief wieder ein, ohne den Tee zu trinken. Er selbst lag da und dachte darüber nach, wie er sie dazu bringen könne, zu ihm nach Trondheim zu ziehen. Starke Gefühle machen uns beweglich. Aber noch hatte er sich nicht getraut, sie zu fragen.

Mitten in der Nacht entdeckte Birger, daß die Schrotflinte weg war. Es war hell im Zimmer. Er lag, nach wie vor angezogen, rücklings auf ihrem Bett und hatte heftige Kopfschmerzen. Er hatte mit Mia gesprochen. Sie war es gewesen, die am Morgen mit Annie Tee getrunken hatte. Sie war nicht beunruhigt. Mama sei halt eingefallen, irgendwohin zu fahren, sagte sie nur.

Mia wußte nicht, wie sie zueinander standen. Sie hatte keine Ahnung von den morgendlichen und abendlichen Telefonaten. Wahrscheinlich hielt sie das, was sie miteinander hatten, für etwas Praktisches. Ein Arrangement, das ihnen Wochenendgesellschaft und Beischlaf sicherte, ohne daß eines von ihnen zu sehr involviert würde. Er hatte nie daran gedacht, daß es so wirken könnte. Es berührte ihn unangenehm.

Einen Moment lang hatte er daran gedacht, die Polizei anzurufen. Dann hatte er lange überhaupt nicht gedacht, nur gewartet. Er hatte den ganzen Tag nicht richtig essen können. Immer wieder hatte er sich jedoch Flachbrote mit Butter geschmiert und sich eine Scheibe nach der anderen einverleibt. Die Stunden vergingen langsam. Die Vögel vor dem Fenster waren wie wahnsinnig. Er begriff nicht, wie Annie um diese Jahreszeit überhaupt Schlaf finden konnte.

Die Küche und die Stube waren noch immer voll von den Blumenbüscheln, die die Schulkinder mitgebracht hatten. Frühlingsschlüsselblumen, Trollblumen und rote Lichtnelken.

Vergißmeinnicht mit winzigen Blüten. Maiglöckchen, deren Glocken schon bräunliche Ränder bekamen. Sie hatten die Rabatten geplündert. Sogar die Jungen kamen mit Blumen an. Sie hatten Buschwindröschen gefunden, grotesk vergrößert, aber noch nicht aufgeblüht, und sie hatten gepflückt, als gäbe es einen Kilopreis dafür. Und gesungen, mit Sicherheit.

Sie seien kleine religiöse Tiere ohne Theologie, hatte Annie irgendwann einmal gesagt. Sie wiederholten Handlungen, ohne sich zu fragen, was sie bedeuten.

Wider Willen war sie gerührt und nahm die Blumensträuße mit nach Hause. Er wollte sie hinauswerfen, fürchtete aber, daß sie dann traurig wäre. Sie hatten ihren Wohlgeruch abgegeben, als wollten sie für all den Mief, der den ganzen Winter über aus Kleidern, Haaren und aufgerissenen Mündern gedrungen war, um Entschuldigung bitten.

Wir befreien dich. Sei jetzt eine andere. Einsam und frei.

Ihr Glück, so es das gab, war vielleicht trotz allem mit Einsamkeit verbunden. Er wollte es gar nicht wissen. Sie war jedoch niemals rücksichtslos gewesen gegen ihn. Niemals gegangen, ohne etwas zu sagen.

Warum streckte er den Arm und die Hand in den Zwischenraum zwischen Bett und Wand? Es hatte ihm jedenfalls nichts geschwant, denn die Entdeckung fuhr ihm durch Mark und Bein. Rein körperlich. So als wäre er gegen einen Elektrozaun gelaufen.

Dann fuhr er hoch und suchte überall nach der Büchse.

Die Suchaktion nach Mias Mama begann bei Strömgrensbygget, wo sie ihr Auto abgestellt hatte. Daß die Mama tatsächlich verlorengegangen war, erfuhren sie, als Birger am Morgen anrief. Mia drückte das so aus. Sie war verlorengegangen.

Gleich nachdem sie Kaffee getrunken hatten, setzten sie sich ins Auto, und als sie in Svartvattnet ankamen, waren schon mehrere Autos nach dort oben unterwegs. Da wurde für Johan alles etwas wirklicher. Vor allem aber war es eigenartig, im Abstand von zwanzig Metern dieses halbvergessene, doch wohlbekannte Terrain, an dessen Mulden und Buckel sich seine Beine von ganz allein zu erinnern schienen, von der Straße her zu durchkämmen. Einwärts und aufwärts vorzurücken und den Namen einer Person zu rufen, der er nie begegnet war und die seine Schwiegermutter werden sollte. Die Großmutter seines Kindes.

»Ann-iii!« rief er mit den anderen. »Ann-iii!«

Sie mußte irgendwo droben in Richtung von Fjellströms Waldschlag sitzen oder liegen. Wahrscheinlich mit gebrochenem Bein. Die Organisation hatte Per-Ola übernommen. Er war jetzt Jagdleiter, und die Suchmannschaft bestand zum großen Teil aus der Jagdgesellschaft. Torsten war nicht mitgekommen. Gudrun sagte, daß sein Rücken zu steif sei.

Per-Ola instruierte sie, lange Pausen zwischen den einzelnen Rufen zu machen, damit sie auch hören könnten, ob Annie antworte. Sie müßten damit rechnen, daß ihre Antwort leise sein würde. Es war jedoch schwierig, auf leise Geräusche zu horchen. Die Leute riefen, und die Hunde bellten. Trotz allem war es ein bißchen feierlich. Ein Vorgeschmack auf den Herbst und die Jagd.

Per-Ola hatte Johan mit einem Kopfnicken gegrüßt. Seine kleinen, hellblauen Augen waren fahler geworden und hatten sich weiter zurückgezogen. Sein Körper war kräftiger. Erstaunen legte er nicht an den Tag. Gudrun hatte wohl von Johan und Mia erzählt. Sie ging ein gutes Stück von ihnen entfernt. Johan hatte auch Väine flüchtig gesehen. Aber weder Björne noch Pekka. Er nahm an, daß Pekka irgendwo weiter südlich einen Job hatte. Er war Kranfahrer.

Das Gras leuchtete, als sei es gemalt. Es war die Zeit, in der alles zum Licht emporgezogen wurde, das auch nachts kaum schwächer wurde: die Spitzen des Farns mit seinen haarigen Krummstäben, die Tüten der Schattenblume und die braunen, rissigen Knospen des Fuchsschwanzes. Die Sprossen des Weidenröschens schmeckten wie Spargel und waren leicht hellrot.

Sie war Morcheln suchen gegangen. Nachdem Birger Torbjörnsson dies klar geworden war, hatte er einen Rundruf gestartet. Sie hatte sich mit einer Freundin verabredet, zu Fjellströms Waldschlag hinaufzugehen, der jetzt ein paar Jahre alt war und für Morcheln genau richtig. Doch als die Freundin sie abholen kam, war sie schon gefahren. Es hatte wohl ein Mißverständnis gegeben.

Johan rief den Namen der fremden Frau und stiefelte weiter. Die Freundin war Gudrun. Es war ziemlich merkwürdig für ihn, auf diese Weise ein Fitzelchen von Gudruns Alltag zu erhalten. In all den Jahren hatten all die Treffen mit den steifen Konversationen in Restaurants in Trondheim oder an seinem Couchtisch nichts so Simples hergegeben. Gudrun und die Lehrerin beim Morchelnsammeln. Wenn diesmal auch nichts daraus geworden war. Die Lehrerin war auf eigene Faust losgefahren. Es sei freilich nicht ganz klar gewesen, wessen Auto sie nehmen würden, sagte Gudrun.

Sie gingen bis zum Ende des Waldschlags, und dort ließ Per-Ola der ganzen Reihe durchgeben, daß sie sich nach Westen wenden und sich den Rest des Waldschlags auf dem Abstieg vornehmen sollten. Mit einem Abstand von zwanzig Metern, wie gehabt.

Der Boden war heftig aufgewühlt, denn die Waldschlepper hatten tiefe Spuren hinterlassen. Hier oben waren die Birkenblätter noch klebrig, stark geriffelt und gefaltet. Der Vorwald stand in gelbgrünen und ins Rot spielenden Wolken über den Steinschlägen und zusammenfallenden Reisighaufen.

Die Leute waren ein wenig lustlos, als sie hinunterkamen. Niemand hatte eine Idee, wo sie als nächstes suchen könnten. Per-Ola hatte ein großes Stück Tabak in den Mund gesteckt und stand still da.

Johan hatte einen brütenden Wasserläufer aufgescheucht und dessen blaugefleckte Eier gesehen. Er hatte auch ein paar ungewöhnlich große Morcheln gefunden und in die Jackentasche gesteckt. Mia hatte er sie allerdings noch nicht gezeigt. Es machte nicht unbedingt einen guten Eindruck, jetzt Morcheln zu sammeln und sich Vogeleier anzugucken.

Schließlich spuckte Per-Ola seinen Priem aus und sagte, daß sie nach Hause fahren und essen sollten. Alle, die wollten, könnten sich in zwei Stunden wieder treffen. Johan stand noch mit Mia beim Auto und beobachtete, wie Gudrun in Per-Olas Ford wegfuhr. Sie sah nicht zu ihnen her. Mia machte sich offensichtlich keine Gedanken darüber. Johan war froh, nichts erklären zu müssen, wußte aber, daß er irgendwann in nächster Zeit nicht umhinkommen würde.

Eigentlich gab es nicht mehr zu sagen als das, was er ihr von Anfang an gesagt hatte: Er hatte zu seinem Vater und seinen Brüdern ein schlechtes Verhältnis. Das war schon immer so gewesen. Er konnte sich zumindest an nichts anderes erinnern. Und so wird es auch bleiben, dachte er. Stumm. Gemein. Feindselig, ohne daß man darüber ein Wort verlor. Würde Mia so etwas verstehen? Oder glaubte sie, daß sich alles einrenken könnte, wenn man nur vernünftig wäre und die Dinge von der Lichtseite her betrachtete? Er wußte nicht genau, wie tief ihre klare Sachlichkeit reichte.

Er fragte sich, wie ihre Mutter wohl war. Weiter oben stand Birger Torbjörnsson an der Straße und starrte in den Kies. Eine Frau in einer rosaroten Jacke redete eifrig auf ihn ein. Er schien ihr aber nicht zuzuhören.

Schließlich waren alle Autos gefahren, außer Johans und Birger Torbjörnssons. Langsam kam der große, schwerfällige Mann auf sie zu.

»Johan?«

»Mia und ich gehen miteinander.«

Johan hielt es für das beste, dies so schnell wie möglich hinter sich zu bringen. Doch Birger sagte nichts dazu. Es war ungewiß, ob es ihn erreicht hatte. Er starrte auf den Boden und wirkte müde. Sein Haaransatz war dunkel und klebrig vor Schweiß.

»Ich muß mit dir reden«, sagte er zu Mia. »Ich glaube nicht, daß sie in den Waldschlag hinaufgegangen ist.«

Was er da sagte, war höchst verwunderlich, denn immerhin war er es gewesen, der der Suchmannschaft diesen Hinweis gegeben hatte. Mia merkte dies auch an. Er setzte sich in die Bankette und starrte in den Kies. Sein massiges Gesicht war verschlossen.

»Ich weiß nicht«, sagte er. »Ich habe nicht geschlafen. Auf der Vortreppe habe ich diese Tüte gefunden. Gudrun hatte sie an die Türklinke gehängt, als sie dort war. Da war Annie schon fort. Gudrun hat angenommen, daß sie nur mal kurz weg ist. Irgendwas erledigen. Drum hat sie die Tüte da hingehängt.«

»Welche Tüte?«

»Da waren eine Thermoskanne mit Kaffee und Semmeln und so was drin. Und sie hat einen Zettel geschrieben, daß Annie sie anrufen soll, wenn sie heimkommt. Sie hat aber nie angerufen. Anscheinend ist ihr etwas anderes in den Sinn gekommen.«

»Du hast doch gesagt, sie hätte geglaubt, daß Gudrun Brandberg mit ihrem eigenen Auto schon losgefahren sei und daß sie hinterhergefahren sei.«

»Ja, das habe ich gesagt. Aber ich weiß nicht, ob ich das immer noch glaube.«

»Was glaubst du dann?«

»Ich weiß nicht.«

Sie warteten darauf, daß er weiterreden würde, doch er sagte nichts mehr. Schließlich setzte sich Mia ins Auto.

»Wir fahren runter und essen«, sagte sie. »Dann sehen wir weiter.«

Als Johan einsteigen wollte, faßte Birger Torbjörnsson ihn am Arm.

»Sie hat eine Schrotflinte dabei«, sagte er. »Das weiß ich, weil die sonst immer hinterm Bett liegt.«

»Warum denn das?«

Birger antwortete nicht, und Johan wußte auch nicht, was er sagen sollte.

»War sie deprimiert?« fragte er. Da brach es aus Birger heraus:

»Nein! Verdammt nochmal, es war alles in Ordnung mit ihr! Sie hat auf mich gewartet, ich wollte gestern nachmittag kommen. Es war alles in Ordnung mit ihr!«

»Was ist denn?« fragte Mia aus dem Auto. Birger war jedoch schon zu seinem Auto unterwegs.

»Er hat heute nacht kein Auge zugetan«, sagte Johan.

Sie fuhren hinunter, und er erzählte Mia nichts von der Schrotflinte. Er meinte auch, keine Fragen stellen zu können, hätte aber gern gewußt, wie Annie Raft war und warum sie hinterm Bett, wo sie schlief, ein Gewehr hatte.

Bei einem der ersten Male, da sie zusammen waren, hatte Birger Annie von seinem Erlebnis im Hotel Sulky erzählt. Er legte, so gut er konnte und obwohl er keinen Namen dafür hatte, über die eigentliche Begebenheit Rechenschaft ab. Er sprach auch darüber, welche Folgen sie gehabt habe: daß er von da an mit Franses zusammengewesen sei und auf diese Weise seine Ehe verbumfiedelt habe. Annie hatte ihm zugehört, ohne ihn zu unterbrechen. Als er fertig war, hatte sie gesagt:

»Ich will mich nicht der anderen Wirklichkeit nähern. Selbst wenn ich es könnte, will ich keine Gesichte und Zustände heraufbeschwören.«

Er war sehr überrascht. Er hatte Einwände erwartet, aber ganz anderer Art. Sie ließ seine Geschichte gelten. Er fühlte sich fast wie vor den Kopf gestoßen. Wie konnte sie so unbeschwert zwischen Unvereinbarkeiten balancieren? Sie sagte:

»Ich schätze diese Wirklichkeit. Oder Unwirklichkeit. Doch ich kann die andere nicht abweisen. Das Gewebe ist oft locker - ich sehe hindurch. Schon seit meiner Kindheit, und es ist kein erschreckendes Erlebnis, auch wenn es das vielleicht sein sollte.«

»Ich bin hier nicht zu Hause. Die Umgebungen, in denen ich gelandet bin, sind nicht ausgesucht worden. Jedenfalls nicht von mir. Das läßt mich für das, was um mich herum ist, Zärtlichkeit empfinden. Manchmal sogar für die Menschen. Vor allem aber für die Landschaft – und die Häuser.«

»So ein kleines Haus wie dieses hier«, hatte sie gesagt, als sie in der winternachtdunklen Stube nebeneinander im Bett gelegen hatten, »das kann mich mit starker Zärtlichkeit erfüllen. Es ist so zerbrechlich und zeitweilig. Es kann, wenn überm Fjäll ein Gewitter grollt, in einer Nacht innerhalb von ein paar Stunden abbrennen. Doch es hält die strengste Kälte ab. Weißt du, daß wir im vergangenen Winter sechsunddreißig Grad minus hatten? Und es hält den Regen ab, der, in den Herbstnächten ganz wild, auf das Blechdach pladdert. Du wirst es schon hören.«

Du wirst es schon hören.

Auf diese Weise erfuhr er, daß auch sie sich dachte, daß sie weiterhin zusammensein würden. Er lauschte aufmerksam in die Dunkelheit, denn er verstand, daß diese Gelegenheit so bald nicht wiederkommen würde. So ernst wie in diesem Augenblick war sie selten. Für gewöhnlich war sie alles andere als besonders offen, obwohl sie viel redete.

»Wir sind nicht allein hier«, sagte sie. »Dieses Haus beherbergt eine Menge Lebewesen. Sie nisten hier mit uns. Wespen, Fliegen, Käfer, Silberfischchen und Mäuse. Der Habicht, der immer neben der Wand auf der Telefonleitung sitzt, gehört ebenso dazu wie das Hermelin in der Grundmauer und die Kohlmeisen unter den Winddielen. In den kältesten Winternächten kriechen sie zwischen die Bretterverkleidung und das Holz. Als ich zum ersten Mal hierherkam, stand das Haus schon gut hundertsechzig Jahre, und es wird auch nach mir noch stehen, wenn es nicht abbrennt.«

Als sie jetzt zu dem Haus hinunterkamen, Mia und Johan Brandberg und er, war es leer. Es nützte nichts, was sie über die Mäuse und Silberfischchen gesagt hatte. Es brachte ihm nicht den geringsten Trost, an ihre Worte über Wirklichkeit und Unwirklichkeit zu denken. Das Haus war erschreckend leer, und es roch stickig darin.

Mia sammelte die Blumen ein und warf sie in die Abfalltüte.

Sie mußte noch eine Tüte dazunehmen, um alles unterzubringen. Sie hat ein recht kräftiges Hinterteil, dachte Birger. Eigentlich ist sie Annie nicht ähnlich. Doch es war etwas mit ihren Händen: Als sie einen Eierkarton und ein Päckchen Butter aus dem Kühlschrank nahm, glichen ihre Hände denen Annies. Johan saß am Tisch und ließ seinen Blick auf ihr ruhen. Normalerweise waren seine braunen, schmalen Augen sehr flink. Sowohl seine Iris als auch sein braunschwarzes Haar waren um einiges fahler geworden. Birger hatte ihn etliche Jahre nicht mehr gesehen. Früher war er mit Tomas oft bei ihnen zu Hause gewesen, doch das hatte aufgehört, nachdem Tomas nach Stockholm gezogen war. Er fragte sich, wie Mia und Johan sich kennengelernt hatten. Soviel er wußte, kam Johan nie nach Svartvattnet zu Besuch.

Er war Meteorologe auf dem Flugplatz in Trondheim. Birger hatte, vor allem aus Spaß, einmal gesagt, daß er einen Beruf seiner Herkunft gemäß gewählt habe. Johan war stocksauer geworden. Er war ein bißchen hitzköpfig, war es zumindest in jüngeren Jahren gewesen. »Glaubst du denn, wir gehen hinaus aufs Fjäll und starren die Wolken an?« hatte er gefragt. Dann hatte er ziemlich umständlich erklärt, wie er mit Tabellen und Kurven arbeitete.

Mia briet Eier und schnitt geräucherten Hammelbraten auf. Birger konnte nichts essen. Er trank Kaffee mit ihnen und aß wieder ein paar Scheiben Gerstenbrot. Seine Gedanken irrten umher. Er verstand nicht richtig, was sie sagten, und Mia mußte ihre Frage an ihn wiederholen:

»Gibt es auf der anderen Seite der Straße keine Morchelstellen?«

»Dort sind doch nur Moore bis hinunter zum Fluß«, antwortete Johan an seiner Stelle. Mia beharrte jedoch darauf, daß sie auf dieser Seite suchen sollten.

Annie war nicht Morcheln suchen gegangen. Auch Birger hatte das gehofft. Jetzt mußte er sich zusammenreißen und ihnen erzählen, wie es sich verhielt.

»Sie hat mich heute morgen in aller Frühe angerufen«, sagte er. »Es war noch nicht fünf.« Sie warteten auf die Fortsetzung, doch er konnte nicht weitersprechen. Er hatte eine Sperre. Er erhob sich vom Tisch.

»Verdammt nochmal, wir können nicht hier sitzen bleiben«, sagte er. »Wir müssen jetzt wieder rauffahren und weitersuchen.«

Sie gingen abwärts, über die Straße nach Strömgrensbygget. Die Suchmannschaft war wieder bergwärts gezogen, und man hörte ihr Rufen bis zu dem alten Bergausbauhof hinunter. »Ann-iii! Ann-iii!« Birger sah, daß Mia einen scharfen, fast angewiderten Zug um den Mund bekommen hatte. Sie wurden etwas schneller.

Das Haus stand leer, und an den Fenstern hingen schmutzige Gardinen. Die Weide war wieder zugewachsen. Später im Sommer würde es vor lauter Milchlattich, Eisenhut und Mädesüß schwer sein, hier durchzukommen. Als sie im Moor unten anlangten, sahen sie Stiefeltritte auf dem nassen Pfad. Hinterher sollte sich Birger daran erinnern, daß er eigentlich vorschlagen wollte, an der Seite des Pfades zu gehen, um die Spuren nicht zu zerstören. Er hielt es jedoch für befremdlich, fast unappetitlich, so etwas zu sagen. Besonders wenn Mia dabei war.

Er brachte an diesem langen Sonntag keine Ordnung in seine Gedanken. Ungute Ideen, wo Annie geblieben sein könnte, flimmerten in seinem Schädel auf und waren wieder verschwunden. Mit einem Mal ging ihm durch den Kopf, was sie zum Essen machen würden, und er fragte sich, ob Annie, bevor sie gegangen war, noch hatte einkaufen können. Als sie auf die Furt durch den Lobberån zusteuerten, merkte er, daß Mia sehr unwohl zumute war. Bisher war sie gefaßt geblieben, obwohl ihr der Ernst der Lage allmählich aufgegangen war.

»Ich mag diese Stelle nicht«, sagte sie leise.

»Die mag wohl niemand«, erwiderte Birger.

»Diese verdammten Vögel.«

Ein Greifvogelpaar kreiste über ihnen und maunzte langgezogen.

»Sind das Habichte?« fragte Johan.

»Große Schlachter.«

Sie klang absolut sicher. Einer der Vögel kreiste davon und geriet außer Sichtweite. Der andere bewachte sie weiterhin.

»Du kennst die Vögel«, sagte Birger. »Ich habe gedacht, daß du ansonsten nicht sehr interessierst wärst.«

»An der *Natur*«, sagte sie mit spöttischem Unterton. Birger hatte das Gefühl, daß sie eine von Annies Doktrinen ins Lächerliche zog: Es gibt nichts, was nicht Natur ist. Wir sind alle Natur. Sogar die großen Städte werden sich in Steinbrüche verwandeln, in denen Adler hecken und Eidechsen sich auf den Mauern sonnen. In Dschungel oder in Tannenwälder mit geheimnisvollen Formationen.

Er fragte sich, wie Mia Annie sah. Wahrscheinlich kritisch, etwas anderes wäre unnatürlich. Oder lachte sie nur über deren Glauben, daß die verwüsteten Wälder zurückkehren würden? Mit Zärtlichkeit. Er hatte sie »Mutti, Mutti« sagen hören. Das habe sie als Kind immer gesagt, wenn sie sie habe beschützen wollen, hatte Annie erzählt. Er entsann sich des mageren, sonnengebräunten Kindes mit dem knabenhaft geschnittenen, roten Haar. Und Annies damals. Sie hatte langes, blondes Haar gehabt und scheue – nein, reizbare Augen. Einen schmalen Mund. Immer auf der Hut.

»Ich geh noch ein Stück weiter runter«, sagte Johan. »Bleibt ihr mal hier. Wir können dann weiter nach Norbuan raufgehen.«

»Aagot Fagerli hat mir das beigebracht«, erzählte Mia. »Sie hatte diese großen Vogelbücher. Eigentlich habe ich mir nur diesen einen Vogel gemerkt. Den Jagdfalken oder Großen Schlachter.«

Sie hatten eine der kleinen Inseln aus festem Moosboden gefunden, die im Moor verstreut lagen, und saßen nebeneinander auf einem verrottenden Birkenstamm. Sie sahen Johan nach, der noch weiter hinunterging. Der Moorboden war voller Wasserspiegel. Dazwischen lagen die gärenden Betten des Riedgrases, die sich während der Schneeschmelze mit Wasser vollgesogen hatten. Es triefte, wenn man den Fuß daraufsetzte. In den Wasserspiegeln trafen sich Himmel und Erde. Den Flußverlauf konnten sie an den gräulichen Borten ausmachen, die die Blauweiden im Grün bildeten. Das Rauschen der Strömungen und kleinen Wasserfälle war auf die Entfernung nur undeutlich zu hören. Mal klang es, als ob ganz viele Leute sich unterhielten und sogar anschrien. Mal glich es entferntem Verkehrsgeräusch, einem an- und abschwellenden, doch ganz mechanischen Gebrumm.

»Ich glaube fast, ich würde die Stelle wiedererkennen«, sagte Mia. »Und die Vögel sind noch da. Es sind wohl die Ururenkel jenes Vogels.«

»Du wirst dich an diesen Mittsommerabend wohl nicht mehr erinnern können?«

»Ich war sechs. Ich erinnere mich an zwei komische Tannen. Mama hat mich auf eine umgestürzte Birke gesetzt. Da waren Porlinge drauf, so wie hier. Ich hatte Angst vor ihnen. Ich dachte, das wären irgendwelche Tiere, die sich festgesogen hätten. Mama wollte zum Fluß runter und nach dem Zelt sehen, weil sie dachte, wir könnten dort Hilfe bekommen. Da bin ich ihr nachgelaufen. Ich hatte solche Angst, daß sie verlorengehen würde. Die ganze Zeit war da dieser Vogel. Er war schon auf das Zelt herabgestoßen, als wir das erste Mal dort vorbeigekommen waren. Er war wie eine Spule. Du solltest mal sehen, was für eine Kraft in denen steckt, wenn sie herabstoßen, um zu töten. Schlagen heißt das bestimmt. Ich bin ganz nah hingegangen und habe das Zelt gesehen. Es war völlig blutig und kaputt, und man hat gesehen, daß da jemand lag. Einen Fuß und was noch alles. Mama hat daneben gelegen, doch dann hat sie sich hochgerappelt, ist an den Fluß und hat ständig mit den Händen ins Wasser gepatscht.«

»Du meinst, du hast tatsächlich das Zelt und das, was dort geschehen war, gesehen?«

»Ja.«

»Annie glaubt das nicht.«

»Nein, klar nicht. Das würde sie nie verkraften. Obwohl sie hätte sehen müssen, daß ich viel weiter unten am Pfad stand, als sie zurückkam. Ich dachte, sie würde böse werden. Aber sie hat es nicht einmal gemerkt.«

»Böse?«

Es war ein merkwürdiges Bild, das sie ihm beschrieb. Ihre Stimme war hell, beinahe schrill. Es war kaum noch die Stimme einer erwachsenen Frau.

»Dann haben ja alle darüber geredet.«

»Haben sie mit dir darüber geredet?«

»Ja, klar. Freilich war ich die einzige, die wußte, wie es zugegangen war.«

»Wie war es denn zugegangen?« fragte Birger flüsternd.

»Der Vogel stieß herab und schlug sie mit seinem spitzen Schnabel tot.«

Sie lachte auf, als sie seinen Gesichtsausdruck sah. Er hatte immer geglaubt, Mia sei ein patentes Mädchen. Fröhlich und forsch. Oder wenn er aufrichtig sein sollte: ziemlich eingleisig. Annie weder äußerlich noch innerlich ähnlich. Jetzt fragte er sich, wieviel davon echt war.

»Das habe ich geglaubt«, sagte sie. »Mehrere Jahre lang. Ich weiß nicht, wann ich dazu übergegangen bin, das zu glauben, was alle glaubten.«

Einen Moment lang hatte sie ganz erwachsen geklungen, doch mit einem Mal kam die Mädchenstimme wieder.

»Ich habe Angst gehabt, aber ich habe mich nicht getraut, es zu sagen. In der Nacht danach hatten wir eine Wahnsinnsangst, Mama und ich. Sie ist ausgerastet und zu Aagot hinaufgerannt. Ich hab meine Decke genommen und bin hinterher. Es war so kalt draußen in der Nacht und total hell. Das war ich damals ja nicht gewohnt. Ich hab gedacht, da stimmt was nicht. Und daß es nie mehr dunkel werden würde. Ich war zuviel für sie. Sie hatte selbst zu große Angst. Ich habe darüber nachgedacht. Weißt du, daß ich ein Kind bekomme?«

»Nein. Annie hat nichts davon gesagt.«

»Sie weiß es noch nicht. Ich habe gedacht, daß du es vielleicht gesehen hast. Weil du doch Arzt bist.«

»Es ist noch nicht zu sehen.«

»Nein, aber es ist so.«

Sie klang ein bißchen streitlustig und fügte hinzu:

»Johan und ich freuen uns mächtig.«

»Das verstehe ich«, sagte Birger.

»Aagot hat Mama in der Kammer ins Bett gesteckt. Sie hat gefroren, daß es sie geschüttelt hat, und sie hat gesagt, sie hätte ein heulendes Geräusch gehört. Da war aber kein Geräusch. Weder Tante Aagot noch ich hatten etwas gehört. Du bist Aagot doch begegnet, oder?«

»Viele Male«, antwortete Birger.

»Pulli überm Nachthemd und keine Zähne. Ja, sie hat dann ihr Gebiß eingesetzt. Es hat geschmatzt, wie sie es festgemacht hat. Sie hat mir auf der Küchenbank ein Bett zurechtgemacht, aber ich hab mich nicht getraut, allein zu schlafen. ›Ich bleib hier sitzen‹, hat sie gesagt. ›Die ganze Nacht. Ich werde dich nicht allein lassen.‹ Ich fand es komisch, daß sie Nacht sagte, denn draußen schien bereits die Sonne. Das sah man unten auf Tangen, die ersten Häuser dort waren schon beschienen. Ich traute mich nicht, ins zu Bett gehen. Ich blieb am Küchentisch sitzen und fror. Sie heizte den Herd ein. Ich hatte noch nie so einen Herd gesehen. Das Feuer knisterte und krachte. Sie hat Milch warm gemacht, und die ist natürlich übergekocht und festgebrannt. Da hat sie geflucht. Erinnerst du dich, wie Aagot geflucht hat? In einer Mischung aus Norwegisch und Amerikanisch. Und Jämtländisch. Pfeif auf den Hafen, hat sie gesagt. Den bringst doch nimmermehr sauber. Dammit. Bladdi hell. So ging das weiter. Dann hat sie einen frischen Topf genommen. Es war alles so alltäglich, obwohl da dieses schreckliche

Licht war. Da hab ich gesagt, daß ich diesen Vogel gesehen habe. Ich hab nicht gesagt, was er getan hat, denn ich glaube nicht, daß ich das schon richtig kapiert hatte. Das kam erst später, als die Leute redeten. Es war nur der Vogel. Und diese blutigen Zeltfetzen. Hellblau. Wie ich Aagot erzählte, wo ich den Vogel gesehen hab, nämlich am Fluß, gleich beim See, da hat sie gesagt: der Große Schlachter. Das hat sie gesagt. Ich hab an einen großen Schlachter denken müssen. Ich hatte ihn herabstoßen sehen. Dann hat sie ein großes Buch geholt, ein mordsschweres Buch, eines von den Gebrüdern von Wright natürlich. Mama hat sie daheim. Sie hat sie nach Aagots Tod auf der Versteigerung ausgelöst. Wir haben am Küchentisch gesessen und darin geblättert, bis wir auf den Großen Schlachter gestoßen sind. Dieser Schnabel und die gelben Augen! Es war das Ärgste, was ich je gesehen hatte. Ich habe nie etwas Gräßlicheres gesehen. Sie hat mir etwas über ihn vorgelesen. Hat wohl geglaubt, mich damit von dem Schrecklichen abzubringen. Später habe ich das selber gelesen, viele, viele Male. Ich hatte es drauf, diese Stelle herauszufinden. Taggreifvögel. Unterabteilung Falken.«

Johan kam den Pfad gegangen. Sie standen auf und gingen ihm entgegen. Das Moor sog und schwankte unter seinen Stiefeln. Er ging unsicher.

»Wollen wir jetzt nach Norbuan rauf?« fragte Birger.

»Nein, wir gehen zur Straße. Wir müssen mit den anderen reden.«

Mia ging voraus, und nach einer Weile merkte Birger, daß Johan sich von ihr entfernte. Er blieb zurück und wartete auf Birger, der hinterherkam. Er packte ihn am Arm, und sein Griff war so fest, daß es schmerzte.

Als erstes hatte er das Gesicht gesehen. Das Wasser, das darüber hinströmte, war so klar, daß er glaubte, sie läge da und sähe ihn kommen. Ihre Augen waren ja offen, und das Haar, das die Strömung flußabwärts strich, konnte den Blick nicht verdecken. Dann begriff er, daß es kein Blick war, und daß die weiße Haut die Kälte des Wassers nicht spürte. Diese erhielt ihre Farbe vom Grund und von den Steinen, wenn die Wellen der Strömung und die Sonnenflecken sich darüberbewegten; einige Augenblicke lang sah ihre Hand aus, als ob sie aus Gold wäre, und dann verdunkelte sie sich zu Braun. Dennoch blieb die Haut vor allem weiß. Ihr Weiß schien vom Wechselspiel des Lichtes und des Wassers unabhängig zu sein.

Johan trat zurück, denn mehr wollte er nicht sehen. Er dachte nicht eine Sekunde lang daran, zwischen die Steine in das stark strömenden Wasser hinunterzusteigen, um sie zu berühren und zu versuchen, sie herauszuheben. Sie war blutleer und genauso kalt wie das Schmelzwasser aus dem Fjäll, das jetzt über sie hinwegschoß. Um das zu verstehen, brauchte er sie nicht anzufassen.

Als er wieder zum Moor hinaufging, dachte er einzig daran, wie er es Mia sagen sollte. Als er bei ihnen war, fehlte ihm der Mut dazu. Er sagte es Birger, und der große, schwerfällige Mann beugte sich vor. Es sah aus, als hätte er einen Schlag in die Magengrube erhalten. Er gab auch einen Laut von sich. Mia kam angerannt.

»Was ist denn los?« schrie sie. Er hatte ihre Stimme noch nie so schrillen gehört. Birger schien keine Luft zu bekommen, und Johan hatte eine Sperre.

»Wo ist sie?«

»Unter Wasser«, war das einzige, was er herausbrachte. Sie lief in Richtung Fluß und schwatzte die ganze Zeit schrill. Oder schrie sie? Er verstand kein Wort, doch es hörte sich an, als ob sie schimpfte. Vielleicht auf ihre Mutter. Da kam Birger zu sich. Er trabte ihr nach und fing sie just in dem Moment auf, als sie stürzte. Johan war stehengeblieben und hörte, wie sie mit offenem Mund heulte. Ihr Kopf baumelte hin und her. Birger hielt sie fest und drückte ihr Gesicht an seine Schulter, so daß das Heulen dumpfer klang. Johan stand da und betrachtete die beiden; er hatte das Gefühl, zwei fremde Menschen vor sich zu haben.

Annie hatte einmal gesagt, das einzige, was sie über ihren Tod sicher wisse, sei, daß sie einen ansehnlichen Müllhaufen hinterlassen werde. Sie hatte das nicht wortwörtlich gemeint – oder etwa doch? Sie mußte da wohl über den modernen abendländischen Menschen gesprochen haben. Oder etwas in der Art. Birger entsann sich nicht mehr. Er verspürte eine starke Gereiztheit und wußte, daß dieses Gefühl einer Schmerzattacke vorausging.

Das kam häufig vor. Er ärgerte sich. Er fand, daß sie eine Menge Quatsch geredet und unnötige Dinge gesagt hatte. Ihr Scherz – so es denn einer war – verkehrte sich nun in Ironie. Wenn man das so nennen konnte. Das? Was war denn daran ironisch? Er konnte es jedenfalls nicht aushalten. Es war unpersönlich. Kam von nirgendwoher. Er wollte schreien. Natürlich schrie er nicht. Aber er stand oft mit offenem Mund da.

Mia räumte auf. Ihr Gesicht war verschwitzt, und sie trug Gartenhandschuhe. Sie warf Müll aus dem Schuppen in einen schwarzen Sack. Auf eine unbeholfene Art war er bereit, ihr zu helfen. Aber es wurde nichts daraus.

Er war seit der Beerdigung nicht mehr in Svartvattnet gewesen. Es war jetzt Juli, und die Luft war schwer vor Feuchtigkeit und Düften. Mia hatte ihn zur Begrüßung umarmt. Das war lieb von ihr. Dann hatte sie weiter aufgeräumt.

Johan lief mit Kartons und Tüten hin und her. Birger setzte sich im Schuppen auf eine Kiste und betrachtete das Durcheinander. Er versuchte, jeweils nur eine Sache zu sehen. Boulekugeln, Elektrokabel, Grillspieße, Meißel, Nägel. Haufenweise gestempelte Briefmarken in Plastikbeuteln, Kugelschreiber, Kleiderbügel, eine Brechstange, eine Hacke ohne Stiel, Gardinenringe. Ein rundes Gitter. Ihm fiel ein, daß es vor einen Autoscheinwerfer gehörte, um ihn vor Steinschlägen zu schützen. Doch soviel er wußte, hatte sie es nie anmontiert. Eine Hundeleine mit Knoten, Lampenschirmgestelle aus Stahldraht. Ein schmutziges Schaffell, Styroporteile.

An vielen Stellen war das Chaos noch unangetastet. Er kannte es, so wie man das Muster einer alten Tapete kennt. Dort – an den von Mia unangetasteten und von ihm noch erkennbaren Stellen – dürfte kein Durcheinander sein. Es war nie eines gewesen. Lediglich eine kompakte und verzwickte Sammlung. Doch nun war das Muster von *jenem* zerstört worden. Dieser total unpersönlichen – unmenschlichen? – Stimmung, die er als Ironie auffaßte. Als Bitterkeit, obwohl sie weder einen Geschmack noch einen Geruch haben konnte.

Stahldrähte in knotigen Ringen. Sicherungen, Haarbürsten voller Hundehaare. Von Saddie und von einem helleren Hund. Muttern, Grillkohle, Spachteln, Holzschuhe, eine leere Leimtube, Plastikplanen, Blumentöpfe, kaputte Stiefel. Konservendosen, Tassen ohne Henkel. Zwei schöne, große Höganäskrüge. Zeitungsbündel. Die waren noch aus Aagots Zeit. Masoniteplatten, Schmirgelleinwand, ein Vorschlaghammer, eine Unmenge mit Schnüren gebündelte Almanache, Gardinenstangen, Birkenrindenstücke. Da waren Papiersäcke mit Dachschindeln, er wußte allerdings von keinem Schindeldach auf dem Hof. Sechskantschlüssel von IKEA. Schuhlöffel, Schwimmer für die Angeln, Skistöcke, Spinnköder mit rostigen Haken, Weinflaschen, Abflußrohre, Muffen, Blinker, ein kaputter Sonnenhut, ein Striegel. Ein Teesieb. Arzneifläschchen, Sonnenbrillen, Rundfunkröhren. Ohrenstöpsel. Ja, da waren Ohrenstöpsel. Hier, wo die Stille nachts so tief war! Das gelbe, leicht beschmutzte Material sah aus wie Schaumgummi. Ein

Schwingbock. Im Heimatmuseum hatte er einen ähnlichen gesehen. Schemel, Fliegenfenster, ein Piedestal, ein Holzhammer, eine Ahle, Zwecken, Schnürsenkel, Deckel für Einmachgläser.

»Wonach guckst du denn?« fragte Mia. Er schüttelte den Kopf. Bevor sie dies fragte, war es ihm selbst nicht klar gewesen, doch er saß da und sah sich nach einer Schachtel Schrotpatronen um.

»Nichts«, antwortete er.

»Dann sitz nicht hier rum«, sagte sie. In ihrer Stimme lag Zärtlichkeit.

Er ging hinaus in die schwere Luft. Die Heckenrosen blühten im Überfluß. Sie dufteten stark und süß. Nicht im mindesten frisch. Annie hatte gesagt, sie röchen nach Weihrauch und Muschi. Und ein anderes Mal, sie röchen wie die Liebesgöttin unter der Achsel, und während einer Hitzewelle hatte sie gestöhnt, sie röchen wie ein nordafrikanisches Bordell. Wie sie *geschwatzt* hatte! Wahrscheinlich nur, um Worte neu zu beleben, die sonst nie benutzt worden wären. Nun kehrten sie wieder, des nachlässigen und gutmütig scherzhaften Tons beraubt. Eine Stimme sprach sie in seinem Inneren. Es konnte nicht seine eigene sein, und sie war zu mechanisch, um menschlich zu sein. Gleichwohl war sie bitter. Beißend.

Johan hatte das Gras gemäht. Hinter seinem Auto standen drei große Müllsäcke. Jetzt kam er mit zwei Dosen Bier aus dem Haus und gab Birger eine davon. Sie setzten sich auf den Schwingbock, den Mia ins Gras herausgehievt hatte.

»Aha, du bist also mit dem Auto raufgefahren«, sagte Birger. Johan brauchte nicht zu antworten. Es war klar, daß sie die Müllsäcke nicht bis zur Straße schleppen wollten. Annie hatte es aber nicht gern gesehen, daß man herauffuhr. Das konnte Johan nicht wissen. Es gab häßliche Spuren im Gras, wenn der Boden feucht war. All die Jahre über hatte sie ihre Einkaufstaschen und Bücherpakete den Hang hinaufgetragen und auf Aagot und Jonetta, ihre Vorgängerinnen, verwiesen.

»Edit, droben über Westlunds, erinnerst du dich an sie?« fragte Birger. Johan nickte.

»Sie hat sich voriges Jahr im März das Bein gebrochen, ist ins Krankenhaus gekommen und dann ins Pflegeheim. Im Sommer war die Familie hier und hat sich ihrer Sachen angenommen, denn Edit sollte nicht mehr heimkommen. Ein großer Müllhaufen lag genau an der Stelle, wo wir immer parken, wenn wir jagen gehen. Alte Keksdosen und Packen von »Året Runt«, kaputte Überschuhe und Einmachgläser. Sie hatten sogar Edits Lumpen für die Flickenteppiche weggeschmissen.«

Er verstummte und dachte daran, daß auf diesem Müllhaufen mindestens zwanzig Flickenknäuel gelegen hatten. Es war sicherlich nicht möglich gewesen, sich ihrer anzunehmen, denn es regnete viel, und gegen Herbst waren sie halb verdorben. Anna Starr war dort gewesen und hatte sie sich angesehen. »Man fragt sich, was das bloß für Leute sind, die so etwas tun, zurechtgeschnittene Lumpen wegwerfen«, hatte sie gesagt. Sie hatte jedoch sehr wohl gewußt, daß es die Söhne und Schwiegertöchter gewesen waren.

»Jedenfalls hat zuoberst auf dem ganzen Müllberg Edits Hut gelegen. Den sie immer aufhatte, wenn sie zum Holzhacken oder zur Erdäpfelernte draußen war. Ein brauner Filzhut, der wie eine Büchse aussah und vorn drauf zwei Blumen aus demselben Filzstoff hatte. Erinnerst du dich an den?«

Johan sah ihn von der Seite an, sagte aber nichts.

»Ich war mit einem Beagle oben, den ich mir geliehen hatte; im November war das. Ich wollte sehen, ob es da oben einen Hasen gab. Als ich den Almweg runterkam, hörte ich Axthiebe. Es dämmerte schon. Ich ging an Edits Brennholzschuppen vorbei, auf dem BARACKE 3 steht – sie hatte ihn doch von SCA bekommen. Da hab ich sie gesehen. Sie stand im Schuppen, und die Blumen auf diesem alten Hut wippten, wenn sie die Holzscheite spaltete.«

Er verstummte.

»Also war sie wieder da«, sagte Johan.

Warum erzähle ich das, fragte sich Birger. Es kam einfach. Fast zwanghaft. Er hatte sich immerhin gebremst und die Geschichte nicht so zu Ende gebracht, wie er es sonst tat, nämlich, daß er beim Anblick der graubraunen Gestalt in der Herbstdämmerung geglaubt habe, ein Zeichen bekommen zu haben, daß Edit tot sei. Die Pointe war, daß sie lebte. Sie war aus dem Pflegeheim zurückgekommen, hatte sich ihren Filzhut und wahrscheinlich einiges andere aus dem Müllhaufen gefischt und sich daran gemacht, Brennholz für den Winter zu spalten. So, wie er Johan die Geschichte erzählt hatte, fehlte die Pointe.

Es kam vor, daß er so wie jetzt drauflos redete, ohne sich selbst darüber im klaren zu sein, worauf es hinauslaufen sollte. Dann sah er das Grinsen. Ohne Gesicht. In den letzten Wochen war er meistens still gewesen. Das war besser.

Annie hatte ihn mit einem höhnischen Grinsen alleingelassen. Es war nicht das ihre. Es war ein Grinsen ohne Gesicht.

Mia kam mit einem schmutzigen Mantel aus schwarzem Tuch heraus und öffnete ihn. Er hatte ein Futter aus Hermelinfellen. Dicht an dicht Sommerfelle in wechselnden Brauntönen. Weiße Streifen von den Bauch- und Halsflecken. Die Nähte zwischen den Fellen gingen allmählich auf, und es sah aus, als schickten diese sich an, aus dem Mantel zu kriechen.

»Meinst du, der ist noch von Aagot?«

»Nein, als Aagot nach dem Krieg zurückkam, war sie amerikanisch angezogen«, sagte Birger. »Das ist Jonettas Mantel. Ihrer Schwester. Sie hat ihn von Antaris, ihrem Mann, bekommen. Er war Lappe.«

Antaris mußte die Hermeline über Jahre hinweg mit Fallen gefangen haben. Vermutlich hatte Jonetta den Mantel bekommen, weil er sich nie darum gekümmert hatte, die Ritzen in der Herdmauer abzudichten oder die Wände zu isolieren. Es qualmte herein, und sie fror. Antaris war Knecht bei den Renzüchtern gewesen, als sie geheiratet hatten. Aber nun sollten sie Kühe und Ziegen haben. Jonetta stammte aus einem Bauerngeschlecht jenseits der Grenze. Antaris konnte sich mit der

Bauernarbeit nie anfreunden. Annie hatte Birger gezeigt, daß zwischen den Steinen auf dem Hang Rosenwurz wuchs. Erzengelwurz vom Fjäll oben soll es gegeben haben. So etwas brachte Antaris Jonetta mit. Und er ließ den Mantel nähen. Doch sie hatte bestimmt gefroren. Als Antaris und Jonetta nicht mehr da waren und Aagot in das Haus zog, baute sie eine Elektroheizung ein.

Wenn auch nicht sofort, dachte Birger. Er erinnerte sich an einen Januarsturm. Es muß das erste Mal gewesen sein, daß er in Svartvattnet war. Es war spät abends, der Schnee wirbelte in dem grauen Sturm, und die Straßen wurden allmählich verweht. Er wußte nicht, wo er sich befand. Da entdeckte er Licht in einem Fenster. Hoch über der Straße war es aufgeflackert. Es war eine elektrische Lampe, doch die Schneeböen schienen das Licht manchmal zu ersticken. Ihm war klar, daß jeden Moment der Strom ausfallen konnte und das Dorf dunkel würde, deshalb stieg er aus und stapfte zu dem Häuschen hinauf, solange er noch etwas sehen konnte. Er wollte fragen, wo er sei. Vor der Vortreppe war es schon dicht verweht. Als er durch das Küchenfenster schielte, sah er eine Frau auf einem Stuhl vor dem Herd sitzen und lesen. Die Füße hatte sie an der Ofentür, halb in den Ofen hineingesteckt. Sie las ruhig, und er betrachtete sie so lange, daß er sah, wie sie umblätterte.

Dann hatte er an die Scheibe geklopft, aber es dauerte lange, bis sie ihn hörte. Das lag wohl am Sturm. Durch die offene Stubentür sah er den Fernseher laufen, wenn auch nichts zu hören war. Es war ein blitzendes Schwarzweißbild – ein Sandsturm oder ein kosmisches Unwetter. Die Frau vor dem Herd las, ohne aufzublicken.

»Woran denkst du?« fragte Mia.

Er schüttelte den Kopf. Das war nichts, worüber man im Moment hätte reden können. Er hatte überlegt, daß Annie Aagot Fagerlis Leben übernommen hatte. Es hatte fertig dagelegen, eine Form, in die sie nur hineinzusteigen brauchte. Gewiß hatte sie sie modifiziert. Aber es war eine Lebensform, die sie mit dem Haus übernommen hatte. Obgleich Aagot es nicht nötig gehabt hatte, mit einer Schrotflinte neben sich zu schlafen.

»Ich dachte daran, daß das erste Mal, als ich hier war, ein Schneesturm war«, sagte er. »Es hatte an die fünfzehn Grad Kälte und in den Schneeböen bestimmt noch mehr.«

»Als ich vor ein paar Jahren hier war, hatte es einunddreißig«, erzählte Johan. »Schwarz wie Tinte und weiß. Kein Mensch.«

»Ich hatte gedacht, du warst nicht mehr hier, seit du nach Langvasslien gezogen bist«, sagte Birger.

»Doch, ich war an einem Winterabend hier und hab geguckt. Dann bin ich über die Grenze nach Hause gefahren. Weiter nichts. Und dann jetzt, nachdem wir in Nirsbuan waren und ich Mia hergebracht habe.«

»Du hast Mia hergebracht?«

»Ja, wir sind so gegen vier dagewesen. Ich hab dann im Auto geschlafen. Hab auf Tangen drunten geparkt.«

»Aber du hast sie nicht bis ganz raufgefahren?«

»Aber klar doch«, sagte Mia. »Ich setz Kaffee auf. Hol die Torte aus der Gefriertruhe, Johan.«

Saddie, die bei Birgers Ankunft taktvolle Freude gezeigt hatte, lag jetzt zu seinen Füßen. Er versuchte mit ihr zu sprechen, doch als sie mit ihren trüben Augen aufsah und gedämpft mit dem Schwanz schlug, brach er in Tränen aus. Ihre Schnauze war grauweiß. Er erinnerte sich nicht mehr, wie alt sie war.

Johan kam mit einer Schwarzwälder Kirschtorte aus dem Keller und stellte sie zum Auftauen in die Sonne. Als sie dann davon aßen, fragte sich Birger, ob diese Torte wohl von der Beerdigung übriggeblieben war. Wie praktisch war Mia eigentlich?

Nach der Beerdigung hatte er bei der Kaffeetafel im Hotel neben Annies Mutter gesessen, der alten Henny.

Er hatte sie vom Flugplatz abgeholt, sie hatte sich ziemlich schwer auf seinen Arm gestützt und mit großer Mühe auf ihren schlechten Beinen fortbewegt. Kein einziges Mal hatte sie sich von Tränen überwältigen oder zu einem Ausbruch über die Sinnlosigkeit und Grausamkeit dessen, was ihrem einzigen Kind zugestoßen war, hinreißen lassen. Sie hatte eine Rolle gespielt. Es war überhaupt keine Falschheit oder Verstellung daran, daß sie in eine Rolle schlüpfte. Sie verkraftete das, was ihr passiert war, auf die gleiche Weise, wie sie so manches während ihres langen Lebens verkraftet und getragen hatte; sie nahm es auf sich, als wäre es eine Rolle, die ihr und niemandem sonst auf den Leib geschrieben war.

Sie hatte ihm Kraft verliehen. Von den drei Wochen, die hingingen, ehe sie die Erlaubnis bekamen, Annie zu beerdigen, erinnerte er sich an kaum etwas. Am Ende hatte er sich krankmelden müssen. Als er die schwarzgekleidete und kompakte kleine Dame mit den geschwollenen Spannen die Gangway des Flugzeugs hatte herunterkommen sehen, hatte er Mitleid und Zärtlichkeit empfunden. Es war das erste Mal seit dem Ereignis gewesen, daß er etwas anderes empfunden hatte als eine Verwirrung, die mitunter einem Rausch oder einer Betäubung glich. Sie wurde zeitweilig von einem heftigen Schmerz unmittelbar über dem Zwerchfell abgelöst. Zwischen diesen Attakken kam sie wieder und machte ihn irgendwie hilflos.

Das, was er für Henny Raft empfunden hatte, war heftig und unerwartet gewesen, und es hatte ihm über die Beerdigung hinweggeholfen. Lediglich als die feinen Stimmen des Kirchenchores sangen, kam der Schmerz wieder, ließ ihn vornüberkippen und entpreßte ihm einen Laut, der grotesk klang. Er hörte das selbst und schämte sich deswegen. Da legte Henny ihre Hand mit den Ringen, deren auffälligster ein großer, von Markasiten eingefaßter Blutstein war, auf die seine und ließ sie dort liegen, bis er wieder normal atmen konnte.

»Hast du eine Patronenschachtel gefunden?« fragte er Mia. Er sah, daß sie blaß wurde. Ihre Sommersprossen hoben sich gegen die Haut ab. Sie war beim Aufräumen im Schuppen schmutzig geworden.

»Warum fragst du das?«

»Es muß doch eine geben.«

Ein Schrotschuß hatte Annie aus ganz geringer Entfernung in den unteren rechten Teil der Brust und ins Zwerchfell getroffen. Der Schuß hatte ihr schwere Verletzungen zugefügt, sie aber nicht getötet. Den Ermittlungen zufolge war sie wahrscheinlich gestolpert, als sie mit dem ungesicherten Gewehr durch den Fluß gewatet war. Der Schuß hatte sich gelöst. Während des Frühjahrshochwassers war der Wasserstand so hoch gewesen, daß sie unter Wasser gelandet und ertrunken war.

»Sie hatte zwei Patronen hinterm Radiowecker«, sagte Birger. »Die lagen noch dort. Die Polizei hat sie in Verwahrung genommen. Als ich in der Nacht nach dem Gewehr suchte, habe ich sie noch gesehen. Eine Patronenschachtel habe ich jedoch nicht entdeckt.«

»Wir haben keine gesehen.«

»Das hättet ihr aber müssen, falls die Polizei recht hat.«

»Warum redest du so ein Zeug?« sagte Mia. Ihre Tränen zeichneten ihr Schmutzstreifen ins Gesicht.

»Es hat gar keine Schachtel gegeben«, sagte Birger. »Sie hatte nur diese zwei Patronen.«

Mia weinte und hörte nicht mehr, was er sagte, doch Johan merkte auf.

»Ich glaube nicht, daß sie das Gewehr dabeigehabt hat«, fuhr Birger fort. »Ich glaube, daß jemand anders es genommen hat und ihr nachgegangen ist. Jemand, der nicht wußte, daß hinter dem Radiowecker zwei Patronen lagen. Ich bin mir sicher, daß diese zwei Schrotpatronen die einzigen waren, die sie besessen hatte. Ich habe hier nie eine Patronenschachtel gesehen. Sie war keine Jägerin. Das Gewehr zu laden, hatte sie gelernt. Mehr aber auch nicht. Es war nicht einmal ihr eigenes. Sicher, sie hatte es bezahlt. Aber es zu kaufen, dabei hatte ihr Roland Fjellström geholfen. Mit seinem Waffenschein. Er hat ihr zwei Patronen gegeben. Daran erinnert er sich noch.«

»Hast du das der Polizei erzählt?« fragte Johan.

»Ja sicher.«

»Hört jetzt auf«, sagte Mia. »Ich will nichts mehr hören. Das ist so gräßlich. Alle quatschen eine Menge gräßlichen Scheiß. Weißt du, was der alte Enoksson im Laden gesagt hat? Daß sein Vater sich auch umgebracht hat. Das ist es, was die Leute glauben!«

»Aber das glauben wir nicht«, entgegnete Birger.

»Er hat gesagt, daß Magna Wilhelmsson in Byvången ihm erzählt hat, daß diejenigen, die sich umbringen, in sechsundzwanzigtausend Jahren als arme Inder wiedergeboren würden.«

»Magna spinnt«, sagte Birger. »Die gehört ins Heimatmuseum gesperrt.«

»Mama hat aber eine Menge schlechtes Karma angesammelt.«

Birger wußte nicht, ob sie das ernst meinte oder ob dies ein moderner Jargon war, auf den er sich nicht verstand. Er sah, daß auch Johan das nicht verstand. Er hatte ihr seinen Arm um die Schulter gelegt.

»Ich bin noch einmal bei der Polizei gewesen«, erklärte Birger. »Sie wissen, daß Annie mich angerufen hat und daß sie Angst hatte. Sie glauben, das könnte die Erklärung dafür sein, daß sie das Gewehr mitgenommen hat, als sie aus dem Haus ging. Sie hatte wirklich Angst. Die Polizei glaubt aber, daß sie sich womöglich nur eingebildet hat, jemanden gesehen zu haben. Oder geträumt. Es läßt sich nicht feststellen, ob sie in dieser Nacht wirklich einen Menschen gesehen hat. Wenn nicht noch etwas Neues ans Licht kommt, sagen sie.«

»Und das kommt nicht«, sagte Johan.

»Doch. Soeben ist es das.«

»Was denn?«

»Sie kann doch dich gesehen haben«, sagte Birger.

Ihm gefiel Mias Weinen nicht. Eben erst hatte er selbst noch geweint, als er gesehen hatte, daß Saddie nicht trauern konnte, nur warten. Mia heulte laut und stürzte ins Haus. Sie macht sich kindlicher, als sie ist, dachte er, als die Tür mit einem Knall zufiel.

»Vermutlich hat sie diesen Gedanken auch gehabt«, sagte er. »Hat sie etwas davon gesagt?«

»Nein.«

»Und du? Hast du daran gedacht?«

»Ja, natürlich.«

Johan wirkte jetzt älter. Mias Gegenwart machte ihn jung. Vielleicht war es das, was er wollte. Einen Augenblick lang schwebte Birger die Vorstellung von einem alternden Mann, der Klimmzüge macht und seinen Bauch einzuziehen versucht, durch den Kopf. Johan war in Tomas' Alter, und das hieß, daß er elf oder zwölf Jahre älter sein mußte als Mia.

Johan stand auf und ging zu ihr hinein. Birger folgte ihm. In der Küche rumste es, und als er hineinkam, sah er, daß sie auch dort aufräumte. Sie schniefte und nahm halbvolle Tüten Mehl und Zucker und Hafergrütze aus der Speisekammer. Johan war vor dem kalten Herd stehengeblieben und hatte die Hände in den engen Jeanstaschen vergraben. Seine Haltung war unnatürlich oder zumindest nicht sehr locker. Er kaute auf der Oberlippe und sah Birger an. Es schien, als wartete er darauf, daß Birger weiterreden würde.

»Glaubst du, daß du es warst, den sie gesehen hat?«

»Ja, sie hat mich wahrscheinlich durchs Fenster gesehen. Wir standen ein Weilchen hier draußen. Ich nehme an, sie hat das Auto gehört.«

»Warum weiß die Polizei nichts davon?«

»Da hat es wohl ein Mißverständnis gegeben.«

»War dir die ganze Zeit klar, daß sie dich gesehen hat und gemeint hat, daß du diesem Jungen ähnlich siehst?«

Er gab keine Antwort, senkte aber den Kopf.

»Und du hast kein Wort davon gesagt.«

»Nein. Es ist ja nicht so, wie du glaubst.«

»Was denkst du denn, daß ich glaube?« fragte Birger.

Johan sagte auch jetzt nichts.

»Wir müssen das der Polizei erzählen«, sagte Birger.

»Ja, das glaube ich, daß du das meinst.«

»Bist du nicht dieser Meinung?«

»Nein?«

»Mia?«

Sie war schmutzig und ganz blaß. Die Sommersprossen zeichneten sich fast dunkelbraun auf der Oberfläche ihrer grauen Haut ab. Sie sah Johan an. Sie hatte einen seltsam scharfen Zug um die Mundwinkel. Er paßte nicht zu ihrem glatten, jungen Gesicht. Birger erinnerte sich, daß sie als Kind ein leicht zu ekelndes kleines Fräulein gewesen war. Diesen Zug um den Mund hatte sie immer beim Anblick von Ziegenmilch oder Fischeingeweiden gehabt.

Als sie im Teenageralter war, hatte er sie erneut kennengelernt, und da war sie an den Wochenenden, wenn sie zu Hause war, ungeduldig und rastlos gewesen. Sie hatte in Byvången die Oberstufe der neunjährigen Grundschule und das Gymnasium besucht und war rasend geworden, als Annie von dort wegzog und die Stelle in Svartvattnet antrat. In den letzten Jahren hatte sie jedoch eine Stärke oder ein Gleichgewicht – oder was, zum Kuckuck, auch immer – gefunden, von einer Art, wie Annie es nie besessen hatte. Mia wußte, was sie wollte, und erreichte das meistens auch. Nach dem Abitur hatte sie Kulturgeographie und einiges andere studiert, was nach brotloser Kunst aussah. Bisher war sie jedoch noch nicht arbeitslos gewesen, wenn sie auch nur in kommunalen oder universitären Projekten Anstellungen bekommen hatte. Sie ist geplant schwanger, dachte er. Das ist mehr, als ihre Mutter jemals zuwege gebracht hat. Sie hat einen gut ausgebildeten und obendrein gutaussehenden Mann abgekriegt. Ein bißchen in den Jahren freilich, aber das kann sie ja auch so gewollt haben. Es sogar stark darauf angelegt haben. Er konnte sich Mia nicht mit solchen jungen Kerlen tändelnd vorstellen, die man zu der Zeit, als er in der Ausbildung gewesen war, vitalschwach genannt hatte. Freiheitsneurotiker, die wie Amöben auf Probe zusammenzogen und auf Probe auseinanderglitten. So wie dieser verdammte Göran Dubois, dachte er.

»Wie wollen wir es nun halten?« fragte Birger.

»Warum bist du hergekommen?« Mia klang bissig.

»Das weißt du doch. Ich habe versprochen, mich um Saddie zu kümmern.«

Sie siebte gerade Mehl in eine Schüssel.

»Willst du backen?« fragte er dumm.

»Ich siebe das durch, um zu sehen, ob Mehlwürmer drin sind.«

Er wurde plötzlich unmäßig sauer auf sie. Nur zu, dachte er. Alles, was du dir gedacht hast, all die Kritik, mit der du hinterm Berg hast halten müssen – immerhin hattest du Respekt vor ihr! –, kannst du jetzt in Aktivitäten entladen. Aufräumen, Ordnung machen, Putzen. Auslöschen. Das soll ein Sommerhäuschen werden hier, sagst du. Aber lang wird das wohl nicht dauern. Ich glaube, du verkaufst, sagte er stumm zu ihrem Rücken. Und wenn du erst einmal verkauft hast, hast du auch schnell vergessen.

Pfui Teufel, wie widerwärtig junge Menschen doch sein können! Wie widerwärtig und ekelhaft doch alles ist! Leben und sich durchkämpfen und dann zusammenfallen aufgrund einer Anomalie in der Zellenbildung oder aufgrund eines Bakterienhaufens oder einiger Bleikugeln – oder durch Wasser!

Teilhaftig durch Wasser. Warum hatte sie das gesagt? Ich bin teilhaftig durch Wasser.

Leben und reden – unter anderem eine Unmenge pseudoreligiösen Scheiß – und versuchen zusammenzuhalten, obwohl man die ganze Zeit weiß, daß man zugrunde gehen – nein, aufgelöst werden wird. Im Ernst teilhaftig werden wird. Es ist widerwärtig. Es ist unerträglich widerwärtig. Aber am schlimmsten ist doch die ekelhafte Art junger Leute, dies zu ignorieren. Nein, sie wissen ganz einfach nichts davon. Sie haben alles in der Hand. Sie planen! Und manche werden niemals älter.

Johan stand da und sah ihn an, und Birger merkte, daß er seinen Zorn erfaßte. Er drehte sich um und ging hinaus. Saddie lag noch beim Tisch. Die Torte schmolz. Fliegen hatten sich darauf niedergelassen. Ungeplant, dachte er boshaft. Jedenfalls etwas, was nicht so läuft, wie es soll.

»Ich bin ein unnützer Mensch«, pflegte Annie zu sagen. Die Worte waren ihm so deutlich im Kopf, als würde er in diesem Moment ihre Stimme hören. In dieser warmen, duftschweren Luft. Im Espenrauschen. Diese nüchternen Worte: Ich bin ein unnützer Mensch.

Ich kann in meinem Leben keinen besonderen Sinn entdekken. Ich lese viel, und ich bin gern allein. Ich bin auch gern mit dir zusammen. Und ich mag die Vögel und den Klang des Regens.

Das Rauschen der Espen, dachte er. Und im Herbst, wenn deren Blätter auf die gefrorene Erde fielen, das trockene Knakken. Dem hatte sie, hier auf der Vortreppe stehend, immer gelauscht.

Langsam hatten sich sein Zorn und sein Ekel gelegt. Doch er war jetzt sehr müde, beinahe erschöpft. Er nahm die Torte und ging damit wieder in die Küche.

»Ich nehme Saddie und fahre heim«, sagte er. »Es ist am besten so. Ihr solltet aber über die Sache nachdenken.«

»Da gibt es nichts nachzudenken«, versetzte Mia. Birger sagte nichts darauf. Er ging zum Schrank unter der Spüle und öffnete ihn.

»Was suchst du?«

Sie klang schneidend.

»Saddies Freßnapf. Ich will auch ihre Leine haben. Und dieses alte Schaffell. Dann fahre ich.«

Johan begleitete ihn hinaus. Er hatte noch immer die Hände in den Jeanstaschen vergraben. Es wirkte etwas steif. Unten beim Wagen zog er den Abschied in die Länge, als ob er Angst hätte, zu Mia in die Küche zurückzukehren. Die beiden geraten allmählich aus dem Gleis, dachte Birger. Vielleicht ganz unnötigerweise. Er hatte dieses Gefühl der Hilflosigkeit, hatte es schon, seit sie sich auf die Suche nach Annie gemacht hatten. Das Gefühl, mitzuwirken und ohnmächtig zu sein.

Das Dorf hat nie so viele Kühe besessen wie während des Krieges. Ihre fette Milch gab es bis weit in die fünfziger Jahre hinein zu kaufen. Dann wurde es mager und strauchig, und die Weiden wuchsen zu. Die Birkenstämmchen wanderten ein und die unausrottbare Weide.

Dann kamen endlich die Touristen. Sie wollten den Lobberån sehen. Eine Gesellschaft, die ihre Lebenskraft aus tödlicher Gewalt saugt, muß ja einem Dorf und dessen Rätsel – dafür, daß es ungelöst ist – huldigen. Dort ist die Kraft ungebunden vorhanden.

Dies war Annies Anschauung gewesen. So hatte sie geredet.

Löst du das Rätsel, rinnt die Kraft aus, und das Dorf wird ein sterbendes Dorf unter anderen. Ein Ort, den niemand sieht und von dem niemand weiß. Die Kraft geht auf den Mann über, und sein Rätsel löst du nie. Aber es ist ebenso verlockend wie der Geruch von gut abgehangenem Fleisch. Sein finsteres Los wird in schnellen elektronischen Blitzen auf dich übertragen. Das Dorf aber stirbt.

Und konsequent war sie gewesen, dachte er bitter. Niemals eine Andeutung, die dazu hätte beitragen können, die enigmatische Kraft des Dorfes zu schwächen.

Als Johan Brandberg sich von Birger verabschiedet hatte und den steilen Hang zum Haus hinaufging, geriet er außer Atem. Das ärgerte ihn, denn er hielt sich für gut trainiert. Die Luft war jedoch sehr schwer und feucht. Sie dampfte vom würzigen und übersüßen Duft der Rosen. Es war eine alte Sorte, die es im Dorf an mehreren Stellen gab, eine gefüllte und dunkel purpurfarbene Buschrose. Sie blühte im Überfluß, und die schweren Köpfe hingen über die Steinmauer, die den Hang vor dem Schuppen terrassierte. Viele waren verblüht und zeigten ein Inneres, das sich in Zerfall und Auflösung befand. In diesem Stadium sahen sie schamlos aus. Diejenigen, die noch zusammenhielten, waren voller Blumenfliegen und Hummeln. Wenn man eine so reichlich blühende Sorte hatte, sollte man hinterhersein, bevor die Obszönität zutage trat. Er fragte sich, ob Annie die verblühten Blütenköpfe wohl immer abgeschnitten hatte. Er wußte nicht viel über sie. Mia hatte die Blütenköpfe jedenfalls nicht abgeschnitten.

Er war verärgert über Mia. Sogar noch schlimmer. Er hatte es sich jedoch erst eingestanden, als seine Gedanken sich zu der seltsamen Forderung verdrehten, daß sie daran hätte denken sollen, die Rosen abzuschneiden.

Sie hatte jetzt drei Tage lang geräumt und geputzt. Eine harte und schmutzige Arbeit, die überdies schmerzlich für sie war. Sie wollte sich dem Schock und der kräftezehrenden Trauer entziehen. Möglicherweise schob sie sie nur auf. Er konnte ihr jedoch nicht vorwerfen, daß sie es mit Willensanstrengung und harter Arbeit versuchte. Sie war schwanger und wollte glücklich sein. Dieses Wort hatte sie benutzt. Er ahnte, daß sie etwas Anspruchsloseres meinte. Einen Zustand ganz einfach, der für das Kind gut war. Sie sagte jetzt: das Kind.

Ihm war klar geworden, daß sie ihn schützte, und er hatte darauf gewartet, daß sie mit ihm darüber reden würde. Aber das hatte sie nicht getan. Er hatte sich nie vorstellen können, daß er mit Mia einmal in einer atembeklemmenden Atmosphäre leben würde. Er verstand auch nicht, daß er dies schon länger als einen Monat akzeptierte. Möglicherweise lag es daran, daß er sich nicht im klaren gewesen war, ob sie ihn absichtlich hatte schützen wollen. Ob sie es wirklich willentlich getan hatte.

Es war verworren und schwer. Er setzte sich an den Gartentisch. Er wußte, daß sie ihn von der Küche aus sah. Die Polizei hatte sie gefragt, ob sie wisse, wen Annie gesehen haben könnte. Habe sie am Morgen beim Teetrinken jemanden erwähnt. Nein. Als Mia in der Nacht gekommen sei vielleicht? Nein, da sei Annie nicht aufgewacht.

»Ihr Verlobter ist mit dem Auto nicht bis ganz raufgefahren?«

»Nein.«

Ebenso einfach und ebenso deutlich, wie sie Birger geantwortet hatte:

»Aber klar doch.«

Er hatte es sicherlich vor sich hergeschoben, aber nun war das nicht mehr möglich. Wenn sie ihn schützte, so deshalb, weil sie glaubte, daß da etwas sei, wovor er geschützt werden müsse. War sie sich dessen nicht bewußt – um so schlimmer. Dann war es das, was das Atmen beklemmend machte.

Er stand auf und ging hinein. Nach wie vor mit den Tüten aus der Speisekammer beschäftigt, wandte sie ihm den Rücken zu.

»Ist er gefahren?«

»Ja. Er war bedrückt.«

»Ich konnte ihn nicht mehr ertragen«, sagte sie. »Du mußt entschuldigen. Aber er ist wie ein alter, nasser Schwamm.«

»Du willst nicht, daß er der Polizei erzählt, daß ich es war, den deine Mama gesehen hat?«

»Das ist doch nicht von Bedeutung. Das gibt nur Scherereien. Daß sie dich gesehen hat und gemeint hat, du würdest diesem Jungen ähnlich sehen, bedeutet doch, daß er recht hätte. Sie hat jemand gesehen. Und sie hat Angst bekommen. Deswegen hat sie das Gewehr mitgenommen.«

»Ich *war* dieser Junge.«

Es sah sehr merkwürdig aus, aber sie machte tatsächlich damit weiter, Reis aus einem Karton in einen anderen, nicht ganz vollen zu schütten.

»Das war ich, der in der Mittsommernacht den Almweg hinaufgelaufen ist«, sagte Johan. »Ich war auf dem Weg nach Nirsbuan. Ich weiß nicht einmal, ob ich auf dem Weg dorthin war. Ich bin nur gelaufen. Ich bin dann aber bei der Alm herausgekommen und habe ein paar Stunden in der Hütte geschlafen. Am Morgen bin ich zum Röbäcksströmmen hinuntergepaddelt und von einem Auto mitgenommen worden. Deine Mama hat mich gemeint, wie sie Birger angerufen hat.«

»Einen Ausländer?«

»Einen Lappen.«

Er sprach das Wort mit einer unangenehmen Schärfe aus und kam sich selbst kindisch vor.

»Sie war damals neu hier. In ihren Augen habe ich wohl wie ein Ausländer ausgesehen. Asiatisch, fand sie. Mongolid, wie manche sagen würden. Ich hatte damals lange Haare. Und dunklere als jetzt.«

»Soso«, sagte Mia.

Das, wovor er sich gefürchtet hatte, war bereits eingetreten.

»Mia, du hast der Polizei nicht gesagt, wie es gewesen ist. Du hast gesagt, ich hätte dich nicht bis ganz zum Haus raufgebracht.«

»Hab ich das?«

Da wurde er böse.

»Du bist jetzt nicht ehrlich«, sagte er. »Wovor hast du Angst? Gesteh es dir wenigstens selber ein. Ich habe nicht später in der Nacht zwei Leute in einem Zelt erstochen. Und ich habe deine Mutter nicht mit ihrer eigenen Schrotflinte verfolgt und dann erschossen. Das weißt du sehr gut. Ich war bei dir, in Östersund.«

»Wie ich in der Nacht aufgewacht bin, warst du nicht da.«

»Ich bin telefonieren gegangen. Hab Gudrun angerufen.«

»Telefonieren *gegangen*?«

Dies hätte nie gesagt werden dürfen. Es hätte nicht gedacht werden dürfen. Es war nur eine Art Wortdelirium.

»Mia, du würdest niemals auf den Gedanken kommen, mich zu schützen, wenn du wirklich so schlecht von mir dächtest. Wenn du aber weiterhin Versteck spielst, wird dir der Sinn trüb, und dann magst du mich allmählich nicht mehr.«

»Versteck spielen«, sagte sie. »*Ich* spiele Versteck?«

Sie sagte vieles an diesem Nachmittag. Als er allein war – auf einem Holzabfuhrweg unmittelbar nördlich von Lersjövik –, wurde ihm klar, daß er schnurstracks in die Küche gegangen war und den Zusammenbruch selbst hervorgerufen hatte. Seine Absicht war gewesen, ihr gegenüber offen zu sein und sie zur Offenheit zu zwingen – auch gegen sich selbst. Er wollte mit Mia in Klarheit leben. In trockener Luft. Es fiel ihm nach wie vor schwer, zu sehen, was an der Sache verkehrt war. Er hatte ihr erzählt, daß er in einer Atmosphäre des Schweigens und Verbergens aufgewachsen sei, sich aber davon habe freimachen können.

»Ich bin dem entflohen. Ich weiß einiges über den Haß, der in einem solchen Sumpf des Schweigens und der Ahnungen erzeugt wird. Meine Mutter war einundzwanzig, als sie schwanger wurde. Ich habe keine Ahnung, was sie gehofft oder geplant hat. Ich weiß nur, daß der Vater des Kindes – mein Vater also – verheiratet war. Er war Sami wie sie. Sie hat dann Torsten Brandberg, der seine Frau verloren hatte und mit drei Jungs und einem Säugling allein war, den Haushalt geführt. Ich weiß nicht, ob Gudrun ihrem Kind einen Vater verschaffen wollte oder ob es sich nur so ergeben hat. Jedenfalls glaubte Torsten wohl, daß er der Vater sei, als er sie heiratete. Irgendwann muß ihm aber aufgegangen sein, daß er getäuscht worden war. Schau mich an. Ich sehe nicht besonders schwedisch aus. Als Kind habe ich das noch viel weniger getan. Ich glaube, daß darüber nie ein Wort fiel. Ich bin überzeugt davon, daß sie schwiegen und schwiegen und schwiegen. Und in diesem Sumpf aus Verdächtigungen, Demütigung und leicht rassistischen Ausbrüchen bin ich aufgewachsen, beschützt von einer mächtigen Kraft: der Mutterliebe, Mia! Hüte dich davor.«

»Du spinnst«, sagte sie leise und schneidend.

»Nein! Mutterliebe hat dickes, dickes Blut. Sie hat Substanzen, wie du sie bei Hündinnen und Rattenweibchen vorfindest. Achtzehn Monate lang ist sie gut. Adäquat und notwendig. Nach vierundzwanzig Monaten muß sie menschlich werden. Human. Sogar trocken und sachlich. Sie muß einen kleinen Zusatz von Gleichgültigkeit bekommen. Von Gedanken an anderes. Ich bin ihr entflohen. Ich will nicht, daß mein Kind in dieser dicken und trüben Suppe aufwächst. Ich will, daß du und ich genau wissen, woran wir miteinander sind.«

»Warum hast du dann nicht gesagt, daß du es warst, den Mama gesehen hat?«

»Ich sage es ja jetzt.«

»Aber du hast kein Wort davon gesagt, bevor du nicht dazu gezwungen warst. Ich hätte mein ganzes Leben mit dir verbringen können, ohne zu wissen, daß du in jener Nacht am Lobberån dabeiwarst.«

»Aber das hatte doch nichts mit dir zu tun. Das war doch lange vor deiner Zeit.«

»Ich war dabei.«

»Du warst sechs.«

»Soll denn alles, was du erlebt hast, bevor ich erwachsen war, nicht zählen? Bist das nicht du?«

In seiner Erinnerung bestanden das Gespräch oder der Streit oder die Geständnisse nur aus Wiederholungen. Manchmal erfolgte wie ein Haltepunkt in diesem Fluß von Wiederholungen, diesem fortschreitenden Zerfall, ein Aufbruch.

»Ich finde dich gräßlich!«

Auch daran versuchte er sich mit Fassung zu erinnern. Es bedeutete: Du erschreckst mich. Alles, was du ohne mich erlebt hast, erschreckt mich. Aber es half nicht. Er erinnerte sich besser an das Gefühl, den überrumpelnden Stich. Ja, er war ebenfalls erschrocken. Wenn er es auch besonnener ausgedrückt hatte als sie: »Jetzt bist du unlogisch, Mia.«

Sie hatten gerade beide Urlaub; sie hatten Annies Haus in Ordnung bringen und dann nach Langvasslien heimfahren und dort fischen und bergwandern wollen. Jetzt sagte sie, daß sie nach Stockholm fahren werde, ihre Großmutter tue ihr leid und sie wolle sich um sie kümmern. Sie könne mit ihr nach Åland fahren.

Er konnte sich nicht vorstellen, daß Henny Raft ihre Einzimmerwohnung in Gärdet verlassen und mit geschwollenen Füßen die Gangway der Ålandsfähre hinaufgehen wollte. Sie wollte zu Hause sein, ihre Sturmmöwen und Krähen füttern und sich mit den Nachbarn und den Gesundheitsbehörden darüber in den Haaren liegen. Sie galt als originelle Dame (bei denen, die sie nicht für ein halbverrücktes altes Weib hielten, das Krähen und Möwen die Balkone verscheißen ließ), und sie entsprach dieser Vorstellung mit verbissener Würde.

Er hätte so tun sollen, als ob es gut oder zumindest angemessen sei, daß Mia und ihre Großmutter nach Åland fuhren. Er war jedoch in dem Prozeß des Zerfalls, des ständigen Wiederholens befangen gewesen und hatte versucht, sie davon zu überzeugen, daß sie etwas anderes wollte, als sich um ihre Großmutter zu kümmern. Es war doch ziemlich einfach, hinterher kapierte er es. Sie wollte für ein Weilchen ihre Ruhe haben. Aber er konnte sie nicht in Ruhe lassen, er wollte, daß alles gut würde. Sie sollten miteinander schlafen, sollten über das Kind reden, bergwandern, angeln, fotografieren – es sollte jetzt sofort und auf immer und ewig normal sein.

Genau deswegen brachte er sie dazu, Dinge zu sagen, die besser nicht gesagt worden wären. Er wollte über das Kind reden, sie nicht. Sie sagte, es sei nicht sicher, daß aus dem Kind etwas werde. Er hätte es dabei belassen sollen, doch er war erschrocken, und es brach aus ihm heraus:

»Du wirst jetzt keine Fehlgeburt haben, das ist unwahrscheinlich, was meinst du eigentlich?«

Das sagte sie nicht. Doch ihr Ton war kühl und abschließend, als sie ihm sagte, daß sie nicht vorhabe, den gleichen Fehler zu machen wie ihre Mutter.

»Ich weiß, was ich tue. Ich wollte schwanger werden, und ich wurde es. Ich habe aber nicht vor, mit einem Kind allein zu leben. Das ist ein kümmerliches Dasein.«

Das hätte eine Versicherung dafür sein können, daß sie zusammenhalten würden. Er war sich dessen jedoch nicht sicher. Sie packte ihre Sachen und leerte den Kühlschrank. Sie hatten nichts gegessen, und Mia fragte ihn nicht, ob er etwas haben wolle. Sie fuhren mit zwei Autos, denn sie hatten vorgehabt, etliche von Annies Sachen nach Östersund mitzunehmen. Nun ließ Mia die Kartons in der Küche stehen und blieb dabei, ihre Großmutter besuchen zu wollen. Er fuhr vor ihr her in Richtung Stadt. Er dachte, sie hätten vereinbart, an gewohnter Stelle eine Rast einzulegen. Als er jedoch in den Holzabfuhrweg nördlich von Lersjövik einbog, überholte sie ihn und verschwand in der Kurve. Es war absurd. Es war so kindisch, daß er nur mit Mühe begriff, daß es auch ernst und gefährlich war. Daß seine einzige Hoffnung jetzt das dicke, dicke Blut war. Die Muttersubstanzen. Eine Suppe, die eventuell ausreichend stark und trüb war, sie daran zu hindern, allem ein klinisches Ende zu setzen.

Er hatte im Lauf der Jahre viele Tote gesehen. Und er hatte Angehörige bei toten Körpern gesehen. Es gab welche, die sie liebkosten. Meistens aber wahrte man ein steifes Dekorum. Man saß aufrecht auf einem Stuhl, man wartete, daß die Minuten vergingen. Um mehr als Minuten drehte es sich selten. Eine Totenwache war ebenso undenkbar wie eine allzulange Stillperiode.

Daß jemand zusammenbrach und weinte oder schrie war ungewöhnlich. Die meisten kannten sich selbst. Schwante ihnen, daß sie es nicht ertragen würden, den Leichnam zu sehen, nahmen sie davon Abstand.

Annie hatte zwei Finger auf die kalte Haut des toten Kindes gehalten. Sie hatte die Fingerspitzen dorthin gelegt, wo die Brust zur Achselhöhle abfiel. Er hatte nicht verstanden, warum sie das tat. Sie war mit ihrem eigenen Auto in Svartvattnet abgefahren. Mia hatte bei Aagot bleiben dürfen. Ihre Tasche hatte seit ein paar Wochen gepackt bereitgestanden, und sie hatte vorgehabt, ins Entbindungsheim nach Östersund zu fahren. Bei Offerberg war sie davon überrascht worden, daß das Fruchtwasser abging. Sie hatte nicht geahnt, daß es bei der zweiten Geburt viel schneller gehen konnte.

Ab Offerberg und weiter bis Byvången hielt sie jedesmal an, wenn eine Wehe sie überwältigte. In Tuvallen mußte sie in ein Taxi umsteigen. Sie kam blaß, wütend und der Erschöpfung nahe in der Aufnahme in Byvången an. Es wurde eine Sturzgeburt. Birger konnte sich nach all diesen Jahren immer noch an seine aufmunternden Zurufe erinnern. Die Erinnerung hatte sie jedoch verdreht: zuerst waren sie frisch-fröhlich gewesen, allmählich dann zynisch und ungebührlich.

Das war natürlich eine völlig unpersönliche – eine unmenschliche Wendung ins Ironische. Er war nicht zynisch gewesen. Er wollte ihr wohl, und er hatte gedacht, daß es gutgehen würde.

Das Kind wurde nicht geboren. Es kam heraus. Die Nabelschnur war fest um seinen Hals gewickelt und hatte es erstickt.

Er erinnerte sich nicht, ob er am Entbindungstisch versucht hatte, sie zu trösten. Das mußte er doch getan haben. Wie elend er sich auch fühlte, so gab es doch Worte und Sätze, derer er sich zu bedienen pflegte. Dagegen erinnerte er sich daran, daß er nach ein paar Stunden zu ihr gegangen war. Bei dieser Gelegenheit hatte sie gebeten, das Kind sehen zu dürfen.

Ihm war äußerst unbehaglich zumute gewesen, nicht zuletzt deswegen, weil sie keine Gefühle gezeigt hatte. Sie war blaß, und eigentlich kommunizierte sie nicht. Sie sah nur zu, daß sie bekam, was sie wollte. Ihm war nichts eingefallen, wie er es ihr hätte abschlagen können.

Das Kind war weiblichen Geschlechts. Ein großer und gut entwickelter Fötus. Es hatte niemals die Augen geöffnet. Die Haut war bläulich und mit glänzender Käseschmiere bedeckt. Er hatte es so sorgsam wie möglich abgewischt und auf ein großes, weißes Frotteehandtuch gelegt, ohne es zu bedecken. Er ließ die Tür zum Behandlungszimmer weit offenstehen und holte Annie Raft persönlich. Er fuhr sie mit dem Bett, das er nur schwer manövrieren konnte, da er es nicht gewohnt war. Er wollte jedoch nicht, daß die Arzthelferinnen etwas mit der Sache zu tun bekämen, und er hatte bis zum Abend gewartet, wo nur noch die Diensthabende und eine Wache im Gebäude waren.

Sein Gedanke war, daß sie das Kind kurz durch die Tür sehen sollte und rechtzeitig davon Abstand nehmen konnte, falls sie merkte, daß sie es nicht schaffte. Sie ließ ihn jedoch das Bett hineinfahren, und bat ihn, es näher hinzurollen. Schließlich legte sie den Zeigefinger und den Mittelfinger der rechten Hand auf die kalte, blau angelaufene Haut und ließ sie lange Zeit still dort liegen. Es sah aus wie bei einer Vereidigung, wenn man zwei Finger auf die Bibel legt. Für ihn war diese Begebenheit, die er nicht verstand, immer jenes Mal, als er sie auf das Kind schwören sah.

Er selbst hätte es nicht ertragen, Annie zu sehen. Er war aber dazu gezwungen. Und ertragen, dachte er hinterher, ist ein Wort, das nicht gedeckt ist. Nur eine Art Ausruf. Man erträgt. Man legt zwei Finger auf das, was geschehen ist, und spürt es.

Birger Torbjörnsson wohnte in einem gelben Ziegelhaus am Marktplatz in Byvången. Dort lagen auch das Polizeigebäude und die Apotheke – mit heruntergelassenen Jalousien. Es war Sonntag, und ICA schräg gegenüber hatte geschlossen. Er freute sich derart über den Besuch, daß Johan beschämt war.

Die Wohnung hatte drei Zimmer. Das Wohnzimmer war übermöbliert. Johan erkannte das helle graublaue Malmstenssofa aus dem Haus und das Webbild an der Wand dahinter wieder. Es gab jedoch auch bizarre Züge in dieser Dumpfheit. Er erinnerte sich, daß Birger mit einer Frau, einer Veterinärin, zusammengelebt hatte. Sie hatte vermutlich revoltiert. Aber Barbro Lunds Nüchternheit dominierte noch immer, wenn auch jetzt in eine Mietwohnung verlegt, verstaubt und mit farbenfrohem Cretonne aufgebrochen. Er hatte das Gefühl, daß Birger sich selten im Wohnzimmer aufhielt. Es roch ungelüftet.

In der Diele stand eine Tür zu einem Raum halb offen, in dem er Skier, Jagdgewehre, Stiefel und Angelruten verwahrte. Auch Winterreifen fürs Auto. Wahrscheinlich wurde in den Kellerräumen alles, was von Wert war, gestohlen. Im Schlafzimmer stand ein Schreibtisch, der mit Papier und Ordnern überhäuft war. An der Wand hing ein verschlossener Medizinschrank, seinen Arztkoffer hatte Birger ins Bücherregal gezwängt. Johan fragte sich, warum in den Fächern ein Stetoskop und rostfreie Schalen waren. Empfing er privat Patienten? Das

Zimmer war ein bißchen zu schmuddlig, um als Sprechzimmer zu dienen. Mit den medizinischen Utensilien und dem schlampig gemachten Bett erinnerte es Johan an den Bereitschaftsraum der Veterinäre in der Gemeindeverwaltung von Langvasslien. Mitten im Zimmer lag Saddie auf ihrem Schaffell. Sie hob den Kopf und schlug ein paarmal mit dem Schwanz.

Sie landeten im Schlaf- oder Arbeitszimmer, weil Birger dort endlich seinen Whisky fand. Johan fand es ein gutes Zeichen, daß er nicht so genau wußte, wo die Flasche war, vielleicht ein schlechtes, daß er sie neben dem Bett stehen hatte.

Es war leicht, mit ihm zu reden. Er fragte ganz direkt – ungefähr so, als würde er eine Anamnese machen –, und er zog nicht übertrieben schnell einen Schluß aus dem, was er erfuhr. Doch wenn er ihn zog, dann kaum mit dem Ziel, darüber zu diskutieren.

»Mädchen, die schwanger werden«, sagte er, »junge Frauen, werdende Erstgebärende haben oft einen solchen Raptus. Das ist nicht merkwürdiger, als wenn sie häufig aufstoßen müssen oder sich erbrechen. Zuerst ist es schnuckelig, ein kleines Puppenkind zu bekommen. Sie machen und tun, und alles scheint in bester Ordnung. Dann kommt der Rückschlag. Vermutlich öfter, als sie es sagen. Die meisten wirken wohl nur für ein Weilchen ein bißchen bockig. Mia dagegen schlägt heftig aus. Sie ist stark belastet. Sie fragen sich, was, zum Teufel, sie da gemacht haben. Worauf sie sich da eingelassen haben. Meistens sagen sie nichts. Doch diejenigen, die es rauslassen, sagen keine schönen Sachen. Sie können auch Angst bekommen. Aber das gibt sich.«

»Aber nicht immer. Manchmal kommt es nicht so, wie man denkt. Es gerät aus dem Gleis. Es geht schief.«

»Ja«, bestätigte Birger. »Manchmal geht es schief.«

Er saß da, wackelte mit dem Glas und sah auf den leicht schmutzigen Flickenteppich hinab. Er war über sechzig. Es schien, als hätte ein langes Leben ihn aufgezogen. Er ging wie eine Uhr. Hin und wieder überfiel ihn der Schmerz und zwang ihn, mit geschlossenen Augen und offenem Mund eine gebeugte Haltung anzunehmen. Dann ging er wieder. Sagte, was er zu sagen pflegte. Wechselte sogar das Hemd. Und aß. Seine Gewöhnung an die Einsamkeit und ein diszipliniertes, dumpf arbeitsames Leben halfen ihm weiterzutrotten.

»Du siehst ängstlich aus«, sagte er.

»Ja, obwohl ich eigentlich kein ängstlicher Mensch bin. An jenem Abend vor vielen Jahren, jenem Mittsommerabend, da hatte ich Angst. Ich habe seither nicht so oft daran gedacht. Aber jetzt ist es wieder da. Ich erkenne es. Ungefähr so, wie man sich an ein Unglück oder eine Verletzung erinnern würde, wenn einem die gleiche Sache noch einmal zuzustoßen droht. Auch wenn man sie schon vergessen hat.«

»Wovor hattest du damals Angst?«

»Ich weiß nicht. Davor, daß es schiefgehen würde. Es war genau dieses Gefühl: daß es nicht so geht, wie man denkt. So wie üblich. Sondern schief. Richtig schief«

»Was hattest du denn an jenem Abend getrieben?«

»Ich bin von daheim abgehauen, wollte fischen.«

»Die Polizei glaubte, du wärst nach Norwegen durchgebrannt.«

»Zuerst bin ich mit dem Moped zu Alda rauf, um Würmer zu sammeln. Meine Brüder haben mich aber erwischt.«

»Und dich verprügelt?«

»Nein. Pekka, er ist von Natur aus ein bißchen kompliziert, ist auf eine bessere Idee gekommen. Sie haben mich in Aldas Brunnen hinuntergelassen. Es war nicht so schlimm, da war nicht viel Wasser drin. Ich hab dort mehrere Stunden gesessen, bis ich draufgekommen bin, wie ich allein hinaufklettern könnte. Dann wollte ich nicht mehr nach Hause. Ich habe keinen Entschluß gefaßt, bin einfach nur gerannt. Annie Raft habe ich auf dem Almweg nie gesehen. Erst viel später habe ich erfahren, daß sie jemanden gesehen hat. Da wurde mir klar, daß ich das war. Das haben auch Gudrun und die Brüder und Torsten begriffen. Sie haben gelogen und gesagt, ich sei schon am Abend mit dem Moped auf und davon. Ich bin nach Nirsbuan gegangen und habe dort ein paar Stunden geschlafen. Dann bin ich nach Röbäck hinuntergepaddelt, und dort hat mich jemand mitgenommen. Das war gegen fünf Uhr morgens.«

»Das Komische ist, daß der, der dich mitgenommen hat, der Polizei nichts davon gesagt hat.«

»Es war eine Sie. Eine Finnin. Nein, eine Finnländerin. Sie nahm das höllisch genau.«

»Daß du dich daran erinnerst.«

»Ich war mehrere Tage mit ihr zusammen.«

Birger sah auf.

»Hattet ihr ein kleines Techtelmechtel?«

Johan lachte. Das kam unvermutet, und es war nötig, dachte er. Im Moment ist es verdammt jämmerlich.

»Das kann man wohl sagen«, erwiderte er. »Obwohl es kein Idyll war. Es war ein recht hartes Mädchen. Ich habe mich verletzt, mir praktisch den Fuß gebrochen. Sie hat mir Hotapulver und Koskenkorva gegeben und mich gezwungen, mit dem Fuß zu gehen. Weit.«

»Das ist eine eigenartige Mischung.«

Birger war aufgestanden und hatte das Glas auf den Schreibtisch gestellt. Er stand eine geraume Weile mit dem Rücken zu Johan. Es sah aus, als blicke er auf den asphaltierten Platz vor ICA. Aber dort gab es gerade gar nichts zu sehen.

»Bist du sicher, daß das so hieß? Hotapulver.«

»Ja, ich fand es ein gräßliches Wort. Auf der Tüte war ein Indianer.«

»Und Koskenkorva?«

»Ja.«

»Hotapulver und Koskenkorva, das hat Sabine Vestdijk gegen ihre Menstruationsbeschwerden bekommen.«

»Wer ist das?«

»So hat sie geheißen. Diese kleine Holländerin, die in dem Zelt zusammen mit einem Kerl ohne Hosen gestorben ist. Einer, von dem niemand weiß, wer er war. Und den niemand vermißt hat. Er hat versucht, in der Apotheke in Byvången Saridon für sie zu kaufen, aber das ging nicht. Dann hat sie dieses Hotapulver und den Koskenkorva bekommen. Von irgend jemand. Die Flasche und das Pulvertütchen waren noch da. Woher kam denn deine harte Finnländerin?«

»Ich dachte, sie sei von der Finnlandfähre gekommen.«

»Morgens um fünf?«

»Ich hab sie nie gefragt. Aber sie ist ebenfalls in der Apotheke in Byvången gewesen.«

»Hat sie das gesagt?«

»Nein.«

Er wurde plötzlich unerhört verlegen. Er kam sich vor, als wäre er wieder sechzehn und müßte gestehen, daß er in ihrer Handtasche gewühlt hatte.

»Sie hatte eine Apothekentüte«, sagte er. »Mit Quittung und allem. Sie hatte Kondome gekauft.«

»Das hört sich an, als hätte sie gehofft, dich zu treffen.«

»Wir haben sie nie benutzt. Sie hat nie gesagt, daß ich vorsichtig sein soll oder so was. Ich dachte, sie nimmt die Pille. Darum habe ich nicht verstanden, warum sie diese Kondome gekauft hatte.«

»Du warst ein Lämmchen.«

»Ja. Das kann man wohl sagen.«

»Sie hat eigentlich an einen andern gedacht. Einen, bei dem sie meinte, sich schützen zu müssen.«

»Du meinst vor einer Ansteckung.«

War das so einfach? Er war Arzt, er dachte natürlich in solchen Bahnen.

»Aber bei wem denn? Da droben war ein Typ, aber mit dem war sie nicht zusammen. Die Kondompackungen waren ja ungeöffnet. An wen hatte sie gedacht?«

»An den Schützen«, sagte Birger.

Johan wußte nicht, wie sie hieß. Das Jagdhaus hatte sie Trollevolden genannt. In der Nähe gab es eine Grotte, und vor dem Haus, in dem er gewohnt hatte, war ein Fluß geflossen. Er erinnerte sich an dessen Plätschern Tag und Nacht.

»Das Haus gehörte jedenfalls ihrer Familie.«

»Obwohl sie Finnin war?«

»Finnländerin.«

»Dieser hosenlose Kerl hatte im Boden seiner Sporttasche eine Telefonnummer versteckt gehabt. Die gehörte zu einem Ort an der Küste. Im Norden. Zu einem Laden. Hat es in diesem Haus ein Telefon gegeben?«

»Da hat es gar nichts gegeben. Nicht einmal Strom. Auch keinen Weg dorthin.«

»Hast du in der Nähe einen Laden gesehen?«

»Ich habe gar nichts gesehen. Nur ein großes, dunkles Haus. Einen Hundezwinger und einen Eisschuppen. Die waren verfallen, aber das Haus nicht. Eher heruntergekommen. Ich glaube, das war eine große Sippe, es gab nämlich ungeheuer viele Schlafplätze. Stockbetten.«

»Das werden wir finden«, sagte Birger. »Das kann nicht so schwierig sein. Und dann erfahren wir auch den Namen der Finnin.« Seine Herangehensweise erinnerte an all die nach außen gerichtete Betriebsamkeit in den Dörfern. Man wandte sich an jemanden, den man kannte. Oder an den Sohn oder Bekannten oder nur an den Schwager von jemandem, den man kannte. In diesem Fall war es ein Versicherungsangestellter in Stockholm, ehemals Polizeichef in Byvången. Man hatte ihm die Ermittlung des Ereignisses am Lobberån entzogen, und das war ihm so an die Nieren gegangen, daß er den Dienst quittiert hatte. Er besaß jedoch einen Wasa-Knäckebrot-Karton – einen von der größeren Sorte, sagte Birger – mit fotokopierten Ermittlungsunterlagen. Das war natürlich ganz und gar gegen die Regeln. Åke Vemdal hatte gehofft, die Lösung an seinem Küchentisch ergrübeln und über diejenigen, die ihm einen Rüffel erteilt hatten, triumphieren zu können. Vergeblich.

Im Herbst jagte er immer in Svartvattnet, in der gleichen Gesellschaft wie Birger. Für gewöhnlich kam er auch im Juni auf einen Sprung zum Fischen vorbei, und es kam vor, daß sie sich in Stockholm trafen. Dann bestellte Vemdal im Restaurant von Solvalla einen Tisch. Sie aßen für zweihundert Kronen – was, hol's der Teufel, nicht teuer ist, und man hat eine gute Aussicht von dort oben – und setzten auf Pferde. Anfangs hatten sie jedesmal, wenn sie sich trafen, über die Ermittlungen gesprochen. Aber nun hatten sie sich schon lange nicht mehr darüber unterhalten.

Vemdal wollte ihnen die Telefonnummer, die der Schütze in seiner Sporttasche unter der Bodenplatte versteckt hatte, nicht geben. Er wollte selbst anrufen.

»Daß er zu Hause war«, wunderte sich Johan. »Es sind doch Ferien.«

»Er ist Einbruchschadensachbearbeiter. Jetzt wird massenhaft eingebrochen. Und abends ist er sein eigener Herr. Junggeselle. Nicht so wie ich, sondern aus Überzeugung. Man könne überall Damen haben, sagt er. Auf Segelbooten. In der Politik. Aber nicht in der Küche und in der Naßzelle. Dort regredierten sie.«

Er verstummte.

»Annie aber nicht«, sagte er nach einer Weile ernsthaft. »In der Küche war es bei ihr übrigens nicht weit her. Willst du etwas zu essen haben? Hast du schon etwas gegessen? Du mußt Mia anrufen. Ihr solltet die Sache nicht komplizieren.«

Eine Touristenstation. Das erfuhren sie am Montagvormittag. Sie hieß nach wie vor Trollevolden, gehörte jedoch dem norwegischen Touristenverein NTF. Leute, die eine Bergwanderung machten oder fischten, konnten dort übernachten. Es war auch vor achtzehn Jahren schon eine einfache, unbewirtschaftete Touristenunterkunft gewesen. Seit Kriegsende war sie praktisch im Besitz des NTF. Früher war es ein Jagdhaus gewesen und hatte einem Großhändler aus Trondheim gehört.

Johan kam sich vor, als sei er noch immer der leicht naszuführende Sechzehnjährige, der sich in dem, was sie Schneehuhnschuppen genannt hatte, versteckt hielt. Sie hatte Märchen erzählt. Oder wie Birger es ausdrückte:

»Sie hat gelogen, wie eine Kuh scheißt.«

Die Nummer – sie stimmte nicht mehr, doch Vemdal bekam sie heraus – gehörte zu einem Dorfladen an der Küste nördlich von Brønnøysund. Dort kannte man Trollevolden sehr wohl.

Dies verlieh dem Mädchen keinen Namen. Es war unwahrscheinlich, daß noch Namenslisten vorhanden waren – wenn überhaupt Aufzeichnungen gemacht worden waren. In diesem Fall wäre es Sache der Polizei. Vemdal riet ihnen, zur Polizei zu gehen.

»All die Jahre hindurch ist nichts geschehen«, sagte Birger. »Und dann kommst du. Annie hat dich gesehen und, merkwürdigerweise, wiedererkannt. Sie hat derart Angst bekommen, daß sie mich angerufen hat, obwohl es noch nicht einmal fünf Uhr morgens war. Der Ermittlung zufolge hat sie die Büchse mitgenommen, weil sie erschreckt worden war und Angst hatte, diesem Kerl – dir also – zu begegnen. Mia gegenüber hat sie jedoch keinen Ton verlauten lassen. Klingt das plausibel?«

»Es klingt eher so, als sei sie ihrer Sache nicht ganz sicher gewesen.«

»Ich habe dir bereits erzählt, daß die Patronen noch dalagen. Wenn sie irgendwo eine Schachtel Patronen hatte, wo ist die dann hingekommen? Annie hat am Vormittag so einiges vorgehabt. Sie war bei Gudrun Brandberg oben und hat sich mit ihr zum Morchelnsuchen verabredet. Dann ist sie zu Anna Starr nach Tangen runtergefahren. Anna wohnt abgelegen, folglich hätte Annie, wenn sie Angst gehabt hätte, das Gewehr dorthin mitnehmen müssen. Aber sie hatte es nicht dabei.«

»Was hat sie bei Anna Starr gemacht?«

»Das ist etwas seltsam. Es ist kaum ernstzunehmen. Ich meine, wenn sie erschrocken war, dann war es ein merkwürdiges Unterfangen. Sie hat nach einem UFO gefragt. Oder einem Himmelsphänomen, das die Leute für ein UFO gehalten hatten. Sie wollte wissen, wo genau es eingeschlagen hatte. Vor Tangen war vor ein paar Jahren ein leuchtendes Ungetüm niedergegangen. Man kann die Stelle von der Trimmspur aus sehen, genau zwischen dem äußersten Finger der Landzunge und dem kleinen Inselchen mit den Tannen. Am Tag darauf sind sechs Tanten im Dorf herumgegangen und haben gefragt, wer das gesehen hat. Die sechs waren vom Nähkränzchen und hatten es gemeinsam beobachtet. Sie hatten an Neanders Fenster gestanden mit Gesichtern wie mehlweiße Engel – Westlund hat sie gesehen. Was da geleuchtet und geblitzt hatte, war durch die Nachtluft ins Wasser niedergegangen und verschwunden. Hinterher wurde sogar gedreggt. Die Tanten haben ein paar Kerle dazu gebracht, mit einem Boot rauszufahren, aber die haben nur gewöhnlichen Schrott gefunden, den die Leute versenkt hatten. Es waren immerhin viele im Dorf, die es gesehen hatten, und alle brachten ungefähr dieselbe Beschreibung: Es hatte geleuchtet wie ein Rummelplatz und war geradewegs ins Wasser gestürzt, das an diesem Abend schwarz wie Tinte war. Es war Spätherbst. Unterhalb des Ladens war es vereist, wenn auch dünn. Aber weiter draußen, wo der See unruhiger ist, war das Wasser offen, und dort ist es verschwunden.

Annie hat mit Anna darüber geredet, und dann scheint sie Gudrun und das Morchelnsammeln vergessen zu haben. Sie ist jedenfalls allein raufgefahren. Als erstes ist sie bei Aron und Lisa Kronlund gewesen. Sie hat Saddie bei ihnen gelassen, wie immer, wenn sie irgendwohin fahren wollte, wo sie sie nicht mitnehmen konnte. Das bedeutet jedenfalls, daß sie einige Zeit wegbleiben wollte, denn sonst ist Saddie immer im Auto liegengeblieben, wenn Annie durch zu schwieriges Gelände gestreift ist. Die Hündin ist alt und hat schlechte Hüften.«

»Hat sie gesagt, wo sie hinwollte?«

»Nicht zu Lisa und Aron. Sie hat aber deren Enkelin getroffen, die übers Wochenende da war. Zu ihr hat sie gesagt, daß sie den Weg der Erinnerung gehen wollte.«

»Das hört sich ein bißchen feierlich an«, sagte Johan.

»Sie ist zum Lobberån. Dort hatte sie keine besonderen Erinnerungen. Soviel ich weiß, war sie nicht mehr dorthin gegangen, seit das damals passiert ist. Mehr wissen wir nicht.«

Er beugte sich über den Tisch, und Johan glaubte zuerst, er niese. Aber es war ein Schluchzer. Er weinte. Es kam heftig und schniefend. Eben hatte er noch sachlich geklungen. Er war zu Johan hereingekommen, der in dem staubigen Wohnzimmer hatte schlafen dürfen, und hatte ihm Kaffee ans Bett gebracht. Er saß auf dem Bett, so nahe, daß Johan meinte, ihn jetzt in den Arm nehmen zu müssen. Er wußte nicht, wie er sich verhalten sollte. Das tiefe, glucksende Schluchzen war das einzige Geräusch im Zimmer. Birgers Gesicht wurde rot und schwoll an. Er schob die Kaffeetasse beiseite, beugte sich auf die Tischplatte und weinte noch heftiger. Sein runder, kräftiger Rücken bebte. Fäden, die wie Nasenschleim aussahen, rannen auf den Tisch herab.

Saddie erhob sich mühsam von ihrem Platz unterm Couchtisch und tappte aus dem Zimmer. Sie wirkte kurzbeinig beim Gehen. Birger hatte sie erschreckt.

Schließlich gelang es ihm, sich zu erheben, und er ging hinaus in die Diele. Er tastete, als ob er nichts sähe. Johan folgte ihm linkisch und sah zu, daß er ins Badezimmer fand. Dann saß er am Couchtisch und hörte ihn an der Toilettenpapierrolle ziehen und sich Mal um Mal schneuzen. Schließlich wurde es still, doch dauerte es noch fast zehn Minuten, bis Birger herauskam.

»Du mußt zur Polizei gehen«, sagte er. »Die können mit dieser Finnländerin weiterkommen.«

Johan wollte aber nicht. Es fiel ihm schwer zu erklären, warum. Birger mußte glauben, er habe Angst, sie könnten ihn verdächtigen. Aber etwas so Konkretes war es gar nicht. Er meinte, es könnte alles mögliche geschehen, wenn er jetzt etwas unternähme. Was hatte er nicht schon allein dadurch ausgelöst, daß er sich auf der anderen Seite einer Fensterscheibe gezeigt hatte?

Oder wäre es ohnehin passiert? Es war etwas Zweideutiges an Annie Rafts Tun an jenem Morgen und Vormittag. Er wußte nicht, was für eine Art Mensch sie gewesen war, und er getraute sich nicht, Birger zu fragen, aus Angst, er könnte wieder in Tränen ausbrechen. Handelte sie rational oder folgte sie dunklen Impulsen, die sie sich selbst nicht erklären konnte?

Mia, die so vernünftig war, hatte auch schon Seiten an den Tag gelegt, die ihm unbekannt waren. Sie war launisch, beinahe bösartig aufgetreten. Spät in der Nacht hatte Birger gesagt, daß die Frauen manchmal Gesichter zeigten, die schwer mit dem Blick festzuhalten seien. Welche Frauen?

»Sie schielen«, sagte Birger whiskyverschwommen. »Wenn sie einem den Rücken kehren, kann es passieren, daß man nur Luft sieht. Niente.«

Jetzt war es Morgen, und Birger meinte wieder, daß Mia normal und vorhersagbar aufgetreten sei. In ihrem Zustand bedeute das nicht mehr als Aufstoßen oder heftiges Erbrechen.

Wenn es aber verhängnisvoll war?

Johan hatte sie angerufen und mit ihr gesprochen. Ihre Stimme war dumpf gewesen. Sie bockte. Ihre Großmutter wollte nicht nach Åland fahren. Mia wollte sie aber auf alle Fälle in Stockholm besuchen. Danach würde sie nach Langvasslien kommen.

Das klang normal. Sie hatte sich beruhigt, genau wie Birger es prophezeit hatte. Birger dachte jedoch nicht daran, daß sie die Entscheidung in der Hand hatte. *Was* in ihr entschied eigentlich? Vor knapp einem Jahr war sie bei einem Schlittenhundewettkampf in Duved einem, wie sie glaubte, norwegischen Gespannführer begegnet. Seine Siberians mit ihren hellblauen Augen und intelligenten Gesichtern fand sie schön, und ihn selbst appetitlich – das hatte sie gesagt. Wie Erdbeereis so gut zu lecken – und sie hatte, weiß Gott, geleckt! Was aber in ihrem Inneren entschied, daß er der Vater ihres Kindes werden sollte? Oder daß er es nicht werden dürfe?

Er beschäftigte sich mit Prognosen. Er berechnete Bahnen von Wolkengebieten, die sich, trächtig vom Wasser, mit den Winden bewegten. Gewöhnlich kamen sie von Westen, vom nebligen oder sonnenüberfluteten Atlantik herein und bewegten sich in einer östlichen Bahn. Sie konnten jedoch einen Schwenk von neunzig Grad machen. So etwas kam vor. Meistens wußte man jedenfalls, daß sie schwer einzuschätzen waren. Es gab aber welche, bei denen man sich von Anfang an irren konnte. Diese vermittelten ihm das Gefühl, überflüssig zu sein. Nicht machtlos oder unzulänglich mit seinen gesammelten Daten. Sondern überflüssig. Unnötig. Dann regnete es ihm ins Gesicht, und er wunderte sich auf eine Weise darüber, die nicht wissenschaftlich genannt werden konnte.

Als es darum ging, für Annie eine Grabstätte zu wählen, war niemals von etwas anderem als dem Röbäcker Friedhof die Rede. Selbst die alte Henny sagte mit ihrer dunklen, geschulten Stimme, daß Annie dorthin gehöre.

In seiner Grabrede beschwor der Pfarrvikar das Bild von Annie im Wald herauf. Er meinte es gut. Seine Absicht war, daß sie Annie mit einer jüngeren und gesünderen Saddie auf den Fersen durch einen taufrischen Wald wandern sehen sollten. Sie habe hierher gehört, sagte der Pfarrvikar. Annie hätte ihm nicht zugestimmt.

Zu Birger hatte sie gesagt: Es sind schon andere als du mit mir hier durch den Wald oder ins Fjäll gegangen und haben gesagt, ich gehörte hierher. Sie finden, daß ich mich hier flink bewege und mich auskenne. Ich scheine dort zu Hause zu sein, wo sie sich selbst desorientiert oder sogar erschrocken fühlen.

Es ist wahr, daß ich jeden Tag in den Wald gehe und hier die einzige Frau bin, die dies außerhalb der Beerenzeit tut. Und die sich allein zu gehen traut. Aber das läßt mich im Wald nicht gerade heimisch sein. Ich glaube, da sind die Holzfäller von SCA oder die Brandbergleute auf den Straßenbaumaschinen hier mehr zu Hause.

Ich gehe hier durch den Wald wie Rousseau durch den Wald von St. Germain. Ich bin benebelt von Phantasien, Düften und schönen Anblicken. Der Punkt ist, daß diese Anblicke im Widerspruch stehen zu der Zivilisation, in der ich lebe. Ich suche eine Alternative. Das macht Per-Ola Brandberg nicht, wenn er einen Waldschlepper fährt. Was er sieht, steht nicht im Widerspruch zu seiner Gesellschaft. Nicht einmal dann, wenn er einen Hasen aufscheucht oder feststellt, daß die Multebeeren reifen.

Ich werde natürlich mit der Zeit immer heimischer im Fremden, genau wie Per-Ola in seiner mißhandelten Ressource zu Hause ist. Aber es sind meine Phantasien, in die ich mich einlebe, und diese werden von der Wildheit und den Düften des Waldes unterstützt. Per-Ola wird in etwa von den gleichen Erscheinungen unterstützt. Aber wild würde er sie nicht nennen.

Wir sind beide Kinder unserer Zeit und aufeinander angewiesen, zumindest ich auf ihn. Ohne Abholzung wäre das Dorf unbewohnt, und ich könnte hier nicht allein leben und meine Anblicke und Phantasien haben. Das hieße go native, und das ist etwas ganz anderes. Björne Brandberg hat dies gemacht, und er scheint verloren. Er säuft nicht mal mehr.

Ich kann dir sagen, es sind nicht wenige Junggesellen und Holzfäller, die wie er in einer Hütte oder in einer übriggebliebenen SCA-Baracke endeten. Es fällt ihnen zunehmend schwerer, unter Leuten zu sein, und sie horchen mehr und mehr in den Wald hinein. Die Einsamkeit wirkt stark auf sie. Sie werden abhängig. Ich weiß nicht, was für Erlebnisse sie eigentlich haben. Das, was sie erzählen, handelt ja oft von Zwergen, die ihnen helfen, wenn sie erschöpft sind, und von Farnen, die ihre Rückenbeschwerden heilen und sie einschlafen lassen, manchmal auch zu tief. Das wird mittlerweile naivistisch erzählt, kaum mehr naiv. Aber es muß ja eine Frage von Worten sein, in die die Erlebnisse gekleidet werden – welche das auch sein mögen.

Björne hat schlicht eine Kehrtwendung in der Zeit gemacht und ist nach hinten ins Frühers gegangen, wie er das nennt. Frühers macht' man. Frühers dacht' man, sah man, verstand man.

Das, was man verstand, war doch, in seiner Zeit zu leben, aber das versteht der Sonderling in seiner Hütte nicht.

Früher ging's einem besser, wie man's gehabt hat.
Heut geht's einem schlechter, wie man's hat.

Das ist die Tirade, die sie auf den Heimattagen skandieren.

Björne natürlich nicht, der geht da nicht hin. Aber auch er streitet die Tuberkulose und den Inzest, die Mißhandlungen, den Hunger und die Unwissenheit ab – er streitet sogar die vom Schmerz verkrüppelten Gelenke ab, obwohl er sie von der Feuchtigkeit seiner Hütte selbst bekommt.

Der Unterschied zwischen dem Sonderling in der Hütte und mir ist der, daß ich am Montagmorgen immer in die Schule zurückgehe. Ich weiß, daß meine Versuche, eine Alternative zu finden, unvollkommen sind und daß es meine Aufgabe ist, Schulkindern das Denken beizubringen.

Hundstage, Sauregurkenzeit. Überall Fäulnis: auf dem Kompost, in den Zeitungen. Irgend etwas quoll auf und rann. Die Fliegen wurden lästig. Die Zeitungen berichteten über Mörder und perverse Sadisten. Auf den Kulturseiten roch es wie aus dem Kühlschrank eines Massenmörders nach verwesendem Fleisch.

Birger las das nicht. Aber er träumte nachts davon. Daß er gejagt würde, daß vor seinen Augen jemand zerstückelt würde, daß er sich geisteskrank stellte, um selbst zu entkommen.

Er erwachte, stand auf und trank Milch. Er aß belegte Knäkkebrote und hörte sie in dem grauen, stillen Morgen zwischen seinen Zähnen knirschen und krachen. Er dachte an damals. An das Zelt und an die Körper. Das tat er sonst nie.

Annie hatte das auch nicht getan. Jedenfalls hat sie nicht darüber geredet. Er erinnerte sich, wie sie sich einmal »Rapport« angesehen hatten. Da war ein Bericht aus einer Republik, die kurz vorher noch sowjetisch gewesen war. Zwei Männer lagen auf der Ladefläche eines Lasters. Sie waren tot, man hatte ihnen die Kehle durchgeschnitten. Bei dem einen klaffte die Wunde derart, daß man die gesamte Zahnreihe des Oberkiefers sah. Birger und Annie saßen beim Essen, als die Reportage begann. Nach den beiden Leichen auf dem Laster kam ein junger Mann. Er erzählte, andere Männer hätten seinem Vater Arme und Beine abgeschlagen und den Bauch aufgeschlitzt, so daß die Eingeweide herausquollen, und das alles bei lebendigem Leib und vor den Augen des Sohnes. Irgendwann kam ein anderer Bericht, und Birger begann wieder zu essen. Annie war längst gegangen.

Das war meistens so. Das einzige, was sie über die Angelegenheit gesagt hatte, war, daß sie ein einziges Mal die Wirkungen tödlicher Gewalt gesehen habe, und das reiche.

Niemand glaubte noch, daß Annie ein selbstverschuldetes Unglück zugestoßen war. Jetzt wollte man zu ihrem Andenken im Vereinshaus eine Ausstellung veranstalten. Sie sollte gleichzeitig eine Manifestation gegen sinnlose Gewalt sein.

»Es ist nicht sicher, daß sie so sinnlos war«, sagte Birger, als der Pfarrvikar anrief. Man wollte die Kaffeetafel der Sommerkirche von Röbäck nach Svartvattnet verlegen. Denn dort machten die Touristen nun halt, nachdem die Polizei auf ihrer Pressekonferenz von der Unglückstheorie Abstand genommen hatte. Zur Eröffnung der Ausstellung am Sonntag wollte der Pfarrvikar ein Gedenkgebet für sie sprechen, was Birger für blödsinnig hielt. Annie war nicht wie die meisten anderen religiös indifferent gewesen, sondern offen feindselig gegen sein Christentum.

Jede Gottesvorstellung habe als Glauben an Gespenster begonnen, hatte sie gesagt. Ein machtberauschter Gangster halte seinen Stamm in Schrecken und Ehrfurcht. Wenn er sterbe, seien die Leute so aufgescheucht und von seinem Willen dominiert, daß sie seine Stimme, seine Schritte und sein geisteskrankes Lachen in der Nacht halluzinierten, gar behaupteten, dies alles nach wie vor zu hören, soweit sie das verstanden habe. Allerdings hätten sie alles mit Zuckerguß überzogen. Sie sei außerordentlich dankbar, daß weder Henny noch Åke, weder die Tante noch der Onkel sie in eine Kirche mitgenommen oder sie zur Sonntagsschule gezwungen hätten. Sie ahne, daß man in gewisser Hinsicht für immer für diese verworrenen Ergüsse empfänglich bleibe, wenn man sie nur frühzeitig eingeflößt bekäme.

Dies dem Pfarrvikar zu erzählen, wäre taktlos gewesen, und

er hätte es im übrigen gar nicht geglaubt. Annie hatte den Kirchenchor geleitet und selbst all die Jahre hindurch bei Beerdigungen und Hochzeiten auf der Empore solo gesungen. Das paßte nicht zusammen. Doch das hatte sie auch niemals behauptet.

Der Pfarrvikar wollte mit Mia Verbindung aufnehmen, um Material für die Ausstellung zu bekommen, Bilder und Zeichnungen aus Annies Schulsammlung. Ihre Naturpfadwände und solche Sachen. Birger rief in Langvasslien an, und Mia kam mit Johan und sechs Siberian Huskys in einem Hundebus angefahren. Sie freute sich über die Ausstellung. Solange es geheißen hatte, Annies Tod sei selbstverschuldet, hatte ihm etwas Schimpfliches angehaftet. Jetzt tätschelte Lisa Kronlund Mias Wange und sagte:

»Du Ärmste, hast deine Mama verloren.«

Mia kam mit Annies schönsten Zeichnungen im Hundebus herunter. Man hatte die Stühle aus dem Vereinshaus entfernt und sie im kleinen Kaffeeraum gestapelt. Auf der Bühne stand in weinrotem Hemd und diskretem Rundkragen der Pfarrvikar auf einer Stehleiter. Er befestigte eine Angelschnur aus Nylon am Kopf einer weißen Papptaube und versuchte, den richtigen Fixpunkt zu finden, damit die Taube nicht umschlug, wenn sie hing.

Die Stellwände waren ringsum an den Wänden des Versammlungsraumes aufgestellt. Auf der ersten stand WEG DER ERINNERUNG. Unter der Überschrift war eine kindlich schematische und gleichzeitig sehr verzwickte Zeichnung eines Hauses. In jedem Raum war ein Gegenstand genau ausgeführt. Im ersten Kellerraum lag auf einem Hackklotz eine Axt neben einem abgeschlagenen Fuß und im zweiten zwei zerdepperte Krüge, aus denen etwas Rotes floß. Die Räume waren numeriert, und das, was sie enthielten, war makaber. Möglicherweise steigerten sich die Effekte mit jeder Etage.

Mia war mit ihrem Karton im Arm stehengeblieben. Sie atmete kurz. Die fünf Personen, die sich im Saal befanden, waren mit Papier und Reißzweckenschachteln an den Masonitewänden beschäftigt. Unbeholfen legten sie ihre Utensilien beseite, um Mia zu begrüßen. Ihre Gesichter drückten Mitleid und Verlegenheit aus. Nur der Pfarrvikar legte eine trauergewohnte Fassung an den Tag und näherte sich rasch. Er holte Mia jedoch nicht ein. Schnellen Schrittes ging sie von Stellwand zu Stellwand. Bei der fünften oder sechsten begann sie etwas durch die Zähne zu sprechen. Es klang wie »Scheiße«. Zwischendurch bewegte sie den Mund, als kaue sie etwas mit den Vorderzähnen. Plötzlich fiel ihr Blick auf einen hageren Mann mit einem gehäkelten Käppchen auf dem Kopf.

»Petrus! Du verfluchte Made.«

Petrus Eliassons Ziegenbart war jetzt ganz weiß. Er trug ein Hemd aus schwerem, sahneweißem Stoff, der an den Handgelenken anmutig über die Manschetten fiel. Auf das Rückenteil seiner Häkelweste war der Lebensbaum gestickt. Petrus war auch auf der Beerdigung gewesen, doch entweder hatte Mia ihn dort nicht gesehen oder es war ihm nicht gelungen, sie zu verärgern. Birger hatte es recht rührend gefunden, daß er aus der Gäddedegegend heruntergekommen war, wo er mit seinen Weibern und seiner Käserei hauste. Er hatte neue Frauen. Eine arbeitete, genau wie Annie es getan hatte, als Lehrerin. Eine kam jedes Wochenende aus Östersund von ihrer Stelle im Baubüro gefahren. Die dritte war Textilkünstlerin eines jüngeren Jahrgangs als Barbro Lund.

»Du hast das hier also arrangiert«, zischte Mia Petrus an. Dann wurde ihre Stimme laut.

»Weg! Weg mit allem!«

Petrus stand da und zwinkerte. Anna Starr und die Mitglieder des Kirchenchores schnauften mit offenem Mund.

»Und ihr macht da mit? Begreift ihr denn nichts? Nehmt das ab! Es gibt keine Ausstellung. *Hört ihr schlecht!*« schrie Mia. »Nehmt alles ab! Helft mir, Birger! Johan! Das muß alles weg. Raus mit euch. Glaubt ja nicht, daß ihr das machen könnt.«

Der Pfarrvikar näherte sich mit der Zuversicht, die eine professionelle Einstellung zu Lebenskrisen verleiht. Mia warf ihren Karton auf die Erde und fuchtelte direkt vor seinem Gesicht mit den Händen herum. Es sah aus, als wollte sie eine Erscheinung vertreiben. Es gelang ihr auch. Der Pfarrer folgte den Frauen, die sich in den Kaffeeraum zurückzogen. Er blieb jedoch in der Tür stehen.

Petrus hatte den Kopf geneigt und leckte sich ständig die feuchten Lippen, während er sich Mia von hinten näherte. Als er sie mit seiner weichen, singenden Stimme ansprach, fuhr sie herum und schlug ihm mit der flachen Hand ins Gesicht.

»Raus! Hau ab von hier! Du hast in diesem Dorf nichts zu suchen. Bleib daheim bei deinen scheiß stinkenden Ziegen und deinen intellektuellen Hexen.«

Er taumelte zur Tür. Der Pfarrer hatte einen Schluckauf bekommen. Er versuchte den Mund geschlossen zu halten, vergaß es aber bei etwa jedem zweiten Mal. Birger juckte es, mit einem guten Rat dazwischenzugehen, sah aber, daß Anna Starr ihm ein Glas Wasser an den Mund hielt. Dann zog sie behutsam die Tür zu.

Erst als sie allein waren, brach Mia in Tränen aus, sie heulte mit offenem Mund und hörte nicht auf, die Zeichnungen von den Stellwänden zu reißen.

»Hol einen Müllsack aus dem Auto, Johan!«

Petrus öffnete die Tür, steckte den Kopf herein und sagte, daß die Materialien nicht Annie gehört hätten. Sie seien von ihren Schulkindern. Sie hätten sie von inzwischen erwachsenen Schülerinnen und Schülern bekommen und müßten sie zurückgeben. Er mußte recht lange reden, da Mia sich am anderen Ende des Saales befand. Als sie aber mit langen Schritten über den Bretterfußboden gegangen kam und ihn mit einer Pappplatte schlug, trat er den Rückzug an.

Johan sah etwas blaß aus, fand Birger. Er arbeitete jedoch effektiv und fragte nichts. Sie bekamen zwei volle Müllsäcke zusammen. Mia trat sie in den Kaffeeraum, wo sich die Rausgeschmissenen versteckt hielten.

»Macht damit, was ihr wollt. Aber ausstellen werdet ihr das nicht. Nirgends. Laßt meine Mutter in Frieden! Habt ihr gehört! *Laßt sie in Frieden!*«

Als sie ins Haus kamen, war Mia erschöpft, und sie legte sich auf Annies Bett. Birger kochte Kaffee, und Johan saß am Küchentisch.

»Worum geht es eigentlich?« fragte er leise.

Ja, worum ging es eigentlich? Um Scham, zum Teil. Scham und Zärtlichkeit.

»Annies pädagogische Ideen waren ein bißchen originell«, sagte Birger. »Mia wird es dir schon noch erzählen.«

Anfänglich hatte Annie darüber Witzchen gemacht und das meistens nebenhin. Als keine Gefahr mehr bestand, daß er glaubte, sie wolle getröstet werden, erzählte sie. Albern oder nicht, hatte sie gesagt, aber während der Jahre in Byvången liebte ich meine Arbeit und war erfüllt davon. Ansonsten hätte ich wohl wie die meisten anderen gelebt und während der Arbeit oft auf die Uhr gesehen.

Zuerst war es natürlich der übliche gelinde Überdruß. Ich hatte kleine Begegnungen, die den Tag aufpeppten. Ich las viel und sehnte mich nach meinem Bett und meinem Buch. Zog mit Göran Dubois zusammen. Es wurde nie etwas Ernstes daraus, seine Mutter hat dem Ganzen ein Ende gemacht. Aber es war nichts Wichtiges. Das weiß ich jetzt. Ich schlief unregelmäßig und aß zuviel.

Schulüberdruß ist von etwas eigener Art. Noppige Pullover und ungewaschene Körper. Und dann diese Lethargie. Die Kinder taten, was ich sagte. Schnauften manchmal auf, rollten mit den Augen. Wenn sie untereinander einen Scherz gemacht hatten, der mir entgangen war. Vereinzelt Knuffe, Stühlescharren, ungestümes Lachen und ein unterdrückter Fluch. Aber nie Protest.

Sie waren bereit, noch sechs weitere Jahre in diesem Halbdämmer zuzubringen. Und sie gehorchten mir. Nie fragten sie, warum sie das eine oder andere lernen mußten. Sie versuchten es nur, die meisten zerstreut. Die Mädchen waren ehrgeiziger, doch ihre Anstrengungen wurden ebenso von der winterlichen Dunkelheit verschluckt. Gegen Ende des Herbsthalbjahres standen wir wie Fische in einem fast bis zum Grund gefrorenen Waldsee.

Dann war der »Tag der Polizei«. Der Polizeichef und sein Assistent kamen in ihrem schwarzweißen Auto in die Schule. Sie trugen Uniformen und liefen mit Aktentaschen herum. Einen ganzen Tag lang gingen sie von Klassenraum zu Klassenraum und erzählten von ihrer Arbeit.

In radikalen Kreisen begegnete man der Polizei zu jener Zeit mit Verachtung. Die Idee einer PR-Kampagne war höheren Orts und weiter im Süden ausgebrütet worden. Hier würde man kaum demonstrieren oder Terrorgruppen bilden. In meinem Klassenzimmer saßen nur künftige betrunkene Autofahrer und die einfachen Schwarzarbeiter der Zukunft, die vielleicht mal ihrer Alten oder dem Nachbarn eine langen würden. Wenn sie einen Diebstahl meldeten, würden sie noch einen Verstärker oder eine elektrische Schreibmaschine mit angeben. Aber auf die Idee, gegen irgend etwas zu protestieren, würden sie niemals kommen. Sie waren nicht daran interessiert, zu hören, wie der Polizeichef und sein Assistent in dem, was er die momentane Lage nannte, der Gesellschaft dienten und wie sie das Leben der Menschen sicher machten. Sie wollten hören, wie sie Ganoven jagten.

In mein Klassenzimmer kam der Polizeichef am späten Nachmittag. Womöglich war er erschöpft, denn als sie ihn darum baten, erzählte er ohne Umschweife, wie er einen Ganoven gejagt hatte.

Es sei vor zwei Jahren gewesen, sagte er. Er habe damals in Sveg Dienst getan. Da habe es eine landesweite Fahndung nach einem Bankräuber gegeben. Der war bei einem Krankenhausbesuch ausgebüxt, hatte ein Auto gestohlen, seine Braut in Borlänge abgeholt und war dann in Richtung Norden gefahren. In Mora ließ er den ersten Wagen stehen und stahl einen roten Cortina.

Gegen zwei Uhr nachmittags wurde aus der ICA-Halle in Hede angerufen und gebeten, daß die Polizei ein Pärchen verfolgen solle, das den Laden mit zwei Taschen voll Bier und Delikatessen verlassen habe, ohne zu bezahlen. Sie seien mit einem roten Cortina unterwegs.

Das rote Auto entwischte, doch wurde in Richtung Norden eine Straßensperre errichtet. Unser Polizeichef, damals noch in untergeordneter Stellung, war dabei und fand den Wagen am Vemdalsskalet oben. Das Benzin war ausgegangen. In der Nacht war ein Schneesturm aufgekommen, der bis weit in den Vormittag anhielt. Das Auto wurde eingeschneit und jegliche Spur verweht. Die Polizei durchkämmte ein ganzes Feriendorf nach dem Ausbrecher und seiner Freundin. Am Ende fanden sie die beiden in dem einzigen richtigen Haus, das es dort oben gab. Sie waren tot. Erfroren. Der Herd, mit Holz zu befeuern, war mit Brennholz und Zeitungspapier vollgestopft. Sie hatten mehrere Zündholzschachteln aufgebraucht. Aber sie hatten die Zugklappe nicht geöffnet. Es hatte in den Raum gequalmt, doch starben sie nicht – an Rauchvergiftung. Sie starben an der Kälte.

»Es ist ihnen ausgegangen.«

Alle Augen waren auf den Polizeichef gerichtet. Die grüne Tafel hinter ihm war leer.

»Sie sind gestorben, weil sie den Herd nicht einheizen konnten«, sagte er. Es kamen Fragen und Zwischenrufe, Einwände und felsenfeste Behauptungen. Aber er blieb dabei: Sie waren gestorben, weil sie das Feuer nicht hatten in Gang bringen können.

Als es klingelte, mußte er ins nächste Klassenzimmer gehen. Sie machten jedoch weiter. Ich sah sie in der hereinbrechenden Dämmerung auf dem Schulhof gestikulieren. Das hatte ich sie noch nie tun sehen. Normalerweise standen sie in der Kälte, die Hände in den Anoraktaschen vergraben, gebeugt, die Schultern hochgezogen. Der Bus aus der Stadt fuhr vorbei, und in der Kurve fegte er mit dem Scheinwerferlicht über sie.

Einige rannten zum Kiosk, um den Bus nach Svartvattnet noch zu erwischen.

Warum soll ich das lernen? Dem Polizeichef war es gelungen, sie auf diese Frage zu bringen. Nicht mir. Um zu überleben, lautete klipp und klar die Moral seiner Geschichte. Auf diese Weise kamen wir darauf zu sprechen, was man brauchte, um durchzukommen. Selbst ohne Hütte. Feuer machen. Einen Haken mit Widerhaken feilen. Woraus? Was nimmst du? Und hast du eine Schnur dabei? Läufst du mit einer Angelschnur rum?

Eine Fliege knüpfen. Aus einer Bierdose Kochgeschirr machen. Arktische Nierenflechte suchen. Und wenn die Zündhölzer zu Ende gehen?

Ein Mädchen wies darauf hin, daß man es vermeiden könne, im Nebel oder Schneesturm aus dem Haus zu gehen. Wenn man sich ordentlich aufführe, brauche man auch aus keinem Gefängnis auszubrechen. Da sagte Stefan mit den braunen Augen:

»Und was, wenn alles zu Ende geht.«

»Was alles?«

»Der Strom. Wenn die Leitungen umfallen. Wenn es Krieg gibt und eine Wasserstoffbombe.«

Auf diese Weise bekam ich an einem Winternachmittag Zugang zu ihrer Furcht. Dies war ein Raum, den sie Erwachsenen selten öffneten. Sie hatten alle ein Mädchen auf der Straße laufen sehen, dessen brennende Haut zu einem weißlichen Kartenmuster aufgesprungen war. Mehrmals hatten sie es gesehen. Das Mädchen war hinter der dicken, gewölbten Glasscheibe des Fernsehers gelaufen. Es war nackt und genauso alt wie sie, deshalb war es wirklich. Sie lernten das aufgesprungene Kartenbild ihrer Haut lesen.

Ein Blondschopf sagte dann, man sollte in der Schule lernen, einen Herd mit Holz zu befeuern. Für den Fall, daß. Daraufhin sprudelten die Vorschläge nur so hervor. Nun ging es darum, was man brauchte, um den Zusammenbruch der Zivilisation zu überleben. Nicht in qualmenden, radioaktiven Ruinen, nicht an verseuchten Ufern. Nein, sie wollten in den Wald ziehen. Hinauf ins Fjäll. Die langen Hänge unterhalb des Björnfjället würde es noch geben. Sie liefen über schwankenden Moorboden. Ihre Haut wäre nicht verbrannt. Sie liefen durch die kalte frische Luft, und ich hatte nicht das Herz, dieses Bild zu zerstören. Jemand sagte, man sollte weben lernen. Und eine Hausecke zimmern. Und zwar in der Schule. Für den Fall, daß.

Eines von den stilleren Kindern kam auf die Frage, wer eigentlich bestimme, was man lernen sollte. Ich versprach, den Lehrplan für die neunjährige Grundschule mitzubringen. Ich befand mich in starker Spannung. Mir kribbelte die Haut. Ich konnte mir kaum mehr das Lachen verbeißen, und mir traten die Tränen in die Augen. Endlich hatten sie die Frage gestellt: Warum soll ich das lernen? Ist das nicht unnütz? Sie stellten sie gegen dieses *für den Fall, daß.*

An diesem Abend fieberte ich vor Eifer. Ich konnte nicht einschlafen. Mir kam eine Idee nach der andern. Mein Hirn knallte und leuchtete.

Ein roter Einband. Ein grüner Einband. Zwei Arbeitshefte. Eines für das Fortlaufende. Eines für *für den Fall, daß.* Ich hatte meine Pädagogik gefunden.

So einfach fing es an. Wir trugen jedes Wissensmoment aus dem Lehrplan für die Grundschule in das rote Heft ein, bevor wir damit anfingen und es gegen *für den Fall, daß* abwogen. Computerwissen gegen Kopfrechnen. Gesellschaftskunde? Wenn es keine Gesellschaft mehr gab? Politische Parteien? Europäische Hauptstädte?

Sie kamen darauf, daß Dinge, die für ein Kolonistenleben nicht unmittelbar vonnöten waren, vergessen werden könnten, was schade wäre. Ein Mädchen wollte ein Häkelmuster für Sterne in das grüne Heft eintragen. Das weckte noch mehr Fragen. Lieder? Melodien? Noten ganz einfach? Die Namen der Sterne und Planeten.

Ich achtete auf Infiationstendenzen in ihrem neuen Gedankenleben. Sie waren ganz von allein – oder dank eines müden Polizisten – dahintergekommen, daß sie in einer Zivilisation lebten. Jetzt entdeckten sie, daß es darin Reste einer Kultur gab und daß im Grunde beide auf Wissen aufbauten. Wenn nun alles erdenkliche Wissen plötzlich wie Feuerwerkssonnen um ihre Köpfe kreiste, würden sie bald aufgeben. Vor der Komplikation beugen wir uns und verfallen in den alten Trott. Lieber gelangweilt als verrückt.

Deshalb verfügte ich ohne Diskussion, daß sie das, was sie *für den Fall, daß* dabeihaben wollten, detailliert aufschreiben sollten. Keine abstrakten Erläuterungen. Sondern Rezepte. Formeln. Konstruktionszeichnungen. Liedtexte und Noten. So kamen die Blockflöte, der Webstuhl, das Sauerteigbrot und die Komponenten des Mörtels in das grüne Arbeitsheft.

Es wurde Winter, und wir schlugen uns mit dem Lehrplan herum, ruhten uns aber bei der Bestimmung eßbarer Pflanzen und der sorgfältigen Abschrift von »Mein Pony ist verschwunden« aus. Wir diskutierten die Herstellung von Messerstahl und das Gerben von Elchhaut. Wir schafften doppelt soviel und verspürten keine Müdigkeit. Wir spielten, nehme ich an.

Daß eine Lehrkraft die Kinder zwei Arbeitshefte führen ließ, »ein konkreteres«, wie ich es ausdrückte, war nichts Ungewöhnliches. Die Lehrkräfte in Musik, Zeichnen und Handarbeiten halfen uns bei verschiedenen Projekten. Den Werklehrer zog ich nicht hinzu. Irgend etwas sagte mir, daß das gefährlich sei.

Ich war von innen heraus von meinen Ideen elektrifiziert. Sie schienen kein Ende zu nehmen. Die Kinder glühten vor Eifer oder waren nachdenklich, je nach Veranlagung. Viele waren helle, manche gewitzt. Einige waren sehr phantasievoll, zwei, drei rebellisch. Vielleicht, vielleicht, dachte ich manchmal. Aber ich war immer auf der Hut vor prophetischen Tendenzen aus dem Inneren. Ich hatte eine Pädagogik gefunden, Schluß, aus.

Drei Jahre verbrachte ich mit den Kindern dieser ersten Doppelhefte, und als sie in die obere Grundschulstufe entschwunden waren, wußte ich, daß meine Pädagogik gewirkt hatte. Ich bekam ein Echo von ihren neuen Lehrkräften. Mein Experiment erschien nicht als extrem. Ich verwischte es ein wenig, wenn ich danach gefragt wurde. Das sei nicht so durchdacht, sagte ich. Lediglich zwei Arbeitshefte. Das eine für älteres und mehr konkreteres Wissen.

Ich ging mit dem Geheimnis vorsichtig um. Es durfte nicht politisch erscheinen. Etwas Politisches – das war das Tuch, das die Stiere an den Küchentischen zum Schnauben und Stampfen brachte.

Noch zwei Jahre lang verfolgte ich meine pädagogische Doppellinie. Bei der neuen dritten Klasse mußte ich die Großtat des Polizisten wiederholen, jetzt aber mit einem Trick. Es funktionierte nicht. Sie hatten die Geschichte von dem Paar, das erfroren war, weil es kein Feuer im Herd machen konnte, schon gehört. Ich mußte mir andere ausdenken, und der Start geriet zäh. Zu meinem Bedauern merkte ich, daß die Mehrheit das grüne Arbeitsheft auf die gleiche träge und fügsame Weise akzeptierte, wie sie jeden x- beliebigen anderen Einfall von oben akzeptiert hätte. Von den drei Rebellen in dieser Klasse waren zwei eigentlich Querulanten.

Natürlich war gab es einen Klassenclown. Er war ungewöhnlich bedauernswert. Ein strotzend fetter Junge mit derber Sprache und trägem Hirn. Sein Metier war die Bosheit. Mit verschlafener Intuition fand er die Schwachpunkte heraus und schlug zu. Es war wie ein Pferdebiß um den Schenkel.

Ihm fiel ein, daß man zum Überleben in erster Linie Bier brauche. Brüllendes Gelächter und Gerülpse. Indignierte Mädchen. Ein hoffnungsvolles Leuchten in den Mienen der Querulanten.

Ich ging jedoch darauf ein, und dank der Bierbereitung kamen wir tatsächlich in Gang. Als sie entdeckten, wie kompliziert diese war – Strohbündel im Bottich, die Maische, die nicht wärmer als fünfundsechzig Grad werden durfte, wenn die Enzyme überleben sollten, und die schnell abgekühlt werden mußte, um nicht von Mikroorganismen angegriffen zu werden –, da saßen sie lange still. Sie mußten das Thermometer erfinden. Sie hatten kein richtiges Fingerspitzengefühl für die Temperatur einer Flüssigkeit. Das stellten wir im Physiklabor fest. Mehrere Mädchen konnten zwischen körperwarm und heißer unterscheiden. Einige von ihnen benutzten die Haut auf der Oberlippe als Thermometer. Doch um den Unterschied zwischen fünfundsechzig und siebzig Grad auszumachen, dazu wollte ihnen nichts einfallen.

Das Bier kam nie ins Arbeitsheft. Es geriet mit der Entwässerung ins Stocken, nachdem ein Genie dahintergekommen war, daß man, ohne zu entwässern, keine Gerste anbauen konnte. Sie waren Moorboden gewohnt. Auch ihre Katastrophe war vom Wind aus dem norwegischen Fjäll und mit vom Nordatlantik herangetriebenem Regen und Schnee durchweht.

Wir waren schon ungefähr zwei Jahre damit beschäftigt, als ein Mädchen, Unna hieß sie, über ihr grünes Arbeitsheft strich und sagte:

»Man muß halt nur dran denken, daß man's dann mitnehmen tut.«

So kamen wir auf die Gedächtniskunst. Ich zeigte ihnen die Ilias und das Gilgamesch-Epos und sagte, daß professionelle Mnemotechniker das alles im Kopf gehabt hätten. Dank ihrer habe es überlebt. Sie sollten sich nun prüfen. Woran würden sie sich ohne das grüne Arbeitsheft noch erinnern?

Wir begannen Techniken auszuarbeiten. Ich muß zugeben, daß in dieser Klasse Webstühle und Nagelschmiederei in den Hintergrund traten. Sie hatte ihren Sport gefunden. Selbst die Tüchtigsten merkten schnell, daß es gar nicht so viel war, was sie im Vergleich mit den Rezitatoren des Altertums aufnehmen und wiedergeben konnten. Ich erzählte, daß diese ihre Kunstgriffe gehabt hätten, daß Merktechnik damals geradezu eine spezielle Wissenschaft gewesen sei.

Sie hätten sich vorgestellt, das Gedächtnis sei wie ein großes, schönes und kompliziertes Gebäude – meistens wie ein Tempel – eingerichtet. Es habe Räume, Apsiden, Korridore, Propyläen. In den Räumen gebe es Altäre, Tische und Säulen. In jedem Raum befinde sich ein Gegenstand, den sie mit einem Moment der Wissensmasse verbinden könnten, derer sie sich erinnern wollten. Diese organisierten sie konkret. Und gern drastisch – gar makaber. Ich erzählte von den blutigen, abgeschlagenen Köpfen und den gehäuteten Hirschen, von den Widderhoden und den Giftschlangen, die in diesen hallenden Räumen gelegen und mit denen die Menschen des Altertums ihr Wissen verknüpft hätten.

Die Kinder hatten nicht den Anspruch der Erwachsenen auf einen sinnvollen Zusammenhang zwischen dem, was sie sich merken wollten, und dem Zeichen, das sie daran erinnern sollte. Alle plazierten ohne weiteres ihre Momente, als sie durch die Säle spazierten. Die Mädchen legten fünf niedliche junge Kätzchen in einen Erinnerungsraum. Ein paar Jungs hielten es für wirksamer, fünf ertränkte junge Kätzchen herzunehmen.

Die Kätzchen lagen auf einem geblümten Sofa, denn wir waren gezwungen, als Gedächtnistempel IKEA in Sundsvall zu benutzen. Wir hatten kurz zuvor eine Klassenfahrt gemacht und kannten gemeinsam keine andere große Lokalität, derer wir uns hätten bedienen können. Dann durften sie ihre eigenen Gedächtnishäuser konstruieren. Sie wohnten jedoch in Gegenden ohne große und bemerkenswerte Gebäude, weshalb ich ihnen erlaubte, ihren Weg der Erinnerung, wenn sie wollten, im Freien zu gehen. Sie durften zwischen den einzelnen Stellen jedoch keine zu großen Abstände lassen, weil die Erinnerung dann undeutlich würde. Viele Jungs legten ihren Weg zwischen den Elchpässen in den Jagdgebieten an.

Ein Mädchen fragte, ob die Wege der Erinnerung geheim sein könnten. Ich sagte, ja. Wenn sie funktionierten, dürften sie geheim sein. Nach diesem Zugeständnis, weiß ich, hatte ich über zwei, drei Kinder keine Kontrolle mehr, wenn sie den Weg der Erinnerung gingen. Ich hatte keine Ahnung, welche Säle sie passierten und was sie sahen. Doch ich bereute es nicht.

Alles war ruhig gewesen, doch im Frühling des vierten Jahres überstürzten sich die Ereignisse. Zuerst lud mich der Rektor zu sich zum Essen ein. Mir war dort nicht ganz wohl zumute. Sie hatten eine Küchenmaschine, eine Stereoanlage und ererbte Weingläser. Es gab mit Curry, Sahne und Bananen gratiniertes Schweinefilet, und der Rektor wollte mit mir über mein Verhältnis zu den Kindern reden. Ich fand sein Interesse schmierig.

Die zweite Begebenheit trug sich im leeren Lehrerzimmer zu. Ich traf den Rektor, und er redete zuerst wahrscheinlich ein bißchen über dies und das. Ich erinnere mich nur, daß er fragte, ob ich deprimiert sei und schlecht schlafen könne. Das war unangenehm. Ich sagte, ich sei gut in Form, schliefe aber spät ein, wenn mein Gehirn vor Ideen sprühe.

»Hast du schon immer abwechselnd Perioden der Depression und Perioden starken Tätigkeitsdrangs gehabt?«

Was antwortet man auf eine solche Frage? Ich sagte natürlich:

»Ja, du etwa nicht?«

Das dritte Vorkommnis: Er ließ mich in sein Büro kommen. Nun war er eher formell, und man merkte ihm an, daß er nervös war. Er fragte ohne allzu viele einleitende Worte, wieso ich an der Volkshochschule aufgehört hätte. Er weiß Bescheid, dachte ich.

»Du warst Lehrerin in der Stjärnbergkommune, nicht wahr?«

Sodann die nahezu unglaubliche Frage: wie ich den Doppelmord genommen hätte? Genommen. Den Doppelmord. Das waren zwei Wörter, die ich in meinem Gedankensystem nicht unterbringen konnte. Sie waren so heillos inadäquat.

Ich hätte ein bißchen mehr über die Sache nachdenken sollen. Doch ich tat, was ich immer tat, wenn Leute zu vertrackt wurden. Ich dachte: Der spinnt. Und ließ es dabei bewenden. Ich arbeitete und las weiter.

Das vierte Ereignis fand im Lehrerzimmer statt. Einer der Lehrer war Teilhaber an einem Traber und pflegte Wetten zu veranstalten. Der Einsatz wurde entgegengenommen, wenn man in die Kaffeekasse einbezahlte. Dieses Mal war ihm etwas Pikanteres eingefallen. Die Frau, mit der er zusammenlebte – sie war Turnlehrerin an der Schule –, bekam ein Kind. Sie war hochschwanger. Nun durfte man sich, indem man sich in eine Liste eintrug und zehn Kronen hinterlegte, an der Wette beteiligen, wann sie niederkommen würde. Fast alle darauffolgenden vierzehn Tage waren schon verwettet, als ich den Raum betrat.

Ich wurde rasend. Ich wußte, daß fünf der jüngeren Lehrer dienstags abends, wenn ihre Frauen im Batikkurs waren, zusammenkamen und sich Pornofilme anguckten. Das war albern. Aber dies hier war unanständig.

»Wer gewinnt, wenn das Kind tot ist?« fragte ich.

Zuerst war es still. Dann gab es einen sagenhaften Klamauk, weil ich mich weigerte, nachzugeben. Ich bestand auf einer Antwort. Mitten in dieser Szene kam der Rektor vorbei. Er nahm mich mit in sein Büro, und ich erzählte ihm, was die Kollegen trieben. Von dem Traber und der schwangeren Lebensgefährtin und allem. Du kannst dir denken, wie viele Freunde ich in dem Kollegium hinterher noch hatte. Der Rektor sagte, daß in der Schule selbstverständlich keinerlei Wetten abgehalten werden dürften. Er fragte, ob ich es sehr schwergenommen hätte, als meine eigene Schwangerschaft so unglücklich ausgegangen sei.

»Das hat damit überhaupt nichts zu tun!« schrie ich. »Hier geht es nicht um meine Psyche. Hier geht es um Anstand!«

Dann ging ich hinaus und knallte die Tür zu, daß die Scheibe klirrte. Das einzige, was ich bereute, war, daß ich Anstand gesagt hatte. Eigentlich fand ich, daß es um Würde ging. Aber dieses Wort war in dieser Schule, in der sich die Schülerinnen und Schüler der oberen Klassenstufe gegenseitig Erbsensuppe in die Haare schmierten und Männer im fertilen Alter zusammenkamen, um anderen beim Bumsen zuzugucken, zu bizarr.

Es wurde wieder ruhiger, blieb jedoch gedämpft. Im Lehrerzimmer grüßten mich etliche nicht mehr, aber das war egal. Ich arbeitete weiter. Eine Elternversammlung stand bevor.

Ich traf mich mit den Müttern der Klasse etwa eine Stunde vorher, und wir deckten und dekorierten den Tisch. Ich fand, daß sie zu viele Tassen aufdeckten. Aber es kamen tatsächlich viele. So viele Leute waren noch nie bei mir auf einer Elternversammlung gewesen. Die meisten kamen zu zweit. Ich war es nicht so gewohnt, die Väter dort zu sehen. Der Rektor kam aus seinem Büro herunter. Die Stimmung war nervös. Ich dachte, daß sie sich in Gegenwart des Rektors vielleicht nicht wohlfühlten. Sogar der Klempner, den ich kannte, war unruhig.

Ich begann mit meinem kleinen Vortrag. Hieß sie willkommen und erzählte, wo wir uns im Kurs befänden und was wir für Pläne hätten. Ich wurde unterbrochen:

»Können wir nicht lieber Fragen stellen?«

Ich bemerkte, daß sie sich an den Rektor wandten. Er nickte, gab ihnen ohne weiteres die Erlaubnis, mich zu unterbrechen. Als sie jedoch ihre Fragen stellen sollten, war es totenstill. Das freute mich. Ich unternahm nichts, um ihnen aus dieser Lage herauszuhelfen. Der Rektor machte den Eindruck, als wollte er eingreifen, als die erste Frage – die gar keine Frage war – kam. Eine schrille Frauenstimme sagte:

»Ich find es nicht richtig, die Kinder mit dem Weltuntergang zu verschrecken!«

Nun kam Schwung in die Fragen:

»Warum sollen sie die IKEA-Sofas lernen?«

»Von hinten rein, zum Deibel, auch noch! Von hinten rein!«

»Was ist das für ein dummes Gewäsch, daß der Strom abgestellt werden soll?«

»Mats sagt, daß er einen Raum mit fünf jungen Ratten an einer Stelle hat, wo er den Bessemerprozeß hingelegt hat. Sind Sie nicht ganz bei Verstand? Wie in aller Welt können Sie den Kindern nur so was beibringen? *Ratten.* Und den Bessemerprozeß.«

»Warum behauptet sie, daß die Kinder ein Haus im Kopf haben und alle Zimmer in der richtigen Reihenfolge lernen müssen?«

Ich erhob die Hände und versuchte, sie zum Schweigen zu bringen.

»Darf ich etwas dazu sagen?«

»Ein abgeschlagener Fuß!« schrie eine Frau.

»Mats sollte ein Referat über Eisenveredelung halten«, erklärte ich. Das Haus ist ein wichtiger Teil der Merktechnik. Daß an einer Stelle fünf junge Ratten sind, bedeutet, daß dies der fünfte Punkt ist. Dort wird er sich wahrscheinlich an den Bessemerprozeß erinnern.«

»Wissen Sie denn selber nicht, was Sie ihnen beibringen?«

»Sie bauen ihre Häuser selbständig auf. Niemand hat das Recht, sie zu fragen, wie die Gebäude innen aussehen, wenn sie nicht darüber reden oder es zeichnen wollen.«

»Skelette! Ratten! Blut auf dem Fußboden. Eine weiße Dame ohne Kopf. Der reine Wahnsinn! Und Schlösser. Anna-Karin hat ein ganzes Schloß lernen müssen.«

»Das scheint verzwackt«, sagte der Klempner sanftmütig. »Ist es denn nicht leichter, die Dinge auf die übliche Art zu lernen?«

Diese Frage hätte ich gern beantwortet, aber ich durfte nicht. Ich wollte auch die Sache mit den IKEA-Sofas erklären. Aber jetzt brach es aus ihnen heraus: die Stjärnbergkommune, der Ziegengeruch in den Röcken, Marihuana und Mate, ein toter Fötus, den Petrus vergraben haben sollte.

»Nachgeburt«, sagte ich. »Und ich lebe jetzt nicht mehr wie die. Ich habe eine Wohnung hier in Byvången.«

»Nur, was haben Sie denn für Möbel?« rief eine Frau, die

noch nie bei mir zu Hause gewesen war. »Tücher und Holzkisten! Und einen Backtisch.«

Der Rektor hatte sich erhoben und machte immer wieder den Mund auf, ohne jedoch ein Wort hervorzubringen. Sein Versuch war nicht ernsthaft. Die Leute erledigten ja bereits die Dreckarbeit für ihn.

»Glauben Sie denn, daß alles zu Ende geht, was?« rief eine kleine, dicke Frau, die ich selten in voller Größe sah, da sie im Kiosk saß.

»Wollen Sie die Kinder damit erschrecken?«

»Das ist nicht nötig«, entgegnete ich. »Sie haben auch so genug Angst.«

Sie wollten mich nicht als Lehrerin ihrer Kinder haben. Einige hielten mich für verrückt, die meisten für linkslastig, was das gleiche ist, allerdings selbstverschuldet. Sie forderten, daß die Klasse die Lehrkraft wechseln dürfe.

Jetzt, da es ernst wurde, geriet der Rektor in die Schußlinie. Er mußte sich erheben und die Schelte entgegennehmen. Da stand er nun in seinem blauen Blazer mit dem gewaltigen Revers, enggeschnittener Hose mit Schlag und einem schlipslosen Hemd, dessen Kragenzipfel über die Jacke gebreitet lagen. In der Drosselgrube ruhte ein Silberschmuck in Form eines Fisches. Er hatte nach vorn gekämmtes Haar, das die Ohrläppchen mehr als bedeckte, und seine Schuhe machten ihn fast einen halben Dezimeter größer, als er war. Ich hatte mich getäuscht, als ich geglaubt hatte, sie würden sich vor ihm fürchten. Er war einer der ihren. War er nun schon gewitzt genug gewesen, Schulleiter zu werden, so durfte er doch nicht vergessen, daß sein Gehalt aus Steuermitteln bezahlt wurde.

Noch hatte niemand Kaffee getrunken. Die Thermoskannen standen unberührt auf den roten Papierdecken, und die Kopenhagener lagen nach wie vor unter ihrer Plastikfolie. Ab und zu stieß jemand mit dem Ellbogen an eine Tasse oder schlug mit der Hand auf den Tisch, daß das Porzellan klirrte.

»Das muß aufhören!«

Das bedeutete: Annie Raft muß aufhören.

»Ansonsten wird man weitergehen müssen.« Das hieß, zur Schulbehörde.

Am Ende waren wir allein, er und ich. Er sagte, er verstehe, daß den Übungen mit meinen Schülerinnen und Schülern eine pädagogische Idee zugrunde liege. Das Ganze sei aber zu originell. Und wie der Klempner schon gesagt habe: es erscheine einfacher, die Dinge auf die übliche Art zu lernen.

»Das ist ein Einwand gegen diese Merktechnik, den auch Cicero schon hatte«, sagte ich. »Aber von dem, was die Leute hier aufgescheucht hat, hatte er nichts geahnt.«

»Ja ja«, meinte der Rektor, »du bist voller Ideen, das ist nicht verkehrt. Aber man darf die Kinder nicht erschrecken.«

»Das habe ich auch nicht getan. Die Eltern, die habe ich erschreckt.«

»Wir haben jetzt genug geredet. Du hast Schwierigkeiten mit dem Schlafen und bist ziemlich aufgedreht. Im Lehrerzimmer bist du sehr unausgeglichen aufgetreten. Du läßt dich jetzt für eine Weile krankschreiben, und dann sehen wir weiter.«

Ich fühlte mich wirklich krank. Speiübel war mir, und ich hatte heftige Kopfschmerzen. Es war nicht schwierig, am nächsten Tag zu Hause zu bleiben. In der Speisekammer hatte ich fünfundvierzig Kopenhagener.

Schwieriger war es, zurückzukommen. Ich beschloß, alles hinzuwerfen. Ich hatte ja niemals vorgehabt, in Byvången zu landen. Ich fuhr nach Stockholm, wollte ab Herbst als Springerin arbeiten und sehen, was sich ergeben würde.

Aber es ging nicht. Die Stadt hatte sich verändert. Ich hatte sie als Artefakte in Erinnerung. Aber sie war organisch geworden, ein Nährboden. Aus der Bergflanke oberhalb von Slussen ragte ein grünes Büschel heraus, das ich noch nie gesehen hatte. Aus den Kellerfenstern unter ICA Banér roch es übel. In den Lüftungssystemen wimmelte es. Die Stadt blieb nicht an ihrem Platz. Sie wuchs, sie roch nach Hervorbringung.

Im August war die Luft schwer zu atmen. Sie war mit Wasserdampf und unsichtbaren Gasen geschwängert. Durch den wilden Wein an dem Haus in der Strindbergsgatan, wo ich bei Henny wohnte, huschten die Ratten. Ich fuhr nach Svartvattnet zurück und zog in Aagots kleines, rotes Häuschen an der Straße. Mia wurde in Byvången in Kost und Logis untergebracht und kam an den Wochenenden mit dem Bus nach Hause.

Ich hatte keine Ahnung, was ich anfangen sollte. Doch dann kam die Lehrerin, die in Lersjövik wohnte, beim ersten Glatteis von der Fahrbahn ab und brach sich den Arm. Sie bekam solche Angst vor der täglichen Fahrerei nach Svartvattnet, daß sie kündigte.

Mein Rektor war auch hier Schulleiter. Er wies mich jedoch nicht ab. Es war wohl ebenso schwer, für dieses Dorf Lehrkräfte zu bekommen, wie einen Pfarrer, der in Röbäck blieb. Er erteilte mir väterliche Ratschläge. Halte dich an den Lehrplan. Sie werden ein Auge auf dich haben. So etwas spricht sich herum. Und man darf die Kinder nicht erschrecken.

Nein, wir sollen einander nicht mit dem erschrecken, worin wir bereits leben und was Schwierigkeiten zu haben scheint, sich zu vollenden. Es hat weder Erfindungsgabe noch Zielrichtung. Dennoch nimmt es unzählige Formen an, manche davon so kompliziert, daß es auf eine Art Phantasie hinzudeuten scheint. Wir sollen auch nicht versuchen, die Bizarrerien und Grausamkeiten vorauszusehen, die das Ende hervorbringen wird, ehe es sein eigenes Ende erreicht.

Ich hätte gelassener bleiben sollen. Trotzdem war das Reden über den stromlosen Zustand und die radioaktive Verseuchung nichts, was zu bereuen gewesen wäre. Der eigentliche Stein des Anstoßes für die Eltern war der Weg der Erinnerung. Daß die Kinder einen inneren Raum hatten, der weiter nichts enthielt als Furcht, das ahnten sie. Den hatten sie selbst. Das, was sie mehr als alles andere erschreckte, war, daß die Kinder einen Zugang zu einem großen und seltsamen Gebäude mit vielen Räumen haben sollten, über deren Inhalt sie keinem einzigen Menschen etwas zu erzählen brauchten.

Mias Mutter war ein hoffärtiges Stück. Sie hätte diese Verteidigung nie geduldet. Keine mit Scham versetzte Zärtlichkeit. Und vor allem kein Mitleid.«

»Mia war aber großartig«, sagte Johan.

Sie hat die Führung übernommen, dachte Birger. Er wird sein Leben lang hinter ihr hertrotten und so aussehen wie jetzt.

»Was redet ihr da über mich?«

Mia war aufgestanden.

»Wir haben gesagt, daß du überwältigend warst«, sagte Birger. »Petrus wirkt inspirierend auf Frauen. Ich sehe mich aber gezwungen, dem Pfarrvikar einen Elchbraten zu geben.«

»Die haben Annie doch nur für ihre Zwecke ausnutzen wollen«, meinte Mia.

»Als Annie den Weg der Erinnerung anlegte, war sie von entschiedenen Widersachern umgeben«, sagte Birger zu Johan. »Dunkelblauen, ja schwarzen Zentrumsparteigängern. Von vorsichtiger Bürgerlichkeit in Byvången, das Engagement als Zeichen psychischer Unausgeglichenheit betrachtete – dazu gehörte ich –, und wankelmütigen, politisch ahnungslosen Frauen. Dorffrauen, die am einen Tag wie ihre Vorfahren leben und am nächsten Tag Englisch lernen und mit einer Freundin nach Rhodos fahren wollten. Fort von ihrem Alten. Aber fertige Mahlzeiten in der Gefriertruhe zurücklassen: Tag 1, Tag 2, Tag 3... Das war deren Revolution, meistens wurde aber nichts draus. Hie und da erwachen sie wieder zum Leben, du hast sie im Vereinshaus gesehen. Ihre Ziele sind wirklich nicht zwielichtig.«

»Aber Petrus hat das Ganze an sich gerissen«, warf Mia ein.

»Er ist eine starke Persönlichkeit.«

»Er ist ein Tier. Und jetzt zieht er auch noch die Show ab: ein Cafe in einem roten Häuschen mit weißen Ecken. Handgemalte Schilder. Und öffentliche Gelder für Ethikkurse. Er riecht aber noch immer schlecht aus dem Mund. Und er hat nur ein Interesse: Käse und Bumsen.«

»Also zwei«, bemerkte Birger.

»Er war schon in Stjärnberg droben ein alter Ficker. Wir Kinder fanden ihn eklig. Er hat auf den Frauen rumgeturnt. Zu jeder Tageszeit. Ja, auf Mama nicht. Das braucht ihr nicht meinen.«

Am liebsten nicht, dachte Birger.

»War es schwer für dich da droben?« fragte Johan bekümmert.

»Nein, wir hatten unsern Spaß. Sie waren alle nett. Auch Petrus, wenn man gerecht sein will. Sie haben auch nicht miteinander gestritten.«

»War Dan nett zu dir?«

Birger fiel es schwer, den Namen auszusprechen, und er merkte, daß er sich dem Morast in seinem Inneren näherte. Er wollte nicht zu weinen anfangen. Er schämte sich dieser Attakken, die ohne Vorwarnung kamen und die Mia mit steifer Abscheu betrachtete.

»Dan war schwer in Ordnung. Er war irgendwie so süß. Obwohl ich närrisch wurde, wenn er mit Mama zusammen war. Ich wollte ihn für mich haben. Sie glaubte, ich sei böse auf ihn. Dan hat nie wegen irgend etwas Krach geschlagen. Er hat mit seinem langen Goldhaar dagesessen und über Petrus und die Frauen in sich hineingelacht. Das heißt – ein Mal war er böse. Da ist er richtiggehend ausgetickt. Es war meine Schuld.«

Sie schwieg.

»Was war passiert?« fragte Birger.

»Ich hatte in dem alten Kuhstall, den sie nicht benutzten, eine Jeans gefunden. Wir haben überall nach spaßigen Sachen gesucht, es gab Unmengen davon. Da hatten ja mal Leute gewohnt. Wir waren immerzu am Graben und Suchen, und da hab ich diese Jeans gefunden. Jemand hatte sie unter den Futtertisch gestopft. Ich hab sie Mama gegeben, weil sie mir zu groß war. Ihr war sie auch zu groß, die Beine waren zu lang. Sie hat sich aber riesig gefreut. Sie hat sie ständig angehabt. Wie Dan dann heimgekommen ist, hat es Krach gegeben. Er hat geschrien und den Mund aufgerissen, daß ich Angst bekommen hab. Das war das einzige Mal. Es war doch meine Schuld. Was er allerdings nicht wußte.«

»Wußte Dan etwas über diese Geschichte am Lobberån?«

»Er wußte, wer der Kerl im Zelt war. Das wußten sie alle.«

»Annie auch?«

»Ich denk schon.«

»Sie hat nie etwas davon gesagt.«

»Nein, darüber wollten sie nicht reden. Ich habe keine Ahnung, wie das alles zusammenhing. Das heißt, eins weiß ich. Ich hatte eine Barbiepuppe, die hieß ursprünglich Ken. Wir haben ihn aber umgetauft, die andern Kinder und ich. Er hieß dann John Larue. Ich wußte, wie das geschrieben und ausgesprochen wurde. Ich war ja schon sechs. Und irgendwie habe ich immer gewußt, daß das der Name von diesem Typ im Zelt war. Wir Kinder wußten das.«

Johan hatte nicht oft an Ylja gedacht. In dieser Richtung war es stumm und abgeschnitten. Ein blinder Gang.

Aber an die Wälder hatte er gedacht. Nach fast zwei Jahrzehnten erinnerte er sich an seinen Traum: Er war, ohne irgendwelche Flügel, über einen duftenden Wald aus Laubbäumen geflogen. Linden in später Blüte, dunkelblättriger Gemeiner Schneeball, Eichen und Kastanien mit Kronen, von denen jede eine Welt für sich war. Riesenhafte Eschen, Ulmen mit rauhen Blättern, grausilbrige Weiden an Wasserspiegeln. Haselsträucher in luftigem, lichtdurchspültem Dickicht.

Die Namen der Baumarten hatte er sich hinterher ausgedacht. Er hatte gern an den Dämmerwald gedacht, daran, wie er sich im Gleitflug, der ihn nicht im geringsten verwunderte, sanft über dessen Kronen bewegt hatte.

Nach und nach war er dahintergekommen, wie es sich mit diesem Laubdach, das für ihn wie ein wogender Fußboden ausgesehen hatte, verhielt. Ylja hatte recht gehabt. Europa war wirklich mit Wäldern bedeckt gewesen. Es hatte große Sumpfgebiete und Moraste gegeben. Bergketten und breite Flüsse. Vor allem aber Wald. Bis hinterm Kaukasus hatten die Bäume gesäuselt und weit draußen an den Stränden des Atlantiks.

Das Nachdenken über den Wald faßte er als respektable Gedanken auf, solche, denen man manchmal nachhängen konnte. Schlimmer war das mit ihrem Lügenmärchen über den Wanderer und die Frauen. Darüber hatte er niemals nachgedacht.

Eines Winternachmittags hatte er in Ostersund in der Provinzialbibliothek gesessen. Er wartete auf Mia, die einkaufen war, und nutzte die Gelegenheit, nachzusehen, was sie über samische Kultur und Religion hatten. Auf dem Regal, das mit »Religionswissenschaft Allgemein« gekennzeichnet war, fiel sein Blick auf einen Buchrücken mit dem Titel »Der Mythos des Wanderers«.

Er verspürte eine Regung im Brustkorb. Sie war stark und glich der schnellen Druckveränderung in einem gespannten Bogen, wenn ein Pfeil abgeschossen wird. Er glaubte, daß das, was er als sein Ich auffaßte, pure Veränderlichkeit war, auch wenn der Prozeß langsam und mit vielen Wiederholungen verlief. Der Gedanke an einen Pfeil, der fast zwei Jahrzehnte lang in Abschußposition gelegen hatte, verblüffte ihn.

Das Buch hatte einen Bibliothekseinband und glattes, schweres Papier. Gedruckt war es in Finnland, in Åbo, und auf der Innenseite stand ein viel komplizierterer Titel. Die Verfasserin war Dozentin für Volkskunde und Religionswissenschaft und hieß Doris Hofstaedter. Es war unmöglich, nur durch Blättern und gelegentliches Lesen etwas herauszubekommen. Als Mia kam, lieh er es sich auf ihre Karte aus. Lachend fragte sie, was er mit diesem abschreckenden Wälzer wolle. Zum ersten Mal kam er ihr mit der Unwahrheit. Er sagte, daß es von einer samischen Sage handle, die er als Kind gehört habe.

Das ging so schnell, daß er sich erst im nachhinein darüber klar wurde, daß es eine zweifache Lüge gewesen war. Er hatte als Kind nie samische Sagen gehört.

Es war ein schrecklich langweiliges Buch. Er las es nie zur Gänze. Es hatte einen kleingedruckten Anmerkungsapparat, einen der umfangreichsten, die er je gesehen hatte. Er fand heraus, daß der Wanderermythos in ganz Europa bekannt war. Mit umständlicher Wissenschaftlichkeit untersuchte die Dozentin dessen Verbreitung und alle bekannten Varianten. Irgendwelche modernen Verwicklungen kamen nicht vor. Die Frauen, die den Mythos bewahrt haben und selbst über die ganze Welt verstreut sein sollten, hatte Ylja hinzugedichtet. Feministisches Gefasel, fuhr es ihm durch den Kopf, ganz ohne Zusammenhang mit seiner sonstigen Denkweise. Er ersetzte diesen Ausdruck durch: pubertäre Phantasien. Ylja hatte gewußt, wie sie ihm das Blut im Kopf, und nicht nur dort, zum Rauschen bringen konnte.

Faselig war sie nicht gewesen. Eher heiß und streng. Das Bild ihres regelmäßigen Gesichts, das zu jungenhaft war, um schön zu sein, das drahtige, blonde Haar und ihr Körper, der nach Sonne und trockenem Waldhügel roch und auf eine Schaumgummimatratze mit gelbgrün gestreiftem Bezug hingestreckt lag, trat ihm vor Augen. Plötzlich wechselte es. Er sah Ylja in der nächtlichen Dämmerung zu dem dunklen Haus gehen. Sie war unsicher auf den Beinen und machte eine Kurve zum Fluß hin. Dabei sang sie die ganze Zeit:

Unterm Wanst
hängt der Schwanz
wie eine goldne Tulpe!

»Woran denkst du?« fragte Mia.

Ja, woran dachte er? Er dachte überhaupt nicht. Er starrte Bilder an. Eines, das mit den Häutungen und Entleerungen des Inhalts, die er für den Prozeß gehalten hatte, der sein Ich ausmachte, hätte verschwunden sein müssen. Und eines, von dem er nie gewußt hatte, daß es in ihm gewesen war. Er fühlte sich wie ein sehr alter Mensch. Er hatte gehört, daß alten Leuten neue Erinnerungen aus dem Brunnen der Vergangenheit aufsteigen konnten.

Zuerst hatte er gedacht, daß Ylja das Buch gelesen haben mußte. Dann sah er, daß es erst zwei Jahre nach ihrem Zusammensein in Trollevolden erschienen war. Was aber macht eine Dozentin, die in ein großes wissenschaftliches Werk über Wandermythen vertieft ist? Hält natürlich Vorlesungen darüber, veranstaltet Seminare. Ylja mußte einer Seminargruppe junger Studentinnen und Studenten in Åbo angehört haben. Eine angehende Religionswissenschaftlerin.

Nein – das war zu unsinnig. Sie hatte etwas anderes studiert und war aus Neugier zu diesen Vorlesungen gegangen. Nur wer sich dem Thema zur puren Unterhaltung näherte, konnte um den Mythos des Wanderers herum so drauflosspinnen, wie sie das getan hatte.

Jetzt durchfuhr ihn der Gedanke, daß die Dozentin Ylja, wenn sie einer Seminargruppe angehört hatte, kennen müßte. Wenn man ihr die burschikose und vermutlich recht schroffe blonde Studentin beschriebe, müßte es möglich sein, daß ihre Lehrerin sich an sie erinnerte.

Dieser Gedanke gefiel ihm. Er wollte nicht zur Polizei gehen. Das wäre, wie mit der Hand in dunkles Wasser zu tauchen und weiß der Himmel was heraufzuholen. Bevor er damit zur Polizei ging, wollte er wissen, was dabei an den Tag käme.

Zwischen Mia und ihm war es jetzt gut. Aber zerbrechlich. Und zwar, seit er begriffen hatte, daß sie unvorhersehbare Entscheidungen treffen konnte.

Er rief bei der Akademie in Åbo an und fragte nach Doris Hofstaedter. Die Dozentin hatte es zur Professorin gebracht und war in die Hauptstadt gezogen. Die Dame am Telefon wollte ihm die Nummer der Universität Helsingfors geben, doch er bat um die Privatnummer. Die habe sie nicht, und im übrigen würde sie diese auch nicht herausgeben, sagte sie ungnädig. Sie glaubte wohl, er wolle die Professorin mit Schlüpfrigkeiten und Telefongestöhne belästigen.

Es war nicht schwierig, ihre Nummer und Adresse über die Telefonauskunft herauszubekommen. Professor Hofstaedter litt nicht an weiblicher Paranoia. Er rief an, glaubte aber nicht, daß sie selbst am Apparat sein würde. Es war Sommer und heiß. Helsingfors mußte wie ausgestorben sein. Aber Doris Hofstaedter saß dort und meldete sich, zerstreut und mit knapper Not höflich.

Er bereute sein Tun auf der Stelle, war aber geistesgegenwärtig genug, norwegisch zu reden. Er fragte sie, ob sie in den nächsten Tagen zu Hause sei und eine große Büchersendung der Universität Oslo entgegennehmen könne. Ja, sie sei zu Hause. Um welche Bücher handle es sich?

»Das kann ich nicht sehen«, sagte er. »Sie sind in Papier eingeschlagen.«

Aufgeregt merkte er, daß er fix und nicht ohne Pfiffigkeit log.

Er hatte sich vorgestellt, mit dem Flugzeug nach Helsingfors zu reisen, rasch die Professorin zu befragen und dann mit einem Mietwagen nach Åbo zu fahren, um achtzehn Jahre alte Seminarlisten durchzusehen. Danach würde die Spurensuche kniffliger werden, das war ihm klar. Er hatte jedoch das Gefühl, als ob er in der Sache Glück hätte.

Birger Torbjörnsson wollte mitkommen. Das kam Johan ungelegen. Es war jedoch schwierig, es ihm abzuschlagen, so jämmerlich, wie er beieinander war. Er wanderte wie ein großer kranker Bär in der unaufgeräumten Wohnung umher.

Birger wollte, daß sie mit dem Namen John Larue zur Polizei gingen. Mia glaubte nicht, daß diese dem Namen einer Puppe Aufmerksamkeit schenken würde. Nur wenn es einen vermißten John Larue gäbe, würde etwas geschehen. Doch zu der Zeit des Ereignisses am Lobberån war niemand als vermißt gemeldet worden.

Johan erzählte Mia nicht viel von der Frau, die ihn mitgenommen hatte und von der man annehmen konnte, daß sie Larue getroffen hatte. Er nahm Birger nicht nur aus Mitleid mit. Er fürchtete, er würde zuviel reden. Johan erinnerte sich nicht ohne Scham daran, daß er Mia von Offenheit gepredigt hatte. Aber bei Ylja war die Grenze. Er wollte nicht als hitziger und gutgläubiger pubertierender Jüngling dastehen.

Birger machte die Reise zu einer umständlichen Angelegenheit. Er fand heraus, daß eine Pauschalreise mit Schiff und Hotelzimmer am billigsten kam. Johan hatte gehört, daß Birger in seinem Urlaub selten woandershin fuhr als nach Svartvattnet. Jetzt brachte er einen alten, schweren Lederkoffer angeschleppt. Er hatte Schwierigkeiten, sich den Regeln des Massentourismus anzupassen. Er versuchte, ohne anzustehen, Alkohol zu kaufen und mit den abgehetzten finnischen Stewardessen zu schäkern. Als sie den Speisesaal betraten, zog es ihn zum Büfett. Er erzählte, wie er während seiner Ausbildung in einem geleeartigen Nährboden, der aufs Haar dem Aspik geglichen habe, aus dem der Lachs jetzt mit weißen Augenschussern starre, Bakterienstämme gezüchtet habe. Er senkte die Stimme nicht und erregte Unwillen.

Sie aßen Krabben, tranken Preiselbeersaft mit Wodka und taten im großen und ganzen das, was man an Bord eben so macht. Nach dem Kaffee zog Johan ein paarmal den Hebel eines einarmigen Banditen und verlor. Birger warf Geld ein und zog auch. Der Apparat röchelte und spie dann einen mächtigen Strom von Einkronenstücken in die Auffangschale. Es hörte gar nicht mehr auf, der Apparat blinkte, heulte und spie. Die Schale lief über, und die Kronen strömten auf den Teppich zu ihren Füßen. Die Leute blieben stehen und schauten zu. Birger stand reglos, und Johan versuchte ihm zu helfen, den Überfluß aufzusammeln.

Da fing Birger zu weinen an. Er stand zwar aufrecht, weinte ansonsten aber auf genau die gleiche Weise wie da, als er Johan in seinem Wohnzimmer den Kaffee ans Bett gebracht hatte. Sein Mund stand offen, Nase und Augen liefen. Er holte schnüffelnd und rhythmisch Luft und geriet nach einer Weile in einen Krampfzustand, der seinen Brustkorb und nach und nach auch seinen umfangreichen Bauch zum Beben und Wakkeln brachte.

Die Leute lachten. Er erhielt aufmunternde Zurufe. Sie dachten, er weine vor Glück. Johan wollte ihn wegführen, gönnte aber den Gaffern das Geld nicht; er kniete sich hin und sammelte jede Krone auf. Währenddessen stand Birger ausgeliefert da, schluchzte vernehmlich und sonderte Schleim und Tränen ab.

Als Johan ihn in ihre Kabine gelotst hatte und ihn nun auf das Bett zu legen versuchte, schlug er mit dem Kopf gegen die obere Koje. Der Schmerz setzte dem Weinkrampf ein Ende. Erschöpft saß Birger vornübergebeugt auf dem Bett. Johan packte ihm ein nasses Frotteehandtuch auf die Stirn und legte seine Hand darauf, damit sie das Handtuch festhielt. Dann schraubte er die Whiskyflasche auf, die er gekauft hatte, und leerte fast ein halbes Zahnputzglas. Er war sich unsicher, ob es Birger zuträglich sei, nach der Heulattacke Whisky zu trinken, gab ihm aber als Kompromiß einen kleinen Schluck.

Ihm war klar, daß Birger weinte, weil Annie tot war. Er konnte sich jedoch nicht zusammenreimen, weshalb der Kataklysmus des Spielautomaten die Attacke ausgelöst hatte. Birger nuschelte etwas von einem unerträglichen Grinsen. Johan glaubte zunächst, er meine das Grinsen der Mitreisenden, aber Birger sagte, es sei niemandes Grinsen, es sei nur ein Grinsen. Und dann sagte er: »Es war Zufall, reiner Zufall.« Er wiederholte dieses Wort immer wieder. Es verlor jeglichen Sinn.

»Ein Zufall ist das kaum«, unterbrach ihn Johan, um dem ein Ende zu machen. »Und wenn, dann in einem sehr engen Zahlenbereich. Diese Geräte sind darauf programmiert, hin und wieder Geld auszuspucken. Daß es an der Zeit war, konnte man daran sehen, daß das Personal dastand und darauf wartete, spielen zu können. Sie behalten die Spielautomaten im Auge und wissen, wann es brenzlig wird.«

Johan erging sich weiter über die Zufallsgenerierung. Er erzählte, wie man in einem Computer randomisierte, und zu seiner ungeheuren Erleichterung schlief Birger ein, ohne noch einmal zu weinen. Er hatte eine häßliche, rote Beule an der Stirn.

Am Vormittag lieferten sie Birgers gewaltigen Koffer und Johans Sporttasche im Hotel ab und fuhren dann sofort mit einem Taxi zur Adresse der Professorin Hofstaedter. Sie wohnte in einem Haus aus dem späten neunzehnten Jahrhundert. Es war wuchtig und imposant und stand in keiner Verbindung zu dem hellen, seewindumsäuselten Klassizismus, der sie empfangen hatte, als sie von Bord des Schiffes gegangen waren. Auf dem Markt am Hafen hatte der Spätsommer geherrscht: grobe Bunde Dill und Rote Bete, Blumenstände mit Rudbekkien und Löwenmaul, Krebse, Neunaugen, Heringe, Zwiebeln und picklige Gurken – ein Überfluß, dessen Düfte von der kühlen, windigen Luft abgeschwächt und leicht wie Veilchen aufs Meer hinausgetragen wurden. Hier drinnen in der Steinstadt war überhaupt keine Jahreszeit. Hofstaedters Haus wurde von Kalksteingnomen bewacht, die auf ihren krummen Rücken den Türsturz trugen. Johan klingelte an der Gegensprechanlage, und während sie warteten, hörten sie auf der Straße die Straßenbahnen rumpeln. Es meldete sich jedoch niemand.

Das Haus lag eigentlich nicht weit vom Hotel Marski entfernt. Die Taxifahrt war unnötig gewesen. Sie setzten sich ins Fazers und tranken Kaffee. Johan aß belegte Brote dazu, doch Birger schwelgte unbekümmert im Gebäck.

Den ganzen Tag streiften sie zwischen dem Haus und den innerstädtischen Attraktionen von Helsingfors umher. Johan glaubte allmählich, daß sie vergeblich hergefahren seien. Birger schien sich nicht so viel um das Ergebnis der Reise zu kümmern. Er sei froh, einmal herauszukommen, sagte er. Lange stand er vor dem Schaufenster von Iittala und sinnierte über Glaskunst. Er wollte Havis Amanda auf den Hintern hauen, was Johan verhinderte, und schlug vor, eine Straßenbahnfahrt auf der Ringlinie zu machen und das Finlandia-Haus anzuschauen. Er schien sich wohl zu fühlen, und es war nur schwer vorstellbar, daß er jederzeit einen seiner jammervollen Weinkrämpfe bekommen konnte. Johan ahnte, daß er wieder wie eine aufgezogene Uhr ging: er wußte, was er zu tun und zu sagen hatte, sogar angesichts eines weiblichen Hinterteils.

Nachmittags um fünf hörten sie Doris Hofstaedters Stimme in der Sprechanlage. Sie brachte Johan zum Verstummen, doch Birger stellte sowohl sich als auch ihn vor und sagte, daß sie die Professorin in einer wichtigen Angelegenheit aufsuchten. Sie wollte wissen, in welcher.

»Wir suchen eine Person, von der wir annehmen, daß Sie sie kennen. Eine Schülerin von Ihnen. Aus der Åbozeit.«

Die Tonqualität war schlecht, sie fragte mehrmals nach, ließ sie aber schließlich ein, und sie fuhren in einem knackenden Aufzug mit eisernen Gittertüren in den dritten Stock. Sie inspizierte sie beide, allerdings nicht übertrieben lange, durch den Spion der Tür und öffnete dann.

Alles in diesem Haus war alt und imposant. Johan konnte sich nicht vorstellen, daß die Eltern der Professorin die Wohnung eingerichtet hatten, eher ihre Großeltern. In der Diele zwängten sie sich an einem mächtigen Barockschrank vorbei. An den Wänden hingen Säbel und Sattelpistolen sowie Gemälde in schweren, geschnitzten Goldrahmen mit schwarzgrünen Landschaften, in denen allenfalls ein silberweißer Flußstreifen oder ein schäumender Wasserfall zu erkennen war.

Die Professorin selbst war eine barsche Frau mit kurzgeschnittenem Haar, das zweifarbig war wie das eines Dachses. Sie trug eine Brille, die vermutlich zum Lesen gedacht war. Aus Bequemlichkeit hatte sie sie nur auf die Nase hinuntergeschoben, anstatt sie abzunehmen. Sie trug ein modernistisch gemustertes, schwarzweißes Baumwollkleid mit einem Reißverschluß vorn, eine Art Zelt. Ihr Körper war darunter konturlos. Ihr Gesicht war gedunsen, vor allem unter den Augen, wo die Brille gedrückt hatte. Wülste aus grobem Unterhautfett zogen die Wangen nach unten und verwischten die Linie des Kinns. Johan fand sie ziemlich abschreckend, und er kam sich in der düsteren Pracht dieser Wohnung verloren vor. Birger stiefelte dagegen ungeniert drauflos. Es war offensichtlich, daß er es gewohnt war, in anderer Leute Wohnung zu gehen und die Gerüche, in denen sie lebten, einzuatmen. Er sah aus, als wollte er ganz freundlich das Baumwollzelt lüften und mit den Fingern in das gelbe Fleisch der Professorin greifen.

Sie führte sie in einen Raum, allem Anschein nach eine Bibliothek. Die Wände waren über und über mit Bücherregalen bedeckt, in denen in Leder gebundene Bücher standen.

Es gab ein durchgesessenes Sofa mit graugrünen Polstern voller Hundehaare. Die entdeckte Johan erst hinterher, auf seiner Hose. Ein Hund war nicht zu sehen. Es blieb dunkel in dem Raum. Sie hatte die braunen Samtvorhänge zugezogen und schaltete nun eine Lampe ein. Johan saß direkt im Lampenlicht.

Er erzählte, daß er vor vielen Jahren ein Mädchen kennengelernt habe, das wahrscheinlich eine Schülerin der Professorin gewesen sei.

»Warum nehmen Sie das an?«

»Sie hat von Ihren Forschungen erzählt«, sagte Johan.

»Was hat sie denn erzählt?«

»Vom Wanderer.«

Er hatte erwartet, daß sie noch mehr von dem wissen wollte, was das Mädchen erzählt hatte. Vielleicht aus beruflicher Eitelkeit oder ganz einfach deswegen, weil sie skeptisch war.

Aber sie sagte:

»Was wollen Sie von ihr?«

Er konnte nicht recht entscheiden, ob sie unfreundlich war oder nicht. Ihr Tonfall war finnländisch und nicht leicht zu deuten. Von Entgegenkommen konnte jedoch keine Rede sein.

»Sie kannte jemanden, von dem ich mehr erfahren will.«

»Wen?«

»Er hieß John Larue«, sagte Birger hilfsbereit.

»Ich weiß nicht, von welchem Mädchen Sie sprechen. Beschreiben Sie sie.«

Sie hatte mit dem Rücken zum Fenster und den vorgezogenen Vorhängen gestanden. Jetzt setzte sie sich in einen Ledersessel mit großen, genieteten Ohren. Johan sah, daß sie Sandalen trug. Derbe Ledersandalen, die eigentlich nur aus ein paar Riemen über einer Sohle und einer rustikalen Schnalle bestanden. Sie hatte kleine, wohlgeformte Füße und schien viel in

Sandalen gegangen zu sein, denn am großen Zeh war kein Knoten, und die Zehen waren klassisch gerade und lagen dicht nebeneinander. Johan verstummte.

»Nun!«

»Sie war hell«, sagte er. Mehr kam nicht. Er starrte an diesen Füßen vorbei auf den Teppich; der war dunkel braun rot, orientalisch, abgetreten, hatte aber ein noch erkennbares Muster aus stilisierten Blumenornamenten. Von einer Stelle hinter ihr, vielleicht von dem blauweißen Krug, der neben dem Kachelofen auf dem Fußboden stand, ging ein Duft von starken zitronenartigen Kräutern und trockenen Blütenblättern aus.

»Ich hatte so manche Schülerin mit hellem Kopf«, sagte sie. »Zumindest äußerlich. Wie sah sie aus?«

Er konnte es nicht ausdrücken. Er sah sie vor sich, konnte sie aber nicht beschreiben. Ihm fielen keine anderen Worte als blond und trocken ein. Er hörte Birger ächzend und bekümmert atmen.

»Nun«, sagte sie, »es spielt keine Rolle.«

Sie stand auf. Sie waren gezwungen, sich vom Sofa zu erheben. Johan machte noch einen Versuch, geriet aber in einen Zustand, der schlimmer war als fehlende Worte. Es schnürte ihm die Kehle zu. Es zischte nur, als er sprechen wollte, so als wäre er ganz heiser. Professorin Hofstaedter lachte.

»Nehmen Sie es nicht so schwer«, sagte sie. »Es hätte nichts genützt, wie beredt Sie sie auch beschrieben hätten. Ich gebe den Namen einer Schülerin nicht an ein paar unbekannte Herren aus Schweden und Norwegen weiter.«

»Wieso sagte sie Norwegen?« fragte Birger, als sie auf der Straße standen.

»Weil sie meine Stimme erkannt hat. Ich habe vor ein paar Tagen angerufen und mich als Norweger ausgegeben. Ich wollte hören, ob sie zu Hause ist.«

»Pfui Teufel«, sagte Birger nur.

Es schien, als habe ihn die Professorin mehr erschüttert als der Mißerfolg.

Um sich die Zeit bis zum Schlafengehen zu vertreiben, wollte ihnen nichts anderes einfallen, als zu essen. In einer kleinen Querstraße im Zentrum fanden sie ein russisches Restaurant mit einer Einrichtung in Gold, Schwarz und Rot und voll schwerem Parfum- und Essensgeruch. Birger wollte Bärenschinken probieren, doch Johan ekelte schon der Anblick des Wortes auf der Speisekarte. Sie einigten sich auf Rote-Bete-Suppe und Blinis mit Heringshack, Zwiebeln und saurer Sahne. Alles war fett und gewaltig, und Johan hatte Mühe, es hinunterzukriegen. Sie tranken einen braunen, süßen Wodka, und Birger wurde benebelt. Johan trank nur mäßig, aus Angst, daß ihm schlecht würde. Als sie in ihr Hotelzimmer zurückkamen, gingen sie zu Bett, ohne sich noch über den mißlungenen Besuch bei Doris Hofstaedter aufzuhalten. Birger schlief schwerfällig ein, Johan lag wach und horchte auf die Straßenbahnen.

Nach einer Stunde stand er auf und zog sich leise an. Er ging durch arktisch abendleere Straßen. Als er zu der Tür mit den Gnomen kam, legte er den Zeigefinger auf den Knopf und hörte nach einem recht kurzen Weilchen ihre rauhe Stimme. Sie schlief nicht. Das hatte er auch gar nicht angenommen.

»Johan Brandberg hier.«

Sie empfing ihn in demselben Zeltkleid, doch barfuß, und sie rauchte eine dünne Zigarette, die fremdartig roch.

»Kleiner Jukka«, sagte sie. »Ich dachte mir schon, daß du zurückkommen würdest.«

Wie, um alles in der Welt, hast du mich gefunden?« Ihr A klang sehr offen, und sie warf die Frage über die Schulter, während sie vor ihm her in die Wohnung ging, in der keine einzige Lampe brannte. Auf einem großen Eßtisch sah er Reflexe der Straßenlaternen glänzen. Die Bibliothek war nicht zu sehen. Er hatte den Eindruck, als gingen sie in eine andere Richtung. Die Wohnung schien sich vom Eßzimmer aus, das vier Türen hatte, nach allen Seiten zu erstrecken. Er hörte Gesang, fast ohne Musik. Es war die Stimme eines Bassisten, und sie wurde lauter, je weiter sie in die Wohnung vordrangen. »In diesen heil'gen Hallen«, sang er, und die Stimme sank durch lokkere Schichten von Dunkelheit. Ihre Wanderung endete in einem verrauchten Zimmer, in dem ein überladener Schreibtisch stand. Ganz hinten leuchtete ein grüner Punkt in einem Verstärker, und der Bassist sang die Arie zu Ende. Dann beugte sich Doris Hofstaedter zurück und drückte. Das grüne Auge erlosch.

»Nun?«

Sie hatte ihre Frage nicht vergessen. Jetzt setzte sie sich auf den Schreibtischstuhl, und für ihn gab es keinen anderen Platz als den Ledersessel gegenüber. Er saß da wie ein Prüfling.

»Ich bin auf dein Buch gestoßen«, sagte er. »Der Mythos des Wanderers.«

»Au Backe! Du hast die Gesellschaftsklasse gewechselt. Du hast akademische Meriten und Instinkte.«

Intimität, dachte er. Hier ist sie. In diesem verstaubten Zimmer. Hatte er sich einzubilden versucht, man könne einem anderen Menschen dadurch näherkommen, daß man nett war? Nach achtzehn Jahren saß sie hier, nicht einmal schön, und erhob Anspruch auf seine Membranen und seine bloße Haut. Er verlor jegliche Lust, sie anzulügen, und sagte:
»Ich hab das Buch rein zufällig gefunden. Aber ich habe eine Universitätsausbildung, das ist richtig. Ich bin Meteorologe.«

»Was willst du eigentlich?«

»Ich wußte nicht, daß du das warst. Ich hab nach der jungen Frau gesucht.«

»Hier hast du sie. Sie ist jetzt neunundfünfzig.«

Er rechnete im Kopf nach und sah, daß sie es merkte.

»Ich war einundvierzig«, sagte sie und lächelte breit. Ihre vom Tabak verfärbten Zähne gefielen ihm nicht. Sie waren auch länger, als er sie in Erinnerung hatte. Das Zahnfleisch hatte sich zurückgezogen, ihre Augenlider lasteten in einer tiefen, gelben Falte auf sich selbst. Sie will mich erschrecken, dachte er. Er rechnete still weiter, denn er glaubte in ein labyrinthisches Spiel geraten zu sein, in dem er stereotypen Gestalten begegnete, die eine Losung verlangten. Hier saß die Hexe und hatte reizende Füße. Vor ein paar Tagen war er dem Alten Ficker begegnet. Der war, als er am eifrigsten auf den Weibern in Stjärnberg herumturnte, nicht älter, als ich es jetzt bin, dachte Johan. Hatte Mia auch im Kopf nachgerechnet?

»Du hast einen Sechzehnjährigen mit zu deinem Trollevolden genommen.«

»Spiel nicht die verführte Unschuld, Johan. Du hast mich inwendig geschunden.«

Sie lehnte sich auf dem Schreibtischstuhl zurück und sah ihn aus halbgeschlossenen Augen an. Der Stuhl schaukelte leicht.

»Jukka, Jukka«, sagte sie. »Du warst scharf wie ein Stöberhund. Kein kindliches Fleisch zwischen uns, nein, nein. Roh warst du. Ein richtig feines, reines Tier.«

Ihr finnländischer Akzent war deutlich zu hören.

»Danach bist du wohl zur Ordnung zurückgekehrt.«

Das konnte er schwer leugnen, und sie lachte auf.

»Die schwedische Jugend, mit Dessertkäse und Sozialhilfe großgezogen, hat ihre Exzesse auf der Spielwiese. Und brüllt in Rockkonzerten, wenn die Bandleader ›Fuck, fuck, fuck‹ und ›Asshole‹ rufen. Vor zwanzig Jahren bist du mir aber tatsächlich mit einem Daumen voll norwegischer fettarmer Margarine ins Arschloch gefahren, und das hattest du nicht im Kino gelernt, mein Freund.«

»Trollevolden gehörte übrigens dem NTF«, sagte er.

»Richtig.«

»Du hast gesagt, daß es deiner Familie gehört.«

»Mein Großvater war Großhändler in Trondheim. Holz, Fisch, Schiffshandel – alles, womit man nur handeln konnte. Im Herbst jagte er im Norden. 1905 baute er das Jagdhaus. Ein Leben in großem Stil im Grunde. Fünfhundert Schneehühner waren nichts Ungewöhnliches. Haufenweise Hasen. Lachs. Bären. Man kann es Exzesse nennen. Nicht so, wie wenn zwanzigtausend Orientierungsläufer das Wild in einen tagelangen Todeskampf hetzen, ohne es überhaupt zu merken. Sondern mitten drin – mit Blut an den Stiefeln und Pulverdampf und nach außen gekehrten Häuten.«

Sie erhob sich und verließ den Raum. Johan wußte nicht, was er glauben sollte. Wollte sie mit Fotografien zurückkommen? Vage erinnerte er sich an einige Jagdbilder. Als ihre Schritte wieder näherkamen, hörte er es klirren.

»Whisky oder Wodka?«

»Whisky bitte.«

»Seine Tochter, sie war von zahmerer Art, hat einen Finnländer kennengelernt, einen Ingenieur«, nahm sie ohne Resümee die Geschichte wieder auf. »In einem Kurort auf der Insel Sylt. Sie ist nach Finnland gezogen, nachdem sie geheiratet hatten, und hat zwei Kinder bekommen. Mich und meinen Bruder. Zu Beginn des Winterkriegs wurden wir zum Großvater evakuiert. Man dachte ja nicht, daß die Deutschen ein paar

Monate später Norwegen überfallen würden. Ich ging in Amalie Glucks Mädchenschule in Trondheim, eine sehr feine Privatschule. Eigentlich hieß sie Lock, aber wir haben sie Amalie Gluck genannt. Sie hatte eine kleine Mappe, in der es gluckste. Portwein.«

»Stell dir vor«, sagte sie. »Amalie Gluck hatte sogar eine Portweinnase. Ein richtig altmodisches, grobporiges und rotblaues Dings. In diesem freundlichen kleinen Gesicht.«

Sie erhob ihr Glas mit dem durchsichtigen Wodka und prostete ihm zu.

»Aber du hast auf dich aufgepaßt«, sagte er. »Nur klaren Schnaps.«

»Johan, dir gefällt es nicht, daß es bei mir gut gelaufen ist, obwohl ich Wodka getrunken und Zigaretten geraucht habe.«

»Ist es gut gelaufen?«

»Ich habe eine Professur, ich bin Mitglied gelehrter Gesellschaften. Ich bin gesund, und mir ist nie langweilig. Reizt dich das?«

Als er nicht antwortete, fuhr sie fort:

»Im Krieg durfte die ganze Schule einen Ausflug nach Trollevolden machen. Am ersten Ferientag. Zuerst mit dem Zug, dann mit dem Pferdefuhrwerk hinauf zum Haus. Damals war es da nicht so zugewachsen, weißt du, es war möglich, mit Pferd und Wagen dorthin zu kommen. Großvater war großartig. Es war mitten im grauen Krieg, und wir bekamen Sahnetorten und Erdbeeren und Eierpunsch und russische Charlotte, wenn du weißt, was das ist. Mägde waren dabei und emaillierte Kannen mit dicker, gelber Sahne. Biskuitrollen und Creme für die Charlotte. Heller Kalbsbraten mit Sahnesauce. Du weißt nicht, was Kalbfleisch ist, Johan, so ein Kalbfleisch, wie es vor dem Krieg gab. Mastkalb, Boxkalb, mit Kuhmilch aufgezogen und zart wie dein süßer, kleiner Pimmel. Es ist unvergeßlich – eine kindlich helle und leichtverdauliche Verschwendung. Es war jedoch Großvaters letzte Geste, denn die Geschäfte gingen schlecht. Auf der einen Seite weigerte er sich, mit den Deutschen zusammenzuarbeiten, und auf der anderen Seite lag die Schiffahrt danieder. Als er starb, war sein Vermögen weg. Trollevolden gab's zwar noch, war aber nichts wert. Mama war tot, im letzten Monat des Winterkriegs an Lungenentzündung gestorben. Mein Bruder und ich schenkten Trollevolden dem Touristenverein, damit das Haus wenigstens einigermaßen unterhalten würde. In den fünfziger Jahren war man ja nicht so darauf aus, einzigartige Interieurs zu erhalten. Glücklicherweise hat man es aber vergessen. Es lag ja so abgelegen. Wer eine Tour machte und dort übernachten wollte, bekam im Dorfladen den Schlüssel. Die Leute waren ja anständig damals. Das Haus kam zwar innen herunter, wurde aber niemals zerstört. Jetzt gibt es dort einen Aufseher. Abschließbare Fensterläden. NTF-Einrichtung. Wir fahren nicht mehr hin, mein Bruder und ich.«

»Dieser streifige Typ, war das dein Bruder?«

»Ja, mir war es am liebsten, wenn er dich nicht aus der Nähe zu sehen bekam. Ich hab mich ein bißchen geniert, weil du so jung warst. Ich hatte nicht damit gerechnet, daß er dort sein würde. Nur die Frauen. Und die wollten nach ein paar Tagen abreisen.«

»Waren das Touristinnen?«

»Aber nein, das waren, bei Gott, Amalie Glucks Schülerinnen! Gut vierzig Jahre alt alle miteinander. Sie hatten sich in den Kopf gesetzt, da droben das dreißigste Jubiläum zu begehen. Zum Andenken an das Fest mitten im Krieg. Wir machten sogar russische Charlotte, aber ich glaube, davon hast du nie was abbekommen.«

»Ich bin nicht gekommen, um das zu hören«, sagte Johan.

»Nein, aber es interessiert dich sehr.«

»Ich will mehr über John Larue wissen.«

»Den kenn ich nicht.«

»Du hast ihn in einem kleinen Ort namens Byvången in der Apotheke oder im ICA-Laden getroffen. Und hast ihm die Telefonnummer des Dorfladens in der Nähe von Trollevolden gegeben. Ich glaube, du hast gedacht, er würde dorthin kommen.«

»Igitt! Ich hab Kerle aufgerissen, meinst du?«

»Ja, du hast auch Kondome gekauft.«

Jetzt sah sie wirklich verblüfft drein. Sie mußte sich unbedingt eine Zigarette anzünden, die sie einem schwarzlackierten Kästchen mit altrussischem Dekor in Gold und Rot entnahm.

»Wie hast du mich heute wiedererkannt, Johan?«

»An den Füßen«, sagte er, obwohl er es taktlos fand. Wurde sie böse?

»Jaja, wir haben immer etwas, was unzerstört ist, nicht wahr? Ich bin mit meinen Füßen tatsächlich behutsam umgegangen. Sie kommen in einem Roman vor. In einer romantisierenden Autobiografie eines älteren finnländischen Dichters.«

Ihr Mundwerk stand nicht still. Das war akademisch wohlformuliert. Sie dachte nicht einen Augenblick daran, ihn an sich heranzulassen, und dennoch war da diese Intimität zwischen ihnen. Es war nicht: Ich weiß, was du denkst. Sondern – ich fühle, was du fühlst. Wie wenn ein geschundener Körper am anderen brennt.

»Ich will über John Larue reden«, sagte Johan. »Du hattest keine Gelegenheit, die Kondome anzuwenden. Keine einzige. Ich habe ein bißchen über diese Sache nachgedacht. Ich glaube, es war so: Du hast Larue in der Apotheke getroffen und von seinem Kummer mit der Freundin gehört, die Probleme mit ihren Tagen hatte. Er war nett. Du wolltest ihn mitnehmen. Aber du hast eingesehen, daß du dich schützen müßtest, wenn du dich mit ihm einlassen würdest.«

»Ach ja?« sagte sie.

»Darauf ist Birger Torbjörnsson gekommen. Er ist Arzt. Ich glaube, du wolltest Larue sofort mit dir locken. Aber er war zu anständig. Allerdings kannte er das Mädchen, mit dem er unterwegs war, nicht besonders gut. Er hatte sie erst kurz vorher in Göteborg kennengelernt. Sie waren zusammen bei einer

Rockgala gewesen. Du hast ihm Koskenkorva und Hotapulver für das Mädchen gegeben. Und du hast ein Notizbuch gekauft und die Nummer des Ladens aufgeschrieben. Die beiden waren in der Pension in Byvången abgestiegen. Ich glaube, das hast du auch gemacht. Du hast damit gerechnet, daß das Mädchen einschlafen würde, wenn sie die Schmerzen betäubt hätte. Dann würde John Larue zu dir kommen und einen kleinen Vorgeschmack auf die Freuden erhalten, die ihn in Trollevolden erwarteten.«

»Was du nicht sagst, Johan. Vorgeschmack auf Freuden. Alle Achtung!«

»Ich glaube aber nicht, daß er gekommen ist. Sie ist vielleicht mißtrauisch geworden und hat ihn ertappt, wie er auf dem Weg zu dir war.«

»Warum nicht in flagranti?« meinte die Frau, die für ihn noch immer Ylja war.

»Weil die Kondompackung nicht angebrochen war. Ich glaube, du bist einen ganzen Tag in dieser stinktristen Pension geblieben, in der Hoffnung, daß er zurückkehren und mit dir kommen würde. Er muß diese Möglichkeit offengelassen haben. Aber er ist nicht gekommen. Er ist nach Svartvattnet und weiter ins Fjäll hinaufgefahren. Du hast in der Pension im Bett gelegen und eingesehen, daß er auch in dieser Nacht nicht zu dir kommen würde. Da warst du, glaube ich, richtig brastig.«

»Und was war dann?«

»Dann wurden John Larue und sein Mädchen in einem Zelt erstochen.«

»Das gehört nicht hierher«, sagte sie.

»Dann sag, was hierhergehört.«

»Daß ich überanstrengt war und höllische Kopfschmerzen hatte. Nicht schlafen konnte. Das war. Ich stand auf, legte zweihundert Kronen auf den Tresen und fuhr. Es war noch nicht einmal vier Uhr morgens. Ungefähr eine Stunde später hab ich dich entdeckt.«

»Du mußt das der schwedischen Polizei erzählen.«

Sie lachte auf, doch ohne zu lächeln. Sie hatte Asche auf die Brust fallen lassen und wischte über das schwarzweiße Kleid. Ihre Hand war noch die alte, doch waren die Finger angeschwollen. Ihr gravierter Doktorring saß in einer tiefen Kerbe.

»Ich werde weder der Polizei noch sonst jemandem etwas erzählen. Ich habe ein gutes Leben und eine geachtete Stellung. Ich denke nicht daran, mich lächerlich zu machen, weder als schmachtende Jungfer noch als rammliges altes Weib.«

»Dann erzähle ich es.«

»Das wirst du nicht«, erwiderte sie. Du erzählst gar nichts. Denn dann kommen sie her und vernehmen mich, und ich sage ihnen, daß ich diesem Jungen, Johan Brandberg, begegnet bin, als ich am Mittsommertag früh morgens aus Byvången gefahren kam. Er stand am Straßenrand, den Daumen in der Luft und Blut auf dem Hemd.«

Sie schenkte ihm Whisky nach, obwohl er den Kopf schüttelte.

»Trink was, du«, sagte sie fast zärtlich. »Die Nacht ist lang.«

Annie hatte gesagt, daß die Brandbergsöhne so etwas Gewisses hätten. Etwas Schweres und Herbes. Das entgehe keiner Frau, sagte sie. Selbst wenn man ihnen nur im Postflur begegne.

Den fünften Sohn hatte sie nie gekannt. Er war feingliedrig und groß. Als er noch jünger war, war er richtig schmächtig gewesen. Jetzt sah er schlecht aus. Ausgetrocknet, dachte Birger. Er braucht Flüssigkeit. Was zum Teufel hat er nur getrieben?

Die gewichtigen Söhne waren dabeigewesen, als Torsten Brandberg wegen der Körperverletzung an Harry Vidart vernommen worden war. Reichlich voll und feixend hatte er sie in Erinnerung. Ein trüber Rausch war das gewesen. Es war gut denkbar, daß es für einen von ihnen später in der Nacht noch richtig in die Hosen gegangen war. Die Polizei hatte sie viele Male verhört. Birger hatte noch einmal bei Vemdal nachgehakt, und der hatte die alten Angaben aus dem Wasabrot-Karton hervorgekramt.

Pekka kam dabei am ehesten in Frage, wenn man in Betracht zog, wie er nach dem Ereignis beim Zelt gelebt hatte. Er hatte unglaublich viel Geld, das er auf den Ölplattformen verdient hatte, durch die Kehle gejagt. Er hatte einen Rivalen mißhandelt. Das war in Sollentuna gewesen, aber das Gerede war bis Svartvattnet gedrungen. Einmal war es ihm gelungen, sich ein Zuhause mit Ledergarnitur und Stereoanlage einzurichten, und er war mit einer sehr schönen Frau zusammengezogen. Sie warf ihn hinaus, und er ging, was die Einrichtung betraf, leer aus. Der Anlaß war gewesen, daß er nach einem Unfall mit einem Kran krankgeschrieben worden war und soff. Ein Mann war von der Gleitplattform gestürzt und umgekommen. Pekka konnte nach diesem Ereignis nicht mehr arbeiten. Ihm wurde schwindlig dort oben. Bei der letzten Jagd war er blau gewesen, und sie hatten ihm das Gewehr abnehmen müssen. Er war noch immer Betongießer weiter im Süden des Landes, saß aber in keinem Kran mehr. Jetzt stempelte er.

Den Stutzen hatte Per-Ola ihm abgenommen. Der neue Jagdleiter. Er, der stur in Svartvattnet geblieben war und jetzt auf Tangen ein Haus gebaut hatte. Das viereckige Grundstück war wie ein Ausschnitt aus einem Eigenheimgebiet auf Frösön oder am Stadtrand von Ostersund. Er wurde allmählich schwerfällig und kam in die mittleren Jahre. Seine Kraft und Schnelligkeit hatte er sich jedoch bewahrt. Er war blond oder jetzt eher farblos. Seine Augen waren klein und engstehend. Der Schädel war deutlich sichtbar. Birger erinnerte sich, daß einer der Alten in der Jagdgesellschaft den Kopf geschüttelt hatte, als er hörte, daß sie Per-Ola zu Torstens Nachfolger gewählt hatten. Nur dieses Kopfschütteln, sonst nichts. Birger wußte nicht, was es bedeutete.

Väine war derjenige in der Geschwisterschar, der Per-Ola glich. Er war blond und hatte den harten und knorrigen Körper eines Waldarbeiters bekommen. Er hatte früh geheiratet. Eine Norwegerin, die ein Kind von ihm bekam. Das hatte nicht so lange gehalten. Er hatte einen Sohn, der an manchen Wochenenden kam und um den Gudrun sich kümmerte. Väine war beruflich viel unterwegs. Er hatte einen Wohnwagen, in dem er auf den Waldschlägen hauste. Es hieß, er arbeite wie der Teufel.

Björne war Invalide. Annie hatte ihn gemocht. Er hatte ihr mit dem Brennholz und bei vielem anderen geholfen. Sie hatte gesagt, es sei amüsant, sich mit ihm zu unterhalten. Seit er ein Jagen abgeholzt hatte, lebte er für sich allein, ungefähr so wie

Väine. Er blieb jedoch dabei. Annie hatte geglaubt, dies sei eine Art Protest gegen die moderne Zeit.

Birger hatte die Sonderlinge in den Hütten nie als Rebellen angesehen. Er fand, daß sie tatsächlich einer vergangenen Zeit angehörten und daß ihre Not vor allem sexuell bedingt sei. Es gab keine Frauen mehr für sie, weil sie es nicht fertigbrachten, ihren Lebensstil zu ändern. Sie duschten nicht, sie tranken zuviel, und der Tabaksaft lief ihnen aus den Mundwinkeln. Ihr Hemd starrte vor Elchblut und Motorenöl. Sie trugen immer ein Messer bei sich, und ihr sexuelles Signalsystem war so primitiv, daß es als Scherz aufgefaßt wurde. Björne hatte von Birger im Lauf der Jahre viel zuviel Oxazepam verschrieben bekommen, was erklärte, daß er nicht mehr so ein harter Trinker war. Birger fühlte sich ratlos bei seinen Verschreibungen.

Öfter, als man glauben mochte, war es diesen Sonderlingen und Übriggebliebenen möglich, ihre Misere in Worte zu kleiden. Aber als Therapie war das wertlos. Es änderte nichts. Antidepressiva waren auf die Dauer genauso wirkungslos. Dem Hüttendasein wurde bisweilen mit einer Schrotflinte im Mund ein Ende gesetzt. Björne war immerhin von der Fürsorge aufgefangen worden und verbrachte immer wieder gewisse Zeiten in den Frösökliniken, wo man fand, daß Elektroschocks eine positive Wirkung auf ihn hatten.

Anfangs hatte Birger Annie warnen wollen: Björne sei gar nicht so teddybärenhaft nett, wie er wirken könne, wenn er mit seinen ICA-Tüten voll Birkenrinden und Kienspänen, womit sie ihren Herd einheizen sollte, angetrottet käme. Mit achtzehn hatte er ein gleichaltriges Mädchen zu vergewaltigen versucht. Sie war dabei ziemlich übel zugerichtet worden. Es gab nie eine Anzeige, kam aber doch heraus. Torsten hatte die Sache mit dem Vater des Mädchens geregelt. Es hieß, daß er etwas drauflegte, als dieser ein neues Auto anschaffen wollte, so daß er einen schweren Amischlitten kaufen konnte.

Niemand glaubte, daß Björne dem Mädchen hatte Gewalt antun wollen. Er hatte wohl gedacht, daß man es so machen würde. Es wurde leer um ihn herum. Die Mädchen zogen sich zurück, er war nie wieder mit einem allein.

Als Birger erfuhr, wie Annie seine Bekanntschaft gemacht hatte, daß sie ihm in die SCA-Baracke gefolgt war, da verstand er, weshalb Björne ihr Ritter geworden war. Sie hatte ihn aufgerichtet. Sie wurde sein Verbindungsglied zum Dorf, nachdem seine Eltern dies schon längst nicht mehr waren. Daß sie seine romantische Erklärung für sein Einsiedlerdaseins guthieß, band ihn nur noch stärker an sie.

Nein, Birger hatte Annie nie gewarnt. Er sah ein, daß es nicht nötig war. Das schlechte Gerede über Björne mußte ihr am Ende zu Ohren gekommen sein. Sie kümmerte sich nicht darum. Sie wußte, daß er ihr niemals etwas antun würde. Birger war überzeugt, daß sie recht gehabt hatte.

Die Unternehmungen der Brandbergs in jener Mittsommernacht waren banal, und sie waren in Vemdals Karton bewahrt. Pekka hatte ein Frauenzimmer aufgerissen. Es war nicht vorgesehen, diese Bekanntschaft zu vertiefen, und es war der Frau peinlich gewesen, der Polizei erzählen zu müssen, daß er mit ihr nach Hause gekommen sei. Sie war Norwegerin und wohnte in einem Ort, siebzig Kilometer jenseits der Grenze.

Doch was war ihre Aussage wert? Oder die von Per-Olas Verlobter? Väine war mit einem Kameraden nachts zum Fischen raus. Sie hatten im Vereinshaus wohl keinen Erfolg gehabt, waren nicht einmal an norwegischen Schnaps herangekommen. Am Röbäcksströmmen stand ein Wohnwagen, in den drangen sie ein. Um dort Unfug zu machen oder etwas zu stehlen, blieb dahingestellt. Der Besitzer des Wohnwagens tauchte zusammen mit einem Freund auf und erwischte die beiden. Sie bekamen Prügel – und das, was man ein Alibi nennen konnte. Alles, was über die Mittsommernacht der Brandbergjungen und die ihres Vaters gesagt worden war, wirkte nun, nach so vielen Jahren, spröde und locker. Es war, als seien die Fäden auseinandergeglitten und das Gewebe am Zerreißen. Wer würde jetzt noch irgend etwas beschwören können?

Auf dem Hotelbett lag Johan, völlig angekleidet. Seine Haut war grau und straff, und um seine Mundwinkel herum zeichneten sich Furchen ab. Sein Flüssigkeitshaushalt war durcheinander. Birger weckte ihn vorsichtig. Er hatte Mineralwasser besorgt.

»Versuch, ein bißchen zu trinken«, sagte er. »Was, zum Teufel, hast du denn getrieben? Bist du heute nacht noch ausgegangen?«

»Ja, ich hab ein paar Gläser getrunken«, sagte Johan. Er schloß die Augen beim Trinken.

Ylja, Ylja. Sie erinnerte sich nicht, wie der Name entstanden war.

»Du hattest etwas gesagt, einen anderen Namen. Der klang finnisch«, sagte Johan. Aber sie kamen nicht mehr darauf.

Er fand, daß sie sich im Schatten hielt, in der Dunkelheit der schweren Möbel und Vorhänge, gerade außer Reichweite. Sie war nicht nur dreist, sie war auch vorsichtig. Sie würde es niemals ertragen, sich lächerlich zu machen.

Er trank. Er fühlte sich gekehlt und ausgenommen, und jetzt spülte er sich inwendig. Es gab keine Kopfschmerzen, keine Gefahren und keine Narrheit. Nur Alkohol pur.

»Weißt du, daß John Larue schön war?« fragte sie.

Sie war nicht mehr darauf aus, geheimnisvoll zu tun. Ein blutiges Hemd war zwischen ihnen. Es war eine Lüge. Aber sie war kraftvoll, und sie sollte wirken. In gewisser Hinsicht ist es schade, das dies nötig sein soll, dachte er. Wir hätten uns doch auch so einigen können. Aber mit ihr traf man wohl keine Übereinkünfte.

»Nicht schwer, sich das Opfermesser in seinem Leib vorzustellen. Ein Frühlingsgott wurde er nie. Aber das wollte er bestimmt.«

Johan fiel plötzlich das gelbliche Papier in ihrem akademischen Wälzer ein, dessen scharfer Geruch.

»Verdammt, was hab ich in dieser Pension mit den Ryateppichen und Holzschnitzereien um mich herum gelitten! Als mir klar wurde, daß sie abgefahren waren, jedenfalls. Die wild brausenden Bäche dort oben, die über den Moorboden fluteten. Auf dem Stjärnfjället. Und sie kriegte ihn dort. Du magst vielleicht annehmen, Geilheit bestehe nur aus chemischen Launen und einem Juckreiz, kleiner Jukka. Aber du weißt, daß es schlimmer ist. Sie war ebenso verliebt in ihn wie ich. Allerdings sterblich. Sie kriegte ihn Mal um Mal. Wie viele Male, meinst du, haben sie es geschafft? Und ich bekam ein Kissen, das synthetisch schmeckte, und die ganze Nacht hindurch ein fahles Tageslicht im Zimmer! Da bin ich gefahren. Und habe dich getroffen. Die Nacht war mißgünstig gewesen, aber der Morgen sprudelte.«

»Was glaubst du, daß dort oben geschehen ist?« fragte Johan.

Sie zog eine Grimasse.

»Ich weiß nicht. Ich glaube, das ist eine andere Geschichte. Nicht die ihre.«

»Aber sie wurden praktisch, freiweg gesagt, geschlachtet.«

»Ich bin froh, daß du es nicht wurdest. Aber du mußt auf dich achtgeben. Ich glaube, du hast dein Ungemach noch vor dir.«

Er kicherte im Halbdunkeln auf und nahm einen tiefen Schluck. Der Alkohol brannte nicht mehr. Er war geschmacklos und kühl wie Bachwasser.

»Kannst du hellsehen?«

»Du hast mich immer an den Hirschjäger erinnert, der Artemis nackt gesehen hat. Er sah sie mitten am Tag, im hellen Sonnenschein. Sie verwandelte ihn in einen Hirsch. Innerlich war er aber nach wie vor ein Mensch, mit Gedächtnis und Schuld. Wenn auch stumm.«

»Wie hat er es geschafft, sich zurückzuverwandeln?«

»Er hat es nicht geschafft.«

Sie betonte das Wort, als sie es wiederholte. Mit ihrem offenen A und dem starken ironischen Nachdruck war es der reine Hohn:

»Er wurde von seinen Jagdkameraden geschlachtet. Die sahen nur einen Hirsch. In diesen feuchten germanischen Waldsagen, mit denen wir großgezogen wurden, sieht der Jäger die flehenden Augen. Aber dort unten in dem sengend weißen Sonnenschein sahen sie nichts. Nur ein Beutetier.«

»Du magst deine Geschichten«, sagte er. »Du spielst damit.«

»Du auch.«

Das kam vor. Er glaubte manchmal, unter Njords Regiment aus Nebeln und schleppenden Regen zu stehen. Oder daß Tjas Olmai ihm als Antwort auf sein geschäftiges Prognostizieren eine Flut schicke.

Er hatte auf dem Sofa mit den Hundehaaren geschlafen. Sie war nicht im Zimmer, oder ab und zu doch. Sah nach ihm. Er spürte ihr Lächeln, das genausogut Gudruns Lächeln hätte sein können, und er schlief zerrissen und träumte. In den frühen Morgenstunden war es grau. Er sah, daß der Tisch vor dem Fenster mit den grünen, ausgeblichenen Samtvorhängen ein Altar war. Ein Tuch mit breiter Spitze und Kandelaber waren darauf. Zwischen den Kandelabern stand eine Fotografie. Ein junger Mann in einer Uniform. Aus *gegen die Russen* wurde *für die Deutschen* im weiteren Verlauf des Kriegs, dachte Johan. So sah der Zwang aus. Oder die Pflicht oder die Ehre oder wie der stramme junge Offizier das genannt haben mochte. Der Großvater verlor sein Vermögen, weil er sich weigerte, mit den Deutschen zusammenzuarbeiten. Oder war das eine Lüge? Wurde Trollevolden nicht vielmehr bei den Abrechnungen nach dem Krieg konfisziert? Womöglich war er Kollaborateur.

Warum waren diese Zimmer beinahe unangetastet? Verbarg sie unter ihrem Spott eine Treue zu irgend etwas? Im Grunde genommen wollte er das aber gar nicht wissen.

Als er hinausging, um irgendwo eine Gelegenheit zum Pinkeln zu finden, begegnete er ihr. Sie sah jetzt aus wie da, als Birger und er sie beim ersten Mal gesehen hatten. Gelbgrau, zerstreut. Er pinkelte lange in eine Toilette mit einem Sitz aus schönem dunklem Holz und einer Spülung, die dadurch in

Gang gesetzt wurde, daß man an einem Porzellangriff zog, der an einer Kette hing. Es rauschte feierlich, und ihm tat der Kopf weh. Licht und Geräusche bereiteten ihm Übelkeit.

In der Küche hatte sie Schinken und Eier hervorgeholt. Es gab in Scheiben geschnittenes, dunkles Brot, Butter und grobporigen Käse. Sie machte gerade mit einem altmodischen Filter Kaffee. Dabei sprach sie über Artemis, aber nicht auf dieselbe Art, wie sie es in der grauen Nacht getan hatte. Jetzt hielt sie eine Vorlesung.

»Lange Zeit glaubte man, daß die berühmte Statue der Artemis von Ephesos eine gewaltige Bürde von Brüsten auf der Vorderseite habe. Daß sie das Attribut der Mütterlichkeit im Übermaß trage. Rund, semmelig und fruchtbar. Aber dann nahmen die Archäologen diese einmal näher in Augenschein. Es waren übrigens ein paar Österreicher. Sie entdeckten, daß diese Semmeln eigentlich überhaupt nicht wie Brüste aussahen.«

Ulla tut die Semmel weh, darum steigt sie in den See, schoß es Johan durch den Kopf. Geb Gott, daß ich den Mund halte. Das hier ist kein Kater. Ich bin noch gar nicht nüchtern, allerdings grauer. Ich bin fünfzehn Jahre alt. Sie ist mir nie begegnet.

»Hast du ein Bild der Artemis von Ephesos gesehen?«

Woher sollte er das wissen? Vielleicht hatte er in irgendeinem Kunstband eines gesehen. Ein starrendes Gesicht. Vorn in Trauben die Brüste. Ylja setzte ihm einen Teller vor. Darauf lag eine Scheibe Schinken, mindestens fünf Millimeter dick. Das feuchte Fleisch war rosa und hatte Einsprengsel von weißem Fett. Da waren Fleischlamellen mit etwas kaum Durchscheinenden dazwischen. Wasser? Gelee? Sie hatte ein Ei gebraten, so vorsichtig, daß es kaum fest geworden war. Der Dotter schimmerte wie Öl.

»Weißt du, was das war?«

Er schloß die Augen, um das Ei nicht zu sehen.

»Das Artemisfest in Ephesos wurde so begangen, daß die

Priester vor ihrem Altar junge Stiere kastrierten. Sie banden die Hoden zu einem Kranz zusammen. Den trägt sie um den Hals und auf der Brust, Jukka. Die jungfräuliche Mutter. Keine nette Bekanntschaft.«

Er wandte den Kopf ab und schob sachte den Teller von sich.

»Kannst du nichts essen?«

Da schlug sie ein Ei in ein Glas und goß Wodka dazu. Sie drehte ein paarmal die Pfeffermühle darüber und reichte ihm das Glas. Er schloß die Augen. Der Inhalt glitschte wie eine Auster hinunter.

»Ich muß gehen«, sagte er. »Ich will zurück sein, bevor Birger aufwacht.«

»Sei vorsichtig, Jukka«, sagte sie.

»Weißt du etwas oder redest du nur?«

Scheiß hatte er sagen wollen. Er war ihre Geschichten leid. Trotzdem hatte er Lust, ihr zu sagen, daß sie auf jeden Fall recht habe. Tiefe Geilheit sei nicht chemisch. Und die Seele keine Ichverwandlungen. Er schaffte es jedoch nicht, sich zu sammeln, um etwas zu sagen. »Ja, auf Wiedersehen«, sagte er. Ganz höflich, obwohl er blaß war und die Hand, die er ihr reichte, innen feucht.

Auf dem Weg zum Hotel mußte er sich unbedingt ausruhen. Es war ein Park, dort, wo Birger jemandem auf den Hintern hatte schlagen wollen. Einer Göttin. Sie stand dort auf ihrem Sockel in der Kühle des Morgens. Er wollte nicht, daß sie sich umdrehte und eine Girlande aus Stierhoden und blutigen Hodensackfetzen um den Hals hätte. Ansonsten war alles normal, ein grauer Spätsommermorgen. Fette Feldsperlinge. Eispapier.

Johan und Birger saßen in der Nähe der Odengatankreuzung bei Mac Donalds und beobachteten eine Tür auf der anderen Seite des Sveavägen. Teenies mit roten Schirmmützen sammelten Tabletts ein, doch auf ihrem Tisch wuchs der fettige Papier- und Plastikmüll an. Birger bildete sich ein, daß man ständig etwas verzehren müsse, wenn man so lange sitzen blieb. Sie hatten sich an einen Tisch auf dem Gehsteig gesetzt. Der Verkehr toste. Manchmal konnten sie die Tür nicht sehen. Ein Bus stellte sich ins Blickfeld. Die feuchte Luft stank nach Gasen. Es war beschwerlich. Dies vermittelte Birger das Gefühl, daß sie etwas Nützliches taten. Der Kaffee schmeckte jedoch gut.

»Die Stiftung«, sagte Birger. »Ein komischer Name für ein Antiquariat.«

»Das muß eins für SF sein«, sagte Johan. Birger verstand nicht, was er meinte. Es war ja auch egal. Sie würden ihn dort jedenfalls bald haben. Vemdal hatte ihn für sie aufgespürt. Birger war der Meinung, daß sie Vemdal zum Essen einladen sollten, doch Johan wollte nicht. Er fürchtete sich vor ihm.

Er sagte aufrichtig, daß er selbst nicht wisse, warum er sich fürchte. Vemdal müsse jedoch noch immer einen Rest von Polizeiinstinkt haben. Mit einem Mal wäre es für sein Gewissen oder seine Eitelkeit zuviel, und dann griffe er zum Hörer, hatte Johan gesagt. Wir können uns doch ein bißchen bedeckt halten.

Es war eine schmale, braune Tür mit einem vergitterten Fenster im oberen Teil. In dem braunen Holz saß ein Briefschlitz aus Messing. Eine »Dagens Nyheter« ragte daraus hervor. Sie hatten sich die Tür aus der Nähe angesehen. Es gab kein Schild mit den Öffnungszeiten. Nur zwei Schlösser, wovon eines wie ein neues Chubbschloß aussah. Es gab nur ein einziges Schaufenster. Um die Bücher hatten sie sich nicht gekümmert, und Birger bereute jetzt, daß er sie sich nicht angesehen hatte. Er ging noch zwei Pappbecher Kaffee holen, und als er mit dem Tablett herauskam, sagte Johan: »Jetzt ist etwas geschehen.«

»Ist er gekommen?«

»Nein, schau dir den Briefkasten an, dann wirst du es schon sehen.«

»Hat jemand die Zeitung gestohlen?« fragte Birger.

»Sie ist in den Laden hineingezogen worden. Da ist jemand drin, obwohl abgeschlossen ist.«

»Verdammt, dann werden wir klopfen, bis er aufmacht!«

»Warte.«

Die Tür ging auf. Er trat heraus. Während er sich umdrehte und die beiden Schlösser abschloß, sahen sie ihn sich an. Er hatte eine dunkelbraune Jacke mit cremefarbenen Nadelstreifen an. Seine Jeans sah neu aus; er trug schwarze Boots, und sein langes Haar hielt er im Nacken mit einem Band oder einem Gummi zusammen. Es war nicht mehr golden, sondern dunkelblond, reichte aber immer noch weit zwischen die Schulterblätter hinab. Irgendwelche helleren Streifen waren darin, doch man konnte nicht erkennen, ob sie silbrig waren.

Birger wollte aufspringen und über die Straße laufen, doch er konnte sich nicht rühren. Er sah die schlanke Gestalt in Richtung Odengatan gehen. Der Rücken war sehr gerade. Jetzt bog er bei der Handelsbank um die Ecke und verschwand.

»Verfluchter Mist!«

Johan sah Birger wie einen Kranken an, für den man nicht viel tun konnte.

»Das macht nichts«, sagte er. »Er kommt bestimmt gleich wieder. Ich glaube, der wohnt da drinnen.«

»Es ist gleich halb elf«, stellte Birger fest. »Pfui Teufel!«

Johan pfriemelte den Deckel eines der Kaffeebecher auf und steckte ihm diesen regelrecht in die Hand. Er hat Angst, daß ich zu flennen anfange, dachte Birger. Was für ein altes Wrack ich doch bin. Er fand, er sei voller Müll, so wie der Tisch. Zeitmüll. Und dort, auf der anderen Straßenseite, ging Dan Ulander unberührt durch die Zeit.

Nach weniger als zehn Minuten war er zurück. Er hatte eine Tüte in der Hand.

»Frische Brötchen«, sagte Birger so bitter, daß Johan auflachte. Sie ließen den Kaffee stehen und gingen über den Sveavägen.

Das Antiquariat war klein, zog sich aber in die Tiefe und wurde nach hinten hin dunkel. In der ersten Abteilung standen Gestelle mit bunten Heften und Büchern. Birger bildete sich ein, es seien Comics. Doch dann sah er, daß das alles Sciencefiction war.

Weiter hinten standen Bücherregale. Alle mit zierlichen, handgeschriebenen Schildern. Asimov. Lem. Clarke. Birger las Namen, die ihm nichts sagten. Dan Ulander stand an einem altmodischen Schreibtisch aus dunklem Holz. Er hatte ein Tonbandgerät eingeschaltet, und Musik erfüllte den engen Raum. Birger fühlte sich eingeschlossen. Es war eine phobische Wahrnehmung. Seine Handflächen wurden feucht.

»Können Sie das abstellen, wir wollen mit Ihnen reden!«

»Sie mögen die Musik nicht? Das ist Richard Strauss. Kubrick hat sie verwendet, als er ›2001‹ drehte.«

Birger wiederholte das einzig Begreifliche in diesem Wortschwall.

»Strauß?«

»Ja, nicht der Wienerwalzerkönig«, entgegnete Ulander schmunzelnd.

Auf eine unbegreifliche Weise hatte er Oberwasser bekommen. Er erkannte Birger nicht wieder. Natürlich nicht. Er hatte ihn wohl niemals angesehen.

»Wir kommen anläßlich des Todes von Annie Raft«, sagte Johan. Manchmal wurde Birger daran erinnert, daß Johan erwachsen war. Er konnte die Führung übernehmen. Aber auch er konnte den leeren Gesichtsausdruck von Ulander nicht deuten, als dieser zögerlich sagte:

»Annie Raft...«

»Aus Svartvattnet«, fügte Johan hinzu.

»Ach, Annie – die mit dem kleinen Mädchen. Ist Annie tot?«

»Lesen Sie denn keine Zeitungen?«

»Schon – die Kleinanzeigen. Aus geschäftlichen Gründen.«

Er vollführte mit beiden Händen eine Geste, hielt sie wie ein Tänzer von sich. Birger sah, daß seine Kopfform durch das lange, nach hinten gekämmte Haar betont wurde. Aus der Nähe wurde deutlich, daß er älter geworden war. Sein Teint war sehr blaß. Er kam wohl selten aus seinem Buchladen heraus. Doch dieser schlanke Körper, brauchte der keine Bewegung?

Er stellte keine Fragen. Zuerst fand Birger das seltsam, ja verdächtig. Dann wurde ihm klar, daß Ulander glaubte, Johan habe gemeint, er hätte die Todesanzeige sehen müssen.

»Das ist Annies Freund«, erklärte Johan. »Birger Torbjörnsson. Ich sollte ihr Schwiegersohn werden. Wir wollen wissen, wie das mit John Larue war.«

»Wie das mit ihm war?«

Versuchte er Zeit zu schinden? Es sah nicht so aus. Er machte tatsächlich einen verwirrten Eindruck.

»Etwas Tee?« fragte er.

Es waren, ganz richtig, frische Brötchen in der Tüte.

»Nein danke«, sagte Johan. »Erzählen Sie von John Larue.«

»Ja, ich weiß ja nicht, was Annie gesagt hat. Aufrichtig gestanden, glaube ich nicht, daß sie seinen Namen gekannt hat. Warum wollen Sie das wissen? Hat sich das nicht erledigt?«

Er stand mit seiner geöffneten Brötchentüte da und sah aus, als flehte er sie an. Irgend etwas war geschehen. Birger war nicht klar, was. Und noch weniger, als Ulander zu reden begann. Denn er schien keine Angst davor zu haben, über John Larue zu erzählen. Es war etwas anderes, was er fürchtete.

»Wo ist er hergekommen?«

»Nun, aus Dänemark zuletzt. Allerdings habe ich ihn in Stockholm getroffen. Er war Vietnamdeserteur. Mißlich.«

Welch ein Wort, dachte Birger. Welch preziöse Wortwahl dieser kleine Tänzer hat. Er sieht aus wie ein Schwuler. Gäbe Gott, er wäre es gewesen.

»Er hatte ja keine Papiere. Keinen Paß. Ich habe ihm versprochen, daß er bei uns wohnen kann.«

»In Stjärnberg?«

»Ja klar.«

»Starfjället«, sagte Birger. »Star Mountain. Sie haben das übersetzt.«

»Das weiß ich nicht mehr. Warum wollen Sie das unbedingt wissen?«

»Warum haben die beiden gezeltet, warum sind sie nicht bis Stjärnberg gegangen?«

»Ich weiß nicht. Vielleicht haben sie geglaubt, daß es weiter sei, als es war. Ich hatte eine Kartenskizze gemacht. Aber da war natürlich kein Maßstab drauf. Wir hatten eine Ansichtskarte aus Göteborg bekommen. Er wollte mit einem holländischen Mädchen fahren. Dieses Mädchen, das... Sie wissen. Ja, er auch.«

Leicht berühren. Tanz weiter, du kleine Schwuchtel, dachte Birger.

»Wollte sie auch nach Stjärnberg?«

»Nein, ich glaube, er hat sie nur dazu gebracht, daß sie die schwedischen Fjälls sehen wollte. Ihm war das wohl recht so.«

Er kicherte.

»Sie werden jetzt alles erzählen«, sagte Johan. »Wie Sie die Bux geklaut haben und alles.«

»Ich setz auf jeden Fall etwas Tee auf«, sagte Ulander. Es klang anbiedernd. Es hatte sich wirklich irgend etwas verändert, seit sie das Geschäft betreten hatten und seine Straussmusik erdröhnt war. Er öffnete eine Tür, und sie sahen ein kombüsenähnliches Hinterzimmer mit einem ordentlich gemachten Bett. War es möglich, daß er hier wohnte? Allein. Daß er in den Zeitungen nie etwas anderes als Kleinanzeigen über Science-fiction-Bücher las, bis zehn oder halb elf schlief und den Tag mit frischen Brötchen begann? Als er mit einem elektrischen Wasserkessel zurückkam, sagte Johan:

»Sie erinnern sich sehr gut an alles, obwohl es schon so lange her ist. Aber an Annie Raft erinnern Sie sich kaum.«

»Doch, doch. Ich erinnere mich auch an Annie. Selbstverständlich erinnere ich mich an sie. Es war nur der Name, ich bin mir nicht sicher, je ihren Nachnamen gehört zu haben.«

»So ein blödes Geschwätz«, sagte Birger. »Sie waren doch ihr Schüler.«

»Das spielt keine Rolle«, sagte Johan. »Erzählen Sie, wie Sie seine Jeans genommen haben. Warum waren Sie denn schon so früh am Morgen unterwegs?«

»Wir waren alle unterwegs. Wir haben Larue gesucht.«

Er hatte chinesische Teebecher hingestellt. Das Brot legte er in eine Schale. Als das Teewasser in dem Kessel zu säuseln begann, wärmte er eine Kanne. Er ging sehr umständlich vor. Um das Wasser aus der Kanne zu schütten, mußte er zu einer Toilette gehen, die Wand an Wand mit der Schlafkombüse lag. Er löffelte Teeblätter hinein und goß Wasser darüber.

»Zucker?«

»Äh«, sagte Birger. »Hören Sie auf!«

Ulander wollte, daß sie sich setzten, doch sie blieben stehen. Er selbst setzte sich auf den Stuhl hinterm Schreibtisch und bestrich ein zerteiltes Brötchen mit Butter. Er aß ein paar zierliche kleine Bissen, ehe er zu erzählen anhob.

»Ich war am Mittsommerabend in Röbäck und habe dort die Kinder bei Yvonne abgeliefert. Wissen Sie, wer sie war? Die Kinder sollten mit ihr fahren. Da sollte gegen irgendwas eine Demo stattfinden. Mein Gott, da war viel los damals.«

Er lächelte sie an.

»Die Kinder hätten es nicht geschafft, an Mittsommer den Weg von Stjärnberg und hinauf ins Björnfjället zu gehen.«

»Das wissen wir.«

»Ja, und dann hab ich Barbro Lund abgeholt, eine Textilkünstlerin, die zu uns raufziehen wollte. Eventuell. Sie wohnte in Byvången.«

Birger schwieg, hörte aber selbst, wie er schwer durch die Nase atmete.

»Als wir zu einem Hof gekommen sind, kurz bevor die Straße zu Ende ist...«

»Strömgrensbygget«, sagte Johan.

»Ja. Da haben wir ein holländisches Auto gesehen. Ein kleines, rotes Ding. Ich dachte, das muß Larue sein, weil er doch auf der Ansichtskarte geschrieben hatte, daß er mit einer Holländerin kommen würde. Dann sind wir nach Björnstubacken gefahren, haben Barbro Lunds Auto dort abgestellt und sind zu Fuß nach Stjärnberg rauf. Wir dachten, daß Larue dort wäre. War er aber nicht. Das Mädchen und er sind nie gekommen. Wir haben den ganzen Abend gewartet. Wir haben angenommen, daß sie sich verlaufen hatten. Also sind wir ganz früh raus und haben sie gesucht. Wir dachten, sie irrten unten in den Mooren umher. Barbro Lund und ich waren schon fast am Fluß, als ich das Zelt entdeckte. Ich bin allein runter.«

»Hat sie gesehen, was passiert ist?« fragte Birger.

»Ich bin mir nicht sicher. Wir haben dann nicht mehr viel miteinander geredet. Ich habe gesehen, daß... ja. Aber mir ist nie der Gedanken gekommen, daß das Larue und sein Mädchen sein könnten. Man konnte sie nicht sehen. Nur einen Arm und einen Fuß. Und dann entdeckte ich eine Jeans. Sie hing über einem Tannenzweig. Es war die von Larue.«

»Menschenskind, Sie konnten doch unmöglich eine Jeans wiedererkennen!«

»Doch, Jeans waren damals wie Kunstwerke. Jeder Riß, jeder Flicken war ein Zeichen. Ein Autograph. Es war John Larues Jeans. Ich hab sie mitgenommen.«

»Warum denn?«

»Um sie mir näher anzugucken, glaube ich. Ich bin zu Barbro Lund raufgerannt, und auf dem Abstieg nach Björnstubakken sind wir auf die andern gestoßen. Wir hielten da oben im Wald eine Art Ratschlag ab. Wir beschlossen, so zu tun, als würden wir John Larue nicht kennen. Es wäre das Ende der Kommune gewesen, wenn wir in so eine Sache verwickelt worden wären. Da war ein Mädchen, Enel hieß sie. Die war ziemlich kaltblütig. Sie ging mit Petrus zu dem Zelt runter, und dort zogen sie Johns Sporttasche heraus und leerten sie aus. Er hatte ja meine Kartenskizze und alles. Wir gingen nach Stjärnberg rauf und verbrannten die Sachen. Die Jeans war naß. Deswegen hatte er sie ja aufgehängt. Ich versteckte sie, weil sich der dicke Stoff nicht verbrennen ließ, solange er nicht trocken war. Dann sind Barbro und ich nach Björnstubacken runter. Wir mußten ja das Auto holen. Die andern sind den Pfad am See entlang nach Röbäck gegangen. Und dann haben wir gesagt, daß sie die ganze Zeit dort gewesen wären.«

»Sie haben zu Annie gesagt, daß Sie in Nirsbuan waren.«

»Ja, vielleicht. Ja, das habe ich gesagt. Ich habe auch Barbro Lund angerufen. Wir haben verabredet, daß ich das sagen sollte. Annie hat geglaubt, daß ich in Nirsbuan war.«

»War es denn nötig, Annie anzulügen? Sie hätte doch nichts gesagt.«

»Annie war ein bißchen…, wie soll ich sagen? Sie hatte das Ganze mißverstanden.«

»Was?«

»Sie war eifersüchtig«, sagte Birger. »Sie hatte alles hinter sich gelassen – ihr ganzes Leben. Sie hatte geglaubt, daß ihr beide für immer zusammenbleiben würdet. Aber Sie haben sie nur als Lehrerin in Stjärnberg haben wollen. Und Barbro Lund wollten Sie als Kunsthandwerkerin da droben haben. Ihre Aufgabe war es, brauchbare Leute für die Kommune heranzuschaffen.«

Ulander rutschte ein wenig auf seinem Stuhl herum.

»Sie haben sie mit dem Schwanz geworben. Die Frauen haben das freilich mißverstanden. Zumindest Annie.«

Er war sich bewußt, daß Johan ihn fixierte, und er verstummte. Es war, aus irgendeinem Grund, Johan, der das Heft in der Hand hatte. Jetzt sagte er:

»Sie erinnern sich verdammt gut an alles.«

»Na ja, wir haben das immer und immer wieder durchgekaut«, erklärte Ulander. »Wir mußten ja das gleiche erzählen.«

»Der Weg der Erinnerung«, sagte Birger.

»Wie bitte?«

»Sie sind den Weg der Erinnerung gegangen. Immer und immer wieder.«

»Wir gehen jetzt«, sagte Johan.

Ulander war gar nicht dazu gekommen, seinen Tee auszuschenken. Unsicher bewegte er sich hinter ihnen zur Tür.

»Warum wollen Sie das alles wissen? Sie können doch nicht zur Polizei gehen. Wegen Annie, meine ich. Sie war ja darin verwickelt. Und es ist ja auch schon so lange her. Es ändert nichts.«

Wieder auf der Straße, war Birger so müde, daß er sich auf den Gehsteig hätte setzen mögen. Bei MacDonalds waren andere Gäste gekommen. Neue Becher und Kartons quollen heraus und wurden wieder eingesammelt. Sie trotteten hinüber zum Park neben der Stadtbibliothek, und er sank auf eine Bank.

»Wie der geredet hat!« sagte Birger. »Ich verstehe nicht, warum er überhaupt was gesagt hat.«

»Nicht?«

»Vor der Polizei hat er jedenfalls keine Angst. Nicht mehr. Wenn er oder jemand anders aus Stjärnberg irgend etwas mit John Larues Tod zu tun gehabt hätte, dann hätte er nicht so drauflosgeredet. Ich begreife aber nicht, warum das alles aus ihm herausgesprudelt ist.«

»Vor *dir* hatte er Angst.«

»Vor mir?«

»Als wir in den hinteren Raum gekommen sind und angefangen haben, über Annie zu reden, da hast du ausgesehen, als ob du ihn physisch bedrohen würdest.«

»Ich?«

»Hast du das nicht gemerkt?«

»Nein.

Er hatte noch nie jemanden bedroht. Er dachte nicht im Traum daran, die Hand gegen einen anderen Menschen zu erheben. Aber weder Dan Ulander noch er hatten gedacht.

Ein großer Körper. Die Absonderung von Zorn. Jetzt war nichts mehr davon übrig. Nur klebriger Schweiß und Müdigkeit. Der Verkehr toste, kreischte und gellte. Birger war so kaputt, als hätte er tatsächlich versucht, diesem leichten, tänzelnden Körper die Knochen zu brechen.

Er dachte über die Zeit nach. Augenblick reihte sich an Augenblick, in einer Folge, die Annie und ihre zerschmetterte Brust und ihr zerfetztes Zwerchfell immer weiter nach hinten, nach innen schob. Das Bild flimmerte wie unter einem Raster. Nicht einmal der Schock und der Schmerz waren unveränderlich. Sie bewegten sich.

Er hatte in seinem Leben ein Erlebnis absoluter Stille gehabt. Im Sulky war die Zeit stehengeblieben. Aber davon war nur noch ein Bild übrig. Die Erinnerung war ein veränderliches und bewegliches Bild, und es wurde grau wie unter Schmutz.

Da kam ihm der Gedanke, daß die Toten in absoluter Stille seien.

Dieser Gedanke gab seinem Leben eine andere Wendung. Er befand sich im Schmutz. Das stumme Ticken der Augenblicke legte einen Film über jedes scharfe Bild. Sie war dort, wo er sein wollte.

So einfach ist das, dachte er.

Es waren keine Selbstmordgedanken. Im Gegenteil, sie halfen ihm, wieder in Gang zu kommen. Er trottete zum Gesundheitszentrum. Annie war dort, wo er sein wollte. Er brauchte den Gedanken an sie nicht auszuweichen. Sie war nicht – zerfetzt – im Wasser. Nicht mit ihm im Bett. Nirgends, wo dieses unerbittliche Ticken andauerte.

Sie war in der Stille.

Er dachte daran, daß es Orte – oder Momente – gibt, die nahezu still sind. Wo das Ticken so gut wie unmerklich ist. Er stand nachts gern am offenen Fenster, um die Luft in seinem Gesicht zu spüren. Er erinnerte sich an eine ganze Menge Dinge, die Annie getan hatte und die in die Stille zu weisen schienen. Sie hatte von ihr gewußt.

Sie stand auf der Vortreppe und lauschte auf den Regen in den Espen.

Er hatte es aufgegeben, danach zu forschen, wie sie gestorben war. Er schämte sich deswegen. Aber es war so. Ein Unterfangen, das jegliche Schärfe und jegliches Feuer verloren hatte. In Europa war Krieg. Das Ereignis am Lobberån wiederholte sich jede Stunde. Er wollte in diesem Herbst nicht jagen. Zerrissenheit. Deformiertes Metall. Der Mist, der aus den Gedärmen rann. Das war es, was er sah.

Aber es bedurfte nur wenig, den Entschluß zu ändern. Lediglich, daß Mia den Schlüssel schickte. Ein kleiner Brief war auch dabei. Ein lieber Brief. Das hatte er nicht erwartet, denn er hatte sich eingebildet, daß sie ihn nicht recht mochte. Sie schrieb, daß er den Schlüssel behalten und während der Jagd und, wenn er wolle, auch weiterhin in Annies Häuschen wohnen solle. Sie selbst sei nicht mehr dort gewesen, seit sie im Urlaub aufgeräumt hätten. Daraus werde wohl nicht so viel, schrieb sie. Die Worte beschworen ihm die Verlassenheit des Häuschens herauf. Den Regen im Juli und August. Wie sah es aus? Hatte Mia jemanden gebeten, zum Mähen hinzugehen?

Er fuhr am Freitagabend. Die Jagd würde am Montagmorgen beginnen, und es erschien ihm jetzt selbstverständlich, den Stutzen ins Auto zu legen. Daß er während der Jagd Urlaub haben würde, stand ja schon lange fest. Was sollte er in Byvången anfangen? Er wollte nirgendwohin verreisen. Er wollte nach Svartvattnet und auf Annies Grundstück das Gras mähen.

Es war beinahe dunkel, als er ankam, aber er konnte trotzdem die nassen Graswehen und die erfrorenen Rosen erkennen, die in der Hecke verfaulten. Er hatte gleich anfangen wollen, aber es gab auch drinnen zu tun. Die Luft war muffig und kalt. Er heizte den Herd ein. Es waren noch immer Birkenrinden und Späne da, die Björne Brandberg vorbereitet hatte. Er ging mit einer Taschenlampe hinaus und suchte Blumen. Sie hatte immer Blumen im Haus gehabt, und er glaubte, daß die Luft davon besser würde. Er fand nur Schafgarbe, die, obwohl sie bereits grau wurde, stark und würzig roch.

Er überlegte, wie oft er in Zukunft hierher fahren mußte, um den Lauf der Zeit fernzuhalten: das Gras, den Schnee, die Sturmschäden, den Vorwald, der an Boden gewann, und die nagenden Mäuse. Er mußte hier die Zeit fernhalten, damit ihr Haus unberührt und still verbleiben konnte.

Es gab einen Punkt, an dem die Stille und das rastlose, geschäftige Leben zusammenliefen. Er dachte nicht weiter darüber nach. Aber er begriff, daß er viel zu tun hatte, wenn das Haus gegen die Zeit standhalten sollte.

Am Morgen sah er, daß es draußen am Hang schlimmer aussah, als er sich hatte vorstellen können. Er versuchte, das zähe Gras von allen Seiten her mit der Sense anzugreifen. Er arbeitete sich müde und fuhr zum Laden hinunter, wo er sich Pilsner und Wurst kaufte. Auf dem Heimweg schaute er bei Per-Ola Brandberg vorbei und bezahlte die Jagdgebühren. Am Couchtisch aus rauchfarbenem Glas bekam er einen Schnaps, und er beantwortete Fragen nach den Ermittlungen. Nichts Neues. Er verstand, daß das Dorf gern zu dem Glauben an einen Unfall zurückkehren würde, daran, daß Annie auf den glatten Steinen in der Furt gestolpert sei. Aber das ging nicht.

Als er von dort wegfuhr, traf er Anna Starr. Sie hatte zwei Tüten aus dem Laden zu tragen; er hielt und bot ihr an, sie nach Tangen hinauszufahren. Als sie die kleine, unebene Straße erreichten, die eigentlich nur aus Radspuren mit einem hohen Graswall dazwischen bestand, verspürte er den Schmerz wieder. Er war aber weniger heftig als früher, und er konnte zu Anna sagen:

»Ja, denken Sie nur, hier fuhr Annie, als sie auf dem Weg zu Ihnen war. Allerdings ist es schon komisch, daß sie ganz genau wissen wollte, wo dieses UFO niedergegangen war.«

Er spürte, daß Anna ihn ansah.

»Das war es gar nicht, was sie wissen wollte«, sagte sie. »Sie wollte wissen, wo der Schrott abgeladen worden war, den sie beim Dreggen heraufgeholt haben.«

Birger hatte gesagt:

»Komm sofort. Ich muß dir was zeigen.«

Er hatte nicht gesagt, was, aber Johan machte sich sofort fertig. Mia fand es merkwürdig, daß er so einfach gehorchte. Er konnte es sich selbst nicht erklären. Birgers Stimme war jedoch anzuhören gewesen, daß es ernst war. Mia konnte sich nicht damit abfinden. Sie war der Meinung, Birger versuche unnötigerweise, geheimnisvoll zu tun, und rief ihn noch einmal an. Aber er sagte nur:

»Es ist wichtig, daß Johan sich das ansieht, ohne zu wissen, was ich vermute.«

Beim Abschied stand Mia mit Lars Dorj vor dem Hundezwinger, und alles, was sie sagten, ging in deren Geheul unter. Die Hunde pflegten jeden Nachmittag zwanzig Minuten oder eine halbe Stunde lang zu heulen. Mia zog an einem zerrissenen Ärmel. Einer der Hunde hatte mit ihr gespielt und daran gezerrt. Sie trug ein dünnes, ausgewaschenes T-Shirt, und er wußte, daß darunter der Hosenschlitz ihrer Jeans offenstand. Am Knopf hatte sie ein Gummiband eingesetzt. Ihr Bauch wölbte sich vor.

Er hatte keine Beteuerungen erhalten. Dennoch wußte er, daß sie ihm glaubte. Sie glaubte ihm, weil sie ihn brauchte. Er empfand keine Bitterkeit darüber, daß es so war. Sie war müde und blaß. Sie glaubte das, was zu glauben für sie nötig war. Zu mehr hatte sie keine Kraft mehr.

Arbeitslos jetzt. Das Projekt zu Ende. Sie hatte ihr Auto verkauft. Er würde für sie sorgen, doch wie hatte es so kommen können? Oder vielmehr: Wie konnte das, was sie so stark herbeigesehnt und gewollt hatte, so aussehen? Annies trockenes, gefrorenes Leben, deren rührige Einsamkeit hatte Mia abgelehnt. Aber was wollte sie jetzt?

Schwanger, arbeitslos. Konnte nichts wollen. Rief, versuchte zweiundzwanzig Hunde, die gesellig heulten, zu übertönen. Er sah, wie sie den Mund aufmachte. Wenn sie nun schrie:

DU KANNST MICH NICHT HIER ZURÜCKLASSEN!

Aber sie rief wohl nur: Vergiß nicht zu tanken! Prüf auch das Öl! Sie war so umsichtig.

Er fuhr durch das dunkle, feuchte, aber immer noch grüne Flußtal. Das Auto erklomm das Hochgebirge, und die Farben erkrankten ins Braune und Gelbe. Hie und da lag bereits spärlich der Schnee auf den changierenden Riedgrasflächen. Als es wieder bergab ging, flammten die Farben auf. Die langen Hänge zum Seensystem hinab waren schon gefroren gewesen, und die Birken hatten Zungen aus Feuer. Das Wasser war härter und blauer als der Himmel.

Das Ortsschild auf der Seite nach Norwegen hin hatte noch weitere Buchstaben verloren. Wenn man hier nicht zu Hause war, stand dort nur Unbegreifliches.

SV RTVA N T

Birger sah ihn und kam den Hang herunter. Er mußte am Küchenfenster gesessen und gewartet haben. Er war außer Atem, als er ins Auto stieg. Saddie war den halben Weg mit heruntergekommen, dann setzte sie sich.

»Es ist auf Tangen unten«, sagte er. »Ganz draußen.«

Es war still im Dorf. Die Leute saßen vermutlich beim Essen.

Es würde bald dämmern, und Birger war darauf erpicht, dorthinaus zu kommen, bevor es dunkel wurde. Sie fuhren an Anna Starrs Häuschen vorbei, und die Straße wurde zu einem Paar holpriger Traktorspuren. Mit dem Vierradantrieb wird Johan es bis ganz hin schaffen, dachte Birger. Parallel zum Traktorweg verlief die Straße zum Campingplatz.

Die Traktorstraße endete bei einem Holzlagerplatz. Tangen war kahlgeschlagen, doch der Birkenwald war schon zur Undurchdringlichkeit aufgeschossen. Sie entdeckten Kiefernschößlinge mit gespaltenen und deformierten Spitzen. Der Elch trieb auf der Landzunge sein Wesen.

»Der Weg ist ruiniert«, sagte Birger. »Wir müssen uns zum Ufer durchschlagen, dann finde ich es schon.«

Der Himmel verdunkelte sich, und es sah aus, als ob aus dem See Licht käme. Als sie schließlich an Ort und Stelle standen – ein Steinschlag mit Metallschrott –, konnten sie das Gesicht des anderen nur erkennen, wenn sie sich dem Wasser zuwandten. Es blinkte in einem Rad, einem Benzintank, einem kaputten Scheinwerfer. Johan trat näher. Der Benzintank war wie ein kleiner Körper geformt. Das hatte er oft gedacht, wenn er ihn vor sich gehabt hatte, zwischen den Beinen. Den Hartlack hatte er in klitzekleinen Döschen gekauft. Welch eine Qualität! Er konnte noch immer die Farben der Science-fiction-Landschaft erkennen, die auf den Tank gemalt war. Orange, violett, schwarz und gelb.

»Mein Moped«, sagte er.

»Bist du dir sicher?«

»Ja. Schau dir die lackierten Motive an. Das meiste ist ja noch da. Alles andere ist nur Rost.«

»Ja, das war es, was ich vermutet habe«, sagte Birger. »Ich war mir praktisch beinahe sicher.«

Sie saßen an Annies Küchentisch. Draußen war es jetzt dunkel, und der Wind riß an den Espen. Birger hatte Wurst und Brot aufgetragen.

»Das ist Waldarbeiteressen«, sagte er. »Du mußt entschuldigen. Aber es wird besser werden. Ich werde wieder richtiges Essen machen.«

Es klang, als legte er vor sich selbst ein Gelübde ab.

»Nach der Verteilung des Wildbrets wollte ich die Gefriertruhe füllen. Mia hat doch wohl nichts dagegen?«

Erst als sie gegessen hatten und in der nahezu dunklen Stube auf dem Sofa saßen, begann Birger über Annie zu sprechen.

»Sie hatte so viele Einfälle. Sie redete soviel. Wir hätten aber daran denken müssen, daß sie vernünftig war. Sie war im Grunde außerordentlich vernünftig. Sie ist selbstverständlich nicht losgerannt, um nach irgendeinem UFO zu gucken, nachdem sie dich gesehen und wiedererkannt hatte. Sie ist auch nicht zu Gudrun raufgefahren, um vorzuschlagen, daß sie Morcheln sammeln sollten. Das war wohl nur ein Vorwand. Ich glaube, sie hat sich bei Gudrun nach dir erkundigt. Aber sie hat ihr vielleicht Sand in die Augen gestreut, so daß für Gudrun das Ganze nur ein Geplauder war. Annie wollte überhaupt nicht Morcheln sammeln. Sie ist schnurstracks zu Anna Starr runter und hat sie gefragt, wo der Schrott liegt, den sie aus dem See gefischt hatten. Sie hatte natürlich davon gehört. Sie ist da raus und hat ihn sich angesehen. Für sie war das stimmig.«

»Sie haben mein Moped versenkt!«

»Sie?«

Johan schwieg. Birger hatte noch immer nicht die Lampe beim Sofa angemacht. Das erleichterte die Sache. Es war, als ob man in die Dunkelheit blickte und sich an sie gewöhnte. Ganz allmählich erkannte man Gesichter. *Das Gesicht.*

»Es gibt einen Moment, an den ich manchmal denke«, sagte Birger. »Man erinnert sich ja daran, was man gerade tat, als man erfuhr, daß Kennedy erschossen worden war. Oder was dich betrifft, Palme. Ich erinnere mich, wie das war, als ich erfuhr, was am Lobberån droben geschehen war. Åke Vemdal war auf dem Weg zur Campingplatzanmeldung. Er hat mit Henry Strömgren telefoniert. Dann ist er zurückgekommen.

Da hab ich am Fenster gestanden und auf den See hinausgesehen. Für mich war das immer ein Frieden gewesen. Danach wurde ja alles anders, auch für mich. Barbro und alles. Nichts war nach diesem Moment je wieder das, was es vorher gewesen war. Ich hab Björne Brandberg heranrudern sehen. Er hat mit dem Schleppnetz gefischt. Die Leine mußte er zwischen den Zähnen gehalten haben. Als alle andern gerade ihren Rausch ausgeschliefen, hat Björne Brandberg die Gelegenheit genutzt und ist mit dem Netz raus. Das war Frieden.«

Er schwieg eine Weile. Johan konnte sein Gesicht nicht ausmachen, denn er saß mit dem Rücken zum Fenster, und es wurde jetzt sehr rasch dunkel.

»Erst heute habe ich begriffen, was ich da eigentlich gesehen hatte. Björne hatte das Schleppnetz nur zum Schein dabei. Er war auf dem See draußen gewesen und hatte dein Moped versenkt. Ich weiß nicht, wie er es nach Tangen runtergebracht hat, ohne dabei gesehen zu werden. Es ist ja unmöglich, sich hier zu bewegen, ohne beobachtet zu werden. Egal, ob bei Nacht oder bei Tag. Und das Moped hätte doch ganz fürchterlich geknattert.«

»Der Duett«, sagte Johan. »Ich weiß nicht, ob ich mich daran erinnere oder ob ich mich nur zu erinnern glaube. Wir sind durchs Dorf gefahren, diese Finnländerin und ich. Ich habe Henry Vidarts Duett nach Tangen rausfahren sehen. Ich habe mich geduckt, ich wollte von niemandem gesehen werden.«

»Es stimmt, daß den jemand verstellt hat. Er stand später an Vidarts Auffahrt.«

»Der Duett war ja bei unserer Scheune stehen geblieben. Er hat das Moped hinten reinladen können, ohne daß es jemand gesehen hat.«

Er konnte hören, wie Birger schwer mit offenem Mund atmete und Saddie unterm Tisch schnarchte.

»Sie hätten das Moped nur erneut versenken müssen, dann wäre Annie nie etwas passiert. Solche Gedanken gehen einem durch den Kopf«, sagte Birger. »Aber sie haben wohl befürchtet, daß sich die Netze darin verfangen würden. Vor Tangen sind gute Fischgründe. Sie werfen die Netze immer vor der Landzunge aus.«

»Glaubst du, er hat das Moped versenkt, um mir zu helfen?«

»Nein. Aber Annie hat das vielleicht geglaubt. Sie beschloß, den Weg der Erinnerung zu gehen und Björne zu fragen.«

»Meinst du, sie war auf dem Weg nach Stjärnberg?«

»Nein, der Weg der Erinnerung führt nicht dorthin. Die Pfade sind alle zunichte gemacht. Da gibt es keine Anhaltspunkte für das Gedächtnis. Dort ist eine kahlgeschlagene Fläche, die zur Tundra wurde. Da wächst kaum etwas. Sie ist zu sehr dem Frost ausgesetzt, zu ungeschützt. Nein, dort ist jede Erinnerung ausgelöscht. Wenn Annie sich selbst, mit allen Stationen, einen Weg der Erinnerung angelegt hat, so, wie sie es den Kindern beigebracht hatte, dann glaube ich, daß er nach Nirsbuan führte.«

»Was wollte sie denn da? War das vernünftig?«

»Weißt du denn nicht, daß er dort lebt?«

»Björne?«

»Anfangs hat er in einer Baracke des Konzerns bei der Brücke übern Lobberån gehaust. Damals, als er mit der Abholzung beschäftigt war. Der Schlag war groß und brauchte seine Zeit. Am Ende war er gezwungen, nach Nirsbuan zu ziehen. Da gibt es ja noch ein schmales Jagen, das euch gehört. Hast du nicht gewußt, daß Björne einer von denjenigen geworden ist, die nicht mehr unter Leuten leben wollen?«

»Gudrun hat erzählt, daß er viel für sich allein ist.«

»Er wohnt da droben, wenn er nicht auf Frösön in der Klinik ist. Ich glaube, Annie war auf dem Weg zu ihm. Morgen werden wir dorthin gehen.«

Als sie sich erhoben, sah Johan, daß die Straßenlaternen brannten. Es war ein blauweißes Licht in den Laubschößlingen unten am Straßenrand. Er fragte sich, was es eigentlich beleuchten sollte.

Sie gingen über das, was man anfangs Stjärnberghalde genannt hatte, jetzt aber, nach fast zwanzig Jahren, nie anders als die Halde hieß. Die anderen kahlgeschlagenen Flächen hatten sich nach und nach wieder gefüllt. Zuerst kamen die Birken und der Ebereschenvorwald. Dann wuchsen die Kiefernschößlinge aus ihren Röhren und kämpften sich ans Licht empor.

Die Halde war kein Wald geworden. Sie war moosig, und es gab sogar Stellen mit Beerengestrüpp. Zwischen niedrigem Birkengesträuch hatte hier und dort, von Schnee, Elchen und Sturm entstellt, ein Kiefernschößling überlebt.

Sie hatten Mühe gehabt, sich auf den Weg zu machen. Es war bereits Sonntagnachmittag, als sie das Auto bei Björnstubacken abstellten. Birger wollte den Lobberån nicht bei der Furt überqueren. Auch Johan war froh, dieses kalte, brausende Wasser nicht sehen zu müssen.

Hier war ein Pfad verlaufen. Ja – war. Ein Pfad begann, wenn das Gras sich beugte. Sommer um Sommer. Mit Sohlen und Hufen und Gewicht wurde diese Tat wiederholt, die das Blaubeergestrüpp am Ende lernte und der es auswich.

Ein Netz aus Pfaden, Gangadern, Gedächtnisgefäßen – feiner und feiner bis in die Zipfel des Tannenwaldbodens in Richtung der Moore und Fjällheiden.

Sich erinnern bis hinaus ins Steingeröll. Sich nicht verlieren. Sich mit den Füßen erinnern. Nicht mit einer kranken Geschwulst, die Sehnsucht heißt und wild, grob und schief Bilder vermehrt. Nein, Fußgedächtnis, Beingedächtnis. Die groben Würstchen des Auerhahns – aus Nadeln, auf Nadeln – unter der Krone einer großen Kiefer, die er mit dem Schnabel gerupft hatte.

Anton Jonssas Pfad. Er hütete die Pferde fürs Dorf. Und die Pferde stampften den Pfad, trampelten ihn, bis er da war und festlag. Alle kannten ihn.

Die Morcheln: Ihre weißen Fäden befanden sich in einem frischen Erdhaufen von einem Pferdetritt. In der Pfingstfeuchtigkeit erinnerten sie sich Jahr um Jahr mit braunen Körpern an sich selbst.

Vormals holten die Lappen hier das Holz für die Renkoppeln. Hundegebell und weiches Geplapper. Tja, tja. Die Schuhschnäbel wiesen den Pfad. Der verlief damals steiler, hinauf zum Bach. Dann wuchs dort Milchlattich. Luchsspuren im Lehm des Bachs. Der Luchs macht keinen Pfad. Er ist zugegen, aber außerhalb. Eine Hungergrube, wo seine Seele sein sollte.

Auch die Erinnerung muß Zeit haben, sich langsam zu verlieren. Gras, sich aufzurichten. Wieder zu wachsen. Ein neuer Pfad. Nach dem der Lappen. Nach hinten. Noch ein neuer Pfad. In anderer Krümmung gewunden. Wie man nur zu einem älteren neu sagen kann! Aber das Gedächtnis erschafft neu. Bis in die Jugend des Waldes.

Sich vorzustellen, wie der Boden dem Fuß antwortete. So jung war die Erde.

Laubkronen. Vögel. Feuer.

Der Pfad war verschwunden. Es gab Reste eines Holzabfuhrwegs, doch der führte bergauf. Sie mußten am Fluß entlanggehen, um an ihr Ziel zu kommen. Johan hatte Birger vor sich, und er sah, wie dessen mächtiger Körper die Abstürze nahm und die Erhöhungen erklomm. Birger hatte starke Schenkelmuskeln. Sie zeichneten sich unter dem Hosenstoff ab. Sein

Hinterteil war klein; das Gewicht saß vorn. Es wälzte ihn in einem trägen, aber ausgreifenden Gang voran. Er war während der Jagden schon oft durch wegeloses Gelände gegangen.

Johan wollte nichts einfallen, was sie zu Björne sagen sollten. Bei Strömgrensbygget hatten sie sein Auto gesehen, einen alten, weinroten Saab. Er ging offensichtlich den Pfad und vermied die Halde, auf der er die Aufarbeitungsmaschine gefahren hatte.

Birger zeigte keine Furcht, als sie endlich losgegangen waren. Er hatte ein paar Päckchen aus seinem Arztkoffer genommen und sie im Rucksack verstaut. Johan trug ihn für ihn.

Sie erreichten das Brandbergjagen, wo die hohen Tannen noch standen. 1:34 hieß es. Die Moose entfalteten sich in der feuchten Herbstluft zu voller Größe. Sie tranken und schwollen. Die Laubbäume lichteten sich, ihre Farben schwanden, die Blätter verblaßten und zeigten ihr Nervenskelett. Doch hie und da entflammten sie vom Frost.

Es war sehr still. Er hatte erwartet, Aufflüge zu hören, vielleicht sogar einen großen Auerhahn mit seiner schweren Fleischbürde durch die Bäumen streichen zu sehen.

Axthiebe durchbrachen die Stille. Am Rhythmus war zu hören, daß er Holz spaltete. Zwei, höchstens drei Hiebe. Dann Stille, während er einen neuen Klotz aufhob. Vereinzelte waren störrisch. Dumpfere Laute, wenn er die Axt schwang und den Klotz selbst auf die Unterlage hieb. Sie waren jetzt so nahe, daß sie das trockene Geräusch splitternden Holzes hörten, wenn er die Teile mit der Hand auseinanderdrehte.

Sie sahen ihn nicht. Er stand wahrscheinlich hinterm Kochhaus, das er als Brennholzschuppen benutzte. Johan stand neben dem Abort, den sich der Wald ganz allmählich wieder holte. In den Ritzen der Treppe wuchsen Moos und Becherflechten. Grauschwarze und grünrissige Flechten überzogen die Bretter mit einer schorfigen Haut. Unter dieser Haut verrottete sacht das Holz.

Birger hatte sich auf einem Stein niedergelassen. Er wollte

sich vermutlich ausruhen, um im Gleichgewicht zu sein, wenn sie ihn trafen. Womöglich überlegte er, was er sagen sollte. Aber eigentlich glaubte Johan nicht, daß er sich im voraus etwas ausdachte. Es war seine Gewohnheit, direkt drafloszustiefeln, mitten ins Unglück.

Jetzt hörten die Axthiebe auf. Er zeigte sich nicht. Johan stellte sich vor, er stehe da und lausche. Konnte er sie gehört haben? Oder spürte er sie? Wie eine Witterung?

Björne war eigen. Johan war noch nicht alt gewesen, als er das begriffen hatte. An Björne war irgend etwas Dunkles. Er folgte den Brüdern, er bewegte sich wie sie. Aber er war ohne Form. Niemand konnte sagen, Björne sei so oder so. Großmäulig und flink wie Pekka. Oder ein Wettkämpfer wie Per-Ola, keine Qualen fürchtend. Björne war derjenige, der ihnen folgte.

Jetzt erhob sich Birger und ging weiter. Er rief laut hallo. Björne tauchte sofort hinterm Kochhaus auf. Die eine Hand hatte er in die Hosentasche gesteckt, und er ging etwas steif.

Dann gestaltete sich alles alltäglich. Birger und Björne begrüßten einander, und die Worte fielen, wie sie sollten. Soso, ihr seid unterwegs. Ja, wir dachten, wir sollten mal hier raufgehen. Seid ihr über die Halde gegangen? Ja, Mensch, daß da einfach nichts wird mit dem Wald. Heuer scheint es schlecht zu stehen mit Federwild. Ja, das ist schon da. Aber's sitzt weiter droben. Im dichten Wald.

Sie folgten ihm in die Hütte. Im Flur, wo er das Holz stapelte, war Rattenkot. Es roch ein bißchen streng. Womöglich jagten hier die Hermeline. Als er die Tür zur Küche öffnete, stand dort die Luft wie eine warme, schale Wand. Es roch nach Kaffee und Unflat. Früher hatte Björne herb gerochen. Doch jetzt war der Geruch angekränkelt. Greisengeruch, dachte Johan. Er ist alt. Noch keine fünfzig, und doch alt.

Björne legte im Herd nach, nahm einen schwarz verkrusteten Kaffeekessel und goß eine Kelle Wasser hinein. Dann öffnete er das Fenster und schüttete das Wasser samt dem Satz hinaus. Johan fragte sich, wie es unter dem Fenster wohl aussah. Die ganze Zeit über, während er frisches Wasser nachgoß, den Kaffee hinzufügte, Brot und die Dose mit Molkenkäse auftischte, schwieg er, und das hatte seine Richtigkeit. Björne sprach nie, wenn er arbeitete. Er benutzte jetzt allerdings nur eine Hand. Die andere hatte er nach wie vor in der Tasche stekken.

»Wir haben uns Johans Moped angesehen. Das du vor Tangen versenkt hast«, sagte Birger, nachdem er eine Tasse Kaffee getrunken hatte. Jetzt sah Björne auf. Seine farblos blauen Augen zeigten sich. Dann verschloß sich sein Gesicht wieder. Es war, als hätte er keine Züge. Er war formlos. Eher wuchtig als fett. Sein Haar, einst braun, war bleich und schütter geworden. Wo die Mütze gesessen hatte, zeichnete sich rund um den Schädel ein tiefer Abdruck in dem niedergedrückten, fettigen Haar ab. Wangen und Kinn waren unrasiert, die Stoppeln grauweiß. Er hielt ein Stück Brot in seiner großen Hand, die dort, wo das Motorenöl eingedrungen war, schwarz gesprenkelt war.

»Du hast nicht davon gehört, daß sie ein Moped herausgezogen haben? Wie sie nach einem Himmelsphänomen oder so gedreggt haben.«

Er machte eine Bewegung, die ein Kopfschütteln sein konnte.

»Kannst du schlafen?« fragte Birger unvermutet. Johan fiel ein, daß er Björne behandelt hatte.

»Es steht schlecht damit«, sagte Björne. »Früher hat man schon geschlafen. Aber heutzutag ist's ein Krampf. Ich leg mir immer Wurmfarn ins Bett. Im Farn ist was, was einen einnikken läßt. Man muß aber aufpassen. Man kann auch für immer einschlafen.«

Er tauchte die Brotscheibe in den Kaffee und sog das, was zu locker wurde und beinahe wieder in die Tasse fiel, ein.

»Früher, da hat man gearbeitet, daß man ins Bett gefallen ist. Da hat man geschlafen.«

»Ich hab dich gesehen, wie du vom See reingekommen bist, nachdem du das Moped versenkt hast. Da hast du getan, als ob du fischen würdest. Johan hat dich mit Vidarts Duett runterfahren sehen.«

»Ich erinner mich, wie ich mal heimgeradelt bin, es war bei Nacht und ganz hell. Ich hab droben bei Alda gerodet und wollt auf Teufel komm raus bis zum Wochenende fertig sein. War ich auch. Aber ich war so hundsmüde, daß ich geglaubt hab, ich schaff es nicht, mit dem Rad nach Haus zu strampeln. Da hab ich gemerkt, daß es auf mal ganz von allein gegangen ist. Es war, als ob welche auf den Pedalen gestanden und für mich getreten hätten.«

Wieder zeigten sich kurz seine Augen. Er schien die Wirkung seiner Geschichte sehen zu wollen. Ob sie glaubten, daß er das glaubte.

»Man kann Hilfe kriegen«, sagte er und grinste.

»Du erinnerst dich bestimmt an den alten Annersa«, sagte Johan. »Er hat keine Hilfe gekriegt.«

Johan war noch nicht alt gewesen, als die Brüder ihm von dem Alten bei Vitstensviken erzählt hatten. Er hieß Paul Annersa und lebte allein, zehn Kilometer von Svartvassbyn entfernt. Sein Häuschen war auf der einen Seite der Straße, der Pferdestall und die Scheune lagen auf der anderen. Viele hatten den Alten über die Straße gehen sehen, besonders an den Herbstabenden, bevor der Schnee gekommen war. Er sah nach den Pferden. Er starb spät eines Herbstes.

Manchmal war er ein paar Wochen lang unterwegs; er übernachtete in Waldhütten, und er hatte das Pferd dabei. Folglich fiel es eigentlich niemandem auf, daß man ihn schon eine geraume Weile nicht mehr gesehen hatte.

Es war der Blinddarm. Die Branntweinflasche und das Aspirindöschen standen auf dem Fußboden neben dem Bett, er hatte also bestimmt Schmerzen gehabt. Das Pferd verdurstete. Der Alte kam ja nie. Die Box war zertrampelt. Doch die Eisenkette hatte gehalten.

Der Alte ging krumm und ohne sich vorzusehen. Das war ja auch nicht nötig. Einer der Brunströmssöhne kam mit hoher Geschwindigkeit aus der Kurve gefahren. Er sah den Alten erst, als es schon zu spät war, und er konnte nur noch »Scheiße, Scheiße, Scheiße!« denken. Er fuhr geradewegs durch den Alten hindurch. Er war wie graue Luft.

Das Pferd schrie, seine Tritte rumsten gegen die Wand der Box. Das Holz zerbrach und zersplitterte. Die Schreie waren jedoch nirgends zu hören, und der Körper des Alten lag still auf dem ausgezogenen Sofa.

Seitdem geht er in der Dämmerung über die Straße. Er geht nachsehen, ob das Pferd Wasser bekommen hat. Dieser Strafe mußte er die ganze Zeit über ausgesetzt gewesen sein, obwohl er nicht aus dem Bett kam. Sie war so stark. Und am stärksten war sie im Herbst, in der Dämmerung.

»Du erinnerst dich an ihn?«

Björne nickte.

»Manchmal geht es schief«, sagte Johan.

»Deswegen hab ich auch keinen Hund«, erklärte Björne. »Ich hab nicht mal 'ne Katze. Keinen nach mir.«

Draußen dämmerte es. Sie würden ewig hier sitzen, ohne mit ihm weiterzukommen. Er würde über Dinge reden, die dem, der zuhörte, seine Wunderlichkeit und Einsamkeit leicht gemütlich erscheinen ließen. Björne war jedoch kein Original. Er ist vielleicht leer, dachte Johan. In ihm ist nur dies eine. Er selbst ist nicht dort.

Er machte es so.

Das Geschehen – zehn, zwanzig gewaltsame Hiebe? – kamen aus dem Nichts. Aus der Dunkelheit, die uns folgt. Er erinnert sich womöglich nicht einmal daran.

Und wenn er allein ist? Johan versuchte, sich Björne in der Almhütte allein vorzustellen. Wie er, so wie jetzt, die Petroleumlampe anzündete, nach wie vor nur mit einer Hand. Wie die Scheiben zu spiegeln begannen. In der Kammer stand ein Melkschemel, auf dem lag ein Buch. Der Gedanke, daß Björne abends in den schmutzigen Laken liege und lese, war widersinnig. Johan stand auf, ging hin und besah sich das Buch.

»Das ist Nostradamus«, sagte Björne. »Das hab ich mir aus Finnland schicken lassen. Da war eine Anzeige. Nostradamus ist der einzige, der richtig geweissagt hat.«

Er versteckte sich. Er wollte sie glauben machen, er sei ein Original. Ein ungefährlicher, freundlicher Waldschrat. Wie die Leute früher. Womöglich glaubte er das selbst. Doch das war verrückt. Er war der Sohn eines der wenigen im Dorf, für die es gut gelaufen war. Es gab Arbeit für ihn. Es gab Geld und Maschinen. Er brauchte nicht hier zu sitzen.

Da nahm Birger die Petroleumlampe vom Tisch und leuchtete Björnes Bein ab. Auf dem blauen Stoff zeichnete sich oberhalb der geballten Hand in der Tasche ein dunkler Fleck ab. Er wuchs, während sie ihn betrachteten.

»Hast du dich gehauen?«

Er nickte.

Er hat Angst bekommen; als er uns gehört hat, hat er sich gehauen. Hat er schon seit achtzehn Jahren Angst? Und Annie Raft mit ihrer Flinte. Wie haben die Leute hier gelebt? Ich hab mich gedrückt, dachte Johan. Ich bin hinausgeschlüpft.

Birger wühlte in der Brennholzkiste nach einer Zeitung.

»Leg deine Hand da drauf«, sagte er.

Björne zog die linke Hand aus der Tasche. Er hielt den Daumen nach innen zwischen die anderen Finger. Das Blut, das hervorsickerte, war sehr dunkel. Birger brachte ihn dazu, die erstarrten Finger zu lösen und den Daumen auszurichten. Die Wunde klaffte, als er sie berührte, und das Blut floß kräftiger.

»Den Rucksack, Johan.«

Er hielt noch immer Björnes Hand.

»Such den Verband raus, den ich eingepackt habe. Da sind auch noch Tabletten.«

»Ich mag keine«, sagte Björne.

»Sie beruhigen. Ich glaube, das wäre gar nicht dumm. Wir

müssen über das, was passiert ist, reden. Und dann müssen wir ins Dorf runterfahren und nähen. Ich habe meine Tasche dort.«

Nachdem Johan ihm die Päckchen mit der Mullbinde, den Kompressen und der Baumwolle gegeben hatte, sagte er:

»Du gehst jetzt raus, Johan. Wir werden reden, während ich das hier verbinde.«

»Ich will nicht rausgehen«, sagte Johan. »Das ist doch blöd.«

»Du gehst jetzt trotzdem.«

Er sah sich um. An der Wand neben dem Küchenschrank hing eine Schrotflinte. Björne hatte ein Messer am Gürtel.

»Ich will nicht.«

»Geh.«

Er zog seine Jacke an, versuchte es hinauszuzögern. Sie saßen noch da wie zuvor. Björne ließ den Kopf hängen. Rings um die Petroleumlampe war eine Pfütze aus warmem, gelbem Licht, und in dieser Lichtpfütze lagen ineinandergeflochten Björnes und Birgers Hände. Birger nickte Johan zu. Er kam nicht umhin, zu gehen.

Draußen war die Dunkelheit nicht so kompakt, wie sie durch die Scheiben erschienen war. Es hatte zu nieseln begonnen. Er ging zum Abort hinunter. Auf halbem Weg wandte er sich um. Die Fensterscheiben waren von dem gelben Licht erfüllt. Er sah ihre Köpfe und die Lampe. Es sah heimelig aus, wie immer, wenn man einen Raum von draußen aus der Dunkelheit und dem Regen sieht. Und Björne wirkte wirklich wie ein freundlicher alter Mann. Ein Original.

Weißt du, daß Lill-Ola Lennartsson tot ist?« fragte Birger.

»Nein.«

»Er hatte einen Infarkt. Ich habe da vielleicht etwas versäumt.«

Das letzte sagte er mehr zu sich selbst, es war kein sehr energischer Gedanke.

»Er hat in Östersund gelebt, seit das am Lobberån passiert ist. Er traute sich wohl nicht zu bleiben. Weißt du, daß er ohnmächtig wurde, als er sah, daß es sein Zelt war?«

»Dieser Scheißkerl«, sagte Björne.

Birger drückte die Wundkanten zusammen und legte die Kompresse auf.

»Ja, er war schon ein ziemlicher Hundsfott. Er hat allen möglichen Schmu gemacht. Wie sie die Federn von den Vögeln, die er verbrannt hat, analysiert haben, waren sie von Rauhfußbussarden. Zwei Stück. Ich habe die Pakete in seiner Gefriertruhe gesehen. Auerhuhn, ungerupft, hatte er draufgeschrieben. Er hat wohl Angst gekriegt, daß die Polizei bei ihm alles durchsuchen würde, weil er da droben gewesen war. Ich wickle den Verband hier jetzt ein bißchen fester. Ich muß das nähen, wenn wir unten sind.«

Er dachte an Johan im Halbdunkel draußen. Es regnete jetzt. Der Wind warf die Regentropfen gegen die Scheibe.

»Du hast geglaubt, daß er es war, nicht wahr?«

»Er ist raufgefahren, und er war allein. Es war am Abend

vorm Feiertag. Was wollt er denn da droben? Ich hab gewußt, daß der Große Schlachter Junge hatte. Und schon früher am Tag war ein holländisches Auto gekommen. Jetzt holt er sie, hab ich gedacht. Er nutzt es aus, daß alle Hanstag feiern. Jetzt wird er die Jungen lebendig verkaufen. Als Jagdfalken an irgend so einen verdammten Araber.«

»Bist du zu Alda rauf, um zu gucken, was mit Johan war?«

»Der stand ganz gut da, wo er stand. Im übrigen war er nicht mehr im Brunnen, wie ich raufgekommen bin.«

»Du hast das Moped mitgenommen?«

»Das hab ich die ganze Zeit vorgehabt. Wenn ich mit dem Auto gekommen wär, hätte ich den Mistkerl aufgescheucht. Ich wollt über den Almweg kommen. Der Falkenhorst ist am Felssturz überm Fluß.«

»Du hast das Zelt erkannt?«

»Ja klar.«

»Warum bist du so brutal vorgegangen?«

Er schwieg. Er hatte den Kopf gesenkt und atmete schwer.

»Es war keine Absicht«, sagte er. »Ich wollt ihn bloß verprügeln. Aber ich hab den Rücken gesehen. Er hat sich an die Zeltwand gelegt. Ich hab den Rücken gesehen; es war ausgebeult. Da wurde es schwarz.«

»Es war nicht er.«

»Nein.«

Wieder schwieg er. Birger fragte sich, ob er sich an den Rest erinnerte. Womöglich war es so, wie er sagte. Schwarz. Ein Loch. Ein Loch, in dem er sich nun schon bald zwanzig Jahre lang bewegte.

»Annie war auf dem Weg hierher, um dich wegen des Mopeds zu fragen.«

»Ich war nicht da. Ich war auf Frösön in der Klinik. Seit April schon.«

»Wer hat dann auf sie gewartet?«

»Das weiß ich nicht.«

»Wir gehen jetzt runter. Wir müssen das hier nähen. Und

dann bring ich dich nach Frösön zurück. Du mußt das dem Doktor erzählen. Es ist das beste für dich, wenn du von dir aus zur Polizei gehst.«

Hörte er überhaupt zu?

»Es wird für dich nicht viel anders werden als in all diesen Jahren. Du wirst Urlaub bekommen und hierherfahren können. Es ist ja bald zwanzig Jahre her. Sonst war da ja wohl nichts? Eine Körperverletzung oder eine Schlägerei?«

»Nein. Ich war meistens alleinig hier. Annie hab ich immer besucht.«

»Annie hätte dasselbe gesagt wie ich«, sagte Birger. »Geh von dir aus zur Polizei. Das ist das beste.«

»Die sind bestimmt bald da.«

»Nein. Ich habe sie nicht gerufen. Ich habe das auch nicht vor. Ich will, daß du mit runterfährst und das hier genäht kriegst. Dann fahren wir nach Frösön.«

Er stand auf und öffnete das Fenster.

»Johan!«

Er mußte ein paarmal rufen. Johan war nicht sehr naß, als er hereinkam.

»Hat es aufgehört zu regnen?«

»Es nieselt.«

»Wir müssen jetzt gehen, bevor es zu dunkel wird.«

Johans wachsamer Blick ging von Birger zu Björne, der noch am Tisch saß.

»Wir haben jetzt über die Sache geredet. Annie ist wohl hierher gegangen, um Björne nach dem Moped zu fragen. Aber er war auf Frösön.«

»Ja, ich weiß, daß er nicht zu Hause war«, sagte Johan. »Mia und ich waren ja am frühen Morgen hier. Aber Annie muß doch zu Gudrun raufgegangen sein und nach dir gefragt haben. Wußte sie denn nicht, daß du auf Frösön warst?«

»Wir gehen jetzt«, sagte Birger. Seine Stimme war dünn geworden. »Reden wir nicht mehr drüber.«

Björne ging zur Tür und nahm seine Mütze, die am Nagel

hing. Er setzte sie auf, zog aber keine Jacke an. Er trug einen Hellyhansenpulli, der einmal dunkelblau gewesen, jetzt aber so ausgebleicht war, daß er auf den Schultern und am Rücken ins Graue spielte. Sie hörten, wie er draußen im Flur in seine Stiefel stieg. Birger raffte seine Päckchen zusammen und verstaute sie im Rucksack.

»Lösch die Lampe.«

Johan blies, und es wurde dunkel. Es war ein bißchen zu früh gewesen, sie hatten vergessen, wohin sie ihre Jacken gelegt hatten, und sie tasteten nun auf dem Sofa umher.

»Beeil dich, verdammt noch mal«, sagte Birger. »Pfeif auf die Klamotten.«

Sie stolperten über ihre Stiefel und zogen sie im Dunkeln an. Sie hatten es zu eilig gehabt. Es ging daneben. Draußen im Flur stand die Tür offen und schlug im Wind.

Sie riefen laut Björnes Namen und beratschlagten flüsternd miteinander. Rannten zum Kochhaus, zum Abort. Rasten wieder in die Hütte und zündeten die Petroleumlampe an, so als versuchten sie, eine Motte anzulocken.

Aber er kam nicht. Sie riefen und riefen, doch die Dunkelheit antwortete nicht. Er war dort draußen. Birger wagte es nicht, über Björnes Gedanken zu spekulieren, ob sie geradlinig oder verschlagen waren. Oder ob sie nur Finsternis waren. Ein Loch.

Er mußte aber herein.

Johan und Birger saßen sich am Küchentisch gegenüber, zwischen sich die Lampe, die mit zu großer blauer Flamme brannte und das Glas verrußte. Sie saßen nicht viele Minuten.

»Er nimmt das Auto und fährt runter«, meinte Birger. Wie konnte er das eigentlich sagen? Er mußte sich für etwas entscheiden, woran er glauben konnte.

»Wir müssen runter.«

»Du glaubst nicht, daß er wieder hierherkommt?«

»Nein.«

Bevor sie jedoch das Licht ausbliesen und zum zweitenmal

aufbrachen, nahm Birger die Schrotflinte von der Wand. Er wußte ja nicht. Björne konnte genausogut zurückkommen und mit dem Gewehr allem ein Ende setzen.

Sie gingen den Pfad entlang. Der Regen kam in kleinen, nieselnden Wolken mit den Böen. Die Augen gewöhnten sich an die Dunkelheit. Es hätte schlimmer sein können. Sie riefen nicht mehr. Birger merkte, daß auch Johan so leise wie möglich aufzutreten versuchte.

Draußen auf der Halde war es schwieriger zu gehen. Dafür wurde es etwas heller. Der Himmel spendete irgendwie Licht.

Sie konnten die rasch dahintreibenden Wolken sehen, als ob diese von innen heraus erleuchtet wären. Sie versuchten so zu gehen, daß sie den Fluß ihn Hörweite behielten. Birger fühlte sich draußen auf der Halde erleichtert. Im Wald hatte er sich gefürchtet. Vor nur einer Stunde hatte er mit Björne am Küchentisch gesessen und alles geklärt. Da hatte er geglaubt, er wüßte, was sich in dessen Schädel regte. Er hatte es ihm sogar erzählt. So, wie die Leute Björne wahrscheinlich immer schon erzählt hatten, was er denke und was er zuwege bringe. Sie hatten ihn angewiesen, die Halde abzuholzen. Zwanzig Jahre später war es ein Fehler, auf diese Weise kahlzuschlagen. Sie ließen ihn einen Fehler begehen, und dann erzählten sie es ihm.

Jetzt war er dort draußen. Er pfiff auf die Petroleumlampe und Nostradamus. Er war er selbst in der Finsternis.

Sie kamen zum Auto, und Johan ließ den Motor an und fuhr los, noch ehe Birger auf seiner Seite die Tür hatte schließen können. Er fuhr schnell, das Chassis schlug in den Schlaglöchern schwer auf, und das Licht der Scheinwerfer flatterte über die Tannen. Als sie nach Strömgrensbygget hinunterkamen, konnten sie Björnes Auto nirgends entdecken.

»Stand es nicht ein Stück weit in der Lehde? In Richtung Haus.«

Sie starrten auf die Häuser unten am Hang, konnten aber zuerst nichts erkennen.

»Ich steig aus und schau nach«, sagte Johan.

Er hatte eine Taschenlampe aus dem Handschuhfach genommen. Birger sah ihn gehen und verspürte Unlust. Johans Gestalt wurde undeutlich, das Licht der Taschenlampe war nur ein kleiner, gelber, hüpfender Fleck, der immer schwächer wurde. Birger starrte, bis die Häuser von Strömgrensbygget zu flimmern begannen. Alles war grau in grau und bewegte sich im Regen und in den Böen.

»Warte, ich komm mit!« rief er.

Er holte Johan ein, und sie gingen durch das verblühte Gras, das ihre Hosen bis zu den Schenkeln näßte. Das Licht der Taschenlampe flatterte über gelbes Gras. Da waren keine Reifenspuren. Als sie schließlich welche fanden, waren sie weit oben bei der Straße. Der Saab war fort. Björne war abgehauen.

»Wir müssen fahren«, sagte Birger. »So ein verdammter Mist, daß wir nicht meinen Wagen genommen haben. Wo ich doch ein Telefon habe.«

Johan fuhr schnell. Das Auto schlug in den Schlaglöchern auf. Das ist das einzige, was wir jetzt tun können, dachte Birger. Schnell fahren. Wir haben Fehler gemacht. Ich mit meiner Geschäftigkeit. Johan mit seiner gedankenlosen Frage. Obwohl, er wollte es eben wissen. Er hat sich selber gefragt, und jetzt weiß er es. Und Björne auch.

Die Hunde in Brandbergs Zwinger bellten. Johan und Birger hielten und sahen, wie sich die Tiere gegen den Maschendraht warfen. Torsten hatte eine starke Leuchte am Stallgiebel, die sie beschien. In den Hundeaugen spiegelte sich das Licht der Autoscheinwerfer, und sie erschienen als paarweis hüpfende Punkte. Auf der Vortreppe beschien eine gelbere Lampe den dunklen Hopfen.

»Fahr rauf«, sagte Birger.

Fast alle Fenster im Haus waren erleuchtet. Die Hunde bellten hinter ihnen weiter. Sie sahen Torsten auf die Vortreppe treten und hörten, wie er die Hunde zum Schweigen brachte, als der Wagen heraufrollte. Auf dem Hof stand kein Auto.

Johan stieg nicht aus. Er fragte sich, ob Torsten wohl sah, wer er war. Er stand dort oben im Licht auf der Vortreppe und versuchte, das Auto zu erkennen.

»Ist Björne runtergekommen?« rief Birger und stieg aus.

Torsten antwortete erst, als er sah, wer da eigentlich fragte.

»Der ist wahrscheinlich in Nirsbuan droben«, sagte er.

»Ist Gudrun da?«

»Sie hat Kurs.«

»Wo?«

»In der Schule.«

Bevor Birger die Autotür schloß, beugte er sich zu Johan hinein.

»Ich geh rein und warte hier. Du fährst runter und holst Gudrun ab. Bring sie in Annies Haus und bleib dort mit ihr sitzen.«

»Rufst du jetzt die Polizei an?«

»Ich muß«, erklärte Birger. »Ich habe versprochen, es nicht zu tun. Aber das war unter der Voraussetzung, daß er mit mir mitkäme.«

Er fand es selbst seltsam, dazustehen und über ein Versprechen zu räsonieren. Torsten stand in dem starken Lichtschein auf der Vortreppe und starrte ins Auto.

»Wer ist das denn?« fragte er.

Frauen waren auf dem Weg zu ihren Autos, als er bei der Schule unten ankam. Der Audi stand noch da. Johan fuhr bis vors Haus und stellte sich so nahe wie möglich an die Treppe. Er kurbelte die Scheibe herunter und hörte ihr Geplauder. Sie kamen jeweils in kleinen Grüppchen herausgetröpfelt. Er fragte sich, was für einen Kurs sie im Winter wohl hatten. Lederarbeiten? Ahnenforschung? Daß sie dorthin ging. Daß sie überhaupt klarkam, Tag für Tag.

Jetzt würde ihr Alltag zerschlagen werden. Kein Geplauder mehr. Kein aufgekochter Kaffee, kein Lampenlicht, kein Geborgensein mehr. In wenigen Minuten, wenn sie von ihrer Tasche aufsähe, deren Reißverschluß sie gerade zuzog. Dann sah er ein, daß es noch ein bißchen dauern würde. Sie würde nicht sofort verstehen.

»Bist du es?«

Es fing damit an, daß sie nicht mitkommen wollte.

»Du mußt«, sagte er. »Du kannst deinen Wagen hierlassen.«

Die anderen Autos fuhren los. Er sah ein paar Frauen, die ihr winkten. Sie war gereizt über ihn.

»Es fällt mir überhaupt nicht ein, zu Annie Rafts Haus zu fahren«, sagte sie. »Was sollte ich da zu suchen haben?«

Sie hatte sich jedoch immerhin in sein Auto gesetzt und konnte nun nicht mehr viel dagegen machen, wohin sie fuhren.

»Du kennst sie eigentlich gar nicht. Ihr wart niemals befreundet?«

Sie schwieg und sah ihn von der Seite an. Er fuhr bis vors Haus. Das Gras war naß, und die Reifen hinterließen wahrscheinlich häßliche Spuren. Er mußte sie jedoch jetzt ins Haus bringen.

»Wir werden hier warten«, erklärte er. »Birger Torbjörnsson ist bei Torsten. Die Polizei ist unterwegs.«

Sie fragte jetzt nichts. Sie trat vor ihm ein, nachdem er aufgeschlossen hatte. Sie war so klein, ihr dunkler Kopf befand sich in Höhe seiner Brust. Er schloß die Außentür ab.

»Warte«, sagte er. »Mach kein Licht an.«

Er ging herum und zog überall die Rollos herunter. Als er das Licht anmachte, stand sie mitten in der Küche. Ihr Gesicht war verschlossen und wachsam. Saddie hatte in der Stube gelegen und geschlafen und kam nun in ihrer Dumpfheit angetrottet. Sie schnupperte ohne wirkliches Interesse an Gudruns Hose und schlug ein paarmal mit dem Schwanz.

»Leg ab, geh rein und setz dich«, sagte er. »Wir müssen vielleicht lange warten.«

Sie setzte sich an den Küchentisch. Er fragte sich, was sie wohl empfand, wenn sie sich umsah. Er konnte die Küche mit ihren Augen sehen. Der Batikdruck auf dem Küchentisch war schlapp. An der Decke hing eine vergilbte Reispapierlampe. Mia hatte immerhin alles, was am Rauchfang gehangen hatte, weggeräumt. Ein Paar Taubenfüße, getrocknete Kräutersträuße, einen Birkenporling. Alles voller Spinnweben und Staub.

»Birger Torbjörnsson und ich haben dasselbe getan wie Annie«, sagte er. »Wir sind nach Nirsbuan gegangen, um Björne zu treffen.«

Es war kalt im Haus. Er wollte jedoch den Herd nicht einheizen. Er meinte, sie ständig ansehen zu müssen.

»Wir haben auch mein Moped angeguckt, das er versenkt hat.«

Sie reagierte nicht. Sie hatte ihre Tasche abgestellt, doch den Reißverschluß ihrer Jacke nicht aufgezogen. Sie saß völlig gerade auf dem Stuhl, die Hände vor sich auf dem Tuch. Ihr Gesicht wirkte blaß. Aber das war ihm jedesmal so vorgekommen, wenn er sie in den vergangenen Jahren getroffen hatte. Vielleicht beruhte es darauf, daß sie die Haare färbte. Er fragte sich, ob sie das Grau jetzt durchkommen lassen würde.

Hier hat es angefangen, dachte er. Hier stand Annie Raft, schaute aus dem Fenster und sah mich. Wie konnte sie mich wiedererkennen? Das weiß niemand.

Sie hat geglaubt, ihr Kind in den Armen eines Wahnsinnigen zu sehen. Eines Jungen, der verrückt oder voll gewesen war und immer wieder auf zwei Menschen eingeschlagen hatte, die in einem Zelt eingesperrt waren.

Plötzlich sah er, daß Gudrun fror. Sie hatten lange still dagesessen. Gudrun hatte ihre Stellung nicht verändert. Sie bibberte jedoch, und ihre Nase lief ein wenig. Sie zog immer wieder hoch. Es machte ein kleines, nervöses Geräusch, das einzige, was im Haus zu hören war.

»Ich werde einheizen«, murmelte er.

Er hantierte ungeschickt mit Birkenrinden und Spänen herum. Es war leichter, mit ihr zu sprechen, wenn er sie nicht ansah.

»Björne hat Birger erzählt, daß er es war, der das am Lobberån getan hat. Er sollte mit uns herunterkommen, lief uns aber davon. Wir hatten Angst, daß er dir etwas antun würde. Er weiß jetzt, daß du es warst.«

Er errichtete seinen kleinen Spanhaufen mit großer Sorgfalt, ehe er das Zündholz an die Birkenrinden hielt. Es dauerte lange, bis Gudrun etwas sagte. Da war ihre Stimme trocken. Oder heiser.

»Björne?«

»Jaa. Björne. Nicht ich. Du hast dich geirrt. Und Annie Raft auch.«

Lange Zeit saß sie völlig regungslos da. Dann sah er, daß sie zu bibbern anfing.

»Hat sie denn keinen Strom hier?«

Sie schrie fast. Ihre Stimme überschlug sich. Sie war aufgestanden und hatte die Arme um sich geschlagen. Sie fror wirklich derart, daß sie zitterte.

»Ja, sicher«, sagte er. »Natürlich.«

Er raste ins Wohnzimmer, machte Licht an und drehte die Heizkörper auf. Er entdeckte eine Wolldecke, die zusammengelegt auf dem Bett lag.

»Leg dir die um. Setz dich aufs Sofa. Es wird gleich warm. Birger hat irgendwo Whisky. Warte.«

Sie schlug die Decke um sich, saß da und sah daraus hervor Annie Rafts Zimmer an. Die Vorhänge aus ungebleichter Baumwolle. Ein buntes Papiermonster, das unter der Decke schwebte. Das hatten wohl die Schulkinder gemacht. Sie sah zum Bett hinüber, und er dachte daran, daß sie gefragt hatte: »Hat sie keinen Strom?« So als ob Annie Raft noch lebte. Und es schien, als habe sie das Zimmer noch nie zuvor gesehen. Und doch war sie mit dem Schlüssel, den sie aus dem Schuppen geholt hatte, hier hereingegangen.

»Hat Björne erzählt, wo sie ihren Schlüssel hängen hatte?«

Sie sah auf, nickte. Zerstreut, hätte er das genannt. Doch das konnte es wohl nicht sein.

»Und die Büchse? Daß sie hinter dem Bett gelegen hat.«

»Das wußten doch alle.«

Sie sah klein aus, wie sie in der unförmigen und flauschigen grauen Decke dasaß. Es tat ihm weh. Weh, weh. Er hatte keine Ahnung gehabt, daß man für einen anderen Menschen so empfinden konnte, und für einen Augenblick packte ihn ein Schrecken davor, ein Kind zu bekommen. Wenn das Kind einen Schaden erlitte – empfand man dann so wie er jetzt? Hilflosen Schmerz.

Seine Hände zitterten, als er ihr Whisky einschenkte, und er verschüttete etwas auf den Couchtisch. Sie blickte abwesend auf die kleine Pfütze, und plötzlich traten Johan die Tränen in die Augen, seine Kehle verkrampfte sich. Sie hätte aufstehen und einen Lappen holen sollen. Sie war schnell mit so etwas.

Jetzt saß sie nur da und guckte. Sie sah ihn so komisch an, als er weinte. Abwartend und scheu. Beinah erschrocken.

Schließlich gelang es ihm, den Weinkrampf zu stoppen. Gudrun zog wieder die Nase hoch. Das leise, nasse Nasengeräusch war richtig niedlich neben seinem Schniefen. Er ging in die Küche, um Papier von der Haushaltsrolle zu holen. Bei dieser Gelegenheit legte er noch ein paar Holzscheite nach. Ich mache auf jeden Fall das, was ich soll, dachte er. Bislang hat auch sie in der Schale der Gewohnheiten und des Alltags gesteckt. Sie hat getan, was sie sollte. Ist zum Kurs gegangen. Und was diese Sache anbelangt, zur Suchaktion und auf die Beerdigung. Jetzt ist damit Schluß.

»Was hat Annie gesagt, als sie bei dir war?«

»Nach dir gefragt.«

»Wegen dieses Mittsommerabends?«

Sie nickte.

»Nach dem Moped«, sagte sie. »Sie ist dahintergekommen, daß Björne es versenkt hat. Ich kapier nur nicht, wie.«

»Du hast nicht gewußt, daß sie es heraufgedreggt haben?«

Sie schüttelte den Kopf.

»Es hat mehrere Jahre auf Tangen draußen gelegen. Annie muß dahintergekommen sein, daß das meins sein könnte. Sie wußte wohl von Birger, daß Björne an diesem Mittsommermorgen auf dem See gewesen war.«

Sie hörten ein Geräusch am Fenster, und Johan zuckte zusammen. Es klang, als kratzte jemand über die Scheibe. Dann wiederholte es sich schwächer, und da erkannte er es: der Regen wurde in Böen gegen die Fensterscheibe geworfen.

Er hatte Angst bekommen, und er hatte es gezeigt. Eben noch hatte er geweint. Er wünschte, er hätte jetzt anders sein können. Sie sah ihn so fremd an, womöglich kam ihr gar nicht in den Sinn, daß er ihr helfen könnte. Für sie war und blieb er ein Kind.

Sie hat ihr Kind bedroht gesehen. Annie Raft ebenso. Und als die beiden aufeinandertrafen, wurde es gefährlich. Keine der beiden ist auf die Idee gekommen, mit uns zu reden. Es zu überantworten.

Wenn es wenigstens spontan geschehen wäre. Eine Reflexhandlung. So, wie die Katze mit der Pfote schlägt. Aber sie hat es arrangiert. Schnell, aber sorgfältig. Sie brachte Annie Raft dazu, nach Nirsbuan hinaufzugehen. Das verschaffte ihr genügend Zeit. Sie schrieb den Zettel, bereitete die Thermoskanne vor und packte Semmeln in eine Plastiktüte. Eine ironische Alltäglichkeit.

»Ihre Patronen hast du nicht gefunden.«

»Sie hatte keine«, erwiderte sie.

»Doch. Hinterm Radiowecker.«

Für einen Augenblick sah er ihr Gesicht so, wie es zu jenem Zeitpunkt ausgesehen haben mußte. Gespannt und berechnend. Jetzt rechnete sie jedoch nach. Wenn sie gewußt hätte. Wenn sie hinters Radio geguckt hätte. Dieser Ausdruck verschwand aber ebenso schnell wieder. Sie starrte auf den dünnen, schlaffen Kelimteppich, den Saddie zusammengeknüllt hatte, schien ihn jedoch gar nicht zu sehen. Sie hatte das Interesse an dem Haus und an Annie Raft verloren. Das Whiskyglas stand unberührt, und jetzt fiel ihm ein, daß sie nie Spirituosen trank.

Das meiste, was sie getan hatte, kannte er ja in gewisser Hinsicht. Sie sorgte für ihre Familie. Sie erledigte das, was sie sollte, mit Alltäglichkeit und Kompetenz. Die Thermoskanne. Die Semmeln. Den Zettel schreiben. Er erinnerte sich daran, wie sie mit Milch und belegten Broten auf sein Zimmer gekommen war. Sie tat nie so, als ob es etwas Besonderes wäre. Lediglich ein Arrangement, das es allen leichter machte. Selten saß sie so da wie jetzt.

Das heißt – er erinnerte sich, wie sie einmal blaß auf dem Bett im Jungenzimmer gesessen hatte. Wie sie aus dem Fenster gestarrt, Hautfetzchen von der Unterlippe gebissen hatte. Sie hatte ihre Momente gehabt. Doch sie verlor sich nicht darin.

Er glaubte, ihr in ihren alltäglichen Verrichtungen folgen zu können, die sie, verbissen und ohne deren Ironie zu sich durchdringen zu lassen, an jenem Samstagvormittag ausgeführt hatte.

Aber am Lobberån konnte er sie nicht sehen.

Und doch hatte sie dort gestanden. Das war berechnet. Annie Raft mußte den Fluß bei der Furt überqueren, wenn sie von Nirsbuan zurückkäme. Wie immer sich die Pfade durch die Jagen schlängelten und sich teilten, so war dies die einzige Stelle, wo sie über den Fluß kommen konnte. Doch Gudrun konnte er absolut nicht dort stehen sehen.

Er konnte nicht sehen, wie sie ganz nahe heranging, entsicherte, den Abzug drückte und schoß. Er hätte gern gefragt, aber die Frage ließ sich nicht aussprechen. Sie war zu schmachvoll und zu empfindlich – als ob noch immer ein Anstand zu wahren gewesen wäre.

Wie konntest du? Diese Frage konnte er nicht über die Lippen bringen.

Er erinnerte sich an eine Nacht voll Weinrausch und Gerede. Mia hatte ihn zuerst in die Bibliothek mitgenommen. Ein alter und berühmter Dichter las dort seine Gedichte aus fünf Jahrzehnten. Hinterher gab es Wein und Pizza, und irgendwann waren sie zu einer ihrer Kolleginnen aus dem Museum nach Hause gefahren, wo weitergeredet und noch viel mehr und noch saurerer Wein getrunken wurde. Man hatte über das Ereignis am Lobberån gesprochen. Und über die Massenvergewaltigung bei Piteå. Der alte Dichter, ein sensibler, hochbegabter Mensch und ein Gewissen für sie alle, konnte darüber detailliert Bericht erstatten. Wie der letzte junge Mann im Zelt das bewußtlose Mädchen mit einer kaputten Flasche zerschnitten hatte. Wie er ihr diese in die Scheide gesteckt hatte.

Es waren gewöhnliche Jungs gewesen. Jungs, die Muttertagsrosen und Weihnachtsgeschenke kauften. Unter der Lampe und den Rauchkringeln herrschte Konsens. Die Augen brannten. Sie sprachen ein wenig undeutlich, aber sie waren sich einig über den Einfluß von Alkohol, über die Massenpsychose und die Roheit des Militärlebens. Über die Kränkungen in der Kindheit, die Dürftigkeit und die Rambofilme. Da sagte der alte Dichter:

»Ich glaube, ich wäre selbst dazu imstande gewesen.«

Es wurde absolut still.

»Unter diesen Bedingungen. Das Zelt. Der Rausch. Ja, ich wäre selbst dazu imstande gewesen.«

Und unter dem großen Lampenschirm mit dem gelben Licht und den bläulichen Kringeln des Zigarettenrauchs sahen sie, wie er in sich hineinstarrte. Sie verstanden, daß er auf dieses Ereignis im Zelt zurückblicken konnte, das sie in all dem Gerede nicht hatten erkennen können und das nach wie vor niemand von ihnen deutlich zu sehen vermochte. Ja, sich im Grunde überhaupt nicht vorstellen konnte. Sie waren von der Größe des Dichters und der Tiefe seiner Menschlichkeit sehr ergriffen gewesen, und es dauerte lange, bis sie wieder zu reden und Wein zu trinken und zu rauchen begannen.

Johan hatte Mia fest am Ellbogen gefaßt und gesagt, daß sie jetzt nach Hause gehen würden. Sie war gereizt und leicht wütend gewesen, war aber mit ihm mitgekommen. Draußen in der kalten Winterluft hatte er ganz tief Luft geholt und an den Dichter gedacht, der wie ein auf den Kopf gestellter Christus dort oben gesessen hatte.

»Du magst ihn nicht«, sagte Mia.

»Er hat mich angeekelt.«

»Warum denn? Weil er über uns die Wahrheit sagt?«

»Weil das, was er über sich selbst sagt, vermutlich wahr ist.«

Sie hatten nicht mehr darüber gesprochen. Es war eine offene Frage zwischen ihnen, ob man in seine eigene Finsternis blicken könne und ob es geradezu eine Schuldigkeit sei, dies zu tun. Oder ob man die Finsternis dadurch, daß man sie hätschelte, hervorrufe und zur eigenen mache.

Frierst du immer noch?«

Gudrun nickte.

»Das kann noch lange dauern. Willst du dich ein bißchen hinlegen?«

Sie schüttelte den Kopf. Er stand auf und legte im Herd nach. Sollte er sie fragen, ob sie etwas essen wolle? Ein belegtes Brot oder so. Aber es war spät. Ihr war vielleicht nicht gut.

»Wie konntest du glauben, daß ich es gewesen sei?« fragte er.

Diese Frage war ebenfalls schwer zu stellen. Aber es ging. Sie sah mit der Spur eines Lächelns auf.

»Du konntest dies hier ja auch von mir glauben.«

Ihr Gesicht wurde durch die Ironie ein wenig lebendiger. Es währte nur wenige Augenblicke.

»Ich hatte ja eine Hilfestellung«, sagte sie.

»Björne?«

Sie nickte.

»Was hat er gesagt?«

»Das weiß ich nicht mehr genau. Daß er dein Moped oben am Ende des Almwegs gefunden hatte.«

»Flußaufwärts?«

»Ja.«

»Das ist vielleicht ein Scheißkerl!«

»Er ist doch wohl der einzige der Brüder, mit dem du etwas gemein hattest.«

»Ich hatte nichts gemein mit ihm. Wie sollte man das auch?«

»Er hat gesagt, daß ihr euch mit der Bewachung des Falkenhorsts abgewechselt habt. Daß du geglaubt hast, Lill-Ola hätte die Jungvögel geraubt und wollte sie verkaufen. Am Nachmittag seien Holländer im Laden gewesen. Und die Jungvögel waren weg. Er hat geglaubt, du wärst... daß du blind zugeschlagen hättest. Auf das Zelt.«

Sie verstummte plötzlich. Ihr Gesicht zerfloß im Lampenlicht. Sie hatte den Kopf zurückgeneigt, und ihr Mund stand offen. Es sah aus, als hätte sie Schmerzen. Er mußte an Wehen denken. Sie war jedoch ganz still jetzt.

»Wie hast du ihm nur glauben können?« flüsterte er. Es dauerte eine Weile, bis sie antwortete. Ihre Lippen wirkten starr.

»Wir haben nicht so viel darüber geredet. Keiner wollte es wohl offen aussprechen. Wir haben versucht, dir zu helfen.«

Einen Augenblick lang sahen sie einander direkt in die Augen.

»Warum hast du denn nicht gesagt, was Sache ist?« schrie sie auf. »Es sah doch so aus, als hättest du Angst gehabt, gefaßt zu werden. Warum hast du dich denn darauf eingelassen, nach Langvasslien zu ziehen, wenn du gar nichts angestellt hast!«

»Ich habe gedacht, Torsten hätte mich satt. Ich bin doch nicht sein Junge.«

»Was sagst du da?«

»Ich bin nicht sein Sohn. Irgendwann müssen wir ja wohl auch darüber reden.«

Sie schnaubte auf.

»Du lachst?«

»Ja, was soll ich denn sonst tun? Du willst also nicht Torstens Junge sein?«

»Ich bin Oula Laras Junge. Mit dem du vor Torsten zusammen warst.«

Sie hatte die Hände zusammengelegt und bewegte den Kopf, schüttelte ihn, so wie Großmutter. Gudrun sah jetzt aus wie Großmutter, eine alte Frau, die den Kopf schüttelte.

»Mein liebes Kind«, sagte sie. »Ich weiß nicht, ob ich lachen oder weinen soll. Oula Laras! Ausgerechnet der.«

»Stimmt es etwa nicht?«

»Nein, ich hab nie einen andern als Torsten gehabt.«

Sie sah ihn an, als hätte sie ihn vorher noch nie richtig gesehen. Ihr Blick glitt über seinen Pullover und die enge Lederhose. Sie schnaubte erneut auf, diesmal fast unmerklich. Aber es war ein Lächeln. Er bemerkte jede Veränderung in ihrem Gesicht.

»Antilopenhosen«, sagte sie. »Nicht wahr? Eine Lederbux. Aus südamerikanischem Antilopenleder. Für viertausend Kronen. Mindestens. Soso, du hast also geglaubt, du wärst Sami. Durch und durch. Das hätte mir klar sein müssen. Wie du über die alten Opferplätze unseres Volkes und so phantasiert hast.«

Sie reckte den Kopf etwas vor und starrte ihn an.

»Du hast noch nie richtig in der Scheiße gesessen.«

Er konnte sich nicht vorstellen, daß sie das je hatte. Er traute es sich aber nicht zu sagen.

»Samisch konnten wir auf dem Abort reden. Meine Lehrerin war nicht gerade auf der richtigen Seite. Nicht wie deine, die die Lappenkinder verhätschelt hat. Von Zaubertrommeln und was sonst noch allem erzählt hat. Wie ich in die Schule gegangen bin, mußte man sich schämen, wenn man Lappe war, so wie wenn man Ungeziefer oder Tbc hatte. Und wir hatten nicht mal Rene. Papa war Säufer. Weißt du das? Weißt du, daß dein Großvater ein Säufer war? Nun, so weißt du es jedenfalls jetzt. Er ist getorkelt, hat gesoffen und Stuß geredet. Er war nicht gewalttätig. Nur blöd. Ich halte es nicht aus, wenn sie jetzt hergehen und Lieder, Joiks und was sonst noch alles sammeln. Trallala. Weißt du, was das ist, Johan, arm sein? Ein armer Lapp. ›Lapp und Fleck auf deiner Bux‹, haben die Kinder gerufen und einem den Hintern entgegengereckt. Nä, nä, Johan. Keine alten Opferplätze. Das war's nicht, woran man gedacht hat. Sondern an *elektrischen Strom!* Und an gemusterte Strickjumper und rostfreie Spülen. Sogar deine Tante Sakka hat schwedische Träume geträumt.«

Sakka hatte Illustrierte gelesen. Und sie stapelweise aufgehoben. Sie mit Schnüren zu Bündeln gepackt und nach Langvasslien mitgeschleppt. Pegutten und Johan hatten sie auf dem Dachboden gefunden, und Sakka hatte gelacht. Denn sie erinnerte sich, wie sie hatte vergessen wollen, daß sie kurze Beine, ein rundes Hinterteil und völlig glattes Haar hatte.

»Sakka hat über die Illustriertenträume gelacht«, sagte Johan. »Das weiß ich.«

»Sie hat bei allem, so gut es ging, eine Kehrtwendung gemacht, wie sie Per Dorj geheiratet hat. Hat sich einen Silberkragen zur Hochzeit geliehen. Eine Tracht angeschafft. Auch wenn da keine richtige Wolle drin war. Jetzt sitzt sie in jedem Komitee, das es gibt, und Per ist Vorsitzender des Samidorfs. Doch deswegen ändert die Sonne auch nicht ihren Lauf.«

»Ich finde es gut, was sie machen«, sagte Johan. »Trotzdem.«

»Sakkas Südsamisch wird von ein paar hundert Leuten gesprochen. Weißt du das? *Ein paar Hundert.*«

Ja, Sakka versuchte, den Lauf der Sonne zu ändern und die Zwergbirken dazu zu bringen, mit den Wurzeln nach oben zu wachsen. Sie liebte ihre Sprache. Aber womöglich war diese unter dem Synthetikstoff bereits erstickt. Ein stärkerer Mythos hatte den ihren verschlungen. Johan hatte sich das selbst schon viele Male gedacht. Es war jedoch so leicht, da oben zu leben. Für ihn war es ein Sonntagsleben. Winterleben mit den Hunden, und im Sommer die Kennzeichnung der Kälber, das Fischen, die Wanderungen.

»Sie versuchen es eben, so gut sie können«, sagte er. »Sich zu behaupten. Wie alle, die hier leben. In dieser Hinsicht gibt es wohl keinen Unterschied zwischen den Sami und den andern. Sie tricksen sich irgendwie durch. Das kann ja nicht so großartig werden. Sie versuchen auf eine Art zu leben, die mit dem, was früher war, zusammenhängt. Und die meisten wollen sich erinnern. Nicht alle können Straßen für den Papierkonzern bauen. Und nicht alle beteiligen sich daran, dies hier in eine Halde zu verwandeln.« – »Doch.«

Laubkronen. Vögel, die schlafen. Feuerfunken zwischen den Bäumen. Hier ist es nicht mehr Erinnerung, sondern eine Geschwulst. Sie wächst schnell wie die Verwüstung.

Die Halde hat keine Pfade. Hat Abstürze und Verhau, Steine, umgekippte Bäume, Gestrüpp. Ein Netz von Straßen hinaus auf die Halde. Ein System von Straßennetzen hinaus zu den kahlgeschlagenen Flächen. Gesteinsschutt an den Straßenböschungen. Splitt. Trockene Wurzelsysteme. Ölfässer. Torsten hat dieses Netz von Straßen gebaut. Haßt du ihn dafür, versteckst du dich in Laubkronen, schleichst du auf Pfaden unter Auerhuhnkiefern, die es nicht gibt – so bist du in deinem Krebs, Sehnsucht genannt, verloren.

Hasse dich. Wisse, was du getan hast, woran du beteiligt warst. Es war die Eile, sonst nichts. Die große Eile. Alle haben es so eilig zum Tod.

Pfade verlaufen und verschwinden wie Straßen, wie Wälder. Das Fatale ist, daß es so schnell gegangen ist. Jetzt hast du nur Gegenwart und eine Hungergrube.

Hasse dich.

Beuge dich über den Wasserspiegel und hasse.

Sie sagte es so leise, daß er sich zu ihr vorbeugen mußte:

»Doch, alle. Auch du. Und Annie Raft. Auch wenn sie geglaubt hat, daß sie so viel besser ist als wir andern. Sie war trotzdem beteiligt.«

»Haßt du sie?«

Welch ein Wort! Sie gab auch keine Antwort.

Aber sie haßt. Ich habe nie gewagt, meinen Haß zu stören. Sie streifte den ihren. Und das reichte. Fester schlief er nicht.

Was sollen wir mit dem Haß gegen uns selbst anfangen – gegen die Zerstörung? Was sollen wir tun? Er erfüllt den Mund. Faulig. Bitter. Ein Geschmack, den man nicht wiedererkennt. Ein ungewohntes Gespei.

Ich würde gern wie Ylja mit Lächeln, mit Sarkasmen, mit Zärtlichkeit über alles gleiten. Wie über Baumkronen, über Wälder, die brennen, die dampfen. Oder nur arbeiten, die Augen schließen, arbeiten, um zu lindern, wie Birger. Lindern. Betäuben.

Doch was macht man mit dem Wetter? Man stellt Prognosen. Man steht zu Diensten. Fünf Tage in einem Stück. Kleine Stücke beherrschter Zukunft. Eine einschmeichelnde Magie.

»Es ist aus, Johan. Ein paar hundert Leute. Das Nordsamische wird wohl noch eine Weile bestehen bleiben. Nostalgie heißt das, habe ich gelernt. Die taugt für Kulturmenschen. Die, die schreiben und tanzen und machen. Doch die Renzüchter treiben ihre Herden jetzt mit Scootern. Das ist wirklich keine samische Kultur. Das ist roh. Das ist schwedisch. Sie spähen und treiben mit Hubschraubern, und verlegen die Tiere mit Lastern auf die Sommerweide. Sie leben heute anders. Wir leben anders. Aber wir leben.«

»Du hast dich beteiligt und euer Leben aufgegeben«, entgegnete Johan. »Das hat Sakka zumindest nicht getan. Außer als sie über den Illustrierten geträumt hatte, als Teenie.«

»Ja, ich war beteiligt. Aus Scham. Aus Zwang. Auch aus Sehnsucht nach etwas anderem. Denn ich war auch nur ein Mensch, vielleicht vor allem ein Mensch. Sogar ein Lappe kann sich nach elektrischem Strom sehnen. Aber du bist ja Sami. In Antilopenhosen.«

»Du brauchst mich nicht zu verhöhnen«, sagte er. »Ich habe daran geglaubt.«

»Dann ist es jetzt Zeit, damit aufzuhören. Bedank dich bei Torsten und den Holzabfuhrwegen für das Leben, das du genossen hast. Mit Schulen und Universität und allem. Und daß du bei Sakka und Per hast wohnen dürfen. Er hat jeden Tag für dich bezahlt. Ich hatte mir gedacht, daß ein einziges wahnsinniges Ereignis nicht dein ganzes Leben kaputtmachen dürfte. Ein Sechzehnjähriger! Der außer sich war.«

»Aber ich war es doch gar nicht!«

»Ebenso habe ich mir gedacht, daß auch diese Lehrerin nicht dein ganzes Leben zerstören dürfte. Nachdem alles so gut gegangen war. Genau wie ich es mir vorgestellt hatte. Du brauchtest nur eine Möglichkeit, von hier wegzukommen. Es zu vergessen, als ob es nie geschehen wäre.«

»Aber du hast dich doch geirrt!«

Sie hörte ihn nicht oder wollte gar nicht mehr hören.

»In allem hat sie herumgestochert. Hat gefragt und alle alten Wunden aufgerissen. Du hast ja keine Ahnung, wie sie sich hier aufgeführt hat. Wie sie sich in alles eingemischt hat, obwohl sie gar nicht hier geboren ist. Aus reiner Neugier und weil sie geglaubt hat, daß sie alles besser wüßte als alle andern. Wie Magna Wilhelmsson auf den Heimattagen von Jonas in Brannberge erzählt hat, deinem Urgroßvater also, hörst du, da ist sie hinterher aufgestanden und hat gesagt, daß Magna vergessen hätte, zu sagen, daß er da droben mit beiden Schwestern Kinder gehabt hätte. Mit seiner Frau und ihrer Schwester. Und dann hat sie gesagt, daß man den Hunger und die Lungenschwindsucht und den Inzest nicht vergessen dürfte. Wenn man davon redet, wie es früher war. Man dürfte nicht nur davon reden, wie tüchtig sie gearbeitet haben. Was für schöne Steinarbeiten der Großvater gemacht hat und die Lieder, die die Tante gesungen hat. Annie Raft hat gebohrt und gekratzt und sich eingemischt, und ich glaube, sie hat nie begriffen, daß sie von Verwandten von Leuten redet, die noch leben. Es geht um die Wahrheit, hat sie gesagt. Man darf nicht vergessen. Und dann ist sie gekommen und hat angefangen, an dem, was am Lobberån passiert ist, herumzukratzen!«

»Sie hat ihre Tochter mit dem zusammen gesehen, den sie für den Täter gehalten hat. Sie wollte ihr Kind schützen.«

Es erreichte sie gar nicht. Es hat wohl nur sie ein Kind, dachte er.

»Mia und ich bekommen ein Kind«, sagte er.

Nun sah sie ihn doch an.

»Das geht doch nicht!«

Nein, das war unüberbrückbar schwierig. Annie und Gudrun. Beide Großmütter. Im Lauf der Jahre würde alles ans Licht kommen. Es war zu schwierig. Zu extrem. Ein Kind zu einem solchen Wissen zu verurteilen, selbst wenn es spät hervorsickern und vielleicht verdünnt und verfälscht sein würde.

»Es muß gehen«, sagte er. Er spürte, daß er mit ihr nicht darüber reden wollte. Sie hatte schlicht nichts damit zu tun.

Zu dem, der haßt, kann die Befreiung kommen. Das Sakka-Lachen. Die gutmütige Nachlässigkeit. Johan vermeinte das Gummiband zu sehen, das den Knopf und das Knopfloch oben an Mias Jeansschlitz verband. Wie es sich spannte und wippte.

»Leg dich aufs Sofa«, sagte er zu Gudrun. »Versuch ein bißchen zu schlafen. Es kann lange dauern, bis Birger Torbjörnsson anruft.«

Sie gehorchte ihm tatsächlich. Er deckte sie mit der Wolldecke zu, zog sie ihr bis zum Kinn hoch. Dabei streifte er ihre Hände, sie waren kalt.

Zwischen Gudrun und ihm würde es ungefähr so wie bisher werden. Obwohl er es sein würde, der sie irgendwann besuchen käme. Torsten und sie würden wohl umziehen müssen, wenn sie wieder nach Hause käme. Sie würden altern. Womöglich in einer Wohnung. Da würde Torsten nicht alt werden.

Torsten. Er sah ihn vor sich, so, wie er ihn unter der Vortreppenlampe neben der dunklen, zerzausten Hopfenwand hatte stehen sehen. Dünner, verbrauchter und grauer als er es bei ihm für möglich gehalten hatte.

Wer haßt, kann befreit werden. In diesem unglaublich verschlampten Dasein. Und allem Wahnsinnigen, woran man beteiligt gewesen ist. Zu einigen kommt die Befreiung als ein Lachen. Ja – du meine Güte! Man muß sich eben irgendwie durchtricksen.

Aber warum kommt sie nicht zu allen, dachte er kindlich. Meine Mutter. Es ist ein Loch dort, wo sie war. Ein Loch, das sich schließt.

Er ging herum und befühlte die Heizkörper. Im Flur lag Saddie und starrte still auf die Tür. Ihm fiel ein, daß sie nicht mehr draußen gewesen war, seit Birger und er am Nachmittag das Haus verlassen hatten. Er ließ sie hinaus und schloß schnell wieder ab.

Er hatte Angst vor Björne. Ihn konnte er sich am Lobberån gut vorstellen. Er hatte ihn schlachten sehen. Es war immer er gewesen, der das getan hatte. Schweine. Widderlämmer. Er konnte sein Gesicht sehen, wenn er zustach. Eine Starre, Zähne. Das nannte man ein archaisches Lächeln. Denn die meisten kannten das nur aus Museen. Aber es lebte, strahlte.

Johan stand in der Küche, das Rollo einen Spaltbreit offen, und sah, wie Saddie ein Stück weit auf dem Rasen hockte und lange pinkelte. Sie wollte sofort wieder herein.

Als er wieder ins Zimmer kam, lag Gudrun mit geschlossenen Augen da. Es war unmöglich zu erkennen, ob sie schlief. Die Anspannung war aus dem mageren Gesicht gewichen. Es war geglättet, kindlich. Er konnte sich sehr gut das Mädchen vorstellen, das Illustrierte gelesen und die rosahäutigen erwachsenen Frauen und deren aufgebauschtes und in starre Wellen gelegtes Haar studiert hatte. Sakka hatte auch erzählt, wie sie über die Filmstars gelesen und versucht hätten, ihnen zu gleichen. Sie hätten sich in Ava Gardner verguckt. Wie diese, so hätten sie aussehen wollen. Sie hätten sich Pilsner ins Haar geschüttet und es fest mit Großmutters Lockenwicklern aus Sämischleder aufgedreht. Den Mund hätten sie sich mit angefeuchtetem Rotstift angemalt.

Gudruns kleiner, schmaler Mund mit den fest geschlossenen Lippen.

Sakka hatte über alles gelacht. Sie hatte so gelacht, daß ihr Busen wogte, als sie davon erzählte. Die andere aber mit ihrem furchtbaren Ernst lag jetzt unter einer grauen Wolldecke auf Annie Rafts Sofa. Es sah aus, als sei ihr seitdem nichts zugestoßen.

Die Einsamkeit. Das Tappen der Mäuse. Das Knacken im Herd. Die Regenschauer auf dem Blechdach. Der scharfe Wind aus dem Fjäll rüttelte die Birken. Gelbes Laub löste sich und kleckste ans Fenster der Almhütte.

Es gab keine Jagd für Birger. Stille Einsamkeit gab es. Der Öldruckjesus sah mild und meschugge auf ihn herab. Er hatte im Nostradamus geblättert, es dann aber aufgegeben. Gott behüte! In der Tischschublade fand sich ein Kartenspiel, und er legte, woran er sich erinnern konnte: Fürst Bismarck, die Harfe, den Idioten.

Jetzt bin ich allein, dachte er. Was jetzt hier drinnen ist, bin ich.

Der Klöppen war grau und aufgewühlt, hatte weiße Wogen. Er konnte ihn zwischen den Birkenkronen schimmern sehen, wenn diese sich wiegten und einen Spalt weit öffneten. Raben schienen sich direkt aus dem Himmel zu lösen, sie schrien und schwatzten.

Er hatte ziemlich viel zu essen dabei, einen ganzen Rucksack voll. Und er war entschlossen, so lange zu bleiben, bis Björne zurückkehrte. Man hatte sein Auto gleich oberhalb des Dorfes gefunden. Er konnte nirgendwohin entkommen. Birger wollte jedoch nicht, daß er Polizisten anträfe, wenn er in seine Hütte zurückkäme. Da könnte es nur wieder aus dem Gleis geraten.

Die Polizei war nicht der Meinung, daß Birger dort sein sollte. Doch er verließ den Bereich der Weide gar nicht und die

Hütte nur selten. Er spaltete sich ein bißchen Brennholz und trug es hinein. Machte Späne. Riß Birkenrinden. Saß auf dem Abort. Holte zwei Eimer Wasser und machte auf dem Herd einen Topf voll davon warm. Dann wusch er sich ordentlich. Unter den Hocker, auf dem die Waschschüssel stand, hatte er Zeitungen gelegt. Danach gab es Kaffee.

Ihm wurde klar, daß es so zuging. Man teilte den Tag ein. Am Ende wurde es auf jeden Fall Abend. An den ersten beiden Tagen lief das Radio noch schwach, obwohl die Batterien allmählich zur Neige gingen. Dann war Schluß. Er war allein.

Am Abend sah er jenseits des Klöppen die Höhenrücken in der Herbstdämmerung dunkeln. Noch hatten sie Farben, und es war viel Gold in allem, dunkles Gold. Das Grün war rauch- und erdfarben. Es roch nach Rauch. Sein eigener Herdrauch schlug nieder, wenn das Wetter sich beruhigte und die Landschaft roch wie die Farben. Die Dämmerung verdichtete sich zusehends. Violett schob sich in die Erde und den Rauch. Die Wolken hinterm Höhenrücken sahen aus wie das Gold, das der Anhöhe entzogen worden war. Die Fenster des Kochhauses funkelten.

Ihm fiel ein, daß es im Klöppen angeblich Silber gab. Zur Kirche hin, unmittelbar vor dem Röbäcksströmmen. Ein Lappe hatte in einer Weihnachtsnacht die Ader offen liegen sehen. Ja, du großer Gott im Himmel!

Drei Scheiben des Kochhausfensters waren blank. Anstelle der vierten saß ein Stück Wellpappe. Über dem ganzen schwebte eine Krähe.

Wenn er nicht äße und den Tag nicht mit Beschäftigungen einteilte, wenn er sich aufs Bett legte und in das Unmenschliche – das Ticken in der Holzwand, das Rauschen des Rieds – hineinhorchte, dann wäre er bald an der Grenze. Doch das wollte er nicht. Da las er lieber Nostradamus. Das war wenigstens von einem Menschen geschrieben.

Am Morgen war es neblig. Er sah nichts, keine Höhenrükken, nicht das Wasser des Klöppen, nichts. Aus dem Moor stiegen zwei, drei dichte Schemen. Nun, das waren wohl Tannen. Anna Starr behauptete, daß sie bei Nebel Artur Fransa im Sumpf gesehen habe. Daß er sich dort gezeigt habe. Verrückte alte Weiber, wahrscheinlich wollten sie, daß man die Toten sehen könnte. Aber wozu?

Es frischte auf. Der Nebel verschwand. Die Schemen ebenfalls. Es waren wohl doch keine Tannen gewesen. Vielleicht waren es Elche.

Er blickte auf den geduldigen Wald unterm Nordwestwind. Das aufgepeitschte Wasser. Die tränenden Fenster der Almhütte.

Zuflucht suchen. Sich ducken. Verkriechen. Früher oder später mußte er kommen.

Es war Nacht. Birger war so viele Male von einem Rascheln aufgewacht und hatte geglaubt, es sei er. Jetzt drehte er sich zur Seite und wollte wieder in seinen seichten, leicht zu störenden Schlaf versinken.

Da kreischte die Flurtür. Und dann hörte Birger undeutlich, daß er dastand und witterte. Ja, er stand da und erschnupperte, daß sich hier jemand aufhielt. Es war Wurst gebraten und Kaffee gekocht worden, und der Herd war noch halb warm.

»Ich bin's nur«, sagte Birger halblaut.

Er erhob sich aus dem niedrigen Bett und ging in die Küche.

»Komm doch rein.«

Nachdem er die Petroleumlampe angezündet hatte, sah er ihn an der Tür. Er war durch und durch naß. Seine Kleider waren dunkel vor Nässe, er tropfte, und es rann auf den Fußboden. Seine Wangen waren von grauen Stoppeln bedeckt und eingefallen. Er hatte sich mit irgend etwas den Mund verschmiert.

»Wo warst du?«

»In Klemmingsberg.«

Das war eine alte Verteidigungsanlage, die während des Kriegs in den Torsberget gesprengt und nach einem Major namens Klemming benannt worden war. Birger hatte angenommen, daß sie schon längst eingefallen sei.

»Laß deinen Daumen sehen.«

Er hatte einen Streifen Hemdenstoff darumgewickelt, und das Päckchen war steif und braun.

»Ich hab jetzt was dabei, so daß ich es nähen kann«, sagte Birger. »Die Frage ist nur, ob es geht. Pfui Teufel, was muß die Wunde scheußlich aussehen! Wahrscheinlich kann ich sie nur verbinden. Ich werde dir was Warmes zum Trinken kochen. Wenn ich die Wunde versorgt hab, kannst du schlafen. Vor Morgen werden wir nicht runtergehen.«

Björne sagte nichts darauf, er wankte leicht. Er konnte seine Stiefel nicht allein ausziehen. Sie waren voll Wasser. Birger mußte lange scheuern und ziehen, um sie herunterzubekommen. Er heizte den Herd ein und war froh, daß noch immer etwas Glut darin war. Dann half er ihm, ein Kleidungsstück nach dem andern auszuziehen, bis er nackt vor dem Herd stand.

Ein großer Mann. Seine Unterschenkel und Hände waren voller Narben. Im Gesicht und ein Stück die Arme hoch war er sonnengebräunt. Über dem Abdruck des Mützenrands war seine Stirn weiß. Am Körper war die Haut weißgelb, und über dem Bauch war sie schlaff. Er hatte gehungert. Die Haarzottel unterm Bauch hatte sich gelichtet. Vorzeitig, fand Birger. Vorzeitig war sein Schwanz geschrumpft, und vorzeitig hatte sich sein Hodensack zusammengezogen.

Er betastete ihn ein bißchen und horchte sein Herz ab. Es fehlte ihm ja nichts, das wußte er. Das Herz pumpte. Die Lungen hoben und senkten die Brust. Aber er fand, daß ihn jemand berühren sollte.

Helene Tursten – Schwedens neue Queen of Crime!

Helene Tursten
Der zweite Mord
Roman
btb 72624

Aus Freude am Lesen

Inspektorin Irene Huss muß einen ungewöhnlichen Mord aufklären: In einem Privatkrankenhaus in Göteborg fällt der Strom aus und ein Patient auf der Intensivstation stirbt durch den Ausfall des Beatmungsgerätes. Die Krankenschwester, die bei ihm wachte, liegt ermordet auf dem Stromaggregat.

Helene Tursten
Der Novembermörder
Roman
btb 72554

Aus Freude am Lesen

Der reichste Mann Göteborgs, Richard von Knecht, stürzt an einem regnerischen Novembertag von seinem Balkon in den Tod, direkt vor die Füße seines Sohnes und seiner Frau. Ein kniffliger Fall für Inspektorin Irene Huss.